# 일본어의 언어표현과 커뮤니케이션 연구

한일커뮤니케이션연구회
한미경 편저

제이앤씨
Publishing Company

# 머리말

　이번에 『일본어의 언어표현과 커뮤니케이션 연구』라는 책을 세상에 내 놓게 되었다. 그 동안 일본어학을 연구하면서 주변 연구자들과 학회를 시작으로 여러 활동을 하면서 일본어학의 현재와 미래의 연구에 대해 많은 이야기를 나눌 수 있었다.
　종래의 연구는 바른 문법과 정확한 어휘 사용이라는 규범성이 강조된 반면 최근에는 점차 한일 양국어의 실제 커뮤니케이션의 원활한 소통이 일본어 학습과 연구의 목표가 되어 가고 있다. 이와 더불어 학문적 연계성이 중요시되는 추세이다. 이러한 변화 속에서 일본어와 한국어의 커뮤니케이션에 관심을 갖고 뜻을 같이 하는 사람들이 모여 자연스럽게 한일커뮤니케이션연구회가 만들어지게 되고 저술서를 만들자는 의견이 모아지면서 이 책이 완성되게 되었다.

　이 책은 시대의 조류에 맞추어 여태까지와는 다르게 문법, 어휘, 표기, 문체, 일본어교육, 언어행동 등 일본어의 다양한 분야를 커뮤니케이션이라는 관점에서 모아 엮은 것이다.

　책은 1, 2부로 나누며 1부는 '커뮤니케이션을 위한 일본어 연구'로서 문법, 어휘, 표기, 문체, 일본어교육을 다루고 있으며, 2부는 '커뮤니케이션 상의 언어행동과 언어표현'을 다루었다. 1부에서는 원활한 커뮤니케이션을 위하여 필요한 언어표현의 중요성을 부각시키기 위해 사용하여야 할 언어수단을 밝히고 있으며, 2부에서는 실제 커뮤니케이션 상에 나타나는 언어행동과 언어표현의 양상을 밝히고자 한 것이다.

집필자로는 모두 42분이 참가하였다. 책을 기획, 집필하고 출간을 준비하면서 테마를 보충하는 과정에서 처음 기획 때보다 필자도 늘었고 내용은 더욱 다양하고 알차게 되었다.

이 책은 어학에 관심을 갖고 있는 대학생부터 대학원생, 일반 연구자에 이르기까지 폭넓은 독자를 염두에 두고 만들어졌다. 이 책이 한일 양국어의 원활한 커뮤니케이션을 위한 이해와 연구를 하는 데에 기여하기 바라며 우리나라의 일본어학 연구에 조금이나마 디딤돌의 역할을 하기를 기대해 본다.

이 책의 교정 등의 여러 가지 작업을 위하여 대학원생들이 많은 수고를 하였다. 기획 단계부터 지금까지 자신의 일을 희생해가며 이 일을 열심히 도와준 강창임 선생의 도움을 잊을 수 없다. 또한 최근에는 이우제 선생이 파일의 편집, 연락 등 수고를 많이 해 주었다. 그밖에 박민영 선생 등 많은 분들의 도움과 집필자 여러분들의 성의 있는 집필과 협조로 여기까지 오게 되었다. 모든 분들에게 감사의 뜻을 전하고 싶다.

한 미 경

# 목 차



# 제1부  커뮤니케이션을 위한 일본어 연구

## 1장  문법

## 2장 어휘

# 3장 표기와 문체

## 4장　일본어 교육

# 제2부  커뮤니케이션상의 언어행동과 언어표현

## 1장  커뮤니케이션상의 언어행동

## 2장  커뮤니케이션상의 언어표현

# 일본어의 언어표현과 커뮤니케이션 연구

일본어의 언어표현과
커뮤니케이션 연구

# 제1부
## 커뮤니케이션을 위한 일본어 연구

### 1장 문법

# 01 한국어와 일본어의 표현구조와 시점

황미옥

## 들어가는 말

보편적으로 모든 언어는 행동을 표현할 때 화자가 관여하는 경우 화자가 문장의 주어가 된다.

「となりの人が足を踏んだ (옆 사람이 발을 밟았다)」의 능동문과 「となりの人に足を踏まれた (옆 사람에게 발을 밟혔다)」의 수동문 표현에서 한국어는 행위자에게 시점을 둔 능동문 사용을 선호하여 전자 표현을 주로 사용하는 반면, 일본어는 전자를 사용하여도 의사소통에는 아무런 문제가 없지만, 후자의 수동문 표현이 보다 안정감이 있는 표현이라 할 수 있다.

표현주체의 인지의 시선이 있는 곳을 시점視点이라 한다. 즉「学生は全員、部屋から出ていった。」「学生は全員、部屋から出てきた。」와 같은 2개의 문장에 있어 「～ていく」는 사물이 표현 주체에서 멀어져가는 것을 의미하고 「～てくる」는 이와 반대의 인지를 나타내는 시점을 가진 표현이라 할 수 있다. 언어학이나 일본어학의 분야에 있어 시점의 개념은 특히 문법을 분석할 때

도입되어 왔다.

일본어 교육시 단지 문형을 주입하는 것만으로는 학습자의 오용은 없어지지 않을 것이다. 학습자의 모국어의 시점의 관점에 근거한 제 2 외국어 교육의 입장에서 일본어 문법을 생각해야만 할 것이다. 이 글에서는 시점의 관점에서 일본어와 한국어의 표현구조를 고찰하고자 한다. 또한 일본어와 한국어의 시점 의식을 구명하여 양 언어 고유의 사고思考 내용 또는 사고 형식을 고찰하고자 한다.

## 1 시점이란

시점에 대해 고지엔(『広辞苑』, 제5판, 1998)에서 다음과 같이 설명하고 있다.

① 회화의 원근법에서 화면과 직각 시선이 화면과 교차하는 점. 회화에서 평행선이 한점으로 교차하는 점.

② 시선이 모아지는 곳. 또 사물을 보는 입장. 관점. 예:시점이 결정되지 않는다.

일본어의 시점에 해당하는 영어 a point of view, a viewpoint를 웹스터 사전(Webster's New World Dictionary, 제4판, 1998)에서는 다음과 같이 설명하고 있다.

① 사물을 보는 장소, 또는 사물의 견해, 입장.

② 생각하는 태도 또는 의견.

③ 이야기의 시점.

상기 두 사전의 설명에서 보듯 일본어의 시점과 영어의 Point of View의 차이는 시점의 예로써 일본어가 회화絵画를, 영어가 이야기를 들고 있는 것에서 알 수 있다. 일본어는 '어디에서 어떠한 입장에서 보는가'가 그다지 문제시되고 있지 않으나, 영어는 '입장'에 중점을 둔 정의라는 것이다. 그러나 일본어와 영어의 공통점은 '어떠한 입장에서 무엇이 보이는가' 라는 점이다. 즉 시점이란 사물을 볼 때의 시선의 출발점과 도달점인 것이다.

시점이란 용어는 두 가지 의미로 사용된다. 첫째는 어디에서 사물을 보는가 하는 '어디에서'를 가리키는 경우이며 둘째는 어디를 보고 있는가 하는 '어디를'을 가리키는 경우이다. 한편 시점은 단순히 공간에 한하지 않고 시간적으로 어디에 위치하며 이동하는가 하는 의미도 담고 있다.

여기에서는 선행연구를 종합적으로 채택하여 시점을 대상을 보는 눈의 위치인 시좌視座 개념과 또한 구노久野의 공감도의 측면에서 고찰하고자 한다.

## 2 선행연구 및 연구동향

시점은 Uspensky(1973)의 선구적인 연구에서 나타난 것처럼 문학이나 회화의 작가와 작품 간의 관계로써 다뤄져왔다. 시점은 구체적으로는 Uspensky가 제시한 Viewing Position이라는 표현과 같이 작가가 자신을 두는 위치이며 이 것은 마쓰키松木(1992)가 말하는 시좌視座의 개념에 해당한다. 시좌란 화자가 묘사하는 세계를 주시하는 장소를 말한다.

언어학이나 일본어학의 분야에 있어 시점의 개념은 특히 문법을 분석할 때 도입되어 왔다. 대표적인 것은 오에大江(1975)와 구노(1978)의 연구가 있다. 오에는 「いく」「くる」, 「수수동사授受動詞」, 「うる」「かう」 등 쌍을 이루는 동사를 이용하여 시점의 축을 설명하고 있다. 예를 들면 수수동사의 경우 내부에서 주관적으로 바라보는 사람의 위치를 설정하여 수수행위를 묘사하고 있다. 또한 화자가 현실적인 위치에 관계없이 실제로 묘사되는 움직임을 바라보는 장소로 화자의 홈베이스를 설정하고 있다. 이와 같이 오에는 시점이란 누구에게 축이 놓여있는가, 또 이 축은 현실에서 벗어나 화자가 실제로 보고 있는 장소를 포함한 개념이라고 설명하고 있다.

구노(1978:129-140)에게 있어서 시점이란 주로 화자가 문장이나 담화 속에서 어느 등장인물의 편에 서서 사태를 바라보고 있는가 라는 카메라 앵글의 의미이다. 어떤 사건을 기술하는데 그 논리적 의미가 같아도 카메라 앵글의 차이 즉, 화자가 어디에 카메라를 두고 그 사건을 묘사하고 있는가에 따라 다른 문장을 사용하는 것이 가능하다고 서술하고 있다. 또한 구노는 카메라 앵글은 어떤 인물이든 가까운 위치에 설정할 수 있으며, 최대한 그 인물에 가까운 상태를 동화, 자기 동일시화(Identication)라 하며, 공감도라는 용어로 설명하고 있다.

또 이와 같은 시점의 개념을 더욱 넓혀 시점을 보는 위치와 보는 대상으로 나누어 생각한 것은 사에키佐伯(1978), 미야사키·우에노宮崎·上野(1985)가 있다. 사에키는 시점을 대상을 보는 눈의 위치인 시좌와 시좌에서 바라볼 때 주목되는 대상의 측면과 속성인 주시점으로 나누어 고찰하고 있다. 사에키에 의하면 시좌는 고정되어 있으며, 주시점은 문장 안에서 여러 가지로 움직이는 것이라고 정의하고 있다. 미야사키·우에노도 사에키와 동일하게 시점을 두 가지 측면으로 나누어 고찰하고 있다. 즉 담화의 의미 해석이나 화자의 심정이나 감정과의 관계를 살피는 인지심리학적인 관점에 기반을 둔 시점 이론을 주장하여, 시점을 가상적 자기 배치와 시야로 나누어 분석하고 있다. 가상적 자기란 타인이 되어 그 심정을 실감적으로 이해하는 즉 타인의 공감적 이해를 구하는 것이라고 설명하고 있다. 가상적 자기 배치에 의해 타인의 세계에 들어가 그 내면도 파악할 수 있다고 설명하고 있다. 또 시야란 가상적 자기를 배치한 타인의 위치에서 보이는 사물을 가리키고 있다.

다음으로 시점을 시점인물, 시좌, 주시좌, 시야의 넷으로 세분화한 모로茂呂(1985)와 마쓰키가 있다. 시점인물이란 누구의 눈으로부터 보고 있는가이며, 시점인물이 사물을 바라보고 있는 장소가 시좌가 된다. 시점인물이 보고 있는 곳이 주시점이 되며, 주시점이 있는 사물이 시야가 된다.

일본어에서 「현재형(ル형)」과 「과거형(タ형)」의 선택은 시점에 의해 결정된다고 주장한 이토이糸井(1986:65-72)는 시점이란 사물을 인식하는 시좌를 의미한다고 논하고 있다. 시좌는 인식주체에게 놓여있으며, 시좌를 맡은 인식주체에는 작자 - 내레이터 - 등장인물 등이 있고, 인식주체가 변하는 것이 곧 시점의 전이를 초래한다고 말하고 있다. 그리고 시점이 전이한다는 것은 사물을 인식하는 「지금(いま)」, 「여기(ここ)」가 움직이는 것을 의미한다고 말하고 있다.

일본어학(『日本語学』, 1992)은 특집으로 '시점론의 현재'를 다루어 오쿠쓰奥津(1992) 「일본어 수동문과 시점」, 긴스이金水(1992) 「장면과 시점 - 수동문을 중심으로」 등 일본어의 제 현상을 시점과의 관계에서 규명하고 있다.

　또한 인식론에서 시점이라는 개념을 사용한 연구로는 센코泉子(2006)등이 있으며, 센코는 시점이라는 개념을 사용하여 지시표현에서 화자의 태도나 기분을 전하는 것을 논하고 있다.

　시점의 연구는 데익시스(直視, deixis), 즉 인칭, 지시어 및 시제등 다양한 어법과 밀접한 관계를 가지고 있다. 그 뿐 아니라 일본어와 한국어의 시점에 관한 비교연구로 이동동사, 수동문과 능동문(수동문에서는 특히 피해의 수동문), 경어 사용법, 수수동사(やる、くれる、もらう), 수수동사에 준하는 것 예를 들면, 「貸す」「借りる」、「買う」「売る」、「教える」「教わる」, 「送る」 등 다양한 언어현상에 대해 연구가 가능하리라 기대한다. 또한 「うれしい」「つらい」 등의 심리상태를 나타내는 술어문, 더 나아가서는 문장론, 문체론, 담화문법, 텍스트 언어학이라 불리고 있는 언어학과 문학이론, 문예비평 등의 영역까지 논의가 전개되고 있는 실정이다.


## **3** 화자중심의 시점

　일반적으로 일본어는 화자 중심의 언어라고 규정된다. 구마구라熊倉(1990: 60-61)는 원래 화자, 일본어 하나시테(話し手)는 어원적으로도 하나시테(放し手)와 동음이의어로, 잡고 있던 것을 놓는 자, 풀어놓는 자의 의미이며, 따라서 일본어 '하나스'(말하는 것, 話す)는 화자의 내부에 있는 것을 외부를 향해 풀어놓는 '하나스'(放す)라고 설명하고 있다.

　　1) ① 子供のごろよく母にしかられました。
　　　　② 子供のごろよく母がしかりました。

　상기 두 문장을 비교해 보면 전자는 수동표현이고 후자는 능동표현이라는 차이 이외에도 전자가 일본어로서 자연스러운 표현이라 할 수 있다.

　수동문이란 동작을 받는 자(피동자)에게 시점을 두고 피동자를 주어로 한 문장이며, 능동문은 동작의 주체(동작주)에 시점을 둔 동작주가 주어인 문장이다. 시점의 위치에 따라 같은 사건이라도 다르게 표현되는 것이 수동문과 능동문의 차이인 것이다. 일본어는 한국어에 비해 수동문 사용 빈도가 높다고 지적하고 있는데, 이는 일본어와 한국어의 시점이 상이하여 일어나는 표현상의 차이라 할 수 있다.

구노(1976)는 화자가 시점을 두는 서열에 주목하였다. 즉 구노는 공감도(empathy)라는 개념을 세워 화자가 시점을 두는 서열을 주어>목적어>수동문의 구(旧)주어(대응하는 능동문의 주어)의 순으로 가정하고 있다. 화자는 주어에 시점을 두기 쉽고 그 다음으로는 목적어라는 이론이다. 이와 같이 정한 이유에 대해 구노는 수동문은 일부러 행위주체를 주어의 위치에서 제외시키고 행위대상을 주어의 위치에 놓는 문장인 만큼 화자는 특별한 이유, 즉 행위대상에 대한 시점적 접근이 없으면 수동문 사용이 불가능하다고 설명하고 있다.

또 Silverstein(1986)도 시점의 서열을 주장하고 있다. Silverstein에 의하면 유생명사가 무생명사보다 높고 유생명사 중에서는 인간이 동물 등 비인간명사보다 높다. 즉 서열이 제일 높은 것은 화자이며 제일 낮은 것은 무생명사인 것이다.

일본어 교육시 일본어의 특징으로 피해의 수동문(자동사의 수동문, 雨に降られる、友だちに来られる、赤ちゃんに泣かれる 등)의 예를 들고 있는데 한국어에서 피해의 수동문에 해당하는 표현으로는 '맞다' '당하다' 등 동사의 어휘적 의미가 피동성을 띄고 있는 것이 있다[1]. 예를 들면 「雨に降られる」라는 표현에 대응하는 한국어는 「비를 맞다」로 동사의 어휘에 피동성을 띄고 있다. 그러나 유정주어 수동문으로 피해를 나타내는 표현은 한국어에서는 일반적이지 않다[2]. 「友だちに来られる」「赤ちゃんに泣かれる」 등에 해당하는 한국어는 능동문으로 표현하고 주어의 피해를 나타내는 감정은 별도의 문장을 덧붙여 표현한다. 이러한 한국어 표현을 통해 한국어는 유정주어를 동작주체로 내세우는 능동표현을 선호하는 것을 엿볼 수 있다. 따라서 유정주어가 「に」 격을 취해 피해를 나타내는 일본어 수동문 표현은 한국의 일본어 학습자들에게 있어 학습이 난이한 항목이며 또한 정확한 사용도 어려운 항목의 하나라 할 수 있다.

긴스이(1992:12-19)는 일본어와 영어의 수동문 구조를 비교분석하여 영어

1·
최현배(1975:418)는 이를 어휘적 피동문으로 부르고 있다.

2·
이와 같은 수동문을 허영자(2004:88-89)는 비소유물 피동문으로 분류하고 있다.

는 광범위하게 타동사 구문을 사용하고 있는데 반해 일본어의 타동사 구문은 의지 또는 책임을 가진 동작주를 주어로 하는 경우를 기본으로 하고 있다고 하며, 의지성에 민감하다는 것은 즉 시점제약에도 민감한 언어라고 설명하고 있다. 긴스이는 이러한 사실을 종합하여 일본어는 시점우위의 언어이며 이에 비해 영어는 타동성우위의 언어라고 규정하고 있다.

수동문이란 화자가 시점의 위치 조작의도에 의해 생긴 구문인 것이다. 이러한 시점의 위치조작으로 생긴 수동문 표현이 빈번하게 사용되는 것을 통하여 일본어는 화자 중심의 언어라는 것을 알 수 있다.

> 2) ① 犬しかのからだが、ひらりと動いたと思うと、一頭の犬が、その角にひっかけられて、谷底深くまりのように投げこまれたのでした。
>    큰 사슴의 몸이 훌쩍 움직이자 한 마리의 개가 그 뿔에 걸려 계곡 깊이 공같이 던져진 것이었습니다.
> ② 犬しかは、一頭の犬を、その角に引っかけて、谷底深くまりのように投げこんだのです。
>    큰 사슴은 한 마리의 개를 그 뿔에 걸어 계곡 깊이 공같이 던졌던 것입니다.

이와다岩田(2005:44-47)는 상기 두 문장을 비교하면서 예2)①의 수동문 표현은 큰 사슴에게 당한 사냥개를 본 사냥꾼이 큰 사슴에 대한 적개심이 불타올라 '좋아 해치워야지'라고 분발할 것이다. 이 표현을 읽는 독자도 불쌍한 사냥개의 모습을 상상하고 사냥꾼의 마음과 일치 할 것이라고 논하고 있다. 한편 행위자를 주어로 한 예2)② 표현은 뿔을 휘두르는 큰 사슴의 모습이 상상되어 큰 사슴이 조금 두렵게 느껴져 '좋아 해치워야지'라는 의욕이 생긴다고는 할 수 없다고 논하고 있다. 시점의 위치조작 의도에 의해 생긴 예2)①의 수동문이 주어는 문맥에 따라 동정의 대상이 되기도 하여 등상인물의 기분에 동화하기 쉬운 것이 그 특징이라 할 수 있다.

> 3) ① メロスは、王の前に引き出された。
> ② 警史は、メロスをを王の前に引き出した。

예3)② 예문과 같이 행위자가 있어도 굳이 말할 필요가 없는 경우나 말을 해서 오히려 이미지가 혼란될 것 같은 경우는 예3)①과 같이 수동문표현을 사용하면 독자를 주어의 인물에 동화시킬 수 있다.

즉 행위대상을 주어에 놓고 표현하는 수동문은 행위주체를 주어로 하는 능동문에 비해 완곡한 표현이라 할 수 있다. 일본어와 한국어를 비교할 경우 한국어는 일본어에 비해 동작주, 행동주체 우위의 언어라고 할 수 있다.

## 4  이동동사의 시점

일본어는 화자의 입장에서 본 동작이 이동동사의 사용을 지배한다고 할 수 있다.

이동동사 ユク, go와 *クル*, come을 사용하여 오에(1975:45)는 홈베이스 또는 시선의 축에 대해 다음과 같이 정의를 내리고 있다.

> a. *ユク*, go : 화자 또는 타자가 화자의 홈베이스를 출발하여 이동한다. 그 움직임을 화자가 출발점에서 바라보며 표현한다.
> b. *クル*,come : 화자가 자신의 홈 베이스에 위치하여 도달점으로 향하는 화자 또는 타자의 움직임을 바라보며 표현한다.
> c. come : 청자(결국은 청자의 시점을 취하는 화자)가 청자의 홈베이스에 위치하여 도달점으로 향하는 움직임으로서 바라보며 표현한다.

오에의 정의를 보면 일본어와 영어의 이동 동사의 상이점은 C에 있다고 할 수 있다.

한편 구노(1978:253)의 「来る」「行く」의 시점제약을 보면 다음과 같다.

a. 화자가 움직이는 주체인 경우
발화 장소가 도달점이 있으면 「来る」, 출발점이 있으면 「行く」가 사용된다.
b. 화자가 움직이는 주체가 아닌 경우
「来る」는 발화의 시점 또는 변동의 동작이 일어난(일어났던) 시점에 도달점이 있는(있던) (움직이는 주체이외의)사람에게 화자의 시선이 접근하고 있을 때 사용된다.

즉, 구노에 의하면 화자의 시점이 이동동사의 사용을 지배한다고 할 수 있다.

1)  a. ジョンは、10年前にメアリーが訪ねてきた家で、いまは幸福に暮らしています。
존은 10년 전에 메리가 <u>찾아</u> 온 집에서 지금은 행복하게 살고 있다.
b.  ジョンは、10年前にメアリーが自分を訪ねてきた家で、いまは幸福に暮らしています。
존은 10년 전에 메리가 자신을 <u>찾아</u> 온 집에서 지금은 행복하게 살고 있다.
2)  a. ジョンは、10年前にメアリーが訪ねていった家で、いまは幸福に暮らしています。
존은 10년 전에 메리가 <u>찾아</u> 간 집에서 지금은 행복하게 살고 있다.
b. * ジョンは、10年前にメアリーが自分を訪ねていった家で、いまは幸福に暮らしています。
* 존은 10년 전에 메리가 자신을 <u>찾아</u> 간 집에서 지금은 행복하게 살고 있다.

예1), 2)의 차이는 「訪ねる」에 「くる」가 사용되는가 「いく」가 사용되는 가의 차이라 하겠다.
1)a, 2)a의 예문같이 「자신自分」이라는 단어가 없을 경우에는 「くる/오다」 「いく/가다」가 양용되지만, 예 2)b와 같이 「자신自分」이라는 단어가 있는 경우에는 「いく/가다」는 사용할 수 없는 것이다.

시점이란 화자가 말로 상황을 기술 할 때 구노가 지적한 카메라 앵글에 비유되는 것으로, 하나의 상황을 두 개 이상의 카메라 앵글로 볼 수 없듯이 하나의 문에는 시점이 일관성이 있게 기술되어야 한다. 예1)의 「訪ねてきた」는 화자가 도달점 측인 존에 시점을 둔 표현이며 예1)b, 2)b의 「자신自分」이라는 단어가 있어 화자의 시점은 「자신自分」을 가리키는 존에 있게 된다. 예 2)b는 시점이 존과 메리의 두개의 시점을 가지고 있으므로 문법적으로 용인되지 않는 것이다.

또한 일본어는 화자가 청자의 위치로 이동할 때에도 「来る」를 사용하는 경우가 있는데, 이는 화자와 청자의 일체감, 다시 말하면 화자가 청자의 시점으로 이전했다고 볼 수 있으며 한편으로는 일본어는 청자로 시점이동이 완전히 이루어지지 않고 화자가 자신의 시점을 보유하고 있기 때문이라는 해석도 가능하다.

> 3) (私はあなたの家へ)又其内に出て来ませう＜電話のことば＞
>   (나는 당신 집으로) 근일 중에 *오지요/ 가지요.

상기 예3)에 해당하는 문장은 영어에서도 'come'을 사용하고 있지만 한국어에서는 화자 또는 타인이 청자의 위치로 이동을 하는 것이므로 '가다'를 사용한다.

> 4) あした君の事務所へうちのせがれが来るかもしれない。
>   내일 자네 사무실에 우리 아이가 *올지/ 갈지도 몰라.

예4)에서 일본어는 청자 측에 속하는 지점으로 화자 또는 타인이 이동할 시에도 「来る」를 사용할 수 있다. 단 이 경우 화자와 청자가 그 지점에 존재하지 않는 경우에 한한다. 대응하는 한국어에서는 타인 및 화자, 즉 동작의 주체가 이동하는 경우이므로 '가다'를 사용한다.

한편 시바※(1986)는 '한국어를 모국어로 하는 화자는 방향성에 의한 태의 개념이 희박하다'고 서술하고 있다. 실제로 한국의 일본어교육 현장에서 화자가 움직이는 주체가 아닌 경우의 방향성을 나타내는 「～てくる・～ていく」의 시점의 개념을 가르치지 않으면 다음과 같은 오용이 빈번히 일어난다. 예5)~7) 문장은 한국인 일본어 학습자에게 자주 나타나는 「～てくる・～ていく」에 대한 오용표현이다.

> 5) これからもずっとピアノを<u>習う</u>つもりです。（習う → 習っていく）
>    이제부터 쭉 피아노를 <u>배울</u> 생각입니다.
> 6) 今日から一つずつ漢字を<u>覚える</u>つもりです。（覚える → おぼえていく）
>    오늘부터 하나씩 한자를 <u>외울</u> 작정입니다.
> 7) 暗く<u>なりました</u>ね。もう帰りましょうか。（なりました → なってきました）
>    어두워<u>졌군요</u>. 이제 돌아갈까요?
> 8) それでも日なたを長く歩いていると、わきの下や胸のくぼみにうっすらと汗が<u>にじんできた</u>。（『ねじまき鳥のクロニクル　第1部』p.25）
>    양지를 오래 걷고 있자니 겨드랑이 밑이나 가슴사이에는 땀이 <u>배기 시작했다</u>.

　예5), 6)문장은 시간적 계속을 나타내는 「～てくる・～ていく」의 용법으로 화자의 현재의 시점을 중심으로 「～てくる・～ていく」의 사용구분이 이루어진다고 볼 수 있다. 예7), 8)의 표현은 일본어에서는 「～てくる・～ていく」가 붙음으로 인해 동사 「なる(지다)」 「にじむ(배다)」가 다른 상태로 변화하는 과정을 구체화시키는 역할을 한다고 할 수 있다. 예7)은 화자의 시점에서 보아 어두움이 시간적으로 접근하는 경우이므로 「～てくる」가 사용된 예이며, 예8)도 변화가 화자의 시점으로 접근해오는 경우이므로 「～てくる」가 사용된 예이며, 이 경우 「～てくる」에는 변화를 시작하는 의미가 내포되어 있으므로 대응하는 한국어 표현은 「배기 시작했다」로 되어 있다.

> 9) ① でも今では僕の脳裏に最初に<u>浮かぶ</u>のはその草原の風景だ。（『ノルウェイの森(上)』p.10）
>    하지만 이제와서 나의 뇌리에 맨 처음 <u>떠오르는</u> 건 그 초원의 풍경이 아닌가.

② でもそんな風に僕の頭の中に直子の顔が浮かんでくるまでには少し時間がかかる。(『ノルウェイの森(上)』p.11)
하지만 그런 식으로 내 머리 속에 그녀의 얼굴이 떠오르기까지엔 어느 정도 시간이 걸린다.

예9)①과 9)② 문장에서「浮かぶ」와「浮かんでくる」에 대응하는 한국어는「떠오르다」로 일치하고 있다. 일본어「浮かぶ(떠오르다)」동사 자체에는 방향 개념을 가진 이동의 의미가 내포되어 있지만「〜てくる・〜ていく」를 붙여서 화자와의 관계를 구체화시키고 있다고 하겠다. 이러한 동사는 이동 동작성 자동사에「〜てくる・〜ていく」가 붙은 것으로「上がって、帰って、近づいて、遠ざかって、もどって」등이 있다. 한국의 일본어 학습자들은 화자와의 관계를 구체화시키는「〜てくる・〜ていく」의 의미를 굳이「〜해 오다, 〜해 가다」로 번역하여 이상한 한국어를 만들어 버리는 경우들이 빈번히 일어나고 있다.

## ▌5   시점의 시간적 입장

일본어에서「현재형(ル형)」과「과거형(タ형)」의 선택은 시점의 시간적 입장에 의해 결정되다고 할 수 있다. 이때 시점이란 사태를 인식하는 시좌視座를 의미하며, 시좌는 인식주체를 말한다.
시가 나오야志賀直哉의 단편『朝顔(나팔꽃)』은 총 39개의 문장으로 구성되어 있는데, 후지와라藤原(1988:35-42)는 이를 제1단락에서 제8단락에 이르는 여덟 단락으로 나누어 사태서술의 시간 축에 관하여 논하고 있다. 여기에서는 후지와라의 단락분류에 따라 시점의 전개과정을 중심으로 한국어와 대조 분석하고자 한다.

제 1단락 : 과거에서 현재까지 계속하는 사태내용을 시점인물(서술자=1인칭
　　　　　나)이 텍스트 전체를 바라보는 시간원점에서 서술하며, 시점의 시
　　　　　간원점은 고정적이다. 문장1)∼문장5).

　　1) 私は十数年前から毎年朝顔を植え<u>ている</u>。 [3]
　　　　나는 십 수년 전부터 매년 나팔꽃을 심<u>어 왔다.</u>/심고 있다.
　　2) それは花を見る為めよりも葉が毒虫に刺された時の藥になるので、絶
　　　　やさないようにし<u>ている</u>。
　　　　그것은 꽃을 보기위한 것보다도 독충에 물렸을 때 나팔꽃잎이 약이 되기
　　　　때문에 계속 끊이지 않도록 하고 있다.

　　문장1), 2)는 시점인물이 일인칭으로 자신의 동태를 표현하고 있는 것이다.
과거로부터 지금까지 반복 계속하고 있는 계속 시점을 나타내는데 일본어에서
는「テイル」형을, 한국어에서는「어 왔다/고 있다」가 된다.

　　3) 蚊や蝶子ぶよは素より蜈蚣でも蜂でも非常によく<u>利く</u>。
　　　　모기나 파리매는 물론이고 지네나 벌에 쏘였을 때도 효과가 <u>좋다.</u>

　　문장3)「非常によく<u>利く</u> (효과가 <u>좋다</u>)」, 문장4)「ねっとりした汗が出て<u>来
る</u> (끈끈한 즙이 나<u>온다</u>)」, 문장5)「そこから何時までも汁が出たりするような
事が<u>ない</u> (그곳으로부터 언제까지나 즙이 나오거나 하는 일이 <u>없다</u>)」 등은 시
점인물의 시간 축상에 있는 현상이므로 한국어와 일본어 모두「현재형(ル형)」
을 쓰고 있다.

제 2단락 : 일련의 과거 사태를 사태전개의 전후 관계에 따라 전개하고 있다.
　　　　　시점의 시간원점은 고정적이고, 설명적 묘사가 주를 이루고 있으며
　　　　　회상적인 내용이다. 문장6)∼문장11).

　　6) 私は今住んでいる熱海大洞台の住いの裏山の中腹に小さい掘立小屋の
　　　　書斎を<u>建てた</u>。

나는 지금 살고 있는 아타미오호라다이(熱海大洞台)의 집 뒷산의 중턱
에 작은 서재를 <u>만들었다</u>.

　문장6)은 「建てた(만들었다)」로 작은 서재가 완료된 시점을 나타내며, 이
시점을 근거로 하여 시점인물인 서술자 자신의 여러 현상들이 서술되고 있다.
시점인물의 시간 축이 과거시점인 문장6)을 근거로 하고 있으므로, 문장7)「茶
の実を蒔いた (차 열매를 심었다)」, 문장8)「幾種類かの朝顔を蒔いた (몇 종류
인가 나팔꽃 종자를 뿌렸다)」, 문장10)「それを垣の方にもどしてやった (그것
을 울타리 쪽으로 돌려놓았다)」 등 자신의 과거 동태가 묘사되고 있다.

　　7) 狭い場所で、窓の前は直ぐ急な傾斜地なので、用心の為め、低い四つ
　　　　目垣を結い、その下に茶の実を<u>蒔いた</u>。
　　　　협소한 곳으로, 창밖은 바로 급한 경사지라, 조심하려고, 낮은 대나무 울
　　　　타리를 엮고, 그 밑에 차 열매를 <u>심었다</u>.
　　9) 夏が近づくとそれらが四つ目垣に絡み<u>始めた</u>。
　　　　여름이 가까워오자 나팔꽃들이 대나무로 만든 울타리를 타고 올라가기
　　　　<u>시작했다</u>.

　한편 서술자 자신의 시간 축과 동일한 시간 축상에서 문장9)「絡み始めた
(올라가기 시작했다)」, 문장11)「日光を受けられなかった(햇빛을 받지 못했
다)」 등으로 나팔꽃의 사물묘사가 이루어지고 있다.

제 3 단락 : 여름을 「이 여름(この夏)」으로 특정화시켜 개별사태가 전개되는
　　　　　　시간 축을 설정하고 있다. 문장12)~문장17).

　　12) この夏は私の家は子供や孫で、満員に<u>なった</u>。
　　　　이 여름은 우리 집은 아이들과 손주들로 넘쳐 <u>났다</u>.
　　13) その為め、一ト月余り私は山の書斎で<u>寝起き</u>したが、年のせいか、朝、
　　　　五時になると眼が覚め、未だ睡いのに、もう眠る事は出来ず、母屋の
　　　　家族が起きるまでは景色を眺め、それを待っていなければ<u>ならぬ</u>。

그 때문에 한 달 정도 산에 있는 서재에서 <u>지내고 있는데/지냈는데</u> 나이 때문일까 아침 5시가 되면 눈이 떠지고 아직 졸렸지만 더는 잠을 잘 수가 없어서 본채의 가족들이 일어날 때 까지 경치를 구경하며 기다리고 있지 않으면 <u>안 되었다</u>.

　문장12) 「이 여름(この夏)」에 일어난 사건은 일본어와 한국어에서 「夕형·었/았다」를 사용하고 있다. 문장13) 「一ト月あまり寝起きした(지내고 있는데/지냈는데)」로 일본어는 「夕형」을, 한국어에서는 「고 있다/ 었」 형을 사용하고 있다. 한편 서술자의 시간원점은 고정적이어서 현재의 자신의 동태표현인 「それを待っていなければならぬ (기다리고 있지 않으면 안 되었다)」는 일본어에서는 현재형을 한국어에서는 「었다」를 사용하고 있다.
　서술자 자신의 동태표현은 문장14) 「更に遠く三宅島までも見える事が<u>ある</u>。(다시 멀리 미야케 섬(三宅島)까지도 보일 때가 <u>있다</u>.」, 문장15) 「一年に二三回幽かに見える程度<u>である</u>(그것도 일 년에 2, 3회 희미하게 보이는 정도<u>이다</u>.)」, 문장16) 「珍しい景色のいいところ<u>だ</u>。(드물게 경치가 좋은 곳<u>이다</u>」), 그리고 문장17)과 같이 현재시제를 사용하고 있다.

　　17) 私はこれまでも尾島、松江、我孫子、山科、奈良といふ風に景色のいい所に<u>住んで来たが</u>、ここの景色はなかでも一番いいやうに<u>思ふ</u>。
　　　　나는 지금까지도 오시마(尾島)、마쓰에(松江)、아비코(我孫子)、야마시나(山科)、나라(奈良)와 같이 경치 좋은 곳에 <u>살아 왔지만</u>, 여기의 경치는 그 중 가장 좋다고 <u>생각한다</u>.

　문장17)은 자신의 과거체험을 「살아왔지만(住んで来たが)」으로 나타내, 대비적으로 현재시점 「노년老年」을 시사하고 있다.

제 4 단락 : 시점의 시간원점은 고정적이며 서술자 자신의 습관적 동태표현으로 현재시제를 사용하고 있다. 문장18), 19).

18) 毎朝、起きると、出窓に胡坐をかいて、烟草をのみながら、景色を<u>眺める</u>。
매일 아침 일어나면 창가에 책상다리를 하고 앉아 담배를 피우면서 경치를 <u>바라본다</u>.

19) そして又、直ぐ眼の前の四つ目垣に咲いた朝顔を<u>見る</u>。
그리고 또 대나무 울타리에 핀 나팔꽃을 <u>본다</u>.

**제 5 단락** : 나팔꽃에 대한 자신의 인식의 변화에 따라 소년에서 노년으로 시간적 추이를 구체적으로 제시하고 있다. 시점의 시간원점은 고정적이며 현재에 가깝지만 눈앞에 일어나고 있는 현재라는 인상은 희박하다. 원경과 근경, 과거와 현재를 대비시키고 있다. 문장20)~문장26).

20) 私は朝顔をこれまで、それ程、美しい花とは思っていな<u>かった</u>。
나는 지금까지 나팔꽃이 그렇게 아름다운 꽃이라고는 생각하지 <u>않았다</u>.

25) 私は朝顔の花の水々しい美しさに気づいた時、何故か、不意に自分の少年時代を憶い<u>浮かべた</u>。
나는 나팔꽃의 싱싱한 아름다움을 깨달았을 때 왠지 모르게 문득 소년시절을 <u>떠올렸다</u>.

26) あとで考えた事だが、これは少年時代、既にこの水々しさは知っていて、それ程思わず、老年になって、初めて、それを大変美しく感じたのだろうと<u>思った</u>。
나중에 생각한 것이지만, 소년시대에 이미 이러한 싱싱함을 알고는 있었지만 그 정도로는 생각하지 않고 비로소 노년이 되어 처음으로 그것을 대단히 아름답다고 느꼈을 것이라고 <u>생각했다</u>.

제 5단락은 나팔꽃을 내세워 자신의 지금까지의 과거체험인 문장21)「その弱々しい感じからも私はこの花を余り好きになれ<u>なかった</u>。(그 연약한 느낌에서도 나는 이 꽃을 그다지 좋아지질 <u>않았다</u>)」와 나팔꽃의 싱싱함을 발견한 이 여름을 문장22)「開いたばかりの朝顔を見るやうになると、私はその水々

しい感じを非常に美しいと思ふやうになった。(막 핀 나팔꽃을 보자, 나는 그 싱싱한 느낌을 굉장히 아름답다고 생각하게 <u>되었다</u>.」, 문장23)「カンナと見較べ、ジェラニウムと見較べて、この水々しい美しさは特別なものだと<u>思った</u>。(칸나랑 비교하고, 제라늄과 비교해도, 이 싱싱한 아름다움은 특별한 것이라고 <u>생각했다</u>.」를 대비시키고 있다. 나아가 소년시절 문장25)와 노년시절 문장26)을 대비시키고 있다. 이 대비로 인하여 작자는 나팔꽃의 싱싱함을 두드러지게 하는 효과를 노리고 있다고 할 수 있겠다.

제 6 단락 : 사건의 발생에 의해 사건이 눈앞에 나타나는 듯이 서술되고 있다. 사태는 사물의 현상으로 자세하게 서술되고 있으며, 눈앞의 현상을 보는 시선의 움직임이 눈에 띈다. 문장27)~문장32).

28) その前、小学校へ通う孫娘の押花の材料にと考え、瑠璃色と赤と小豆色の朝顔を一輪づつ摘んで、それを上向けに持って段になった坂路を降りて行くと、一疋の虻が私の顔の廻りを煩く飛び廻った。
그 전에 초등학교에 다니는 손녀딸의 말린꽃 재료로 생각하여, 칠보색과 빨강, 팥죽색의 나팔꽃을 한 송이씩 따고 그것을 올려들고 계단으로 된 비탈길을 내려가자, 등에(虻) 한 마리가 내 얼굴 주위를 성가시게 <u>날아다녔다</u>.
29) 私は空いている方の手で、それを追ったが、どうしても<u>逃げない</u>。
나는 비어있는 손으로 그것을 쫓아 보았으나 아무리해도 달아나지 <u>않는다</u>.
31) と、同時に今まで飛んでいた虻は身を逆さに花の芯に深く入って蜜を<u>吸い始めた</u>。
그러자 지금까지 날고 있던 등에는 몸을 거꾸로 하여 꽃심 깊이 들어가 꿀을 빨기 <u>시작했다</u>.
32) 丸味のある虎斑の尻の先が息でもするやうに動いて<u>ゐる</u>。
통통한 얼룩무늬 꽁지는 숨이라도 쉬듯 움직이고 <u>있다</u>.

제 5단락이 나팔꽃과 서술자의 관계라면 제 6단락에서는 등에와 서술자와의 관계가 성립한다고 할 수 있다. 서술자인 나의 시간원점은 등에의 동태의 시간 축상에서 변해가는 것을 알 수 있다. 따라서 서술자의 주위를 맴돌고 있는 등에의 동태는 문장29), 32)와 같이 현재형으로 묘사되고 있는 반면, 서술자와 무관한 등에의 동태표현은 문장28), 31)과 같이 「夕형・았/었다」로 되어 있다.

제 7 단락 : 시점인물의 판단 및 심중묘사부분이다. 문장33)~문장35).

> 34) 虻にとっては朝顔だけで、私という人間は全く眼中に<u>なかったわけで</u>ある。
> 등에에게 있어 관심은 나팔꽃뿐이고 나라는 인간은 전혀 안중에도 <u>없었던</u> 것이다.
> 35) そういう虻に対し、私は何か親近を覚え、愉しい気分に<u>なった</u>。
> 그런 등에에 대하여 나는 왠지 친근감이 느껴져 기분이 즐거워<u>졌다</u>.

제 8 단락 : 지금까지 서술된 일련의 사태를 전부 과거로 돌리고, 마지막 문장에서 자신의 현재시점을 나타내고 있다. 문장36)~문장39).

> 36) 私以上にそういう事に興味を持つ末の娘にその話をして、何という虻か昆虫図鑑で一緒に調べたが、花虻というのがそれらしく、若しそれでなければ花蜂だろうという事に<u>なった</u>。
> 나 이상으로 그런 일에 흥미를 가지는 막내딸에게 그 이야기를 하고, 어떤 등에인지 곤충도감에서 함께 찾았지만 꽃등에든지 혹시 그게 아니면 꽃벌일 것이라는 것<u>이었다</u>.
> 39) 見た時、虻と思ったので虻と書いたが、今もそれが何れかは分からず<u>にいる</u>。
> 보기에는 등에라고 생각했기 때문에 등에라고 쓰지만 지금도 그것이 어느 쪽 인지 모르는 채로 <u>있다</u>.

제 8단락의 시간원점은 「今(지금)」이므로 일련의 사태를 문장36)과 같이, 문장37)「蜂科の方は親羽根の下に子羽根がついているという事を<u>知った</u>。

(벌과 쪽은 큰 날개 밑에 작은 날개가 붙어있다는 것을 <u>알았다</u>.」, 문장38)「朝
顔を追って来たのは何れ<u>であったか</u>。 (나팔꽃을 따라 온 것은 어느 쪽<u>이었을</u>
<u>까?</u>)」식으로 과거시제를 쓰고 있다. 단 현재에 해당하는 39)「今もそれが何れ
かは分からず<u>にいる</u> (지금도 그것이 어느 쪽 인지 모르는 채로 <u>있다</u>)」 문장만
현재시제를 쓰고 있다.

## 6 연구과제 및 전망

시점의 연구는 데익시스(直視, deixis) 즉 인칭, 지시어 및 시제 등 다양한
어법과 밀접한 관계를 가지고 있다. ㄱ 뿐아니라 일본어와 한국어의 시점에
관한 비교연구는 이동 동사, 수동문과 능동문(수동문에서는 특히 피해의 수동
문), 경어 사용법, 수수동사(やる、くれる、もらう), 수수동사에 준하는 것 예
를 들면,「貸す」「借りる」、「買う」「売る」、「教える」「教わる」,「送る」등
다양한 언어현상에 대해 연구가 가능하리라 기대한다. 또한「うれしい」「つら
い」 등의 심리상태를 나타내는 주관술어문, 더 나아가서는 문장론, 문체론, 담
화문법, 텍스트 언어학이라 불리고 있는 언어학과 문학이론, 문예비평 등의
영역까지 논의가 전개되고 있는 실정이며 앞으로도 더 활발한 논의가 기대되
고 있다.

와카바야시・모로若林・茂呂(1992)가 제시하고 있듯이 일본어 작문교육시 시
점론에 입각한 수업의 재구축을 통하여 학습자들의 흥미를 유발할 수 있는
작문수업도 가능하리라 기대한다. 문장을 쓴다는 것은 특정인을 향하여 특정
인이 무엇인가를 쓰는 행위이므로 작문 수업이 어렵고 흥미가 없이 생각되지
만, 예를 들면 가상적으로 영화감독의 입장이나 역할을 이해하면서 영화감독
의 시점에 입각하여 문장을 써내려간다는 방법이다. 그러면 학습자들에게 써
야 하는 상대와 왜 그렇게 써야 하는 이유를 부여하게 되어 흥미를 유발하게
된다는 이론이다.

1) a. 私は花子に写真を送った / おくってやった。

　　나는 하나코에게 사진을 보냈다 / 보내주었다.

　b. 太郎は花子に写真を送った / おくってやった。

　　타로는 하나코에게 사진을 보냈다 / 보내주었다.

　c. 花子は私に写真を?送った / おくってくれた。

　　하나코는 나에게 사진을 ?보냈다 / 보내주었다.

　「送る」는 보내는 자의 호의를 나타낼 수 없고 단순한 물건의 이동을 나타내는 동사이다. 또한 단순한 이동만을 나타낼 경우는 「送ってくる」「送ってよこす」 등의 표현이 있다. 「やる」와 「くれる」를 비교하면 「やる」는 행위자 또는 은혜를 베푸는 자에게 시점이 놓인 표현이며, 「くれる」는 피행위자 즉 은혜를 받는 자에게 시점이 놓인 표현이다. 또 「送ってくれる」「送ってくる」는 피행위자측에 시점이 놓인 표현이지만 전자는 감사의 뜻을 함의 되어 있지만 후자는 단순한 행위의 표현에 머무는 것을 알 수 있다. 따라서 선물하다는 일본어 「贈る」는 보내는 쪽의 호의가 느껴지는 표현으로 「2)花子は私に指輪を贈ってくれた。」와 같은 표현이 가장 적합한 것이다. 상기 1) 2)의 예에서 알 수 있듯이 시점의 연구로 인하여 표현이 가지고 있는 내재적 의미를 간파 할 수 있으리라 기대한다.

# 02 부정문에 있어서의 조사 「は」의 역할

김영민

## 들어가는 말

일본어에는 다양한 문의 유형이 존재한다. 판단문, 의문문, 명령문 등, 우리가 사용하는 각종의 文의 유형을 열거할 수 있지만, 이들 文은 크게 긍정적인 표현이냐, 아니면 부정적인 내용을 나타내는 것이냐로 분류할 수 있다. 다시 말하면, 우리가 일상생활에서 사용하는 모든 文은 긍정문 아니면 부정문이라고 할 수 있다. 이와 같이 언어현상으로서의 부정문은 긍정문과 대립관계에 있다고 할 수 있는데, 문법적인 카테고리로서의 긍정과 부정의 관계도 마찬가지로, 다카하시高橋(1987b)는 「일본어의 동사는 긍정-부정의 카테고리에 있어서 긍정을 나타내는 동사와 부정을 나타내는 동사로 서로 나뉘어있다」 고 설명한다. 다카하시는 동사에 국한시켜 「긍정」과 「부정」의 대립을 지적했으나, 이와 같은 현상은 동사뿐만 아니라, 형용사, 코플라(copula) 「だ」 등을 포함한 동사류의 전반에 걸쳐 적용된다.

일본어의 부정문을 구성하는 요소는 여러 가지 존재한다. 예를 들면, 「ズ,

無, 未, 非」「まい」「ぬ」「な」「ない」 등 주로 文末에 연결되는 각종 요소들을 들 수 있다. 이중 현대 일본어의 부정문을 구성하는 가장 보편적인 방법은 주로 文末에 부정사 「ない」를 부가시키는 것이라 할 수 있다. 이하, 이 글에서는 「ない」를 수반한 부정문을 고찰 대상으로 하고자 한다.

부정문의 경우 긍정문과는 달리 실제로 어느 구성요소가 부정되고 있느냐에 따라 그 의미해석이 달라지게 된다. 따라서 부정문에는 실제로 어떤 요소가 부정되고 있는가를 나타내기 위한 장치가 마련되어 있는데, 이들 장치는 「조사, 강조엑센트, 문맥, 강조구문」 등으로 요약할 수 있다. 이 중에 부정문에서 가장 눈에 띄는 것으로는 조사의 활약을 들 수 있으며, 이들 조사 중에서도 가장 대표적인 것으로 「は」를 들 수 있다.

그동안 「は」에 대해서는 많은 학자들에 의해 다양하게 연구되어 왔는데, 그 연구결과는 크게 '文의 主題를 나타내는 것'과 '対照의 의미를 나타내는 것'으로 정리할 수 있다. 이 중 '文의 主題를 나타내는 「は」'는 부정문 안에서 부정사 「ない」와 아무런 상호작용도 하지 않기 때문에 이 글의 검토대상에서 제외시킨다. 따라서 여기에서는 이 두 가지의 기능 중에서 '対照의 의미를 나타내는 「は」'를 중심으로 그들이 부정문 안에서 어떠한 역할을 담당하고 있는지, 또 「は」를 수반한 부정문과 수반하지 않은 부정문사이에 의미의 차이는 어떻게 나타나는지 등에 대해 살펴보고자 한다.[1]

1·
긍정문 중에도 「くだもののなかでりんごはたべる」와 같이 「は」가 수반되어 사용되는 경우가 있으나 이 글에서는 부정문만을 고찰의 대상으로 함.

## ▌1  선행연구와 문제점

否定文에 조사 「は」가 종종 사용된다는 사실은, 이전부터도 이미 지적되어 왔다. 예를 들면,

（ⅰ） 미카미아키라三上章(1953)에는 부정문에는 특성적 「は」가 나타난다는 지적이 있고

（ⅱ） 가토야스히코加藤泰彦(1985)는 「は」의 기능을 否定의 焦点을 나타내는

요소로 규정하고, 「は」는 그 고유의 영역을 갖는다고 하였다. 따라서 「は」를 수반한 부정문은 「ない」와 「は」의 상호작용에 의해 그 의미가 결정된다고 하였다.

(ⅲ) 후루타케이古田啓(1987)는, 대비의 「は」는 부정문인 이유가 어느 성분에 있는가를 나타내기 위해 존재한다고 「は」의 기능을 설명하였다.

(ⅳ) 아오키레이코靑木礼子(1992)는 부정문에서의 「は」의 역할 중에는 「대비의 내용이 쉽게 떠오르는 것」, 「대비의 내용을 떠올릴 수는 있지만 그럴 필요가 없는 것」, 「전혀 대비의 의미가 없는 것」의 3가지가 존재한다고 설명하고 있다.

선행연구 중 (ⅰ)~(ⅲ)은 주로 「ない」와 「は」가 특별한 관계를 나타낸다는 점을 부각시켜 설명하였다.

그러나 우리가 「は」를 수반한 부정문을 사용할 경우 선행연구와 같이 「ない」와 「は」는 항상 특별한 관계를 유지하고 있다고는 할 수 없다. 예를 들면,

· お茶だけ<u>でなく</u>、紅茶も飲んだ。
· おにぎりだけ<u>でなく</u>、からあげも食べた。

와 같은 경우, 「は」에 의한 의미의 반전은 기대하기 어렵다. 다시 말하면, 위의 예문의 경우 「は」의 유무에 관계없이 같은 의미로 밖에는 의미해석이 가능치 않기 때문에 선행연구에서 말한 특별한 관계를 설명하기에는 무리가 따른 다고 할 수 있다.

이런 의미에서 (ⅳ)는 「は」의 역할을 좀 더 포괄적으로 다루고자 했다는 점에서 괄목할 만하다. 그러므로 이 글에서는 「ない」와 「は」의 관계가 다양하다는 것을 인정하는 입장에 서서 「は」의 여러 가지 역할에 대해 보나 폭넓은 예문을 통해 살펴보고자 한다. 또한 「は」의 기능 중 아오키(1992)가 말하는 「전혀 대비의 의미가 없는 것」에 대한 분석을 아오키와는 다른 각도에서 다루고자 한다. 이 글의 이러한 시도는 선행연구에서 구문 상 같은 형태를 하고 있으면서 각각 그 역할을 달리하는 「は」를 세분화시켜 다루지 않았기 때문에

동일한 부정문이 읽는 관점에 따라 서로 다른 의미로 해석되는 등, 적지 않은 견해의 차이를 보여 왔고, 그러므로 일본어 학습자들에게도 많은 혼동을 일으키게 하곤 하였던 점을 해소시킬 수 있으리라고 기대한다. 또 이 글에서는 대비의 기능을 나타내는 「は」를 '초점의 「は」'라는 명칭으로 사용한다.

## ▌2  초점을 나타내는 「は」

위에서도 언급한 바와 같이 「は」의 역할은 주로 '文의 주제를 나타내는 것'과 '대비의 기능을 나타내는 것'으로 대별되며, 이 중 이 글의 검토대상인 '대비의 기능을 나타내는 것'을 이 글에서는 '초점의 「は」'로 부르기로 하였다. 일반적으로 文中에서 초점으로 기능하는 「は」는 다음과 같은 특징을 나타내는 것으로 정리할 수 있다.

（ⅰ） 文의 위치나 구성요소에 제한을 갖지 않는다.
（ⅱ） 文中에서 자유로이 부가될 수도, 제거 될 수도 있다.
（ⅲ） 「は」가 부가될 때와 부가되지 않을 때 의미의 차이가 있어야 한다.

**2**·
여기서 말하는 명사상당 어구란 수식하는 말을 수반한 명사 및 조사를 수반하고 있는 명사 등을 말함.

**3**·
동사류에는 동사, 형용사, copula 「だ」가 포함된다.

따라서, 이 글에서는 위의 3가지 특징이 부정의 초점을 나타내는 하나의 기준으로 삼고 이를 충족시키지 못할 때는 초점으로서의 기능을 상실하는 것으로 간주하고자 한다. 또, 초점의 「は」가 부가될 수 있는 구성요소를 크게 명사류(명사 상당 어구[2]포함)와 동사류[3]로 구분하여 이하에서는 이들 구성요소와 「は」의 관계에 대해 각각 살펴보기로 하겠다.

**1** '명사류' + 「は」

    1) a. 太郎は昨日学校へ行かなかった。
       b. (太郎は)昨日<u>は</u>(学校へ)行かなかった。
       c. (太郎は昨日)学校へ<u>は</u>行かなかった。

   위의 예1)의 경우, 예1a)는 초점을 나타내주는 아무런 장치가 마련되어 있지 않은 부정문이라 할 수 있다. 따라서 예1a)가 의미하는 것은 '어제 太郎가 학교에 가지 않았다'는 사실을 나타내고자 하는 부정문으로 보는 것이 가장 일반적이라 하겠다. 이에 비해 예1b)는 「昨日」에, 예1c)는 「学校へ」에 각각 「は」가 부가되어있어 예1b)는 '太郎가 평소에 늘 학교에 갔었지만 어제는 예외'라는 것을 나타내고, 예1c)의 경우는 '太郎가 어딘가에 가기는 했지만 학교에 간 것은 아니라는 것'을 나타내는 부정문이라 할 수 있다.

    2) 学校では、漢字や、文法、言葉の意味、敬語の使い方は教えてもらうが、言葉の伝わりかたや言い方は教えてくれない。(読)[4]
    3) 私はふつう雨の日は散歩しません。(外)[5]
    4) たくさんの女性と付き合っている男とは結婚しません。

   예2)의 경우, 「漢字、文法、言葉の意味、敬語の使い方」와 「言葉の伝わり方、言い方」의 대립을 통해서 학교에서 무언가를 가르쳐 준다는 것을 전제로 한 다음, 전자는 그 가르쳐주는 것에 포함되지만, 후자는 포함되지 않았다는 것을 나타내는 부정문이라 할 수 있다. 3)의 예문도 마찬가지로, 평소에 늘 산책하고 있음을 전제로 한 다음, 그러나 비오는 날은 예외라는 것을 나타내주는 부정문이라 할 수 있다. 예4)의 부정문이 의미하는 것은 결혼을 하지 않겠다거나 남성과 결혼하지 않겠다는 것이 아니라, 수식어 「たくさんの女性と付き合っている」가 포함된 「男」 하고는 결혼하지 않겠다는 것을 의미한다. 그러므로 예4)의 경우 결혼한다는 것을 전제로 한 다음, 그러나 많은 여성과 교제하는 남성은 그 대상에서 제외하고 싶다는 것을 나타내려는 부정문이라 할 수 있다.

**4 ·**
(読); 『日本語中級読解入門』アルク

**5 ·**
(外); 『初級日本語』韓国外国語大学校出版部

이러한 분석은 수량사를 수반한 부정문에도 적용되어 부분부정의 의미를 유도한다. 다음의 예문을 살펴보면,

> 5) a. 昨日のマラソン大会にクラスの全員<u>が</u>参加しなかった。
>     /*一部だけ参加した。(読)
>   b. 昨日のマラソン大会にクラスの全員<u>は</u>参加しなかった。
>     / 一部だけ参加した。

위의 예문의 경우 「クラスの全員」이라는 요소 뒤에 예5a)는 조사 「が」가 부가되었고, 예5b)는 「は」가 부가되어있다. 예문에서 알 수 있듯이 예5a)가 뒤의 긍정문과 호응하지 못하는 것에 비해 예5b)는 뒤의 긍정문과 호응하고 있다. 이것이 의미하는 것은 예5a)의 부정문은 학급학생 전원을 대상으로 하여 그들이 마라톤대회에 참가했는가를 문제시하기 때문에 술어인 「参加する」가 부정의 초점이 되고, 따라서 그 뒤에 일부가 참가했다는 긍정문이 오는 것을 허용치 않는 다는 것이다. 이에 반해, 예5b)는 「は」가 「クラスの全員」 뒤에 부가 됨으로써 누군가가 참가했다는 것을 이미 전제로 한 다음, 그 참가한 인원이 학급의 전원인가 아니면 일부인가를 문제시하는 부정문이라 할 수 있다. 그러므로 예5b)의 경우, 술어부분은 부정의 대상이 되지 않으므로, 자연히 뒤의 '학급의 일부가 참가했다'는 긍정문과 호응관계를 나타낼 수 있는 것이다. 이와 같이 초점의 「は」가 문의 구성요소 중 명사에 부가되어있을 때, 일반적으로 술어부분은 부정의 대상이 되지 않고 술어이외의 부분이 부정의 초점으로 해석된다는 것을 알 수 있었다.

그런데, 앞에서 살펴본 예1c)의 경우 위에서 살펴본 것과는 다르게 해석할 수 있다. 이번에는 예1c)의 예문으로 돌아가 이러한 현상에 대하여 살펴보기로 한다.

> 1c) (太郎は昨日)学校へ<u>は</u>行かなかった。

위에서는 예1c)를 「は」 앞의 구성요소 「学校へ」를 부정의 초점으로 하여

'太郎가 어제 어딘가에 갔다'는 것을 전제로 하여 '그가 간 곳 중에 학교는 제외된다'는 의미로 해석된다고 했다. 그러나 예1c)의 경우 또 다른 의미해석이 가능한 것으로 보인다. 다시 말하면, '太郎가 어제 무슨 일인가를 했다'는 것을 전제로 한 다음, 그러나 그 일이 '학교에 가는 일'은 아니라는 해석이다. 이 경우 부정의 초점은 「学校へ行く」가 된다고 할 수 있다. 이러한 현상에 대해 가토加藤(1985)는 '마치 동사류 어간에 첨가된 「は」와 같은 역할을 한다'고 설명하면서 특수한 상황에서 볼 수 있는 예외적인 예문으로 처리하였다. 그러나 이러한 예문이 특수한 상황에서만 찾아볼 수 있는 예문이라고 할 수는 없다.

> 6) 雨<u>は</u>降らなかった。
> 7) a. (太郎は花子と)映画<u>は</u>見なかった。
>    b. (太郎は)花子とは(映画を)見なかった。(M)[6]

예6)도 예1c)와 마찬가지로 두 가지의 해석이 가능하다. 한 가지는 '비는 오지 않았지만 눈이 내렸다'라는 의미로 해석될 수 있고, 이 경우 「雨」와 「雪」 대립으로 「雨」가 초점인 것을 알 수 있다. 또 한 가지는 '비는 오지 않았지만, 바람이 심하게 불었다'는 의미해석이 가능하다. 이 경우 「雨が降る」와 「風が強い」의 대립으로 부정의 초점은 「雨が降る」라고 할 수 있다. 한편 예7)의 경우 예7a)와 예7b)는 서로 다른 양상을 보인다. 다시 말하면, 예7a)의 경우, '영화는 안 보았으나 그 대신 연극을 보았다'는 해석과 '영화는 안 보았으나, 그 대신 춤을 추었다'는 해석이 가능해 예6)과 마찬가지로 「映画」와 「映画を見る」라는 두 가지의 초점이 존재할 수 있음을 보여준다. 그러나 예7b)는 '영화를 보았다'는 것을 이미 전제로 한 다음 함께 본 상대 중에 '花子'는 제외된다는 것을 의미하므로 두 가지의 의미해석은 불가능해진다고 할 수 있다.

그러면 이처럼 같은 구조를 하고 있는 문중에서도 어떠한 경우에 두 가지의 의미해석이 가능하고 또 어떤 경우에는 가능치 못한 것일까? 하나의 단서가 되는 것은 「は」의 위치이다. 즉, 위의 예6)과 예7a)와 같이 「は」가 '명사+は+동사'의 위치에 놓여있을 때, 두 가지로 해석되기 쉽고 특히 '명사+동사'가 강한 결속관계를 보이는 표현[7]이나, 비교적 많은 사람들이 관용적으로 사용하는 관

6 ·
(M);「否定表現の日英対照研究」『日本語学』明治書院

7 ·
예를 들면, 「Aさんが写真を撮ることは珍しい」라는 표현에서 「写真を撮ることは珍しい」와 「Aさんが撮ることは珍しい」라는 표현을 가정해 볼 때 후자가 생략 표현이 아닌 이상 사용하기 힘든 것에 비해 전자는 특별한 제한 없이 사용할 수 있다. 이와 같이 '명사+동사' 사이에 「に、から、を、へ」를 수반한 표현을 결속력이 강한 표현이라 한다.

용성이 높은 표현[8]일 경우를 들 수 있다.

이상 「は」가 명사에 부가되어있는 경우를 살펴보았다. 이 경우 일반적으로 명사만이 부정의 초점으로 기능하는 부정문은 술어부분에 주어진 상황이 존재하거나 성립된다는 것을 전제로 한 후에 「は」가 부가되어있는 명사부분이 그 주어진 상황에 적합하지 않다는 것을 의미하며, 「は」의 결속력이 강하거나 관용성이 높은 '명사+동사'사이에 위치할 경우에는 '명사'가 초점이 되는 경우와 '명사+동사'가 초점이 되는 경우의 두 가지의 가능성을 제시한다는 것을 알 수 있었다.


**②** '동사류' + 「は」


일반적으로 「は」가 동사류에 부가된 구체적인 예문은 다음과 같은 형태로 나타난다.


　　(ⅰ) 동사의 경우: 「分かりはしない」「訂正はしない」(サ変動詞인 경우)
　　　　　　「忘れてはいない」
　　(ⅱ) 형용사의 경우: 「美しくはない」
　　(ⅲ) 형용동사 및 copula 「だ」의 경우: 「ではない」


와 같다. 이하에서는 이들에 관한 예문을 살펴보겠다.

## 1) '동사' + 「は」


위에서 살펴보았듯이 명사에 「は」가 부가될 경우 「は」의 영향이 미치는 범위는 '명사' 또는 '명사+동사'에 한정되어 대응되는 요소를 쉽게 떠올릴 수 있었다, 그러나 동사에 「は」가 부가될 경우 명사의 경우와는 다른 양상을 나타낸다. 동사의 경우 특히 문제가 되는 것은 「分かりはしない」의 형태를 한 예문과 「忘れてはいない」의 형태를 한 예문이다. 이들 예문의 경우, 문의 모든 구성요

소에 「は」 영향력이 미칠 수 있기 때문에 다음과 같은 두 가지의 의미해석이
가능하다.

    a. 동사이외의 부분이 부정의 초점이 되는 경우

    8)  彼女に手紙を出し<u>は</u>しなかった。
    9)  a.  その代わり、彼女の妹に出したのだ。（彼女）
           b.  その代わり、（彼女に）葉書を出したのだ。（手紙）
           c.  その代わり、（彼女に手紙を直接）届けたのだ。（出した）
           d.  その代わり、彼女の妹に葉書を出したのだ。（彼女に手紙）
           e.  その代わり、（彼女に）カードを届けたのだ。（手紙を出した）
           f.  その代わり、彼女の妹に葉書を届けたのだ。（彼女に手紙を出した）
   10)  a.  写真には撮らなかったが、はっきり覚えている光景。
           b.  写真に撮り<u>は</u>しなかったが、はっきり覚えている光景(加)[9]

위의 예8)은 부정문 뒤에 어떤 문장이 따라오느냐에 따라 의미해석이 달라
질 수 있다는 것을 말해준다. 이것은 동사에 「は」가 부가될 경우, 「は」가 그
영향을 미칠 수 있는 범위는 文전체에 달하고 따라서 문을 구성하고 있는 모든
구성요소가 잠재적으로 초점이 될 수 있다는 것을 의미한다. 그러므로 예8)은
예9)의 다양한 긍정문과 서로 대응할 수 있고, 대응되는 긍정문에 의해 실제로
부정의 초점이 결정된다고 할 수 있다. 마찬가지로 예10)의 (a)와 (b)의 경우
각각 「は」의 위치가 다르지만 「写真に」가 동일하게 부정의 초점으로 작용해
그 의미해석은 동일한 것으로 볼 수 있다. 또한 이와 같은 분석은 아래의 예문
에도 마찬가지로 적용된다.

   11)  昨日教科書を読み<u>は</u>しなかった。（読）
         ーその代わり雑誌を読んだ。
   12)  その資料を完全に分かり<u>は</u>しなかった。（古）[10]
         ー分かった。しかし完全ではない。

9 ·
(加);『NEGATIVE SE-
NTENSE IN JAPANE-
SE』Sophia L

10 ·
(古);『ケーススタディ日
本語文法』桜楓社

그러므로 이들 예문의 경우 예11)은 「教科書―雑誌」의 대립으로 「教科書」가, 예12)는 「完全に」가 각각 부정의 초점인 것과 동시에 초점이 동사이외의 부분인 것을 알 수 있다.

b. 동사가 부정의 초점이 되는 경우

11)′ きのう教科書を読みはしなかった。

12)′ その資料を完全に分かりはしなかった。

13) 肺炎で死にはしない。(L)[11]

11 ·
(L); LOVE STORY」岩井シュンジ監督

예11)′의 경우 어제 교과서를 읽으려고 책상 위에 꺼내 놓았다든지, 손에 들고 다녔다 던지는 했지만, 결국 읽는다는 행위는 하지 않았다는 것을 나타내는 것으로 볼 수 있고, 예12)′는 주어진 자료를 구석구석까지 읽어보기는 했으나, 완전하게 이해할 수 없었다는 것을 나타내는 것이라 할 수 있다. 또 예13)의 경우도 죽는다는 것을 특별히 부각시켜 부정의 초점으로 하려는 경우이다.

그런데, 일반적으로 「~しはしない」나 「~てはいない」의 형태를 한 부정문은 대부분의 경우 동사를 부정하고자 할 때 쓰이기 때문에 이러한 경우의 부정문은 「は」를 수반하지 않는 부정문과 그 의미해석이 비슷하다. 그래서 종종 「~しはしない」 부정문이 강조표현으로 다루어지곤 한다.

12 ·
(流); 幸田 文「流れる」新潮文庫

14) 局には通話回数の記録が残るだけで話の内容なんか分かりはしない。(流)[12]

아오키(1992)는 위의 예14)를 통해 「동사의 연용형에 부가된 「は」는 '取り立て의 기능'을 상실한 형식적인 문의 구성요소에 지나지 않기 때문에 이 때 「は」는 단순한 강조의 역할만을 한다」 고 한다.

그러나 예11)′, 예12)′에서 살펴본 바와 같이 부정문의 특정요소가 초점으로서의 역할을 충분히 하고 있기 때문에, 필자는 이것을 부정의 초점으로 보는 것이 타당하다고 생각한다. 또한 이러한 맥락에서 다음의 예문들도 동일하게 분석할 수 있다.

> 15) 私は決して前川正を忘れてはいない。(道)
> 16) 老婆は線香の用意さえしてはいなかった。(道)[13]

이들 예문도 문맥상 각각 「忘れる」「用意する」를 특별히 부각시켜 말하고 싶어하는 것으로 보인다. 그러므로 다른 구성요소가 부정의 초점이 되는 것은 기대하기 어렵고 오로지 동사만이 초점이 될 수 있다. 따라서 아오키(1992)의 '「は」가 형식적인 암시의 역할에 지나지 않고 그러므로 강조의 의미로 밖에는 해석할 수 없다'는 설명은 설득력을 잃게 된다고 할 수 있다. 그러나 실제로 부정문 중에는 아오키(1992)가 말하는 형식적인 암시의 역할만 나타내는 「は」의 모습도 찾아볼 수 있으므로 다음 장에서는 그러한 예문을 중심으로 살펴보기로 하겠다.

## 2) '형용사' + 「は」

> 17) 一見したところ、美しくはない。
> 18) 一日中?そんなに長くは留守番できないよ。(中)[14]

위의 예문 중 예17)은 형용사가 술어로 쓰인 경우이고, 예18)은 수식어로 쓰인 경우이다. 예17)의 경우 「美しくないけど、かわいい」라든지 「美しくはないけど、人柄がよさそうだ」라는 것을 쉽게 연상할 수 있고, 「美しいーかわいい」「美しいー人柄がいい」라는 대립관계로부터 술어인 「美しい」가 부정의 초점으로 기능하고 있음을 알 수 있다. 예18)의 경우도 「長くはできないけど、短くはできる」라는 해석이 가능하므로 역시 「長いー短い」의 대립으로 「長い」가 부정의 초점임을 알 수 있다.

그러나 형용사의 경우 형용사가 술어로 쓰일 때와 수식어로 쓰일 때 다소 다른 점을 찾아 볼 수 있다. 다시 말하면 예17)의 경우 「美しくはない」에서 「は」를 생략할 경우 예17)처럼 「美しくはないけど........」라는 대비의 의미를 뜨기 어렵고 「一見したところ、美しい」라는 긍정표현의 부정형인 「一見したと

13·
(道); 三浦綾子「道あり
き」新潮文庫

14·
(中);『テーマ別中級から
学ぶ日本語』KENKYU-
SYA

ころ、美しくない」라는 단순히 형용사를 부정하는 단계에 머무르게 되어 예
17)과는 다른 양상을 나타낸다. 그러나 예18)과 같이 형용사가 술어를 수식하
는 경우 종종 「は」를 생략해도 의미가 변하지 않은 예를 볼 수 있다. 예를 들면
앞에서 살펴본 예18)을 「そんなに長く＿留守番できないよ」로 고쳐도 예18)과
같은 의미로 해석할 수 있다. 이러한 현상은 주로 대응의 짝을 이루는 형용사가
수식어로 쓰이는 경우에 종종 나타나는 현상이라 할 수 있다.

## 3) 「ではない」

    19) 私は医者ではない。
    20) ホテルの人は親切ではありません。(T)[15]

아오키(1992)는 「でない」와 「ではない」를 비교분석한 결과 총 136예 중에
서 「ではない」 98예, 「でない」 38예의 분포를 보이고 이 중 「ではない」는 대부
분 종지형에 나타나며 두 가지의 의미해석이 가능하다고 한다. 예를 들면,

    21) 彼女は美人ではない。

의 경우, '「미인은 아니지만……」이라는 대립을 암시하는 경우는 물론이고, 단
순히 미인이 아닌 것을 표현하고자 할 때 쓰인다'고 한다.
    이와 같이 「ではない」는 「は」가 충분히 그 기능을 다하는 경우와 그렇지 못한
경우로 나눌 수 있는데, 본장의 고찰대상은 주로 전자의 「は」가 그 기능을 충분
히 다하는 경우이다. 따라서 예19), 20)은 각각 '의사는 아니지만……' '친절하지는
않지만……'이라는 여운을 남겨 '의사와 대립되는 직업' 과 '친절'과 대립되는 상
황을 쉽게 떠올릴 수 있게 한다. 이러한 특성을 보이는 부정문은 여러 가지 선택
지 중의 하나를 특별히 부각시켜 부정하고자하는 부정문이라 할 수 있다.
    그러나 「ではない」의 경우 아오키(1992)가 지적한 대로 「は」의 의미가 느껴
지지 않는 경우의 예문도 많이 찾아볼 수 있으므로 이하에서는 이러한 예문을
중심으로 살펴보기로 하겠다.

15 ·
(T); 『TOP JAPANESE』
시사일본어사

## 3 초점을 나타내지 않는 「は」

지금까지는 「は」가 어떠한 형태로든지 초점의 역할을 담당하고 있는 경우의 예문을 중심으로 살펴보았다. 이번에는 위에서 살펴본 예문과 똑같은 구조를 하고 있지만 「は」의 기능이 지극히 약해져서 거의 느껴지지 않는 경우 위예문을 살펴보겠다.

앞에서도 말했듯이 「は」가 초점으로 기능하기 위해서는 문의 위치나 구성요소에 제한을 갖지 않고, 문중에 자유로이 부가될 수도 제거될 수도 있어야하며, 부가되었을 때와 제거되었을 때, 의미의 차이를 보여야 한다. 그러나 이하의 예문들은 초점으로 기능하기 위한 조건을 충족시켜주지 못한다.

24) a. 日本人はお茶だけでなくコーヒーも飲みます。(例)[16]
    b. 夕べはお寿司だけでなくてんぷらも食べました。(例)
25) a. 日本人は魚ばかりでなく肉も食べます。(例)
    b. 日本人はご飯ばかりでなくパンも食べます。(例)
26) a. このことに関連して見逃してならないのは、
       川端の生い立ちであり、・・・・・(早)[17]
    b. この硫黄からつくられる硫酸は現代の工業にとっては
       なくてはならない物質である。(海)[18]
27) a. 夏子が感心せずにはいられない作品。(例)
    b. 彼女は、何事も一気呵声に仕上げずにいられない自分の成分をつく
       づく悪癖だとこの時も思った。(魔)[19]

이상의 예문에서 알 수 있는 것은 각각의 표현 속에 「は」가 있을 때나 없을 때나 아무런 의미의 변화를 보이지 않는다는 것이다. 다시 말하면 예24), 25)와 같이 「だけ、ばかり」 등의 표현과 함께 나타날 때나, 활용어의 て形을 받아서 당위성을 부정하는 「~て(は)ならない」가 예26)과 같이 연체수식으로 쓰일 경우, 또 동사의 ない形에 연결되어 도저히 억제할 수 없이 저절로 그렇게 되어버린다는 의미의 「ずに(は)いられない」 등의 예를 들 수 있다. 그러므로 이 경우

16 ·
(例);『日本語表現文型例文集』凡人社

17 ·
(早);『外国学生用 日本語教科書 中級』早稲田大学

18 ·
(海);『日本語中級Ⅰ』東海大学留学生別科編

19 ·
(魔); 山本道子「魔法」新潮文庫

「は」는 자유롭게 부가될 수도 있고, 생략될 수도 있으나 부정문의 의미를 변화시키지는 못한다는 특성을 나타낸다고 할 수 있다. 그러나 아래에 제시된 예문들은 약간 다른 양상을 보인다.

<table>
<tr><td>

20 ·<br>(美); 堀辰雄「美しい村」<br>新潮文庫

21 ·<br>(表);『日本語表現文型』<br>アルク

22 ·<br>(I);『中級日本語』大阪外<br>国語大学

23 ·<br>(立); 柴田翔「立ち尽す明<br>日」新潮文庫

24 ·<br>(都); 佐藤春夫「都会の憂<br>欝」旺文社文庫

25 ·<br>(生); 有島武郎「生まれ出<br>づる悩み」旺文社文庫

</td><td>

28) a. 将来何か幸せに結びつくかなんて<u>分かったものではない</u>。(美)[20]<br>　　b. そんなことが現実にあったら<u>たまったものではありません</u>。(表)[21]

29) a. この時計は亡くなった父からもらったものなので、いくら親しい君でもあげる<u>わけにはいかない</u>。<br>　　b. 水質汚染も進む、空気の汚れもひどくなって、都会へ出てきた若い労働力の健康がむしばまれていく現状を無視する<u>わけにはいかなくなった</u>のです。(I)[22]

30) a. いつ、どこで、どんなものを着るかは長い時間かかって昔から考えられたものだから、好きかきらいかだけで<u>決めてはいけない</u>。(読)<br>　　b. 彼女は自分が<u>触れてはいけない</u>ところに触れてしまったのに気づいたらしかった。(立)[23]

31) a. 仮に人間の誰しもが重かれ軽かれそれに悩まされ<u>ないではいられな</u>いあの不思議な熱病........。(都)[24]<br>　　b. 　私は画面から目を放してもう一度君を見直さ<u>ないではいられなく</u>なった。(生)[25]

32) a. 人の上に立つ人は傲慢<u>であってはならない</u>。(表)<br>　　b. 他人と接する時は、いくら自分で体調が悪くても、不機嫌<u>ではならない</u>。(表)

33) a. たとえ猫が手伝ってくれてもそれほど役に立つ<u>とは思えません</u>が、何か口に出して言いたいと思って、こう言うのです。(中)<br>　　b. あなたは彼女を信じているようですが、彼女が必ずしも約束を守る<u>とは限らない</u>と思う。(表)

</td></tr>
</table>

예28)의 경우 「ものではない」라는 표현은 본래 어떤 사항에 대한 일반적, 상식적인 상황이나 현상을 가정한 다음 그것이 타당하지 않다는 것을 부정적으로 주장하는 표현으로, 이 경우 타당한 것과 타당하지 않은 것의 대립으로 「は」가 초점의 역할을 하지만, 동사의 た形를 수반한 「～ものではない」로 나

타날 경우 항상 '도저히 어찌할 수 없다'는 고정된 표현으로 사용되어 「は」에 의해 대비되는 요소를 찾을 수 없다. 그리고 일반적으로 「は」를 생략하지 않는다. 또 예29)의 「わけにはいかない」, 예30)의 「〜てはいけない」, 예31)의 「〜ないではいられない」 등은 문 말이나 연체수식으로 쓰일 때 항상 「は」가 수반되어 있고 이 경우도 「は」에 의한 의미변화는 기대하기 어렵다. 한편, 예문 예32)와 같이 「〜てはならない」가 문 말에서 금지의 의미를 나타낼 경우에는 예26)과는 달리 항상 「は」가 수반 된다[26]. 그밖에 예33)의 예문에서도 「は」는 일반적으로 생략하지 않는 것으로 보인다.

이와 같이 초점이라는 그 고유의 역할을 담당하지는 못하지만, 생략될 경우 오히려 어색한 표현이 되어버리는 위의 예문에 나타나는 「は」는 마치 하나의 덩어리를 구성하는 부속품과 같은 역할을 하여, 문의 구성상 필수요소로 쓰이고 있음을 알 수 있다. 그러므로 초점의 「は」와는 다른 역할을 하고 있음을 분명히 해야 한다.

**맺음말**

이상, 부정문에 나타나는 조사 「は」의 역할에 대하여 살펴보았다. 그 결과 부정문에 있어서의 「は」의 역할은,

1. 초점을 나타내는 「は」
2. 초점의 기능을 나타내지 않는 「は」

로 구분할 수 있으며, 「は」가 초점으로 기능하기 위해서는

( i ) 문의 위치나 구성요소에 제한을 갖지 않고,
( ii ) 문중에서 자유로이 부가될 수도 제거될 수도 있으며,
(iii) 「は」가 부가되었을 때와 부가되지 않았을 때 의미의 차이가 있어야 된다.

26 ·
「〜てならない」 감정이나 자발을 나타내는 표현과 함께 쓰일 경우, 「は」가 생략되면 금지의 의미는 나타낼 수 없고 어떤 감정이나 느낌이 감당할 수 없을 만큼 심하다는 의미가 된다.

는 것을 알 수 있었다. 또 부정의 초점을 나타내는 「は」의 역할을 하는 부정문 중에서도 「は」가 어디에 부가되느냐에 따라서 「명사류+は」의 부정문과 「동사류+は」로 구분 할 수 있고, 「명사류+は」에는 명사만이 부정의 초점이 되는 경우와 「명사+동사」가 부정의 초점이 되는 경우가 존재함을 알 수 있었다. 그리고 「동사류+は」는 동사가 부정의 초점이 되는 경우와 동사이외의 요소가 부정의 초점이 되는 경우 등 그 의미해석이 다양하게 나타나고 있음을 알 수 있었다.

이와는 반대로 부정문 중에는 「は」의 대비기능이 약화되어 특정요소를 부정하는 역할은 하지 않지만, 부정문을 이루는 하나의 구성요소가 사용되고 있음을 알 수 있었다. 이 경우 「は」가 생략될 경우 오히려 어색한 표현이 되어버리는 하나의 덩어리를 구성하는 부속품과 같은 역할을 하는 경우와 「は」에 의한 의미의 변화를 보이지 않으므로 자유로이 부가될 수도 생략될 수도 있는 것 등이 존재하고 있음을 알 수 있었다.

# 03 한국어와 일본어의 같은 조사, 다른 쓰임

박민영

## 들어가는 말

한국어와 일본어의 공통점 중의 하나는 실질 형태소인 어근(root)에 형식 형태소인 접사(affix)를 붙여 단어를 파생시키거나 문법적 관계를 나타낸다는 것이다. 이러한 교착어[1]로서의 특징을 가장 잘 보여주는 것이 바로 '조사'이다.

한일 양국어의 조사는 주로 명사에 접속하여 문 안에서 술어와의 격 관계를 나타낸다. 이러한 양국어의 조사에 대한 용어 및 분류는 일치하지 않지만 서로 비슷한 형식과 의미를 가진 조사가 대응하고 있다는 점에서 비교 가능하다.

이와 같이 서로 대응하는 조사가 있다는 사실은 한국어를 배우는 일본인 학습자에게나 일본어를 배우는 한국인 학습자에게 상호 언어의 습득과 운용을 용이하게 하는 장점이 있다.

그러나 이것은 어디까지나 일차적인 대응 관계에 지나지 않는다. 각각의 구체적인 의미와 용법을 살펴보면 양국어 사이에는 미묘한 차이가 있다. 따라서 일본어학 연구의 심화 및 일본어 교육에서의 활용이라는 관점에서 향후 한국

1 ·
언어 유형의 하나로서 실질적 의미를 나타내는 자립어에 문법적 의미를 가진 접사가 붙어서 문법적인 기능을 나타내는 언어를 가리킨다. 예를 들어 '소년은 소녀를 사랑한다'에서는 주어와 목적어는 격조사(접미어)에 의해 나타난다. 이에 반해 라틴어의 경우는 puer puellam amat(소년은 소녀를 사랑했다)의 puer(소년은)은 주격, puellam(소녀를)(대격)에 있어서는 어휘적인 의미를 나타내는 부분과 문법적인 의미를 나타내는 부분이 밀접하게 결합되어 있다.

어와 일본어의 조사에 대한 구체적이고 체계적인 비교 분석이 요구된다.


## ▌1 선행연구 및 연구동향

### ❶ 조사의 의미

한국어와 일본어의 조사는 접속 위치로 보면 접미사에 해당하며 조동사助動詞와 같이 부속어附屬語에 속한다. 한일 양국어와 같이 교착어로 분류되는 언어에 있어서는 특히 조사 형식이 문법상 중요한 기능을 담당하게 된다.

예를 들어 다음 문은 괄호 안에 어떤 조사가 들어가는가에 따라 문의 의미가 달라진다.

> 私(　)　田中さん(　)　電話した。
> ① 私が　田中さんに
> ② 私に　田中さんが
> ③ 私と　田中さんが

① 「私が 田中さんに」가 되면 내가 다나카상에게 전화를 한 것이 되며 ② 「私に 田中さんが」가 되면 다나카상이 나에게 전화를 한 것이 되며 ③ 「私と 田中さんが」가 되면 나와 다나카상이 둘 다 전화를 한 것이 된다.

이와 같이 조사는 문 안의 구성요소간의 의미 관계를 결정하는 중요한 역할을 한다. 여기서는 먼저 일본어 조사의 의미와 종류, 그리고 일본에서의 조사의 연구를 개관하고자 한다.

조사助詞라는 용어는 원래 중국의 용어로 조자助字, 조사助辭, 또는 허자虛辭라고도 불린다. 허자는 실사實辭에 대립되는 개념이다. 실사란 명사와 형용사, 동사와 같이 실질적인 의미 내용이 있는 단어를 가리키며, 허자란 말 그대로 그 자체로는 실질적인 의미내용을 갖지 못하고 대개의 경우 실사와 함께 쓰여

비로소 문법적으로 기능하는 형식을 가리킨다.

실질적인 의미와 문법 기능을 기준으로 한 이러한 언어 형식의 구분은 고립어, 교착어, 굴절어 등의 언어 유형과는 상관없이 언어 연구 일반에서 찾아볼 수 있다. 언어를 유형별로 나눈다고 해도 각 언어의 형식과 구조는 여러 가지 복합적인 특징을 갖고 있기 때문이다.

예를 들어 영어는 일반적으로 굴절어에 속하지만 'play-played, boy-boys'와 같은 형태 변화는 터키어와 같은 교착어의 특징을 보여주고 있으며, 'Many people come.'의 경우에는 중국어와 같은 고립어의 특징을 보여주고 있다.

일본어의 경우에도 '花∅(꽃)／花を(꽃을)／花に(꽃에게)／花から(꽃부터)／花まで(꽃까지)'와 같은 명사의 문법적인 카테고리는 교착어의 특징을 보여주고 있으나 '咲く(피다)／咲かない(피지 않는다)／咲いた(피었다)／咲かせる(피우다)／咲きます(핍니다)'와 같은 동사의 활용은 굴절어적인 특징을 보여주고 있다.

이와 같이 언어 유형은 다양하지만 어느 언어에서나 실사만으로 문이 구성되기는 어렵다. 실사와 실사가 나타내는 실질적인 의미 내용을 이어주는 문법적인 도구가 필요하기 때문이다. 따라서 허자와 같은 부속어의 형식은 자립어와의 대립 속에서 일찍부터 그 형식과 의미, 용법이 고찰 연구되어 왔다.

일본에서도 일찍부터 조사에 해당하는 형식에 대한 인식이 있었다. 중국어와의 접촉을 계기로 생겨난 「辞」「てにをは」가 바로 여기에 해당한다.

「辞」는 일반적으로 「詞」에 대립되는 개념인데 『만요슈万葉集』 巻19의 유명한 4175, 4176 노래의 주(左注)에 다음과 같이 「辞」가 언급되어 있다.

ホトトギスを詠む二首

4175　ほととぎす　今来鳴きそむ　あやめぐさ　かづらくまでに　離<sub>か</sub>るる
　　　　日あらめや
「毛能波三個辞欠之」
4176　わが門ゆ　鳴き過ぎ渡る　ほととぎす　いやなつかしく　聞けど飽
　　　　き足らず
「毛能波氏爾乎六個辞欠之」

**2·**
언어사와 음운사의 연구가이기도 했던 하시모토 신키치橋本進吉(1882-1945)는 일본의 조다이토쿠슈가나즈카이上代特殊仮名遣い와 기리시탄 시료キリシタン資料의 실증적인 역사연구에도 큰 업적을 남기고 있다. 언어 단위로서 文, 文節, 語의 세 가지를 들고 있는데 특히 문절에 대한 음성적인 관점에서의 개념 정의는 유명하다. 언어의 형식적인 면에 주목한 문법 연구로 평가된다. 대표적인 저서로는 『国語法要説』(1933)이 있으며 강의록인 『国文法大系論』(1959)이 간행되어 있다.

**3·**
時枝誠記(1900-1967)는 『国語学原論』(1941)과 『日本文法口語篇』(1950)을 통하여 「言語過程説」을 주장했으며 이것을 토대로 독자적인 문법이론을 구축했다. 도키에다문법의 「詞」와 「辞」에는 이러한 言語過程説이 잘 반영되어 있다.

**4·**
언어과정설(言語過程説)이란 언어의 본질을 인간의 언어활동, 즉 언어과정 그 자체라고 보는 학설이다. 즉 언어의 본질은 구성된 실체로서 말에 있는 것이 아니라 말하기, 읽기, 듣기, 쓰기의 언어표

위의 4175의 노래에서는 「毛能波三個辞欠之」, 즉 "「も・の・は」 3개의 辞가 빠졌다"고 되어 있으며 4176의 노래에서는 「毛能波氏爾乎六個辞欠之」, 즉 "「も・の・は」에 ≪て・に・を≫를 더하여 6개의 辞가 빠졌다"고 기술되어 있다. 이를 통해 당시 「も、の、は、て、に、を」를 「辞」로 특별히 구별하고 있었으며 이것은 일본어와 중국어의 언어 차이에 대한 인식을 바탕으로 하고 있었다고 말할 수 있다.

조사의 옛 이름인 「てにをは」는 한자로는 「乛爾乎波」로 표기한다. 이것은 한문을 읽어 내려갈 때 쓰던 보조적인 표기법인 '오코토텡乎古止点'에서 유래되었다. 고대 일본에서는 한문을 읽을 때 한자 주위에 '오코토텡'이라고 불리는 점을 찍어 그 위치로 읽는 법을 나타내었다. 이 점은 왼쪽 아래에서부터 오른쪽 방향으로 순서대로 네 구석이 각각 「てにをは」에 대응하고 있었는데 이것이 기원이 되어 당시에는 조사뿐만이 아니라 조동사, 활용어미, 접미사 등 보조적인 역할을 했던 모든 형식을 총칭하고 있었다.

### ② 조사의 연구

일본 고대로부터 이어진 실사와 허사의 대한 인식은 근대문법에 이르러 「詞」와 「辞」의 대립개념으로 구체화된다.

일본 학교 문법의 근간을 이루는 하시모토문법[2]에서는 문절을 기준으로 그 자체로 문절을 이루는 것을 「詞」, 그 자체로 문절을 이루지 못하는 것을 「辞」라 하였다. 그 결과 조사, 조동사는 「辞」에 나머지 품사들은 모두 「詞」로 분류되었다.

도키에다문법[3]에서는 언어과정설[4]에 근거하여 문의 구성요소를 역시 「詞」와 「辞」로 나누고 있다. 「詞」는 '개념 과정을 포함하는 형식'으로서 문의 소재가 되는 것을 가리키고 「辞」는 '개념 과정을 포함하지 않는 형식'으로서 순수하게 진술을 나타내는 것을 가리킨다. 「詞」에는 체언, 용언, 부사, 연체사가 있으며 「辞」에는 조사, 조동사, 접속사, 감동사 등이 속한다. 언어과정설에 기초한 품사분류는 논의의 여지가 있지만 일본어 연구의 전통적인 「ことば(詞)」와

「てにをは(辭)」의 구별을 계승하고 있다는 점에서 특징적이다.

이와 같이 일본어의 조사는 「辭」「てにをは」「てには」로도 불리어 왔으나 현대와는 달리 그 해당 범위가 실사에 대립되는 허사 전반을 포함하는 경우가 많았다. 이러한 경향은 메이지시대에까지 이어져 왔는데 예를 들어 고나카무라요시카타小中村義象의 『中等教育日本文典』(1890) 에서는 「助辭」라는 용어가 사용되고 사토세이지쓰佐藤誠実의 『語学指南』(1879)에서는 「助詞」라는 용어가 사용되고 있으나 두 경우 모두 조사와 조동사를 함께 다루고 있다.

이 외에 조사는 다음과 같이 다양한 용어 하에 연구되어 왔다.

「後詞」(中根淑『日本文典』1876)

「後置詞」(里見義『雅俗文典』1877)

「関係詞」(チャンブレン『日本小文典』1887, 高津鋤三朗『日本中文典』
        1891)

「静辞」(岡沢鉦次郎『初等日本文典』1900)

「静助辞」(松下大三朗『標準日本文典』1924)


조사에 대한 다양한 명칭은 일본어 연구에 있어서 조사가 얼마나 주목되어 왔는가를 보여주는 동시에 조사가 가진 형식의 특징이 문법 연구에 있어서 얼마나 중요한 것인가를 시사하고 있다.

특히 조사는 품사 분류 문제에 있어서 조동사와 더불어 중요한 논점이 되어 왔다.

조사나 조동사(「辭」)를 조사가 접속하는 자립어(「詞」)와 같이 하나의 단어로 취급할 것인가 아니면 단어 이하의 단위로 취급할 것인가 하는 문제에 대하여 양쪽 다 품사로 인정하거나 또는 전자만 품사로 인정하거나 후자만 품사로 인정하거나 하는 여러 가지 견해가 있다.

일본의 힉교 문법에서는 조사와 조동사 모두 단어로서 하나의 품사로 인정되고 있으나 한편으로는 조사와 조동사를 모두 단어로 취급하지 않는 의견도 있다. 松下大三郎는 『標準日本口語法』(1930)에서 조사에 해당하는 형식을 「静助辞」라 명명하고 품사 이하의 존재로 취급하고 있는데 이러한 주장은 이미 다나카요시카도田中義廉의 『小学日本文典』(1874)에서도 볼 수 있다. 근래에

현과 언어이해 활동 그 자체에 있으며 따라서 모든 언어 사실을 언어주체인 화자의 의식이나 활동에 환원해서 설명하고 있다. 언어활동에 중심을 두기 때문에 언어 형식도 언어 활동의 단위로서 語, 文, 文章의 세 가지를 들고 있다. 이러한 관점에서 등장한 '문장론' 또한 특징적이다.

이르러서도 스즈키시게유키鈴木重幸는 『日本語文法·形態論』(1972)에서 조사를 하나의 단어로 인정하지 않고 명사의 문법적인 형태변화의 하나로서 「くっつき(접속)」로 취급하고 있다.

이와 같이 조사의 명명 문제는 단순히 용어 문제가 아니라 품사를 어떻게 생각하는가, 문의 성분의 문법기능을 어떻게 해석할 것인가 하는 언어 현상에 대한 해석과 이해와 밀접한 관련이 있다고 말할 수 있다.

### ③ 조사의 종류

조사의 하위분류는 일차적으로는 언어에 대한 문법관이나 문법이론이 토대가 되지만 궁극적으로는 조사가 가진 문법적인 특징, 다시 말해서 조사에 의해 생성된 절이 문 안에서 어떤 관계를 나타내는가가 기준이 되는 경우가 많다.

현대에 이르기까지 조사의 분류 또한 다양하게 제시되고 있지만 여기서는 조사의 역할에 주목한 가장 일반적인 분류에 따라 현대 일본어의 조사를 개관해 보도록 하겠다.

| 조사의 분류 | 조사의 종류 | 조사의 역할 |
|---|---|---|
| 준체조사<br>(準体助詞) | が　の | 체언과 체언을 관련짓는 조사로서 그 자체가 체언에 해당한다. 연체격조사(連体格助詞)라고도 한다. |
| 격조사<br>(格助詞) | が　の　を　に　へ　と<br>より　から　まで | 체언 또는 체언에 준하는 단어에 접속하여 해당 단어나 절이 후속하는 단어 또는 절과 어떤 관계에 있는가를 나타낸다. |

| | | |
|---|---|---|
| 병립조사<br>(並立助詞) | と や か | 문의 구성요소에 접속하여 대등한 관계로 이어주는 역할을 한다. 대립조사(対立助詞)라고도 한다. |
| 부조사<br>(副助詞) | まで ばかり だけ やら か<br>ほど くらい など きり | 접속 단어와 함께 부사로서 기능한다. |
| 계조사<br>(係助詞) | は も こそ さえ<br>でも しか ほか | 문의 구성요소에 접속하여 해당 단어에 문법적인 의미를 첨가할 뿐만 아니라 문의 종지에까지 영향을 미치는 조사 종류를 가리킨다. 소위「係り結び」를 형성하는데 고어의 경우「ぞ・なむ・や・か」는 연체형으로,「こそ」는 已然形으로,「は・も」는 종지형으로 끝맺는 원칙이 있다. 현대어에 이르러서 이러한 원칙은 없어졌기 때문에 경우에 따라서는 부조사로 분류되기도 한다. |
| 종조사<br>(終助詞) | な(禁止・感動)か とも<br>よね さ ぜ ぞ | 문이나 구의 마지막에 사용되어 의문이나 영탄, 금지, 원망(願望) 등을 나타낸다. |
| 접속조사<br>(接続助詞) | ば と ても(でも)のに<br>けれども(けれど)<br>が ので から して<br>ながら たり(だり) | 앞에 오는 절이나 문을 뒤에 오는 절이나 문에 접속하는 동시에 양자의 관계를 나타낸다. 도치문의 경우에는 문말에 위치하는 경우도 있다. |
| 감투조사<br>(間投助詞) | や ぞ ね が<br>な よ さ | 문 안의 구성요소 뒤에 삽입되어 어세를 강조하거나 영탄의 의미를 나타낸다. |

## 2 한국어와 일본어의 조사

한국어와 일본어의 공통점 중의 하나는 문 안의 구성요소간의 의미 관계를 나타내는 수단으로 조사를 사용하고 있는 점이다. 여기서는 한국인 학습자의 일본어 습득을 전제로 먼저 한국어의 조사를 기준으로 일본어 조사와의 대응 관계를 살펴보고자 한다.

| 조사의 종류 | | 한국어 | 일본어 |
|---|---|---|---|
| 격조사 | 주격조사 | -이/가 | -ga(が) |
| | 목적격조사 | -을/를 | -o(を) |
| | 관형격조사 | -의 | -no(の) |
| | 부사격조사 | -에<br>-에게<br>-에서 | -ni(に)<br>-ni(に)<br>-de(で) |
| | 보격조사 | -이/가 (되다) | -ni(に) |
| | 호격조사 | -야 | ∅[5]<br>-yo(よ) |
| | 서술격조사 | -(이)다 | -da(だ)<br>-dearu(である) |
| 접속조사 | | -와/과<br>-(이)랑 | -to(と)<br>-ya(や) |
| 보조사 | | -만<br>-도<br>-은/는 | -dake(だけ)<br>-mo(も)<br>-wa(は) |

5·
'∅'는 조사가 붙지 않은 경우, 이른바 제로격(무조사)을 나타낸다.

한일 양국어의 조사 분류와 체계는 반드시 일치하지 않는다. 그러나 위에서 알 수 있듯이 근본적으로 같은 어순에 조사라는 형식을 사용하고 있다는 점, 특히 각각의 조사가 대상 언어의 조사 형식과 일대일로 대응을 하고 있다는 점은 상호 언어의 문법을 쉽게 이해할 수 있다는 장점으로 작용한다.

그러나 이것은 어디까지나 일차적인 대응 관계에 지나지 않는다. 이제까지의 대조연구에서 시사된 바와 같이 개별적, 구체적으로 살펴보면 양국어의 조사의 의미와 용법은 미묘하게 다르다. 따라서 보다 높은 레벨의 언어 능력을 갖추기 위해서는 상호 언어의 공통점보다는 다른 점, 즉 차이점에 주목할 필요가 있다.

이 글에서는 한국어와 일본어의 대조 연구라는 관점에서 특히 한국어의 {-에}와 일본어의 {-ni(に)}를 비교 고찰하고자 한다.

두 형식 모두 격조사의 하나로서 다양한 의미를 가지고 있으며 한국어의 {-에}는 일차적으로 일본어의 {-ni(に)}와 대응하고 있지만 상호 미묘한 의미 용법의 차이로 인하여 학습자의 오용이 눈에 띄기 때문이다. 이하 먼저 한국어의 {-에}와 일본어의 {-ni(に)}의 공통점을 살펴보고 다음으로 차이점에 대해 고찰하기로 하자.

**①** {-에}와 {-ni(に)}의 같은 쓰임

한국어의 조사 {-에}의 의미 용법은 다음과 같이 다양하다.

1) 앞말이 처소의 부사어임을 나타내는 격조사　　(예) 나는 시골에 산다.
2) 앞말이 시간의 부사어임을 나타내는 격조사　　(예) 나는 아침에 운동을 한다.
3) 앞말이 진행 방향의 부사어임을 나타내는 격조사
　　　　　　　　　　　　　　　　(예) 지금 학교에 간다.
4) 앞말이 원인의 부사어임을 나타내는 격조사　　(예) 요란한 소리에 잠이 깼다.
5) 앞말이 어떤 움직임을 일으키게 하는 대상의 부사어임을 나타내는 격조사
　　　　　　　　　　　　　　　　(예) 그 사람 의견에 찬성한다.
6) 앞말이 어떤 움직임이나 작용이 미치는 대상의 부사어임을 나타내는 격조사
　　　　　　　　　　　　　　　　(예) 화분에 물을 주었다.

7) 앞말이 목표나 목적 대상의 부사어임을 나타내는 격조사
(예) 이 약은 감기에 잘 듣는다.
8) 앞말이 수단, 방법 따위의 대상이 되는 부사어임을 나타내는 격조사
(예) 옛날에는 등잔불에 책을 읽었다.
9) 앞말이 조건, 환경, 상태 따위의 부사어임을 나타내는 격조사
(예) 이 무더위에 어떻게 지내냐?
10) 앞말이 기준 되는 대상이나 단위의 부사어임을 나타내는 격조사
(예) 시대에 뒤떨어지는 생각이다.
11) 앞말이 비교의 대상이 되는 부사어임을 나타내는 격조사
(예) 그 아버지에 그 아들.
12) 앞말이 맡아보는 자리나 노릇의 부사어임을 나타내는 격조사
(예) 걔가 반장에 뽑혔다.
13) 앞말이 제한된 범위의 부사어임을 나타내는 격조사
(예) 유류에 어떤 게 있지?
14) {'관하여(관한)', '대하여(대한)', '의하여(의한)', '있어서' 따위와 함께 쓰여}
앞말이 지정하여 말하고자 하는 대상의 부사어임을 나타내는 격조사
(예) 조사 문제에 관한 논문
15) 앞말이 무엇이 더하여지는 뜻의 부사어임을 나타내는 격조사
(예) 국에 밥을 말아 먹다.


여기서는 분류의 타당성 여부를 논하기 보다는 한국어의 {-에}에 이와 같이 다양한 의미용법이 있으며 더불어 일본어의 조사 {-ni(に)}와 유사한 의미 용법이 많다는 사실에 주목하고 싶다.

위의 분류를 기준으로 볼 때 일본어의 {-ni(に)}는 8)의 <수단, 방법>, 9)의 <조건, 환경, 상태>정도를 제외하고 나머지 의미 용법에 있어서는 거의 동일하게 사용된다고 말할 수 있다.

그러나 전술했듯이 양 형식의 의미 용법은 반드시 일치하지 않기 때문에 예기치 않은 오용이 발생한다. 완전히 다른 의미용법에서는 오히려 오용이 적으며 이 경우에는 다르다는 정보 제공으로 오용을 방지할 수 있다.

그러나 문제는 동일한 의미용법에서의 오용이다. 특히 한국인 학습자의 오용은 한국어의 {-에}와 일본어의 {-ni(に)}를 동일시한 데서 기인한 것으로 '같

다'는 공통점만을 의식해서 생겨난 모어의 간섭에 의한 오용이 눈에 띈다. 따라서 이러한 오용을 막기 위해서는 무엇보다도 각각의 차이점에 대한 구체적이고 실증적인 연구 고찰이 중요하다고 말할 수 있다.


**❷ {-에}와 {-ni(に)}의 다른 쓰임**


여기에서는 여러 가지 의미 용법 중에서 특히 시간을 나타내는 경우를 중심으로 한국어 {-에}와 일본어의 {-ni(に)}의 차이점을 고찰해 보고자 한다.
한국어에서 시간을 나타내는 조사는 {-에}이며 이것은 대개의 경우 1)과 같이 일본어의 {-ni(に)}에 대응한다.

> 1) a. 5월 20일에 일본에 간다.
>    b. gogathu hatuka-ni nihon-e iku.
>       (5月20日に 日本へ 行く。)


그러나 같은 시간을 나타내는 경우라도 2a)의 한국어를 그대로 옮긴 2b)의 일본어 표현은 오용이 된다..

> 2) a. 오늘 아침에 메일이 왔다.
>    b. * kesa-ni meiru-ga todoita.
>       (* 今朝に メールが 届いた。 → 今朝、メールが届いた。)


결론적으로 말하자면 <시간>을 나타내는 조사 용법에 있어서 가장 큰 차이점은 한국어의 {-에}는 항상 의무적이지만 일본이의 {-ni(に)}는 항상 의무적은 아니라는 점이다.
다시 말해서 한국어에서는 시간을 나타낼 때는 반드시 시간을 나타내는 {-에}를 붙여 술어를 수식하는 관계라는 것을 나타낸다. 만약 같은 시간명사라고 할지라도 {-에}가 없으면 다음의 3b)와 같이 <명사>인지 <시간>인지 애매모호하게 되기 때문이다.

    3) a. <u>아침에</u> 먹었다.
       b. <u>아침∅</u> 먹었다.

이와는 달리 일본어에서는 동일하게 술어를 수식한다 하더라도 제로격(∅)과 {-ni(に)}격의 두 가지 형태로 나타날 수 있다.

    4) a. kono kusuri-ha asa∅ nonde.
       (この　薬は　朝　飲んで。 : 이 약은 아침에 먹으세요.)
      b. kono kusuri-ha asa-ni nonde.
       (この　薬は　朝に　飲んで。 : 이 약은 아침에 먹으세요.)

이제까지 선행연구에서는 일본어의 시간을 나타내는 격의 선택이 체언이 가진 어휘의 의미에 의해 결정된다고 해석되어 왔다. 즉 시간 명사의 의미 특징에 따라 제로격(∅) 또는 {-ni(に)}가 선택된다는 것이다.

그러나 필자는 4)의 용례에서 보는 바와 같이 일본어에서의 격의 선택은 어휘적인 레벨에서 시간 명사의 의미만으로 결정되는 것이 아니라 조사로서 {-ni(に)}가 가진 의미 용법을 <시간>의 관점에서 또 구문론적인 관점에서 보다 구체적으로 파악해야 한다고 생각한다.

필자는 박민영(2007)에서 일본어의 시간을 나타내는 제로격(∅)과 {-ni(に)}격의 선택요인 및 의미용법에 대해 고찰하였다. 우선 고찰 대상을 제로격(∅)과 {-ni(に)}격을 양쪽 다 쓸 수 있는 시간 명사를 대상으로 삼았는데 어떤 경우에 {-ni(に)}격으로 사용되느냐에 중점을 두었다. 고찰 내용을 정리하면 다음과 같다.

    ① 가장 구체적으로 제시되는 <시간>일수록 술어와 가까운 위치에서 {-ni (に)}격으로 표시된다.
    ② {-ni(に)}격은 연체절에서 많이 사용되며 문의 다른 요소와의 관계 속에서 <시간>지시를 명확히 한다.

③ 상태성 술어와 공기하여 무엇인가를 하기에 적합한 <시간>을 지시하는 것은 제로격(∅)에는 없는 {-ni(に)}격만의 특징이다.

이상의 고찰을 통해 일본어의 시간을 나타내는 제로격(∅)과 {-ni(に)}격에 대한 선택은 시간 명사의 어휘적인 의미 뿐 만이 아니라 형태적, 구문적인 관점에서의 보다 면밀한 분석이 요구되며, 일본어에서는 제로격(∅)으로 지시될 때보다 {-ni(に)}격으로 지시될 때 시간 그 자체에 초점이 모이고 따라서 언급되는 시간자체가 강조된다고 말할 수 있다.

따라서 일본어의 {-ni(に)}격의 의미 용법은 크게 두 가지로 나누어 생각하지 않으면 안 된다.

1) 첫 번째는 문의 성분으로서 <시간>을 지시하는 경우(절대적인 시간을 나타내는 명사)이며, 2) 두 번째는 <시간> 자체가 강조되는 경우(상대적인 시간을 나타내는 명사)인데, 후자의 경우는 특히 여러 가지 구문적인 조건 하에서 시간 지시에 초점을 두는 강조 형식으로 볼 수 있다.

반면 한국어의 시간을 나타내는 {-에}에는 1) 명사의 어휘적인 의미에 따른 사용 차이가 없다는 점, 이와 관련해서 2) 특정 명사에 붙어서 <시간>을 강조하는 의미가 없다는 점에서 일본어의 {-ni(に)}격과 의미 용법이 다르다고 말할 수 있다.

# 3 연구과제 및 전망

이제까지 조사의 연구는 다른 언어 형식과 마찬가지로 통시적 또는 공시적, 형태적 또는 구문적인 관점에서 연구 고찰되어 왔다.

통시적인 관점에서는 주로 조사의 시대별 의미 용법의 변화가 다루어졌으며 공시적인 연구에서는 각 시대별로 어떤 조사들이 사용되고 있는지 또 어떤 의미 용법을 가지고 있는지 구체적으로 연구되었다.

또한 형태적인 관점에서는 각 조사별 형태, 의미 뿐 아니라 품사 분류 문제와 관련하여 단어 인정 여부가 논의의 대상이 되어 왔으며 구문적인 관점에서는 주로 문 안에서의 역할에 초점을 두고 어떤 격 관계를 나타내는지 연구 고찰되어 왔다.

한편으로는 이와 같은 각 조사에 대한 개별적인 연구 결과를 토대로 유사한 의미를 가진 조사간의 의미 용법을 비교 분석하거나 다른 언어의 조사 형식과 대조 연구하는 성과도 적지 않게 볼 수 있다.

최근 조사의 연구에서는 보다 다각적인 관점에서 조사의 본질에 접근하는 연구 방법이 시도되고 있다.

무엇보다도 담화 인지론적인 관점에서의 조사의 연구는 무조사의 의미 용법을 새롭게 해석하고 있으며 다양한 의미 용법을 가진 조사의 본질에 대한 관심을 증대시키고 있다. 향후 보다 구체적이고 체계적인 조사의 연구를 기대하는 바이다.

# 04 일본어 존재문의 특징

吉田玲子 요시다레이코

## 들어가는 말

이 글에서는 「アル・イル」가 사용된 존재문에 대해 고찰하고자 한다. 「アル・イル」(이하, 구별할 필요가 없는한, アル로 대표하여 표기한다)가 사용된 존재문이란 「彼女は品がある」「机の上に本がある」「イギリスには植民地がある」와 같이 「Aは/に/にはBがある」와 같은 형태를 취하는 것을 말한다.

그런데 위에 언급한 세 예문은 두 가지 유형으로 분류할 수 있다. 첫 번째 유형은 「机の上に本がある」「イギリスには植民地がある」의 그룹이다. 전자는 「本」의 공간적인 위치를 나타내고, 후자는 「イギリス」와 「植民地」의 소유관계를 나타내고 있는데, 양쪽 모두 アル가 단독으로 하나의 술어로시 기능히고 있다는 점에서 공통된다.

한편 또 다른 유형은, 「彼女は品がある」와 같은 예이다. 여기에서는 アル가 단독으로 하나의 술어로서 사용되었다기보다, ガ格명사(「品が」)와 アル가 결합한 형태가 하나의 술어화하고 있다고 볼 수 있다. 다시 말해서 「品がある」가

하나의 술어로서 「彼女」의 특성을 나타내고 있는 것이다.

이상에서 살펴본 유형1과 같이 「ある」 단독으로 하나의 술어로 간주될 수 있는 경우를 '실질동사로서의 アル'라고 하고, 유형2와 같이 ガ格명사와 일체화된 「Bがある」라는 형태로서 술어로 간주할 수 있는 경우를 '기능동사로서의 アル'라고 한다.

여기에서는 유형2의 '기능동사로서의 アル'가 사용된 문에 대해서 상세하게 고찰하고자 한다. 우선 기능동사와 실질동사의 차이점을 설명한 다음, 기능동사 アル와 결합되는 ガ格명사(구)의 의미속성에 주목하여 문의 분석을 시도하고자 한다.

# ▎1 선행연구

여기에서는 기능동사로서의 アル가 사용된 문을 고찰 대상으로 한다. 기능동사 アル란, 「品がある」와 같이 ガ格명사(「品が」)와 강하게 결합하여 양자(「品が」와 「ある」)가 일체가 되어 하나의 술어로서 기능하는 경우의 동사 アル를 가리킨다[1]. 필자의 소견으로는, 존재표현에 관한 선행연구 가운데에서 이와 같은 기능동사로서의 アル를 실질동사(단독으로 하나의술어로서 기능)로서의 アル와 구별하여 논하고 있는 것은 찾아 볼 수 없다.

예를 들면, 니이다新居田(1998)나 고이케小池(2000)는 주로 ガ格명사의 의미적 성질로부터 존재표현을 분류하고 있는데, 실질동사로서의 アル와 기능동사로서의 アル는 구별하고 있지 않다. 이글에서는 「魅力がある, 品がある」와 같은 표현에 대해 アル가 기능동사화하여 ガ格명사와 アル가 결합한 하나의 술어화하고 있다고 간주하고 있는데, 니이다(1998)나 고이케(2000)는 アル가 실질동사로서 「ガ格명사의 존재를 나타내고 있다」라는 견해를 보이고 있다. 니이다(1998:191)는 「魅力がある, 価値がある, 覚えがある」 등에 대해서 「사물이나 사항의 특징 등을 나타내는 추상적인 면이 사물이나 사항에 존재하는」 문으로 보고, 「내재内在」라고 명명하고 있고, 고이케(2000:108)는 「やる気・気品・



---

1·
기능동사라는 용어는 무라키村木(1991)에서 시작된 것으로, 무라키(1991:203)는 기능동사를 「실질적인 의미를 명사에게 맡겨두고,자기자신은 주로 문법적인 기능을 수행하는 동사」로 정의하고 있다. アル에 대해서는 「連絡がある, 客がある, タ刊がある」와 같이, 동적인 (사건을 나타내는)アル에 관한 세 가지 예를 들고 있는데, 여기에서는 정적인 (시간적 전개성이 없는 사상(事象)을 나타내는) アル에 있어서 기능동사화하고 있다고 생각되는 경우를 살펴보도록 한다.

勇気・才能」 등이 ガ格에 오는 문에 대해 「의지소질명사존재주문意志素質存在主文」이라고 명명하고 있다. 한편, 니시야마西山(2003:97-100)는 그 저서 안에서, 「関心がある」를 하나의 술어로서 다루고 있긴 하지만, 기능동사アル나 하나의 술어화 등에 대해서는 특별한 설명이 없다.

여기에서는 アル가 사용된 존재표현 모두를 동일한 구조로 파악하는 것에는 문제가 있다고 생각한다. 모든 존재표현에서 「동사アル가, ガ格명사(구)(이하B)의 존재를 나타내거나, 二格이나 ニハ, ハ로 표지되는 것(이하A)과 B와의 관계만을 나타내는것(1a)」은 아니며, 「동사アル와 B가 일체화하여 A에 대응하거나, 대상(이하C)을 취하여 A에 대응하는(1b)」 구조를 갖는 문도 있다는 것이다. 이 글에서는, 이와 같은 구조의 차이에 따라, 실질동사로서의アル와 기능동사로서의アル를 구별한다.

> 1) a. Aは／に／には　Bが　ある。(彼は 子供がいる)
> b. Aは／に／には　（Cに）　Bがある。(彼は 映画に興味がある)


## 2  실질동사 アル와 기능동사 アル의 차이점

여기에서는 실질동사로서의 アル와 기능동사로서의 アル의 차이점에 대해서 기술하고자 한다.

무라키村木(1991:209-213)에 따르면 기능동사화에는 두 종류가 있다고 한다. 그 하나는 「注意→注意をはらう」「コメント→コメントする」와 같이 대부분은 한어나 양어의, 동작성 의미내용을 갖는 명사가 술어형식화되는 경우로, <N→N＋V>와 같이 일반화할 수 있다(N은 명사, V는 농사). 나른 하나는 「におう→においがする」「さそう→さそいをかける」와 같이, 고유일본어 동사가 확대되어, 명사를 포함하는 결합을 이룬 경우로, <V→N+V>와 같이 일반화할 수 있는 것으로 보고 있다. アル에 대해서 생각해보면, 전자의 유형은 「興味→興味がある」「メリット→メリットがある」, 후자는 「重い→重さがあ

2·
무라키(1991:217)는 「실질적의미의 공소화(空疎化)에는 여러가지의 단계가 있어서, 기능동사로서의 성격도 그 공소화의 정도에 따라서 전형적인 것에서부터 실질적동사와의 중간적인 것까지 있어, 말하자면 연속적인 것이다」라고 기술하고 있다.

る」「思う→思いがある」와 같은 경우일 것이다.

이와 같은 기능동사는, 실질동사와 명확한 선을 긋기가 어려운 부분이 있지만[2], 양자를 구별하는 기준으로 다음과 같이 세 가지를 지적할 수 있다.

우선 첫 번째로, 기능동사로서의 アル가 사용된 문의 경우, 순수정도부사「とても」와 공기共起할 수 있는데 반해, 실질동사 アル의 경우는 공기하기 어렵다는 점을 들 수 있다. 「とても」와 공기할 수 있다는 것은, ガ格명사(구)와 기능동사 アル가 결합하여 하나의 술어화하고 있다는 사실을 뒷받침해 주는 것이다.

<실질동사 アル>
2) *机の上に<u>とても</u>本がある。
3) *イギリスは<u>とても</u>植民地がある。
4) *美紀には<u>とても</u>恋人がいる。
5) *この世には<u>とても</u>魔女がいる。
6) *この国には<u>とても</u>法律がある。
7) ?彼には<u>とても</u>欠点がある。

<기능동사 アル>
8) 私は<u>とても</u>映画に興味がある。
9) 彼は<u>とても</u>品がある。

두 번째로, 실질동사 アル의 경우, 예를 들어 「とても」를 빼고 예3)이나 예4)의 文이 발화되었을 경우, B에 대하여 청자가 질문을 한다고 가정하면, 「植民地ってどこ?」, 「恋人って誰?」 등이 될 것이다. 그리고 대답은 「(植民地は)セント・ヘレナ島だ」 「(恋人は)紀男さんです」 등이 되어, 대답치를 확실하게 나타낼 수 있다. 예7) 「彼には欠点がある」나 「解答には誤りがある」 등도 마찬가지로, 「欠点はうそをつくことだ」 「誤りはこの部分だ」와 같이 B를 구체적으로 나타낼수 있다. 그러나 기능동사 アル의 경우, 「彼には若さがある」에 대해서 「若さってなに?」와 같은 질문은 일반적으로 하지 않는다. 또한 「私は映画に興味がある」의 경우에도, 「興味ってなに?」라고는 묻지 않는다. 물어본다면 「ど

んな映画に興味があるの?」가 될 것이다. 「彼女には品がある」「この薬は結核
に効果がある」도 마찬가지로, B에 해당하는 값에 대해 물어볼 수는 없다.
　세 번째로, 기능동사 アル와 B는 통어적으로 이동하는 것이 불가능하다.
따라서 다음과 같이 관계절로 바꾸기 어렵다는 특징이 있다.

　　　8′) ??私がある興味／??映画にある興味
　　　9′) ??彼にある品


　이것도, 기능동사 アル와 B가 일체화되어 있다는 사실을 여실히 보여주는
예가 될 것이다. 실질동사 アル의 경우는, 관계절로 바꿀 수 있는 경우와 바꿀
수 없는 경우가 있다. 「机の上にある本」「この国にある法律」 등은 관계절화가
가능한 경우이다.
　이상으로, 세 가지 기준을 들어보았다. 이것은 절대적인 기준이라고 말하기
는 어렵지만, 기능동사로 인정하는데 도움은 되리라고 본다.
　다음에서, 「Bがある」가 주어A와 대상C를 취하여 동사술어적으로 기능하
는 경우와, 주어A만을 취하여 그에 대한 특성을 나타내주는 형용사술어적인
경우, 그리고 명사술어적인 경우로 나누어 기술하고자 한다.

## ▌3　동사술어적 「Bがある」

　동사술어적 「Bがある」 란, 「Bがある」가 하나의 술어로서 기능하면서 C
라는 대상을 요구하는 유형의 것을 말한다. 동사술어라고는 해도, 움직임이
있는 동작동사적인 것은 아니며 사람이 대상에 대해 갖는 태도(映画に興味が
ある, 店に未練がある) 등이 여기에 포함된다. 다음의 각 예문의 뒷부분에는,
B에 해당하는 명사의의미속성을 『日本語語彙体系』[3]에 의거하여 나타내었다.

3·
이케하라 외池原 他(1999)
『日本語語彙体系』에 의하
면, 명사는 「구체」와 「추
상」으로 대별된다. 기능
동사 アル와 결합하는 것
은 추상명사인데, 「추상」
은 다시 「추상물」, 「사항」
「추상적관계」로 나누어
지고, 각각은 다시 하위분
류 되고 있다. 예를 들어
「사항」은 「인간활동」 「사
상」 「자연현상」으로 분류
되고, 「인간활동」은 「정
신」 「행위」로 다시 하위
분류된다.

4·
白川道(2001)『天国への
階段(上)』幻冬舍

5·
川上弘美(2001)『センセ
イの鞄』平凡社

6·
村上竜(1997)『ラブ＆
ポップ—トパーズⅡ』幻
冬舍

7·
井上靖(1958)『あすなろ
物語』新潮文庫

8·
여기에 나타낸 <사항/인
간활동/정신>은 「은(恩)」
의 의미속성이다. 「은의
(恩義)」의 의미속성은
<추상물/추상물(정신)/
윤리>이다. 그러나, 용례
의 「恩義」는 추상물로서
의 윤리관념이 아니라, 사
람의 사람에 대한 감정
(감사)이기 때문에, 「은
(恩)」의 의미속성이 적절
하다고 생각된다.

9·
宮部みゆき(2001)『模倣
犯(下)』小学館

10·
「기능동사결합전체가, 원
래의 실질동사가 취하지
않았던 새로운 별도의 명
사구를 지배하는 경우가
있다. 「連絡をとる」가 공
동격(ト) 또는 여격과 결
합되는 경우가 그렇다. 상

10)「先ほどもお話ししたように, 私は及川さんには特別なおもい入れがあ
　　る。(중략)」(天国)[4]　　　　　　　　　　　　　　　　　　<事/人間活動/精神>

11)「店に出入りするキミに見覚えがあったので」(センセイ)[5]
　　　　　　　　　　　　　　　　　　　　　　　　　　　　　　<事/人間活動/精神>

12) 横井奈緒は, 女の子にも興味がある, といつか裕美と二人きりでデニー
　　ズにいた時に言ったことがある。(ラブ)[6]　　　　　　　<事/人間活動/精神>

13) 内儀さんの方は, 折角店をこれまでにしたのだからと, 多分に店に未練
　　はあったらしいが, 結局, 彼女もそれを承諾した。(あす)[7]
　　　　　　　　　　　　　　　　　　　　　　　　　　　　　　<事/人間活動/精神>

14) これまでに離婚を考えないでもなかった。だが奈緒子にこれといった
　　落ち度があるわけでもなく, それに横矢に対する恩義もある。(天国)
　　　　　　　　　　　　　　　　　　　　　　　　　　　　　　<事/人間活動/精神>[8]

15)「だいいち, 今日のことには俺も責任があるんだ。被害者の遺族の集ま
　　りのことを, 由美ちゃんに教えたのは俺だもん。前畑さんにも土下座
　　してあやまらなくちゃ」(模倣)[9]　　　　　　　　　　　<事/人間活動/行為>

　　이것들은, アル가 ガ格명사(구)와 일체화하여 하나의 동사가 되고, 대상을
취하여, 문 전체가 「주어＋대상＋동사」와 같이 동사술어문적인 구조를 갖는
문이다[10]. 대상을 취한다는 것은, 알기 쉽게 말하자면 다음에 나타낸 것과 같은
경우이다. (16a～e)는 ガ格명사와 アル가 결합하여 하나의 술어가 되고 대상
(二格)을 취하고 있다.

16) a. 私は　　　彼に　　　　　　見覚えがある　　<事/人間活動/精神>
　　 b. 私は　　　彼の意見に　　　疑問がある　　　<事/人間活動/精神>
　　 c. 私は　　　今度の試験に　　自信がある　　　<事/人間活動/精神>
　　 d. 母は　　　教育に　　　　　理解がある　　　<事/人間活動/精神>
　　 e. 会社は　　今回の不祥事に　責任がある　　　<事/人間活動/行為>

　　이상에서 살펴본 동사술어적인 「Bがある」의 B는, 그 의미속성이 「사항」
인 「인간의 활동」이라는 점에서 공통되고 있다. 문은 대상에 대한 인간의(대부

분은 정신적인) 활동을 나타내고 있다.

　다음으로, 이하의 예문에서는 명확한 대상이 나타나있지 않은 것처럼 보일지도 모르지만, 이들도 동사술어적인 「Bがある」에 포함된다.

　　17) 奈緒子との結婚に踏み切ったのは, <u>自分はもう女を愛さないし, 愛せないだろう, という確信があった</u>からだ。(天国)　　＜事/人間活動/精神＞
　　18) 警備員が殺されたという話を耳にした瞬間, <u>柏木にはその予感があった</u>。(天国)　　＜事/人間活動/精神＞

　예17)의 경우, 예를 들면 누군가가 「私は確信がある」라고 말한다면, 청자는 「何に確信があるの?」「どんな確信?」이라고 되묻게 될 것이다. 전자의 질문의 경우는, 「確信」의 대상을 묻고 있는 것이고, 후자의 질문은 「確信」의 내용을 묻고 있는 것이지만, 예를 들어 「合格できるという確信がある」라고 할 경우에는, 「確信」의 연체수식 부분이 대상이 되면서 동시에 내용이 될 수도 있다. 「合格できるということに対して, 確信がある」라고 파악할 수도 있고, 「合格できるという内容の確信を, もっている」라고도 파악할 수 있는 것이다. 또한 예18)의 「私は予感がある」도 여기까지만 발화될 경우, 질문을 유발하게 된다. 단, 그 질문은 「何の予感?」일 것이다. 다시 말해서 「予感」의 내용을 묻는 것이 된다. 「予感がある」는 그 대상은 요구하지 않는다. 그러나 정신적인 인간활동이므로, 이러한 종류의 것도 동사술어적인 「Bがある」에 포함된다. 내용은 연체수식절의 형태나 예18)과 같이 지시연체사의형태 등으로 나타내어진다.

　이상과 같이, 주어와 「Bがある」만으로는 문이 충족되지 못하고, 「Bがある」가 그 대상이나 내용을 요구하고 또한 B가 「인간활동」이라는 의미속성을 갖는 경우, 동사술어문적인 유형으로 간주한다.

　다음은, 대상이나 내용을 필요로 하지만, B의 의미속성이 「사항」이 아니라, 「추상적 관계」인 경우이다.

대를 나타내는 공동격이나 여격을 지배하는 것은, 동사의 「とる」가 아니라, 동작명사인 「連絡」이거나 「連絡をとる」라는 어결합전체라고 보아야 할 것이다. 무라키(1991:239)

11 ·
黒木亮(2004)『アジアの
隼(上)』祥伝社

19) 「さっきのフィリピン阿媽たちなんですけどね, この六月末に香港が中
国に返還されますから, 彼女たちも色々不安を持っているようですね」
尾白が白い小ぶりの湯飲みに茶を注ぎながらいった。「<u>彼女たちにも
なんか影響あるわけ?</u>」(アジア)[11]　　　　　　<抽象的関係/関連/因果>

20) 「そうですね。犯人の側に, <u>いっときも早く彼を殺害しなければならな
い切羽詰まった理由がある</u>とか, なにがなんでも直接自分の手で殺し
てやりたいという強い恨みでもあれば別ですが, きっと殺されること
はなかったでしょう」(天国)　　　　　　　　　　<抽象的関係/関連/理由>

21) したがって捜査員は, たとえしつこいと疎まれようと, その証言が重複
したものになろうと, <u>根気よく何度でも足を運ぶ必要がある</u>のだ。(天
国)　　　　　　　　　　　　　　　　　　　　　　<抽象的関係/状態/様相>

22) 「ところで, その住倉物産が入札しようとしてる発電プロジェクトも
<u>BOTの可能性がある</u>らしいんですけど, 根田さん, どう思います?」(ア
ジア)　　　　　　　　　　　　　　　　　　　　　<抽象的関係/状態/様相>

　B가「추상적 관계」라는 의미속성을 갖는 경우,「Bがある」는 동사술어적
이라기 보다는 형용사술어적인 것에 가깝다고 할 수 있을 것이다. 그 하위분류
에서의 의미속성이「관련, 상태」등이라고 하는 점에서도, B가「사항」의「인
간활동」인 경우, 즉 인간의 대상에 대한 능동적인 활동인 경우에 비해, 형용사
술어적인 것에 가깝다고 할 수 있다. 그러나 예19)와 같이 B의 대상이나 예2
0)~예22)와 같이 내용을 필요로 하는 점은 전형적인 동사술어적「Bがある」
와 공통된다. 형용사술어적인「Bがある」에 대해서는 뒤에서 다시 상세히 기
술하도록 하겠으나 형용사술어적인「Bがある」는「彼は<u>品がある</u>」와 같이 기
본적으로 주어와「Bがある」만으로 문이 성립한다. 또는,「彼女には<u>やさしさ
がある</u>」와 같이 형용사(やさしい)가 명사와 アル로 확대된 경우도 있다. 예1
9)~예22)와 같은 것은, 이러한 형용사술어적「Bがある」와는 구별하여 전형
적인 예는 아니지만 동사술어적인 것에 포함시켜 둔다.

## ▌4  형용사술어적「Bがある」

형용사에는 시간적 한정을 받는「상태」와 시간에 구애받지 않는「특성」이 있는데 아라荒(1989:147), 형용사술어적「Bがある」도 일시적「상태」를 나타내는 경우와 항상적「특성」을 나타내는 경우가 있다.「상태」에는「痛みがある, だるさがある」와 같은 감각적인 것이라든지「よろこびがある, さびしさがある」와 같은 감정적인 것이 포함된다. 이러한 것들은 시간 속에 현상하는 일시적 상태를 나타내는 것이다. 한편,「특성」은「品がある, 才能がある」등과 같이 주어에 대하여 시간에 구애받지 않는 잠재적인 특징을 나타낸다.

우선, 일시적인 상태를 나타내는「Bがある」에 대해 기술하겠다. 다음의 예는 감각이나 감정을 나타내는 형용사기 확대된 예이다

23) 「(中略)怒りもあるし悲しみもあるけど, それ以前に──罪悪感で押し潰されそうになってる, <u>遺族には</u>そういう<u>苦しみもある</u>んだって, 書いてもらえたらと思いました。(中略)」(模倣下)

24) (ばかにしてる──)と思う反面, あんな風に勝手気侭に振る舞えることが<u>羨ましくもあった</u>。

또한, 그 외에 다음과 같은「Bがある」도 일시적인 실제적 상태를 나타낸다.

25) <u>太陽が真上から照りつけるこの時間</u>, <u>土壁の裾には</u>ほんのわずかな<u>蔭りがある</u>ばかりだ。(猫)[12]　　　<事/自然現象/非生命現象/物象/刺激>

26) <u>じっと未央を見つめる山部の目には</u>, 先日の彼とは別人をおもわせる<u>輝きがあった</u>。(天国)　　　<事/自然現象/非生命現象/物象/刺激>

27) <u>口調には</u>明らかに不服そうな<u>響きがある</u>。(大国)
　　　　　　　　　　　<事/自然現象/非生命現象/物象/刺激>

28) <u>見つめてくる瞳に</u>柏木の心中を探るような<u>光がある</u>。(天国)
　　　　　　　　　　　<事/自然現象/非生命現象/物象/刺激>

12·
中野まゆみ(2002)『猫道楽』河出書房新社

위의 예에서는 Ｂ가 「蔭り, 輝き, 響き, 光」 등으로, 시각적으로 그 존재를 파악할 수 있는 것들이다. 예25)에는 시간적 표현이 공기하고 있다. 나머지 예들도, 시간적 표현은 없지만 시간 속에 일시적으로 현상하는 사태를 나타내고 있다.

형용사문이라는 것은Ａ에 대한 판단문이기 때문에, 「Ｂがある」가 형용사적으로 기능하는 위의 예문과 같은 경우에는, 일반적으로 「Ａに」가 아니라 「Ａは」 또는 「Ａには」가 사용된다[13]. 그러나 위의 예28)에서는 「Ａに」가 사용되고 있다. 이것은 Ｂ가 물리적으로 파악될 수 있는 실체(光)이므로 물리적인 존재문과 통하는 것이어서, ニ가 사용되고 있는 것으로 생각된다. 물리적인 존재문에서는 「公園に子供がいる」라든가 「公園には子供がいる」는 괜찮지만, 「＊公園は子供がいる」는 부적절한 문이 된다. 그렇다고는 해도 위의 예에 있어서, 문 전체는 「Ｂがある」가 하나의 형용사적으로 기능하여 Ａ에 대한 상태를 나타내고 있다고 할 수 있다.

다음으로 특성을 나타내는 「Ｂがある」에 대해 기술하겠다. 먼저 형용사나 소위 형용동사가 명사와 アル로 확대가 된 예로 다음과 같은 것들이 있다.

29) 左山は言ったが, その言葉には, 彼に曾て感じたことのないある素直さがあった。(あす)

30) 夏の早朝の白い光の中で, 冴子の真直ぐに天井に向けている寝顔は, 鮎太には, いつか伊豆屋で見たカステラの少女よりも, もっと清らかで美しくさえあるように見えた。(あす)

31) 酒は, 店主が自慢するだけにたしかにうまかった。辛口だが, 舌にまとわりつくようなまろやかさがある。(天国)

32) 「まあ, もったいぶるような話でもないんですが……。それにどちらかというとおめでたくもあるし……。(中略)」(天国)

예30)에서는 「清らかで」와 같은 소위 형용동사와 병렬적으로 「美しくさえある」가 형용사적으로 사용되고 있다.

다음으로, 어떤 종류의 명사와 アル가 결합한 유형의 예를 들어보겠다. 예문 뒤에 명사Ｂ의 의미속성을 덧붙인다.

**13 ·**
존재동사 「ある」가 성질의 서술에 사용되는 경우(중략)ハの 특립(取り立て)이 일반적이다. 모리야마森山 (1998:266)

33) 及川はどちらかというとごつい顔立ちだったが，<u>息子の一馬の風貌は</u>
　　その正反対といってもいいほどに<u>繊細で品がある</u>。（天国）

＜抽象的関係/性質/属性＞

34) <u>この人には品と知性があると</u>，ウエイトレスは思った。（模倣）

品＜抽象的関係/性質/属性＞，〜性＜抽象的関係/性質/属性＞

35) 「(中略)<u>あの子，本当に才能があるの</u>」（愛）[14]

＜抽象的関係/性質/力・能力等＞

36) 「だって，それ，<u>お前には価値がある</u>ってことよ，安売りするなってこと
　　よ，裸っていうか，その人の存在がね，誰かにとってすごい価値がある
　　から，その誰かは死ぬほど悲しむわけでしょ?」（ラブ）

＜抽象的関係/状態/様相＞

37) <u>圭一君には財力と若さがある</u>。（天国）　　　＜抽象的関係/状態/境遇＞

　형용사술어적인 유형은 동사술어적인 유형과 달리, 주어와 「Bがある」 만
으로 문이 충족된다. 주어A에 대하여 「Bがある」가 그 특성을 나타낸다. 예33)
에서는 「繊細で」와 같은 소위 형용동사와 병렬적으로 「品がある」가 형용사적
으로 사용되고 있다. アル와 결합하여 형용사적으로 사용되는명사는 「品, 知
性, 財力…」 등과 같이, 사람이 그것을 소유하는 것이 곧 사람이나 사물의 특성
을 나타내는 결과가 되는 명사이다. 의미속성으로서는 「추상적 관계」로, 그
하위분류로서 「성질」이나 「상태」와 같은 것이 있다.

## 5 명사술어적 「Bがある」

38) 「<u>前回の交渉のときのオーナー側の態度はどうでした?</u>　<u>妥協しそうな</u>
　　<u>気配はあった?</u>」（アジア）　　　　　＜抽象的関係/状態/様相＞

39) 「高井和明が，死体を積んだ車に栗橋浩美と一緒に乗っていたのは事実
　　です。しかも，グリーンロードのスタンドで目撃された状況から考え
　　ると，嫌々従っていたのではなくて，むしろ進んで栗橋浩美と行動を共

14・
藤田宜永(2004)『愛の領
分』文春文庫

にしていた様子がある」（模倣）　　　　　　　＜抽象的関係/状態/様相＞

40) きちんとした茶のスーツに格子縞のネクタイを締めた姿は, むしろ気
取りすぎの感すらある。（天国）　　　　　　　＜抽象的関係/状態/様相＞

41) 薄茶のスーツに同色のネクタイ, 薄い縁なし眼鏡をかけて背筋をピン
と伸ばした姿は, 出版社勤務の人間というより, 大企業のエリートサ
ラリーマンをおもわせる雰囲気がある。（天国）

＜抽象的関係/状態/様相＞

42) 確かに, ハノイの街や郊外の風景は昭和二十年代後半の日本のような
風情がある。（アジア）　　　　　　　　　　　＜抽象的関係/状態/様相＞

　　명사술어적인「Bがある」는 형용사술어적인「Bがある」와 마찬가지로, 주어A에 대한 상태나 특성을 서술하는 문이다. 명사술어적「Bがある」는, B에 반드시 연체수식절이 포함되어 있는 점과,「Aは/に/にはBがある」가「AはBである」로 치환될 수 있다는 점에 특징이 있다.「ハノイの風景は日本のような風情がある→ハノイの風景は日本のような風情である」의 예에서 보는 바와 같다. 명사술어문과 형용사술어문은 의미적으로 구별하기 어렵지만[15], 여기에서는「AはBである」와 같은 코플라문（コピュラ文）으로 치환될 수 있다고 하는 형식적인 면에 주목하여, 명사술어적인 유형으로서 독립시켰다. B에 포함되어 있는「気配, 様子, 感, 雰囲気, 風情」와 같은 것들은,「주체가 몸에 지니고 있는 것, 말하자면 주체의 일부이자 일측면이라고 말할 수 있을 만한 것들이다. 동시에, 따로 떼어내어 대상물로 보아 주체가 그것을 소유하고 있는 것이라고도 생각할 수 있는 것이다. 요시다 吉田(2005d:90)」그러한 것들(気配, 様子…)이, 수식부로 표현되어지는 상태나 특성을 갖고 있는 경우,「である」와「がある」의 변환이 가능하다고 생각할 수 있다. 여기에서의 명사B의 의미속성은 예문 뒤에 나타낸 바와 같이,「추상적 관 계」인「상태」의「양상」이다. B에 오는 명사는, 그 밖에「傾向, 状況, 習慣, 規 模[16]」등이 있다.

---

15 ·
니시야마(2003:130)는「＜A로 지시되는 지시대상에 대하여, B로 표시되는 속성을 나타내고 있다＞고 하는 의미상의 공통성에 주목하여, 둘 다 동일한 그룹에 귀속시킨다」라고 하고 있다.

16 ·
「경향, 상황」은 ＜추상적관계/상태/양상＞이지만,「습관」은 ＜추상물/추상물(행위)＞이고,「규모」는 ＜추상적관계/수량＞이다. 의미속성은 반드시 동일한 것은 아니다. 이 점은 금후 규명해나가고자 한다.

## 맺음말

이상으로, アル가 ガ格명사(구)와 결합하여, 하나의 술어화한 경우에 대하여 고찰하였다. 실질동사 アル와의 차이점을 명시한 후에, ①A가 주어로서 기능하고 「Bがある」가 대상C를 취하여 동사술어적으로 기능하는 경우, ②주어A에 대한 상태나 특성을 나타내는 형용사술어적인 경우, ③「である」로도 치환이 가능한명사술어적인 경우의 세 가지 유형으로 하위분류하였다.

실질동사로서의 アル와 기능동사로서의 アル의 차이는 그 경계가 불명료하여, 명확하게 선을 긋기가 어려운 부분이 있지만, 기능동사화한 アル의 존재 자체를 부정할 수는 없을 것이다.

금후의 과제로, 실질동사가 가능동사화해가는 과정을 규명할 필요가 있다고 생각한다. 또한 기능동사 アル의 세 가시 유형에대해 보나 너 상세한 검토를 시도하고자 한다.

【付記】
이글은 요시다(吉田, 2005c)「『Aは／に／にはBがある』構文に関する一考察」『日語日文学研究』55의 내용에 대폭적으로 가필과 수정을 가한 것이다.

# 05 「～からこそ」의 의미·기능과 사용실태

강경완

## 들어가는 말

종래 현대어의 도리타테とりたて[1] 「こそ」에는 특립特立 또는 강조強調라는 의미·기능이 있음이 밝혀져 왔다[2]. 그러나 지금까지의 연구는 주로 연구자 개인의 내성이나 소량의 언어자료를 통한 분석이 중심이 되어왔으며, 실제로 사용된 대량의 용례를 자료로 한 객관적인 의미기술은 그다지 행해지지 않았다. 실례를 토대로 한 분석은 특히 다음과 같은 두 가지 점에서 필요하다고 생각된다.

①일본어를 모어로 하지 않는 외국인 연구자의 경우, 내성에 의한 분석으로는 극히 제한된 연구밖에 할 수 없으나, 실례라는 객관적인 근거에 기초한 분석을 통해 보다 정밀한 기술·연구가 가능해진다.

②「こそ」와 같은 도리타테형식의 연구에 있어서는 구문적 조건이나 컨텍스트[3]를 고려할 필요가 있으며, 이러한 의미에서도 실례에 기초한 분석이 바람직하다.

또한 과거의 연구는 연구대상에 있어서도 주로 「彼こそ犯人だ」와 같이 명

1·
이 글에서는 다음과 같은 스즈키鈴木(1972)의 정의에 따르기로 한다.
「명사는 격格에 의해 문내文內에서 다른 단어에 대한 소재=관계적의미를 나타내는데, 명사의 격, 특히 연용적인 격은, 도리타테의형태가분화되어있어,거기에표현된사물이현실에존재하는동류의사물에대하여어떤관계를맺고있는가를화자話者의 입상에서 나타낸다」(p.231)
＜도리타테＞ : 문의 임의의 부분에 나타난 사물·사건이 현실에 존재하는 다른 동류의 사물·사건과 어떤 관계에 있는가를 화자의 입장에서 파악하는 문법카테고리

2·
누마타沼田(1988), 노다野田(2003), 야마나카山中(1995), 한도半藤(1984) 등의 연구가 있다.

3·
어떤 언어단위의 전후에 위치하여 그 존재에 의해 해당단위를 조건지우는 제諸 단위의 총체. 그 자체 만으로는 애매한 단어나 문의 의미도 특정한 컨텍스트에서 출현하게 되면 거의 대부분의 경우 오직 하나의 해석만이 가능해 진다.

사에 접속되는 「こそ」에 편향되어 왔다는 문제점이 있다. 「こそ」에 의한 도리타테형形[4] 내의 종속절에 「こそ」가 결합된 형식이 있으며, 특히 「~からこそ」의 경우 실제사용에 있어서 양적으로 높은 비율을 나타내고 있어, 명사에 접속되는 「こそ」와 더불어 도리타테 「こそ」의 주요한 형식이라고 할 수 있다[5]. 그럼에도 불구하고 지금까지의 연구에서는 종속절에 접속하는 「こそ」가 논의되는 일이 거의 없었다. 이상의 문제점으로부터 이 글에서는

①소설・논설문 등에 사용된 실례를 토대로,

②전후의 컨텍스트에 나타나는 형식상의 특징을 객관적인 근거로 하되,

③특히 명사에 접속되는 「こそ」와의 관계에 주목하여 「~からこそ」의 의미・기능을 분석하고자 한다.


# 1 선행연구

현대일본어의 「こそ」에 관한 중요한 연구로는 데라무라寺村(1991), 니와丹羽(1997), 마에다前田(1997)등을 들 수 있다. 데라무라는 「が」와의 비교를 통해주로 명사에 접속하는 「こそ」의 의미를 기술하고 있으며, 니와는 역접의 종속

---

[4]·
두 개 이상의 문으로 이루어져 있으며, 하나의 문이 다른 한편의 문에 종속되어 그 문의 부분으로 기능하는 복합문

[5]·
이번 조사에 나타난 각 형식의 양적분포는 다음과 같다.

<표1> 「こそ」에 의한 도리타테형의 양적분포

| 형식 | 명사접속의こそ | 종속절접속의こそ | 접속사접속의こそ | 기타 | 합계 |
|---|---|---|---|---|---|
| 용례수 | 670 | 211 | 145 | 16 | 1042 |

<표2> 종속절에 접속되는 「こそ」의 양적분포

| 형식 | ~からこそ | ~してこそ | ~すればこそ | ~ためにこそ | 합계 |
|---|---|---|---|---|---|
| 용례수 | 166 | 26 | 16 | 3 | 211 |

절에 사용되는 「こそ」의 의미[6]에 관해, 마에다는 「〜からこそ」의 의미를 자세히 기술하고 있다. 이하에서는 이 글의 내용과 직접 관련이 있는 데라무라와 마에다의 연구를 간략히 요약하기로 한다.

### 1 데라무라(1991)

도리타테조사의 기능을 「문내의 여러가지 구성요소를 부각시켜 어떤 대비적 효과를 가져오는 것」(p.13)으로 규정, 「XコソP」의 의미를 다음과 같이 설명하고 있다.

①항상 「〜가 아니고X가」라는 배타적 의미를 가지고 있다.

②「P」라는 사항에 들어맞는 대상(X、Y、Z…)이 두개 또는 그 이상 있을 때, 화자가 의식속에서 그 대상들을 보다 적합한 것으로부터 그렇지 않은 것까지 서열적으로 파악한 후, 최고위最高位에 있는 「X」를 「보다 적합한 것」으로써 부각시켜 말하는 표현이다.

③상대방의 주장, 또는 일반적으로 믿어지는 통념을 전제로 하여 그것에 반론하는 것을 동기로 하는 표현이다.

### 2 마에다(1997)

도리타테조사가 포함된 원인・이유를 나타내는 형식으로써 「〜からこそ」를 들어, 그 의미를 「다름이 아닌 그것이 원인이라는 것을 나타내며, 특징적으로는 역설적인 원인을 명시하는 경우에 사용된다」(p.38)라고 규정하였다. 구체적으로는 「〜からこそ」로부터 「こそ」를 제외할 경우 문의文意에 영향을 미치는가 아닌가에 따라 그 의미를 다음과 같이 설명하고 있다.

①「こそ」를 제외해도 문의에는 영향을 끼치지 않는다 : 「단순히 원인・이유를 강조」한다.

②「こそ」를 제외하기 어렵다 : 전제 또는 예측과는 역의 관계 속에 진리가

6 ·
예를 들면 「口こそ悪い
が、いい奴だ」와 같은 경우의 「こそ」

있음을 진술하는 「역설적paradoxical인 원인·이유관계를 명시」한다.

선행연구로 부터 2가지의 문제점을 지적할 수 있다. 첫번째로 마에다는 「원인·이유의 강조」를 「～からこそ」가 가지는 의미·기능의 본질적인 부분으로, 「역설적인 원인·이유관계의 명시」를 주변적인 부분으로 보고 그 근거로 데라무라의 ②와 ③ 을 들고 있으나 「역설적인 인과관계」라는 것은 복문내의 주절과 종속절의 관계를 뜻하는 것으로 의미·기능은 아니라는 점이다. 관계 자체와 그러한 관계를 맺게 만드는 의미와는 엄격한 구별이 필요할 것이다. 두번째로는 분석방법의 문제점으로 복문 내의 관계만으로 의미·기능을 설명하는 것은 근거가 빈약하다라는 점이다. 복문의 외곽에 놓여 있는 문과의 관계나 전후 문맥에 출현하는 형식적인 증거들을 다각적으로 고려함으로써 보다 객관적이며 설득력 있는 분석을 할 필요가 있다.

## **2**  분석

7·
제시된 예는 마에다(1997)로부터 직접 인용하였다.

「～からこそ」에는 다음과 같이[7] 「こそ」를 제외하면 문의 의미에 영향을 미치는 경우(ⓐ)와 미치지 않는 경우(ⓑ)가 있다.

ⓐ 時間がなかったからこそ映画を見るのをやめたんです。
　　時間がなかったから映画を見るのをやめたんです。
ⓑ 貧しいからこそ幸せだ。
　　??貧しいから幸せだ。

본고에서는 「～からこそ」를 위의 두가지 타입으로 구분하여 분석하고자 하며, 구체적으로는 다음의 세 가지 점에 주목하여 종합적으로 검토하고자 한다.
①복문 안에서의 종속절과 주절의 관계에 주목한다.
②복문 전체와 복문의 바로 앞에 오는 문＝전문前文과의 관계에 주목한다.

③전후의 문맥에 공기共起하는 형식에 주목한다.

### ❶ 「こそ」가 필요 없는 경우

전술한 ⓐ「時間がなかったからこそ映画を見るのをやめたんです」의 예와 같이 「〜からこそ」에서 의미상 「こそ」가 반드시 필요하다고 말하기 어려운 경우가 있으며, 양적인 분포 (166예 중 142예)를 보면 이와 같은 형태가 전체의 8할 이상을 차지하고 있어 「〜からこそ」의 기본적인 유형이라고 생각된다. 마에다는 이러한 유형의 「〜からこそ」에 관해 다음과 같이 설명하고 있다.

> 「이와 같은 カラコソ는「후건後件을 야기한 원인・이유가 되는 것은 다름이 아닌 전건前件이라는 것[8], 또는후건의 원인・이유로서 가장 적절한 것은 전건임」을 진술한다. 종속절 이외의 이유도 생각할 수 있을 지도 모르나 그런 이유들은 가장 적절한 것은 아니므로 무시된다」 (p.36)

즉, 화자는 다른 사건을 배제한 채 종속절을 주절의 이유로 부각시키기 위해 「こそ」를 사용하고 있다는 것이다. 또한 마에다는 종속절의 사건이 문맥상 새로운 정보, 초점이 되어 주절의 말미에 「のだ」가 쓰이는 경우가 많음을 지적하며 「〜からこそ…のだ」의 구조는 「〜から…のだ」의 기본적인 인과관계가 성립되는 가운데 주절에 대한 이유로써 가장 적절한 사건이 제시되는 구조라고 설명하고 있다. 그렇다면 만약 화자에게 주절에 대한 이유라고 생각할 수 있는 범열적範例的[9]인 사건 중에서 어떤 특정한 사건을 부각시키고자 하는 의도가 없다면 인과관계는 「〜から…のだ」의 구조만으로도 충분히 표현될 수 있다는 것을 의미한다. 따라서 「〜からこそ…のだ」의 구조에서 「こそ」를 제외해도 문의 의미가 그다지 달라지지 않는 것이다. 「〜から…のだ」의 구조에 관해서는 언어학연구회・구문론그룹言語学研究会・構文論グループ(1985)이 다음과 같이 지적하고 있다.

8 ·
「전건」=종속절, 「후건」= 주절을 의미한다. 본고에서는 종속절, 주절의 용어를 사용하기로 한다.

9 ·
「어떤 단위, 예를 들어 단어나 문의 동일한 위치에 출현할 수 있는, 또는 동일한 자격을 지닌」
= paradigmatic

10 ·
진술문declarative sentence에는 두가지 기본적인 요소가 있다. 어떤 것에 대하여 무엇인가가 말해 질때, 어떤 것이 발화의 기초가 되는 주제theme이며, 말해지는 무언가가 발화의 핵이 되는 서술 rhema이다. 주제를 화제topic, 서술을 평언comment이라고도 한다. 이야기의 흐름 속에서는 복수의 문이 이어지는데 이어지는 뒤의 문의 주제는 보통 앞의 문의 서술이 된다. 주제는 언제나 이미 알려져 있는 구정보old information이며 서술은 미지의 신정보new information 이다. 「~로부터こそ…のだ」에서는 이미 언급된 「…」가 구정보로서의 주제에, 「~」가 신정보로서의 서술에 해당 한다.

11 ·
「こそ」가 필요 없는 경우 반드시 「~からこそ…のだ」의 구조라고 단정할 수는 없다. 마에다는 「후절 말미에 ノダ가 없는 문의 경우라도, 비슷한 의미를 지니고 있다고 생각된다」(p.30)라고 지적하고 있으나, 구체적으로 어떤 형태가 있는가를 확인할 필요가 있다. 이번 조사에서는 다음과 같은 두 가지 구조가 확인되었다. ① 「~からこそ…わけだ」② 「~からこそ…」 그러나 이들도 화자의 논리에 의

「주절에 제시된 사건은 담화(はなしあい)의 구조 또는 단락段落의 구조 속에 이미 주어져 있으며, 그 사건의 원인이나 동기를 밝혀야 할 때, 화자는 「するから」의 형태를 부여하여 종속절 속에 제시한다. 이 원인 또는 동기가 화자의 논리로 선택된 것이라면 화자가 이유를 설명하는 형태를 취할 것이다. 따라서 종속절은 문 전체 속에 코멘트Comment、뉴스news[10]로서 나타나게 된다. 대부분의 경우 주절의 술어가 「のだ」「のです」를 동반하고 있으며 복문 전체가 설명으로서 기능하는 것은 이 때문이다.」 (p.40)

즉,　～から　　　평서문-のだ
　　　(Comment)　　　(Topic)

는 화자의 논리에 따라 선택된 이유를 종속절에서 제시하고 있는 구조라고 할 수 있는데,「~からこそ…のだ」의 경우에도 대부분의 용례가 담화와 단락의 흐름 속에 이미 언급된 주절의 사건에 대해 화자의 논리로 그 이유를 설명하는 구조를 이루고 있다[11]. 본래 「~から…のだ」는 이유제시理由づけ에 이용되는 구조이지만 여기에 「こそ」가 더해짐으로써 종속절에서 제시된 이유가 가장 적합하다는 화자의 주관적인 판단이 더해지는 것이다. 이와 같이 「~からこそ…のだ」의 구조 속에서 「다름이 아닌 종속절이 주절에 대한 이유임」을 나타내는 「~からこそ」는 「こそ」의 가장 기본적인 형식인 「명사こそ」와 거의 동일한 의미·기능을 가지고 있다고 할 수 있다. 그런데 「~からこそ…のだ」의 구조에서 「こそ」를 제외해도 문의 의미가 달라지지 않는다면 화자는 왜 굳이 「こそ」를 사용하는 것일까? 그것은 문법적으로는 「こそ」가 필요 없는 경우라 할지라도 효과적인 의미전달이라는 측면에서는 「こそ」의 유무에 따라 적합함의 차이가 생겨나기 때문이다. 이하에서 전후의 문맥에 공기하는 형식을 근거로 「~から」보다 「~からこそ」가 적절한 경우를 유형별로 제시하고자 한다.

## 1. 동류의 사건이 제시되는 경우

문중文中이나 전후의 문맥 속에 제시된 다른 사건과의 비교를 통해 종속절이 주절의 가장 적합한 이유임을 진술하는 경우, 비교상의 우위를 나타내기 위해 「~からこそ」를 사용한다.

1) 字で読むのではなく、耳で聞いた話だからこそ、想像力がふくらむ。(親・3)[12]

2) 人間は外見だけで成り立つ存在ではない。内面があるからこそ人間なのだが、しかしその内面は、「調査」などで簡単にとらえられるものではない。(どこまで・185)[13]

3) 彼にしても、もしたった一人で進水式をやったのだとしたらそれほど涙は流れなかったのではあるまいか。船という巨大なものを製造するのに参加した多くの人々と肩を並べて、おもむろに動き出す船体をみつめるからこそ、涙は滂沱（ぼうだ）と下ったのではなかったか。(働く・169)[14]

## 2. 선택지정의 부사와의 공기

선택지정의 의미를 가지는 한정부사[15] 「まさに、まさしく」 또는 「根本的に、本質的に」 등의 부사와 공기하는 경우, 주절에 대한 다른 이유를 배제하기 위해 「〜からこそ」를 사용한다.

4) まさに、思考力も感受性も鈍っているからこそ、幸福であると思い込みやすいのだ。(不幸・80)[16]

5) まさしく、森田氏が定義したように、「優位に立つ一方」からのアクションであり、一つの学級内に固定された中での人間関係だからこそ、その時々の力の差がはっきりしやすいという「集団内の相互作用過程」における現象なのです。(子ども・52)[17]

6) 私が根本的に山型の人間であったからこそ、異質な海の魅力はひときわ強く私のうえに覆いかぶさってきたのではなかったろうか。(母・165)[18]

7) 本質的には労働が時間で計られるからこそ時間が問題となってくるのであるけれど、しかしそれより前に、企業の中を流れる時間は学生時代に過した時間とは全く異なる性質のものであるのだ、という認識を持つことがまず重要と思われる。(働く・35)

---

해 종속절(comment)이 주절(topic)의 이유가 된다고 할 수 있기 때문에 「〜からこそ…のだ」와 동일한 구조라고 생각된다.
・「君たち家族は、楽な方をとればいい、という距離を保つことができたわけだ。ネットだからこそかな」(R・250)
・その後も電話は毎日かけたし、数日おきに所田家に顔を出して、短時間でも春恵と会うように心がけていた。最初から捜査の頭数に入っていないからこそ、こんなことができる。(R・77)

[12] 永六輔(2000)『親と子』岩波新書

[13] 俵孝太郎(1999)『どこまで続くヌカルミソ』文春文庫

[14] 黒井千次(1982)『働くということ』講談社現代新書

[15] 구도工藤(1977)의 용어를 사용하기로 한다

[16] 中島義道(2002)『不幸論』PHP新書

[17] 尾木直樹(2000)『子ども

の危機をどう見るか』岩
波新書

**18** ·
北杜夫(1994)『母の影』新
潮文庫

**19** ·
山田詠美(1987)『ソウル
・ミュージックラバーズ
・オンリー』幻冬舎文庫

**20** ·
内館牧子(1990)『思い出
にかわるまで』角川文庫

**21** ·
林望(1996)『知性の磨き
かた』PHP新書

**22** ·
吉本由美(1996)『さよな
ら』角川文庫

### 3. 반복

전문이 복문 내의 종속절으로 다시 반복되는 경우, 반복에 의해 전문의 사건이 주절에 대한 가장 적합한 이유라는 것을 나타내기 위해「〜からこそ」를 사용한다.

> 8) 悲しくて楽しくて、そして甘い。これらの感情は具体的に生活を送るのにはほとんど役に立たない。役に立たないからこそ贅沢である。(ソウル・202)[19]
>
> 9) 両親は結婚の延期をまだ知らない。知らないからこそ、こんなに明るく笑えるのである。(想い出・112)[20]
>
> 10) そうです、学問ってのは、本質的に高等な遊びなんですね。遊びだからこそ、そこに一生をつぎ込んでも悔いがないということになるんです。(知性・209)[21]
>
> 11) 淡々とした会話だった。淡々としているからこそ、言葉と言葉の隙間の時間は悲しい沈黙になり、夜の奥底へと底無しに続いているようだった。(さよなら・36)[22]

이 경우에는 반복되는 전문과 복문의 사이에 요약要約과 환언言い換えの 의미를 지닌 접속사「つまり」가 자주 공기된다.

> 12) そして「金」よりも「時」の方が自分には貴重なのだ、と若い人々が考えるのだとしたら、それは生活を支える最低の給料が確保されているからに他なるまい。つまり、経済的なゆとりが出来たからこそ、彼等は「金」に絶対的に縛りつけられることなく、自由につかえる「時」への欲求を募らせた次第でもあったのだろう。(働く・141)
>
> 13) 頭の中で操作できるイメージというのは、実は「略図性」をもった表現になっている。つまり、精密なサイズや角度、複雑な構造などが仕組まれていないで、紙になぐり書きをしても、本質的な関係は保たれるというような「略図性」があるからこそ、それは内化し、内的表象(イメージ)を頭の中で操作できるわけである。(新コン・99)[23]

**23** ·
佐伯胖(1997)『新・コン
ピュータと教育』岩波新
書

## 4. 사회적 상식

　일반적으로 통용되는 상식에 비추어 종속절이 주절에 대한 가장 적합한 이유가 되는 경우 「〜からこそ」를 사용한다.

> 14) なにか使っても使っても減らないもの、この世にありえないからこそ誰もがあこがれてやまないものを作り出す錬金術を、私たち自身の肉体にほどこそうとしていた。(ハチ公・65)[24]
>
> 15) 失せ物・盗難は、あらかじめわからないからこそ、そんな被害にあうのだろう。(朱い・92)[25]
>
> 16) 「結構なことじゃありませんか。お似合いと思ったからこそおすすめしたご縁ですもの。」(あ・105)[26]
>
> 17) 女子高生に限らず、思春期の中・高生は発達段階の特徴として自立を求めるからこそ、親や大人のコントロールから脱しようと欲するのです。(子ども・147)
>
> 18) 土地は、その上で人間が生活をいとなみ、生産活動を行なうからこそ、人間にとって有意義なのである。(日本・61)[27]

24 ·
吉本ばなな(1996)『ハチ公の最後の恋人』中公文庫

25 ·
阿刀田高(1995)『朱い旅』幻冬舍文庫

26 ·
向田邦子(1981)『あ・うん』文春文庫

27 ·
渡辺洋三(1990)『日本社会はどこへ行く』岩波新書

**❷**　「こそ」가 필요한 경우

　한편 전술한ⓑ「貧しいからこそ幸せだ」와 같이 「〜からこそ」로부터 「こそ」를 제외시키기 어려운 경우가 있는데, 마에다는 이러한 유형의 「〜からこそ」에는 다음과 같은 성질이 있다고 지적하고 있다.

> 「일반적인 전제 또는 예측과는 역의 관계 속에 진리가 있다는 것을 진술하는 「역설적(paradoxical)인 원인・이유관계를 명시」하고 있다」(p.33)

　즉, 「貧しいから幸せだ」라는 것은 「貧しいから不幸だ」와 같은 일반적인 예

측과는 역의 관계에 있으며, 화자는 이러한 역의 관계에 오히려 진리가 있다는 것을 명시하기 위해 「こそ」를 사용한다는 것이다. 여기에서 「역설적인 원인·이유」라는 것은 복문 내의 종속절과 주절의 관계를 나타내고 있는데, 이러한 관계는 특정한 문맥에서 사용되는 경우가 많다. 따라서 「～からこそ」에 「역설적인 인과관계를 명시한다」는 의미·기능이 있다고 주장하기 위해서는 「～からこそ」가 어떤 컨텍스트에서 화자의 어떠한 의도에 의해 사용되는가에 관한 구체적인 설명이 필요하다. 특정한 형식에 의해서 역설적인 컨텍스트가 표시되는 경우와 형식적인 특징이 없는 경우가 있는데, 이하 각각의 경우에 대해서 용례를 제시하여 설명하기로 한다.

## 1. 반박의 부사·접속사와의 공기

복문 전체와 전문이 「いや」「むしろ」「しかし」등의 부사나 접속사에 의해 연결되어 상식에 부합되는 전문과 주절의 인과관계를 반박하고 복문내의 인과관계가 보다 적절하다는 것을 나타내는 문맥에서 자주 사용된다. 특히 부사와 공기하는 경우에는 「～しても(でも)、いや(むしろ)～からこそ…」와 같은 고정된 패턴을 자주 볼 수 있다[28]. 이러한 경우의 「こそ」는 비상식적인 인과관계를 표시하는 표식marker[29]의 기능을 하기 때문에 생략하기 어렵다고 할 수 있을 것이다. 한편 복문의 내부는 「～からこそ…のだ」의 구조로 되어 있어 「こそ」가 필요 없는 유형의 「～からこそ」와 의미·기능상 연결되어 있음을 짐작할 수 있는데 이 점에 관해서는 조금 뒤에 다시 언급하기로 하자.

> 19) たちまち、人間の幸福はそんな外形的なものからなっているのではない、世間的には何の輝かしい要素をもっていなくとも、いやもっていないからこそ、本物の幸福を実現している人がいる、という声が聞こえてくる。(不幸・140)
>
> 20) たとえば、漢字という世界のみごとな体系性やその歴史にあらわれている昔の人びとのすばらしい知恵を、子どもたちに探索させ、発見させるという活動は、マルチメディア時代にも、否、マルチメディア時代だからこそ、楽しく、夢中になるような教材として開発することは

28·
다음과 같이 「いや」가 생략되어 있는 용례도 있다.
・お互いの目に涙があることは、いくら親子でも照れくさかった。親子だからこそ照れくさかったのかもしれぬ。(思い出・297)

29·
문법의 예를 들면 현대일본어에서 「行く」에 대해서 「行かない」는 긍정에 대한 부정否定의 표현이다. 그리고 그 부정은 접미사 「-ない」에 의해 표시된다. 「行かない」에 대해서 그 긍정형에는 특별한 표식이 없다. 이와 같이 특정한 문법기능을 표시하기 위해 특정한 표식을 사용하는 경우를 「유표有票(marked)」라고 하며, 「行く」와 같이 특정한 표식을 사용하지 않는 경우를 「무표無標(unmarked)」라고 한다.

可能なはずである。（新コン・93）

21) <u>恋人なんかいなくても</u>、それなりに楽しい暮らしというものはでき
る。<u>むしろ</u>、恋人がいないからこそ楽しいことというのは、確かにあ
る。（中略）結婚だって、そう。<u>しなくても</u>今の世の中、それなりに自
由に生きていける。<u>むしろ</u>、結婚していないからこそ自由なこととい
うのは、確かにある。（想い出・3）

22) 超高齢者の介護というと、呆け老人がいちばんたいへんだと思われて
いる。<u>しかし</u>、呆けていないからこそたいへんだ、ということも世の
中には存在する。（どこまで・168）

23) 「幸福」という言葉はだれでも日常的に知っている。<u>しかし</u>、その概念
が通俗的であるからこそ、その意味内容を厳密に分析しようとする
と、その輪郭はぼやけており内容もはなはだ「豊か」で、なかなか定
着させるのが難しい。（不幸・22）

## 2. 복문자체의 역설관계

접속사나 부사 등에 의해 표시되는 특정한 문맥의 뒷받침이 없을지라도 복
문 내의 종속절과 주절의 관계 자체가 역설적인 경우가 있다[30].

24) 彼は、世界とか国家とか地域のために働くこと、すなわち社会を「よ
くする」ために働くことに警告を発する。（中略）こういう仕事は美し
い響きをもっているからこそ、称賛されるからこそ、多くの人から感
謝されるからこそ、手を引くべきなのである。（不幸・71）

25) 彼は高らかに笑い、女どもに欲情を感じ、身体の底から幸福を感じて
いる。このすべては、彼が若く美しいからこそ、たとえようもなく悲
劇的なのだ。（不幸・189）

26) 昔から、素直になれない性格だった。二重人格ってほどじゃないんだ
けど、優しくされればされるほど、口から違う言葉が出てしまう。（中
略）誕生日の思い出にしても、二十歳を過ぎてからは、後悔ばかりだ。
みんなが優しくしてくれる誕生日だからこそ、素直になれないのかも
しれない。（あっかん・161）[31]

30 ·
다음과 같이 「こそ」의 필
요성을 판단하기 어려운
용례도 있다.
・ただ、もう片方をきち
んとしておかないと、い
ずれかがだめになったと
きに支えるものがないの
は困りますから、片方が
いいときだからこそ手を
打ったのです。（笑い・
83）

31 ·
山田邦子(1990)『あっか
んべーゼ』角川文庫

## ▌3　마에다(1997)의 문제점

이제 앞에서 이미 언급한 마에다의 예를 다시 한번 살펴보도록 하자.

  ⓐ　時間がなかったからこそ映画を見るのをやめたんです。
   時間がなかったから映画を見るのをやめたんです。
  ⓑ　貧しいからこそ幸せだ。
   ??貧しいから幸せだ。

　마에다는 ⓐ를 「단지 원인·이유를 강조하고 있다」, ⓑ를 「역설적인 원인·이유 관계를 명시하고 있다」라며 ⓐ와 ⓑ에 있어서 「~からこそ」의 의미·기능을 전혀 다른 것으로 취급하고 있다. 그러나 전술한 바와 같이 「こそ」가 필요한 경우에도 복문의 내부는 「~からこそ~のだ」의 구조로 되어 있어 「다름이 아닌 종속절이 주절에 대한 이유」라는 것을 나타내는 「こそ」의 의미·기능에는 변함이 없다. 여기에서 「こそ」를 제외시키기 어려운 이유는 복문에서 제시된 인과관계가 사회적인 상식으로 볼 때 인정하기 어려운 것이며, 따라서 주절과 종속절의 연결이 적합한 것이라는 것을 강하게 나타낼 필요가 생기기 때문이라고 생각된다[32]. 결국 복문 내의 「역설적인 원인·이유의 관계」는 단지 사회적인 상식이나 특정한 문맥으로부터 그렇게 느껴지는 것으로, ⓐ의 「다름이 아닌 그것이 가장 적합한 이유」라는 「~からこそ」의 의미·기능은 ⓑ에도 그대로 유지되고 있다고 할 수 있다. 이렇게 생각하면 「~からこそ」의 의미·기능을 명사에 접속되는 「こそ」의 의미·기능과 연속적으로 파악할 수 있게 된다.

## ▌4　맺음말과 과제

이상에서 고찰한 「~からこそ」를 요약하면 다음과 같다.
① 「~からこそ」는 내부적으로 「~からこそ…のだ」의 구조를 취하고 있어,

32·
다음과 같이 사회적인 상식으로는 인과관계를 판단하기 어려운 용례도 있다.
·そうなると、急に、壊したくなる。ちっちゃいコが、きれいな花を、きれいだからこそ、むしっちゃうみたいに。（あっかん·164）

화자의 논리에 따라 담화나 단락 속에 이미 언급된 주절에 대한 이유를
설명한다.

② 「〜からこそ」에 있어서의 「こそ」는 「다름이 아닌 종속절이 주절의 이
유」임을 나타내며, 명사에 접속하는 「こそ」와 거의 동일한 의미・기능
을 가지고 있다.

③ 「〜からこそ」는 전형적으로 의미상 「こそ」를 필요로 하지는 않으나, 다
음과 같이 「동류와의 비교상 최적임」을 의미하는 컨텍스트에서는 「〜か
ら」보다 「〜からこそ」를 사용하는 것이 적절하다.

  - 종속절과 비교되는 주절의 다른 이유가 전후에 명시되어 있는 경우
  - 「まさに」「まさしく」「根本的に」「本質的に」 등의 부사와 공기하
    는 경우
  - 전문이 복문 내의 종속절으로 다시 반복되는 경우
  - 주절에 대한 이유가 사회적인 상식으로 공유되어 있는 경우

④ 「〜からこそ」에는 사회적인 상식으로부터 벗어난 일임에도 불구하고
종속절과 주절의 인과관계가 성립됨을 강하게 나타내기 위해 「こそ」가
필요한 경우가 있다. 이러한 「〜からこそ」는 다음과 같은 컨텍스트에서
사용된다.

  - 「いや」「むしろ」「しかし」 등의 반박의 부사・접속사와 공기하는
    경우
  - 복문 자체가 역설관계인 경우


또한 이번 분석결과를 토대로 금후에는 「〜からこそ」와 현대한국어의 「〜
때문이야말로」에 관해서 주로 다음과 같은 점에 주목하여 대조분석을 하고자
한다.


① 「〜때문이야말로」는 불가능하지는 않으나 문체적으로 다소 낡은 느낌을
준다. 현대에는 「〜때문이야말로」를 대신해서 「다른 이유가 아니라〜때
문에」 등의 고정된 표현이 주로 사용되고 있는 것이 아닐까.

  時間がなかったから映画を見るのをやめたんです。

시간이 없었기 때문에 영화 보는 것을 포기했어요.

時間がなかったからこそ映画を見るのをやめたんです。

다른 이유에서가 아니라 시간이 없었기 때문에 영화 보는 것을 포기했어요.

② 「~からこそ」 사회적인 상식으로부터 벗어난 인과관계를 나타내는 복문에서 자주 사용되나 「~때문이야말로」는 이러한 복문에서는 거의 사용되지 않는다. 「오히려」 등의 부사와 공기하는 패턴이 일반적이지 않을까.

貧しいからこそ幸せだ。

가난하기 때문에 오히려 행복하다.

* 가난하기 때문이야말로 행복하다.

# 06 종조사 「ね」의 다의성

문창학

## 들어가는 말

일본어를 습득하는데 있어서 여러 가지 중요한 점이 있겠지만, 특히 자연스러운 회화를 구사하기 위해서 가장 주의를 요하는 표현은 종조사일 것이다. 일본어에는 ね, よ, ぞ, ぜ, わ, さ, な 등의 문말에 붙는 조사, 즉 종조사가 있어, 이들을 잘 사용해야지만 비로소 화자와 청자간에 캐치볼을 주고 받듯이 회화가 원활하게 이루어질 수 있게 된다. 이 글에서는 종조사 중에서도 사용빈도가 많은 「ね」를 대상으로 그 의미를 분석하고자 한다.

평서문에 사용되는 ね의 용법은 노다野田(2002)의 내용을 참고하면 다음과 같이 정리할 수 있다[1].

1) ① 「확인요구」「ね↑」−청자의 지식과 일치하는지를 물음
　　　 ・「一九八三年生まれ。十八歳だね?」
　　 ② 「동의요구」「ね↑」−청자의 의향과 일치하는지를 물음

[1] 예문은 노다(2002:279-280)의 예문(55,56,57,59,60)이다. 그리고 「↑」는 상승 인토네이션을, 「↓」는 하강인토네이션을 나타낸다.

- 「日が伸びましたねぇ」

③ 「동의표명」 「ね(え)↓」 –청자의 의향과 일치함을 나타냄
- 「ようするに意識しているものしか存在しないと考えている人が
  多い」「うんうん、そうですね」

④ 「자기확인」 「ね(え)↓」 –자신의 결론과 일치함을 나타냄
- 「あの……尾島産業の名は出るかしら?」
  「さあ、そこまでは分かりませんね。何しろ私の担当でもないか
  ら」

⑤ 「행동선언」 「ね↑」 –청자의 인식과 일치함을 재촉함
- 「あ、宅急便きたみたいだから切るね」方便を言って私は一方的
  に電話を切った。

⑥ 「회상」 「ね(え)↓」 –자신의 기억과의 일치함을 나타냄
- 「そこでぼくは電撃に撃たれたね」「クラゲでもいたんですか」

⑦ 「거절표명」 「ね↑」 –자신의 결심과 일치함을 나타냄.
- 「嫌だね。」「嫌だね、だってよ。おい、聞いたか。城戸は、まだ
  俺たちに逆らうつもりだぜ。」

이 글에서는 위와 같은 ね의 다양한 용법의 기본의미는 무엇이며, 그 기본의
미로부터 어떠한 메커니즘으로 인해 다의적인 용법을 갖게 되는지를 분석하고
자 한다. 그리고 이러한 ね가 접속하는 문을 전형적인 문 유형(평서문, 의문문,
권유문 등)들과 비교하면서 그 연속선상에 자리매김하고자 한다.

## 1  선행연구 및 연구동향

종조사 ね의 의미용법의 하위분류에 대해서는 연구자에 따라 약간의 차이
가 있기는 하지만, 평서문에 있어서는 1)에서 들었던 용법으로 충분하리라 본
다. 문제는 이와 같은 하위의미에 대한 기본의미의 추출과 하위의미와 기본의
미간의 파생관계(다의의 메커니즘)를 설명하는데 있다고 생각된다.

기본의미에 관한 선행연구를 간단히 정리하면, 크게 전달면에 초점을 맞춘 「일치설」, 인식면에 초점을 맞춘 「내부 확인설」, 발화행위를 중요시한 「발화 확인설」로 나눌 수 있을 듯하다.

먼저 오소우大曾(1986), 마스오카益岡(1991), 가미오神尾(1990), 노다(2002)등의 「일치설」에서는 청자와의 관계를 중요시해 「화자와 청자 간에 정보(지식), 판단(의향), 인지상태 등이 일치함을 전제」로 한다고 설명하고 있다. 다음으로 하스누마蓮沼(1988), 다쿠보・긴스이田窪・金水(2000)등의 「내부 확인설」에서는 청자의 존재를 전혀 고려하지 않고 「해당하는 명제의 타당성에 대해 계산중임」을 나타낸다고 설명하고 있다. 마지막으로 기타노北野(1993)의 「발화 확인설」에서는 「발화행위의 타당성을 청자에게 확인함」이 ね의 기본의미라고 파악하고 있다.

## ▋2  「ね」의 기본의미

위와 같은 세 흐름의 분석은 ね가 접속하는 문의 의미적 계층(명제, 명제지향 모달리티(특히 인식 모달리티), 발화전달 모달리티;이하 3.1에서 설명)에 있어서 어느 부분에 초점을 맞추고 있는가의 차이일 뿐, 결국 같은 결과의 분석이지 않을까 생각된다. 즉, 「발화 확인설」은 발화전달 모달리티에, 「내부 확인설」은 인식 모달리티에, 「일치설」은 명제까지 포함한 문에 초점을 맞추고 분석한 결과인 것이다. 역으로 말하면 ね가 접속하는 문의 분석 시에는, ね의 기본의미가 문의 의미적 계층의 어느 부분에 작용하는가를 파악할 필요가 있으리라라 본다. 그리고 미야자키宮崎(2005)에서도 지적하고 있듯이 「내부 확인설」이 ね의 분석에 있어서 명제의 타당성 계산이라는 인식면에 주목한 점은 큰 의의가 있지만, 청자의 존재를 전혀 고려하지 않은 점은 무리가 있다고 본다. 예를 들면 「내부 확인설」의 대표적인 용법이라고 할 수 있는 「자기확인」(예1)④)은 물론이고 그 이외의 경우에도 혼잣말(「ト思う」의 보문으로 성립하지 않음)에 사용하기 어렵다는 점으로부터도 청자의 존재를 중요시하는 전달면(청자지향

性, 聞き手めあて性)은 ね의 의미분석에 있어서 필수요건으로 여겨진다.

> 2) A : こんなこともわからないの?
> B : 分からないね。/ B' : ?? 「分からないね」と思う 。
>
> (하스누마(1988:95)(5))

이상과 같이 ね의 의미분석에 있어서 「문의 의미적 계층」과 「전달면」을 중시해, 본고에서는 다음과 같이 ね의 기본의미를 「일치설」의 하나인 가미오(1990)의 분석에 따르기로 한다.

> 3) 「ね」는 화자가 청자에 대한 <協応的態度>을 나타내는 표시이다. <協応的態度>란 주어진 情報에 대한 화자가 청자에게 동일한 認知状態를 갖는 것을 積極的으로 구하는 태도이다.　　　　(가미오(1990:77)(95))

이 글에서는 이와 같은 청자의 존재를 전제로 청자와의 동일한 인지상태를 요구하는 협응적태도라는 ね의 기본의미가 화용론적 문맥에 따라 ね가 접속하는 문의 의미적 계층에 각각 작용함으로써 다의적인 용법을 형성한다고 본다.

## ▌3 화용론적 애매성의 관점에서의 다의성 분석

### ❶ 화용론적 애매성과 문의 의미적인 계층

단어나 문법형식, 구문 등의 다의성多義性(polysemy)을 설명하는 관점은 여러 가지가 있지만, 대표적으로는 비유적 확장比喩的 拡張(metaphorical extension) 혹은 가족적 유사성家族的 類似性(family resemblance), 유상성類像性(iconicity), 화용론적 애매성話用論的 曖昧性(pragmatic ambiguity)등이 있다고 할 수 있다[2]. 이 글에서는 문의 다양한 레벨을 고려해 추상적인 문법형식을

2·
Lakoff(1987), Taylor(1989), 마쓰모토松本(2003) 참조.

분석한 Sweester(1990)의 「화용론적 애매성話用論的 曖昧性(pragmatic ambiguity)」의 관점이 ね를 분석하는데 적합하다고 생각한다. 그 이유는 ね도 추상적인 문법형식 중의 하나이고 청자지향성과 관련해 문의 다양한 레벨에 작용한다고 보기 때문이다.

Sweetser(1990)는 영어의 접속사와 조건문이 화용론적 문맥話用論的 文脈(pragmatic context)에 따라 내용영역內容領域(content domain), 인식영역認識領域(epistemic domain), 발화행위영역發話行爲領域(speech-act domain)이라는 문의 세 가지 영역에 작용함으로써 기본의미가 다의적인 의미를 갖게 된다고 분석하고 있다. 예를 들면, because의 인과성의 의미는 화용론적 문맥에 따라 다음과 같이 세 가지로 해석할 수 있다고 한다.

> 4) a. John came back because he loved her.　　(내용영역에서의 인과성)
> 　　b. John came back, because he loved her.　(인식영역에서의 인과성)
> 　　c. What are you doing tonight, because there's a good movie on.
> 　　　　　　　　　　　　　　　　　　　　　　　(발화영역에서의 인과성)

즉, 예4)a는 그가 그녀를 사랑하는 것이 그가 돌아오는 이유이었음을 나타내고, 예4)b는 화자가 john이 돌아온 것을 알고 있는 것이 john이 그녀를 사랑한다고 결론을 내리게끔 하는 이유가 됨을 나타내며, 예4) c는 because절이 화자의 발화행위(제안)에 대한 이유를 나타내고 있다고 설명하고 있다.

이 글에서는 Sweetser(1990)의 문의 세 영역을 닛타仁田(1991)의 모달리티론[3]의 「명제命題」「명제지향 모달리티命題めあてのモダリティ」「발화전달 모달리티發話伝達のモダリティ」로 대신해서 설명하고자 한다[4]. 닛타(1991)의 모달리티론을 간단히 설명하면, 문은 「명제」와 「모달리티」로 구성되고, 의미적으로 모달리티가 명제를 둘러싸고 있는 계층구조를 형성한다고 한다[5]. 그리고 「모달리티」는 크게 「명제지향 모달리티」와 「발화전달 모달리티」로 나눌 수 있고, 전자는 「발화시 화자가 명제를 어떻게 파악하는가에 관련된 문법표현」이며 후자는 「발화시의 화자의 발화전달적 태도, 즉 언어활동의 기본적 단위인 문이 어떠한 유형의 발화-전달적 역할, 기능을 담당하고 있는가에 관련된 표현」이라고 설명하고

의 다의분석을 문법론내에서 논을 전개하고자 하기 때문이다.

5·
닛타(1991)에서의 「언표사태(言表事態)」라는 용어를 닛타(2000)에서는 「명제」로 바꿨다. 본고에서는 후자의 「명제」를 선택해 사용하기로 한다.

6·
닛타(1991)는 문유형을 크게 ① 「働きかけ(命令/誘いかけ)」, ② 「表出(意志/希望/願望)」, ③ 「述べ立て(現象描写文/判断文)」, ④ 「問いかけ(判断の問いかけ/問いかけ))」로 분류하고 있다. 본고에서는 논 전개상의 편의를 위해 일반적인 용어인 ①명령문/권유문, ②의지문/희망문, ③평서문, ④의문문으로 명칭을 바꾸기로 한다.

7·
이 글에서의 「화용론적 문맥」으로 설명하는 화자와 청자 간의 인식의 조합은, 가미오(1990)의 「情報のなわ張り理論」의 개념을 미조정한 것으로서 청자와의 관계를 중시한 점과 화용론적인 면을 중시한 점은 같다고 할 수 있다. 하지만, 본고에서는 모달리티론에 의한 문의 계층구조의 개념(「명제」「명제지향 모달리티」「발화전달 모달리티」) 등의

---

있다. 그리고 「명제지향 모달리티」는 「화자의 인식적 태도」를 나타내는 「인식계認識系」와 「명제의 성립을 바람직한 것, 실현시키고 싶은 것으로 파악하는 태도」를 나타내는 「정의계情意系」로 나뉘고, 전자는 일반적으로 평서문, 의문문과 관련되며 후자는 명령문, 의뢰문, 권유문등과 관련된다[6].

5) 문 = [ [ [명제] 명제지향 모달리티(인식/정의)] 발화전달 모달리티] ]

## 2 화용론적 문맥

이 절에서는 ね가 다의성을 가지게 되는 조건, 즉 화용론적 문맥에 대해서 설명하고자 한다. 위에서 ね의 의미 분석에 있어서 「청자지향성聞き手めあて性」의 중요성을 확인했듯이, 이 글에서는 문의 의미적 계층에 바탕을 둔 청자와 화자간의 「인식상태」에 초점을 맞추기로 한다.

ね의 의미구조와 직접적으로 관련되는 화용론적 문맥은 명제에 대한 「화자의 인식」과 화자가 상정하는 「청자의 인식」과의 조합에 의한 상황으로 여겨진다. 명제에 대한 「화자의 인식」은 화자가 문을 발화할 시 「확실」한지 「불확실」한지가 정해지기 마련이다[7]. 그러나 「청자의 인식」은 화자의 입장에서는 가정의 대상밖에 될 수 없는 것으로서 이하와 같이 두 단계로 나누어서 상정할 수 있으리라 본다.

6) [청자가 명제에 접해 있는지에 대해[8]]
　화자는 해당 명제에 접해 있고 인식도 결정된 상태에서, 청자는 그 명제에 접해 있는 경우도 있고 접해 있지 않은 경우도 있다.

그리고 청자가 그 명제에 접해 있다고 상정하는 경우에는 이어서 다음과 같이 상정할 수 있다.

7) [청자의 인식이 확실한지 불확실한지에 대해]

　　해당 명제에 대해서 「화자의 인식」이 「확실」 혹은 「불확실」로 결정된 상황에서 「청자의 인식」도 「확실」 혹은 「불확실」로 결정된다고 상정한다. 즉, 상정하는 경우는 화자의 입장에서의 「확실」 혹은 「불확실」의 구별과 청자의 입장에서의 「확실」 혹은 「불확실」의 구별에 의한, 다음과 같은 4가지의 조합을 상정할 수 있다.

　　① 화자의 인식이 확실하고 청자의 인식은 불확실하다고 상정(이하 화자-확실/청자-불확실)
　　② 화자의 인식이 확실하고 청자의 인식도 확실하다고 상정(이하 화자-확실/청자-확실)
　　③ 화자의 인식이 불확실하고 청자의 인식은 확실하다고 상정(이하 화자-불확실/청자-확실)
　　④ 화자의 인식이 불확실하고 청자의 인식도 불확실하다고 상정(이하 화자-불확실/청자-불확실)

　　여기서, 명제에 대해서 인식이 「확실」한지 아니면 「불확실」한지의 구별 기준에 대해서 간단히 설명하기로 한다. 본고에서는 닛타仁田(2000)의 「인식 모달리티」의 하위분류에 따라서 「확인(∅)」을 「확실」로 하고 「확신(∅)」「개언(ダロウ・ヨウダ・ソウダ・ラシイ 등)」「의심(ダロウカ・カナ・カシラ)」을 하나로 묶어서 「불확실」로 하기로 한다. 「개언」과 「의심」은 유표형식이므로 구별하는데 어려움이 없으나, 「확인」과 「확신」은 둘 다 무표형식이므로 구별하기가 어렵다. 따라서 닛타(2000)의 「확인」과 「확신」에 대한 다음과 같은 설명을 간단히 보충하기로 한다.

　　8) ① 「확인」은 상상, 사고나 추론의 작용을 통하지 않고 직접적으로 사태의 성립, 존재를 의심의 여지가 없는 것으로 파악하는 것으로서, 구체적으로는 「감각기관의 직접적인 포착」「반복되는 일반적인 상정세계」「기득정보(기억속에 축적되어 있는 것)」가 있다.
　　② 「확신」은 상상, 사고나 추론의 작용을 통해서 사태의 성립, 존재를 의심의 여지가 있는 것으로 파악하는 것으로서, 구체적으로는

문법론적 개념을 도입함으로써 가미오 분석의 「정보」의 정의, 「근」과 「원」의 경계 등의 모호함을 해소하려고 했다.

8 •
이 글에서의 「명제에 접해 있는지에 대해」라는 개념은 가미오(1990)의 「정보를 가지고 있는가(알고 있는가)」라는 개념과 일치한다. 간단히 설명하자면, 해당하는 문의 내용을 발화시 이전에 들었거나 생각했거나 한 적이 있는지 없는지에 관한 것이다. 상세한 것은 가미오(1990:17-21)참조.

「일회적인 상정세계」「무전제에 의한 확신」이 있다.

(닛타(2000・pp.97-116의 내용을 요약해서 인용)

### ❷ 「ね」의 다의 분석

이 절에서는 ね의 다의(하위용법)를 크게 「확인요구」「동의요구」「공감요구」로 분류한다. 앞의 두 가지는 선행연구의 명칭을 그대로 이어받았고 마지막 것은 선행연구의 「자기확인」을 고쳐 부른 것이다. 이하에서 그 하위용법들이 어떠한 화용론적인 문맥에서 그리고 문의 어느 계층에 작용하는지를 설명하기로 한다.

#### 1) 확인요구

9) ……、二階から別の男がおりて来て、
　　「加藤さんですね、警察のものですが」
　　といった。その男の方は言葉は丁寧だったが、目つきは、茶の間に
　　坐っている男よりも悪かった。

【孤高の人】

10) 桂先生　「寝かしてもらえなかったみたいね」
　　啓子先生　「……一睡も……」

【子供】

위 예의 명제내용은 청자만의 「기득정보9)」이거나 「직접체험10)」한 내용으로서, 그러한 청자의 기득정보나 직접 체험한 내용에 대해서는 화자는 예상, 기대밖에 할 수가 없다. 즉, 화용론적 문맥은 「화자−불확실/청자−확실」이 된다.

이러한 상황에서 ね는 화자의 입장에서 불확실한 명제를 청자에게 확실하게 가르쳐 주기를 요구하는 「확인요구」의 의미를 갖게 된다. 이러한 문맥에서는 동일한 인지상태를 요구하는 ね의 기본의미가 명제에 대한 화자의 불확실

한 인식을 청자와 동일한 확실한 인식으로 만들어 주기를 요구하는 형태로
문의 명제와 인식에 초점이 맞춰져 작용했다고 할 수 있다.

## 2) 동의요구

11) 瞳·森田 ○○ホテルを見ながら、
　　瞳　　「素敵なホテルですね?」
　　森　田「……そうだね」

【君の瞳】

12) 照代, 茫然と席を立ち, 麻知子の部屋に入ってゆく.
　　大場先生「どげんしたか?　小林……」
　　瞳「照代!?」
　　照　代「放っといて(乱暴にドアを閉める)」
　　麻知子「相当ショックだったみたいね」
　　領く瞳.

【君の瞳】

예11)의 명제내용은 화자와 청자가 동시에 같은 자리에서 공통된 감각기관
(시각)을 통해 느낀 것으로서, 화용론적 문맥은 「화자-확실/청자-확실」이 되
고, 예12)는 화자와 청자가 동시에 같은 자리에서의 공통된 징후를 통해 제3자
의 감정을 추측하는 내용으로서, 「화자-불확실/청자-불확실」이 된다. 위의 두
예는 확실, 불확실에 상관없이 화자와 청자의 인식이 같다고 상정하는 문맥인
것이다.

　이러한 상황에서 ね는 확실, 불확실에 상관없이 화자의 인식과 같은 인식
을 갖는지를 청자에게 묻는 「동의요구」의 의미가 된다. 이러한 문맥에서 명
제에 대해서는 최지의 청자는 동일한 인식상태이브로 명제에 대해서 물을 필
요가 없어지게 된다. 즉 명제에는 초점이 맞춰져 있지 않다고 볼 수 있는 것이
다 . 그 대신에 동일한 인지상태를 요구하는 ね의 기본의미는 화자의　인식이
청자와 동일한 인식인지를 묻는 형태로 문의 인식에 초점이 맞춰져 작용했다
고 할 수 있다.

### 3) 공감 요구

13) 同　僚「ご存じなかったんですか, 奥さん」
　　奈々子「……」
　　同　僚「(察して)いや……ですからこうしていらっしゃったんですよ
　　　　　ね……」
　　奈々子「あの, どうしてやめるのか……話してませんでしたか?」
　　同　僚「いや, わたし, 同じ部署というだけで, それほど親しくなかった
　　　　　もので……」
　　奈々子「(力なく)……そうですか」
　　同　僚「しかし, 驚きましたね.あの野村さんが, 蒸発……」
　　　　　奈々子、ため息をついている。

【子供】

14) 工藤　　「(握りながら)何の話でしたっけ」
　　ホステス「お寿司を食べる順番」
　　工藤「そうでした。そりゃ、白身からですね。次に酢でしめたもの、
　　　　　こはだとかさば、ひかりものってヤツですね。次に煮たもの、
　　　　　穴子とかシャコとか。トロはその後。口の中が脂っぽくなりま
　　　　　すからね。最後に玉子焼き、巻物です。」

【寿司】

**9·**
청자가 명제에 접해 있다고 해도 화용론적 문맥은 「화자-확실/청자-불확실」이 될 것이다.

　　확인요구나 동의요구의 경우에는 청자가 명제에 접해 있으며 인식도 결정된 상태로 상정하고 있지만, 위의 예는 일반적으로 청자가 명제자체에 접하지도 않은 상태로 상정하고 있다[9]. 즉, 명제내용이 화자자신만의 「감정13)」이나 「기득정보14)」이므로 당연히 화자의 인식은 확실한데 반해 청자는 그 명제에 접할 수 없다고 상정하는 문맥인 것이다.

　　이러한 상황에서의 ね는 화자가 발화하는 문의 내용을 일방적으로 전달하지 않고 청자를 배려하면서 전달하는 의미를 갖게 된다. 이러한 문맥에서는 명제자체에 청자가 접해 있지 않다고 상정하고 있기 때문에 화자와 청자 간에 있어서 명제나 인식의 동일여부에 대해서는 초점을 맞출 가능성 자체가 없다. 단지, 동일한 인지상태를 요구하는 ね의 기본의미가 화자의 발화행위, 즉 정보를 전달하는 평서문이라는 문 유형에 대해 공감을 바라는 형태로 발화전달 모달리티에 초점이 맞춰져 작용했다고 할 수 있다.

이와 같이 발화전달 모달리티에 작용하는 ね의 의미는 정보를 요구하는 의문문, 행위를 요구하는 의뢰문, 권유문에 ね가 접속하는 경우에도 각각의 발화행위에 대해 청자를 배려하는, 즉 공감을 요구하는 의미를 형성하고 있다.

15)  医者　君、思い出したと言ったね。さっきから気にかけていた名前はどうなんだ。
　　  佐藤　名前
　　  医者　ほら、奥さんの。もう一つの名前だよ。
　　  佐藤　あ! ああ。
　　  医者　思い出したのかね。
　　  佐藤　……はい、そうです。名前です。
　　  医者　よかったら教えてくれないか。

【箱の中身】

16)  静華　「パパ、片づけ終わったら遊ぼう!」
　　  耕平　「ダメだよ、仕事あるんだから」
　　  静華　「じゃ、明日あそぼうね」
　　  耕平　「ああ」

【パパ】

17)  元　「あのね、(蛍子に)耕平には、内緒にして下さいね」
　　  蛍子　「判った」

【君の瞳】

그러나, 다음과 같이 명령문(금지문)에서는 ね가 접속하지 못한다.

18) ＊病院に行けね。　　　　　　　　　　　(마스오카(1991:99)(25))
19) ＊変なこと言うなね。　　　　　　　　　(마스오카(1991:99)(25))

이는 마스오카(1991), 미야자키(2005) 등에서도 비슷한 지적이 있듯이, 명령문은 청자를 배려하지 않고 행위요구를 하는 문 유형이므로 청자를 배려하면서 공감을 바라는 ね와는 모순되기 때문에 ね와 공기하지 못한다고 생각된다. 이와 같은 설명은 일부 평서문에 ね가 공기하지 못하는 다음과 같은 현상도 같은 원리로 설명할 수 있다고 본다.

> 20) A : お住まいはどちらですか?
> B : *神戸ですね。　　　　　　　　　　　　　　(하스누마(1988:94)(1))

즉, 청자의 질문에 대해 화자의 자명한 사실을 일방적으로 전달하는 경우에는 청자를 배려하거나 공감을 얻을 필요가 없으므로 공감을 요구하는 ね가 공기하지 못하는 것이다.

그리고 마지막으로 1)에서 들었던 그 밖의 하위용법, 즉 「동의표명」「행동선언」「회상」「거절표명」에 대해서는 기본적으로 「공감요구」용법으로 간주하기로 한다. 「공감요구」용법내의 하위분류가 필요할지는 모르겠지만, 이들 용법은 기본적으로 발화행위(평서문)를 일방적으로 전달하지 않고 청자를 배려하면서 공감을 얻으려는 표현으로 이해할 수 있기 때문이다[10].

## 4　원형 이론의 관점에서의 「ね」가 접속하는 문의 자리매김

원형 이론(protype theory)은 「어떤 의미 카테고리에 속하는 구성원은 균등하지 않고, 그 가운데에는 전형적인 케이스와 주변적인 케이스가 존재한다고 보는 입장에서 의미를 기술」하는 이론으로서, 카테고리의 전형적인 케이스를 원형(protype)이라고 부른다[11].

본장에서는 원형 이론의 관점에서 문 레벨의 구문적, 문법적 특징을 비교하면서 전형적인 평서문과 진위의문문문사이에 ね가 접속하는 문을 자리매김하고

---

[10] 4장에서 확인하겠지만, 「공감요구」 표현은 전형적 문 유형과 비교해 단지 배려의 뉘앙스가 느껴질 뿐, 구문적, 문법적 차이가 확인되지 않는다. 즉, 「공감요구」는 ね를 생략해도 담화진행상에는 별다른 지장이 없는 표현인 것이다. 「공감요구」의 ね의 이러한 특징을 들어 가미오(1991)에서는 「임의의 ね」로 부르고 있다. 그 밖의 용법들에서도 공통적으로 ね를 생략해도 담화진행상 별다른 지장이 없으므로, 이들 용법을 함께 「공감요구」의 용법으로 묶을 수 있겠다.

[11] 원형의 개념은 인지의미론의 기본개념 중의 하나로서, 어휘의미 분석에 많은 공헌을 했다. 기본적인 설명과 분석 예는 Lakoff(1987), Taylor(1989), 마쓰모토(2003)등 참조.

자 한다[12·13].

평서문과 진위의문문(yes-no의문문)의 원형을 이하와 같이 규정한다.

21) ① <평서문의 원형>
    a. 화자는 명제에 대해 인식이 결정됨(인식이 확실 혹은 불확실 중에 하나로 정해질 것)
    b. 화자가 그 「명제」와 함께 정해진 「화자의 인식」을 청자에게 일방적으로 제공[14]
② <진위의문문의 원형>
    a. 화자는 명제에 대한 인식이 결정되지 않음(단, 명제에 대해 예상, 기대는 가능)
    b. ㄱ 명제에 대해서 「청자의 인식」과 함께 「명제」의 제공을 청자에게 일방적으로 요구.

즉, 평서문의 원형은 「명제」와 「화자의 인식」을 일방적으로 제공하는 문인 반면에 진위의문문의 원형은 「명제」와 「청자의 인식」을 일방적으로 요구하는 문이다. 이에 대해 「확인요구」와 「동의요구」는 「명제」와 「화자의 인식」을 제공하면서도, 「명제」와 「청자의 인식」을 요구하기도 하는, 「평서문」과 「진위의문」의 성격을 겸비하는 문이다. 구체적으로 설명하자면 다음과 같다. 「확인요구」는 화자의 입장에서 불확실한 명제를 청자에게 확실하게 가르쳐주기를 요구하는 의미로서, 「명제」와 그에 대한 「불확실한 화자의 인식」을 제공하면서, 「명제」와 「확실한 청자의 인식」을 요구하는 과정에서 「확인요구」 문이 성립한다. 그리고 「동의요구」는 확실, 불확실에 상관없이 화자의 인식과 같은 인식을 갖는지를 청자에게 묻는 의미로서, 「명제」와 「화자의 인식」을 제공하면서 동시에 「명제」와 「청자의 인식」을 요구하는 과정에서 화자와 청자 산의 인식이 동일한지를 비교하는 「동의요구」 문이 된다.

이와 같은 의미적인 설명을 (ⅰ)<응답방법 비교(이하 응답테스트)>, (ⅱ)<「ソレトモ」 표현을 통한 명제에 대한 진과 위의 선택지 나열의 가능여부(이하, 진위선택지 테스트)(ⅲ)<「ト聞ク」 내의 보문으로서의 성립여부(이하 「ト

**12 ·**
원형 이론의 관점에서 문 유형의 연속성을 분석한 연구로서는, Tsuchihashi(1983),Givon.T(1990), Taylor(1990), 닛타(1991), 정(1992)등이 있으나, 대개가 전형적인 문 유형의 주변성의 지적에 그치는 등, 명확한 구문적, 문법적 근거를 제시하지는 못했다.

**13 ·**
이 글에서는 「평서문」과 「진위의문문」 사이의 연속성만을 다룬다. 즉, 뒤에서 확인하겠지만 「평서문」과 「진위의문문」 사이에 「확인요구」와 「동의요구」를 자리매김 하고, 그 밖의 문 유형에는 「확인요구」와 「동의요구」가 존재하지 않는다고 본다(실제로도 그러한 예는 찾아 볼 수가 없다). 그 이유를 닛타(1991)의 모달리티론에 입각해 설명하자면, 「평서문」과 「의문문」은 명제의 진위에 대해 확실함 불확실함의 인식적 태도를 나타내는 「인식계」의 「명제지향 모달리티」를 가진 반면에, 그 밖의 문 유형은 명제의 성립에 대해 바람직한것, 실현시기고 싶은 것으로 파악하는 「정의계」의 「명제지향 모달리티」를 갖는다. 다시 말하면, 「인식계」의 문은 <진(真)>아니면 <위(偽)>라는 일차적 판단에 대해 <진>이면 그에 대한 <확

실함>과 <불확실함>이라는 이차적 판단을 가지게 되면서, 불확실한 내용을 확실하게 하고자 하는 여지가 생긴다(즉, 확인요구, 동의요구의 의미가 발생). 하지만, 「정의 계」는 <바람직한 것>아니면 <바람직하지 않은 것>이라는 일차적 판단밖에 가지지 않으므로, 즉 <바람직한 것>으로 판단한 내용에 대해 더 바람직하거나 덜 바람직하다는 식의 스케일을 정할 수가 없으므로 덜 바람직한 것을 더 바람직하게 하고자 할 여지가 근본적으로 생기지 않게 된다(즉, 확인요구, 동의요구의 의미가 발생하지 않음).

**14 ·**
화자가 청자에게 제공을 목적으로 하지 않는 평서문(예를 들면 감탄문, 의심문등과 같은 혼잣말)이라 할지라도 청자가 존재함으로써 자연스럽게 제공되는 경우까지도 포함한다.

**15 ·**
닛타(1991)에서 「ト思ウ」와 「ト言ウ」에 대한 다음과 같은 규정을 빌려, 「ト聞ク」도 질문이라는 의미를 포함하면서 청자를 향해 발화하는 문을 인용하는 형식으로 규정한다.
「「～ト思ウ」や「～ト{決メル/決心スル}といった形式は、埋め込まれる文

「聞ク」테스트[15])> 등을 검토하면서 구문적, 문법적인 면에서 연속성을 확인하기로 한다[16].

### 22) 평서문의 원형
（ⅰ）A: 美樹は常識家だった。

B: #はい、そうです。（#いいえ、そうではありません）
（ⅱ）#美樹は常識家だった。それとも、常識家ではなかった。
（ⅲ）#美樹は、常識家だったと聞く。

### 23) 진위의문문의 원형
（ⅰ）A: 美樹は、常識家だったか。

B: はい、そうです（いいえ、そうではありません）。
（ⅱ）美樹は常識家だったか。それとも、常識家ではなかったか。
（ⅲ）美樹は、常識家でしたかと聞く。

### 24) 평서문에서의 공감요구
（ⅰ）A: 私は、驚いたね。

B: #はい、そうです（いいえ、そうではありません）。

B: #そうですね（ウーム、そうですかね）。
（ⅱ）# 私は、驚いたね。それとも、驚かなかったね。
（ⅲ）#私は、驚いたねと聞く。

### 25) 진위의문문에서의 공감요구
（ⅰ）A:思い出したのかね。

B: はい、そうです。（いいえ、そうではありません。）

B: #そうですね（ウーム、そうですかね）。
（ⅱ）思い出したのかね、それとも思い出していないのかね。
（ⅲ）思い出したのかねと聞く。

26) 확인요구

 （ⅰ）A: 加藤さんですね?

   B: はい、そうです（いいえ、そうではありません）。

 （ⅱ）#加藤さんですね?、それとも、加藤さんではないですね?

 （ⅲ）明、加藤さんですねと聞く。

27) 동의요구

 （ⅰ）A: 素敵なホテルだね?

   B: #はい、そうです（いいえ、そうではありません）。

   B: そうですね（ウーム、そうですかね）。

 （ⅱ）#素敵なホテルだね? それとも、素敵なホテルではないね?

 （ⅲ）素敵なホテルだねと聞く。

<표1>

| | 평서문의 원형 | 평서문에서의 공감요구 | 동의요구 | 확인요구 | 진위의문문에서의 공감요구 | 진위의문문의 원형 |
|---|---|---|---|---|---|---|
| ① 진위선택지 테스트 | × | × | × | × | ○ | ○ |
| ② 응답 테스트 | 청자로부터 전혀 응답이 없어도 상관없음 | | 동의, 비동의형태 | yes-no형태 | | |
| ③「ト聞ク」 테스트 | × | × | ○ | ○ | ○ | ○ |

 우선, 각각의 원형과 각각의 「공감요구」는 세 가지의 테스트 결과가 완전히 일치한다. 즉, 배려의 뉘앙스의 유무 차이이외에는 구문적, 문법적 특징은 같다고 할 수 있다. 실제로 「공감요구」의 ね를 생략하더라도 담화진행상에는 별다른 지장이 없다. 이러한 결과에 따라 각각의 「공감요구」와 각각의 원형을 묶어서 함께 자리매김한다.

 다음으로 「진위의문문」 「진위의문문에서의 공감요구」와 「확인요구」의 특징을 비교하면 「진위선택지 테스트」의 결과만 다를 뿐이다. 이러한 결과로 부

を心内発話として引用する形式である。(p.208)」
「「～ト言ウ」といった形式が、引用内容を、聞き手に向かって発せられた発話として引用する形式である。(p.209)」

**16·**
예22)의 「평서문」의 원래 예문은 닛타(1991:41(52))이고, 예23)의 「진위의문문」은 예22)의 평서문을 의문화 한것이다. 그리고 (24-27)은 13),15),9),11)의 예문을 재게한다. 문맥은 원래의 예문을 참조바람.

터「확인요구」가「진위의문문」「진위요구문에서의 공감요구」에 인접해 자리하고 있다고 할 수 있다. 여기서 간단히「확인요구」와「진위의문문」의미 차이를 간단히 설명하면 다음과 같다. 두 표현은「진(yes)」,「위(no)」중에 하나를 선택하기를 요구하는 부분은 같지만(둘 다 yes-no응답형태), 전자는「진(yes)」과「위(no)」를 선택하는데 있어서 판단이 어느 한 쪽에 치우쳐 있는데 반해(진위선택지 나열불가), 후자는 어느 한 쪽에 치우침 없는 중립적인 표현이라(진위선택지 나열가능)고 할 수 있다.

다음으로「확인요구」와「동의요구」의 특징을 비교하면,「응답테스트」의 결과 이외에는 모두 같으므로, 이 두 표현도 연속해서 자리하고 있다고 할 수 있다. 두 표현 모두「ト聞ク」의 보문으로 성립하므로 청자에게 답을 요구하는 질문의 성격을 공유하고 있다고 할 수 있다. 하지만, 그 질문의 성격의 내실은「응답방법」의 차이에서 알 수 있듯이 차이가 난다. 이러한 결과로「확인요구」는 yes-no형태의 응답방법을 공유하는「진위의문문」과 인접하고 있는 반면,「동의요구」는 동의·비동의 형태를 취하면서「확인요구」와 인접함을 확인할 수 있다.

마지막으로「평서문」「평서문에서의 공감요구」와「동의요구」「확인요구」의 연속성은「진위선택지 테스트」의 결과가 같다는 점으로 확인할 수 있다. 단,「평서문」과「평서문에서의 공감요구」는「ト聞ク」보문이 성립하지 않으므로 질문의 성격을 갖지 않는다(응답이 없어도 상관없음). 그리고「동의요구」와「확인요구」는 위에서 확인했듯이 질문의 성격을 가지면서도 진위선택지가 나열불가능하다는 특징으로부터, 바로 평서문의 성격과 진위 의문문의 성격을 함께 갖추고 있음을 보여준다. 이상의 문 유형간의 연속성을 도식으로 나타내면 다음과 같다.

<평서문의 원형> ←<평서문에서의 공감요구><동의요구><확인요구><진위의문문에서의 공감요구>→ <진위의문문의 원형>

## 5　연구과제 및 전망

이상의 결과를 간단히 정리하면 다음과 같다.

(1) ね의 기본의미는 청자와의 동일한 인지상태를 요구하는 협응적 태도이다.
(2) 「화자의 인식」과 「청자의 인식」의 조합에 의한 「화용론적 문맥」에 따라, ね의 하위의미는 명제, 인식에 작용하는 「확인요구」, 인식에 작용하는 「동의요구」, 발화전달 모달리티에 작용하는 「공감요구」로 크게 나눌 수 있다.
(3) 「응답테스트」, 「진위선택지 테스트」, 「「ト聞ク」 테스트」의 결과를 통해, 「평서문」과 「진위의문문」 사이에 「동의요구」와 「확인요구」를 연속해서 자리매김할 수 있었다.

위와 같이 여기에서는 종조사 ね를 청자지향의 전달면을 중시해 분석하였다. 그러나, 선행연구 중 「담화관리이론」에 바탕을 둔 「내부확인설」에서도 지적하고 하고 있듯이, ね의 의미가 인식면에서도 중요한 역할을 하고 있다고 여겨진다. 즉 전달면과 인식면이 별개의 것이 아니라 표리관계를 이루면서 일관성 있는 의미와 기능을 형성하고 있다고 생각된다. 앞으로의 연구에서는 이와 같은 전달면뿐 만아니라 인식면까지도 시야에 넣은 종합적인 분석이 필요하리라 생각된다. 이와 같은 분석은 금후의 과제로 하기로 한다.

* 이하의 용례는 『http://www.plala.or.jp/ban/script.html』에서 수집함.
　『子供が見てるでしょ！』→(子供)、『君の瞳に恋してる』→(君の瞳)、『寿司、食いねェ！』 → (寿司)
　『パパはニュースキャスター』→(パパ)
　『孤高の人』는 『新潮文庫100冊』CD에서 수집함.
　『箱の中身』는 『現代日本戯曲大系第五巻』シナリオ作家協会(1974)에서 수집함.

일본어의 언어표현과
커뮤니케이션 연구

# 제1부
## 커뮤니케이션을 위한 일본어 연구

### 2장 어휘

# 01 어휘 연구를 위한 기본 시각

송영빈

## 들어가는 말

어휘 연구는 언어학 중에서 가장 인문학적인 성격이 강한 분야이다. 문법이 주로 표현 형식을 규정하는 것이라면 어휘는 표현 내용을 담고 있기 때문이다. 인간은 어휘를 통해 사상과 삶을 표현해 왔으며 어휘를 보면 인간과 인간을 둘러싼 사회와 역사도 볼 수 있게 된다.

현재, 언어 연구는 컴퓨터의 도움을 받아 비약적으로 발전하고 있다. 특히 어휘 분야는 순수 언어학 영역에서 점차 인간의 지식으로까지 그 영역을 넓혀 가고 있다. 학생들이 제출하는 보고서가 남의 글을 베낀 것인지 아닌지를 검증하는 프로그램이 개발되어 사용되고 있고, 신문기사를 내용별로 자동 분류하는 시스템이 사용되고 있다. 이러한 지식처리의 기본은 컴퓨터에 의한 어휘 연구가 가능해지면서부터이다. 그러나 이러한 언어학의 눈부신 발전에도 불구하고 여전히 어휘 연구는 새로운 시각의 정립이 절실하다. 특히 문자적 특성과 어휘의 상관성, 사회 가치관 변화에 따른 어휘 연구가 지향해야 할 목표 설정 등, 어휘에서 인문학까지 어휘 연구가 대상으로 하는 범위는 날로 넓어지고 있다.

이 글에서는 일반적인 어휘 연구에 대해서는 다른 기회에 미루기로 하고 그동안 필자가 생각하고 구상해온 어휘 연구에 대한 기본적인 생각들을 제시하고자 한다. 필자는 기본적으로 문자와 어휘는 매우 밀접한 관계에 있다는 것을 전제로 글을 써왔다. 또한 언어와 문자와의 관계에 대해서도 '문자는 언어를 기록하기 위한 도구'라고 소박하게 생각하고 있다. 나아가 어휘는 소통을 위한 도구이며 그이상의 가치를 부여하면 의사소통에 여러 무리가 올 수 있다는 생각을 갖고 있다. 이 글에서는 필자의 이러한 기본 입장을 알기 쉽게 풀이하고자 한다.


## ▌1  문자는 언어의 필수 요소인가?

문자는 단순히 말하면 언어를 기록하기 위한 도구이다. 그러나 이러한 견해에 대해 문자는 도구가 아니라 언어를 구성하는 필수 요소라고 주장하는 사람들이 있다. 도구라는 생각은 표음문자를 쓰는 서구 언어학의 입장이며, 일본어처럼 한자를 사용하는 언어의 경우, 문자는 언어의 성격을 규정지을 만큼 중요한 위치를 차지하고 있다는 것이다.

서구 언어학에서는 언어의 중심을 입말로 규정하고 문자는 입말을 기록하기 위한 수단이라고 정의한다. 글말이라는 것은 입말을 문자로 기록한 것뿐이라는 입장이다. 언어와 입말은 등가관계에 있지만 글말은 입말의 하위분류에 속한다는 생각이다. 이에 반대하는 입장에서는 언어는 입말과 글말로 나뉘며 입말과 글말은 다른 가치를 갖고 있다고 주장한다. 편지와 같은 글말은 입말과는 다른 단어나 표현을 사용하는 경우가 있다는 점에서 이러한 주장은 근거가 있어 보인다. 그러나 글말과 입말이 각각 언어와 등가관계에 있다고 볼 수 있는가에 대해서는 여전히 의문이 남는다.

문자가 없는 언어도 세상에는 많이 있다. 또한 역사적으로 보면, 과거에 비해 현재는 입말과 글말의 차이가 거의 없어졌다. 그럼에도 불구하고 언어를 입말과 글말로 양분하여 글말의 존재를 부각시키는 것은 실은 문자의 중요성을 강조하려는 목적이 있다. 특히 일본처럼 한자를 많이 쓰는 사회에서 요즘 이러한 주장이 힘을 얻고 있는 것은 한자의 중요성을 강조하려는 보수 복고 풍조가 강해지고 있기 때문이다. 이러한 주장을 하는 사람들은 언어를 '음성언어'와 '문자언어', 혹은 '서기書記언어'로 나누고 있다. 언어를 표현하는 수단을 강조하고 있는 것이다.

언어의 가장 기본적인 기능은 소통이다. 이를 생각하면 문자는 음성, 혹은 표정, 손짓과 같은 여러 소통을 위한 방법 중에 하나에 지나지 않는다. 그렇다면 음성과 문자는 어떤 차이가 있을까? 우선 생각할 수 있는 것은 음성은 일회적, 순간적인 것에 비해 문자는 이 두 가지를 모두 초월한다는 점이다. 하지만 이러한 기능의 차이가 문자가 언어의 본질을 좌우할 만큼 중요한 요소라는 것을 증명하지는 않는다. 앞서 언급한 대로 문자를 갖지 않는 언어도 훌륭한 언어이며, 문자의 유무가 언어의 본질을 좌우하지 않기 때문이다. 반면, 음성이 없다면 언어는 성립할 수 없다. 음성이 없다면 소통이라는 기본적인 언어의 기능을 못하기 때문이다. 문자는 시간과 공간을 초월해서 언어를 보존 전달할 수 있다는 점에서 편리할 뿐이다.


## ▌2  한자의 여러 기능


### ❶  한자는 표의문자인가?


현재 세계의 문자는 표음문자와 표의문자로 나뉜다. 표음문자는 자음과 모음을 따로 표시할 수 있는 음소문자와 음절을 표시하는 음절문자로 나뉜다. 전자는 한글, 알파벳이, 후자는 일본어 가나가 이에 해당된다. 이들 모두 한정된 소수의 문자를 갖고 있다는 점이 특징이다. 한편 한자는 이들과 매우 다른 성격을 갖는다. 음과 뜻이 결합되어 단어를 나타내는 것을 주된 목적으로 하며 세계의 문자 중에서 가장 수가 많은 문자이다.

한자가 의미를 나타내는 문자라고 해서 표의문자라고 부르는데 곰곰이 생각하면 적절치 않은 용어이다. 한자 '川'을 보고 '냇물'이라는 뜻을 나타낸다고 생각하는 것은 학습의 결과일 뿐이다. 한자를 배우지 않은 사람이 '川'이라는 세 개의 선을 보고 '냇물'을 연상할 수는 없다. '川'은 한자의 성립에 관한 분류를 한 후한 시대의 『설문해자說文解字』(서기 95년)에 따르면, 사물의 모양을 도형화한 상형象形에 해당하는 것이다. 상형에 의해 만들어진 이러한 한자도 의미를 연상할 수 없는데 하물며 한자와 한자의 결합을 통해 개념을 나타낸 회의會意에 의해 만들어진 '男'이라는 한자를 보고 '남자'를 연상하기란 학습을 통하지 않고는 불가능하다. 참고로 '男'이란 한자는 '논'에서 '힘'을 쓴다는 의미에서 만들어진 한자라고 한다.

한자가 의미를 나타내는 것처럼 보이는 것은 한자가 단어를 나타내기 때문이다. 만일 한자가 의미를 직접 나타낸다고 한다면 그것은 일기예보 등에서 쓰이는 '☀', '☂'와 같은 기호의 차원에서 한자를 해석하는 것이다. 그러나 기호와 한자는 엄연히 다르다. 기호는 모든 언어를 사용하는 사람들에게 뜻을 전달할 수 있지만 한자는 그렇지 않다. 또한 기호는 발음이 없지만 한자는 발음이 있다. 만화에서는 "☂가 온다"라고 표현할 수는 있지만 기호(☂)와 발음(비)이 대응관계에 있는 것은 아니다. 바로 이 점이 기호와 문자를 구별하는 기준이다. 따라서 한자가 단어를 나타낸다는 것을 혼동해서 표의문자라고 하는 것은 문제가 있다. 이러한 이유에서 문자를 연구하는 사람들 사이에서는 최근 한자를 '단어문자'로 부르고 있다(일본에서는 '표어문자'表語文字라고 부fms)다.


## ② 한자의 조어력은 뛰어나다?

한자의 조어력은 뛰어나다는 것을 강조하는 사람들이 있다. 이들은 그 근거로 고유어는 조어력이 약하다는 점을 지적한다. 따라서 한자를 씀으로서 풍부한 어휘 사용이 가능하다고 주장한다. 그러나 곰곰이 생각하면 '한자의 조어력'이란 말 자체가 이상하다. '한글의 조어력', 알파벳의 조어력'이란 말은 들어본적이 없기 때문이다. '고유어의 조어력', '외래어의 조어력'이라는 말은 단어의 출신이 어디냐는 것을 기준으로 한 분류인데, 유독 한자어에 대해서만 '한자의 조어력'이라고 하여 문자에도 조어력이 있는 것처럼 표현하고 있다. 언어를 기록하기 위한 도구가 문자인데, 문자에도 조어력이 있다는 것은 참으로 신기한 발상이다. 이러한 괴변에 빠지지 않기 위해서는 뭔가 다른 표현이 필요하다. 한자는 단어문자라는 것을 앞서 언급했다. 즉 한자는 문자이자 단어이다. 따라서 '한자의 조어력'이 아니라 정확히는 '한자어의 조어력'이라고 해야 한다. 다만 한자는 단어문자이기 때문에 편의상 한자의 조어력이라고 일반적으로 부르고 있을 뿐이다.

이제 한자어의 조어력에 대해 살펴보자. 한자어의 조어력이 뛰어난 것처럼 보이는 것은 근거가 있다. 한자는 그 자체가 단어이기 때문에 2개의 한자만 결합시켜도 복합어가 되어 섬세한 표현이 가능하게 된다. 고유어 '녹음'에 대해 '溶解', '融解', '分解' 등 여러 한자어가 대응된다. '녹음'이 단순어인데 비해 이들 한자어는 두 개의 단어로 구성된 복합어이기 때문에 보다 섬세한 의미 표현이 가능한 것이다. 이러한 점을 들어 한자의 조어력이 뛰어나다고 일반적으로 말하는 것이다.

이러한 고유어와 한자어의 일대다 대응 관계는 정확한 개념을 표현하는 데 한자가 유리하다는 주장의 근거가 된다. 그러나 음절수가 한글에 비해 압도적으로 적은 한자는 많은 동음이의어를 갖고 있다. 앞서 예로든 '溶解'의 경우 동일한 발음 '鎔解'가 있다. 전자는 국립국어원에서 나온 『표준국어대사전』에 의하면 "물질이 액체 속에서 균일하게 녹아 용액을 만드는 일."이며, 후자는 "고체의 물질이 열에 녹아서 액체 상태로 되는 일. 또는 그렇게 되게 하는 일." 이라고 나와 있다. 물론 이들은 모두 화학 전문용어이지만, 여기서 문제는 발음상 구별이 되지 않아서 한자를 보지 않으면 이들 의미를 구별할 수 없다는 것이다. 그러나 액체이든 고체이든, 입말에서는 어느 쪽 한자를 써야하는가가 문제가 되지 않는다. 어느 것을 지칭하느냐는 문자에 의한다기보다는 문맥에 의존하고 있는 것이다. 그렇기에 어떤 문맥이든지 '용해'란 발음 하나로 훌륭히 의사소통이 가능한 것이다. 만일 문자가 언어에 있어서 필수 성분이라면 이러한 일은 불가능할 것이다. 앞서 언어의 본질은 의사 전달에 있으며 이때 가장 중요한 것은 음성이라는 말을 했다. 문자가 이차적인 것은 바로 이러한 점에서도 증명 된다.

분명, 한자는 다른 한자와 결합해서 단어가 됨으로써 고유어가 표현하지 못하는 섬세한 의미를 표현할 수 있게 한다. 그러나 문제는 이러한 기능이 계속 유지되고, 나아가 긍정적으로 작용하고 있느냐는 것이다. 끊임없이 과학기술은 발달하여 전문용어는 증가하고 있다. 이러한 전문용어의 증가에 맞추어 한자 용어가 증가하고 있냐 하면 그렇지 않다는 연구들이 계속 나오고 있다.

일본어에서 한자어 조어력이 가장 활발했던 것은 메이지明治시대이다. 그러나 메이지시대 후기를 경계로 한자어의 조어력이 한계에 다다르고 대신 외래어가 그 위치를 대신하고 있다(미야지마 다쓰오宮島達夫, 1967). 한국어에서도 매년 신어조사를 하고 있는 국립국어원 조사를 보면 일본어와 같은 결과가 나왔다. 이러한 사실은 한자의 조어력에도 한계가 왔음을 의미한다. 그 원인은 결합할 수 있는 한자끼리는 의미 제약이 존재한다는 것을 의미한다. 이는 마치 인명에 쓸 수 있는 한자가 한정되어 있는 것과 같다.

한자어의 조어력이 활발했다는 것은 그만큼 한자어가 많이 생겨났다는 것을 의미한다. 다량의 한자어가 생겨남으로써 어휘는 풍부해졌다. 이러한 어휘의 풍부함을 긍정적으로 평가할 것이냐 아니냐는 언어별 기본어휘 수, 전문용어 수, 다의어를 포함한 단어의 의미 수 등, 다양한 관점에서의 분석이 필요하다. 그러나 언어를 효율성이라는 관점에서 보면, 어휘 분화가 심한 언어의 경우, 일정 내용을 이해하기 위해 습득해야 하는 단어가 많아진다는 부정적인 현상도 나타난다.

<표 1>은 언어별로 일상적인 언어표현에 사용되는 단어에 대해 빈도순위 구간별로 어느 정도의 커버율을 나타내는가를 조사한 것이다(다마무라 후미오玉村文郎, 2002).

<표1> 단어수와 커버율

| | 영어 | 프랑스어 | 스페인어 | 독일어 | 러시아어 | 중국어 | 한국어 | 일본어 |
|---|---|---|---|---|---|---|---|---|
| 1~500 | | | | 62.83(1~ 512) | 57.5 | 63.1 | 66.4 | 51.5 |
| 1~1000 | 80.5 | 83.5 | 81.0 | 69.20(1~1022) | 67.46 | 73.0 | 73.9 | 60.5 |
| 1~2000 | 86.6 | 89.4 | 86.6 | 75.52(1~2017) | 80.00 | 82.2 | 81.2 | 70.0 |
| 1~3000 | 90.0 | 92.8 | 89.5 | 80.00(1~3295) | 85.00 | 86.8 | 85.0 | 75.3 |
| 1~4000 | 92.2 | 94.7 | 91.3 | | 87.5 | 89.7 | 87.5 | 77.3(1~3500) |
| 1~5000 | 93.5 | 96.0 | 92.5 | 83.13(1~4691) | 92.0 | 91.7 | 89.3 | 81.7 |
| 합계 | 93.5% | 96.0% | 92.5% | | 92.0% | 91.7% | 89.3% | 81.7% |

　　<표 1>은 여러 나라 연구 통계를 바탕으로 작성된 것이다. 문법의 차이, 단어의 특성, 조사 단위의 차이에 따라 결과는 달라질 수 있다. 따라서 참고 정도로 이 표를 활용할 수 있는데, 이 표를 통해 알 수 있는 것은 표음문자를 사용하는 언어에 비해 단어문자를 사용하거나 사용했던 언어가 커버율이 낮다는 점이다. 빈도 5000등까지의 커버율을 보면, 영어, 프랑스어, 스페인어 등이 높은 수치를 보이는 반면, 한국어와 일본어는 낮은 수치를 보이며 특히 일본어의 경우가 가장 커버율이 낮다. 그만큼 일상생활을 하는데 필요한 단어가 다른 외국어에 비해 많다는 것이다.

　　한자는 단어의 의미를 섬세하게 표현하는 장점이 있는 반면, 일상생활에서 많은 단어를 외워야 하는 부담감도 가중시킨다. 언어의 효율성을 저하시키는 요인으로 작용하고 있는 것이다. 이렇듯 언어를 연구할 경우, 단면만을 보는 것이 아니라 다양한 시각에서의 분석이 필요하다.

　　한자어의 조어력은 많은 말을 만듦으로써 단어의 수를 증가하게 했다. 이는 의미하적 기능이 강한 단어가 많다는 것을 의미한다. 예를 들면, 영어 'anemometer'는 '바람의 세기를 재는 계기'란 뜻으로 '풍력계', 혹은 '풍속계'라고 번역한다. '風(바람)', '力(힘)', '計(세다)'와 같이 명시적 결합으로 구성되어 있어 잘 번역된 단어라고 할 수 있다. 그러나 이러한 명시적인 의미 결합이 과학기술의 발달에 따른 개념 변화에 유연하게 대응하지 못한다는 문제가 있다. 'anemometer'는 현재 '일정 공간을 지나는 유체의 양을 측정하는 장비'라는 뜻으로도 쓰인다. 즉 '바람'이 아닌 '유체'에 대해서도 쓰고 있는 것이다. 이럴 경우, 한자어 '풍력계'라는 용어는 의미의 명시성으로 인해 개념파악을 방해하는 역할을 하게 된다. 이와 유사한 예는 'noise'의 번역어인 '잡음'에서도 나타난다. 현재는 화면에 나타나는 간섭현상을 주로 '잡음'이라고 부르고 있다. '영상'을 '소리'로 표현하고 있는 것이다(야마다 히사오山田尚勇, 1991). 이러한 현상은 한자의 뜻과는 별도로 단어의 뜻이 존재한다는 것을 의미한다. 특히 일본어처럼 한자표기를 다용하는 언어의 경우, 문자로서의 한자가 나타내는 의미로부터 완전히 자유로울 수가 없기 때문에 현재는 '잡음'대신 '노이즈'로 부르는 경우가 늘고 있다. 이렇듯 한자가 갖는 의미의 명시성은 단어의 개념 변화에 유연하게 대응하지 못한다는 문제가 있다.

### ③ 한자는 단어의 의미를 명확히 해준다?

한자의 의미 명시성이 단어의 의미 파악을 방해하는 경우가 있다는 것을 앞에서 전문용어를 예로 언급했다. 이번에는 일반적인 단어에 대해 살펴보자. '사용'이란 한글로 표기된 단어를 보면 어떤 뜻인지 확실하게 알 수 없다. 반면 '使用', '私用', '社用'이라는 식으로 한자로 표기하면 어떤 뜻인지가 명확해 진다. 이것을 한자의 의미 특정 기능이라고 부른다. 그러나 간단한 문맥이 주어지면 한자의 도움을 받지 않더라도 어느 쪽인지 명백해진다. 또한 우리들의 머릿속에는 빈도에 대한 정보가 들어있어서 상황에 맞는 뜻을 선택한다. 만일 이러한 능력이 없다면 의사소통은 불가능해질 것이다.

한자는 또한 아무리 간단한 한자로 구성된 단어라고 하더라도 의미 파악이 어려운 경우가 있다. '羊水', '硬水', '風水', '風俗'처럼 일반적으로 우리가 알고 있는 한자의 뜻을 이용하더라도 의미를 알 수 없는 경우가 많다. '양 물', '굳은 물', '바람 물', '바람 풍속'과 같이 한자의 뜻을 조합해도 한자어가 나타내는 뜻을 유추할 수 없다. 이는 이들이 문자의 조합에 의해 이루어졌다고 하는 분석적인 측면보다는 이미 하나의 단어로 굳어져 개념과 단어가 직접 대응하고 있다는 것을 의미한다. 즉 '羊+水'라는 구조보다는 '양수'라는 음과 '태아를 감싸고 있는 물'이라는 개념이 결합된 것이다. 이것은 우리가 단어의 뜻을 파악하는 과정과 일치한다. 이러한 해석은 단어를 발생적인 측면에서 보는 것이 아니라 음과 개념의 결합체로 보는 것이 중요하다는 것을 의미한다. 한자를 연구할 때 문자 레벨에서만 보는 것이 아니라 인간이 단어의 개념을 어떻게 파악하고 있나 하는 차원에서 접근하는 것도 필요하다.


## 3 한자문화권이란 허상

1990년대 이후 우리사회에서는 한자 부활 주장이 빈번해지고 있다. 중국경제의 부상, 동북아시대에 대한 기대감이 여기에는 작용하고 있다. 또한 동북아 3국은 '한자문화권'이라는 믿음이 배경에는 자리하고 있다. 그러나 한자문화권이라는 것에 대해 연구자는 보다 깊이 생각해볼 필요가 있다.

원론적인 이야기이지만 '문화'와 '문명'은 다른 개념이다. '문명의 이기'라는 말은 자연스럽지만 '문화의 이기'라는 말은 어딘가 어색하게 느껴진다. '문명'은 지역을 초월한 개념인데 비해 '문화'는 특정 지역과 공간을 전제로 한다. '한자문화권'이라는 용어는 중국이 동양의 맹주였던 과거, 고유의 문자를 갖지 못한 한국과 일본은 한자를 빌려 쓸 수밖에 없었고, 한자를 통해 의사소통을 했다는 데서 붙여진 이름이다. 한자의 유입과 정착에 의해 고유의 단어를 한자어로 대체 사용하는 현상이 나타났으며 이러한 상황에서 한국과 일본은 중국에 대해 문화적 종속관계에 있었다. 또한 문화적 공통성은 강력하게 유지될 수 있었다.

한편, 과연 한자문화권이 있었는지에 대해 언어적인 측면에서 생각하면 의문이 간다. 한국이나 일본 모두 한자를 받아들였지만 이는 문자를 받아들인 것이지 발음마저 그대로 받아들인 것은 아니었다. 각자의 음운체계에 맞추어 한자음은 변형되어 통용되었다. 글말로 중국과 소통은 가능했지만 입말로 소통을 하는 것은 불가능했다. 나아가 한자를 이용하여 고유의 언어를 기록하려는 욕구가 발생하면서 이두, 향찰, 만요가나万葉仮名 등 한자의 음을 빌려 자국어를 표기하는 수단이 발달하게 되었다. 또한 근대에 이르러서는 서양에서 들어오는 여러 단어를 한자를 이용해서 독자적으로 번역하게 되었다. 그 결과, 현재 중국어와는 다른 단어를 많이 사용하게 되었다. 특히 전문용어의 경우 그 경향이 심한데, 시오다 다케히로塩田雄大(1999)에 의하면 중국과 한일 전문용어의 일치도는 분야에 따라 다소의 차이는 있으나 약 20% 정도 밖에 되지 않는다고 한다. 또한 성명진(2008)에 의하면 한중일 의학용어 중에 완전 일치하는 용어는 16.04%에 지나지 않는다고 한다.

최근 한국에서의 한자 학습 열기는 중국의 경제성장에 따른 교역에 대한 기대로 기업들이 입사시험에 한자능력시험 점수를 부과하면서 촉발된 경향이 강하다. 그러나 한자 학습이 곧바로 통상어로서의 중국어, 보다 구체적으로는 그것을 구성하는 중국어 어휘의 이해와 소통에 직결되지 않는다는 것을 위의 두 연구는 증명하고 있다.

한자문화권이 붕괴한 증거는 여러 사실에서 찾아볼 수 있다. 한자를 문명적인 차원에서 생각하면 한자를 바라보는 시각도 달라질 수 있다. '문화'는 쉽게 변화할 수 없는데 비해, '문명'이란 것은 새로운 '문명'이 탄생하면 쉽게 그 이전의 것을 버릴 수 있는 것이다. 1949년 중국공산당 정부가 수립되면서 문맹퇴치를 목표로 번체자에서 간체자로 바꾸었다. 이렇게 됨으로써 문자를 통한 한중일 의사소통도 많은 제약을 받게 되었다.

우리나라에서는 광복 이후 역시 문맹퇴치를 위해 한글전용이 실시되어 이제는 일반인의 문자생활에서 한자는 거의 찾아보기 어렵게 되었다. 문자가 이렇게 짧은 기간에 변화할 수 있다는 것은 문자가 문화적인 측면보다는 문명적인 성격이 강하다는 것을 뒷받침해주는 증거라고 할 수 있다.

문명적인 측면이 강한 문자는 언제든지 새로운 문자에 의해 대체될 수 있는 가능성을 갖고 있다. 한자에서 한글로의 급격한 표기의 변화는 이러한 사실을 여실히 보여주는 것이다. 또한 이러한 변화의 배경에는 군주국가라는 절대통치로부터 근대화, 지배계급에서 대중으로의 힘의 분산이라는 역사적 변화가 존재한다. 한자와 한글의 대립이 아니라 한자에서 한글로의 역사적 변화로 해석하는 것이 타당하다. 이러한 역사적인 자연스러운 변화를 애써 거부하는 것이 한자문화권이라는 허구인 것이다.

# ▌4  한자는 우리에게 도움을 주는가?

### ① 전통 계승과 소통력

코에 여드름 같은 것이 나서 병원에 갔더니 의사가 "비부 심상성 좌창입니다."라고 했다면 우리들은 분명 뭔가 큰 병에 걸렸다고 겁을 먹을 것이다. 그러나 이것을 쉽게 풀이하자면 '코에 여드름 났네요'가 된다. '코 부분'을 '비부鼻部', '여드름'을 '좌창痤瘡'으로, '보통'을 '심상성尋常性'으로 표현한 것이다. 물론 이제는 환자에게 이런 말을 할 의사는 없겠지만 의학용어사전을 보면 아직도 무슨 말인지 모를 용어들로 가득하다. 매주 방송되는 '생로병사의 비밀'이란 프로그램을 보고 제대로 이해할 시청자가 얼마나 될까? '무릎관절'을 '슬관절'로, '엉덩관절'을 '고관절'로, 심지어는 '귓바퀴'를 '이개' 혹은 '이륜'으로 부르고 있다.

아직도 우리사회에서는 과거부터 써온 용어를 쉬운 용어로 바꾸는 것에 대해 반대하는 사람들이 많이 있다. 반대의 근거는 과거 문헌과의 단절을 초래하기 때문이라고 한다. 분명 과거의 기록을 해독하고 과거와의 연결 고리를 유지하는 것은 중요하다. 그러나 그것보다 더욱 중요한 것은 현재를 살아가는 사람들의 소통력을 얼마나 높이느냐이다. 일반인의 입장에 서서 용어를 정비해 갈 것인가, 기존의 전문가 집단의 권위를 유지할 것이냐는 어휘를 연구하는 사람에게 있어서 중요한 문제이다.

실제로 알기 쉬운 용어(주로 고유어나 고빈도 한자어)에 대해 과거 사용하던 난해한 한자용어를 살려야 한다고 강력하게 주장하는 사람들이 일부이긴 하지만 존재한다. 2009년에 나올 『의학용어집 제5집』에서는 '귓바퀴'와 함께 '이륜珥輪'과 같은 한자 용어가 함께 실리게 되었다. 이러한 복고 주장의 배경에는 사회 변화에 대한 무감각과 전통 고수라는 생각이 존재한다. 이러한 움직임에 대해 『의학용어집』 1집부터 4집까지의 모든 용어를 입력하여 검색할 수 있는 시스템을 만들어서 용어 변화에 따른 전통 단절에 대한 우려를 불식시키는 노력이 있었음에도 불구하고 여전히 종이사전을 고집하는 세대에게는 설득이 되질 않았다.

이 글의 앞머리에서 어휘는 가장 인문학적인 색채가 강한 분야라는 말을 했는데, 단어를 만들고 유통시키는 인간의 의식이 진보와 보수 중에서 어떤 입장에 서느냐에 따라 용어에 대한 가치관이 달라지는 예라고 할 수 있다. 이러한 문제는 어휘 연구에만 한정되는 것이 아니라 미래를 향한 연구를 할 것인가, 아니면, 과거와 현재만을 기술하는 연구를 할 것인가라는 학문과 연구자가 추구하는 가치관의 문제이기도 하다.

## ② 전문용어와 이해도

전문용어는 어려운 것이고 그것이 당연하다는 생각을 하는 사람들이 많다. 현재의 상황을 놓고 보면 그렇게 생각하는 것도 무리는 아니다. 그러나 전문용어도 쉬운 용어로 바뀔 수 있다. 비행기에서 내려 입국심사대로 가는 도중에 '검역' 과정을 거치게 된다. 통로 바닥에 깔개가 있고 그곳을 밟고 지나야 입국심사대로 갈 수 있는데 안내문에 '구제역'이란 단어가 눈에 들어온다. 자주 들어본 단어이긴 한데 항상 무심히 스쳐지나가다 어느날 집에 돌아와 국어사전을 찾아보았다. '口蹄疫'! '입' '口'와 '돌림병' '疫'은 알겠는데 '蹄'는 무슨 뜻인지 알 수가 없었기 때문이다. 한자사전을 찾으니 '굽, 짐승의 말굽'이라는 뜻이었다. '구제역'을 영어로는 'foot-and-mouth disease'라고 한다. 매우 알기 쉬운 용어이다. 다행히 대한의사협회에서는 '구제역'이 어렵다는 이유로『의학용어집 제4집』(2001)부터 '입발굽병'이란 용어를 사용하고 있다.

이렇게 바꾸게 된 배경에는 주로 일본에서 차용한 용어가 난해한 용어가 많아서 의사와 환자와의 소통에 걸림돌이 된다는 이유에서이다.『医学用語集 (第3集)』(1992) 이후 의학계의 꾸준한 노력에 의해 다음에 보는 것처럼 해부학 용어를 시작으로 많은 의학용어가 쉬운 용어로 바뀌었다.

괄약근→조임근　고관절→엉덩관절　대퇴부→넓적다리　비골→코뼈
수지　→손가락　슬개골→무릎뼈　　이공　→귓구멍　　조흔→손톱자국

　이러한 노력에 의해 한국어 의학전문용어는 과연 얼마나 이해하기 쉬운 용어로 바뀌었는지를 영어, 일본어와 비교한 연구가 있다. 다음 <표2>는 한영일 기본어 6000개를 선정하여 이들이 의학전문용어에 얼마나 포함되어 있는지를 조사한 것이다(송영빈, 2007).

<표2> 조어성분별 언어별 기본어 포함도

|  | 영어 | | | 한국어 | | | 일본어 | | |
|---|---|---|---|---|---|---|---|---|---|
|  | token수 | 기본어 포함 | 포함도 (%) | token수 | 기본어 포함 | 포함도 (%) | token수 | 기본어 포함 | 포함도 (%) |
| 접두 | 250 | 46 | 18.40 | 41 | 18 | 43.90 | 51 | 21 | 41.18 |
| 접미 | 100 | 64 | 64.00 | 36 | 13 | 36.11 | 66 | 43 | 65.16 |
| 자립 | 735 | 173 | 23.54 | 726 | 245 | 33.74 | 707 | 137 | 19.38 |

　자립성분을 보면 한국어가 기본어를 33.74% 포함하고 있어서 조어를 할 때 기본어를 많이 사용하고 있음을 알 수 있다. 그다음이 영어 23.54%, 일본어 19.38%로, 일본어가 가장 기본어를 적게 포함하는 용어를 사용하고 있다는 것을 알 수 있다. 이러한 결과는 한글이나 알파벳과 같이 표음문자를 사용하는 언어가 한자인 단어문자를 사용하는 일본어에 비해 기본어를 갖고 전문용어를 활발히 만들고 있다는 것을 의미한다. 이는 앞서 <표 1>에서 본 것처럼 한자의 문자 속성상 단어를 많이 만들게 된다는 것이 반영된 것이라고 할 수 있다. 한편, 영어가 같은 표음문자를 사용하는 한국어에 비해 기본어 포함도가 낮게 나온 것은 그리스, 라틴어를 많이 포함하여 결과적으로 현대 영어의 기본어와는 거리가 있는 용어가 많았기 때문이다.

　만일, 위 조사에서 일본용어를 많이 차용한 대한의사협회『医学用語集 (第3集)』을 자료로 사용했더라면 일본어와 거의 비슷한 결과가 나왔을 것이다. 이러한 결과는 표음문자와 단어문자를 사용하는 언어의 조어 양상의 차이뿐만 아니라, 쉬운 용어에 대한 요구와 의식에 의해 용어는 언제든지 쉬운 것으로 바뀔 수 있다는 사실을 증명하는 것이다.

### ③ 최근 일본의 한자 정책

1945년 패전 이후 일본은 한자 제한 정책을 펴고 있다. 일상생활에서 쓰는 한자 수를 제한하자는 것이지만, 그 내용을 구체적으로 보면 표준화된 한자를 제한된 범위 내에서 사용하자는 것이다. 패전 이전의 일본어는 하나의 한자에 대해 많은 훈(訓)이 존재하여 근대 국가 성립에 필요한 표준적인 언어 사용과는 거리가 먼 상태였다. 1946년 '당용(当用)한자표' 1850자, 1981년 '상용(常用)한자표' 1945자가 제정되어 현재까지 일상생활에서 표면적으로는 한자제한이 이루어지고 있는 것처럼 보인다. 그러나 2005년부터 문부과학성을 시작으로 사회 각계에서 '상용한자표'로는 현대의 정보화 사회에 대응할 수가 없다는 주장이 대두되면서 2008년 7월 문부과학성은 기존 상용한자표 1945자에 대해 추가로 188자의 한자를 추가하는 것에 대해 승인했다.

1981년 '상용한자표'를 발표하면서 1946년 '당용한자표'의 제정에서 의도했던 한자제한에 대한 강력한 의지는 사라졌다. 보다 정확히는 한자제한이라는 것은 패전 직후, 연합군사령부 점령하에 이루어진 것으로, 한자를 말살하고 로마자를 쓰게 하려는 점령군의 의도가 깔려있다는 보수 자민당 의원들의 근거 없는 주장이 점차 호응을 얻으면서 1961년부터 당시 활발히 추진되던 국어개혁에 제동이 걸리면서 한자제한을 무력화하려는 움직임은 구체화된다. 이것이 현실로 나타난 것이 1981년의 '상용한자표'이다.

'당용한자표' 머리말에는 "이 표는 법령·공용문서·신문·잡지와 일반사회에서 사용하는 '한자의 범위'를 나타낸 것이다.", "이 표는 현재의 국민생활에서 '한자 제한'이 그다지 무리 없이 시행되도록 하는 것을 기준으로 하여 선택한 것이다."라는 사용 범위와 목표가 명시되어 있었다. 반면, 1981년의 '상용한자표'에서는 '한자의 범위'가 '대략적 범위'라는 식으로 개정되었고, 나아가 그 적용 대상에서 '상용한자표'는 "과학, 기술, 예술 그밖에 각종 전문분야나 개인의 표기까지 영향을 주는 것은 아니다"라는 식으로 적용 대상에서 제외되는 분야를 명시하고 있다. 국민의 생활에서 '과학, 기술, 예술, 그밖에 각종 전문분야나 개인의 표기'를 제외하면 남는 것이 무엇인지 알 수 없지만, 이런 식으로 개정이 되면서 '상용한자표'는 적어도 일반인의 생활과는 멀어진 존재가 되었다. 그러나 중등교육 분야에서 '상용한자표'는 여전히 생명력을 굳건히 유지하고 있었다(송영빈, 2008). 그런데 이번에 188개의 한자가 '상용한자표'에 추가된 것이다.

이러한 일본의 움직임은 한자 수를 증가하는데 그치지 않고 있다. 최근 자주 접하게 되는 단어 중에 '국어력国語力'이란 단어가 있다. '강한 일본인을 기르기 위해서'라는 말도 함께 나온다. 나아가 '국어특구国語特区'라는 말도 여러 지방자치단체를 중심으로 자주 듣게 된다. 도쿄 세타가야구東京世田谷区는 자신들의 구를 국어특구로 지정하는 것을 정부에 신청했다고 한다. 이렇게 해서 저하된 학력과 국어 교육에 힘을 쏟겠다고 한다. 연구자들 사이에서는 '국어'라는 용어가 갖는 제국주의적인 인상을 불식시키기 위해 일본어 연구를 대표하는 가장 큰 학회인 '국어학회'를 '일본어학회'로 이름을 바꾸기까지 했지만 일반 사회의 움직임은 이와는 반대로 가고 있는 것 같다.

이러한 움직임의 배후에는 국제적인 학력 평가에서 일본 학생들의 학력이 낮게 나왔다는 사실이 있다. 이것을 계기로 토요일도 수업을 재개해야 한다거나, 정보화 사회에서 메일의 중요성이 날로 높아져감에 따라 올바른 문장을 제대로, 나아가 아름다운 일본어로 쓸 수 있게 국어 교육을 강화해야 한다는 주장이 거세게 나오고 있다. '올바른 국어', '아름다운 국어 표현력 지도', '수업 시간의 증가'라는 것에는 공통적으로 한자가 있음은 분명하다. 바로 이러한 주장의 연장선상에 '상용한자표' 한자의 추가 작업이 이루어진 것이다.

추가된 한자 188자를 보면, 다음과 같이 지명, 나라 이름과 같이 고유명사 표기에서 사용하거나 동물 이름 등이 눈에 띈다. 특히 놀라운 것은 이들 한자가 일본어를 어느 정도 학습한 사람이면 자주 본 한자가 많다는 것이다. 이것은 '상용한자표'가 이미 일반사회에서 한자제한의 역할을 못하고 있다는 것을 의미한다.

藤・誰・俺・岡・頃・奈・阪・韓・弥・那・鹿・斬・虎・狙・脇・熊・尻・旦・闇・亀・鶴

그럼에도 불구하고 이러한 한자를 공식적으로 인정한 것은 여러 면에서 생각할 여지를 남기는 것이다. 실제로 이들 한자를 보면 이미 인명용한자 983자 속에 포함되어 있는 것이 많으며, JIS한자로 대표되는 일본공업규격에서 정한 한자 6879자가 컴퓨터용 변환사전에 등재되어 일반생활에서 사용되고 있다는 점에서 보면 분명 의미가 없어 보인다. 그러나 앞서도 언급한 것처럼 교육에서 가르치는 한자라는 면에서 최소한의 추가에 그친 성격이 강하다. 그러나 문제는 추가한 한자의 수가 아니라 추가에 대한 사회적 요구가 앞으로도 반복될 것이라는 데에 심각성이 있다. 한자라는 것은 그 속성상 2000자 이내로 제한하는 것이 거의 무리인 것이다. 띄어쓰기의 도입, 음독하는 한자어만 한자로 표기한다 등과 같은 과감한 표기법의 개정이 있기 전에는 앞으로도 계속 한자는 조금씩 추가될 것이며, 어려운 용어는 계속 증가할 것이다. 또한 한자 사용 원칙이 없는 한, 표준적인 일본어로 모든 사람들이 소통하는 길은 더욱 멀어질 수밖에 없다.

## 맺음말

언어는 봉건사회에서 시민사회로, 전제사회에서 민주사회로 옮아가면서 점차 쉬운 방향으로 변해왔다. 이러한 변화는 앞으로도 계속될 것이다. 과거 '물'을 나타내던 'hydro-', 'aqua-'와 같은 단어들이 새로 만들어지는 전문용어에서는 'water'로 대체되고 있다. 이러한 현상은 새로운 학문분야인 공학과 같은 분야의 전문용어를 보면 쉽게 확인할 수 있는 현상이다. 라틴어가 과거 수도승과 같은 소수 지식인과 지배자의 언어를 대표하는 것이었다면 'water'는 대중의 언어임과 동시에 학문적 언어로도 현재 굳건히 자리매김하고 있다. 중등교육만 받아도 알 수 있는 말을 사용한 용어는 분명 정보화시대에 맞는 용어이다.

정보화 사회에서는 대중이 얼마나 정보에 쉽게 접근하고 그 정보를 생활에 활용하느냐가 사회 발전에 중요한 요소가 된다. 이러한 자연스러운 언어의 변화를 억지로 막으려 하면 언어는 급속히 힘을 잃게 된다. 언어의 힘은 소통력에서 나오는 것이며 한자는 소통력에 방해가 된다.

# 02 코퍼스 일본어학의 과거와 현재

장원재

## 들어가는 말

현재 컴퓨터의 비약적인 발전과 연구 분석용 소프트웨어의 개발에 따라 컴퓨터를 이용한 연구 및 조사가 증가하고 있는 추세에 있다. 이러한 움직임은 언어학 연구에도 예외는 아니다. 언어조사 대상인 자료를 컴퓨터가 읽을 수 있는 전자 자료(코퍼스)로 구축하고 있으며, 이를 컴퓨터로 가공 분석하는 언어연구(코퍼스언어학)가 성행하고 있다. 이러한 언어학의 추세에 일본어학에서도 코퍼스를 활용한 연구가 주목 받고 있다.

여기에서는 코퍼스를 활용한 일본어학(코퍼스 일본어학)에 대해 초점을 맞추어 코퍼스의 정의 및 이론적 배경을 설명하고, 코퍼스 일본어학의 대두와 발전, 그리고 현재 이용할 수 있는 코퍼스 현황과 분류에 대해 살펴보기로 한다. 그리고 현재 일본어 코퍼스 활용시 주의해야 할 문제점들을 제시해 본다.

## ▮1   코퍼스의 의미

　최근 자주 들리는 코퍼스란 용어는 영어의 corpus에서 유래하며 OED (Oxford English Dictionary)에 의하면 언어자료의 집합이란 의미로 결코 새로운 용어가 아니다. 즉 컴퓨터의 개발과 보급 이전에는 언어연구에 이용하여 왔던 종이매체의 언어자료를 의미한다. 예를 들자면 메이지明治시대의 유명한 작가인 나쓰메소세키夏目漱石의 사용어휘를 조사한다고 가정했을 경우 나쓰메소세키가 생애에 남긴 모든 작품(전집류 등)이 조사 자료가 되며 이들 전집류가 코퍼스가 되는 것이다.

　그러나 이 용어는 컴퓨터의 개발과 보급으로 '어떤 특정자료가 전자화되어 기계가독형식(machine-readable form)[1]인 자료의 집합체'(넓은 의미)의 의미로 사용되게 되었다. 위의 예를 들어 설명하자면 나쓰메소세키 작가의 전집에 수록된 작품들을 전부 컴퓨터가 읽을 수 있도록 전자파일로 만들어 이를 대상으로 언어연구를 한다면 이 전자파일들이 코퍼스가 되는 것이다. 컴퓨터의 개발과 보급 이전과의 차이점은 언어자료의 전자화 유무뿐이다. 그러나 현재 언어관련 논문 등에서는 이 이외에 다른 의미로도 사용하고 있다. 이는 '다양한 문체와 장르 등을 고려하여 균형 있게 디자인(설계)된 기계가독형식인 자료의 집합체'(좁은 의미, 보통 균형코퍼스라고 함)란 의미이다. 먼저 각 문체별(문어체, 구어체)로 나누고 문어체를 소설, 수필, 시, 교과서, 신문, 잡지 등으로, 구어체를 뉴스, 연극이나 드라마 시나리오, 일상 자연 담화 등으로 나누어 각 카테고리별로 골고루 균형 있게 전자파일로 만든 자료군群이다. 보통 미국, 유럽, 그리고 한국에서의 코퍼스는 좁은 의미로 사용되는 경우가 많으며 일본은 넓은 의미로 사용하는 경우가 많다. 그 이유는 일본에서는 좁은 의미의 현대 일본어 코퍼스가 존재하지 않기 때문이다. 현재 2006년부터 5년간 계획으로 균형코퍼스(KOTONOHA계획)를 구축 중에 있다.

　따라서 여기에서도 일본어 코퍼스를 다루는 만큼 넓은 의미의 코퍼스를 사용하며 경우에 따라 좁은 의미의 코퍼스는 균형코퍼스로 언급하기로 한다.

---

1 •
간단하게 말하면 컴퓨터가 읽을 수 있는 형식, 즉 독자들이 흔글이나 워드, 엑셀, 메일, 홈페이지(블로그) 등에서 작성하거나 볼 수 있는 파일 등을 말한다.

## ▌2 코퍼스 언어학 · 일본어학의 발자취

### ① 코퍼스 언어학의 특징

언어연구(법)는 역사적으로 경험주의적 연구(법)와 합리주의적 연구(법)의 대조적인 흐름이 있었다. 전자는 자연적으로 발생하는 언어자료(실례)를 기반으로 하는 연구 입장에 중점을 둔 것이고 후자는 촘스키를 대표로 하는 생성언어학, 즉 모국어 화자의 직감을 기반으로 하는 연구 입장에 중점을 둔 것이다. 코퍼스 언어학은 전자의 입장에서 출발한 것이라 말할 수 있다.

코퍼스 언어학의 특징을 Leech(1992:107)에 의하면 다음의 4가지로 정리하고 있다.

(1) Focus on linguistic performance, rather than competence
언어능력보다 언어운용(수행)능력에 중심을 둔다.

(2) Focus on linguistic description, rather than linguistic universals
언어의 보편적 특성을 해명하기보다는 개별언어의 언어기술에 중점을 둔다.

(3) Focus on quantitative, as well as qualitative models of language
질적인 언어모델뿐만 아니라 수량적(계량적)인 언어모델에도 중심을 둔다.

(4) Focus on a more empiricist, rather than rationalist view of scientific inquiry
언어연구의 합리주의적 입장보다는 오히려 경험주의적 입장에 중심을 둔다.

이상에서 보듯이 코퍼스 언어학은 실례, 경험주의, 실증주의, 귀납적, 계량적, 통계적, 언어운용능력, 그리고 컴퓨터, 소프트웨어, 기계가독(전자) 등이 주된 특징으로 정리될 것이다.

2·
강범모(2003:124-126)에서 인용하면 다음과 같다.
① 촘스키는 언어능력과 언어수행을 구분하고, 언어학의 본질은 언어능력의 규명에 있다고 주장하였는데, 코퍼스는 언어수행의 결과이고, 이것이 언어능력을 충분히 반영하지 못한다는 것, 나아가 언어능력을 제대로 파악하게 하지 못한다는 것이다. 극단적인 예를 들자면, 실어증 환자의 발화 데이터를 기반으로 언어를 연구할 수는 없다.
② 언어는 무한하며 창조적이다. 따라서 유한한 코퍼스가 무한한 언어를 제대로 반영할 수 없다.
③ 코퍼스는 왜곡되어 있다. 촘스키의 유명한 예로 다음의 두 문장이 있다: 'I live in New York' 대 'I live in Dayon, Ohio'. 미국의 뉴욕에 사는 사람들이 오하이오주의 데이튼이라는 작은 지역에 사는 사람들보다 훨씬 많으므로, 첫 번째 문장이 발화될 가능성이 훨씬 많고 따라서 코퍼스에 더 많이 나타날 것이다. 이것에 대해 촘스키는, 이것이 언어학적으로 무슨 의미가 있는가 하고 반문한다.
④ 많은 경우 코퍼스를 힘들게 뒤지지 않아도 직관은 올바른 데이터를 금방 제공해 주는 것 같다. 쉽게 생각날 수 있는 예문을 찾기 위해 수고를 할 필요

### ② 코퍼스 언어학의 대두

코퍼스 언어학은 언어자료의 전자화와 디자인 측면에서 Brown Corpus (1961년-1964년)의 편찬에 의해 시작되었다고 말해도 과언이 아니다. 물론 The Survey of English Usage(1959년 착수)계획에 의해 자료의 구축(디자인) 은 되었으나 전자화가 되지 않은 측면에서 코퍼스 언어학의 효시라고는 말할 수 없다. 또한 위에서 언급한 경험주의적 입장에서 언어(문법)를 기술한 연구 도 이전부터 있었으나 이것도 전자화란 측면에서는 말할 수 없다. 이렇게 미국 에서 Brown Corpus의 구축과 컴퓨터의 도입과 함께 시작된 코퍼스 언어학은 처음부터 시련을 맞게 된다. 그것은 거의 같은 시기에 시작된 촘스키의 합리주 의적 생성문법의 대두와 촘스키의 코퍼스 언어학에 대한 비판[2]으로 발전하지 못 하고 정체를 거듭했다. 이런 상황 속에서 경험주의적 실증주의적 전통이 강한 유럽에서는 코퍼스 언어학을 계승하고 발전시키게 되었는데 그 이유는 생성언어학의 기본 입장인 모국어 화자의 직관에 의한 것에 대해 영어의 비모 어 화자인 유럽의 영어 연구자들이 영어의 핸디캡을 극복하기 위한 수단으로 이 연구법이 필요했고 유리했던 까닭이다. 이에 영국에서는 Brown Corpus와 같은 디자인으로 구성된 LOB Corpus(1970년-1978년)를 구축하게 된다.

이런 시기를 거쳐 1980년대 이후 컴퓨터의 기술 향상과 함께 코퍼스 언어학 이 발전하여 현재까지 이르게 되는데 코퍼스언어학 관련 논문수의 통계자료가 위의 언급내용이 과언이 아니라는 것을 알 수 있을 것이다(사이토斎藤, 1998 :7).

|  |  |  |  |
|---|---|---|---|
| -1965 | 10건 | 1981-1985 | 160건 |
| 1966-1970 | 20건 | 1986-1990 | 320건 |
| 1971-1975 | 30건 | 1991-1995 | 460건 |
| 1976-1980 | 80건 |  |  |

**3** 코퍼스 일본어학의 대두

가 없다는 것이다.

한편 일본어의 코퍼스 언어학은 언제부터 시작되었는가? 한 마디로 말하기는 매우 어렵다. 몇 가지 데이터를 통해 당시의 연구상황을 살펴보기로 하자. 우선 언어연구에 컴퓨터의 이용이란 측면에서 보면 국립국어연구소가 1966년에 컴퓨터를 도입한 조사 및 연구(『電子計算機による新聞の語彙調査』(1970) 등)가 매우 이른 것(이시와타石綿, 1978)으로 생각되지만 언어 자료의 전자화 측면에서 코퍼스 일본어학의 시작이라고는 말할 수 없을 것 같다.

国語学会에서 2년마다 학계 동향을 조사하는 『国語学』「展望」의「国語の計量・数理」 조사(구마타니熊谷, 1991)에서는 컴퓨터와 언어 연구에 대한 당시의 경향을 엿볼 수 있는데 간단하게 정리하자면 다음과 같다.

1974-75년: 언어연구에 있어서 컴퓨터 이용에 대한 가치관
1978-79년: 언어연구의 컴퓨터 이용에서 언어연구 그 자체(언어 데이터)에 대해 주목
1982-83년: 컴퓨터에 의한 언어 데이터 처리에 대한 사항

위에서 알 수 있는 것은 적어도 언어연구에 있어서 컴퓨터 이용과 데이터 및 데이터 처리에 관한 논의가 1970년 말 혹은 1980년 초부터 있었다는 것이다. 단, 이것도 언어연구의 계량 및 통계가 중심으로 전자데이터를 이용한 언어연구(코퍼스언어학)와는 성격이 조금 다르다고 할 수 있다.

일본어 연구자들의 컴퓨터 관련 지식 및 활용법에 관한 사항을 일본어학(『日本語学』, 明治書院)에서 「나의 컴퓨터언어학(私のパソコン言語学)」이란 이름으로 1991년 10월호(10-9)부터 1994년 2월호(13-2)까지 30회를 연재했다. 그 내용은 다방면에 걸쳐 다루고 있으며 코퍼스의 작성 및 이용, 그리고 이를 활용한 언어연구에 대한 방법론 등도 제시되어 있다. 이는 아래의 대량 일본어 코퍼스 등장과도 시기적으로 부합되고 있다고 필자는 판단하고 있다.

3·
이에 관한 연구는 오카지마岡島(1997), 다노무라田野村(2000a), 다나카田中(2003), 핫토리服部(2004) 등이 있는데 이를 종합 정리해 보면 다음과 같다(장원재(2006)에서 인용).
장점
①대량의 용례를 간단하고 빠르게 수집할 수 있다. ②WEB문서의 데이터는 매일 갱신하기 때문에 새로운 언어현상을 반영하고 있다. ③용례의 양적 분포를 조사할 수 있다. ④진기한 어형이나 용례를 발견, 수집할 수 있다. ⑤오표기의 실태를 조사할 수 있다(「シュミレーション」「コミニュケーション」 등). ⑥일상적인 말의 사용법을 조사할 수 있다.
단점
①검색엔진의 검색법 등이 불분명하다. ②언어 용례 검색에 제한이 있다(「とても～ない」 등과 같은 공기(共起)현상 등). ③WEB문서의 데이터는 항시 변화하기 때문에 재현할 수 없다. ④WEB문서의 질을 파악할 수 없다(필자의 속성이 불명). ⑤WEB문서는 현대의 것이 대부분으로 과거의 문헌 용례를 수집하는 것은 무리이다. ⑥검색엔진이 보여주는 문서 수는 용례 수가 아니다.

전자데이터를 이용한 일본어(학)연구(이공계열은 제외)에 대한 시작은 정확한 기록과 조사가 없어 명확하게 말하기는 어려우나 필자의 짧은 소견으로는 적어도 1990년 초에 朝日신문사의 天声人語・社説의 데이터(『朝日新聞－天声人語・社説　1985～1989』(平成2年・日外アソシエーツ・電子ブックＣＤ－ROM), 그리고 각 신문사(日経, 朝日, 読売, 毎日新聞)에서 매년 기사를 전문 검색 혹은 CD-ROM(예:『朝日新聞データベース(HIASK)』(1984))의 형태로 출판한 이후에 많은 연구가 시작되었다고 말할 수 있지 않을까 생각된다. 그 이유는 신문이 그다지 비싸지 않은 가격에 대량의 언어 데이터를 손쉽게 입수할 수 있었고 그로 인해 그 연구기반이 조성되었다고 보기 때문이다. 1990년대 초에 신문기사(전자데이터)를 대상으로 한 논문들인 엔도遠藤(1990), 곤도近藤(1993), 고토後藤(1993, 1996), 오기노・시오타荻野・塩田(1994), 다노무라田野村(1994) 등이 많이 보이는 것이 그 까닭일 것이다.

그리고 이 시기가 코퍼스 언어학이 일본어학(언어학)에 있어서 초기이었음을 알게 하는 기사도 다음과 같이 보인다(다노무라(2000b:197)).

덧붙여서 1992년경 필자가 신문기사 데이터베이스 CD-ROM의 텍스트를 일본어 코퍼스로서 이용했던 당시는 일본어 연구에 전자텍스트를 이용한다는 가능성 자체가 거의 알려져 있지 않았고, 설령 원하더라도 적어도 개인 연구자가 간단하게 실현할 수 있는 상황이 아니었다.

한편 코퍼스 일본어학의 대두와 발전과 함께 수년전(오카지마岡島(1997)이후인가?) 부터 인터넷 문서를 하나의 코퍼스로 간주하고 언어연구에 이용하는 연구법과 그 유효성에 대한 논의[3]가 대두되었다. 지금까지 인터넷을 이용한 일본어 연구로는 우선 검색 툴인 검색엔진에 관한 특성을 논한 연구(오기노(2004a))와 인터넷 문서의 양(오기노(2004a), 마쓰이松井(2004))에 대한 지적이 보인다. 시오타(2004)와 오기노(2004b)는 인터넷으로 지역차(방언)연구가 가능하며, 스기무라杉村(2002)는 문법성 판단을, OKADA(2004)는 구어체에서 많이 출현하는 さ入れ言葉[4]의 연구, 장원재(2006)는 웹문서의 속성 및 외래어 표기, 오기노(2007a, 2007b)는 각각 남녀차와 연어(コロケーション, collocation)연구의 일례를 보여 주고 있다. 이와 같이 다양한 문체와 장르가 혼재되어 있고 인터넷 문서의 방대한 양을 효과적으로 활용한다면 다양한 연구가 가능하다는 것을 보여주고 있으며 그 유효성도 어느 정도 입증되었다고 볼 수 있다. 최근 인터넷을 이용한 일본어 연구의 특집호들이 일본어 저널[5]에 소개되고 있으며 향후 다양한 연구의 가능성을 내포하고 있다고 생각한다.

## 3 일본어 코퍼스의 분류와 소개

아래의 코퍼스 분류는 분류 자체가 목적이 아니라 일본어 코퍼스를 소개하기 위한 하나의 방편이며 또한 본절에서의 코퍼스는 1차적 자료만을 대상으로 한다.

### ❶ 원시 코퍼스와 주석 코퍼스

코퍼스의 분류는 여러 가지 관점에서 분류할 수 있는데 우선 가공 유무에 따라 원시 코퍼스(raw corpus)와 주석 코퍼스(annotated corpus)로 나눌 수 있다. 원시 코퍼스는 출판된 형태 그대로 전자화하여 모아놓은 것이고, 주석 코퍼스는 어떤 특정 연구목적을 위해 원 텍스트에 여러 가지 정보(태그)를 부가한 것이다. 가장 기본적이면서 중요한 정보로서는 각 코퍼스(자료)의 제목, 작가, 출판연도, 출판사 등 원 자료의 서지정보와 전자화하기 위한 절차 및 규칙, 책임자 등과 같은 것들도 코퍼스를 이용한 언어연구를 하기 위한 중요한 정보 중에 하나이다.

또한 언어적 정보인 형태소 분석, 품사 분석, 구문 분석, 의미 분석 등을 통하여 각 형태소에 각각의 정보를 부가하는 것이다. 예를 들어 품사 중에 하나인 동사만을 특정 자료에서 전부 추출하여 이를 이용해 자료로서 이용할 수도 있는 것이다. 단, 주석 코퍼스는 연구자들의 목적에 따라 부가정보의 종류가

**4 ·**
일본어의 표준문법에서는 1그룹 동사는 사역의 조동사「せる」와, 2그룹은「させる」와 접속하는데, 이와는 달리 예를 들어「やる(1그룹)」 →「やら+させる」와 같이 불필요한「さ」를 부가하여 사용하는 현상을 말한다. 특히 겸양표현에서「ていただく」와 결합하여「やらさせていただきます」「行かさせていただきます」등과 같이 사용되는 것을 볼 수 있다.

**5 ·**
『日本語学』2004년 2월호 (インターネット検索技術と日本語研究), 2008년 2월호 (WWWを対象にした日本語研究), 『言語』2007년 7월호(インターネットと言語研究)

다르다는 것, 설령 부가 정보가 있더라도 여러 연구자들이 손쉽게 사용할 수
있도록 많은 배려가 있어야 할 것, 또한 정보를 부가하기 위해서는 많은 비용과
시간이 필요하다는 것 등의 이유로 원시 코퍼스보다는 매우 적은 실정이다.
일본어 코퍼스도 예외는 아니다.


## ② 범용 코퍼스와 특수목적 코퍼스

종합적인 언어연구를 목적으로 구축된 코퍼스를 범용 코퍼스라 하고 특정
한 언어연구의 목적으로 구축되어진 코퍼스를 특수목적 코퍼스라고 한다. 특
수 목적 코퍼스는 그 목적에 따라 다른데 예를 들어 표준어와 방언간의 비교
(방언코퍼스), 모국어 화자와 비모국어 화자(학습자)간의 비교(학습자 코퍼
스), 2개 이상의 언어비교(병렬 코퍼스) 등 다양하다. 현재 일본어 코퍼스로서
이를 대표할 만한 코퍼스로는 학습자 코퍼스와 병렬 코퍼스가 있으며 대표적
인 일본어 코퍼스에 대해 소개하도록 한다.

### 1) 학습자 코퍼스

国立国語研究所(2001) 『日本語学習者による日本語作文と, その母語訳との
対訳データベース ver.2』
이 데이터베이스는 1999년부터 2000년에 걸쳐 일본을 포함한 아시아 10개
국(한국, 인도, 베트남, 캄보디아, 싱가폴, 타이, 중국, 말레이시아, 몽골, 일본)에
서 일본어학습자 약 1100명분의 작문데이터를 수록한 학습자 코퍼스이다. 그
리고 이 데이터베이스는 아래 4종류의 데이터가 있다.
  (1) 각국의 일본어 학습자가 작성한 일본어 작문
  (2) 작문 집필자 본인에 의한 모국어 번역(또는 가장 편하게 문장을 쓸 수
      있는 언어로 번역)
  (3) 일본어 교사의 작문 첨삭
  (4) 작문 집필자 및 첨삭자의 언어 이력에 대한 정보

위의 데이터로 각국의 일본어 학습자 오용뿐만 아니라 2개 이상의 언어를 대조할 수 있다. 또한 일본어 작문과 모국어 번역문과의 비교, 학습자의 학습시간별 비교 등 지금까지의 학습자 코퍼스 중에서는 양적과 질적인 면에서 매우 유용한 자료로 평가할 수 있다.

KY코퍼스[6]

위의 국립국어연구소 자료가 학습자 코퍼스의 문어체 자료라고 하면 이 코퍼스는 구어체 자료이다. 한국어, 중국어, 영어를 모국어로 하는 일본어 학습자의 OPI[7] 자료를 전사화(転写化)한 자료로 각각 30명씩 총 90명의 데이터로 구성되어 있다. OPI 판정결과의 등급별로는 각 언어별로 초급(Novice) 5명, 중급(Intermediate) 10명, 상급(Advanced) 10명, 최상급(Superior) 5명으로 구성되어 있다. OPI는 위의 등급을 세분화하여 초급 상, 초급 중, 초급 하, 중급 상, 중급 중, 중급 하, 상급, 상급 상, 최상급 등으로 구분하고 있는데, 이 데이터에서 예를 들면 화자번호(파일번호)가 KAH04[8]라면 한국인 일본어학습자로 일본어 등급이 상급의 상(high)이라는 의미이다.

## 2) 병렬 코퍼스

한일 간의 병렬 코퍼스는 아직 일본에서는 구축되어 있지 않은 것으로 필자는 알고 있다. 현재 한일 병렬 코퍼스는 2가지가 있는데 하나는 21세기 세종계획의 일환으로 2001년부터 구축 작업이 시작되어 2007년 12월에 구축이 완료된 것으로 원시 코퍼스가 1,158,230어절(배포용-592,850어절), 형태소 주석 코퍼스가 298,102어절(배포용-84,506어절) 규모이다.[9] 한일 병렬 코퍼스의 첫 공식적인 결과물로서 한일 대조언어학적인 측면에서 매우 유용한 자료가 되리라 생각하고 있다. 단, 현재 공개된 코퍼스는 저작권 문제로 구축된 것의 일부분만이며 이를 활용할 수 있는 툴이 아직 미미하여 연구자 본인이 가공 처리하여 사용해야 하는 사용상의 불편함이 없지는 않다.

또 하나는 고려대 일어일문학과 이한섭교수 연구실에서 구축 중인 코퍼스로서 2000년부터 5개년 계획으로 작성되고 있으며 구축된 자료는 약 5만 문장

**6 •**
http://opi.jp/shiryo/ky_corp.html

**7 •**
OPI는 "Oral Proficiency Interview"의 머릿자로, ACTFL(The American Council on the Teaching of Foreign Languages, 미국외국어교육협회)가 개발한 외국어 말하기 능력을 평가하기 위한 인터뷰 테스트를 말한다.

**8 •**
모든 화자명(파일명)은 3개의 로마자+2개의 아라비아 숫자(일련번호)로 되어 있으며, 로마자는 다음과 같은 의미를 나타낸다.
첫 번째 로마자: 일본어 학습자의 모국어를 나타내는 것으로 한국어는 K, 영어는 E, 중국어는 C이다.
두 번째 로마자: OPI판정 상위등급으로 초급(Novice)이면 N、중급(Intermediate)이면 I、상급(Advanced)이면 A、최상급(Superior)이면 S로 표시한다.
세 번째 로마자: OPI판정 하위등급으로는 상(high)이면 H, 중(mid)이면 M, 하(low)이면 L로 표시한다.

**9 •**
국립국어원(2007:145-155)과 『2007 21세기 세종계획 최종결과물』의 한일 병렬 말뭉치 파일목록을 참조.

분량으로 웹(http://transkj.com/in.htm)에서 검색할 수 있도록 공개하고 있다. 그러나 구축양이 아직 미흡하다는 것, 그리고 한일 간의 원본 비율과 자료의 서지적 정보 및 장르 구성 등의 미공개로 인해 이를 연구용으로 사용하기에는 어려운 점이 적지 않다.

### ③ 공시적 코퍼스와 통시적 코퍼스

이 이외에도 어느 특정 시대의 자료를 수집하고 구축한 공시적 코퍼스와 각 시대별로 자료를 수집하여 구축한 통시적 코퍼스가 있다. 통시적인 코퍼스로서 대표적인 것을 소개하면 먼저 고전문학은 이와나미岩波서점의 일본고전문학대계日本古典文学大系를 전자화한 것[10] 등과 메이지시대 이후의 국정교과서인 국정독본 CD-ROM(국립국어연구소편国立国語研究所編, 1997)이 있으며, 국립국어연구소에서 연구용으로 구축한 「태양太陽코퍼스」와 「근대여성잡지近代女性雜誌코퍼스」[11]를 들 수 있다. 『태양太陽』(博文館刊)은 1895년부터 1928년까지 발행한 종합적인 내용의 잡지로서 비교적 많은 사람들에게 읽혀진 잡지이다. 이 시기는 현대 일본어가 형성되기 전 단계의 언어현상을 엿볼 수 있는 매우 유익한 자료이다. 국립국어연구소에서는 『태양』의 1895년, 1901년, 1909년, 1917년, 1925년마다 추출하여 규모는 약 1450만 문자, 기사 수는 약 3400편, 저자 수는 약 1000명에 이른다. 한편 독자층이 남성위주인 『태양』과의 비교를 위해 여성이 독자층인 여성잡지만을 전자화하고 구축한 것이 「근대여성잡지코퍼스」이다. 구축연도도 『태양』과 같이 1894/5년, 1909년, 1925년이며 210만 자 규모이다. 각 기사의 서지적 정보를 통해 당 시대의 언어현상과 언어의 시대적 변천과정을 엿볼 수 있다. 따라서 이들 코퍼스는 시대적인 관점에서 보면 현대 일본어 형성기의 공시적 코퍼스로도 혹은 통시적인 코퍼스로도 말할 수 있을지도 모른다. 참고로 현대 일본어의 공시적인 코퍼스는 존재하지 않는다.

10 •
http://base3.nijl.ac.jp/Rc gi-bin/hon_home.cgi를 참조. 이 이외의 고전작품 코퍼스 소개 사이트는 麗沢大学言語研究センター言語情報学プロジェクト http://www.fl.reitaku-u. ac.jp/LINC/projects/lang Tech/links_koten.html을 참조.

11 •
http://www.kokken.go.j p/lrc/index.php를 참조.

### ④ 문자언어 코퍼스와 음성언어 코퍼스

현재 일본어 코퍼스 중에 이용할 수 있는 대부분이 문자언어 코퍼스로 위에서 소개한 대부분의 코퍼스가 여기에 포함할 수 있다. 여기서 현대 일본어에 관한 것만을 소개하면 그 대표적인 것으로는 먼저 신문기사 및 사설을 들 수 있다. 2.3절에서 언급한 것처럼 현재 각 신문사에서 10여간 이상의 데이터를 공개하고 있으며 입수가 쉽다. 그리고 문학작품은 메이지시대와 다이쇼大正시대의 작품이 대부분이며 신초샤新潮社의 문학작품 CD-ROM[12], 아오조라青空문고[13]에서 대량의 코퍼스를 입수할 수 있다. 단, 현대 문학작품은 저작권문제로 이용하는데 어려움이 있다.

한편 음성언어 코퍼스로서 최근 괄목할 만한 코퍼스가 발표 공개되었다. 1999년부터 2003년까지 5년에 걸쳐 완성된 일본어 구어 코퍼스(『日本語話し言葉コーパス』)[14]는 단어수로는 750만 단어, 시간수로는 약 660시간에 이르는 대규모 구어 코퍼스이다. 부가 정보 또한 매우 다양하게 제공되고 있으며 1단계(750만 단어)와 2단계(50만 단어)의 계층구조로 부가정보의 양과 질을 달리하고 있다. 특히 2단계의 50만 단어에 대해서는 음성기호 및 전사텍스트는 물론 형태소분석(수작업), 절(clause)의 경계 정보(수작업), 구문분석, 담화의 경계정보, 화자 속성정보 등과 음성 데이터 자체도 제공하고 있기 때문에, 언어연구는 물론 사회언어학, 심리학, 음성담화연구, 음성정보처리 연구 등 여러 분야에 응용할 수 있는 코퍼스로 평가받고 있다. 단, 아쉬운 것은 구성 내역이 학회강연 및 모의강연(전체의 약 90%, 605시간), 낭독(21시간)이 대부분으로 자연담화가 극히 적다. 또한 자료 성격상 발화자가 혼자인 독백(monologue)이 대부분으로 대화(dialogue)는 12시간 정도의 양에 지나지 않는다는 것이다.

**12 ·**
『CD-ROM版新潮文庫の100冊』, 『CD-ROM版明治の文豪』, 『CD-ROM版大正の文豪』, 『CD-ROM版新潮文庫絶版100冊』 신초샤

**13 ·**
http://www.aozora.gr.jp/

**14 ·**
자세한 개요는 마에가와(前川, 2004:111-133)와 국립국어연구소의 http://www2.kokken.go.jp/~csj/public/index_j.html#1을 참조. 입수에 관련된 사항은 http://www2.kokken.go.jp/~csj/public/members_only/releaseinfo/index.htm을 참조.

## ▮4 코퍼스를 활용한 일본어학의 문제점

### ① 코퍼스에 대한 문제점-균형코퍼스의 부재

3절에서 일본어 코퍼스에 대해 몇 가지로 분류하여 그 대표적인 일본어 코퍼스를 소개해 보았다. 위의 분류에 따르면 현대 일본어의 공시적, 종합적인 언어목적으로 구축한 범용적, 그리고 여러 문체와 장르를 균형 있게 디자인하고 추출한 균형코퍼스가 존재하지 않음을 알 수 있다. 즉 좁은 의미의 코퍼스가 일본어에는 아직 없다는 것이다. 균형코퍼스의 이상적인 형태는 현재 일본인이 사용하고 있는 전체 일본어의 축소판을 만드는 것이다. 균형코퍼스를 구축하고 이를 활용하여 분석 고찰한 언어현상은 일본어의 전체상을 반영하는 것으로서 일본어 연구를 한층 더 발전시키게 될 것이다.

그러나 일본어의 전체상을 반영하는 균형코퍼스를 어떻게 디자인하고 구축하면 되는가에 대한 질문에 대한 답은 다노무라(2000b:198-199)에서도 지적하고 있듯이 매우 어려운 문제이다. 즉 일본어의 전체상을 잘 모르기 때문에 이에 대한 축소판을 만들기가 매우 어렵다는 것이다. 그러나 이상적인 형태의 축소판은 구축하기 어렵지만, 현재 미국과 유럽 그리고 한국에서 균형코퍼스를 구축 활용한 조사 및 연구가 활발하게 진행되고 있고 그 유효성 또한 입증되고 있는 것을 감안한다면 단지 이상적인 형태가 불가능하다는 비판만으로는 구축하지 않을 이유도 납득되지 않는다. 이것은 균형코퍼스를 구축하고 조사하여 기존의 특정장르(예를 들어 신문이나 문학작품)만을 대상으로 한 연구와 비교하여 균형코퍼스의 대표성을 수정 보안할 수도 있을 것이라 생각한다. 다행히도 일본 국립국어연구소에서는 현대 일본어 문어체의 균형코퍼스를 2006년부터 2010년까지 1억 어절의 규모로 구축(KOTONOHA계획[15]) 중에 있기 때문에 그 활용이 기대가 된다.

15 ·
http://www2.kokken.go.jp/kotonoha/를 참조.

## ② 코퍼스 활용상의 문제점

(1) 코퍼스의 시대성 및 특성: 현재 코퍼스를 활용한 일본어 연구에서 많이 사용되는 것은 야자와朱沢(2004)와 장원재(2008)에 의하면 문학작품과 신문이 압도적이다. 문학작품에서는 대부분 신초샤에서 발행한『CD-ROM版新潮文庫の100冊』를 현대 일본어의 연구자료로 이용하는 논문들이 많았다. 그러나 이 자료에는 메이지시대나 다이쇼시대의 작품들이 상당수 수록되어 있다는 것을 간과해서는 안 된다. 즉 이 자료를 그대로 사용한다면 현대 일본어의 공시적 연구가 아닌 통시적 연구가 될 우려가 있다는 것이다. 또한 이 자료에는 일본인에 의한 작품뿐만 아니라 번역작품도 33작품(アンデルセン『絵のない絵本』, イプセン『人形の家』, ジュール・ベルヌ『十五少年漂流記』등)이나 존재한다. 번역작품은 당시의 일본어와 다른 양상을 보여주는 언어적 현상이 많으므로 이 또한 고려해야 할 대상이다.

한편 신문의 경우는 자료의 특성상 사회적 화제에 민감하며 특정분야의 기사가 편중되어 있고 또한 문체적인 특성도 뚜렷한 자료라 할 수 있다. 고토(1996)에서도 지적하고 있듯이 여성전용 조사인「かしら」를 신문에서 검색해본 결과 130예 중 28예가 외국인 여성의 발언으로 즉 편집자가 가공한 용례라고 말할 수 있다. 또한 신문의 문체적 특성상 형용사나 형용동사가 많이 출현하지 않기 때문(이토伊藤(2002:41))에 연구테마와 코퍼스의 특성에 주의하고 음미하여 연구하여야 한다.

(2) 주석 코퍼스의 이용: 코퍼스 이용의 확대에 따라 주석 코퍼스의 필요성이 요구되며 주석 즉 부가정보(태그)의 종류도 다양화되고 있다. 현재까지의 범용적인 부가정보는 형태소분석과 품사정보인데 실제 주석 코퍼스의 이들 정보를 관찰하면 각 코퍼스에 따라 형태소와 품사기준이 다른 것을 알 수 있다. 반드시 언어학적인 기준에 따라 문장을 나누고 품사정보를 부가한 것이 아니다. 이는 각 구축기관별로, 분야별(인문과 이공)로 시각의 차이점과 요구가 다르기 때문이다. 이에 주석 코퍼스를 이용할 시는 형태소 분석 지침 및 품사정보를 면밀히 파악하고 오류가 있을 경우는 이를 수정해야 하며 논문의 테마에

따라 부가정보를 재가공하고 필요에 따라서는 연구자가 새롭게 정보를 부가해야 한다.

(3) 코퍼스의 표기문제: 코퍼스를 대상으로 표기연구 및 용례를 검색할 경우, 2가지 문제점을 주의하여야 한다. 첫째는 종이 매체의 원본을 전자화하는 문제로 원본의 구한자를 신한자로 일괄적으로 변환하거나, 원본 그대로를 전자화하는 경우도 있다. 또한 컴퓨터로 표시할 수 없는 한자들은 전자화 방침에 따라 대체한자(鷗→鴎)나 기호화(「的れき」의 「れき」를 「白+楽」로)하는 경우도 빈번히 보인다. 그리고 원본의 한자 읽기(루비)를 전자화할 경우 삽입 유무에 따라 검색방법도 달리해야 함으로 원본의 서지적 정보 및 표기 정보, 전자화 방침 등을 파악하고 사용해야 할 것이다. 둘째로는 원래 일본어의 다양한 표기법 문제이다. 코퍼스도 이를 그대로 반영하고 있기 때문에 용례 검색에 매우 주의를 요한다. 예를 들어 단어의 혼용(やはり-やっぱり-やっぱ, コンピュータ-コンピューター, チーム-ティーム), 오쿠리가나送り仮名의 혼용(行う-行なう, 受け付け-受付け-受付), 상용한자표 미수록 한자의 히라가나표기(語彙-語い, 石膏-石こう), 한자표기 유무(是非-ぜひ) 등이다. 이들을 소홀히 하면 용례가 누락되며 올바른 결과를 도출해 낼 수 없다.

이상 코퍼스를 이용한 일본어학이 현재 어떤 위치에 와 있으며 어떠한 코퍼스가 구축되어 있고 어떠한 문제점이 있는지 살펴보았다. 향후 코퍼스의 이용은 여러 분야와 다양한 연구에서 활용될 것이며 괄목할 만한 연구 성과가 기대된다. 컴퓨터와 코퍼스에 대한 관심과 노력을 통해 새롭고 폭 넓은 연구를 할 수 있을 것으로 필자는 판단한다.

# 03 인지의미론적 관점에서 본 단어의 의미확장

이우제

## 들어가는 말

이 글에서는 한 단어가 여러 가지 의미를 갖게 되는 문제에 대해서 인지의미론의 관점에서 살펴 보고자 한다. 인지의미론의 관점은 단어의 의미 확장(즉, 다의어가 된다는 것)에는 인간의 신체적인 경험이 바탕이 되어져 있고 설명될 수 있는 충분한 동기(모티베이션)가 있으며 각각의 의미와 의미 사이에는 그 확장에 있어 관련성이 있다고 보는 관점이다.

인지의미론의 관점이 학습외국어의 단어의 의미습득에 있어서 모어 화자의 감각에 가까워 질 수 있는 매우 유효한 관점이라는 것을 밝히고자 하는데 우선 의미 확장에 있어서 사용되어지는 주요한 비유 [메타포(metaphor)][시네크도키(synecdoche)][메토니미(metonymy)]와 그 인지적기반을 여러 가지 예를 통해 이해하기로 한다. 그 후 비유의 종류들과 그 인지적기반에 대한 이해를 바탕으로 구체적으로 일본어 「つける」의 주요한 용법들이 어떻게 의미확장을 하며 확장에는 어떠한 원리가 작용하며 의미와 의미들 사이에는 어떤 관계가 있는지

살펴 보기로 하겠다. 그와 동시에 종래의 외국어사전에서의 학습자의 모국어로 [번역]되어지고 있는 의미기술이 왜 문제였는지 인식하며 인지의미론적 어프로치가 외국어의 의미학습에 얼마나 유효한 관점인가를 밝혀 보도록 하겠다.

# ■1 일반적인 성인학습자의 외국어 단어의 의미 습득과 문제점

영어든 일본어든 외국어를 배우다가 모르는 단어가 나오면 대개의 경우 영한사전이나 일한사전과 같은 [외국어사전] 또는 학습외국어의 [국어사전]을 통해 의미를 확인하고 학습하게 될 것이다. 필자 역시 성인이 되어 일본어를 학습한 한 사람으로 위와 같은 방법으로 영어뿐만 아니라 일본어 단어의 의미를 학습해 왔다.

> *窓ガラスに顔*をつける。(유리창에 얼굴을 <u>대다</u>)
> *理由*をつける。(이유를 <u>달다/대다</u>)
> *点数*をつける。(점수를 <u>매기다</u>)
> *帳簿*をつける。(<u>장부에 기입하다</u>)
> *日記*をつける。(일기를 <u>쓰다</u>)
> *ネックレス*をつける。(목걸이를 <u>하다</u>)

일본어의 「つける」는 기본적인 의미로 대략 한국어의 [붙이다]가 대응관계에 있다고 볼 수 있는데 위에서 보는 바와 같이 「つける」에 대응되는 한국어의 동사는 각각의 의미용법에 따라 여러 가지이어서 [붙이다]가 1대1로 대응 관계에 있지 않음을 알 수 있다. 즉, 학습자가 외국어의 단어의 의미를 습득하려 할 때 이와 같이 1대1로 대응되는 단어가 없는 경우 한국어를 모어로 하는 학습자는 각각의 용법에 따라 하나 하나 암기해야 하며 또한 상기 외의 「つける」의 용법을 모를 때에는 사전을 찾아 그 의미가 어떤 한국어 표현에 대응되

는지를 확인해야 한다는 것을 의미한다. 필자를 포함한 한국어를 모어로 하는 성인학습자의 대부분은 이렇게 단어의 의미를 습득해 왔다고 생각되어 진다. 앞으로도 이렇게 의미를 익혀야만 할 것인가. 자신이 배우고자 하는 외국어의 모어화자와 같은 감각으로 의미를 학습할 수 있는 방법은 없을까.

외국어 학습자라면 누구나 학습 외국어의 모어화자와 같은 감각으로 그 외국어를 구사하고 싶을 것이다. 그러나 의미에 대한 설명이 외국어학습자의 모어에 대응되는 어휘나 대응되지 않을 경우 간단한 설명으로 [번역]하고 있는 종래의 외국어사전이나 사용빈도순 또는 중요도에 따라 의미를 배열하고 있는 학습외국어의 국어사전의 의미기술방법으로는 학습 외국어의 모어화자와 같은 감각을 익힌다는 것은 기대하기 힘들 것이다. 아니, 불가능하다고 단언해도 좋을 것이다.

모어화자의 감각에 가까운 이해와 운용을 가능하게 해 줄 수 있는 의미 분석의 방법이 있다. 그것은 단어의 의미 확장(즉, 다의어가 된다는 것)에는 인간의 신체적인 경험이 바탕이 되고 설명될 수 있는 충분한 동기(모티베이션)가 있으며 각각의 의미와 의미 사이에는 그 확장에 있어 관련성이 있다고 보는 인지의미론의 관점이다. 인지의미론은 어느 한 단어의 의미가 여러 가지가 있을 때 그 의미들이 왜 파생되었는지 그리고 그 의미와 의미 사이에 어떠한 관련이 있는지 그리고 어떠한 원리에 의해 의미가 확장되었는지를 규명하고자 한다. 따라서 그러한 연구결과물들은 모어화자가 어떠한 감각으로 운용하고 있는지를 알 수 있으며 그 의미 사용의 범위도 알 수 있어 결과적으로 모어화자와 거의 동일한 이해와 운용을 가능하게 해 줄 수 있다.

그래서 이 글에서는 우선 단어의 의미 확장에 있어 인간이 공통적으로 갖고 있는 인지 능력과 그 인지능력의 기반이 되어 의미가 확장된 구체적인 사례를 통해 살펴 보고 인지의미론에서 의미의 확장을 어떻게 생각하는지를 이해하고자 한다. 그리고 이러한 이해를 바탕으로 「つける」의 다양한 의미를 한국어와의 대응관계로 살펴보는 것이 아니라 「つける」의 다양한 용법은 기본적인 의미로부터 이유 있고 타당한 동기 부여에 의해 의미가 확장되어 있고 연결되어져 있음을 살펴봄으로써 일본인이 어떠한 감각으로 「つける」를 사용하고 있는지 그 감각을 익혀 보고자 한다. 이를 통해 궁극적으로는 대조의미론에 있어

인지의미론적 어프로치의 유효성과 외국어 어휘학습에 있어서 그 유효성을 증명하고자 한다.

## ▌2  3종류의 비유와 인지기반

우리는 [비단처럼 고운 머릿결]에서 머리카락이 비단이 아니라 그 정도로 부드럽다는 의미를 나타내고 있다든가 [주전자가 끓고 있다]의 경우 [용기]인 주전자가 아니라 그 [용기]에 담겨져 있는 [내용물], 즉 [물]이 끓고 있다는 것으로 이해하고 있다. 이와 같이 알게 모르게 무엇인가를 비교하여 비교하는 대상과 어떤 면에서 유사한 성질을 갖고 있는지 이해하고 있고 구체적으로 이야기를 하지 않더라도 암묵적인 이해로 어떤 의미로 그 단어가 사용되고 있는지 이해하기 때문에 우리의 커뮤니케이션은 원활하게 이루어지고 있는데 단지 우리가 그러한 능력들을 인지하지 못하고 있을 뿐이다. 이처럼 우리는 일상적인 언어생활에서 [어떠한 능력]을 바탕으로 의미를 이해하고 사용하고 있다. 여기에서는 의미가 확장되는데 있어서 우리가 사용하고 있는 주요한 비유의 종류와 그러한 비유를 사용함에 있어 우리의 어떠한 능력(인지적인 기반)이 바탕 되어 있는지를 여러 가지 언어 현상들을 통해 확인해 보고자 한다. 이를 바탕으로 후반부에서 설명하는 「つける」의 의미 확장을 좀 더 알기 쉽게 이해하고자 한다.

### ① 메타포와 인지적기반

우선 유사성을 바탕으로 의미가 확장하는 비유로 [메타포]를 검토해 보기로 하자. [메타포]는 다음과 같이 정의 할 수 있다.

<메타포>

두 사물 또는 개념 사이에 유사성을 근거로 한 쪽의 사물 또는 개념을 나타내는 형식을 이용하여 다른 한 쪽의 사물 또는 개념을 나타내는 비유

구체적인 예를 통해 살펴보기로 하자.

1) 저 놈은 술만 마셨다하면 <u>개</u> 되니까 저 놈한테 술 마시자고 하지마.

위의 경우 [저 놈]이란 사람이 [개]로 변신을 하여 멍멍 짓거나, 네 발로 걷거나, 꼬리를 흔들거나, 하는 의미를 나타내는 것이 아니라 한국어에서는 대략 날뛰거나, 으르렁 대고 땅바닥에 나뒹구는 [개]의 그러한 성질과 사람이 술에 만취히면 데게의 경우 아무에게나 시비를 길거나 길거리에 나뒹굴거나, 괴성을 지르거나, 하는 통제 불가능한 상태에 대해 유사하다고 인식되어 [술에 취해 통제불가상태의 인간]을 [개]로 나타내고 있다. 이와 유사한 예를 한 가지 더 들어보면 몸이 뚱뚱하거나 살이 많이 찐 사람에게 [돼지]라고 하는데 이것도 마찬가지로 [돼지]의 여러 가지 성질이 있지만 특히 외견상 [살이 많이 찐 상태]에 공통성을 발견하여 [사람]과 [돼지] 사이에 그 성질의 유사성이 근거가 되어 성립하는 비유이다.

<메타포의 인지적기반>

위의 예문들을 통해 비교하는 대상의 성질이나 외형적인 특성이 인간에 대해 비교하는 대상과 같은 성질이나 외모에 대한 [유사성]이 근거가 되어 의미가 확장됨을 알 수 있었다. 이것은 우리 인간에게 사물 또는 개념에 대해 [비교]하는 인지능력이 있기에 가능한 것이다.

일본어이 「目玉焼き」를 한국어로 직역히면 [눈알구이]가 되는데 왠지 좀 수상한 음식처럼 느껴진다. 그러나 「目玉焼き」에 대응하는 한국어는 [눈알구이]가 아니라 [계란후라이]다. 일반적으로 [계란후라이]를 했을 때, 그 모양을 보면 가운데 노른자가 오고 그 주위를 흰자위가 둘러싸고 있는 형태를 취한다. 일본어에서는 이와 같이 [눈]과의 형태적인 [유사성]이 주목되어 이러한 단어

가 만들어지게 된 것이다. 따라서 이러한 의미 확장을 가능하게 하는 것은 무언가를 [비교]하고 그 비교 대상 사이에 [공통성(유사성)]을 발견할 수 있는 인지 능력인 것이다.

## ② 시네크도키와 인지적기반

보다 일반적인 의미를 갖는 형태소[1]나 단어로 보다 특수한 의미를 또는 그 반대로 특수한 의미를 나타내는 형태소나 단어로 보다 일반적인 의미를 나타내는 비유를 [시네크도키]라 하는데 이에 대해 검토해 보기로 하자. [시네크도키]는 다음과 같이 정의 할 수 있다.

> <시네크도키>
> 보다 일반적인 의미를 갖는 형식을 이용하여 보다 특수한 의미를 나타내거나 혹은 그 반대로 보다 특수한 의미를 갖는 형식을 이용하여 보다 일반적인 의미를 나타내는 비유.

[보다 일반적인 의미]라는 말은 [지시하는 범위가 넓다]라는 말로, [보다 특수한 의미]라는 말은 [지시하는 범위가 좁다]라는 말로 바꾸어 말할 수 있다. 구체적인 예를 통해 확인해 보기로 하자. 우선 일반적인 의미가 특수한 의미를 나타내고 있는 경우는 다음이다.

2) <u>お酒</u>ください。

필자가 일본 유학시절 동네의 작은 음식점에 식사를 하러 들어갔을 때 어느 손님이 상기와 같이 주문을 하였다. 외국인이자 일본어학습자인 본인으로서는 어떤 술이 나올지 매우 궁금했다. 잠시 후 [정종] 즉 「日本酒(にほんしゅ)」가 나왔다. 처음에는 단골이라 「お酒」라 주문을 하면 주인이 알아서 「日本酒」를

1·
형태소 : 최소의 의미 단위. 형태소는 하나 혹은 그 이상의 결합으로 단어를 이룬다.
예) 형태소 1 ⇒ 개구리(분리불가능)、형태소 2 ⇒ 개똥(개+똥)
형태소 3 ⇒ 개똥벌레(개+똥+벌레)

가져다 주는 것으로 생각했지만 실은 그렇지 않았다. 필자가 식사를 주문하려 메뉴를 살펴보니 주문할 수 있는 술의 종류로 「ビール、お酒、ウロンサワー」가 적혀 있어 단골이 아니더라도 주문할 수 있는 술의 [한 종류]임을 알 수 있었다. 즉 「日本酒」는 「ビール、ウロンサワー」와 마찬가지로 「お酒」의 한 종류인데 상위개념인 「お酒」가 그 종류 중의 하나, 즉 하위개념인 「日本酒」를 지시하고 있는 것이다. 위에서 시테크도키를 정의한 바와 같이 지시범위가 넓은 [種(お酒)]이 지시범위가 좁은 [類(日本酒)]를 가르키고 있는 것이다. 이와 유사한 예를 한 가지 더 살펴보자. 일본의 기후에서 여러 종류의 꽃이 피지만 적어도 일본문화권에서 자란 사람이라면 「花見」란 단어에서 「꽃(花)」가 벚꽃 즉, 「サクラ」를 의미하고 있다는 것을 알고 있다. 이것도 상위개념인 [꽃花]이 그 하위부류의 하나인 「벚꽃(サクラ)」을 가르키고 있는 것이다. 이것도 [시네크도키]에 의한 의미 확장이다.

　이번에는 반대로 특수한 의미가 일반적인 의미를 나타내는 경우를 살펴 보자.

　　3) 인간은 빵만으로 살 수 없다.

　위의 예문의 의미는 인간은 [빵] 외에도 밥, 국수, 라면, 스파게티 등 편식하지 말고 골고루 먹으면서 살아야 한다는 의미가 아니라 대략 「인간은 음식물을 먹는 것만으로 살 수 없다」, 즉 [육체적인 만족 뿐만 아니라 정신적인 만족도 필요하다]는 의미를 나타내고 있다. 이러한 의미 해석을 가능하게 하는 것은 [빵]이 [음식물전체]를 나타내고 있기 때문이다. 「お酒」「花見」와는 반대로 지시범위가 좁은 [類(빵)]가 지시범위가 넓은 [種(음식물)]을 가르키고 있는 것이다. 즉, 특수한 의미가 일반적인 의미를 나타내고 있는 것이다.

<시네크도키의 인지적기반>
시네크도키의 기반이 되는 인지능력은 [동일한 대상을 다른 레벨(상위레벨이나 하위레벨)에서 취하는 능력]을 말한다. 예를 들어 한국어의 [신발장]에 해당하는 일본어의 「下駄箱」를 가지고 생각해 보자. 신발에는 운동화, 구두, 하이

힐, 슬리퍼 등 여러 가지 종류가 있다. 「下駄」도 일본 문화권에서는 신발의 한 종류이다. 신발의 한 종류가 그 상위 개념인 [신발] 즉 「履き物」를 가르키고 있는데 일본인이라면 「下駄箱」에 「下駄」만 넣어 보관하는 것이 아니라 운동화, 구두, 하이힐, 슬리퍼 등 여러 가지 종류의 신발을 넣는 곳임을 알고 있다. 따라서 이와 같이 하위레벨의 「下駄」가 상위레벨의 「履き物」를 나타내고 있음을 이해하고 운용할 수 있는 이러한 능력이 인간에게 갖추어져 있는 것이다.


### 3 메토니미와 인지적기반


마지막으로 [관련성]에 근거하여 의미가 확장하는 메토니미에 대해 검토해 보기로 하자. 메토니미는 다음과 같이 정의 할 수 있다.


<메토니미>
두 사물의 외계에 있어서 인접성, 보다 넓게는 두 사물 또는 개념이 관념 상에 있어 관련성을 근거로 한 쪽의 사물 또는 개념을 나타내는 형식을 사용하여 다른 한편의 사물 또는 개념을 나타내는 비유.


구체적인 예를 통해 살펴보기로 하자.


4) A: 저 남자 멋있지 않니?
   B: 누구?
   A: 저기 오른쪽 <u>빨간 모자</u>.
   B: 난 빨간 모자는 별로고 그 뒤에 <u>반바지</u>가 괜찮은데.


상기 대화의 상황은 여성 둘이 여러 명의 남성이 있는 가운데 자신의 남성에 대한 취향에 대해 이야기를 나누고 있는 장면이다. 우리는 일상생활에서 잘 알지 못하는 사람이나 사물을 가르키거나 할 때 이런 식의 대화를 자주 나눈다. 자신이 인식하고 있는 대상(사람이건 물건이건 간에)에 대해 상대방과 인식을 공유하기 위해 그 대상의 주요한 특징에 주목하여 위와 같은 방법으로 화자와 청자가 인식을 공유하게 된다. 이 대화에서 A의 여성이 주목하고 있는 남성을 상대방인 B의 여성이 인식을 하지 못하자 신체의 일부인 머리에 주목하고 그 특징으로 [빨간색모자]에 주목하여 상대방과 인식을 공유하게 됨을 알 수 있다. 그 후 주목 대상에 대한 인식을 공유하고 나서 B의 여성이 자신의 타입이 아니라고 평가를 달리하며 A의 여성과 동일하게 신체적 특징으로 [반바지] 착용에 주목하여 대상의 인식을 공유하려 하고 있음을 알 수 있다. 즉, 주목하고자 하는 대상의 신체 일부(모자, 바지)에 주목하고 초점의 대상(사람 전체)에 대해 커뮤니케이션의 참여자와 인식을 공유 가능하게 되는 것이다.

과연 인간의 공통적인 인지 능력인지 일본어의 예도 살펴 보기로 하겠다.

　5) 今日、<u>いっぱい</u>やろうか。

한국어모어화자라면 위의 예문에서 「いっぱい」가 어떤 의미로 사용되고 있는지 쉽게 이해를 할 수 있을 것이다. 왜냐하면 한국어로 [오늘 한 잔 할까]라는 의미가 [오늘 술을 마시자]는 제안의 의미로 동일하게 사용되어 질 수 있기 때문이다. 한국어나 일본어나 [한 잔(いっぱい)]이 콜라, 사이다, 생수, 오렌지 주스 등등 여러 가지 음료수들 중에서도 [술]을 가르키고 있다는 것을 한국어모어화자뿐만 아니라 일본어모어화자도 [한 잔]과 [술]의 관련성을 이해하고 있기에 그 의미 해석이 가능한 것이다. 즉, [한 잔] 마실 수 있는 음료수의 종류는 위에서 열거한 바와 같이 많은 종류의 것들이 있으나 그 중에서도 [한 잔]과 관련된 음료수는 [술]에 한정되어져 있다는 것을 우리는 직접적이든 간접적이든 경험을 통해 알고 있어 이러한 [일상적인 경험]이 의미 해석에 작용하여 그 의미를 이해할 수 있는 것이다. 위에서 메토니미를 성의한 바와 같이 누 사물 또는 개념 사이의 [인접성(신체일부와 사람전체)] 또는 [관련성(한 잔과 술의 한정적 관계)]을 근거로 의미가 확장되어 있다는 것이 충분히 이해될 것이다.

<메토니미의 인지적기반>

메토니미의 인지적 기반은 [참조점 능력]이다. [참조점 능력]이란 어떠한 사물을 파악하거나 가리킬 때에 그 대상을 직접 파악하는 것이 곤란할 경우, 보다 파악하기 쉬운 다른 대상이나 이미 잘 알려진(또는 커뮤니케이션에 참가하고 있는 참가자 모두가 알고 있는) 것을 참조점으로 활용하여 본래 파악하고자 하는 대상을 파악하고 이해하는 인지능력을 말한다.

우리가 흔히 길을 모르는 사람에게 길을 설명해 줄 때의 상황을 떠 올리면 [참조점 능력]을 쉽게 이해할 수 있을 것이다. 다음의 대화를 통해 우리가 일상적으로 [참조점 능력]을 발휘하여 커뮤니케이션을 하고 있다는 것을 확인해 보도록 하자.

6)  A: 저...길 좀 물어보겠는데요. 이 근처에 우체국 없나요?
    B: 우체국이라... 저기 편의점 보이시죠?
    A: 네, 저기 편의점.
    B: 편의점 오른쪽으로 한 100미터 정도 가시면 우체국이 있을 겁니다.
    A: 감사합니다.

위의 상황은 길을 설명하는 B가 목적지인 [우체국]의 위치를 직접적으로 설명하기 어려운 상황이여서 길을 물어보는 A와 우선 [편의점]의 위치로 정보를 공유한 후, [편의점]의 위치를 [참조점]으로 하여 목적지인 [우체국]의 위치까지 설명하는 일반적인 길 안내의 상황이다. 이와 같이 우리는 구체적이든 추상적이든 직접적으로 파악하기 어려운 대상일 경우, 상대방과 같이 파악하기 쉬운 대상을 통해, 즉 [참조점]으로 삼아 파악하고자 하는 최종 목적물 또는 목적지를 파악하고 있다. 이러한 것이 바로 우리 인간에게 갖추어져 있는 [참조점 능력]인 것이다.

또한 [참조점]은 파악하고자 하는 대상보다도 눈에 띄어 파악하기 쉬운 존재가 참조점이 되는데 구체적으로 이하의 것들이 참조점이 되기 쉽다고 한다.

[상대적으로 참조점이 되기 쉬운 것]
(인간이외의 것 보다도) 인간. [쇼팽을 감상한다(쇼팽(인간))→쇼팽의 작품]
(부분보다도) 전체.[선풍기가 돌고 있다(선풍기(전체))→선풍기 날개(부분)]
(추상물보다도)구체적인 것.[안색을 살피다(안색(구체적인 것))→상대방의
기분(추상물)]

지금까지 우리가 일상적인 커뮤니케이션에서 자신이 알게 모르게 사용하고 있는 주요한 비유의 3종류인 [메타포][시네크도키][메토니미]를 살펴 보았다. 또한 이러한 비유를 사용 가능케 하는 [인지적기반]도 함께 살펴 보았다. 이러한 비유를 통해 확장된 의미를 이해하고 운용하게 하는 인지적 능력, 즉, [비교하여 유사성을 발견할 수 있는 능력][한 대상을 여러 레벨에서 취할 수 있는 능력][직접 이해하고 진달하기 어려운 대상을 전딜 또는 이해하기 위해 참조점을 이용하는 능력]들이 우리 인간에게 갖추어져 있는 능력이라는 것을 일본어와 한국어의 구체적인 예를 통해 이해할 수 있었다.

## ▌3  「つける」의 의미확장

다음에서는 위에서 살펴 본 비유와 인지능력이 어떻게 의미 확장에 발휘되고 있는지 일본어의 「つける」의 다양한 의미를 통해서 그 의미 확장의 원리와 여러 의미 사이의 관계에 대해 검토해 보기로 하겠다. 검토는 「つける」의 각각의 의미용법에 대한 한국어와의 대응관계로 살펴보는 것이 아니라 「つける」의 다양한 용법은 기본적인 의미로부터 이유 있고 타당한 동기 부여에 의해 의미가 확장되어 있고 연결되어져 있다는 인지의미론적 생각을 전제로 하고 의미성립의 배경(필자의 용어로는 言外의 条件)을 살펴 보기로 하겠다. 이를 통해 일본인이 어떠한 감각으로 「つける」를 사용하고 있는지 그 감각을 익혀 보기로 하자.

8) a. *体を壁につける。*
   b. *窓ガラスに顔をつける。*
   [固定対象(壁、窓ガラス)] [移動物(体、顔)]


「つける」의 일본어 어휘 체계 내에서의 그 위치를 먼저 생각해 보고 그 세부적인 개념을 알아 보자. 「つける」는 「いれる」 「うつす」 「そえる」 「はる」 등과 같이 [주체]가 어느 [대상]에 대해 이동을 행하는 [移動動詞] 중의 하나이다. 「つける」가 다른 동사들과 구별되어지는 기본적인 의미 개념은 상기의 예문으로부터 [주체]가 어떤 [고정되어져 있는 대상(또는 장소)]를 향하여 [이동물]을 [접촉] 또는 [접합]시키는 행위 개념임을 추출할 수 있다. 이것을 「つける」의 [基本義]로 정의하겠다.

이하에서는 이러한 [基本義]를 바탕으로 의미가 어떻게 확장되어지고 의미와 의미 사이에 어떠한 관련성이 있는지, 그리고 의미와 의미 사이에 관련성을 맺게 해주는 것은 무엇인지를 밝혀 일본어모어화자의 「つける」의 사용 감각을 살펴보기로 하겠다.

인지의미론에서는 보통 인간의 직접적이든 간접적이든 경험에 의해 형성되어진 어떠한 의미 개념을 이미지스키마(Image Schema)라고 하는데 이 글에서는 분석을 좀 더 이해하기 쉽게 하기 위해 이미지스키마(Image Schema)의 하위적인 개념으로 어느 한 단어의 [의미구성개념](막연하고 불분명한 이미지와는 달리 그 이미지를 구성하는 요소가 확정되어져 있다는 의미로 [이미지]와 구별하기 위해 [의미구성개념]이라는 용어를 사용한다)과 그 개념구성에 참가하는 것들을 [개념구성요소]라 하고 설명해 나가기로 하겠다.

우선, 의미가 어떻게 확장되어 가는지 검토하기 전에 「つける」의 기본적인 개념 구성 요소들을 확인하도록 하겠다. 「つける」의 기본적인 개념 구성 요소는 가장 전형적이고 물리적인 이동을 나타내고 있는 상기 예문들을 통해 알 수 있듯이 대상의 이동을 행하는 [주체], 주체에 의해 이동이 되어지는 [이동물], 그리고 이동물의 [이동하는 곳]으로 이루어져 있는데 이것은 움직이지 않고 고정 되어져 있는 성질의 것이다. 이것을 [고정대상(또는 장소)]라 하겠다. 그 이동의 결과는 [이동물] 또는 [고정대상(또는 장소)]의 성질에 따라 [접촉]

(이동물과 고정대상이 사이에 공간이 전혀 없는 상태) 또는 [접합](이동물과 고정대상이 이동결과 결합되어 一体가 되어져 있는 상태)이 있을 수 있다.

의미 확장에 있어서 주목해야 할 것은 [이동물]과 [고정대상(또는 장소)]이 어떠한 성질을 갖고 두 [개념구성요소] 가 어떠한 관계에 있는가 하는 점이다.

> 9) a. シャツにボタンーをつける。
> b. ドアに鍵をつける。
> c. 犬の首に鎖をつける。
> d. ネックレスをつける。

9)a-d는 [그 자체만으로 사용/이용 가능한 대상에 대해 무엇인가를 부착시킴으로 좀 더 좋은 상태로 한다]는 공통성을 가시고 있나. 이 용법은 [이동]의 성질 면에서 [基本義]와 그 성질을 달리하고 있다. [基本義]에서의 이동은 단순한 [접촉] 또는 [결합]이지 그 이상도 그 이하도 아니다. 위에서도 강조했듯이 확장된 의미에서는 [이동물]과 [고정대상(또는 장소)]이 어떠한 성질을 갖고 있는지, 두 [개념구성요소] 가 어떠한 관계에 있는가에 주목해야 한다. 즉, [窓ガラスに顔をつける]에서처럼 [이동물]은 단순한 이동일 뿐이다. 그러나 9)a-d의 확장된 의미에서 [이동물]은 [고정대상(또는 장소)]에 대해 그 대상을 좀 더 좋은 상태로 해 주는 [기능(사용하기편하게(ボタンー、鍵、鎖), 좀 더 아름답게(ネックレス))]을 하는 성질의 것들이라는 점에서 [基本義]와 구별되어진다. 이러한 확장을 가능하게 해 주는 것은 앞에서 검토한 바와 같이 인간의 [유사성]인식 능력에 의한 것이며 [基本義]와 확장된 의미는 [메타포]에 의한 확장임을 알 수 있을 것이다.

이상을 통해 [이동물]이 [고정대상(또는 장소)]을 좀 더 좋은 상태로 만드는 [기능]을 갖고 있나는 섯을 확인할 수 있있다. 이러한 [이동물]의 [기능]이 좀 더 세분화되어 다음과 같이 확장된다.

다음의 확장된 의미는 [[고정대상(또는 장소)]이 [이동물]의 부착으로 인해 미확정 상태에서 확정상태로 된다]라는 공통성을 가진다. 여기에서 [미확정 상태에서 확정 상태가 된다]라는 말은 같은 종류의 다른 것([고정대상(또는 장소)])들과 구별이 되지 않는 상태에서 구별이 될 수 있는 상태로 된다는 말로 바꾸어 말 할 수 있다. 즉, [이동물]의 결합으로 [고정대상(또는 장소)]의 성격이 규정되어 다른 동류(同類)의 것들과 구별되게 되는 것이다.

> 10) a. 服に名札をつける。
> b. 商品にラベルをつける。

위의 예들은 종래의 외국어사전이나 일본의 국어사전의 의미기술을 보면 옷이나 상품에 이름표나 라벨을 [부착]정도의 행위로 설명되어져 있다. 그러나 필자의 분석으로는 그런 [부착]정도의 단순한 의미가 아니다. 즉, [基本義]로부터 [유사성]인식에 의해 확장되어진 것으로 상기 예들은 공통적으로 [이동물(名札、ラベル)]에 의해 [고정대상(服、商品)]이 같은 종류의 대상들(服、商品)과 구별되기 위한 부착(결합)이라 분석 될 수 있다. 즉, 옷에 이름표를 붙이는 것은 다른 똑같은 옷과 헷갈리지 않도록 하기 위한 것이고 상품에 라벨을 붙이는 이유도 그 상품이 같은 종류의 상품들과 구별되어지기 위해서이기 때문이다. 따라서 이 용법에서의 [이동물(名札、ラベル)]의 [기능]은 [같은 종류의 대상들(服、商品)과 구별]함에 있음으로 규정할 수 있을 것이다. 즉, 부착시키기 전의 미확정상태의 것을 이름표나 라벨을 부착함으로 같은 종류의 대상들과 구별할 수 있게 되는 것이다.

이 용법에서는 이름표나 라벨의 물리적인 이동이 실제로 일어난다. 실제 이동은 이루어지지 않으나 개념적 유사성의 인식을 바탕으로 추상적인 영역에 확장되어 다음의 용법으로 확장되어진다.

> 11) a. 子供に名前をつける。
> b. チーム名をつける。
> c. 小説のタイトルをつける。

상기의 예에서 [이동물]의 성질은 어떤 대상에 대해 [정의를 내리는 또는 규정짓는 성질]을 갖는 추상물인 [이름]이다. 이 용법도 [服に名札をつける]에

서와 같이 [어떤 대상이 다른 同類의 것들과 구별되어지기 위해 命名]되어지는
의미로 이해되어 질 수 있다. 세상의 다른 아이들과 구별되어지기 위해, 다른
여러 팀들과 구별되어지기 위해, 다른 여러 소설들과 구별되어지기 위해 추상
적인 [이름]이 부여되는 행위에 「つける」의 개념이 사용되어진 것은 [基本義]
에 대한 유사성 인식에 의해 확장되어진 것이 아니다. [基本義]와는 직접적인
관련성은 없고 [服に名札をつける]의 용법을 매개로 [유사성] 인식을 바탕으
로 추상적인 [命名] 용법이 성립되었다고 해석할 수 있을 것이다. 따라서 이
용법도 물리적 이동에서 추상적인 영역으로 [유사성]인식을 바탕으로 확장된
것이다.

> 12) a. 定価をつける。
>     b. 点数をつける。
>     c. 順位をつける。

　상기의 예들도 [命名] 용법과 거의 동일한 발상에서 확장되어진 의미이다.
어느 대상([고정대상])이 전체 대상 속에서 수치적인 위치를 부여받아 구별되
어지는 것뿐이다. 이 용법도 추상적인 [이동물(숫자:가격,점수,등위)]에 의해
다른 대상들과 구별되어짐에는 변함이 없으나 그 구별의 개념이 [수치적인 위
치개념] 속에서의 구별이 이루어진다는 점에서 조금 성격을 달리하고 있는 것
이다. 따라서 이것도 [命名] 용법과 동일한 발상을 바탕으로 하고 있다는 것이
이해될 수 있을 것이다.
　지금까지 [基本義]로부터 확장된 용법들 중에 [[고정대상(또는 장소)]이 [이
동물]의 부착으로 인해 미확정 상태에서 확정상태로 된다]는 공통성을 갖는
용법들을 대상으로 [유사성]인식이라는 관점에서 그 확장관계를 살펴 보았다.
다음에 살펴 보는 용법은 어떤 행위가 [종료한다]는 추상적인 의미에 상기의
[미확정 상태에서 확정상태]로 하는 개념이 유사하다고 인식되어 확장이 이루
어진 것이다.

13) a. もめごとの始末をつける。
  b. 勝負をつける。
  c. 問題に決着をつける。

상기의 예에서 [종결을 필요로 하는 행위 내용(もめごと、ゲーム、問題)]이 [고정대상(또는 장소)] 으로, [종결(始末、勝負、決着)]을 의미하는 명사가 이동하는 [이동물]로 파악되어져 있다. 종결하고자 하는 추상적인 행위 내용(もめごと、ゲーム、問題)에 대해 [이동물]을 부착하는 구체적인 행위 개념로 파악되어져 [어떤 사태를 종결한다]는 의미로 확장된 것으로 이해되어진다. 따라서 이 용법은 어느 한 용법에 대한 유사성에 의해 확장된 것이 아니라 지금까지 검토해 온 [이름표부착][命名] [数値的位置] 등 일련의 구체적인 용법들이 [[고정대상(또는 장소)]이 [이동물]의 부착으로 인해 미확정 상태에서 확정상태로 된다]라는 추상적인 [이미지스키마]를 형성하고 그렇게 형성되어져 있는 [이미지스키마]에 [종결한다]는 추상적인 개념을 적용하여 확장되어진 용법이다.

이상의 분석을 통해 [基本義]로부터 유사성인식에 의해 어떻게 의미가 확장되어지고 각각의 의미 사이에 어떠한 관련성이 있는지 살펴 보았다. 다음으로 상기의 용법들과는 성격을 달리하나 확장에 있어 유사성 인식과 관련성 인식이 의미확장에 관여하는 용법들을 살펴보기로 하겠다.

다음의 예들은 앞서 살펴 본 [基本義]로부터 유사성인식에 의해 확장되어진 것들이다.

14) a. 火をつける。
  b. 灯りをつける。
  c. ガスをつける。

상기의 예들은 공통적으로 [빛을 발하게 하는 행위]를 나타내고 있다. 즉, 주체의 [発火]행위에 의해 [고정대상(또는 장소)]에 [이동물(불,빛)]이 [부착]되어져 있는 상태를 나타낸다. 여기에서 중요한 것은 이 상태가 불이 붙는 곳([고정대상(또는 장소)])과 물리적인 이동은 이루어지지 않으나 마치 이동된 것처

럼 파악되는 [이동물(불,빛)]이 시각적으로 경계를 이루며 부착되어져 있는 상
태라는 점이다.

> 15) a. ラジオをつける。
>     b. テレビをつける。
>     c. クーラーをつける。

위의 용법들은 모두 공통적으로 [전자제품을 작동하게 하는 행위]를 나타내
고 있다. 즉, 이것들은 라디오나 텔레비전이나 에어컨을 어딘가에 부착시키는
행위가 아니라 전원을 넣음으로 전자제품이 작동되는 상태를 나타내고 있다.
이 용법은 [発火]용법으로부터 유사성 인식에 의해 확장되어진 것이며 동시에
명사의 의미들은 [부분과 전체]의 인식을 근거로 하는 [메토니미]에 의해 확장
되어져 있다. 좀 더 구체적으로 설명하면 전자제품자체가 [고정대상(또는 장
소)]이며 주체의 전원을 넣는 행위로 인해 전자 제품의 작동을 표시하는 램프
가 [이동물]인 것이다. 따라서 전자제품에 불이 들어와 작동되는 상태, 즉 [고
정대상(전자제품)]에 [이동물(램프의 불)]이 부착되어져 있는 상태가 상기의
[発火]용법과 유사하다고 인식되어 확장된 것이다. 상기에서 라디오, 텔레비전,
에어컨 등 전자제품[전체]가 아니라 라디오의, 텔레비전의, 에어컨의 불이 들
어오는 램프[부분]에 불이 들어오는 것을 가르키기 때문에 이 용법의 목적어는
모두 [부분과 전체]의 인식에 의한 [메토니미]에 의해 확장되어져 있다는 것으
로 이해될 수 있을 것이다.

따라서 [전기를 통하게 하여 전자제품이 작동하게 하는 행위 일반]에 대하
여 일본어로「つける」가 사용되어지게 됨에는 [基本義]로부터 직접 확장되어
진 것이 아니라 [불을 어딘가에 붙이는 発火행위]가 그 의미 확장의 근거로
작용하고 있다는 것이 이해될 것이다.

마지막으로 유사성에 의한 의미 확장관계에 있는 예를 살펴 보기로 하겠다.

다음의 예도 [基本義]로부터 직접 확장되어진 것인데 이 용법들에서 주목해
야 할 점은 [고정대상(또는 장소)]은, 그 [표면]이 프로파일(Profile)되며 [표면]
은 [깨끗한 상태]와 [일정한 범위]의 성질을 가져야 한다는 점이다. 프로파일

(Profile)된다는 말은 다른 요소들에 비해 더더욱 [두드러진다]라는 의미로 이해하면 될 것이다. 그리고 [이동물]은 결과적으로 [깨끗하고 일정한 범위] 속에서 線的인 모양으로 시각적으로 눈에 띄며 추상적인 [이동물]인 「折り目」「印」와 같은 것들은 [기억하기 위한] 자국들이다.

> 16) a. 机に傷をつける。
> b. 紙に折り目をつける。
> c. 目盛に印をつける。

이상의 예들은 공통적으로 위에서 말한 바와 같이 [깨끗하고 일정한 범위]를 나타내는 [표면]에 의도하든 의도하지 않든 시각적으로 線的인 모양의 것이 [부착]되어져 있는 상태를 나타내고 있다. 이러한 용법에 대해 개념적으로 유사하다고 인식되어져 다음의 [기록]의 용법으로 확장되어지게 된다.

> 17) a. 日記をつける。
> b. 記録をつける。
> c. 帳簿をつける。

필자는 일본어 초급 시절 [일기를 쓰다]가 일본어로 「日記を書く」가 아니라 「日記をつける」인지 도무지 이해할 수 없었다. 일본사람들은 일기장에 다른 종이에 일기를 써서 그것을 붙이는 것으로 내 멋대로 이해해 버리고 말았다. 분석을 해 보니 일본인의 감각은 그런 것이 아니였다. 필자처럼 대부분의 한국어를 모어로 하는 학습자는 명사에 주목하여 그 동사와의 상관성을 생각하게 된다. 상기의 예들을 이해하기 위해 목적어인 [명사]에 주목한다면 일본어 모어화자가 어떤 감각으로 사용하는지 전혀 이해 할 수 없을 것이다. 이들의 용법은 공통적으로 주체가 깨끗하고 일정한 범위의 성질을 갖는 노트와 같은 [기록매개물]에 대하여 [기록으로써의 성질을 갖는 동일한 내용]을 기록하는 행위를 일회 이상 반복적으로 행한다는 의미로 「つける」가 사용되어졌다는 것을 알아야지만이 이해될 수 있는 것이다. 부연 설명하자면 한국어는 어떠한 내용을 필기도구로 필기하는 행위에 중심을 두어 [일기를 쓰다]라고 표현하지만 일본어에서는 필기 행위에 초점이 맞추어져 있는 것이 아니라 일기장이라는 [기록매개물]에 [일상생활의 기록]이라는 동일한 성질의 것을 반복적으로 [부착]해 간다는 감각으로 사용하고 있는 것이다. 상기의 예들의 감각을 좀 더 알기 쉽게 이해하자면 종이 한 장에 동일한 종류의 포스트잇을 반복적으로 붙여가는 이미지가 「日記をつける」「記録をつける」등의 감각으로 이해된다.

이상 「つける」의 모든 용법은 아니지만 주요한 용법들을 통해 일본어 모어화자들이 어떤 감각으로 사용하고 있는지 살펴 보았다. 「つける」의 의미의 확장이 어떤 원리로 확장하고 의미와 의미 사이에 어떤 관계가 있는지 살펴 봄으로써 어느 정도 일본어모어화자와 같은 감각으로 이해하고 운용할 수 있는 감각을 익혀 보았다. 지면의 제약으로 검토해 보지 못한 다른 용법들도 인지의미론적 관점에서 충분히 설명되어질 수 있다. 나머지 용법들의 검토는 필자와 독자들의 과제로 남겨 두기로 하겠다.


## 맺음말


이상, 이 글에서는 단어의 [의미확장] 문제를 살펴 보기 위해 주요한 3종류의 비유와 그 인지기반을 이해한 후, 한 단어가 여러 가지 의미를 갖게 되는 [의미확장]에 대해 인지의미론의 관점에서 「つける」의 전체는 아니지만 주요한 용법들을 통해서 의미확장의 동기와 의미와 의미 사이의 관련성에 대해 살펴 보았다. 분석을 통해서 의미가 확장하는데 우리의 인지능력이 크게 관여하고 있다는 것을 알 수 있었으며 그와 동시에 인지의미론적 관점에 의한 분석 결과들은 모어화자와 거의 동일한 감각으로 이해와 운용를 가능하게 해 줄 수 있는 것들이라는 것을 확인할 수 있었다. 따라서 대조의미론에 있어서 인지의미론의 관점은 양자의 용법 상의 차이가 아니라 [감각]의 차이를 [객관적]으로 설명할 수 있는 매우 유효하고 매력적인 관점이라 할 수 있겠다.

# 04 「괜찮다」와 「大丈夫」의 다의성

박유자

## 들어가는 말

겨울연가의 폭발적인 인기로부터 시작된 일본에서의 한류열풍을 타고 요즘 일본에서는 그 어느 때보다 한국에 대한 관심이 높아지고 있고, 그에 따라 우리나라 관련 서적들도 많이 출판되고 있다. 그러한 가운데 일본인에게 한국인에 대한 일반적인 이미지를 물으면 한국인들은 무엇이든 「괜찮아요」라는 말로 대답하고, 심지어는 한국인들의 독특한 「괜찮아요 주의」 [구로다黑田, 2006:39] 라고 이름을 붙여, 그것을 마치 한국인의 전체적인 성격인 것처럼 묘사하기도 한다. 그것은 일본인의 시각으로 보면 한국인 입에서 이 「괜찮다」라는 말이 너무나 빈번하게 나오고, 또한 일본인의 감각으로는 그 말을 사용하기에 적합하다고 생각되지 않은 상황에서도 「괜찮아요」라는 말을 사용하는 경우가 있기 때문이라고 할 수 있다.

한국인이 자주 쓰는 이 「괜찮아요」라는 말은 이제 일본에서는 한국문화를 집약한 단어인 것처럼 생각되고 있고, 그 말에는 한국인의 넓은 성품과 낙천적인 성격이 반영되고 있는 반면, 반대로 한국인의 무책임하고 매사를 대강대강 넘어가려는 성격을 반영하고 있는 것도 부인할 수 없다(김유홍, 2002:62). 따라서 어떤 의미에서는 외국인들이 갖는 한국인의 이미지의 일부분을 상징하는 말 중 하나라고 말할 수 있을 것이다.

또한 이 「괜찮다」는 말은 사용되는 범위가 넓고, 여러 상황에서 사용된다. 그중에서도 일본인의 눈에 가장 이해하기가 어려운 「괜찮다」라는 말은 예를 들어 식당 같은 곳에서 물을 엎지른 장본인이 「괜찮아요」라고 말한다는 것이다. 보통의 경우 피해를 입은 쪽이 사과한 사람에게 「괜찮아요」라고 말하지만, 한국에서는 간혹 피해를 입힌 쪽이 자신의 피해를 입은 사람에게 「괜찮아요」라는 말을 쓴다는 것이다(김유홍, 2006:63). 그런 상황에 접한 일본인에게는 이 「괜찮아요」라는 말이 도무지 이해가 안 되고, 뭔가 무책임하고 그 책임을 인정하려고 하지 않고 회피하는 것처럼 보인다.

「괜찮다」라는 말은 일반적으로 일본어로 번역되는 경우, 「大丈夫、平気、気にしない、問題ない、構わない、心配いらない」 등의 뜻으로 번역되지만, 일본어로 그 뜻을 정확하게 정의를 내리기에는 어려운 면이 있다고 한다(오노 大野, 2002:191). 그 이유는 역시 우리말의 「괜찮다」라는 말에 내포되어 있는 뜻이 다양하고 그 범위가 넓기 때문이다.

실제로 필자의 지인인 일본인이 3박4일의 한국에서의 홈스테이 기간 중에 가장 먼저 외운 말이 바로 이 「괜찮아요」라는 말이라고 했다. 이 말을 듣고 필자는 우리말의 「괜찮다」와 일본어의 「大丈夫」의 뜻이 반드시 일치하지 않고, 「괜찮다」에는 일본어의 「大丈夫」보다 훨씬 넓고 다양한 기능이 있다는 생각이 들었다.

따라서 이 글에서는 여러 가지 상황에서 사용되고 있는 「괜찮다」의 기능을 먼저 분석하고 그것을 「大丈夫」와 비교하면서 어떤 상황에서 어떤 기능을 지니고, 또한 어떤 차이가 있는지 그 다양성에 대해 고찰해보고자 한다.

## ▌1  「괜찮다」와 「大丈夫」의 사전적 의미 및 연구자료

### ➊  「괜찮다」와 「大丈夫」의 사전적 의미

「괜찮다」와 「大丈夫」가 실제로 어떤 기능으로 사용되고 있는가를 살펴보기 전에 본래 사전적 의미를 찾아보면 다음과 같다.

먼저 「괜찮다」는 『朝鮮語大辞典』에는 「かまわない即ち ①まあまあだ(쓸쓸하다), まずまずだ, 悪くない ②差し支えない, よい(좋다)」라고 번역이 되어 있고, 『우리말큰사전』에서는 「①표준보다 나쁘지 아니하다 ②걱정하거나 꺼릴 것이 없다 ③별 탈 없이 무사하다」라고 되어 있다.

한편 「大丈夫」를 『広辞苑』에서 찾아보면 「①堅固なさま②しっかりしているさま③確かなさま④あぶなげないさま」로 설명하고 있으며, 『日本語用例大辞典』에는 「①しっかりしていて、あぶなくないようす②間違いがないと、固く信じているようす」라고 되어 있다.

### ➋  연구자료

가능한 한 실제 생활의 여러 장면에서 사용되고 있는 용례를 모으고, 그 기능을 분석하기 위해 한국어자료로는 「겨울연가」를, 일본어 자료로는 「4月物語、シコふんじゃた, LOVE LETTER, Shall we ダンス?」를 분석 자료로 하기로 했다. 여기서 이들 자료를 선택한 이유는 각각 한국어 일본어번역이 있는 것을 대상으로 하여, 사용되고 있는 단어가 어떻게 번역되어 있는지도 함께 살펴보려고 하기 때문이다. 아래 위의 자료의 속성을 도표로 정리했다.

<표1> 분석자료 속성

| 자료제목 | 시간 | 제작년도 | 감독 |
|---|---|---|---|
| ４月 物 語 | 67分 | 2000年 | 岩井俊二 |
| シコふんじゃた | 102分 | 2000年 | 岩井俊二 |
| LOVE LETTER | 114分 | 2000年 | 周防正行 |
| Shall we ダンス? | 136分 | 2000年 | 周防正行 |
| 겨울연가 | 총20회 | 2003年 | 安岡明子 번역 |

## ▮2   선행연구와 연구동향

이번에 다루기로 한 「괜찮다」와 「大丈夫」의 의미 분석연구는 찾아 볼 수가 없었지만, 근래에 와서 일본어의 언어행동에 관한 전반적인 연구는 활발히 이루어지고 있다. 또한 우리나라에서도 한일언어행동의 비교 분석은 많이 연구되고 있다. 그중에서도 특히 감사, 사과, 의뢰, 칭찬 등 구체적인 담화 속에서 양국어의 언어행동의 차이를 비교하는 연구는 폭넓게 이루어지고 있다. 그 이유는 그러한 연구가 실제 일본어교육 현장에서 학생들을 지도함에 있어서 참으로 중요한 자료가 되는 것과 동시에 서로의 문화를 이해하고 알아가는 데에 있어서도 큰 역할을 하기 때문일 것이다.

앞으로도 이 분야의 연구는 지속적으로 발전해 나갈 것이라 예상된다.

## 3 「괜찮다」의 기능분류와 실례

### ❶ 「괜찮다」의 기능분류

「괜찮다」의 용례를 수집하고 그것을 구체적으로 분류하는 단계에서 그 구분이 애매하고 어려운 점도 있었지만 자료의 발화 장면에 따라 나타나는 예를 집계, 분류한 결과 다음 표2와 같이 11개의 기능으로 분류할 수가 있었다.

<표2> 「괜찮다」의 기능분류

| 기능분류 | 괜찮다 |
|---|---|
| 1 | 인물의 평가·물건 등의 상태가 우수하다 |
| 2 | 배려·헤아림 |
| 3 | 지장이 없다·문제가 없다 |
| 4 | 사양·거절 |
| 5 | 몸 상태 |
| 6 | 격려·위로 |
| 7 | 허가 |
| 8 | 안부 |
| 9 | 책임회피·얼버무림 |
| 10 | 사과에 대한 대답 |
| 11 | 감사에 대한 대답 |

위와 같이 나타나는 기능을 분류할 때 그 경계선이 매우 애매하고 어려운 것들이 있었는데, 특히 2, 3, 4의 기능의 구별이 어려운 경우가 많았다. 그것은 크게 보면 모두 같은 범주 안에 들어간다고도 할 수 있기 때문이다. 하지만 위와 같이 기능을 분류한 이유는 3의 경우는 실제로 뭔가에 지장이 있거나 문제가 있거나 하지 않는다는 뉘앙스가 강한 경우이고, 4의 경우는 어떤 권유에 대한 완곡한 거절이나 사양을 의미할 때 여기에 해당되는 것으로 분류했다.

2는 그 외에 상대에 대한 배려하는 마음이나 헤아림 등의 뜻이 강한 경우는 여기에 해당되는 것으로 분류하였다. 또한 2에 관해서는 상대에 대해 배려하는 마음으로 묻는 경우와, 반대로 상대가 자신에 대해 느끼고 있는 심리적 정신적 부담을 덜어주려는 마음에서 비롯되는 경우의 2개로 나누어서 분류했다.

### ❷ 「괜찮다」와 「大丈夫」의 실례

### 1) 인물의 평가 · 물건 등의 상태가 우수하다

여기서는 인물의 평가 · 물건 등의 상태가 우수하다는 기능을 갖고 있는 「괜찮다」와 「大丈夫」의 실례를 보기로 한다.

<한국어 예>
1) 민형: …잠깐 쉬러 왔습니다. 날이 더 추워지면 얼음 낚시하는 것도 <u>괜찮겠는데요</u>.(ちょっと気晴らしにきてるんですよ。もう少し寒くなったら氷釣りも<u>いいでしょうね</u>。) (겨울연가)
2) 유진: 아까 강당에서 니가 쳐준 피아노곡 그거 "처음"이란 곡이라 그랬지? 피아노 정말 잘 치더라. 그리구 너 아까는 좀 <u>괜찮아</u> 보이던데?(さっきのあなた、ちょっとカッコ<u>よく見えたよ</u>。) (겨울연가)
3) 유진: 응, 프랑스 시골에 있는 학굔데… <u>괜찮을거 같아</u>. (ええ、フランスの田舎にある学校なんだけど…<u>よさそうなの</u>) (겨울연가)
4) 김차장: 이게 뭔데 밤샘까지 하냐…? 진행중인 일도 아닌데…근데 좋긴 좋다…(준상보며) <u>괜찮은데?</u> 실력이 녹슬지 않았어…?((ジュンサンを見て)ほう、<u>なかなかなもんで</u>…) (겨울연가)
5) 채린: 우리끼리 사귀는 것도 <u>괜찮지 않아?</u> 실연당한 사람들끼리 위로해 주면서…어때?(わたしたちが付き合うのも<u>わるくないんじゃない?</u>) (겨울연가)

이 기능은 「괜찮다」가 갖고 있는 기능의 특징적인 부분이라고 할 수 있기 때문에 자료에 나온 모든 예를 들어봤다. 여기서 볼 수 있는 예는 일본어번역이 「いい」「かっこいい」「なかなかなもの」「悪くない」와 같은 말로 번역되어 있는 것들이다. 이 기능은 「우수하다, 뛰어나다 」와 같이 「좋다」는 뜻으로 번역되고 있다. 반면에 이 기능을 갖는 「大丈夫」의 예는 없었다. 따라서 일본어의 「大丈夫」에는 「우수하다, 좋다」라는 기능은 없다는 것을 알 수 있다.

## 2) 배려·헤아림

여기서는 배려·헤아림의 기능을 갖고 있는 예를 살펴본다. 여기서는 앞에서 언급한 바와 같이 ⓐ상대를 배려하고 묻는 경우와, ⓑ상대가 자신을 배려하는 말에 대한 대답으로서의 2가지 기능으로 분류하였다.

<한국어 예>
1)상혁: 너…괜찮니…?　ⓐ
(君は大丈夫か?)　　　　　　　　　　　　　　　　(겨울연가)
2)상혁: 괜찮아. 많이 안 마셨어.　ⓑ
(大丈夫。そんなに飲んでないよ。)　　　　　　　(겨울연가)
3)미희: 너야 말로 정말 괜찮은거니?　ⓐ
(あなたこそ大丈夫なの?)　　　　　　　　　　　(겨울연가)

<일본어 예>
1) 阿部：あっ、少し早すぎましたか
晶子：ううん。大丈夫。ⓑ
(괜찮이요.)　　　　　　　　　　　　　　　(LOVE LETTER)
2) 照子：大丈夫?　ⓐ
(그래요)　　　　　　　　　　　　　　　　　　　(4月物語)
3) 青木：迎えにいかないで、迎え入れる。しめて。抱き合って。はい、左
向く。
金子：だっ、だっ、大丈夫ですか。ⓐ

(„괜„괜찮아요?)

(Shall we ダンス?)

상대를 배려하는 마음에서 비롯되는 경우와 상대의 배려에 대한 대답으로서의 용례를 찾아본 결과 「괜찮다」와 「大丈夫」 모두 그 예가 많았다. 앞에서 말한 바와 같이 이 기능의 경우 다른 기능과의 경계선을 긋는 것이 어려운 예도 많았지만, 상대의 배려에 대한 말의 경우는 상대가 갖고 있는 심리적 부담을 덜려는 마음이 강한 것을 알 수 있다. 또한 여기서 눈여겨봐야 할 것은 이 기능이 다른 자료에 비해 겨울연가에 유독 많이 나타났다는 점이다. 그것은 이 드라마에서 일관되게 볼 수 있는 인간적인 부드러움이나 배려, 그리고 특히 주연급 등장인물들의 섬세하고 부드러운 성품에서 비롯된다고 볼 수 있을 것이다. 그리고 바로 그런 점이 한류열풍의 불씨가 되었던 이 드라마에 일본인들이 열광하는 이유를 찾을 수 있지 않을까 생각된다.

### 3) 지장이 없다·문제가 없다

여기서는 지장이 없다·문제가 없다는 기능을 갖고 있는 예를 보기로 한다.

<한국어 예>
1) 유진: 사진으로 봤을 땐 잘 몰랐는데 여긴 구조 변경까지 할 필요는 없을 거 같아요.  골격은 그대로 살리고 마감재만 잘 처리하면 <u>괜찮을 거</u> 같은데요.

   (写真で見た時はよくわからなかったんですげと、ここは構造まで変える必要はなさそうです。骨格はそのまま活かし、仕上げさえうまく処理すれば<u>大丈夫</u>だと思います。)　　　　　　　(겨울연가)
2) 의사: 검사결과는 <u>괜찮지만</u>…그래도 의식이 돌아오길 기다려야 합니다.

   (検査結果は<u>問題ありません</u>が…意識の回復をまたなければなりません。)　　　　　　　　　　　　　　　　　(겨울연가)
3) 유진: 음악선생님이 말로는 빵점 준다고 했지만 노력한 흔적만 보이면 <u>괜찮을 거야.</u>

   (音楽先生、口では零点だっていったけど、<u>努力した跡さえみせ</u>

れば、_大丈夫_だと思う。)                              (겨울연가)

4)용국: 야, 상혁이가 <u>괜찮다는데</u> 니가 왜 난리야?
  (おい、サンヒョクが<u>いいって</u>言ってんのに、なんでおまえが大騒
  ぎするんだよ。)                                    (겨울연가)

5)상혁: 그런 생각 하지마. 내가 <u>괜찮다고</u> 했는데 무슨 상관이야?(そんなふ
  うに思うなよ。僕が<u>いいって</u>言ったんだから関係ないだろ。)
                                                  (겨울연가)

6)유진: 나, <u>괜찮아</u>. 다 지난 얘긴데…뭐…
  (わたしなら<u>平気よ</u>。もうすぎたことじゃない。)        (겨울연가)


< 일본어 예 >

1) 照子：せっかく作ってくれたのに、なんかあまっちゃったら申しわけな
       いでしょ。
  卯月：あ、<u>大丈夫</u>です。
  (아, <u>괜찮아요</u>?)                              (4月物語)

2) 部長：でしょう? 女の子だもんなあ。でもフライはこういうニセモノを
       使うから女の子でも<u>全然大丈夫</u>なわけ。
  (그렇지? 여자들은 그래. 그렇지만, "플라이"는 이런 가짜 미끼를
  사용하니까 여자도 <u>전혀 문제없지</u>.)            (Shall we ダンス)

3) 穴山：とりあえず、まわしの色については決まりはないから<u>大丈夫なん
       だが</u>、スマイリー、タイツはダメだ。外国籍だからといって、例
       外は認められないそうだ。 脱いでやってくれないか。
  (일단, 마와시 색깔에는 규칙이 없으니 <u>괜찮지만</u>, 스마이리 팬티는
  안 된다. 외국인이라 해도 예외는 인정할 수 없대. 벗어 주지 않을
  래?)                                           (シコふんじゃた)


  이 경우 「괜찮다」는 일본어로는 「大丈夫、いい、問題ない、平気」로 번역
되고 있다. 물론 여기서의 「いい」는 4.2.1 인물의 평가·물건 등의 상태가 우
수하다의 경우의 플러스이미지로서의 「いい」와는 다른 뜻이다. 또한 이런 경
우에 일본어로는 여러 가지 표현으로 번역되고 있는 것에 반해 우리말로는

대부분 「괜찮다」로 번역되고 있다. 이런 점에서 볼 때 일본인들은 다른 여러 가지 표현으로 말하는 데에 반해 한국인의 경우 「괜찮다」라는 한마디로 말해 버리는 성향을 엿볼 수가 있다. 따라서 이런 점도 일본인의 눈에서 볼 때 한국인들은 항상 「괜찮다」라는 한마디로 일을 끝내려고 하는 것처럼 보이는 요인 중 하나가 될 수도 있을 것이다. 그리고 그런 점들이 한국인들의 성격이 대체적으로 꼼꼼하지 않고 대충대충 일을 처리하는 것처럼 보이는 원인이 될 수도 있다는 생각이 든다.

## 4) 사양·거절

여기서는 사양·거절로서의 「괜찮다」와 「大丈夫」의 예를 살펴본다.

### <한국어 예>

1) 유진: 손 시려워 이것도 끼고 가.

　　준상: <u>괜찮아</u>!

　　　　（<u>大丈夫！</u>）　　　　　　　　　　　　　　　　　　　　（겨울연가）

2) 채린: 그래? 언제 우리 가게 들려. 웨딩드레스는 내가 꼭 만들어 줄테니까. 그럼 서울에서 또 보자. 아, <u>괜찮아</u> 나올건 없어.

　　　　（そう、そのうちブティックにも寄ってね。ウェディグドレス、必ず作ってあげるから。じゃ、ソウルでまた会おう。あっ、<u>いいわよ</u>、見送らなくて、）　　　　　　　　　　（겨울연가）

3) 관리인: 저! 어디다 두셨어요?

　　준상: <u>괜찮아요</u>. 제가 갖고 올게요. 여기선 저 혼자 찾아갈 수 있어요.

　　　　（<u>大丈夫です</u>。僕が取ってきます。ここなら僕一人でも探せますから。）　　　　　　　　　　　　　　　　　（겨울연가）

### <일본어 예>

1) 豊子：<u>大丈夫よ</u>。先生もう、もうちょっ、ちょっと休憩しょう。

　　　　（<u>괜찮아요</u>, 선생님. 이제, 이제, 조금 쉬도록 하죠. ）

　　　　　　　　　　　　　　　（Shall we ダンス）　2)杉山：青木さん。

　　金子：じゃあ僕は救急車を。
　　青木：いや、<u>大丈夫</u>。
　　　　　(아, 아냐, <u>괜찮아</u>)　　　　　　　　　　(シコふんじゃった)

　지면상 여기서는 시나리오에 나타나는 상대의 권유나 부탁 등을 모두 실을 수가 없어서 예문의 부분만을 발췌했지만, 스토리의 흐름 등을 고려하여 여기서는 권유에 대한 사양이나 거절로 해석되는 것을 여기에 포함시켰다. 일본영화의 한국어번역의 경우 모두 「괜찮다」로 번역되어 있지만, 겨울연가의 일본어번역의 경우는 「大丈夫」 외에 「いい」로 번역이 되어 있다. 이것은 일본어의 「いい」의 기능 중 사양이나 완곡한 거절의 기능이 있기 때문이라고 할 수 있다. 이 경우는 오히려 「大丈夫」 보다는 「いい」로 번역하는 것이 더 자연스럽다.

## 5) 몸 상태

　여기서는 몸 상태로서의 「괜찮다」와 「大丈夫」의 예를 살펴본다.

　＜한국어 예＞
1) 채린: 어어…꽤, <u>괜찮아</u>…민형씨 나 코트 입고 올게.
　　　　(ええ、だ…<u>大丈夫</u>。ミニョンさん…わたしコート着てくるわ。)
　　　　　　　　　　　　　　　　　　　　　　　　　　　(겨울연가)
2) 용국: 그래, 유진아. 니가 좀 도와주라. 아마 너만 돌아오면 <u>괜찮아질거야</u>.
　　　　그리고 상혁이 이대로 가면 완전히 폐인 될 거 같아. 응? 유진아.
　　　　(そうだよ、ユジン。おまえ、ちょっと助けてやれよ。たぶん、お
　　　　まえさえ戻れば<u>良くなる</u>と思う。)　　　　　　　　(겨울연가)
3)의사: 친자 확인에 100% 확률이란건 없습니다. 그렇지만 이 경우엔 거의
　　　　확실하다고 말씀드릴 수 있겠군요. <u>괜찮으십니까</u>?
　　　　(今回の場合はほぼ確実だと申し上げられますね。<u>どうかされまし</u>
　　　　<u>たか</u>?)　　　　　　　　　　　　　　　　　　　(겨울연가)
4)준상: 수술 받으면 <u>괜찮아질 수</u> 있는 겁니까?
　　　　(手術すれば<u>よくなる</u>可能性はありますか?)　　　　(겨울연가)

<일본어 예>

1) 金子 : あ、課長、<u>大丈夫ですか</u>。おい、久子、お前いい加減にしろよ。

  (아, 과장님 <u>괜찮으세요?</u> 이봐, 히사코, 이제 적당히 해.)

(シコふんじゃた)

2) 春子 : うっ！

  杉山 : あ、ごめんなさい、<u>大丈夫ですか</u>? すいません。ちょっと ダメ

  です。

  (아 미안합니다. <u>괜찮으세요?</u> 죄송합니다. 아무래도 안 되겠어요.)

(Shall we ダンス)

3) 林 : 礼！待ったなし。構えて！よーい、残った、残った、残った。勝

  負あり。

  秋平 : <u>大丈夫か</u>?

  (<u>괜찮아?</u>)

(シコふんじゃた)

이 경우는 상대의 몸 상태나 컨디션을 묻거나 자신의 몸 상태에 대해 대답하고 있는 경우이다. 신체적으로 이상이 있거나 그렇게 보이는 상대에게 묻는 형식으로 쓰는 경우가 많고, 자신에게 쓰는 경우에는 자신의 몸을 걱정하는 상대에게 이상이 없다고 말할 때 쓰고 있다. 예문만 봐서는 질문이나 대답의 내용이 몸의 이상에 대한 말인지 분명하게 드러나지 않는 예문도 있지만, 실제 장면에서는 몸 상태에 대해 묻거나 대답하고 있는 경우이다. 이 경우도 일본어 번역에 경우「大丈夫、良くなる、どうかされましたか」와 같이 다양하게 번역이 되어 있지만, 한국어번역의 경우「괜찮다」라고 번역이 되고 있다.

## 6) 위로・격려

여기서는 위로・격려로서의「괜찮다」와「大丈夫」의 예를 살펴본다.

<한국어 예>

1) 유진: 그래도 니가 준상이라는거 생각해 냈잖아. 좋아질거야. <u>괜찮아</u>.

  (それでも自分がジュンサンだってことを思い出したじゃない。

きっとよくなるはずよ. 大丈夫)                    (겨울연가)
2) 준상: 다…괜찮을거야.
    (すべてうまくいくよ。)                    (겨울연가)


＜일본어 예＞
1) 阿部粕 : 不動産屋の僕が保証します。あのいえが先にこわれますよ。妹
    : 大丈夫よ、姉さん。二人とも大丈夫。
    (괜찮을 거예요. 두 사람 다 무사할 거예요.)    (LOVE LETTER)
2) たまこ : 出した足を戻すのよ。大丈夫、大丈夫、もう一回、はい. う
    ん。(나왔던 발을 다시 제자리에. 괜찮아요, 괜찮아요. 다시 한
    번, 자, 응.)                          (Shall we ダンス)
3) たまこ : 僕には無理ですよ。あなたなら大丈夫。僕が保証する。
    (제게는 무리입니다. 당신이라면 괜찮아요. 내가 보증해요.)
                                      (Shall we ダンス)
4) たまこ : 豊子さんなら大丈夫。娘さんだって言ってたでしょ、豊子さ
    んはあなたが嫌いじゃなんだから。(도요코씨 라면 괜찮아요.
    따님도 말했잖아요. 도요코씨는 당신을 싫어하지 않으니까.)
                                      (Shall we ダンス)


  위의 예는 뭔가를 걱정하고 있거나 우려하고 있는 사람을 격려하고 위로하
고 있는 경우이다. 일본어번역에 「うまくいくよ」라는 번역이 나오기는 하지
만, 이 경우는 「괜찮다」와 「大丈夫」가 거의 동일한 뜻으로 사용되고 있는 경우
라고 할 수 있다. 다른 사람에게 용기를 북돋아주거나 격려할 때 쓰는 「괜찮다」
와 「大丈夫」의 기능은 거의 동일하다고 볼 수 있다.


7) 허가


여기서는 허가의 기능인 「괜찮다」와 「大丈夫」의 예를 살펴본다.


  ＜한국어 예＞
1) 상혁: 네. 아직 유진이하고 상의한건 아닌데요. 공부 좀더 하고 싶어서요.

<u>괜찮지</u> 유진아?

(ユジン、<u>いいだろ</u>?)　　　　　　　　　　　　　　　(겨울연가)

2) 상혁: 유학 가는거⋯<u>괜찮지</u>? 너도 전부터 공부 더하고 싶다고 했잖아.

(留学のこと⋯<u>かまわないだろ</u>?　　君ももっと勉強したいって言ってたじゃない。　　　　　　　　　　　　　　(겨울연가)

3) 상혁: 어⋯생각해 보니깐 중학교 동창한테 뭘 받기로 했는데⋯그냥 올라갈 뻔했다. 오늘 늦게 올라가도 <u>괜찮지</u>?

(今日、<u>戻</u>るのが遅くなっても<u>かまわないだろ</u>?)　　　　(겨울연가)

　　여기서는 일본어의 「大丈夫」의 예는 찾을 수 없었고 우리말의 「괜찮다」의 예만을 찾을 수 있었다. 이것은 일본어의 허가의 표현으로는 「大丈夫」 보다는 「いい」나 「かまわない」 쪽의 허가 표현을 사용하기 때문이라고 생각된다.

## 8) 안부

　　여기서는 다른 사람의 안부를 묻거나 자신의 안부를 전할 때 쓰는 「괜찮다」와 「大丈夫」의 예를 살펴보기로 한다.

<한국어 예>

1) 상혁: 어떻게 된거에요? 유진이 <u>괜찮아요</u>?

(どういうことです?ユジン<u>大丈夫</u>ですか。)　　　　　(겨울연가)

2) 유진: 찾지 못한 친구⋯채린이 찾아가봐⋯너 몸은 <u>괜찮은지</u>⋯생일은 어떻게 보냈는지⋯ 많이 궁금해 할거야.

(<u>友情</u>を取り戻していない<u>友</u>だち⋯チェリンを訪ねて見たら⋯あなたの<u>体</u>は<u>大丈夫</u>か⋯<u>誕生日</u>はどうやって<u>過</u>ごしあたか⋯すごくきにしているはずよ。)　　　　　　　　　　　　　　(겨울연가)

　　본인 혹은 제3자의 안부를 묻거나 대답하는 경우이다. 이 경우도 배려나 몸상태의 기능과의 경계가 애매한 예문이 있었지만, 여기서는 지금 그 자리에 없는 다른 친구의 안부를 묻는 경우와 여기에 없는 다른 친구가 눈앞에 있는 친구의 안부를 궁금해 하고 있는 것을 말하고 있는 예문이기 때문에 여기에 포함시켰다. 이 경우도 「大丈夫」의 예는 찾을 수 없었다.

## 9) 책임회피·얼버무림

여기서는 책임회피·얼버무림으로서의 「괜찮다」와 「大丈夫」의 예를 살펴보기로 한다.

<한국어 예>
1) 유진: …걔가 지금 많이 안좋은가봐요. 걔가 좀 바보 같은 데가 있거든요…내가 그거 아는데…시간이 지나면…아주 많이 시간이 지나면…<u>괜찮이지겠죠</u>?
(サンヒョクが今、すごく体調がよくないらしいんです。彼ったら、ちょっとばかみたいなところがあって…わたし、それをしっていたのに時間が経ったら…ずいぶん時間が経ったら…<u>立ち直れますよね</u>。) (겨울연가)
2) 유진: 상혁이…잘 견딜거에요. <u>괜찮아질거에요.</u>
(サンヒョクなら…乗り越えられると思います。きっと<u>よくなるでしょう</u>。) (겨울연가)

이 예는 자신이 문제의 장본인이고 잘못을 했음에도 불구하고 그 화살을 돌리거나 회피하려는 심리가 작용하고 있는 상황이다. 이 드라마에서 자신 때문에 상대가 엄청난 정신적 고통을 겪고 있는 것을 알면서도 자기마음대로 그것을 정당화하려는 심리가 엿보이는 장면이다. 이 경우는 일본어의 「大丈夫」의 예는 없고, 한국어의 「괜찮다」의 용례만을 찾을 수 있었다. 직접적인 말은 아니라고 해도 이런 경우에 쓰이는 「괜찮다」라는 말이 일본인에게는 자기 마음대로 일을 해석하는 것처럼 보이고 이해하기가 어려운 한국인의 말습관 중 하나가 될 것이다. 물론 일본어의 경우도 이러한 상황은 얼마든지 있을 수 있겠지만, 그럴 경우 여기에 있는 일본어 번역처럼 다른 표현을 쓰는 것이 일반적이라고 할 수 있다.

10) 사과에 대한 대답

여기서는 사과에 대한 대답으로의 「괜찮다」와 「大丈夫」의 예를 살펴본다.

<한국어 예>
1) 진숙: 참! 회사 사람들도 불러. 우리야 뭐 친구라고 해봤자 상혁이, 용국
이, 채린이, 준상이 그 정도…내가 또 주책이다…? 미안해…유진
아.
유진: 괜찮아…
(大丈夫よ)                                                      (겨울연가)

<일본어 예>
1) 杉山 : はい。ごめん。ごめん。すいません。
たまこ : 大丈夫よ。はい、はじめっから。はい。クイック、クイッ
ク、スロー… (괜찮아요, 자, 처음부터. 자. 퀵, 퀵, 슬로우…)
(Shall we ダンス)


여기서는 상대의 사과에 대한 대답이다. 이 경우는 「괜찮다」와 「大丈夫」의
기능이 동일하게 사용되고 있다고 볼 수 있다.

11) 감사에 대한 대답

여기서는 감사에 대한 대답으로서의 「괜찮다」와 「大丈夫」의 예를 살펴본다.

<일본어 예>
1) 男 : お疲れさま。
作業員1 : 大丈夫です。
(괜찮습니다.)                                                      (4月物語)

이 예는 상대가 수고했다고 말하는 것에 대한 답이지만, 그 말에 고마움이 들어있는 것으로 간주하고 여기에 분류하였다. 여기서는 「괜찮다」의 예는 찾을 수  없었지만, 일반적으로 한국어의 경우도 「고맙습니다」나 「감사합니다」와 같은 감사의 말에는 「천만에요」나 「괜찮아요」라고 대답하기 때문에 예는 찾을 수는 없었지만 한국어의 경우도 쓰이는 기능이라고 보는 것이 타당하다고 생각된다.

## ▌4 　결과분석

위의 결과를 표로 정리하면 다음 <표3>과 같이 된다.

<표3> 「괜찮다」와 「大丈夫」의 사용빈도

| 분류 | 기능 | 괜찮다 | 大丈夫 |
|---|---|---|---|
| 1 | 인물평가 · 물건상태가 우수함 | 5(5.9%) | 0 |
| 2 | 배려 · 헤아림 | 28(32.9%) | 5(20%) |
| 3 | 지장이 없다 · 문제가 없다 | 19(22.4%) | 3(12%) |
| 4 | 사양 · 거절 | 4(4.7%) | 3(12%) |
| 5 | 몸 상태 | 12(14.1%) | 4(16%) |
| 6 | 격려 · 위로 | 7(8.2%) | 8(32%) |
| 7 | 허가 | 3(3.5%) | 0 |
| 8 | 안부 | 4(4.7%) | 0 |
| 9 | 책임회피 · 얼버무림 | 2(2.4%) | 0 |
| 10 | 사과에 대한 대답 | 1(1.2%) | 1(4%) |
| 11 | 감사에 대한 대답 | 0 | 1(4%) |
| 총계 | | 85(100%) | 25(100%) |

<표3>의 결과에서 다음과 같이 정리할 수 있다.

먼저 우리말의 「괜찮다」와 일본어의 「大丈夫」의 예를 모아 분석한 결과 「괜찮다」는 11가지의 기능으로 분류할 수 있지만, 「大丈夫」는 「인물의 평가·물건 등의 상태가 우수하다, 허가, 안부, 책임회피·얼버무림」의 4개의 기능은 없었다. 즉 우리말의 「괜찮다」 쪽이 일본어의 「大丈夫」 보다 넓은 뜻을 갖고 있다는 것을 알 수 있었다. 그중에서도 특히 「책임회피·얼버무림」의 경우는 일본인에게는 자신의 잘못을 인정하거나 사과하지 않고 「괜찮아요.」라는 말 한마디로 넘겨버리는 것처럼 보이고, 한국인에 대한 이미지가 부정적으로 보일 수 있는 표현이 될 수도 있다.

또한 일반적으로 「괜찮다」와 「大丈夫」가 동일한 뜻이라고 여겨지고 있지만, 실제로는 조금씩 차이가 있었다. 그 예로서 우리말의 「괜찮다」에는 「좋다, 우수하다」는 뜻이 있지만, 「大丈夫」에는 그러한 뜻이 없었다. 앞에서 언급한 「책임회피·얼버무림」의 기능과 함께 「괜찮다」 만의 특징적인 기능으로 볼 수 있다. 또한 「허가」의 기능도 「大丈夫」에는 없었는데, 그것은 일본어의 허가표현의 경우는 「いい、かまわない」와 같은 다른 표현 쪽을 사용하기 때문이라고 말 할 수 있다. 참고로 「감사에 대한 대답」으로서의 예는 「괜찮다」의 한 예만 있었지만, 실제로는 우리말에서도 쓰이는 기능이라고 할 수 있다.

또한 위의 표에서 「괜찮다」는 「지장이 없다·문제가 없다」의 기능이 나타나는 빈도가 2번째로 높았는데, 일본어의 경우 이 빈도는 비교적 낮았다. 이 빈도의 차이도 「괜찮다」와 「大丈夫」의 전반적인 이미지의 차이를 낳게 하는 요인 중의 하나라고 생각된다. 한편 「大丈夫」는 「격려·위로」의 빈도가 가장 높고, 「배려·헤아림」의 빈도는 양쪽 모두 높았다.

이와 같이 여러 가지 장면에서 「괜찮다」가 자주 사용되고 있어서 일본인의 눈으로 보면 한국인들은 자신의 잘못이든 상대의 잘못이든 별로 신경 쓰지 않고 그냥 넘어가고, 그것이 때로는 마음이 넓고 낙천적으로 보이기도 하지만, 반대로 매사에 정확하지 않고 무신경하게 비치는 요인이 되기도 한다. 물론 모든 한국인의 성격이 그렇지 않지만, 언어의 특성상 자주 사용되고 범위가 넓기 때문에 일본인에게는 마치 한국인은 이 「괜찮다」는 말을 남용하는 것처럼 보이고 결국에는 한국인의 전체적인 이미지로 굳어졌는지 모른다.

　한국과 일본은 언어나 문화 등 세계 속에서 보면 비슷한 점이 많은 나라이지만, 자세히 들여다보면 여기저기에 많은 차이가 있는 나라임에 틀림없다.


## 5 　연구과제 및 전망

　앞으로의 연구과제로서는 「괜찮다」와 「大丈夫」의 용례와 그 번역을 보다 폭넓게 수집하고 그것이 어떤 경우에 어떻게 번역되고 있는가를 심층적으로 비교분석하고, 나아가서는 양국어의 의식구조에 관한 범위까지 조심스럽게 다루어야 하지 않으면 안 된다는 생각을 갖고 있다. 그럴 경우 분석방법이나 샘플 추출방법, 그리고 무엇보다 논리입증의 방법이 모색되어야 한다는 큰 과제가 남을 것이다. 앞에서도 언급한 바와 같이 언어행동의 비교연구가 활발히 이루어지고 있어서 이 분야에서의 전망은 지속적으로 발전해 가리라 생각된다.

# 05 현대 일본어 속의 고어표현

오미영

## 들어가는 말

이 글에서는 현대 일본어에 남아 있는 문어文語, 즉 일본의 고어古語 및 고어 표현에 대해 살펴보고자 한다. 인간의 모든 역사가 연속성을 지니면서 변화해 간다. 그와 마찬가지로 언어도 단절적으로 존재하는 것이 아니다. 한 시대의 언어에는 그 이전 시대 언어의 자취가 남아있다. 현대 일본어 속에서도 '고어' 라고 불리는 이전 시대의 일본어를 발견할 수 있다. 그런 의미에서 고어는 죽은 언어, 즉 사어死語 가 아니라 현대 일본어 속에 엄연히 살아있는 또 하나의 현대 일본이리고 할 수 있다.

이 글에서는 속담, 동요, 만화의 세 파트로 나누어 현대 일본어에 나타나는 고어표현에 대해 살펴본다. 속담은 일본인의 역사와 삶 속에서 오랜 시간에 걸쳐 생성된 문화적 산물이므로 고어적인 표현이 등장할 가능성이 무엇보다 높다고 할 수 있다. 속담에는 어떠한 고어표현이 많이 남아있는지도 관심의 대상이 될 것이다. 이를 통해 현대 일본어는 일본어가 길고 긴 변화의 과정을 통해 탄생한 것임을 실감할 수 있을 것이다. 두 번째로는 어린이들이 즐겨 부르는 동요 속에 나타나는 고어표현을 살펴본다. 일반적으로 일정 수준 이상의 지적 수준을 요하는 내용의 글에서는 고어의 영향을 자주 발견할 수 있다. 그러나 동요의 노랫말은 시에 포함될 수 있는 것이 많기는 하지만 지적인 전제조건을 요구하는 것이 아니다. 그러므로 동요와 고어표현을 연관시키기 어렵다. 그러나 동요에도 고어표현이 널리 사용되고 있음을 고찰을 통해 확인할 수 있다. 또한 그 노래가 어린이들뿐만 아니라 일본인이라면 누구나 알고 있을 정도로 널리 알려진 동요라면 현대 일본인은 자연스럽게 고어와 접촉하고 있다고 볼 수 있다. 세 번째로는 만화에 등장하는 고어표현을 살펴본다. 소설이나 시와 같은 문학 작품에 비해 만화와 고어를 연결 짓는 것은 대단히 낯설게 느껴진다. 그러나 실제로 만화나 애니메이션과 같은 대중적인 매체를 통해서도 고어와 자주 접하고 있는 것이 현실이다. 만화라고 하더라도 문학성을 담보한 작품도 많아졌고 그러한 작품에서 고어가 자주 등장한다. 이것은 고어가 현대 일본어에서 수행하고 있는 문학적 역할을 나타내는 것이라고 할 수 있다.

## ▮1  구어와 문어, 현대어와 고어

일본어에 구어口語와 문어文語라는 용어가 있는데 이것은 두 가지의 대립적인 의미로 사용된다. 한 가지는 동시대의 언어 속에서 '음성으로 발화되는 언어 : 글을 쓸 때 사용되는 언어'라는 의미의 대립이다. 순수한 우리말을 사용한다면 '입말'과 '글말'이라고 부를 수 있다. 또 한 가지는 '현대 일본에서 사용되는 일본어 : 현대 이전에 역사적으로 일본에서 사용되었던 일본어'라는 의미의 대립이다. 전자는 현대 일본어를 가리키며, 후자는 시대를 거슬러 올라가 메이지明治시대의 일본어, 에도江戸시대의 일본어, 무로마치室町시대의 일본어, 가마쿠라鎌倉시대의 일본어, 헤안平安시대의 일본어, 나라奈良시대의 일본어 등을 가리킨다. 그러나 각 시대의 일본어가 단절적이라거나 시대별로 극단적인 대립을 나타내는 것은 아니다. 일반적으로 현대 일본어와 대립되는 문어, 즉 고어라고 할 때는 헤안시대 중기, 즉 10세기의 일본어를 기준으로 하며 당시의 일본어 문법을 문어문법, 혹은 고전문법, 고어문법이라고 부른다. 이것은 그 시기에 일본의 문자인 가나로 쓰인 문학 작품이 여러 편 등장하였고 그 작품들을 통해 당시의 일본어를 재구하는 것이 가능했기 때문이다. 이것을 '글말'로서의 문어와 구분하기 위해 고어라고 부르기로 한다.

앞에서도 말한 바와 같이 언어는 단절적일 수 없다. 언어는 인간의 삶과 밀착되어 있고, 나아가서는 인간의 삶 그 자체라고도 말할 수 있다. 인간의 삶이 이전 시대의 삶을 바탕으로 점진적으로 변화해 가듯이 언어 또한 이전 시대의 언어를 바탕으로 인간의 삶과 더불어 변화해 간다. 급변하는 현대 사회 속에서도 이전 시대의 그림자를 발견할 수밖에 없고, 또 지난 시대를 그리워하며 문화적인 회귀를 꾀하기도 하듯이 인간의 언어도 이전 시대 언어의 그림자를 지니게 된다. 그것은 무의식적으로, 자연스럽게 남아있는 경우도 있지만 의식적이고 적극적으로 활용되는 경우도 있다. 전자에는 오랫동안 일본 사회에서 통용되어 온 속담 등에 등장하는 고어표현이 해당된다. 후자는 문학성을 담기 위해 고어적인 표현을 사용하거나 고풍스러움이나 우아함을 담기 위해 이전 시대의 언어표현을 사용하는 것 등을 예로 들 수 있다.

이하에서는 속담, 동요, 만화를 대상으로 하여 현대 일본어 속에 존재하는 고어표현에 대해 살펴보고자 한다. 이는 인간의 삶과 문화를 반영하는 언어를 통해 사물의 연관과 시대적인 연결을 보임으로써 현대 일본어를 바라보는 관점을 재고하고자 하는 것이며, 우리들의 삶 또한 그러한 연관성과 연속성 속에 존재함을 보이고자 하는 것이다.


## ▌2  선행연구 및 연구동향

전통적으로 일본어 연구는 현대어 연구와 역사적인 언어 연구로 대별되어 왔고 역사적인 연구는 연구자료가 되는 문헌의 연구에 집중되어 있었다고 할 수 있다. 그러나 근래의 일본어 연구의 동향을 살펴보면 두 개의 영역이 벽을 허물고 하나의 흐름으로 연결되어 가고 있다는 느낌을 받는다.

『国語学』2004년 7월호에서는 2002년과 2003년의 일본어학계를 되짚어보고 이후의 일본어 연구를 전망하는 특집을 마련하였다. 총설, 연구사, 연구자료 (사적연구), 연구자료(현대)로 나누어 일본어 연구에 있어 각 분야를 대표하는 연구자의 글이 실려 있다. 그 중 「文法(理論·現代)」 파트에서 노다野田(2004) 는 일본어 현대 문법 연구가 일본어학의 다른 연구 분야와 연계하여 연구 영역 을 확대해 가고 있음을 지적하고, 구체적으로 '문법의 역사적 연구와 연계한 연구 영역의 확대', '방언의 문법 영역과 연계한 연구 영역의 확대', '담화 연구 와 연계한 연구 영역의 확대'의 셋으로 나누어 기술하고 있다. 첫 번째 것은 문법 연구에서 「문법화文法化」가 키워드의 하나로 주목되고 있는 것과도 관련 이 있다. 이와 관련한 대표적인 연구 성과로서 먼저 현대어, 일본어사, 방언의 연구자가 「とりたて」를 테마로 하여 고찰한 논문집인 누마타·노다沼田·野田 (2003)를 소개하였다. 현대어와 역사적 변천, 지리적 변이를 함께 고려한 것인 데 '방언 문법 연구와 연계한 연구 영역의 확대'와도 연관이 있다. 곤도近藤 (2004)가 기술한 「総説」에서 '새로운 일본어사 연구와 방언 연구의 탐구'라는 타이틀로 방언 연구에 주목하면서 '현대어 문법 연구', '방언 문법 연구', '일본 어사 연구'의 세 축을 연결지어 기술하고 있는 것을 고려할 때 주목할 만한 연구 성과라고 할 수 있다. 다음으로 역사적 변화를 시야에 넣은 현대어 연구로 서 메이지시대 이후의 부사의 용법 변화를 고찰한 고이케小池(2002), 문법 형태 의 변천이라는 시각으로 고찰한 고니시小西(2003)를 소개하고 마지막으로 현대 어 모달리티에 대해 고찰하면서 고어와의 접점을 찾고자 한 노무라野村(2003) 의 연구를 소개하였다.

이와 같이 근래에는 현대어 문법 연구 속에서 일본어의 사적인 변천을 시야 에 넣은 연구들을 어렵지 않게 볼 수 있다. 오카자키岡崎(2002)는 현대 일본어 에서는 같은 계열로 취급되고 있는 지시부사와 지시대명사를 고대어에서는 같은 계열로 취급할 수 없음을 지적하고, 지시부사 전체의 역사적 변천을 지시 대명사의 역사적 변천과 비교·고찰하였다. 리李(2002)는 일반적으로 「こそあ ど言葉」로 일컬어지는 지시표현 중, 특히 「こそあ」의 3계열의 지시사와 인칭 체계의 관련에 대해서 상대어上代語, 근세후기의 에도어 및 현대어를 대상으로 역사적인 관점에서 고찰하였다. 야마구치山口(2003)는 광의의 추량조동사를 중심으로 조동사를 통시적으로 고찰하였다. 한도半藤(2003)는 계조사의 존재양식의 한 형태인 「係り結び」에 대해 고찰하고 과거의 「係り結び」에서의 「こそ」를 현대어와 연관지어 고찰하였다. 아오키靑木(2005)는 「こと型」 명사절에 대해 고대에서 현대에 이르는 변화과정을 고찰하였다. 긴스이金水(2006)는 「ある(あり)」 「いる(ゐる)」 「おる(をり)」의 의미, 용법, 기능 등에 관한 역사적 전개를 다루었고, 미야지宮地(2007)는 조사 「しか」의 사적 변천에 대해 고찰하였다. 한편 역사적인 문법 연구의 입장에서 현대어 문법 연구의 성과를 수용하면서 각 시대의 문법을 비교한 곤도(2000), 다카야마高山(2002)와 같은 뛰어난 연구성과도 있다.

또 앞서 말한 바와 같이 방언 연구와 사적 연구를 접목한 것으로는 나가타永田(2005)와 고바야시小林(2006)를 들 수 있다. 전자는 대우표현의 역사에 대해 고찰하면서 방언 연구와의 접점을 모색하였고, 후자는 문헌 중심의 일본어사가 아니라 방언을 고려한 일본어사를 추구하는 것이 어떠한 가능성을 지니는가 하는 것을 알기 쉽게 기술하였다.

한편 『日本語学』 2006년 4월 25권 5호에서는 '고문 및 각 시대별 문법에 대한 재검토'라는 특집을 마련하여 나카무라中村(2006)가 고전문법에 대한 재검토 및 근래의 문법 연구의 동향을 살펴본 후, 스다須田(2006), 곤도(2006), 후쿠시마福嶋(2006), 오카베岡部(2006)가 각각 상대 문법, 중고 문법, 중세 문법, 에도 후기 문법에 대해 개관하였다. 또 『日本語学』 2006년 12월호에서는 「ことばの今むかし」라는 특집을 마련하고 스포츠용어, 조사 「が」, 형식어, 지명용어로 나누어 언어의 변천에 주목하였다.

이와 같은 연구의 동향은 일본어학 개설서의 기술에도 변화를 가져왔다. 야마구치(2006)는 마치 기존의 일본어학 개설서와 일본어사 입문서를 합쳐놓은 것처럼 보인다. 즉 통시적 고찰의 관점에서 현대 일본어를 파악하고자 한 것이다.

이상에서 살펴본 바와 같이 일본어학 연구에 있어 현대어 연구와 역사적 연구는 더 이상 동떨어진 연구 분야가 아니라 서로의 연구 성과를 수용하면서 일본어를 하나의 연속선상에서 바라보는 바람직한 방향으로 나아가고 있다고 할 수 있다.

## ▌3  속담에 나타나는 고어표현

속담에 등장하는 고어표현을 살펴보기 위해『岩波ことわざ辞典(이와나미 속담사전)』(時田昌瑞著, 岩波書店, 2003)에 실린 1500항목의 속담을 대상으로 고어적인 표현이 등장하는지를 조사하였다. 그 결과 305항목에서 고어적인 표현을 발견할 수 있었다. 그것을 내용에 따라 분류하면 동사 38예, 형용사 36예, 형용동사 5예, 조동사 178예, 조사 1예, 어휘 7예, 한문훈독 40예와 같다.

동사 용례는 다시 다섯 가지로 나눌 수 있다. 첫째는 종지형의 형태가 현대 일본어와 다른 것으로 14예가 있다. 「天は自ら助くる者を助く」, 「鳴神も桑原に恐る」에서는 종지형이 「助く」, 「恐る」인 소위 下二段동사로 분류되는 동사가 쓰이고 있다. 이 동사들은 현대 일본어에서 종지형이 「助ける」, 「恐れる」이고 下一段동사로 분류된다. 이밖에 「窮すれば通ず」에서 보는 「通ず」와 같은 サ行변격동사는 현대 일본어에서는 「通じる(通ずる)」가 종지형이다. 두 번째는 연체형과 관련된 용례로 12예가 있다. 「逃げるが勝」, 「聞くは一時の恥、聞かぬは一生の恥」에서 보는 바와 같이 「逃げる」는 「逃げること」이고 「聞く」는 「聞くこと」이다. 즉 고어에서는 연체형이 「연체형+형식명사」의 역할을 하고 있는 것이다. 세 번째는 동사의 音便 현상과 관련된 것으로 7예가 확인되었다. 「一将功なりて万骨枯る」, 「病治りて薬忘れる」와 같이 현대 일본어에서라면 「なって」, 「治って」와 같이 음편이 나타나지만 해당 용례에서는 음편 현상이 나타나지 않은 예나, 「負うた子より抱いた子」, 「七皿食うて鮫臭い」와 같이 현대 일본어 공통어에서라면 「負った」, 「食って」와 같이 促音便이 나타날 부분에 う音便이 사용된 것이다. 네 번째는 가정표현과 관련된 것이다. 현대 일본어에서는 소위 「가정형+ば」로 가정표현을 나타내는 데 비하여 고어문법에서는 「미연형+ば」로 나타낸다. 「急がば回れ」, 「人を呪わば穴二つ」에서 보이는 가정표현은 현대 일본어에서는 「急げば」, 「呪えば」와 같이 표현해야 할 것들이다. 마지막으로 「いつも柳の下に泥鰌はおらぬ」의 「おらぬ」이다. 현대 일본어라면 「いない」라고 표현하고 「おる」를 미연형으로 활용하여 부정조동사를 결합시키는 표현은 사용하지 않는다. 이와 같이 동사 용례를 통해서는 고어와 현대 일본어 사이의 문법적인 변화를 확인할 수 있다.

　형용사와 관련된 용례는 총 36예가 있다. 이것은 다시 종지형과 관련된 것, 연체형과 관련된 것, 기타 활용과 관련된 것으로 나눌 수 있다. 먼저 형용사의 종지형은 현대 일본어에서는 「～い」이지만 고어에서는 「～し」이다. 「悪に強ければ善にも強し」, 「去る者は日々に疎し」, 「灯台下暗し」, 「高ければ谷深し」 등에 등장한 「強し」, 「疎し」, 「暗し」, 「深し」는 현대 일본어의 종지형이 각각 「強い」, 「疎い」, 「暗い」, 「深い」이다. 이러한 용례는 모두 24예가 확인되었다. 다음으로 형용사 연체형과 관련된 것으로는 8예가 있다. 현대 일본어의 형용사 연체형은 「～い」인데 비해 고어문법에서는 「～き」의 형태를 취한다. 「親しき仲にも礼儀あり」, 「すまじきものは宮仕え」에서 보는 바와 같다. 또 「息の臭きは主知らず」, 「言葉多きは品少なし」와 같은 용례에서 보는 것처럼 「臭いもの」, 「多いもの」와 같이 연체형이 「연체형+형식명사」의 역할을 하고 있는 예도 연체형과 관련된 용례에 포함시켰다. 형용사의 기타 활용에 속하는 예는 「奢る者は久しからず」, 「鯛も一人は旨からず」, 「盗みする子は憎からで縄懸くる人が恨めしい」에서 보는 바와 같이 현대 일본어의 형용사 활용에서는 볼 수 없는 활용형태가 등장한다. 이들 용례에는 형용사의 보조활용 형태에 조동사 혹은 조사가 결합되어 있다.

　형용동사의 용례는 5예가 있다. 「事実は小説より奇なり」, 「水広ければ,魚大なり」의 「奇なり」, 「大なり」가 있다. 또 「健全なる精神は健全なる身体に宿る」에서는 「健全なり」의 연체형 「健全なる」가 사용되었다. 현대 일본어에서도 문장어나 문어적인 느낌을 살려 표현할 때 형용동사의 연체형으로서 「～な」가 아니라 「～なる」나 「～たる」의 형태를 사용하는 일도 있는데 이것 역시 고어의 영향이라고 해야 할 것이다. 마지막 형용동사의 예는 「好きこそものの上手なれ」에서 「上手なり」의 명령형이 사용된 것이다.

　고어의 영향을 나타내는 용례 중 가장 많은 것은 조동사 용례로 총 178예가 있다. 여기에는 부정조동사 'ず'와 관련된 것이 166예나 되어 압도적으로 많은 수를 차지한다. 참고로 고어문법에서 「ず」의 활용형은 다음과 같다.

| 기본형 | 미연형 | 연용형 | 종지형 | 연체형 | 이연형 | 명령형 |
|---|---|---|---|---|---|---|
| ず | ず | ず | ず | ぬ | ね | × |
| | ざら | ざり | | ざる | ざれ | |

　부정조동사 「ず」와 관련된 166예를 구체적으로 살펴보면 「ず」가 종지형으로 사용된 것이 79예이고 연체형 「ぬ」가 연체형으로 쓰인 것이 25예이다. 또 연체형 「ぬ」가 연체형이 아닌 종지형으로 쓰인 것이 53예이고, 이연형 「ね」가 쓰인 것이 6예, 기타 보조활용으로 쓰인 것이 3예이다. 예를 들어 보면 다음과 같다.

| ず 종지형 | 相手変れど主変らず　歳月人を待たず　天は二物を与えず |
|---|---|
| ぬ 연체형 | 転ばぬ先の杖　人は見かけによらぬもの　言わぬが言うに勝る |
| ぬ 종지형 | 学者と大木にわかにできぬ　毒にも薬にもならぬ　寄る年波には勝てぬ |
| ね 이연형 | 武士は食わねば高楊枝　恥を言わねば理が聞こえぬ |
| 보조활용 | 春植えざれば秋実らず　見ざる聞かざる言わざる |

　「ず」의 활용형이 현대 일본어에서 전혀 사용되지 않는 것은 아니다. 다만 고어와는 달리 종지형으로는 사용되지 않고 「何も言わず、行ってしまう」와 같이 연용형 中止法으로 쓰이거나 「ずに」, 「ずと」의 형태로 사용된다. 그러나 「ぬ」는 종지형과 연체형으로 사용되고, 이연형 「ね」도 「ねば」의 형태로 사용되는 일이 있다. 그러나 현대 일본어, 특히 입말의 일반적인 형태라고 볼 수는 없고 문장어, 즉 글말의 성격을 띠는 것으로 이것 또한 고어의 흔적이라고 볼 수 있다.

　그밖에 조동사 용례를 보면 단정조동사 「なり」와 희망조동사 「たし」가 각각 3예, 당연・의무의 조동사 「べし」가 2예, 추량조동사 「む」, 완료조동사 「つ」와 「ぬ」, 단정조동사 「たり」가 각각 1예이다. 각각의 예를 들어보면 다음과 같다.

| | |
|---|---|
| 단정조동사 なり | 時は金なり　情は人の為ならず　盗人を捕えてみれば我が子なり |
| 희망조동사 たし | 花は折りたし梢は高し　河豚は食いたし命は惜しし　文は遣りたし書く手は持たず |
| 당연・의무조동사 べし | 奇貨置くべし　一筋の矢は折るべし、十筋の矢は折り難し |
| 추량조동사 む | 鰯の頭をせんより鯛の尾につけ |
| 완료조동사 つ | 持ちつ持たれつ |
| 완료조동사 ぬ | 冬来りなば春遠からじ |
| 단정조동사 たり | 下戸の建てたる蔵もなし |

「たし」는 현대 일본어에서 형태가 「たい」로 변화되어 사용되고 있고, 「べし」는 본래의 형태 그대로 사용되기는 하나 문장어적으로 사용된다. 추량조동사 「む」는 중세 이후 「ん」으로 변형되어 사용되기 시작하였는데 여기서는 「ん」의 형태로 사용되고 있다. 완료조동사 「つ」가 위 예에서는 「〜つ〜つ」의 형태로 쓰였다. 이것은 행위의 나열을 나타내며 현대 일본어의 「〜たり〜たり」의 용법과 같다고 할 수 있다.

조사와 관련된 용례는 1예이다. 「死ねがな目くじろ」에서 보는 바와 같이 현대 일본어에서는 사용되지 않는, 바램을 나타내는 조사 「がな」가 사용된 예이다.

어휘와 관련된 용례는 7예이다. 현대어 「入(はい)る」는 고어에서 「入(い)る」라고 읽히는데 「飛んで火に入る夏の虫」에서 보는 바와 같이 「いる」로 읽히고 있으며 이러한 예가 6예나 된다. 또 현대어의 「出(で)る」는 고어에서 「出(い)づ」였는데 「青は藍より出でて藍より青し」에서는 「いづ」의 활용형이 사용되고 있다.

마지막으로 한문훈독漢文訓読[1]과 관련된 표현을 40예나 발견할 수 있다. 속담 중에는 중국의 고사 등에 기원을 둔 것이 많고, 한문을 일본어로 읽은 것이 한문훈독이므로 당연하다고도 할 수 있다. 40예를 출전을 기준으로 살펴보면 「過ちては改むるに憚ること勿れ」, 「過ぎたるは及ばざるが如し」와 같이 논어論語에서 온 것이 10예로 가장 많다. 다음으로 사기史記에서 온 것이 5예인데

1・
한문 전래 이후 근세에 이르기까지 학문 세계에서는 한문으로 된 서적을 읽고 이해하는 것이 학문의 중심이었다. 한문은 본래 중국의 문장어로 일본어와는 어순이 다르다. 한문책 위에 어순을 바꾸는 부호를 기입하여 일본어 어순에 맞게 바꾸고, 각각의 한자를 일본어로 읽을 수 있도록 가나로 일본어 훈을 적거나 조사, 조동사와 같은 것을 적어 넣어서 한문책을 보면서 일본어로 번역하여 읽을 수 있도록 하는 방법이 8세기 이후 일본에서 사용되었는데 이것을 한문훈독이라고 한다. 한문책 위에 기입된 부호나 가나를 총칭하여 訓点이라고 하며 훈점이 기입된 책을 訓点本, 혹은 訓点資料라고 한다.

「先んずれば人を制す」와 같은 것이 그러하다. 그밖에 잘 알려진 것으로 대학大学에 출전을 둔 「中らずと雖も遠からず」와 같은 것과 회남자淮南子에 출전을 둔 「人間万事塞翁が馬」과 같은 것이 있다. 한문훈독과 관련된 용례는 출전과 더불어 한문훈독 특유의 표현을 사용한 것인지 아닌지를 검토할 필요가 있다. 예를 들어 「過ちては改むるに憚ること勿れ」는 「過則勿憚改」를 훈독한 것으로, 한문에서 「勿」을 부정명령으로 사용한 구문을 일본어로 훈독하면 「～(する)ことなかれ」와 같다. 又「過ぎたるは猶及ばざるが如し」는 「過猶不及」의 훈독인데 「猶」는 「なほ」로 읽거나 이 표현에서와 같이 「なほ～ごとし」로 부사로 먼저 읽고 술어까지 모두 읽은 후에 조동사로 다시 한 번 읽는다. 이와 같이 하나의 한자를 두 번에 걸쳐 훈독하는 것을 재독再読이라고 한다. 속담에 나타난 한문훈독 특유의 표현에 대해서는 한문 구문의 분석과 더불어 보다 자세하게 고찰할 필요가 있고 이것은 앞으로의 과제로 삼고자 한다.

이상으로 일본 속담에 나타난 고어에 대해 살펴보았다. 용례에서 주목되는 것은 활용하는 품사, 즉 동사, 형용사, 조동사가 현대 일본어와는 다른 형태로 나타나고 있는 점을 확인하였다. 이로써 고어와 현대어의 문법적 차이를 실감할 수 있었다. 또 한문을 읽는 전통적인 방식인 한문훈독의 독특한 표현들이 나타나는 예를 확인하였다는 점도 고어의 계승이라는 점에서 대단히 의미가 있다. 이와 같이 속담을 통해 고어는 자연스럽게 현대 일본어 속에 살아있다. 이러한 의미에서 속담은 과거와 현대, 그리고 미래의 언어를 잇는 연결고리로서의 역할을 한다고도 말할 수 있을 것이다.

## ▌4  동요에 나타나는 고어표현

이번에는 동요의 노랫말 속에 등장하는 고어표현에 대해 살펴보기로 하겠다. 동요의 노랫말은 '시'로 분류될 수 있는 것이 적지 않다. 시를 포함한 문학작품은 대상이나 내용에 따라 사용되는 언어 표현이 다양하다. 따라서 높은 지적 수준이 요구되는 작품에서 고어표현이 관찰되는 것은 그다지 드문 일은 아니다. 그러나 동요의 경우 어린이를 대상으로 한다는 점에서 일반적으로 고어표현과 연결시키기 어렵다. 다만 동요라고 할지라도 1장에서 살펴본 '의식적인 고어표현의 활용'을 의도할 수는 있으므로 고어표현이 나타날 가능성은 배제할 수 없다. 만약 전국민적으로 널리 알려진 동요에 고어표현이 사용되고 있다면 현대 일본인은 무의식 중에 자연스럽게 고어와 접촉하고 있는 것이다.

　일본 초등학교 음악교과서에 실린 일본 동요를 대상으로 고어표현이 등장하는지 여부를 조사하였다. 고어표현의 사용 정도에는 차이가 있지만 여러 노랫말에서 고어표현을 발견할 수 있었다. 여기서는 일본 초등학교 6학년 음악교과서에 실려 있는 대표적인 동요 두 곡을 들어 노랫말에 등장하는 고어표현의 실태를 살펴보기로 한다.

　먼저 몇 해 전 대중가요 가수인 나카시마마미카中島美嘉가 다시 불러서 우리에게 더욱 친숙해진 「오보로쓰키요朧月夜」라는 곡의 노랫말이다. 노랫말에서 고어의 영향이 발견되는 부분에 밑줄을 긋고 설명을 덧붙이기로 한다.

　　　菜の花畠に、入り日薄れ
　　　見わたす山の端、霞ふかし
　　　春風そよふく、空を見れば
　　　夕月かかりて、におい淡し

　　　里わの火影も、森の色も
　　　田中の小路を、たどる人も
　　　蛙のなくねも、かねの音も
　　　さながら霞める、朧月夜

　「ふかし」, 「淡し」는 모두 형용사의 종지형으로 「〜い」형이 아니라 「〜し」형을 사용하였다. 「かかりて」는 음편 현상이 나타나지 않고 있다. 이 곡에서는 약간의 고어적인 표현을 사용함으로써 곡의 분위기를 살리고 있다.

　다음에 살펴볼 동요는 「후루사토故鄕」라는 곡인데 앞의 곡에 비해 상대적으로 고어의 영향을 많이 발견할 수 있다.

　　　　兎追いし　　かの山
　　　　小鮒釣りし　　かの川
　　　　夢は今も　　めぐりて
　　　　忘れがたき　　故郷


　　　　如何に在ます　父母
　　　　恙なしや　　友がき
　　　　雨に風に　　つけても
　　　　思い出ずる　　故郷


　　　　志を　　はたして
　　　　いつの日にか　　帰らん
　　　　山は青き　　故郷
　　　　水は清き　　故郷


　「追いし」, 「釣りし」에서는 고어의 과거조동사 「き」의 연체형 「し」가 사용되었다. 「かの」는 현대 일본어에서는 「あの」라고 표현하는 것이 자연스럽다. 「めぐりて」에서는 4단동사에 접속조사 「て」가 결합되었는데도 음편을 사용하지 않았다. 「忘れがたき」는 보조형용사 「～がたし」의 연체형 「～がたき」가 사용되었다. 「如何(いか)に」의 경우는 현대 일본어에서 사용되지 않는 것은 아니지만 문장어적인 느낌이 강한 어휘라고 할 수 있다. 「恙なし」는 형용사의 종지형이 「～い」가 아니라 「～し」라는 점에 주목할 수 있다. 「思い出ずる」는 현대 일본어 「思い出す」가 아니라 「思い出(い)づ」를 현대일본어철자법에 맞추어 「思い出(い)ず」라고 표기하였다. 「帰らん」에서는 고어의 추량·의지의 조동사 「む(ん)」를 사용하고 있으며 「青き」, 「清き」는 형용사 연체형으로 「～き」를 사용하고 있다.

　위에 소개한 두 곡은 현대에 만들어진 곡은 아니다. 「朧月夜」는 1901년에 발표되어 1912년에 교과서에 실리게 되었고, 「故郷」는 1914년에 교과서에 실리게 되었다. 그것이 현재에 이르러 일본 국민이라면 누구나 알고 있는 노래이다. 앞의 장에서 살펴본 속담의 경우 일본의 역사 속에서 오랜 시간에 걸쳐 정착되어 왔다. 노래 중에도 일본인의 정서를 반영하여 만들어지고 그 노랫말에는 이전 시대의 언어의 흔적이 담겨 있는 경우가 있는데 그것이 오랜 시간동안 애창되면서 일본인들은 자연스럽게 이전 시대의 일본어와 접촉하게 된다. 본 장에서 살펴본 두 동요는 그러한 대표적인 노래라고 할 수 있다.

## 5  만화에 나타나는 고어표현

만화를 일본어 연구 자료로서 사용할 수 있다는 가능성은 긴스이(2005)[2]를 통해 지적된 바 있다. 또 그러한 입장에서의 연구 성과를 담은 것이 긴스이(2003)이다.

만화라는 매체와 고어를 연결 짓는 것은 그다지 자연스럽게 느껴지지는 않는다. 게다가 그 내용이 역사물이 아닌 경우는 더욱 그러하다. 만화라는 것은 여타의 문학작품에 비해 대중적이므로 만화와 고어를 연관 짓기가 어려운 것이다. 그러나 최근에는 다른 문학 장르 못지않게 깊이 있는 내용을 담고 있고 문학성이 있는 만화도 다수 등장하고 있어서 위와 같은 생각은 반드시 적절하다고는 할 수 없다.

최근에 일본과 한국에서 선풍적인 인기를 모았던 『神の雫(신의 물방울)』라는 만화가 있다. 와인을 주제로 한 작품으로 등장인물들이 와인에 대한 이미지를 연상하고 묘사하는 장면이 자주 등장한다. 그러한 장면에서는 문학적인 미사여구들이 적지 않게 등장하는데 이때 고어적인 표현들이 동반됨을 알 수 있다. 동요의 고찰에서 살펴본 바와 같이 여기에서도 고어의 문학적 역할을 확인할 수 있다.

『神の雫』10권까지를 대상으로 고어표현을 정리한 결과 총 86예를 발견할 수 있었다. 등장하는 위치에 따라 나누어 보면 목차에서 12예, 지문에서 18예, 회화문에서 56예이다.

먼저 목차의 용례를 들어보면 다음과 같다.

<table>
<tr><td>

豊饒なる大地への祈り<br>
重厚にして繊細なる女王<br>
華麗なる舞踏会への招待<br>
大いなる仏ワインの誤算<br>
天上の存在遺言状はかく語りき<br>
その静謐なる神秘の森の奥で

</td><td>

泉のほとりの完全なる世界<br>
人の造りしもの<br>
忘れがたき旧友<br>
女王たる所以<br>
新たなる羅針盤は砂漠の彼方から<br>
大いなる時の流れをこの身に感じて

</td></tr>
</table>

위에서 보는 바와 같이 なり형용동사의 연체형이 8예나 확인되며, 형용사의 연체형이 1예, 과거조동사「き」의 연체형이 1예, 조동사「たり」가 1예, 그밖에 「かく」인데 이것은 현대 일본어에서는 일반적으로「このように」와 같이 표현하는 것이 일반적이다.

두 번째로 지문의 용례를 살펴보기로 하자.

<table>
<tr><td>

曲芸のごとき大胆にして華麗なデキャンタージュは<br>
いかんせんグラスワインのセレクトが<br>
大きな勘違いの表れと言わざるを得ない<br>
葡萄を栽培することに重きを置き<br>
お互いの長所を生かすべく<br>
数千年の永きにわたり<br>
大いなる問いかけの答えに<br>
ワインは単なる酒ではなく

</td><td>

しかしいかなる名作名画にも<br>
ワインもしかり<br>
ワインとは何ぞや<br>
12人の使徒たちのごとく<br>
欠くべからざる役割を<br>
人の手の及ばぬこの処女地に<br>
手つかずの原生林の中を<br>
人智の及ばぬ処女地<br>
忘れえぬ思い<br>
切り裂くことのできぬ絆

</td></tr>
</table>

위에서 보는 바와 같이 비유의 조동사「ごとし」의 연체형과 연용형이 각각 1예씩 나타났다.「いかんせん」「いかなる」「しかり」「何ぞや」와 같은 고어적인 어휘 및 표현이 4예 보인다. なり형용동사 연체형이 2예 확인된다. 이 중「単なる」는 현대어에서도 사용빈도가 넓은 편에 속하지만 고어의 なり형용동사가 현대어에서도 널리 사용되는 예이므로 용례로 추출하였다. 형용사 연체형「〜き」가 2예이다. 당연・의무의 조동사「べし」와 관련된 용례가 2예인데 연용형「べく」와 미연형「べから」에 부정조동사「ず」의 보조활용 연체형「ざる」가

결합된 형태이다. 나머지는 부정조동사 「ず」와 관련된 것인데 연체형 「ぬ」가 4예, 종지형이 연체형으로 쓰인 것이 1예, 그리고 「〜ざるをえない」이다. 「〜ざるをえない」라는 표현은 일본어 학습에서 문법 형태소에 대한 분석이나 이해 없이 무작정 암기하는 표현 중 대표적인 것이다. 바꾸어 말하면 고어표현이 현대 일본어에서 적극적으로 사용되는 대표적인 예라고도 말할 수 있다.

　이번에는 회화문의 용례를 살펴보기로 한다. 회화문에 사용된 고어표현은 총 56예이다. 용례는 네 종류로 나눌 수 있다. 먼저 조동사와 관련된 것이 21예인데 그 중 부정조동사 「ず」와 관련된 것이 14예이다. 구체적으로는 「イタリアワインで知らぬものはないほど」와 같이 연체형 「ぬ」가 쓰인 것이 7예이고, 「飲みもせず人に教わって」와 같이 「ず」가 연용형 중지법에 사용된 것이 5예, 그리고 「ず」가 종지형과 연체형으로 쓰인 것이 각각 1예인데 여기에 속하는 용례는 「本間君の直感は当たらずとも遠からずじゃないですか」와 「高級品に負けず劣らずの品質」이다. 여기에는 「当たらずとも遠からず」, 「負けず劣らず」와 같은 관용적인 표현이 포함되어 있다. 또 비유의 조동사 「ごとし」를 사용한 것이 3예이다. 「大地を讃えるかの如く土を耕すような」, 「ひねくれ者揃いのフランス人が造っているワインごときが」, 「母のごとき慈しみ」와 같은 용례가 있다. 그밖에 조동사 용례는 단정의 조동사 「なり」와 「たり」가 각각 1예, 추량의 조동사 「む」가 1예이다. 두 번째로 형용사 용례가 12예이다. 「どこか古き良き時代を思わせつつも」, 「長きにわたり自然に逆らわない耕作が」와 같은 연체형 용례가 10예이고, 그 밖의 활용형으로 쓰인 것이 2예이다. 세 번째로는 형용동사가 고어의 なり 형용동사의 형태로 쓰인 것이 7예가 있다. 「大豊作の'02年はブルゴーニュの「偉大なる年」と」, 「大地の恵みへの静かなる祈りは」와 「単なる留学生だと思っていた君が」와 같이 「単なる」가 쓰인 것이 5예이다. 네 번째는 어휘와 관련된 용례인데 「さよう」가 1예, 「たまえ」를 사용한 예가 5예이다. 「たまえ」는 본래 「与える」, 「くれる」의 손경어인 「たまふ」에서 온 「たまう」의 명령형으로 보조동사로 사용될 때는 남성이 동년배 이하의 사람에게 친밀감을 담아 가볍게 명령하는 경우에 사용된다. 고어에서의 용법과 완전하게 일치하는 것은 아니지만 고어의 영향이 잔존하는 표현으로 판단하여 용례로 추출하였다.

　이상을 통해 가장 대중적인 매체 중의 하나인 만화에서조차 고어가 사용되고 있음을 확인할 수 있었다. 특히 앞서 말한 바와 같이 이미지를 묘사하는 장면이 많은 관계로 수식어인 형용사와 형용동사의 고어적 표현의 사용이 두드러지게 나타났다고 생각된다.『神の雫』을 읽은 일본의 대중들은 의식하지는 않았을지라도 이미 고어와 충분히 접촉하고 있었던 것이다.


## ▌6　연구과제 및 전망

　이상 속담, 동요, 만화의 세 파트로 나누어 현대 일본어에 존재하는 고어의 실태와 그 역할에 대해 살펴보았다. 속담은 역사 속에서 면면히 사용되어 온 것이기 때문에 고어문법을 확인할 수 있는 용례들이 다수 확인되었다. 또한 한문을 일본어로 번역하여 읽었던 한문훈독과 관련된 용례들이 발견되는 점이 흥미로웠다. 이에 대해서는 한문 구문과 한문훈독 특유의 표현이라는 테마와 관련지어 더욱 깊이 고찰해 갈 필요가 있을 것이다. 동요와 만화의 고찰을 통해서는 현대 일본어 속에서 고어의 표현이 문학적인 언어로서 자리매김하고 있음을 다시 한 번 확인하였다. 어린이들을 대상으로 한 동요와 대중적인 매체인 만화에서 고어표현이 사용되고 있다는 점은 대단히 흥미로운 사실이다.

　고어라고 하면 우리 현대인들과는 전혀 관계가 없는 화석과 같은 존재로 생각하기 쉽다. 그러나 인류의 역사가 이전의 역사를 계승하여 새로운 역사를 만들어가듯이 언어도 역사적인 흐름 속에 존재하는 것이며 그 안에서 변화해 가는 것이다. 따라서 현대어의 연구이든 역사적인 고찰이든 앞으로의 일본어 연구에서는 언어가 끊임없이 변화해 왔고, 변화하고 있고, 변화해 갈 것이라는 점을 잊지 말고 연구에 임해야 할 것이다.

# 06 한어계접사의 발달 경위

이수경

## 들어가는 말

일본어의 어휘체계의 양적인 어종 구도는 에도江戸말기와 메이지明治초기를 경계로 하여 급격히 변화하였다. 이 시기에는 서양의 새로운 학문과 문물, 제도 등의 유입으로 대량의 번역과 조어가 이루어지는데, 그 대부분이 한자어에 의한 것이어서 일본어 속에 한어의 수가 급증하게 되는 결과를 낳았다. 새로운 한자어의 조출造出방식에는 여러 가지가 있으나, 특히 현대어에 있어서도 왕성한 조어력을 발휘하고 있는 한자의 접사적용법은 현대일본어의 어구성을 논함에 있어 제외시킬 수 없는 요소가 되고 있다. 한자의 접사적용법은 그 대부분이 메이지시대에 조출되어 정착되어 온 것으로, 이 글에서는 메이지기의 대표적인 자료의 조사를 통해 그 전개과정을 살펴보고 한어계접사의 조출 및 정착의 경위를 기술하고자 한다. 이러한 연구는 오늘날 사용되고 있는 한자어의 대다수를 차지하고 있는 메이지 신조어의 일측면을 조명해 봄으로써 근대일본어의 성립에 관한 연구에 일조할 수 있다는 점과, 현대일본어의 유용한 조어요소가 어느 시기에 어떤 자료 속에서 어떤 의미용법을 가지고 사용되고 있었는가를 기술하는 어지語誌적인 연구를 겸하고 있다는 점에서 의의가 있다고 할 수 있다.

# 1  한어계접사란

현대일본어에 있어서 한자·한어의 위상은 장년에 걸친 영향관계를 반영하고 있다. 일본어의 표기를 가능하게 했다고 하는 근원적인 의의를 제외하더라도, 일본어의 어휘 그 자체를 풍부하게 한 양적측면에서의 기여는 현대일본어의 어휘전체에 있어서 중요한 의의를 지닌다.

일본어의 어휘체계의 양적인 어휘구도는 에도말기와 메이지초기를 경계로 하여 급격하게 변화했다. 이 시기에는 서양의 새로운 학문, 문물, 제도의 유입에 의한 대량의 번역이나 조어造語가 이루어졌는데, 그 대부분이 한자어에 의한 것으로, 일본어 속에 한자어의 수가 급증하는 결과를 가져왔다. 이 시기에 대량의 번역·조어가 가능했던 것은, 한자의 기본적인 성격, 다시 말해서 '표의적인 자음형태소'라는 특성이, 생산성이 높고 유용한 조어성분으로서 기능하는 잠재력을 내포하고 있기 때문이다. 새로운 한자어의 조출 방식에는 여러 가지가 있겠지만, 왕성한 조어력을 발휘하고 있는 한자의 접사적용법은 현대일본어의 어구성을 논함에 있어서 제외될 수 없는 요소일 것이다. 오늘날,「脱-工業社会」「汎-世界測位システム」「抗-ウィルス剤」「非-常任理事国」「半-透明アクリル」「反-政府勢力」「ドラマ-化」「人道主義-的」「アフリカ-風」「アルカリ-性」「スパルタ-式」「自己-流」와 같이 장단위계의 단어나 외래어 등에도 비교적 자유롭게 접속하여 신어를 조어하는 접사적 성격의 어기語基는 메이지 이후가 되어 서서히 정착되어 온 용법으로서 추정된다. 모리오카森岡(1991a: 297)는 한자형태소의 분류에서, '파생어를 만들기 위해 접사적으로 사용되는 단순결합형식'으로서 '未-·不-·有-·無-·反-·全-·新-·要- / -性·-化·-的·-圈·-系·-者·-手·-士'등의 예를 들고 이러한 종류의 한자가 메이지의 역어조성의 시대에 특히 다수 보충되어 크게 이용되었다고 하는 점을 지적하고 있다. 이들에 대한 조어의 응용의 범위가 넓어지면서 안정적인

이자한어二字漢語가 중심이 되는 구래의 한어의 체계 속에  ○-□□, □□-○와 같이 [일자 + 이자] 또는 [이자 + 일자]의 어구성을 갖는 삼자한어가 증가하게 되는 구도상의 변화를 가져왔다. 이와 같은 어구성을 갖는 한자어 중에서 이자(또는 그 이상)의 어기에 전접 또는 후접하는 일자한어를 가리켜 통상 '한어계접사'라고 부른다. 소위 '한어계접사'의 문제를 처음으로 형태소의 분류 속에서 언급하고 하나의 명쾌한 정리를 시도한 것으로서 마쓰시타타이사브로松下大三郎의 설이 있다. 마쓰시타 문법에서는 '辞'에 해당하는 '不完辞[1]'의 하위분류로서 '御(ご)'를 제외한 모든 자음형태소를 '不熟辞[2]'로 분류하고, 이것을 다시 '実質不熟辞[3]'와 '形式不熟辞[4]'로 이분하고 있다. '한어계접사'라는 것은 기본적으로 마쓰시타 문법에서 '形式不熟辞'로 분류되는 자음형태소를 가리키고 있다고 말할 수 있다.

그러나 이들 자음형태소에 대해서 '접사'라는 용어를 사용하는 경우, 이들이 과연 접사로서의 조건을 충족하는가 하는 점에서 문제가 될 수 있다. '어기'와 '접사'는 기본적으로 독립적인가 비독립적인가, 실질적의미를 갖는가, 갖지 않는가라는 점에서 구별되는데, 소위 한어계접사류의 경우에는 이와 같은 기준에 의한 어기와 접사의 판단이 애매하다고 하는 특성을 지니고 있기 때문이다.

우선, 접사는 '비독립적결합형식이다'라는 기준에서 볼 때, 한어계접사의 경우도 대체로 여기에 합치되나, 예를 들어 '営業-部'의 '部'나 '大-規模'의 '大'등은 '部が違うとやり方が違う''(サイズの)大はありません'과 같이 거의 동일한 의미로 자립어로서 사용되는 경우가 있다. 또한, '형식적의미를 갖는다'라는 기준에서 보더라도, '不-完全' '反-主流' '全-世界' '非-能率' '科学-化' '近代-的' 등과 같은 경우에는 형식적·보조적 작용을 하는 접사적 성격을 띄고 있다고 말할 수 있지만, 이들이 이자연합하여 단어를 만드는 경우에는 '不意' '反対' '全体' '是非' '化学' '的確' 등과 같이 '実質不熟辞'로서 작용한다고 하는 점이 문제가 된다. 이러한 특성 때문에, 자음형태소류를 접사로 간주할 수 있는가는 연구자에 따라 견해가 나뉘는 부분이 되는데, 이 점에 있어서 하나의 정의를 제시하고 있는 것으로서 미즈노水野(1987:60-61)의 견해가 있다. 미즈노에 따르면, 접사와 어기는 어구성에 있어서 유효한 개념이지만 그 관계에 관해서는 정적으로 파악하는 관점과 동적으로 파악하는 관점이 있다고 보고 있다. 정적



---

**1·**
마쓰시타문법의 原辞의 하위분류의 하나. 단독으로 단어를 이루는 完辞와 달리, 다른 原辞와 결합해야만 단어를 이룰 수 있는 原辞를 不完辞라 하며, 字音語基와 助辞 등이 이에 속한다.

**2·**
不完辞의 하위분류의 하나. 단독으로는 단어를 이루지 못하고, 完辞와 助辞를 제외한 다른 原辞(즉, 다른 不熟辞)와 결합해야만 단어를 이루는 原辞. 「松(ショウ)」「海(カイ)」「春(シュン)」「正(セイ)」「不(フ)」「未(ミ)」「被(ヒ)」「既(キ)」와 같은 종류.

**3·**
不熟辞의 하위분류의 하나. 「松(ショウ)」「柏(ハク)」「春(シュン)」「秋(シュウ)」「往(オウ)」「来(ライ)」 등과 같이 실질적의의를 나타내는 不熟辞.

**4·**
不熟辞의 하위분류의 하나. 「不(フ)」「未(ミ)」「可(カ)」「非(ヒ)」 등과 같이 형식적의의를 나타내는 不熟辞.

인 관점에서는 접사와 어기는 단어를 구성하는 형태의 하위분류에 해당하여 하나하나의 형태가 접사와 어기의 어느 한쪽으로만 분류된다. 이러한 관점에서 보면 'お-' '-さん'등은 접사이지만 '積極性' '近代化'의 '性' '化'는 각각 '性格' '化学'등에 있어서는 접사로 볼 수 없기 때문에 어기로 분류될 수 밖에 없고, 결국 한어계접사로 인정할 수 있는 것은 '御-'이외에는 없는 셈이 되는 것이다. 이에 비해, 동적인 관점에서는 어기는 형태의 하위분류가 아니라 어구성의 각각의 단계에서 어간을 이루는 요소라고 본다. 어기를 이와 같이 파악함으로써 '積極的' '近代的'의 '-性' '-化'는 이와 같이 사용되는 경우에 한해서 접사라고 볼 수 있게 된다. 즉, 어기의 정의가 달라질 뿐 아니라 접사의 범위도 보다 유연하게 생각할 수 있는 것이다.

이글에서는 이와 같이 어기와 접사의 관계를 동적으로 파악하는 관점에서 한어계접사를 넓은 범위로 보기로 한다. 이글의 목적은 문법론의 정리에 있지 않고 자음형태소의 접사적용법의 발달과 전개과정을 고찰하는데 있기 때문에, 메이지기의 자료 속에 보이는 자립하는 어기에 전접(또는 후접)하고 있는 단한자單漢字는 ―그 접사성의 판별은 보류하고라도― 모두 포함하여 대상으로 삼지 않으면 의미가 없기 때문이다. 그러므로 접사적용법을 갖는 자음형태소 그 자체를 '접사'라고 볼 수 있는가 하는 문제는 염두에 두면서도, 선행연구 속에 전거가 있는 '한어계접사'라는 용어를 사용하기로 한다.


## 2  선행연구 및 연구동향


본 연구에 관련된 선행연구는 근대어의 성립에 관한 연구와 한자 및 한자어에 관한 연구의 두 흐름으로 나눌 수 있다.

근대어의 성립에 관한 연구는 1950~60년에 히로타広田, 마쓰무라松村, 스기모토杉本 등에 의해서 진행되기 시작하여 다방면으로 전개되어 왔다. 이후 히다飛田의 연구는 영학자료英学資料의 색인작업과 메이지기의 신어·속어의 정리 부분에서 성과를 거두고 있다. 근대 신한어의 조출 및 조어법에 관한 고찰로는

마쓰이松井, 스즈키鈴木, 히나타日向 등의 연구가 있고, 개별 한자의 수용과 정착에 관해 고찰한 것으로는 야마다요시오山田孝雄의 「発生期における的ということば」, 「助辞「的」の受容」, 히로타広田의 「「的」という語の発生」 등을 들 수 있는데, 그 수용단계에 있어서의 「-的」의 성격에 주목하고 있다. 이후, 모리오카는 『近代語の成立―語彙編』(1991)에서, 영화사서, 번역서, 일본어역 성서, 술어집에 걸쳐 방대한 자료를 토대로 에도말기·메이지·다이쇼大正기에 걸친 근대일본어어휘의 성립에 관한 연구의 성과를 기술하고 있다. 영화사서별로 한어역, 일본어역, 구句에 의한 주석의 비율 등을 계량적인 방법으로 고찰함으로써, 근대어의 역어상의 특징을 검토하고 있다. 또한, 중국의 『英華字典』이 일본어에 미친 영향에 대해 밝히고 현대한자어의 특질에 관해서도 개관하고 있다.

한편, 일본어 속에서 한자어가 차지하고 있는 양적·질적인 측면에서의 중요성을 처음으로 시석하고 있는 야마다(1940)의 「国語のなかにおける漢語の研究」는, 본격적인 한자어연구의 시발점이 되고 있다. 이 연구를 통해 야마다는, 일본어 속에 유입된 한자어의 '원류'와, 일자, 이자, 삼자, 사자한어 등의 '조직'에 관하여 언급하고, 그 체계적인 정리를 시도하고 있다. 또한, 노무라野村에 의해 한자어의 구조를 조어법 및 접사성에 관한 면밀한 연구가 이루어졌는데, 노무라는 어종과 조어력에 관한 문제에 관심을 가지고 한자의 구조와 품사성, 조어법 및 접사성에 관한 일련의 연구를 통해 어구성의 측면에서 한자 및 한자어의 위상을 규명하고 있다. 또한, 미즈노水野, 요시무라吉村, 가노加納의 일련의 논문에서 특히 한자의 접사적용법에 관한 체계적인 기술이 시도되었다. 미즈노는 우선 어기의 문법적인 성격을 검토한 후에, '체언류体言類' '상언류相言類' '용언류用言類' '부언류副言類' '결합류結合類'의 5분류를 제안하고 그 기준을 규정하고 있다.

이와 같이 근대어의 성립 및 한자어의 조어력에 관한 다방면의 연구가 이루이져 있다. 메이지 초기의 어휘에 관한 연구는 대부분 계량적인 검토가 중심을 이루고 있는데, 근대 역어를 구성하는 조어요소를 조명하고 실질적인 의미용법을 검토하는 작업도 조금씩 진행되고 있다.

## ▌3  한어계접사의 조출과 정착의 제경위

이글에 앞서 이수경(2004, 2005a, 2005b, 2006)의 일련의 논문들을 통해 한어계접사의 성립에 관한 개별적인 고찰을 시도한 바 있다. 개별적인 전개과정은 접사에 따라 차이가 있지만, 제경위를 종합적으로 살펴보면, 크게 「번역」과 「문체」, 그리고 「어구성」의 측면으로 나누어 생각할 수 있다. 이글에서는 한어계접사의 개별적인 전개과정에 관한 일련의 연구를 통해 얻은 결과를 바탕으로 하여, 근대어 속에서 한어계접사가 발달하게 된 배경 및 요인에 대해서 종합적으로 기술하고자 한다.


### ❶  번역상의 경위

### 1) 중국어역의 선택적수용

에도말기에서 메이지시대에 걸쳐 급변하는 시대상황 속에서, 새로이 등장하는 서구의 신개념, 신사상, 신문물 등의 이해와 흡수, 또는 수용과 보급의 문제는 당시의 사람들에게 있어서는 절실한 요구였을 것이다. 당시로서 우선 해결해야 했던 문제는 밀려드는 새로운 개념들을 일본어로 치환하는 번역작업이었다. 시대의 선구자인 양학자들에 의해 이 시기에 방대한 수의 번역어가 조출되었는데, 이러한 번역어의 조출의 실마리와 재료의 원천이 주로 중국어의 『英華字典』이었다는 사실은 선행연구에 의해 밝혀진 바 있다.

전문술어의 경우, 비교적 이른 시기에 안정된 번역어의 통일을 이루는데, 나가누마長沼(1957:77)의 연구에 의하면『英華字典』의 번역어와의 일치율을 조사한 결과, 대체로 20%이상의 일치율을 보이고 있다. 전문술어집의 번역어 속에 사용되고 있는 한어계접사류 중에서 『英華字典』의 역어와 일치하는 예로는 「-体」「-形」「-線」「-学」「-面」「-鉄」「-角」「-軸」「-能」「-像」 등을 들 수 있다.

물론, 이들을 포함하는 술어가 『英華字典』과 일치한다고 해도, 이들 접사류 자체가 『英華字典』으로부터 맨 처음으로 수용된 것이라고는 단정하기는 어렵다. 공학이나 수학 등의 분야에서 이미 일반적으로 사용되고 있던 용어를 채용한 것일 수도 있고, 그 시점 또한 확연치 않기 때문이다. 그러나 중국어역이 이들 한어계접사류의 조출 과정에 있어서도 직접 혹은 간접적으로 영향을 미치고 있었다는 것은 짐작할 수 있다.

중국어역으로부터 수용된 접사의 전형적인 예로 볼 수 있는 것으로 「-者」와 「-的」를 들 수 있다. 「-者」는 에도시대부터 이미 일본어 속에 존재하고 있었지만, 그것을 포함하는 파생어의 증가나 '사람'을 나타내는 접사로서의 정착과정에 있어서는, 중국어역으로부터의 대량 수용이 계기가 된 것이 사실이다. 이와 같은 사실은, 「legislator 立法者」「contractor 包弁者」「abactor 偸牛者」「abettor 共謀者」「accuser 原告者」「bachelor 未娶者」「bachslider 背敎者」「bell-ringer, chimer 鳴鐘者」「chamberer 淫行者」와 같이, 『英華字典』의 역어와 일치하는 『西国立志編』의 용례로부터도 확인할 수 있다. 또한, 「-的」의 경우에도, 중국의 백화소설白話小說[5]의 유행에 의해 에도시대의 소설류에 사용된 것을 계기로 일본어 속에 유입되어, 메이지 초기의 번역가들에 의해 -tic, -al, -ive 등의 역어로서 다용되게 되었다는 것은 알려진 사실이다. 그러나 이것이 일본어의 접사로서 수용되어 그 의미용법이 확정되게 되는 배경에는, 중국어와 일본어의 어법상의 차이라든가 하는 문제가 있기 때문에, 중국어역의 수용은 전면적인 것이라기보다 선택적인 것이었다고 말할 수 있다. 우선, 「-者」의 경우를 들어보면, 중국어의 「-者」에는 '사람'의 의미만이 아니라 '사물, 사건, 장소' 등의 의미도 있고, '차별'이나 '비유', '때'를 나타내거나, 어세를 강조하는 기능도 있으며, 또한 동사나 형용사, 어구 등을 명사화하는 형식명사로서의 용법도 있다. 이것은 英華字典류의 중국어역에는 '~(인)것', '~(하는)것'과 같은 형식명사로서 사용된 경우가 상당히 많다는 점에서도 알 수 있는데, 예를 들어 중국어역의 「tenacity 固執者」「possibility 可能者」「readness 即刻者」와 같은 경우, 「-者」는 '~(하는)사람'의 의미가 아니라 '~(인)것'의 의미로 사용된 것이다. 그렇기 때문에, 중국어역에 보이는 「-者」 중에서도 일본어의 용법으로서 수용될 수 있는 것, 즉, '사람'의 의미를 나타내고 있는 경우에만 받아들여지고 있다는 것이다. 「-的」의 경우에도 마찬가지로, 중국어에서는 '~인 것', '~인 사람'의 의미를 나타내거나 '과거'나 '수동'을 나타내는 기능도 있고, 또한 동사나 형용사를 명사로 바꾸는 기능도 있어서, 실로 다양한 의미용법으로서 빈번히 사용되는 부속어이다. 그렇기 때문에 「-的」의 파생어는 「-者」와 마찬가지로 「susceptibility 易覚的」와 같이 체언에 대응하는 역어로서 나타나는 경우도 많고, 게다가 중국어의 경우, -al, -ive, -ic 등에 대응하는 형용사적 기능을 첨가하는 성분으로는 「categorical 類序嘅, 歷序嘅」「explication 解明嘅」「inconvertible 唔変得嘅, 唔化得嘅」와 같이 「-嘅」라는 별개의 접사가 사용되고 있는 경우가 많아서, 이를 여과없이 그대로 수용을 하는데는 문제가 있었을 것이다.

요컨대, 번역어 속에 사용된 소위 한어계접사류 가운데는, 이미 번역작업이 진행되어 있었던 중국의 영학으로부터 수용되어 점차 일본어의 접사로서 정착하게 된 경위를 지니는 것이 적지 않은 것은 사실이다. 다만, 그 수용의 단계에서 일본어로서 받아들여지기 어려운 의미용법은 제외되고, 선택적으로, 또는 수정을 거쳐 비로소 일본어로서의 자격이 부여되었던 것이다.

## 2) 일본의 독자적인 역어

「-性」「-化」「-反」「-式」 등은 모두 현대어의 유용한 조어요소이고 높은 생산력을 발휘하고 있는 접사들이다. 그러나 이들은 메이지 초기의 자료에서는 접사로서 사용된 용례를 찾기 어렵고, 중국어에 있어서도 접사로서의 용법이 없는 것들이다.

예를 들면, 중국어의 경우에는 *Anti-*의 파생어에 대응하는 역어로서 「anti-christianity 違基督之道」「antifanatic 敵泥教者」「antipapal 背天主教嘅」「anti-revolutionary 抗作乱的」와 같이 「違-」「敵-」「背-」「抗-」 등이 다용되고 「反-」은 전혀 사용되고 있지 않다. 중국어에 있어서의 「反-」의 자의는, 주로 '되돌려주다', '되풀이하다', '뒤집다', '돌이켜보다' 등의 의미가 중심이 되므로 '~에 위반되다/위배되다'라는 의미를 지닌 접두어로서는 사용되지 않기 때문이다. 이러한 경우, 아무리 중국의 역어를 본보기로 삼고 있다고 해도 「敵-」나 「違-」 등을 그대로 일본어의 용법으로서 흡수하는데는 무리가 있었으리라 생각된다.

그 대신에 일본어 속에서 오래전부터 친숙해져왔던 「～(に)反する」를 사용하여 역어로서 대응시키고, 점차 이것이 접두적으로 사용됨에 따라 접사 「反-」이 조출되었다고 하는 경위에 대해서는 이수경(2005b)에서 살펴본 바 있다.

「-性」의 경우에도 「反-」과 마찬가지로 중국어의 역어에 있어서의 접사적인 용법이 너무나도 중국어적이고 일본어로서 통용되지 않는 것이기 때문에, 일본의 독자적인 접사로서 조출된 것으로 보인다. 메이지기의 역어 속에서 -ity, -ness 등의 체언화 기능을 나타내는 부분에 「-性」이 다용되고 있으나, 중국어의 경우에는 「property 性, 質, 性質, 本姓」와 같이 「属性・性質」의 의미를 갖는 자립어기로서 대응되는 예는 있지만 일본어에서처럼 체언화 기능을 갖는 접사로서 사용된 역어의 예는 찾기 어렵다. 중국어에 있어서 -ity, -ness의 역어로는 「-者」「-的」이 대응되는 경우가 많은데, 이는 전술한 바와 같이 중국어의 「-者」나 「-的」에는 준체조사 또는 형식명사로서의 기능이 있기 때문이다. 그러나 일본어의 경우 「-者」는 '～(하는)사람'의 의미, 「-的」는 상언적인 의미로서 이미 어느 정도 정착되어 있었기 때문에, 「-者」나 「-的」의 준체용법을 그대로 수용하는 것은 거의 불가능에 가까운 것이었다고 생각된다. 이와 같은 경위로, 일본어 속에서 오래전부터 자립어로서 사용되어 온 「-性」는 -ity, -ness의 역어로서 채용되게 되고 체언화 기능을 갖는 접사로서의 성격을 갖게 된 것이다. 개별적인 정착과정에는 차이가 있지만, 「-化」「-反」「-式」 등도 역시 중국어 역어와는 영향관계를 찾기 어려운 독자적인 역어로 판단된다. 이와 같이, 한어계접사류의 조출과정에는 일본의 독자적인 역어의 모색에 의한 부분이 있었음을 추찰할 수 있다.


## ❷ 문체상의 경위

### 1) 한문훈독체

번역어를 모색하는 과정에서 조출된 접사라고 해도, 그것이 실제의 문장 속에서 활발히 사용되지 못하면 일반에 통용되는 접사로서 널리 보급되기 어려워 정착에까지는 이르지 못하는 경우도 있다. 메이지기의 문장 속에서 다용된 한어계접사의 사용양상에 대해서 살펴보면, 문장의 질적 측면, 즉 문체적 특성에 관계되는 부분이 적지 않다는 것을 알 수 있다.

메이지 초기부터 메이지 10년대까지는, 실용문 계통의 문어문에 있어서의 문체의 주류는 한문훈독체였다. 이 글에서 메이지 초기의 자료로서 사용한『西国立志編』『花柳春話』『明六雑誌』『郵便報知新聞』등은 모두 그 전형이라고 할 만한 것들이다. 한문훈독체라는 것은 기본적으로 한문을 직역하는 일정한 형식에 따라 고쳐 쓰는 과정에서 생겨난 것으로 생각된다. 쓰키시마히로시築島裕는 한문훈독체의 어법상의 특징을 여섯 가지로 정리하고 있는데(国語学会編『国語学辞典』의「訓点語」항목), 그 가운데 한어계접사의 사용양상과 관계가 있는 항목으로 '한자어의 사용율이 고유일본어보다 현저히 많다'는 점과, '조사, 조동사가 고유일본어 문장에 비해 제한된다'는 점은 주목할 만한 부분이다. 이것은, 본래는 한문을 훈독할 때 조사, 조동사 또는 활용어미를 표시하기 위해 덧붙이는 '오쿠리가나'가, 한문훈독체의 문장에 있어서는 반대로 생략된다는 것을 나타내는 것이다. 이와 같은 문체적 특징 때문에, 메이지 초기의 문장 중에는 형태상으로는 접사처럼 보이지만 실제로는 조사나 활용어미의 생략에 의한 경우인 예들도 보인다.「善習慣」「悪器具」「好結果」「良運営」「正政党」등의 예가 여기에 해당하는 것으로 생각된다.「大-」나「新-」등도, 초기의 역어 속에는 결코 많지 않고 역어의 조어라는 측면에서 그다지 활약하고 있지 않으나 메이지 전기의 한문훈독체의 문장 속에서는 다용되고 있는 경향을 볼 수 있다. 그 중에서도 예를 들면「新大発明」「大双眼鏡」「大不調子」와 같은 예는 현대의 용법과는 달라서, 오히려 한문의 구문적 의미로 이해하는 편이 적합할 것이다.

또한,『西国立志編』등에서 공통적으로 가장 다용된 것으로「-上」와「-中」를 들 수 있는데, 이들이 빈번하게 출현하고 있는 양상에도 한문훈독체로서의 특성이 크게 관련되고 있다고 생각된다.「-上」와「-中」는 물리적인 또는 관념적인 '범위'를 나타내고, 각각「〜の上で」「〜の中で」의 의미로 사용된다. 이들은 단어의 구성요소로서의 성격을 지니면서, 그와 동시에 구문상의 기능을 수행한다고 하는 점에서도 공통되는 측면이 있다. 역어 속에서는 전혀 예가 없는

데 문중에서 다용되고 있는 것도, 이들이 단어의 조어요소를 넘어 구문적인 기능을 가지고 있기 때문일 것이다. 자료중에는,「神靈上」「史冊上」「書冊上」「世界上」「楼版上」「地球上」「甲板上」「議論上」「事実上」「実事上」「交際上」「新聞紙上」와 같은 예를 다수 볼 수 있다. 현대어에서는 물리적인 공간에서의 위치관계를 의미하는 경우라면「～の上に」의 형태로 나타내는 것이 보통이나, 『西国立志編』에서는「楼版上」「甲板上」와 같이「−上」를 후접시켜「～の上に」의 의미를 나타내는 예가 있다.「−中」의 경우도, 메이지 초기의 자료 속에서「工房中」「南洋中」「記憶中」「産物中」「軍隊中」「劇司中」「懶惰中」「大気中」「臥床中」「南海中」「衣袋中」「美人中」「男子中」「談話中」「竜動中」「交友中」「不幸中」와 같이 다용되고 있다.「～の中に/～で」의 의미가 되는 경우의 대부분이「−中」의 형태로 나타나는 경향이 있는 것으로 생각되는데, 예를 들면「衣袋(ポケット)中」와 같이, 현대어라면「～の中」로 표현하는 것이 자연스러운 경우에도「−中」으로 표현되는 경우가 있다. 현대어에서는「～の中(なか)」를「−中(ちゅう)」로 치환하는 것이 항상 가능한 것은 아니지만, 메이지 전기에는「～の中」와「−中」이 거의 동일한 의미로 사용되고 있어, 역시 문체상의 특징을 반영하는 것으로 생각된다. 이와 같이 메이지 전기의 실용문에 있어서 문체의 주류를 이루는 것은 한문훈독체로서, 조사나 조동사, 오쿠리가나 등의 생략이라고 하는 그 특성에 의해 형태상으로 접사처럼 보이는 것들이 다용되었다. 이들이 현대어에 이르기까지 살아남아서 일본어의 접사로서 정착했는지, 아니면 이른 시기에 소멸했는지는 접사마다 그 추이가 다르기 때문에 일괄적으로 말할 수는 없지만, 개중에는 한문훈독체의 문장 속에서 다용된 것이 계기가 되어 일반에 널리 사용되게 된 것도 분명 있다. 한어계접사류의 정착의 경위를 설명하기 위해서는 이와 같은 문체적인 특성도 고려해야 하는 요인이라고 할 수 있다.

## 2) 메이지 보통문

「明治普通文」이라고 하는 것은 메이지 20년대에 새로이 일어난 논설, 평론 등의 문장에 대한 호칭으로, 메이지 말기(또는 다이쇼 초기)까지 널리 행해졌다. 실용문 계통의 문어문은 문명개화의 무렵부터 한문훈독체(또는 화한절충체)로 쓰여졌다고 하는 것은 전술한 바와 같다. 그러나 메이지 20년대가 되면 메이지 유신의 성과가 이윽고 현실로 나타나게 되고 문장 쪽에서도 각각의 분야에서 전문지식을 습득한 젊은 문필가들의 저술 활동에 의해 새로운 문체가 탄생하게 된다. 이 새로운 문체인 메이지 보통문의 계통은 한문漢文, 일본고유문和文, 양문洋文의 세 가지 계통으로 나뉘어 한문맥이 농후한 문체로부터, 고유문맥, 양문맥이 농후한 문체, 또는 이들이 혼합된 문체까지 여러 가지 모습으로 나타난다. 즉, 메이지 보통문이라는 것은 하나의 통일된 문체에 대한 명칭이라기보다 당시(메이지 20년대 이후) 행해진 논설, 평론의 문체 전체를 가리킨다고 할 수 있다. 이 글에서 자료로서 사용한『近代評論集』에 수록된 평론 47편은 그야말로 메이지 보통문의 대표로서 그 전형을 보여주는 자료라고 할 수 있다.

이와 같은 문장의 질적 변화는, 어떤 종류의 한어계접사류에게 있어서는 그 보급과 정착의 결정적인 요인이 되었다.「-化」「-性」「-的」「-式」등의 경우, 메이지 20년대 이후부터 활발히 사용되게 되면서 현대어 속에서 왕성한 생산력을 발휘하고 있는데, 이들 접사의 개별적인 추이는 동일하지 않다고 해도, 이들이 점차 조금씩 사용되기 시작하여 오늘날과 같은 용법으로서 정착하게 되기까지는 메이지 20년대 이후의 실용문에서 다용된 것이 계기가 되었다는 점에서 공통된다.

예를 들면,「-化」는 英和辞典의 역어나 전문술어 속에서는 볼 수 없고 중국의 英華字典의 역어 속에도 이자 한어 이외에는 나타나지 않는데, 메이지 30년을 전후로 평론문장 속에서 사용되고 있는 것을 볼 수 있다.「-性」는『哲学字彙』에서 -ity, -ness에 대응하는 번역으로서 사용되고는 있지만, 이것이 이윽고 문장 속에서 다용되게 되는 것은 역시 30년대의 실용문이라고 할 수 있다.「-的」의 경우는, 메이지 초기의 문장 속에서도 몇몇 예가 보이지만 그것은 현대어의 용법과는 성격이 다른 명사적인 것이고, 그 사용 또한 일반적인 것은 아니었다.『哲学字彙』의 역어 속에서 다용된 것은 획기적인 것이긴 하지만, 실제의 문장 속에서 일반적으로 사용된 것은 잡지『国民之友』『女学雑誌』를 비롯하여 메이지 20년 전후부터 현저하게 다용된데 기인한다.

모리오카(1991b:121)는, 메이지기의 문장의 흐름에 대해,「근대적인 사상 또는 사고법과 거기에 어울리는 표현법은, 특히 메이지유신 후의 교육을 받은 청년들에 의해 습득되어 발달하고 정착해 갔다」라고 말하고 있다. 또, 그 신진 문필가가 쓴 문장에 대해서,「그 이전의 한문직역체, 고유문체和文体, 통속체通俗体와는 분명히 선을 긋고, 서양풍의 발상이 농후하게 나타나게 된다」고 말하며, 이러한 문장은 니시아마네西周, 나카무라마사나오中村正直, 후쿠자와유키치福沢諭吉 등과 같은 일세대 전의 계몽적인 양학자들의 문장에는 보이지 않는다고 지적하고 있다. 이것은, 이른바 구문맥欧文脈이라는 것이 초기의 번역물 속에는 보이지 않고 메이지 중기 이후의 일본인이 쓴 오리지널 문장에서 나타난다는 사실과도 연결된다.『花柳春話』『西国立志編』『明六雑誌』 등이 쓰여진 당시에는 한문훈독체가 번역의 주류를 이루고 있었던 데 반해서, 메이지 중기 이후의 문장은 구문맥의 직역에 의한 영어학습이 몸에 밴 청년학자에 의해 쓰여졌기 때문에, 그 사고의 형식에까지 미친 구문맥의 영향이 당연히 나타나고 있는 것이다.

바꿔 말하면,「-化」「-性」「-的」「-式」「諸-」 등이 메이지후기 이후가 되어 다용되기 시작한 것은 어떤 의미에서 어휘면에 미친 구문맥의 영향의 발로라고 할 수 있을 것이다. 이와 같은 유추의 개연성은,「-化」「-性」「-式」 등이 다른 것보다도 일찍 사용되고 있는 문장이 주로 하세가와텐케이長谷川天渓, 시마무라호게쓰島村抱月와 같은 유학파 영문학자의 저술에 집중되고 있다는 점에서도 뒷받침될 수 있을 것이다. 그들은 영문법의 지식도 몸에 배고 서구의 철학과 사상에 바탕을 둔 논리적인 문체 만들기에 줄곧 고심을 해 왔던 만큼 신조어의 수용에 한 발 앞서 있었을 것으로 생각된다.

현대 일본어 속에서 사용되고 있는 한어계접사 속에는 이른 시기에 역어로서 조출되어 메이지의 초기부터 이미 다용되고 있던 것들도 있지만, 예를 들어「化」「性」 등이 조금씩 사용되기 시작하여 이윽고 정착을 향해서 나아가게 되는 경위는, 서양풍의 발상이 농후하게 나타나 있는 메이지 보통문의 형식을 전제로 하고 난 이후에 설명할 수 있다는 것이다.

### ❸ 어구성상의 경위

## 1) 이자한어의 급증

일본에 있어서의 한자어의 수용은 긴 역사를 지니며, 일본어 속에서 한어가 차지하는 비율은 엄청난 것이 되어 있다. 야마다(1940:334-335)는 일찍이 『国語の中における漢語の研究』 속에서 이들 한어의 유래를 고찰하고, 그 원류로서 ①직접 또는 간접적인 교통유입에 의한 것, ② 한학으로부터 전해진 것, ③ 불교서적을 통해 전해진 것, ④ 양학의 번역에서 생겨난 것, 이렇게 네 가지를 들고 있다. 극히 최근의 한자어 중에는 이것과 별개로 일본인들이 새롭게 조어한 것도 섞여 있지만, 전체적으로 보면 현대 한자어의 대부분이 위의 네 가지 원류의 하나에 기반을 두고 있는 것은 분명할 것이다. 그런데 그 중에서 ①②③에 속하는 한자어는 거의 모두가 에도시대 이전 유입된 중국산, 보다 엄밀히 말하자면 일본제 이외의 한자어라고 할 수 있다. 그에 반해 ④의 「양학의 번역으로 생겨난 것」은 문명개화 이후 새롭게 출현한 것으로서, 중국산이긴 하지만 일본인 자신의 조어에 의한 것도 포함되어 있다.

어구성의 측면에서 보면 안정적인 이자한어의 형태가 가장 많아서, 야마다 (1940:228)는 「이자한어는 한자어 중 가장 많은 양을 차지하는 것으로서, 일본에 들어온 한자어의 최대다수를 점한다」라고 기술하고 있다. 이와 같은 이자한어의 증가는 에도 말기와 메이지기에 한층 뚜렷해지지만, 이것은 새롭게 유입한 서구의 문물, 제도, 개념 등의 거의 대부분이 한어로 번역된 것에 기인한다. 애당초 한자는 표의문자이기 때문에 단한자單漢字의 짧은 어형만으로 의미를 나타낼 수 있지만, 일자한어의 경우에는 의미가 막연하여 광범위하게 해석될 염려가 있다. 또한 예를 들면 「のり」라고 이해될 부분에 「則」「規」「今」「範」「儀」「紀」「典」과 같이 어휘가 풍부하다는 점도 문제가 된다. 어의를 명료하게 제한하기 위해서는 이들이 결합하여 이자한어를 만드는 편이 가장 안정적이고 실용적이라는 것이다. 그런 이유로, 메이지초기에는 일자한어로는 잘 표현할 수 없는 부분에 대량의 이자한어가 만들어졌던 것이다.

『和英語林集成』는 판을 거듭할 때마다 서구문화를 받아들이는 과정에서 만

들어진 신조어로 생각되는 것들을 증보하고 있다. 제3판 서문에 의하면 일본어
와 영어 양쪽에 있어서 일만 단어 이상의 추가가 이루어지고 있는데 그 대다수
는 한어이다. 히다飛田(1983)의 조사에 의하면 1867년의 초판 『和英語林集成』
에서는 한어가 전체 단어수의 25%를 차지하고 있으나 메이지 1886년의 3판이
되면 33%로 늘어나 있다. 또한, 3판에 증보된 것은 주로 「開化」「化学」「政治」
「言語」「物理」「特権」「実験」「装置」「学術」「観測」「保証」「植物」와 같은
이자 이상의 복합한어로 그 수가 삼천 단어에 이른다고 한다. 『和英語林集成』
뿐만 아니라 에도 말기에서 메이지 초기의 영화사서英和辞書류와 번역서, 예를
들면 『改訂増補 和訳英字彙』『英和辞典』『西国字彙』 등에서도 이자한어가 다
수 나타나고 있다.

　　일자한어류가 접사로서 사용되게 되는 것은 우선 이러한 이자한어의 증가
가 전제된 후의 일이다. 그 예로서 『和英語林集成』에 나타나는 「-者」의 경우
를 들어보면,

|  | <再版> | <第三版> |
|---|---|---|
| convert | 改心した人 | 改宗-者 |
| autocrat | 一人で政を行う者 | 専制-者 |
| missionary | 耶蘇の道を広める人 | 伝道-者 |
| accessory | 肩を持つ人、徒党する人 | 同謀-者 |

와 같이, 재판까지는 구(句)를 사용한 소위 「주석법」에 의해 번역되던 것이
「-者」로 대체된 것 같은 패턴을 볼 수 있다. 이와 같은 양상이 보이는 것은
메이지기에 들어온 이자 이상의 한어가 급증한 사실을 반영하고 있다고 말할
수 있다. 서구로부터 들어온 새로운 개념에 대해 예를 들면 「~하는 사람」「~
인 사람」이라고 번역할 수밖에 없던 것이, 「改宗」「専制」「伝道」「同謀」 등의
조어에 의하여, 거기에 「-者」를 후접시키는 것만으로 「단어 대 단어역」이 가능
해졌다고 생각할 수 있다. 마쓰무라松村(1980)의 해설에 의하면, 재판에서는 그
영어에 대응하는 일본어로서의 역어가 아직 확실히 고정되지 못했던 데 반해,
제3판이 되면 이미 어느 정도 역어로서의 일본어가 고정되었기 때문이다. 위에

서 언급한 것 외에도 「愛国」「棄教」「通信」「発見」「保険」「保存」「問答」「復讐」 등의 증보에 수반하여, 각각의 단어에 「-者」가 후접된 「愛国-者」「棄教-者」「通信-者」「発見-者」「保険-者」「保存-者」「問答-者」「復讐-者」의 증보와 관련되는 양상을 볼 수 있다.

이와 같은 현상은 학술용어 속에서는 한층 두드러지게 나타난다. 예를 들면, 「electric force」「double refraction」「absorbtion band」 등에 역어를 대응시킬 때는 「electric 電気」「refraction 屈折」「absorbtion 吸収」와 같은 이자한어가 우선 어기로서 확정되어 있기 때문에, 일자한어에 의미를 함축하고 있는 「-力」「復-」「-帯」 등을 전접 또는 후접시키는 것만으로도 「電気-力」「復-屈折」「吸収-帯」와 같은 축어역逐語訳이 가능해지는 것이다. 즉, 「electricity 電気 → electric force 電気 + 力」「refraction 屈折 → double refraction 複 + 屈折」「absorption 吸収 → absorption band 吸収 + 帯」와 같은 조어방법을 볼 수 있는 것이다. 이 경우, 전접하는 것은 주로 어기의 의미를 수식하거나 한정하고, 후접하는 것은 어기가 속하는 카테고리를 나타내는 기능을 갖는 것이 압도적으로 많다.

요컨대, 메이지기에는 접사적으로 사용되는 일자한어의 수요가 늘었을 뿐만 아니라 그것이 활약할 수 있는 장도 늘었던 것이다. 안정된 이자한어에 일자한어가 결합하는 일이 많아짐에 따라서 접사적 성격의 일자한어의 종류도 늘게 되었다고 할 수 있다. 그리고 결과적으로 삼자한어의 증가라는 일본어의 어휘구도의 양적변화를 이끌어내게 되었던 것이다.

## 2) 한자형태소의 활용

현대일본어에서는 새로운 말이나 역어의 조어에 있어서의 형태소로서의 한자운용의 체계가 비교적 안정되어 있다. 그렇기 때문에, 예를 들어 「new(新)+generation(世代)」「anti(反)+ art(芸術)」와 같이 조직적이고 분절적인 조어가 가능한 것이다.

그러나 메이지초기에는 이과계용어의 제한된 범위 외에는 이러한 한자형태소의 종류도 적었고, 그 적극적인 운용은 아직 행해지지 않고 있었다. 모리오카

(1991a:2-6)는 영화사서英和辞書류에 있어서의 역어의 어구성에 관해서 각 시기별로 특징을 통람하고 있는데, 여기에 따르면 메이지5년까지는, 에도어가 중심을 이루어 '구句로써 설명'하거나(사쓰마薩摩), '이미 있는 말의 가능성을 최대한 이용하여 치환'하는(헤본) 방법을 취하고 있다. 그렇기 때문에, 고유일본어역에 비해서 한어역의 비율은 삼분의 일에서 반 정도밖에는 미치지 못하고 있다. 그 후 메이지 20년까지는 과도기여서, 한편으로 차용한어를 이용했다고는 해도 역시 에도어를 보다 많이 사용하여 '구'와 '조합된 고유일본어'에 의존하는 경우가 많았으므로, 후리가나에 무게를 두는 한 신한어新漢語는 그다지 눈에 띄지 않는다. 메이지20년 이후는 이윽고 에도어가 신한어로 대체되는 시기여서, 고유일본어의 이용이 줄고 한어가 비약적으로 진출하게 된다.

이와 같은 어구성의 변천을 거쳐 점차로 한어에 의한 일본류의 조어가 증가하게 되었을 것이다. 일본어의 조어법은, 메이지를 거쳐 한자형태소에 의한 체계성의 확립이라는 방향으로 향해 있었다고 말할 수 있을 것이다. 한어역의 방법이라는 것은, 치환, 재생전용, 변형, 차용, 가차에 의한 것들을 들 수 있는데, 이들은 모두 기성어를 이용하고 있다는 점에서 공통된다. 이에 반해, 일본인에 의한 한어의 조어에 의한 경우는 한어를 형태소로서 자유롭게 이용하고 새로운 조합을 만들어낸다는 점에서 성격을 달리한다.

메이지초기에는 무엇보다도 고유일본어를 우선 조어의 기본으로 삼고 있었지만, 수많은 현상現象들을 나타내는 데에는 고유일본어로는 부족한 경우가 적지 않았을 것이다. 이런 가운데 고유일본어를 보완하는 것으로서, 한어가 고유일본어로 번역되는 일 없이 그대로 어기로서 채용되게 된다. 모리오카는 이렇게 해서 일본어의 어기로서 자격을 얻게 된 것들로,

-的  -式  -法  -性  -計  -点  -長  -量  -面  -角  -線  -期  -巻  -区
-剤
-枚  -病  -度  -業  -師  -省  -器  -尺  -体  -率  -学  -表 (후접성분)
第-  故-  該-  不-  副- (전접성분)

등의 일자한어를 예로 들면서 그 다양성을 지적하고 있다. 이들은 고유일본어

형태소의 절대량의 부족을 보완하는 것으로서 일본어에 들어와서, 현재는 일본어의 형태소로서 기능을 발휘하고 있는 것으로 볼 수 있다. 전절에서 기술한 바와 같은 이자(또는 그 이상의)한어, 즉, 제이차적어기와 자유롭게 결합함으로써 일본인에게 있어서도 용이하게 조어가 가능했다고 생각된다. 이와 같은 한자형태소가 확충되어 파생어를 만들기 위해 접사적으로 사용되는 일이 반복됨에 따라, 한어계접사의 의미용법이 정착을 향해서 발달해갔다고 생각된다.

본래부터 한자는 표의문자이고, 단한자單漢字의 짧은 어형만으로 의미를 나타낼 수 있다. 한자는 문자이면서 의미를 지니고, 단어를 구성하는 하위요소, 즉, '형태소'로서 기능할 수가 있는 것이다. 특히, 역어의 조성기에는 예를 들면 영어의 in-, -ic, -al, -ness, -ity와 같은 단어의 하위레벨의 접사 또는 연결형의 요소에 단한자를 대응시킴으로써 단어역을 조출하는 경향이 있었다. 이와 같이, 문자형태소로서의 한자의 기능이 활용됨으로써 유용한 조어성분으로서의 한어계접사가 확충되어, 메이지 여명기에 있어서의 방대한 조어가 가능했다고 말할 수 있을 것이다.


## 4 연구과제 및 전망

1950년대를 시작으로 현재에 이르기까지 근대어의 성립 및 한어의 조어력에 관한 다방면에 걸친 연구가 이루어져 왔다. 그러나 메이지기의 어휘에 관한 연구는 그 대부분이 계량적인 검증이 중심을 이루고 있어, 근대 역어를 구성하는 조어요소를 조명하여 그 실질적 의미용법을 검토하는 작업은 아직 충분히 이루어지지 않고 있다고 생각된다.

메이지기에 역어의 조성에 미친 중국영학으로부터의 다대한 영향에 관해서는 선행연구에 의해 밝혀져 왔으나, 한어계접사의 경우에는 그 기능과 용법의 수정이 필연적으로 요구되기 때문에 일본 독자적인 것으로서 조출되어진 것도 적지 않다. 메이지기에는 다수의 조어가 이루어져 근대어휘의 체계는 이 시기에 거의 완성되었다고 말해지고 있으나, 한어계접사의 경우, 현대어의 유용한 접사류 가운데는 그 정착 및 일반화의 진행이 다이쇼기 이후에 이루어진 것들이 적지 않다. 그러므로 현대 일본어의 어휘 속에서 높은 생산력과 조어력을 발휘하고 있는 다양한 한어계접사의 성립과정에 관한 연구와, 다이쇼기 이후의 전개양상에 관한 연구는 금후의 과제로 남아 있다. 이러한 연구는 오늘날 사용되고 있는 한자어의 대다수를 차지하고 있는 메이지 신조어의 일측면을 조명해 봄으로써 근대일본어의 성립에 관한 연구에 일조할 수 있다는 점과, 현대일본어의 유용한 조어요소가 어느 시기에 어떤 자료 속에서 어떤 의미용법을 가지고 사용되고 있었는가를 기술하는 어지적인 연구를 겸하고 있다는 점에서 의의가 있다고 할 수 있다.

# 07 현대일본어에 계승된 重刊捷解新語의 일본어 표현

古田和子 후루타가즈코

## 들어가는 말

『첩해신어捷解新語』는 조선시대 사역원司訳院에서 간행된 일본어 학습서이다. 초간본初刊本은 1618~36년 사이에 만들어져 1676년에 간행되었다. 이어 두 번의 개정改訂이 행해졌는데, 제1차 개정은 1747~48년 사이에 이루어졌고 제2차 개정은 1763년에 이루어졌다. 제2차 개정판改訂版은 현존하지 않지만, 그를 복각覆刻 중간重刊한 것이 『重刊捷解新語』이며, 1781년에 간행되었다.

『捷解新語』는 왜학倭学 통역관通訳官 양성을 목적으로 만들어진 학습서이기 때문에 거기에 실린 일본어는 당시의 구어口語로 간주된다. 제1권부터 제9권까지는 조선朝鮮측과 일본日本측의 대화체対話体로, 제10권은 서간체書翰体로 구성되어 있다. 초간본이나 개정판이나 내용·구성에는 크게 변한 것이 없지만, 그들에 나타나는 일본어는 시대에 따라 변해가는 모습을 보여준다.

일본어사日本語史의 관점에서 『重刊捷解新語』에 나타나는 일본어는 근세近世 에도江戸의 언어가 반영되어 있다고 볼 수 있다. 에도시대 전기前期는 교토京都

를 중심으로 하는 서쪽 지방의 언어가 우세했다. 그러나 호레키宝暦(1751~1763) 이후 에도는 정치·경제·문화의 중심지가 되어 에도의 언어가 차차 세력을 신장해 나아갔다. 에도시대 후기後期의 언어의 특징은 무사武士를 정점으로 하는 신분계급을 바탕으로 무사와 평민의 언어 차이, 서쪽 지방과 동쪽 지방의 언어 차이, 그리고 구두언어口頭言語와 서기언어書記言語의 차이가 두드러지게 나타난다는 점이다. 『重刊捷解新語』에는 그러한 에도시대 후반의 무사 계급의 언어가 반영되어 있다고 볼 수 있다. 그것이 현대 일본어에 어떤 모습으로 살아남아 있는지를 살펴보도록 한다.

## ▌1  일본어사 연구에 있어서의 『捷解新語』

『捷解新語』는 임진왜란후 도쿠가와德川정권이 성립되어 조일朝日관계가 정상화된 즈음에 사역원에서 편찬되었다. 司訳院에서는 주변 국가들과의 외교교역 업무를 맡아 사절단使節団을 따라가 통역 일을 담당하거나, 통역관을 양성하기 위한 외국어교육을 실시했다. 사역원의 외국어교육 시스템은 오랜 전통을 토대로 질서 정연하게 정비되어 있었다. 사학四学(한漢·몽蒙·만満·왜倭)의 오리지널 교재(구어를 중심으로 함)를 만들어 후학을 가르치고 과시용科試用 교재로 사용하였다. 『捷解新語』는 그러한 교재 중의 하나이다.

저자는 강우성康遇聖이며 그는 임진왜란 때 피납되어 일본에 끌려가 10년을 오사카大坂 부근에서 지냈다. 당시 일본은 센코쿠戦国시대 말기이며 도요토미히데요시豊臣秀吉의 통치하에 있었고 도쿠가와이에야스德川家康의 정권장악까지 몇 년을 앞두고 있는 시기였는데, 그런 시기에 강우성은 일본인 사회에서 생활하면서 자연스럽게 일본어를 습득하였다. 그는 귀국 후 역과訳科에 급제하여 훈도訓導로서 후학을 가르치는 일과 조일 외교·교역의 업무를 수행하였다. 1617년, 24년, 36년에는 통신사의 일원으로 도일하여 그 경험을 토대로 捷解新語를 편찬하였다. 이후 捷解新語는 과시용 교재로 사용되었고 1676년에는 인쇄 간행되었는데 이것을 초간본이라고 한다. 일본어사 연구자료의 관점에서 볼 때 초간본에는 강우성이 습득했던 중세말의 구어가 반영되어 있다고 하는 것이 정설이다.

捷解新語는 두 번에 걸쳐서 개정되었다. 1747년에 통신사가 파견되었는데 그것이 계기가 되어 개정이 이루어지고 1748년에 간행되었다. 초간본 성립으로부터 100년 이상이 지나 일본어가 변했다는 것이 개정의 이유이다. 제1차 개정판을 개수본改修本이라고 부른다. 제2차 개정판改訂版 은 1763년에 간행되었지만 산일散逸되어 없어지고 1781년에 제2차 개정판을 중간重刊한 것이 중간본重刊本이다. 제1, 2차 개정은 1747년의 통신사 파견 멤버이었던 최학령崔鶴齡을 중심으로 이루어졌다. 현지에서 일본인의 도움을 받아 수정 작업을 진행하였다고 한다.

일본어사 연구자료로서 초간본은 중세말의 구어가 반영되어 있지만, 개정판은 에도시대 중기에 성립되었기 때문에 그 시기의 일본어가 반영되었다고 할 수 있다. 또한 捷解新語는 조일 외교·교역을 담당하는 통역관을 양성하기 위해 만들어진 책이기 때문에 거기에 반영된 일본어는 외교·교역의 장에서 실제로 구두를 통해서 사용된 언어로 간주된다.

그러면 초간본과 개정판 사이에는 어떤 변화가 있었는지 보도록 한다. 초간본과 중간본을 비교하여 4항목으로 분류해서 생각해 보기로 한다. 예문을 들 때 (初刊)은 初刊本에서, (重刊)은 重刊本에서 인용한 것을 나타낸다. 끝의 (1-3b)는 제1권의 3쪽 이면이라는 뜻이다. 捷解新語의 본문은 원래 히라가나로만 표기되어 있는데, 여기서는 독자의 이해를 돕고자『三本対照捷解新語 釈文·索引·解題篇』[1]의 석문釈文을 이용하기로 한다. 한자에 덧붙인 후리가나(振り仮名)는 필자가 임의로 현대가나즈카이(現代仮名遣い)로 표기하였다.

## 1) 오류를 바르게 수정한 예

     (初刊) 正官を珍しう見まるせうかと思うたが(2-2)
          正官을반가이보올가녀겻습더니
     (重刊) 正官に嬉しう御目に懸りませうと存たに(2-8)
          正官끠반가이보올까너기더니

**1·**
京都大学文学部国語学国文学研究室 『三本対照捷解新語釈文·索引·解題篇』(1973)

「正官を見る」가 「正官に御目に懸る」로 수정되었다. 「사람을 만나다」의 뜻으로 「～を見る」는 일본어로서는 부자연스러우며, 그것은 「正官を 보다」에서 연유된 오류로 볼 수 있다.

## 2) 구시대적인 말을 시대의 맞는 말로 교체한 예

(初刊) 前廉 拵て御座って(1-27)
　　　미리출혀겨시다가

(重刊) 兼て御用意さつしやれましたか(2-2)
　　　미리출현다가

「まえかど」는 초간본 시대에는 일반적으로 사용된 말이었으나[2] 중간본 시대에는 사용되지 않게 되어 「かねて」로 교체되었다.

## 3) 속된 말을 규범 바른 말로 수정한 예

(初刊) 先づ陸に居取らしられ(1-2b)
　　　아직편히안줍소
(重刊) 先御平坐被成れません(1-3b)
　　　아직편히안씁소

초간본의 「ろくにいどる」에서 「ろくに」는 「편히」의 뜻이고 중세말에 일반적으로 사용된 말이다. 「いどる」는 「앉다」의 뜻인데『닛포지쇼日葡辞書』에는 규슈지방의 방언[3]이라는 설명이 있듯이 평민의 속된 말로 간주된다. 중간본에서는 「御平坐なされません」로 한자어 「平坐」에 「御～なさる」를 사용해 한층 격식 차린 표현으로 교체되었다.

## 4) 공손함을 부가한 예

(初刊) 今日は折節天気も好し、静かに語りまるして、嬉しう御座る(2-3b)

2·
古川久(1963)『狂言辞典－語彙編』(東京堂出版)에 「まえかどー前もって、あらかじめ」가 있다. 또한 土井忠生編(1980)『日葡辞書』(岩波書店)「Mayecado. 前もって、あるいは以前に」에서도 확인할 수 있다.

3·
土井忠生他編訳 『邦訳日葡辞書』(岩波書店,1980)에 의함. 「Idori,u,otta(x)」(x)는 九州地方의 方言을 뜻하다.

오늘은折節天気도됴하, 죠용히말솜ᄒ니깃거ᄒ옵닉

(重刊) 今日は天気もよふ御坐つて、御咄申まして嬉しう存まする(2-10b)

今日은도됴하, 말솜ᄒ오니긴비너기옵닉

「好し」를「よふ御坐つて」로 수정하여 정중함을 더했고, 「語りまるして」를 「御咄申まして」로 수정하여 「御~申まする」를 씀으로써 정중함을 더했다. 「う れしう御座る」를 「よろこばしう存まする」로 개정하여 「存まする」를 씀으로 써 격식을 차린 표현으로 개정되었다.

위에서 초간본과 중간본을 비교허여 어떤 개정이 이루어졌는지를 살펴보았 다. 오류를 바르게 수정하고, 구시대적인 말을 시대에 맞는 말로 교체하는 개개 의 단어 교체도 많다. 그러나 3),4)에서 보았듯이 사회가 변해감에 따라 표현 자체를 교체하는 것이 더욱 중요한 개정의 이유가 아니었을까 생각한다.

중세 후기는 힘이 있는 자가 무력으로 세상을 제압하는 시대였지만, 근세는 도쿠가와케德川家가 전국을 통일해 무사를 중심으로 바쿠한幕藩체제를 정비하 여 지배한 시대였다. 초간본에는 중세말의 언어가 짙게 반영되어 있고, 중간본 은 근세 부케武家사회의 규범 바른 언어가 반영되어 있다고 볼 수 있다. 중세말 부터 근세에 이르는 사회변화가 첩해신어 개정의 배경에 깔려 있다고 볼 수 있다. 위의 3), 4)번을 중심으로 좀 더 자세히 중간본의 일본어를 예를 들어가면 서 보도록 한다.


## 2 『重刊捷解新語』에 나타난 일본어

### ❶ 한자어를 사용해서 격식을 차린 표현

1) こんにち(今日) みょうにち(明日) さくじつ(昨日)

誠に今日は初めて御目に懸りました処に(1-6)

明日 聞合わせて見さつしやれひ(1-16b)

昨日は無事に(3-31b)


　초간본에 나오는 「きょう：こんにち, あす：みょうにち, きのう：さくじつ」의 비례를 보면 「10：11, 29：2, 10：3」이며, 중간본은 「2：19, 11：10, 4：8」과 같이 「こんにち, みょうにち, さくじつ」의 사용이 증가한 것을 알 수 있다. 한자어를 사용함으로써 공식적인 석상에서 격식을 차렸던 것으로 생각된다.

2) だん(段), ぎ(儀), みぎり(砌)


此段宜鋪被仰上被下ませひ(7-15b)

扨々目出度儀で御坐りますする(5-2)

何と被致たやら著砌より(2-3)


　「段, 儀, 砌」는 원래 한문훈독에서 서기書記언어로 사용되었다. 그러나 중간본의 용례는 당시 구두로 격식을 차린 말로 사용된 것을 보여준다.

3) たいえつ(大悅) きい(貴意) ちょうせい(招請) けんたい(謙退) しゅっきん (出勤) ざんねん(残念)


大悦何方も御同然で御坐りますれ(6-3)

得貴意まする事(6-1b)

私宅え招請致まして(6-1b)

御謙退被成まするな(9-10b)

出勤致被得まするまひかと存まする程に(2-3)

御目に掛らぬ事を残念に被存て(2-12b)


　초간본에는 없고 중간본에서 처음으로 등장한 한자어를 예시하였다. 한자어를 씀으로 해서 딱딱한 격식을 차린 표현으로 개정되었다.


**②** 구시대적인 말을 사용해서 중후함을 나타내는 표현

4) ゆえ(故)

　　風も好吹まする故(1-10b)

　이유를 나타내는 '~하므로, ~기 때문에'로 해석되는 말인데, 초간본에는
3예를 볼 수 있다. 중간본에는 36예를 볼 수 있으며 사용이 큰 폭으로 증가한
것을 알 수 있다. 「ゆえ」는 원래 한문훈독에서 연유되어 서기언어로 사용된
말인데, 중간본에서는 구두어로 격식을 차린 말로 사용된 것을 알 수 있다.

5) 2단二段활용 (「みゆる」「なさるる」)

　　(初刊) 沖に日本船が見えると申す程に(1-9b)
　　(重刊) 洋に船が見ゆると申まするにより(1-12)
　　(初刊) 出船なさるように(6-13)
　　(重刊) 御出船なさるる様に(6-17b)

　중세말에는 2단활용동사의 1단一段활용화[4]가 진행되어 교토지방에서도 1단
활용은 구두어로 사용되고 있었는데, 초간본도 그 사실과 어긋나지 않는다.
그러나 오히려 중간본은 2단활용을 종종 사용하였다. 구시대적인 말을 구두로
사용함으로써 중후함을 나타내고 있다.

6) 부정의 조동사 「ず」의 연체형 (「ぬ」)

　　(初刊) 御目に懸らんを(온메니가가란오)(2-5)

4·
上二段·下二段 활용동
사가 上一段 下一段 활용
으로 변화하는 현상. 헤이
안平安시대말에는 이런
현상이 문헌에도 나타나
기 시작하여 무로마치室
町시대말에는 1단화가 더
욱 진행되었다. 그러나 2
단활용이 표준적이리는
의식은 아직 남아 있었다
고 한다. 에도시대 후기에
는 1단화가 완료되었다.
중간본은 1단화가 완료된
시기에 해당되지만 2단활
용을 채택한 이유는 본문
에서 언급하였다.

(重刊) 御目に掛ら<u>ぬ</u>事を(오메니가가라누고도오)(2-12b)

초간본의「ん」은 당시의 일반적인 구어를 묘사한 것이다. 한편 중간본의「ぬ」는 규범적인 발음을 나타내고 있다. 구시대적인 말은 정통의식이나 규범의식을 동반하므로 중간본에서 격식을 차린 표현으로 사용된 것으로 보인다.

**❸ 새로운 경어법**

7) 御～なされまする

定て御心遣に御渡海被成ましたで御坐ろう(1-15b)
緩と御休み被成ませひ(1-24b)

초간본에서도「御～なさる」로 등장하지만 중간본에서는「御～なされまする」로 한층 정중함을 부가한 표현으로 등장한다.「御+한자어漢字語+なされまする」도 있지만,「御+동사의 연용형連用形+なされまする」도 증가해 사용의 폭이 넓어져가는 모습을 볼 수 있다.

8) 御～になりまする

其日は天気にも構無く御乗船に成りませうから(6-16b)

중간본에 1예가 있다.「御～なる」는 무사계급의 서기언어에서 유래되며, 구두에서 격식차린 표현으로 근세말에 일반화되었다고 한다. 중간본의 위 용례는 빠른 시기의 용례로 주목할 만하다.

9) 御~いたしまする

    a. 御同心は致しませう(1-9b)
    b. 緩々御咄致しまして(7-20b)

초간본에서는 「御~いたす」의 용례는 없지만, 중간본에서는 사용이 증가했다. a)는 「～」 부분이 한자어인 경우이고, b)는 동사의 연용형이다.

10) 存じまする

    a. (初刊) 心に懸る程に(1-5)
      (重刊) 心懸りに存まする程に(1-6b)
    b. 目出度存まする(1-13b)

초간본의 예문은 경의를 나타내지 않지만, 중간본에서는 「存まする」를 사용함으로써 공손함을 나타내고 있다. b)는 형용사에 연결되어 정중함을 나타내고 있는데 중간본에서는 이러한 정중어鄭重語로서의 사용이 증가한다.

11) 形容詞のウ音便 +ござりまする, 名詞+でござりまする

    今日の朝の雲が悪ふ御座りまし(1-15)
    御心好御座りまするゆえ(2-1b)
    当年条二特送使で御坐りまする(1-13)

위 예문 역시 정중함을 나타내고 있다. 원래 「ござる」는 「ござある」에서 유래된 말이고 본동사로 존경어로 사용된 것이었다. 그러나 시대가 흐름에 따라 사용이 늘어나면서 경의도 떨어지게 되고 정중어로 사용하게 되었다. 중간본 시대에는 그러한 「ござる」에 「まする」가 연결되어 「ござりまする」가 탄생하였는데, 높은 정중함을 나타내고 있다.

**❹ 관용적 표현**

12) ごこんいにあまえまして(ご懇意に驕へまして)

初めて御目に懸りました処に御懇意に驕へまして(1-7)

초간본에는 없던 표현인데 인사말로 사용되고 있다.

13) 御~にあずかりまして(御~に預かりまして)

遠方御念比に軍官を以 御尋に預りまして(1-27)
此様な御馳走に預りまして(8-24b)

겸손함을 나타내는 慣用的인 표현이다.

14) おめみえ(御目見へ)

御目見への儀は御指図を相待まする様に御さりまする(7-15)

여기서는 '장군將軍을 배알하다'의 뜻인데 최고로 높은 사람에게 경의를 나타내고 있다.

15) ごていねいな~(御丁寧な~)

御丁寧な御挨拶で社 御座りまする(8-24)

초간본에는 없는 용례이며, 형용동사「丁寧だ」와는 달리「御丁寧な」로서

관용적으로 인사말로 사용되는 말이다.

16) やむことをえず(已むことを得ず)

　　　不得已 世話鋪 申ましたれば(4-6)

「已むことを得ず」가 한 구절로 부사로 사용된 예이다.

17) いたみいる(痛入る)

　　　太守被聞ましたらば却て被痛入ませう(7-6)

　남의 친절, 호의, 배려에 대하여 자신에게는 과분하다는 뜻으로 사용되는
관용적 표현이다.

18) かしこまりまする(畏まりまする)

　　　休息仕る様にとの御事 畏りまして御座りまする(8-12b)

　'(당신의 말, 명령을) 받들다'의 뜻으로 겸손함을 나타내는 관용적인 표현이
다.

19) ちんちょうにぞんじまする(珍重に存じまする)

　　　皆御無事に御渡海被成まして珍重に存まする(2-7b)

　'珍重'이라는 말의 원래의 뜻은 '진귀하다'이다. 그러나 위의 용례는 인사말
로서 '경사스럽다'의 뜻으로 관용적으로 사용된 것이다.

## ▌3  현대 일본어의 맥을 잇는 표현

위에서 언급했던 용례들이 현대 일본어에 있어서 어떻게 사용되고 있는지를 보도록 한다.

1) 「あす：みょうにち, きょう：こんにち, きのう：さくじつ」의 대립

현대어에 있어서도 동일하다. 격식을 차리는 석상에서는 한자어인 후자를 사용하는 것이 일반적이다. 또한 서기언어에 있어서도 후자를 쓰는 경우가 많다.

2) 「段, 儀」

서간문에서 사용할 수 있으나 구어로 사용하는 경우는 드물다.

3) 「大悦, 貴意」

문어로 사용되지만 구어로는 사용하지 않는다. 「招請」는 「しょうせい」로 읽고 '초청하다'의 뜻으로 사용한다. 중간본의 용례처럼 '자택에 초대하다'는 뜻으로는 사용되지 않는다. 「謙退」는 현대어로는 사용하지 않으며, 같은 뜻으로는 「謙遜(けんそん)」을 사용한다. 「出勤」, 「残念」는 현대 구어에서 일반적으로 사용되고 있다.

4) 「ゆえ」

구어로는 사용하지 않으나 문어로 사용한다.

5) 동사의 2단활용

규슈지방에 방언으로 남아 사용되고 있다.

6) 「ぬ」

문어로 문학작품이나 운문에서 사용된다.

7) 「御~なされますする」

「御~なさります, 御~なさいます」로 모습을 바꿔 높은 경의를 나타내는 존경어로 사용된다.

8) 「御~になりまする」

「御~なります」로 현대어에서는 흔하게 사용되는 존경어 중의 하나이다.

9) 「御~いたしまする」

「御~いたします」로 현대어에서 흔하게 사용되는 겸양어 중의 하나이다.

10) 「存じまする」

「存じます」로 「思う」의 겸양어로 사용된다. 「形容詞ウ音便+存じます」는 문어체로 쓰인다.

11) 「形容詞ウ音便+ござりまする」

「御+形容詞ウ音便+ございます」의 형태로 상당히 상냥하고 정중한 말로 현대어 속에 남아 있다. 「명사+でござりまする」는 「명사+でございます」의 형태로 정중한 말로 사용되고 있다.

12) 「ご懇意に甘えまして」 13) 「~に預かりまして」

12),13)은 중간본과 같은 형태와 뜻으로 사용되고 있다.

14) 「お目見え」

무사가 장군을 배알하는 일에 사용된 말이었으나 현대어로는 "첫 선을 보이다"의 뜻으로 일반용어로 사용된다.

15) 「御丁寧」

중간본 시대와 같이 현대어도 「御丁寧にありがとうございました。御丁寧なご挨拶を承りまして、」처럼 관용적으로 인사말로 사용되고 있다.

16) 「已むことを得ず」

일반적으로 「やむを得ず」라는 형태로 현대어에도 사용된다.

17) 「痛み入る」

현대어에서도 중간본과 같은 내용으로 사용된다.

18) 「かしこまりて御座りまする」

현대어 「かしこまりました」로 계승되었는데, 겸양어로서 공손함을 나타낸다.

19) 「珍重」

중간본에서 보이던 인사말은 쇠퇴하였고, 현대어로는 일반적으로 '희귀하다'의 뜻으로 사용된다.

## ▌4  중간본의 자료적 가치

초간본과 비교하여 중간본에 표출된 일본어에는 무사들이 공식 석상에서 사용하는 정중함과 격식차린 표현이 반영되어 있는 것을 보았다. 그러한 정중함과 규범의식은 현대 일본사회에 있어서 화자가 공과 사를 분별해서 써야 하는 언어생활에서 계승된 것을 알 수 있다. 구체적인 언어현상으로 한자어와 고어의 사용, 새로운 경어법, 관용적慣用的 표현에 대하여 살펴보았다.

한자어를 사용하거나 구시대적인 정통성을 갖는 말을 사용해 격식을 차리는 것은 현대어와도 다른 바가 없다. 또한 경어법에 있어서 현대어에 직결하는 몇 용례를 보았다. 문법적 성분을 구사하는 경어법「御~なさる, になる, いたす」와「ござりまする」등의 융성은 화자의 의지・판단으로 상대방을 대우하는 현대적 경어법의 원류로 볼 수 있을 것이다.

중간본에 보이는 인사말이나 관용적 표현은 역시 현대어의 직접적인 뿌리인 것을 알 수 있다.

捷解新語는 초간본初刊本으로부터 개수본改修本을 걸쳐 중간본重刊本에 이르기까지 일본어의 사적 변천을 살펴볼 수 있는 귀중한 자료이다. 에도시대 후기의 에도어가 근대 도쿄어에 계승되어 현대 일본어의 맥을 잇는다. 그 절차의 일부분을 증명할 수 있는 자료로서 중간본의 자료적 가치는 매우 높다고 할 수 있다.

# 제1부
## 커뮤니케이션을 위한 일본어 연구

### 3장 표기와 문체



일본어의 언어표현과 커뮤니케이션 연구

# 01 문자표기와 커뮤니케이션

탁성숙

## 들어가는 말

현대는 비주얼의 시대라 일컬어지고 있다. 비주얼 매커니즘시대에 발 빠르게 대응하기 위해 어떠한 시도가 문장의 세계에서 일어나고 있는지를 살펴보고자 한다.

2007년 3월부터 8월까지 6개월에 걸쳐(도합 132회), 중앙일보에 작가 공지영씨가 「즐거운 우리 집」이란 소설을 연재했다. 신문연재소설이라는 언뜻 보기에 진부하고, 신문지면이라는 제약이 있었음에도 불구하고 내용과 형식면에서 세간의 주목을 받았다. 이 신문연재소설은, 컬러판 제자와 삽화가 먼저 눈에 들어오고, 진한 글자체와 본문의 폰트보다 큰 글자로 그 날의 포인트가 되는 문장이 등장한다. 등장인물의 내면적인 심리상태를 나타내는 문장은 검정색 글자 외에 빨간색의 두가지 색의 글자를 이용해 시각적인 효과를 내고 있다. 비주얼시대에 맞춘 적극적인 대응자세라 보인다.

일본의 작가들은 이러한 비주얼시대에 어떠한 노력을 기울이고 있을까? 일본의 작가들이 작품 안에 사용하고 있는 표현요소에는 어떠한 것들이 있는가. 표현요소는 문체에 어떠한 형태로 나타나는가. 표현요소 중 한자, 히라가나, 가타카나 등의 문자사용을 중심으로 작가가 독자와의 커뮤니케이션에 어떻게 활용하고 있는지를 살펴보고자 한다.

## 1 문장의 표현요소

문장의 스타일 즉 문체를 결정하는 요소는 다양하게 존재할 것이다. 내용적인 요소와 형식적인 요소가 있을 것이다.

내용적인 요소에는 어휘레벨의 요소와 문레벨의 요소가 있다. 먼저 어휘레벨의 요소와 문레벨의 요소를 생각해보자.

- 어휘레벨의 문체요소

한자어와 고유어, 외래어의 사용비율, 형용사나 부사어의 사용, 의성어와 의태어의 사용 등의 어휘레벨에 나타나는 요소를 가리킨다.

- 문레벨의 문체요소

표현 면에서 생각할 수 있는 대우표현이나 방언의 사용이나 문말표현의 사용실태 문장의 장르에 따른 문체의 특성, 즉 서간문 등의 실용문, 설명문, 논설문이나 구어체와 문장체의 차이 등도 문레벨의 문체로 볼 수 있을 것이다.

형식적인 요소에는 일본어의 경우, 문자나 기호 등의 사용을 들 수 있다. 한자, 히라가나, 가타카나, 로마자와 아라비아숫자 등이 일본어의 표기수단이 될 수 있다. 글을 쓸 때, 어떤 문자, 기호를 사용하고 그 것이 독자와의 커뮤니케이션에 영향을 주는 것일까. 이 글에서는 표기를 중심으로 살펴보고자 한다.

## ▌2　선행연구 및 연구동향

### ❶ 문장론·담화론

　문장에 관한 연구는 우선 문장구조의 해명에 관한 연구를 문장론, 음성언어의 구조에 관한 연구를 담화론, 문장의 스타일이나 어휘, 어구, 문말표현 등의 개성적인 이미지에 중점을 두는 문체론, 개별적 표현요소에 중심을 두는 연구인 표현론을 들 수 있다.

　문장론과 담화론은 각각 「書き言葉」와 「話し言葉」의 최대단위라 할 수 있는 文章과 談話를 연구대상으로 각각의 표현과 구조, 역할을 해명하는 분야이다.

　문장론이 국어학의 연구분야로 제기된 것은 도키에다모토키時枝誠記에 의해서이다. 이후 일본어의 문장론의 주요 연구과제는 문장을 구성하는 복수 문(센텐스)사이에 보이는 의미의 연결과 중심내용을 해명하는데 있었다. 문의 연결은 문 전후에 인접한 두 개의 문이나, 문맥의 의미를 분석하는 연접, 연쇄론, 「文·發話의 요약」은, 하나의 화제로 통일된 文·發話의 집합통일체를 분석하는 「文章·談話統括論」에서 취급하게 된다.

　일본의 담화론의 시작은 1950년대 이후의 대우표현이나 방언연구와 같은 실제로 사람과 사람간의 대화에서 일어나는 현상을 연구한 데서 비롯되었다. 담화론이나 담화분석, 담화문법과 같은 용어를 사용하게 된 것은 서양의 디스코스(discourse), 텍스트(text), 어용론(pragmatics)등의 연구가 유입하게 된 것과 맥을 같이 하게 된다. 이후 일본어학과 일본어교육부문에서 문장론과 담화론의 연구가 활발하다.

### ❷ 문체론

　문체론에서는 주로 문학작품이 독자에게 영향을 주게 되는 각 문체의 요소를 파악하여 문장의 표현특성을 밝히는 것이라 할 수 있다. 문장의 표현특성의 요소에는 어휘레벨의 특성, 예를 들면 한자어, 고유어, 외래어의 사용비율, 형용사나 부사어의 사용, 가타카나어의 사용비율, 1문의 길이, 의성어와 의태어의 사용, 문말표현의 양상 등이 있다. 이러한 표현요소들이 문체에 어떤 영향을 주며, 문체의 특성을 결정짓는가를 파악한다. 문학작품 뿐 아니라, 다양한 장르의 문장에 관해 문체론적 특성을 연구하는 분야라 할 수 있다. 위에서 서술한 문장론이나 담화론과 연계하여 문체적 표현요소로 문장-텍스트의 유형분석, 담화론의 유형분석등이 주요한 과제라 할 수 있다.

문장론, 담화론, 문체론 등 문장연구의 중심적인 선행연구의 목록은 참고문헌으로 제시해 두었다.

### ❸ 표기수단-히라가나와 가타카나, 로마자의 사용

일본의 작가들은 이러한 비주얼시대에 어떠한 노력을 기울이고 있을까? 일본의 작가들이 작품 안에 사용하고 있는 표현요소는 어떠한 것들이 있는가. 표현요소는 문체에 어떠한 형태로 나타나는가. 표현요소는 작가가 독자와의 커뮤니케이션에 어떻게 활용되고 있는지를 살펴보고자 한다.

일본어의 표준적인 표기수단은 한자, 히라가나, 가타카나라 할 수 있다. 의미를 나타내는 부분은 한자로 조사나 활용어미 등의 부속요소는 히라가나로, 외래어나 의성어 의태어, 전문학술용어, 동식물의 명칭 등은 가타카나로 나타내는 것이 일반적인 표기원칙이다. 그러나 최근의 일본어의 표기는 많은 변화가 있는듯하다. 일본의 작가 중 요시모토바나나는 어떠한 경향인지를 작품의 제목과 본문에 사용되고 있는 표기를 중심으로 살펴보기로 한다. 요시모토의 경우는 2002년 필명을 「吉本ばなな」[1]에서 「よしもとばなな」로 전부 히라가나 표기로 바꿨다. 한자와 히라가나의 차이를 명확하게 인식하고 있음을 알 수 있다.

제목에 보이는 표기의 성향, 그리고 작품에 보이는 표기 중 가타카나와 로마자 등의 사용실태에 관해 살펴보기로 한다.

**1・**
よしもとばなな
1964년생 小説家。東京 출생。本名、吉本真秀子. 思想家吉本隆明의 次女。昭和63年(1988)「キッチン」으로 泉鏡花文学賞受賞。그외에 「TU GU MI」「とかげ」「白河夜船」 등의 작품이 있다. 平成14年(2002)筆名을 「吉本ばなな」에서 「よしもとばなな」로 바꿨다.

## 1) 제목에 나타나는 표기

　요시모토바나나의 작품은 에세이집 『パイナツプリン』(1992, 角川文庫), 일기인 『愛しの陽子さん』(2006, 新潮文庫)과 5명의 작가(川上弘美, 小池真理子, 篠田節子, 乃南アサ, よしもとばなな)와 공동으로 발간된 『恋愛小説』(2007, 新潮文庫)안의 「アーティチョーク」를 대상으로 한다.

　「吉本ばなな」 시절의 에세이집인 『パイナツプリン』의 제목을 살펴보자.

　제목을 살펴보면 한자, 히라가나, 가타카나, 로마자 등이 섞여있다. 한자에 히라가나가 섞여있는 제목이 가장 많이 사용되고 있다. 가타카나와 히라가나 한자, 가타카나, 히라가나, 한자에 알파벳문자가 사용된 것, 한자만으로 사용된 것 등이 보인다. 제목은 명사적 표현이 많고, 「ーのこと」와 「ーについて」가 붙은 표현이 다수 보이며 3개의 제목은 문의 형태를 띠고 있는 것도 나타나 있다. 「家が傾く」「これが芸術だ」와 「手塚先生、おむかえでごんす」의 예가 그 것이다. 「ｓ・キングと私」에서는 히라가나, 가타카나, 한자와 알파벳이 함께 사용되고 있어, 일본어의 문자표기의 일면을 보여주고 있다.

　또한, 「NOKKO, ホラー, スウィートホーム」와 같이 알파벳과 가타카나의 혼합된 제목도 사용되고 있다. 제목에서 느껴지는 전체적인 경향은 한자와 히라가나, 한자와 가타카나, 명사적 표현 등의 전형적인 흐름에서 「ーのこと」와 「ーについて」와 같은 표현이나, 주어와 술어가 함께 한 표현, 알파벳을 병용하는 제목으로 인하여 다채롭고 구어적 경향이 강해졌다고 하는 점을 지적할 수 있다.

| 히라가나와 한자로 된 제목 | 가타카나가 들어있는 제목 | 한자어 제목 |
| --- | --- | --- |
| 作家について | バナナの秘密 | 宣伝 |
| 「哀しい予感のこと」 | ファミリー | 教育 |
| 友だちの家の話 | ゴミと私 | |
| 家が傾く | ｓ・キングと私 | |
| 「佐久間さん」 | 名曲アルバムと純愛 | |
| 猫の話 | ユーミン様に会ったこと | |
| 酒井のこと | コピーヌさんへ | |

あの日の工藤静香

春の死

幸福の瞬間

なつかしい恋のこと

泳ぐ人々

<u>これが芸術だ</u>

内田春菊さんについて

<u>手塚先生、おむかえでごんす</u>

女性について

社会人について

呪について

夜の銀座

お別れの言葉にかえて

おいしい浅草

受賞の5月

NOKKO, ホラー, スウィートホーム

ブルーハーツについて

プランタンと私(?)

「ダンサー」を観た日

ツアートップス

## 2) 본문에 나타나는 표기

다음으로는 「吉本ばなな」 시절의 에세이집인 『パイナツプリン』, 「よしもと
ばなな」로 작가의 이름표기를 바꾼 후의 단편작품인 「アーティチョーク」와
일기 『愛しの陽子さん』에 나타나는 표기를 보기로 하자.

「吉本ばなな」 시절의 에세이집인 『パイナツプリン』의 본문구성을 보면 제
목과 본문이 있고 뒷부분에 고딕체로 에세이 내용에 관한 그 때 그 때의 언급
이 있다. 왜 이글을 쓰는지, 이글에 나오는 사람이 누구인지 등등과 자기 자신
의 솔직한 감상이 쓰여 있다. 「手塚先生、おむかえでごんす」에는 만화가 들어
있기도 하고 「女性について」Part1, Part2, Part3로 나뉘어 각각의 인물에 관해
쓰고 있다.

「アーティチョーク」는 단편작품이다. 주인공과 할아버지의 관계에서 연인
과 주인공의 관계가 위스키를 연결고리로 그려지고 있는 따뜻한 작품이다. 표

기 면을 보면 한자와 히라가나가 주를 이루는 세 작품 중 가장 평균적인 사용 실태를 나타내고 있다. 지나치게 가타카나의 사용이 많지 않으며, 의음어와 의태어의 표기는 히라가나를 사용하여 표기하고 있다.

『愛しの陽子さん』은 작가인 요시모토바나나의 2006년 1월부터 12월까지의 일기이다. 사적인 공간을 보이는 일기의 형태인 만큼 주위의 사람이 등장하고 그때 그때의 일상이 등장한다.

일기에는 가타카나어의 사용이 많다. 가타카나의 사용이 많은 때문인지, 의음어와 의태어는 거의 히라가나로 표기하고 있다. 또한 사람의 이름을 나타내는데 여러 가지로 표기하고 있다. 친근한 정도에 따라 표기를 달리하고 있는듯 하다.

상기의 세 작품의 히라가나와 가타카나, 그리고 로마자의 사용실태를 중심으로 살펴보자.

(1) 히라가나의 사용
히라가나의 사용 중 특히 눈에 띠는 것은 의음어, 의성어, 의태어의 히라가나표기이다.

① 『パイナツプリン』의 문체는 자유로움을 느끼게 한다. 각 에세이의 첫 문장을 뽑아 보았다. 명사종지, 「る」 형종지, 「た」 형종지, 「です・ます」 형종지, 「だ」와 「である」 종지 등 다양하다. 회화체가 섞여 있기도 하다.

　1) はじめましてmimi。
　2) 私はよく名前の由来について聞かれる。
　3) 自分が特別だなんて決して思ってはいけない。
　4) 「変な小説を書いちまっただよ～ん。」というのが、今の私の正直な想いです。
　5) 私の父はかなり高名な評論家であるが、..................ということだ。
　6) 彼は、絵に描いたような「お金持ちの家の長男」である。
　7) ある土曜、..................おじさんがお客として店に入ってきた。
　8) 小学校5、6年と中学の2年間ほとんど毎日、..................佐久間さんと遊んだ。

9) 今はもう、....................太郎は天使のように美しい子猫だった。

10) 吉本さん、最終回なのでタイトルが露骨ですよ。はい、すいません。

11) 幼なじみの酒井倫子(仮)は、今は国民の血税を給料に生きる熱血の公務員である。

12) ....................大嫌いな人がいたらごめんね。

13) 恋愛について。

14) 大学生の頃のことです。

15) 本業が手いっぱいな今日このごろですが、ユーミン様とあっては手を出さないわけにはまいりません、ひとこと。

의음어 의태어는 히라가나 사용이 주를 이루고 있다.

1) ごはんを食べてすぐ「寝る」と言ってぐーぐー寝てしまったことを良く覚えている。

2) わくわくしてくる。

3) 鼻はついていないが、ぞっとするほど大きい。

4) そいつをむしゃむしゃ食べた。

5) ムッとしていた。

6) わたしはぺこぺこあやまって、

7) 私たちはふらふらと西武のB館を

8) 横でぎゅうぎゅうに立っている人を見ていたら気疲れしちゃった。

② 「アーティチョーク」

한자, 히라가나를 주류로 하는 표기가 일반적이다. 의음어와 의태어는 히라가나표기가 일반적이다.

1) その日の気分でずらりと並ぶ瓶の中から今日飲むウィスキーを楽しそうに選んでいたけれども、

2) 年に一回の旅でどんどんスコッチウィスキーに詳しくなってい

き、…………

3) おとなになって、うるさく<u>がぶがぶ</u>飲む人を見ると…………

4) おじいちゃんのために<u>こつこつ</u>とグラスをおみやげに買ってきた。

5) <u>ふわっ</u>と毛布をかけてくれることはない…………

6) 心が<u>しん</u>となって、沈んだような感じになる。

7) ピンクの包みが<u>きらきら</u>光るそのチョコレートを、私は鼻血が出そうに
なるまで………

8) <u>にこにこ</u>した目がしわの中に消えそうなおばあちゃん。

9) かれはすこし<u>のびのび</u>した気持が減ってしまって、…………

10) 窓から見えるいちょうの枝にももんがのように<u>ぱっ</u>と飛び移りたいほ
どだった。

11) そういうやりとりが<u>えんえん</u>続いた。

12) という言葉が、<u>つるつる</u>と出た。

13) 頭の中で<u>ぐるぐる</u>回って、私を引きとめようとした。

14) 何回も引きちぎったら、…………<u>きれいな模様まで<u>ずたずた</u>になって
しまうではないか。

15) おじいちゃんが<u>ぽん</u>と肩をたたいてくれたんだわ。


③『愛しの陽子さん』

일기형식의 이 작품의 문장은 『パイナツプリン』의 문장의 자유로움과 또
다른 유형의 자유로운 문장이다. 한자와 히라가나에 특히, 가타카나와 로마자
의 사용이 많은 편이다. 의음어와 의태어는 히라가나사용이 많은 것은 위의
두 작품과 같다. 일기에서는 사람을 지칭하는 호칭과 표기가 다양한 것도 눈에
뜨인다. 先生、さん、やん、ちゃん、くん　やん 등이 붙는다. 외국인이름에는
「テリィ」와 같이 이름만을 쓴 경우도 있다. 풀네임에 「さん」을 붙인 경우는
초면의 관계인 사람, 姓에 「先生」「さん」을 붙인 경우는 웃어른이나 동년배
또는 거의 동격의 인물이라 생각된다. 이름에 「ちゃん」「さん」「やん」은 친밀
한 관계에 있는 손아래의 同性인 경우이고, 姓에 「くん」을 붙인 경우는 손아래
의 이성의 경우라 생각된다. 여기서 흥미로운 것은 성을 가타카나로 쓰는 경우
와 이름을 히라가나, 또는 알파벳, 알파벳에 한자를 덧붙여 표기한 예 등이다.

외국인의 경우에는 「さん」 등을 붙이는 경우와 이름만을 지칭하는 경우가 있다. 사람을 지칭하는 다음과 같은 예문을 보면 요시모토의 특성을 알 수 있을 것이다. 심리적인 친소관계에 따른 호칭의 구별일 것이다.

호칭의 구별을 쉽게 알 수 있는 예문을 제시해 본다.

1) 写真家の人は<u>ヒロミさん倫子さんしんつぼさん藤代さん佐内くんチカシさんおじぃ高砂さん</u>など種類は全然違うけれど、
2) <u>ゲリーくん</u>とごはんを食べる。
3) 夜、<u>ゲリー</u>が来日中なので、足をひきずりながらたどりつく。
4) <u>ジョルジョ</u>と<u>たくじ</u>に会いに新宿へ。
5) シンガーとしての<u>サンディー</u>の歌声
6) 横浜に<u>サンディー先生</u>のライブを観に行く。

요시모토의 일기에 등장하는 인명 호칭을 정리해 본 것이다.

森先生　大橋先生 高橋先輩
篠田三朗さん　宮本亜門さん
松家さん　加藤さん スズキさん　オガワさん　ヒロチンコさん　歌子さん
ハルタさん
マギさん　バーニーさん　パールさん
ともちゃん　えみちゃん　しみこさん　鈴やん
Tくん　M田くん　コサカくん ヤマニシくん　チビラくん
エリック テリィ

히라가나의 사용면을 생각해보면, 굳이 한자를 대신하여 히라가나를 사용한다는 인상은 강하지 않으나, 사람을 나타낼 때, 애칭 등은 「チビ」나 「ヒロチンコさん」와 같이 가타카나, 「ともちゃん」「えみちゃん」「しみこさん」과 같이 히라가나로 표기하고 있다.

또한 의음어와 의태어의 사용이 아주 많은 사용되고 있다. 이러한 사용은

에세이, 단편소설, 일기에 공통적으로 보이는 경향이다. 일기에서는 의음어와
의태어를 아래 예문과 같이 가타카나로 사용하는 예도 보인다.

**의음어, 의태어**
1) 私たち以外の見学の一組は、まさにお受験バリバリのスーツ夫婦。
2) 読み書きはできるようになるのか?などとかなり小学校受験を意識
　　した質問をバリバリと。
3) 考え方とか、ところどころに同じ種類の人間の匂いがムンムンして
　　きて「失敗もあるさ」と思った。
4) 「俺のおまわりさん、困ってしまってワンワンワワン」
5) しかしそれでも一音出しただけで才能がギンギンのビンビンに伝
　　わってきて、こんなにもピアノの音はその人自身なのか、と思っ
　　た。決して柔らかくなく強く弾くのだけれど、びりびりするよう
　　な愛と優しさのニュアンスがある音だった。
6) うふふ。いくらも、はたはたも、銀だらも。りんごまで！
7) チビは私にしがみついたまま、こわい、こわいと言っている。そし
　　ていつしかしがみついたままでぐずぐず泣きながら寝てしまった
8) オガワさんおすすめのすばらしいベトナムしゃぶしゃぶを食べたの
　　で、幸せだった。
9) かわいくて全身がむずむずした。
10) そのあとふらふらと歩いて来て、急に柱にがしっと抱きついてい
　　た。
11) 鈴木成一さんはいつ会っても変わらずこつこつと飲んでいる
12) チビの風邪がうつり、のどずきずき、頭がんがん。
13) チビがぶうぶう文句を言った。
14) 最後にチビがやっとぺらぺらしゃべりだしたとき
15) そうしたらねんざしているところの最後にずきずきもやもやして
　　いた部分が治った。
16) あのじわじわくる感じ。

17) <u>ぞっと</u>したのは、私と監督は会ったことがほとんどないのに

18) チビが離れたところから<u>わざわざ</u>やってきて「うんち出てないよ」
と言ったら、それは出たということだ。その手間はなんなんだ。

19) 夜、ほぼ日主催のタムくんのライブに行く。変わらず王子様で自
分のペースを持っている優しいタムくん、忙しそうだった。「歌
手」のところで<u>ぐっと</u>きて泣けた。

20) 夜中に蝶々さんの日記を一気読みして<u>くらくら</u>した。


## (2) 가타카나의 사용

요시모토바나나의 작품, 특히 에세이나 일기의 가타카나 사용은 많은 편이다. 강조하고자 하는 어휘와 외국어에 가타카나표기를 하고 있다. 일기에서는 많은 사람이 등장하는데, 사람이름에 가타카나를 사용하고 있다. 세 작품별 가타카나의 사용을 살펴보자.

가타카나의 사용경향을 정리해 보면 첫째 외국어와 외래어표기에 사용하고 둘째로 비외국어의 경우에는 인명과 소수의 부사와 명사이다. 알파벳사용에서 특기할 만한 것은 에세이에서 많이 사용하고 있다는 점이다.


### ① 『パイナツプリン』

가타카나는 외국어의 사용이 많다. 그 외의 사용어휘는 강조하고 싶은 어휘를 가타카나로 표기하고 있다.

**명사**

バカ　ムチ　カサ　オカマ　ピンキリ　マグロ　カツ丼　クソバカ

**부사**

バッチリ　ピッタリ　パリパリ

**외국어**

インタビュー　マーフィ(名言集)パイロット　アメリカ　キリン　センス
エッセイ　バナナ　ウェイトレス　テーブル　オブジェ　リトルショップ・オ

ブ・ホラーズ　ガブリエリザ(ちゃん)ダイナミック　メートル　ナイスミド
ル　ベランダ　メートル　キッチン　ピアノ　バイエル　ダイヤブロック　テー
マ　アンケート　ダッシュ　コントロール　データ　ムーンライト・シャドウ
カバー　タイトル　ヒレスープ　シンガーソングライター　プロット　アイデ
ア　カバー　タイトル

ローマ字
TV, NY, JR, CM, OL, 1F, mimi, O2, JAPAN, DANG DANG, Rというビル,
Oさん, Kバー, 「TUKUMI」「TOPS」,Fade out, Good Night, Cotton Time,
CMソング

② 「アーティチョーク」
단편작품에서도 위의 에세이의 경향과 같이 강조하고　싶은 어휘와 외국어
를 가타카나로 표기하고 있다.

명사
バカ　ゴーヤ

외국어
アーティチョーク　ウィスキー　スコッチ　スコットランド　ビート　ネイ
ティブ　アメリカン　エネルギー　ベランダ　ジャズ　バー　オン・ザ・ロッ
クス　ミネラル　ウォーター　グラス　ストレート　バカラ　シングルモント
マンション　リビング　ボンボン　チョコレート　ショック

ローマ字
CD NY　TV

③ 『愛しの陽子さん』
일기에서의 가타카나사용이 많이 보이는데, 강조하고 싶은 어휘와 외국어
이외에 사람이름의 경우 한자대신 사용하고 있음을 알 수 있다.

**명사**

メンツ チビ ママ ヒトコママンガ タコ部屋 梅コンブ ケツ ケガ オタク
パカー
ゲロ パカー 鼻血ブー
エビ(フライ) ヒトコママンガ

**인명 등**

Tくん M田くん コサカくん ゲーリくん テリィ
ヒロチンコさん ヤマニシくん チビラくん スズキさん オガワさん
ウルトラマンタロウ ゼットン

**外国語**

シュールな スピリチュアルに エロ美しい 「リッチ」のソフトアイスク
リーム タイムスリップ モン・サン・ミシェル ブログ ウォーカロン
疲れマラ プレゼント タクシ チーズケーキ 生ソーセージ パパ インタ
ビュー リアル ムード フードスタイリスト キッチン
トレーナ シャツ シドニー ベース チャカティカ ブッククラブ ランチ
リナックス フィンランド フラ(ダンス)胃カメラ レシピ バルサミコ オー
プンな ベビーシッタ マンション ゴールデンレトリバー(犬の一種)ハッ
ピー

**로마자**

DVD F.O.B. COOP
「ROCK THE ULTRAMAN」 CD 「to you sweetheart, aloha 」

## 4  결론 및 연구과제

문장의 표현요소중 문자표기의 선택을 중심으로 작가와 독자의 커뮤니케이션에서 어떠한 역할을 하는지 살펴보았다. 요시모토바나나는 장르에 따라 문자표기를 선택적으로 하고 있음을 알 수 있었다. 단편소설, 에세이, 일기를 살펴보았는데, 먼저 단편소설에서는 한자와 히라가나, 가타카나의 평균적인 사용실태를 보이고 있다. 에세이에서는 소설보다 자유로이 한자, 히라가나, 가타카나의 사용과 더불어 로마자의 사용이 빈번하게 보였다. 문자사용의 다양성이 엿보였다. 일기에서는 실생활의 단면을 보여주고 있기 때문인지 호칭의 다양성과 함께 가타카나의 사용이 소설이나 에세이보다 빈도가 많이 나타나고 있다.

의음어와 의태어의 표기는 히라가나의 사용이 주를 이루고 있었으며, 가타카나의 사용은 외래어와 외국어, 소수의 일본어와 관용적인 표현, 인명을 한자 대용으로 사용하는 경향을 보이고 있었다.

이 글에서 요시모토바나나의 문자사용실태를 커뮤니케이션에 어떻게 활용하고 있는지 살펴보았다. 다양한 작가의 커뮤니케이션요소를 문체론적 입장에서 분석하는 것이 앞으로의 과제이다.

# 02 일본 인터넷상의 한국어 가나표기

박혜란

## 들어가는 말

언어는 인간의 사회생활을 가능하도록 해주는 기본수단이며, 의사소통 상황에서 복잡하고 다양한 방식으로 문화와 결합된다. 사람들은 상호간의 의사소통을 위해서 선택한 매체를 통하여, 언어에 의미를 부여하며, 언어는 문화적 실체를 구현한다. 언어는 그 자체가 하나의 문화적 가치를 소유하는 것으로 판단되는 기호들의 체계이며, 문화적 실체를 상징한다고 말할 수 있다. 언어란 사람들이 생각하고 행동하는 방식과 분리된 문화와 무관한 기호가 아니고, 오히려 특히 인쇄된 형태로, 문화를 표출하고 영속하시키는 과정에서 중요한 역할을 수행한다. 더욱이 외국인과의 접촉 장면에서는 담화에 의한 의사소통이 어려울 경우, 미리 준비한 문자 형태의 언어가 상호간의 목적을 쉽게 달성할 수 있게 하여 준다. 예를 들어 일본인 관광객을 대상으로 일반 상점, 음식점 등에서 일본어 안내표기를 많이 하고 있다. 그러나 대부분의 상점에서는 잘못된 표기를 사용하고 있는 실정이다. 어느 나라 언어든지 자국어를 다른 외국어로 표기한다는 것은 매우 어려운 일임에 틀림없다. 하지만 다른 나라의 언어를 사용한다는 것은 곧 그 나라의 문화와 접촉하고 있는 것이다. 문화의 접촉은 상대국에 대한 관심을 증폭시키기도 하고 우리 문화의 전파수단이 되기도 한다. 따라서 상대국의 언어를 사용함에 있어서는 문화의 이해를 바탕으로 하여 정확한 언어를 사용하여야 한다는 사실은 아무리 강조해도 지나침이 없을 것이다. 이 글에서는 그러한 관점에서 일본어 표기의 실태조사를 하여 추출한 표기를 검색어로 하여 일본의 인터넷 웹사이트상의 한국음식의 일본어 표기 형태를 분석하였다.

# ▌1  표기의 문제점

표기란 일정한 문자와 일정한 언어단위가 대응하여 공간적으로 고정된 언어표현이다. 언어표현으로 나타낸 문자와 부호의 법칙은 표기법이 된다. 표기 체계는 언어체계와 대응하여 문자열은 그 표기의 단위로써 형태, 소리, 뜻을 갖는다.

현대 일본어에서 외래어의 표기 규칙은 1991년에 내각고시된 「外来語の表記」에 준거하고 있다. 그 이전의 기본적인 규칙의 성격은 일본어에 일찍 정착한 외래어의 표기는 관용에 따르지만 일반적으로는 일본어의 음운에 맞추어서 발음하기 쉽게 표기한다는 방침을 갖고 있었다. 이 「外来語の表記」는 현재까지도  법령, 공용문서, 인문, 잡지, 방송 등 일반 사회에서의 외래어 표기의 기준이 되고 있다. 제1표와 제2표가 있으며 제1표는 외래어나 외국의 지명, 인명을 나타낼 때 일반적으로 쓰여지는 가나 100음에 발음, 촉음, 장음 부호의 표기법과 「ファ、ティ、ツォ」 등 13음의 가나가 표시되어 있다. 제2표는 외래어나 외국의 지명, 인명을 원음이나 원래의 철자에 될 수 있는 대로 가깝게 나타내려고 할 때 쓰여 지는 것으로, 「グァ、トゥ、ヴィ」 등의 20개의 가나가 표시되어있다.

<일본의 외래어 표기>

| 第1表 | |
|---|---|
| ア イ ウ エ オ | パ ピ プ ペ ポ |
| カ キ ク ケ コ | キャ キュ キョ |
| サ シ ス セ ソ | シャ シュ ショ |
| タ チ ツ テ ト | チャ チュ チョ |
| ナ ニ ヌ ネ ノ | ニャ ニュ ニョ |
| ハ ヒ フ ヘ ホ | ヒャ ヒュ ヒョ |
| マ ミ ム メ モ | ミャ ミュ ミョ |
| ヤ ユ ヨ | リャ リュ リョ |
| ラ リ ル レ ロ | ギャ ギュ ギョ |
| ワ | ジャ ジュ ジョ |
| ガ ギ グ ゲ ゴ | ビャ ビュ ビョ |
| ザ ジ ズ ゼ ゾ | ピャ ピュ ピョ |
| ダ デ ド | ン(撥音) |
| バ ビ ブ ベ ボ | ッ(促音) |
| ー(長音記号) | シェ |
| チェ | ツァ ツェ ツォ |
| ティ | ファ フィ フェ フォ |
| ジェ | ディ |
| デュ | |

| 第2表 | |
|---|---|
| イェ | ウィ ウェ ウォ |
| クァ クィ クェ クォ | ツィ |
| トゥ | グァ |
| ドゥ | ヴァ ヴィ ヴ ヴェ ヴォ |
| テュ | フュ |
| ヴュ | |

외래어의 표기는 관용이 고정화되어있는 것은 그것에 따르지만, 그 외는 원음에 가깝게 표기하도록 되어있다. 즉 외래어나 외국의 지명, 인명을 원음이나 원래의 철자에 될 수 있는 한 가깝게 나타내려는 경우에 사용하는 가나라고 하는 현지음 존중으로 방침이 전환된 것이다. 그러나 표기할 때는 다른 음운 체계에서 다른 음운 체계로 바뀌어 지므로 여러 가지 문제가 발생한다. 이러한 기준에 의해 종래는 일본어의 음운에 맞추어 バイオリン・ビクトリア・ベネチア로 표기하던 것을 원음에 가깝게 ヴァイオリン・ヴィクトリア・ヴェネツィア로 쓰여 지고 있다. 이러한 원음의 존중은 국제화시대의 대응이라고 불 수 있다. 여기서 가장 중요한 점은 원래의 철자가 기준이 아니고 원음을 표기한 다는 것이다. 일본어의 외래어 표기에 있어서 テレホン/テレフォン, ウイスキー/ウィスキー, ロマンチック/ロマンティク, コンピューター/コンピュータ 등의 복수의 표기를 일상적으로 보게 되는데 이러한 「ゆれ」[1]는 원음의 존중이 라는 기준과 일본어의 음운에 맞춘 관용적 표기가 혼용되고 있다고 하겠다.

외래어의 표기는 외국어음을 자국어음으로 변환한 결과이다. 음의 변환은 먼저 외국어음을 파악한 다음 그 외국어음을 자국어표기로 옮긴다는 두 가지 의 과정이 필요하다. 음의 파악이 다르면 다른 어형의 표기가 나타난다. 외국어 와 자국어에 같은 음이 있는 경우는 한 번의 과정만 필요하지만 외국어음이 자국어음에 없는 경우는 음의 파악과는 별도로, 파악된 외국어 음을 어떻게 표기하는가의 문제가 발생한다.

앞에서 예를 든 violin에서 문제가 되는 순치음 [v]음을 파악했다고 해도 일 본어 음운체계에 없는 음이므로 가장 근사치의 양순음인 [b]음으로 표기하였 고, 그 후 보다 더 외국어음에 가까운 표기인 [v]로 표기하게 되어 두 가지의 어형이 나타나게 된 것이다. 즉 バ, ヴァ의 경우 외국어음의 파악에 차이가 있는 것이 아니라 외국어 음에 보다 가깝게 표기하는가 아닌가에 따라서 결과 적으로 어형의 「ゆれ」가 생기는 것이다. 그러나 같은 외국어 음에 대응하는 것이라도, 언제나 두 가지 이상의 표기를 갖는 것이 아니고 말에 따라서는 한쪽 의 표기만 사용되기도 하기 때문에 문제는 더욱 복잡한 양상을 보인다. telephone card는 テレフォンカード보다 テレホンカード가 일반적이고 file은 ハイル가 아니고 ファイル로만 표기된다. 뿐만 아니라 외국어 음의 도입 시기,

1・
문법이나 발음, 표기 등에 서 두 가지 이상의 형태가 보이는 언어학적 현상

또는 전문분야에 의한 편중현상이 있어서 외래어의 표기의 「ゆれ」는 복잡한 양상을 보이고 있는 것이다.

한편 한국어의 일본어 표기에서 가장 문제가 되는 것은 유성음과 무성음의 대립이 없는 한국어를 가나로 표기할 때 청음표기와 탁음표기의 대립으로 나타난다는 것이다. 예를 들어 비빔밥의 초성에서 ビ로 할 것인지 ピ로 할 것인지의 문제이다. 또 하나의 문제점은 종성의 표기에 관한 것이다. 비빔밥의 종성 ㅂ은 [?pap]이라는 음가를 가지며, 원음에 보다 가까운 표기로는 パッ, パップ, パブ, パプ 등을 생각할 수 있고 최근에 많이 보여 지는 ビビンパ의 표기는 이 계열에 속한다.


## 2  선행연구 및 연구동향

이정숙(2003)은 일본인에 대한 보다 친절하고 바른 안내를 위한 한 방안으로서 부산 시내의 번화가를 중심으로 점포의 간판이나 메뉴 등의 표기 오용에 대하여 검토한 것이다. 간판의 경우, 내국인에 대해서는 한글 또는 한글과 한자의 병용표기를, 일본인에 대해서는 ひらがな, カタカナ, 한자, 로마자, 한글을 혼용하여 표기하고 있음을 지적하였다. 후자의 경우 표기방법도 여러 가지여서 통일성이 없을 뿐 아니라 오용례도 많다. 같은 음식의 이름이라도 점포에 따라 다르고 그 오용 유형도 다양하다. 이 점에 대하여 이정숙은 간판 등을 제작자에게 주문하는 쪽이나 제작자 모두가 일본어에 대하여 지식이 없었던 것을 첫 번째 이유로 들었으며, 행정당국의 관심이 없다는 점을 두 번째 이유로 들었다.

관광지 안내문의 번역사 실명제를 주장하는 정일영(2004)은 조선시대 5궁으로 불리는 고궁의 관광안내 정보를 중심으로 실태조사를 한 것이다. 기존의 문학작품 번역 오류에 관한 연구가 아니라 전통문화 및 역사적 사실을 나타내는 어휘상의 오류를 분석하고 있다. 17명의 일본어 원어민으로부터 감수를 받았다는 면에서 신뢰성을 확보하고 있다 할 수 있겠다.

정일영은 단순한 어휘의 번역뿐 아니라, 역사적인 바른 해석에 접근하는 단어들을 구체적으로 연구하고 있다는 면에서 구체적인 제시를 하고 있다. 관광지에서의 원활한 의사소통을 위해 번역사 실명제를 주장하고 있으나, 이는 현실적인 어려움이 있어 보이며, 이것이 가능하다고 하여도 번역사의 이름을 밝히는 것만으로 내용이 보장되는 것은 아니라는 한계가 있다고 생각된다. 또 관광객이 가장 집중되는 지역의 식당가 간판이나 메뉴판에는 실명제 도입이 불가능하다.

김경호(2003)는 한국 관광지의 일본 안내문이 영어 안내문에 비하여 그 수가 적고, 안내문의 일본어 번역문에 나타나는 한자의 오자, 탈자, 어휘, 문법, 의미, 용법 등 수많은 오용례를 보여주고 있다. 김경호는 관광지의 일본어 안내문을 수집, 분석하며 특히, 경어표현의 오용 등이 현저하게 나타나고 있음을 지적하였다. 또한 통상 띄어쓰기를 하지 않는 일본어 문장을 표기함에 있어, 한국식의 띄어쓰기를 사용하고 있는 점을 지적하였다. 김경호는 이러한 오용의 발생 원인에 대하여 일본어 번역 안내문의 감수 소홀 및 결여, 그리고 제작상의 문제점을 들었다.

강창임(2004)은 일본의 최근 잡지에 나타난 한국음식 외래어 표기를 다루어 본 연구와 가장 근접한 연구형태를 보여주는 선행연구이나, 재료, 요리명을 개별적으로 조사한 것이 아니라 통합하여 통계를 낸 것이 중심이며, 결과적으로는 표기보다 어떤 요리가 가장 잘 알려져 있는가, 인기가 있는가 하는 측면에 머물러 있어 실질적으로 표기실태를 파악하고자 하는 이 글의 내용과는 차이가 있다. 단, 강창임의 논문은 한국요리의 특징을 파악할 수 있는 어휘의 양상을 잘 보여준다. 본 연구와 관련된 표기 형태를 참고하면 다음과 같으며 일본의 잡지에서 쓰고 있는 표기의 예이다.

| 한국 음식명 표기 | 일본 잡지의 표기 |
| --- | --- |
| 김밥 | キムパプ(のり巻、海苔巻き) |
| 삼겹살 | サムギョブサル(三枚肉) |
| 떡 | トック(トッ、餅、もち) |

| 떡볶이 | トッポッキ |
| --- | --- |
| 비빔밥 | ピビンパッ(ビビンパブ) |
| 닭갈비 | タッカルビ |
| 불고기 | プルコギ(プルゴキ) |
| 돌솥비빔밥 | 石焼きピビンパッ |

## 3  일본 인터넷상의 표기실태

이 글에서는 일본인이 가장 쉽게 이해할 수 있는 표기체계를 알아보기 위해 서울지역의 일본어 간판과 음식점의 메뉴 등을 사진촬영하여 수집한 자료(박혜란, 2007)에서 표기 오용례가 가장 많이 보여진 메뉴 가운데 상위 랭크된 10개의 한국음식명을 중심으로 야후재팬(http://www.yahoo.co.jp)에서 검색을 하였다. 2008년 7월 현재 시점의 검색임을 밝혀 둔다. 다음에 제시한 열 개의 표는 상위10개의 검색내용이며, 숫자는 검색건수를 의미한다.

또한, 파전의 표기에 나타난 'お好み焼き'와 같이 원래 그 이름을 가진 음식이 일본에 따로 존재하는 경우는, 표기의 신빙성면에서 신뢰할 수 없으므로 검색에서 제외시켰다. 한국내의 표기에서는 음성표기의 오류 등에 의한 표기가 많이 발견되었지만, 야후재팬의 검색 결과에서는 그러한 오류가 건수 '제로'를 보이고 있어 대부분 제외되었다. 따라서, 표기형태를 도출함에 있어서 범위를 좁히는 효과를 가져 올 수 있었다.

단, 검색조건으로서 일본어 사이트만을 대상으로 하였으며, 모든 검색은 전방일치 검색을 하였다. 또한 인터넷 검색은 일반적으로 많이 쓰이는 표기의 실태만을 검토하는 것이며, 이를 완전한 표기의 정형으로 본다는 것을 의미하지는 않는다는 것을 밝혀 두는 바이다.

1) 비빔밥 (19) (표안의 숫자는 검색 건수임)

| ビビンバ 3,730,000 | 混ぜご飯 990,000 | ビビンパ 501,000 | ピビンバ 205,000 | ピビンパ 135,000 |
|---|---|---|---|---|
| ビビンパプ 27,800 | ピビンパプ 11,000 | 山菜ビビンパ 9,060 | ビビンパップ 1,630 | ピビンパ 1,600 |
| ビビンパブ 1,500 | ビビンバプ 775 | ビビムパプ 727 | ビビんパプ 472 | ビビムバプ 107 |
| ビビパ 49 | ビビンハ 42 | ビビンバツ 10 | ビビパプ 6 | |

　비빔밥의 표기에 있어서, 'ン'을 'ソ'로 표기하는 등의 기초적인 오류는 야후 검색을 통하여 모두 걸러졌다. 검색건수가 0인 오용례는 표에서 제외시켰다. '비빔밥'의 경우, 외래어정착유형이며 발음표기인 'ビビンバ'가 300만 건을 넘기는 압도적인 비율을 보였다. 한국의 조사내용에서 ビビンバ의 예가 가장 많은 것과 일치한다. 종성의 ㅂ은 パ나 パプ로 표기되는 예도 많은 것은 원음을 표기하고자 하는 의식이 강해지고 있다고 볼 수 있다. 두 번째로 많았던 '混ぜご飯'은 99만 건으로 비정착 유형이지만, 비교적 많은 경우에 사용되었으며, 의미표기로서는 가장 높은 비율을 보이고 있다. 이글에서는 음식명의 발음표기와 의미표기를 동시에 고찰 하고자 하는 바, 유의미한 결과로 판단된다. 다만 '混ぜご飯'은 일본의 요리명이기도 하므로 비빔밥을 표현하기 위해서는 '韓国風' 또는 '辛味' 등의 부가적인 설명이 필요한 표기이다.

2) 삼겹살 (4)

| サムギョプサル 413,000 | 三段バラ 78,800 | サンギョプサル 44,300 | 三段バラ肉 39,100 | 豚バラ肉 (제외) |
|---|---|---|---|---|
| 豚三枚肉 (제외) | 三枚肉 (제외) | 三枚(제외) | 三段(제외) | 生三枚肉 (제외) |

　삼겹살의 경우, 발음 표기로는 'サムギョプサル'가 80,000건을 넘어 가장 높은 비율을 보였고 '豚ばら肉'가 17,500건으로 의미표기로는 최고 수치를 나타냈다. 단, 이 검색에서는 오키나와 요리명을 차용한 '三枚'와 三段バラ의 축약으로 보이는 '三段'의 경우, 관련 없는 자료가 나올 확률이 높은 것으로 판단되어 검색에서 제외시켰다. (三枚肉의 경우는 실제로 15만 건을 상회하는 높은 비율을 보였다.) 또한 '豚バラ肉'도 요리명이 아닌 고기의 부위를 나타내는 단어이므로 제외시켰다. 향후 サムギョプサル의 일본어 정착화가 예상되는 수치로 보인다.

### 3) 돌솥비빔밥 (9)

| 石焼ビビンパ<br>163,000 | 石焼きビビンパ<br>64,000 | 石鍋ビビンパ<br>6,640 | 石焼ビビンパプ定食<br>295 |
|---|---|---|---|
| トルソッビビンバ<br>159 | 石焼ビビンバプ<br>71 | 石焼ビビソバ<br>65 | 石焼きビビムバプ<br>22 |
| 石焼ビビンパー<br>19 | 石鍋 (제외) | | |

　돌솥 비빔밥의 경우, '돌솥'과 '비빔밥'의 합성이므로, 어느 한쪽만을 나타내는 표기는 바람직하지 않은 것으로 판단하였다. 石鍋의 경우, 검색 엔진을 가동한 결과 실제로는 186천 건이 검색되었지만, 첫 번째 페이지부터 돌로 만든 솥 자체를 의미하는 검색이 대부분이었으므로 검색 결과에서 제외시켰다. '돌솥' 쪽은 돌솥 자체를 의미하는 '石鍋'보다는 용기의 재질과 요리법을 의미하는 '石焼き' 쪽이 널리 쓰이고 있는 것을 알 수 있었다. '비빔밥' 쪽은, 정착유형인 'ビビンバ'가 널리 쓰이고 있는데 비해 돌솥비빔밥의 경우는 ビビンパ의 형태로 합성되어 '石焼きビビンパ'와 '石焼ビビンパ'가 16,100건과 16,600건으로 거의 같은 비율을 기록하고 있다. 어느 쪽도 일본어로 읽을 경우 동일한 발음과 음절을 갖는다. 다만, '石焼き'와 '石焼'의 글자 표기가 다를 뿐인데, 히라가나를 한자 쪽에 포함시켜 간단한 표기를 유지하는 쪽이 좀 더 높은 비율을 나타내고

있다는 점이 특기할 만하다.

### 4) 해물파전 (4)

| 海物チヂミ<br>156,000 | ヘムルパジョン<br>5,340 | 海産物パジョン<br>1,720 | 海産チヂミ<br>1,640 |
|---|---|---|---|

　우선, 압도적으로 높은 비율을 보인 것은 39,900건을 기록한 '*海物チヂミ*'이다. 해산물을 의미하는 한국어 '해물'의 한자표기와 부침개의 정착유형인 '*チヂミ*'가 사용되었다. 일본어에서는 '*海産*'이라는 한자어가 해물을 의미하는데, 한국어 표기를 그대로 살리는 유형이 채택되고 있는 것을 볼 수 있다. 한국의 음식점에서 번역형태로 표기되는 '*お好み焼き*'의 경우는 일본의 고유 음식이므로 검색 대상에서 제외시켰다.

### 5) 파전 (8)

| チヂミ<br>2,530,000 | チジミ<br>289,000 | パジョン<br>141,000 | ちぢみ<br>60,400 | じじみ<br>16,100 |
|---|---|---|---|---|
| チチミ<br>1,610 | ジジミ<br>1,070 | ぢぢみ<br>100 | ねぎのお好み<br>焼き（제외） | |

　파전의 경우는, '*チヂミ*'가 대부분을 차지했다. 유사유형인 '*チジミ*'도 상당수를 차지했지만, 정착유형인 '*チヂミ*'에는 비교가 되지 않았다. 부침개는 한국어로 지지미라고도 하는데 1음절과 2음절이 같은 글자로 표기되지만, 일본어 표기의 정착유형에서는 첫 번째 음절 표기는 청음으로, 두 번째 음절 표기는 탁음으로 하고 있는 점에 주목하고자 한다. 즉 한글표기가 기준이 아니라 실제 발음을 표기한 것이다.

## 6) 불고기 (8)

| プルコギ<br>1,430,000 | プルコギ<br>69,200 | ブルゴギ<br>20,200 | ブルゴギ<br>10,100 | ブルゴキ<br>900 |
|---|---|---|---|---|
| プリコギ 225 | プルコキ 123 | プルユギ 8 | | |
| 焼肉(제외) | やきにく(제외) | 焼き肉(제외) | 火考牛肉(제외) | |

    불고기의 경우는, 정착유형으로서 'プルコギ'로 표기되는 경우가 대부분이다. 이 표기에서는 발음보다는 '불고기'라는 한글을 그대로 표기한 것으로 보이며 발음대로 한다면 'ブルゴギ'가 더 가까운 표기라고 할 수 있겠다. 100만 건을 넘은 검색결과로서 '焼肉'가 있었지만, 이것은 일본식으로 불에 구워 먹는 고기를 의미하기 때문에 양념을 한 한국식 불고기를 의미하는 것으로 보기 어려우며 또한 검색결과가 대부분 일본식 구운 고기를 의미하였으므로 검색에서 제외시켰다. (불고기를 의미하는 경우에도 *韓国風の*라는 설명이 붙어 있었다.)

    불고기의 표기에서 주목할 만한 것은 'ㅂ'이 어두에 올 때, 반탁음으로 표기되고 있으나, 어말에 오는 '기'가 탁음으로 표기되고 있다는 점이다. 즉, 한국어의 평음이 어두에 올 때는 격음, 또는 경음화 되어 표기되고, 2음절 이후에 올 때는 탁음화 되어 표기된다는 사실이다.

## 7) 낙지볶음 (5)

| ナクチポックム<br>1,490 | ナクチボックム<br>1,120 | たこ炒め<br>886 | テナガダコの炒め<br>675 |
|---|---|---|---|
| テナガダコ炒め<br>601 | タコ焼キ(제외) | | |

    낙지볶음의 경우는 의미 표기로는 'たこ炒め'가, 발음표기로는 'ナクチボックム'이 가장 많았고, 의미표기보다는 한국어를 소리 나는 대로 발음표기한

쪽이 널리 쓰임을 알 수 있다. 일본에서는 낙지가 일반적으로 널리 알려진 해산물이 아니라는 점도 원인으로 작용한 것이라 판단된다.

낙지볶음의 표기에서 주목되는 점은 'ㄱ'과 'ㄲ'받침의 표기이다. '낙지'의 경우에는 기역받침을 'ク'로 독립시키고 있는데 비하여 볶음의 쌍기역 받침은 촉음화 시키면서 동시에 기역을 연음화 시키는 표기를 사용하고 있다.

'たこ焼き'는 검색범위에서 제외시켰다.

8) 갈비 (4)

| カルビ<br>9,900,000 | 骨付きカルビ<br>683,000 | あばら骨<br>443,000 | ガルビ<br>8,330 |
|---|---|---|---|
| 牛肉(제외) | 排骨(제외) | | |

대표적인 정착유형인 갈비는 역시 'カルビ'의 형태로 가장 많이 통용되는 표기였다. 'カルビ' 외에도 骨付きカルビ、あばら骨의 표기가 검색되는 것은 음식 재료에 뼈가 붙었다는 것을 강조하는 표기방법일 것이다.

9) 부대찌개 (5)

| プデチゲ<br>82,700 | ソーセージ寄せ鍋<br>64,500 | ブデチゲ<br>57,700 |
|---|---|---|
| ソーセージチゲ<br>43 | プデッチゲ<br>22 | 寄せ鍋(제외) |

부대찌개의 경우는, 상위에 랭크 된 3가지 표기 중 두 가지가 발음표기이며, 이중 'ブデチゲ' 보다는 'プデチゲ' 쪽이 50퍼센트 이상 많았다. 앞의 불고기의 경우와 마찬가지로 첫 번째 음절의 경우 반탁음표기가 더 보편적으로 사용되는 것을 보여준다.

의미표기로는 'ソーセージ寄せ鍋'가 가장 많았으나 'ソーセージ'와 '寄せ鍋'

가 따로 떨어져 쓰인 경우에도 검색이 되어 한국음식 부대찌개의 검색 빈도수
라고는 볼 수 없다.


10) 탕수육 (4)

| 酢豚<br>2,680,000 | すぶた<br>87,100 | 糖水肉<br>60 |
| --- | --- | --- |

탕수육의 경우는 중국요리이기 때문에 일본의 중국 식당에서 실제로 사용
하고 있는 'すぶた'의 한자표기 '酢豚'가 압도적이다. 의미표기가 더 강세를 보
이는 경우라 하겠다.


야후재팬 검색엔진을 통한 검색은, 경우에 따라서 100만 건을 넘는 검색결
과도 있어 일일이 검토하기 어렵다는 단점이 있었으나, 검색수가 적은 경우에
는 확인 가능한 범위 안에서 일일이 용례를 확인하는 방식을 택하였다. 이중표
기(ユレ)를 허용하지 않는 전방일치 검색법을 사용하였으므로 실제로 어느 정
도 통용이 되고 있는가 하는 측면에서는 타당성 있는 결과를 얻을 수 있었다.
　인터넷 검색엔진 실태조사를 통하여 도출된 결과는 다음과 같다.
　1. 사전에 수록된 정착유형의 경우, 'ビビンパ', 'チヂミ', 'カルビ'등과 같이
　　 압도적인 빈도수를 보인다.
　2. 외래어 정착유형은 물론 비정착유형의 경우라 하더라도, 가능한 한 한국
　　 어 발음을 그대로 살리는 발음표기 쪽이 통용되고 있다.
　3. 한글받침을 가능한 한 표기하고 있는데, 한국어 발음을 충실히 따른다는
　　 전체적 흐름과 상통한다. 일본어가 개음절어이므로 모음음절을 추가하는
　　 방법으로 표기하고 있디.
　4. 'ㄱ'의 경우는 어두에 올 때 청음 か행을 사용하고, 2음절 이후에 올 때는
　　 주로　탁음인 が행을 사용한다.
　5. 'ㅂ'의 경우는 비빔밥(ビビンバ)과 같이 어두에 오는 경우에도 어말에 오
　　 는 경우에도 모두 탁음인 ば행을 사용한 표기법과, 불고기(プルコギ), 부
　　 대찌개(プデチゲ)와 같이 어두에서는 반탁음 ぱ행을 사용하는 경우로 나

뉘어진다.

6. 의미표기의 경우에도 '*海物*'과 같이 한국식 한자어를 차용하는 표기가 널리 사용되고 있다.

조사된 10개의 음식명 표기에서 검색건수가 가장 많은 표기를 제시하면 다음과 같다.

| 한국음식명 | 일본의 인터넷상의 표기 |
| --- | --- |
| 비빔밥 | ビビンバ |
| 삼겹살 | サムギョプサル |
| 돌솥비빔밥 | 石焼ビビンパ |
| 해물파전 | 海物チヂミ |
| 파전 | チヂミ |
| 불고기 | プルコギ |
| 낙지볶음 | ナクチポックム |
| 갈비 | カルビ |
| 부대찌개 | プデチゲ |
| 탕수육 | 酢豚 |

## ▌4　연구과제 및 전망

한일간의 교류가 그 어느 때보다도 활발히 이루어짐에 따라 한일양국의 문화와 언어는 많은 접촉을 갖게 되고 커뮤니케이션을 위한 언어적 전략의 필요성이 높아지고 있다. 그런 의미에서 일본어의 한국어 표기에 관한 연구와 한국어의 일본어 표기에 관한 연구가 함께 이루어져야 함은 물론이다.

한국어의 일본어 표기는 1991년 이후 원음 위주의 표기기준이 도입되면서 일본어의 촉음과 발음으로 대응되던 한국어의 7개 종성을 구체적으로 구별하는 등의 변화가 보이고 있으나, 원음 위주의 표기에서도 관용적 표기방법과의 혼재 등 표기방법이 아직 통일되지 않아 혼란을 가중시키고 있는 문제가 있는 것을 알 수 있다(권현주, 2006).

이 글에서는 이 문제점과 관련하여 양국어의 커뮤니케이션을 위하여 한국을 찾는 일본인들에게 제공되고 있는 일본어 표기의 실태를 다각적으로 조사·분석하고 문제점을 파악하여 해결하는 일이 시급하다고 판단하였다. 한국어의 일본어 표기방법의 기준마련을 위한 기초자료로 삼기 위하여 먼저 일본의 인터넷상의 표기실태를 조사하였다. 실태를 파악한 후에야 그에 대응하는 해결책을 제시할 수 있기 때문이다.

3장의 조사·실태를 검토하여 보면 우선「ビビンパ」계열에서 볼 수 있는 바와 같이 최근에는 원어의 발음에 보다 가까운 표기를 사용하는 경향이 강해지고 있다는 사실을 알 수 있다. 3장의 표에서는 다루지 않았지만 일본어 외래어로 정착된 깍두기의 표기가「カクテキ」에서「カットゥギ」나「カクドゥギ」로 표기되는 현상이 보이며 이것은 한국어 음에 가까운 표기를 하려는 시도로 이해된다. 이와 같은 경향은 앞으로도 계속되리라고 예상된다. 여기서 문제인 것은 이상의 예에서도 알 수 있는 바와 같이「발음, 촉음」과 청탁음에 관계되는 표기이다.「발음」표기에서는 한국어의 종성「ㅁ」을「ム」로 하는 경향이 강한 것은(コムタン, キムチ 등), 종성의「ㄴ」「ㅇ」과의 구별을 의식해서이겠지만,「m」인지「n」인지를 구분하지 않고「ん」으로 표기하는 것을 원칙으로 하는 내각고시(内閣告示, 1986년 7월 1일「現代仮名遣い」)와는 달라진다.

「촉음」표기에서는 종성의「ㅂ」「ㄱ」「ㄷ」등을 어떻게 표현할 것인가(カットゥギ／カットゥギ, トッポッキ／トッポッギ, プデチゲ/ブテチゲ, グッパ/グッパッ, ナクチポックム/ナクチボックム 등)가 문제이며, 또한 청탁음에서는 어중, 어미의 ㅂ(p/b), ㄷ(t/d), ㄱ(k/g), ㅈ(ts/dʒ)의 자음을 포함하는 음절을 청음 표기로 할 것인지 탁음 표기로 할 것인지 (プルゴギ/プルコキ, カットゥキ／カットゥギ, トッポキ／トッポギ 등)가 문제인 것이다. 앞으로도 더욱 한국어 원음을 의식한 표기가 이루어진다고 보면 일본에서도 이러한 용례에 관한 표기의 기준이 필요하게 될 것이다.

일본어의 한국어 표기는, 음성적 표기와 음소적 표기로 나누어 생각해 볼 수 있는데 음성적 표기 방식이란 외국어를 듣고 소리 나는 대로 표기하는 것이다. 이 방식은 외국어의 실제 음을 반영하는 것이므로, 그 표기를 읽었을 때 원음에 가깝게 소리를 낼 수 있어 외국어 학습에도 유리하고, 외국인과의 커뮤니케이션에도 도움이 된다. 그렇지만 이 방식은 외국어를 듣고 거기에 가까운 자국어로 표기하는 것이기 때문에 두 언어가 비슷한 음운체계를 갖는 경우라면 별 문제가 없지만 서로 다른 음운체계를 가진 경우에는 여러 가지 문제가 발생할 수 있다. 예를 들어 유성음인 'がぎぐげご'와 'だちづでど'는 '가기구게고'와 '다지즈데도'로 적는데 이렇게 되면 어두 무성음의 표기와 같아져 버린다. 금(キン)과 은(ギン)의 경우 두 가지 모두 '긴'으로 표기해야 하기 때문이다. 이러한 문제점은 한국어를 일본어로 표기할 때에도 적용이 되므로 한국어의 일본어 표기를 연구할 때 일본어의 한국어 표기를 동시에 고찰하는 일은 유익한 연구 과정이라 할 수 있다.

한일 양국의 문화가 소통되고 서로의 언어가 자국어로 이해되는 일이야 말로 상호 존중의 커뮤니케이션의 방법이라고 한다면, 앞으로도 이러한 외래어 표기의 연구는 매우 필요한 일이라 생각된다.

# 03 블로그의 표기와 문체

岸本千秋 기시모토치아키

## 들어가는 말

일반개인이 블로그(blog)(웹 로그(Web log)의 약자, 매일 갱신하는 일기적인 페이지)를 개설하고 있는 것 등에서도 볼 수 있듯이 인터넷은 현대 생활과 깊은 관련이 있다고 할 수 있다. 인터넷상에 공개되는 개인의 일기(이하, 웹일기라고 한다)에서 볼 수 있는 문장은 분명히 일반적인 문장 스타일과는 다르며, 구어체적인 성격을 많이 볼 수 있다. 또한 손으로 직접 쓴 문자와는 달리 독특한 표기가 인정된다. 예를 들면 (^.^)·m(__)m 등의 이모티콘(얼굴 표정 문자)이나 ♪·★ 등의 기호, (爆) (おい)와 같은 괄호문자이다. 이들 기호류는 종래의 문장체에서는 볼 수 없었던 것이고 웹일기의 문체적 특징과 깊은 관련이 있다고 생각된다. 사타케佐竹(1991)는

    '생각나는 대로 느끼는 대로 상대방에게 말을 건넨다'는 성격을 갖는 「신언문일치체(新言文一致体)」에 대해 문자종류(字種)비율의 특수함을 지적하

고, '특히 기호류의 사용법은 신언문일치체의 큰 특색을 이루는 것이다. 이 와 같은 문장에서는 표기스타일도 문체의 일부로서 취급하는 태도가 중요 하다고 생각된다'

고 기술하고 있다(밑줄은 필자).

이글은 웹일기가 어떠한 문체적 특징을 갖으며 그것이 어떠한 양적구조가 되어 나타나는가를 신문 독자투고란(이하 신문투고라고 한다)과의 비교를 통 해 계량적으로 조사, 분석한다. 그 중에서도 웹일기에 있어서의 기호의 사용 경향을 분석하는 것에 중점을 둔다. 즉 문체를 표기의 시점에서 파악하려는 것을 목적으로 하여 표기와 문체가 어떤 관련성이 있는가를 고찰하고자 하는 것이다.

## ▌1　조사대상

　조사대상으로 삼은 일기 사이트는, 「렌탈일기レンタル日記「사루사루일기さるさ る日記」」(http://www.diary.ne.jp/)이고, 그 등록자중 19세부터 22세까지의 글쓴 이로 한정하였다. 등록자는 이 연령대가 가장 많기 때문이다(2003년3월 현재, 단 지금은 연령대별로 분류가 이루어지지 않고 있다). 조사 대상을 선정하는데 있어서 가능한 한 많은 데이터를 수집하려고 노력하였다. 또한 글쓴이에 의한 편차를 없애기 위해 남녀의 비율과 1인당의 데이터량에 유의하였다. 그 방법으 로서 표본추출법標本抽出法의 층별추출법層別抽出法을 선택하여 등록자의 층별層 別로 남녀로 나누었다. 19세부터 22세까지의 등록자수는 여자 1명에 대해 남성 1.15명의 비율이다(2003년 12월 현재). 그래서 추출하는 인원수 및 문자수의 비 율을 여자 1명에 대해 남성 1.15~1.20명이 되도록 설정하였다.

　우선 글쓴이 1명에 대해 1일~3일분[1]의 일기를 데이터베이스로 하였다. 이 때 데이터베이스 1레코드에 일기문 1문장이 되도록 하였다. 구체적인 데이터 의 수치는 표1과 같다.

1・
일수에 차이가 있는 것은 글쓴이 한 사람당 문장의 양의 차이를 적게 하기 위 해서이다.

<표1> 웹일기 데이터

|  | 조사일 | 인원수 | 문자수 | 대상데이터 |
|---|---|---|---|---|
| 여성(19세~22세) | 2004년 1월 | 486명 | 200,514 | 8,151문 |
| 남성(19세~22세) | 2004년 1월 | 597명 | 222,679 | 8,631문 |

· 조사 시점에 있어서의 19세~22세의 전체등록자수 : 8,002명

## 2  조사개요

표1의 데이터를 대상으로 하여 품사, 어종語種, 문장길이, 문자종류의 4가지 항목에 대해 분석을 실시하였다. 품사와 어종은 자립어에 상당하는 것, 문장길이는 문자수에 대해 조사하였다. 또한 이들 결과의 수치가 일반적인 문장과 어느 정도 다른가를 보기위해 신문투고란에 게재된 문장을 비교 데이터(표2)로서 제시하기로 한다.

<표2> 신문데이터

| 신문투고란 | 아사히朝日신문(1999년 1월~12월)의 독자투고란 「소리」에서 하루에 5개문을 무작위로 추출하였다. 합계 1,800문, 85,817자이다. |
|---|---|

## 3  조사결과

**① 품사**

우선 품사 비율부터 살펴보자. 표3에는 신문투고란외에 구어체의 수치도 참

고로 제시하였다.

<표3> 품사의 비율(%)

|  | 명사 | 동사 | 형용사 | 형용동사 | 부사 | 연체사 | 접속사 | 감동사 |
|---|---|---|---|---|---|---|---|---|
| 웹일기<여성> | 41.9 | 31.8 | 5.1 | 2.8 | 13.1 | 1.7 | 2.2 | 1.4 |
| 웹일기<남성> | 46.5 | 31.1 | 5.4 | 2.9 | 7.7 | 2.0 | 2.4 | 2.0 |
| 신문투고 | 55.5 | 31.6 | 3.3 | 2.3 | 3.9 | 2.1 | 1.2 | 0.1 |
| (참고) 구어체* | 40.9 | 24.4 | 5.4 | 2.4 | 12.2 | 1.6 | 3.8 | 9.4 |

*『図説日本語』에서 필자가 표형식으로 순서를 바꿈. (『談話語の実態』(1955, 日本
　国立国語研究所報告8, 秀英出版))

　여기에서는 웹일기에 있어서 명사의 비율이 낮다는 점에 주목할 필요가 있
다. 신문투고에 비해 웹일기<여성>은 약 15%, 웹일기<남성>은 약 10% 낮은
결과이다. 명사는 문중에서 기본 골격을 이루는 역할을 하는데, 구어체에서는
그것들을 일부러 말하지 않아도 이야기의 흐름으로 이해할 수 있는 경우가
많다. 명사보다 수식의 역할을 하는 형용사, 부사가 많이 사용되었다고 생각할
수 있다.

　형용사, 부사, 접속사, 감동사의 비율은 신문투고보다 웹일기<여성><남
성> 쪽이 높게 나타났다. 또한 화자의 감동이나 기쁨, 호소를 직접적으로 나타
내는 감동사도 구어체에서 비율이 높고, 신문 투고란에서는 0.1%에 지나지 않
지만, 웹일기에서는 1.4~2.0%를 차지하였다. 접속사는 문장의 길이와 관련이
있다고 할 수 있다. 나중에 기술하는 문장길이(표5)의 부분에서도 언급하겠지
만 웹일기는 일반적인 문장에 비해 한 개의 문장길이가 짧다. 즉 짧은 문장을
접속사로 연결시켜 문장을 구성한다고 할 수 있다.

　명사, 형용사, 부사, 접속사, 감동사의 항목에서 웹일기는 문장체인 신문투
고보다 숫자상으로 구어체에 가까운 모습을 확인할 수 있다.

### ② 어종

다음에 어종 비율에 대해 살펴보자. 신문투고에 비해 웹일기는 한자어의 비율이 낮고, 고유어, 외래어, 기타의 비율이 높다는 것을 알 수 있다. 웹일기<여성>의 한자어의 비율은 신문투고의 2분의 1이하이며 <남성>도 약 20% 낮다. 반대로 고유어의 비율은 웹일기<여성>이 약 22%, <남성>이 약 14% 높은 비율을 보이고 있다.

<표4> 어종의 비율 [연어수](%)

| | 한자어 | 고유어 | 외래어 | 혼종어 | 기타** |
|---|---|---|---|---|---|
| 웹일기<여성> | 19.8 | 70.2 | 5.3 | 1.0 | 3.8 |
| 웹일기<남성> | 26.5 | 62.4 | 7.3 | 0.7 | 3.1 |
| 신문투고 | 46.4 | 48.2 | 2.8 | 0.3 | 2.3 |
| 노모토외(1980) | 23.6 | 71.8 | 3.2 | 1.4 | – |
| 노모토(1959) | 12.7 | – | – | – | – |
| 쓰치야(1965) | 17.8 | – | – | – | – |

** 인명, 지명 등의 고유명사

표4에는 구어체의 어종을 조사한 것으로서 노모토野元(1959), 노모토외(1980), 쓰치야土屋(1965)를 참고로 제시하였다. 이들 결과에 의하면 구어체의 한자어의 비율은 문장체인 신문투고보다 그 비율이 아주 낮다. 마찬가지로 웹일기도 고유어의 비율이 높고 한자어의 비율이 낮다. 웹일기가 일상의 구어체에 가까운 것을 확인할 수 있다.

외래어의 비율이 높아진 것은 웹일기가 인터넷을 사용한 글이기 때문에 자연히 컴퓨터 관련 말이 많이 사용되었기 때문이 아닐까하고 추측할 수 있다. 그리고 기타의 고유 명사가 많은 것은 글쓴이가 신변에 일어난 일을 일기에 적으므로 「어디에서」라든가 「누가」 등의 정보를 많이 포함하고 있기 때문이라고 생각할 수 있다.

### ❸ 문장길이

한 개의 문장에 있어서의 문자수에 의한 문장길이의 평균을 표5로 나타냈다.

<표5> 문장길이(문자수)

|  | 웹일기<여성> | 웹일기<남성> | 신문투고 |
|---|---|---|---|
| 문자수평균 | 24.7 | 25.8 | 48.6 |

웹일기의 문장길이는 남녀 모두 신문투고란의 약 2분의 1밖에 되지 않는다. 일반적으로 구어체는 문장체에 비해 생략이 많아 하나의 문장이 비교적 짧다는 특징이 있다. 즉 웹일기의 문장길이가 짧은 것은 구어체의 특징을 반영한 것이라고 할 수 있다.

### ❹ 문자종류

여기에서는 문자종류에 대해서 고찰을 실시하려고 한다. 문자종류 중에서도 특히 기호류에 대해 주목해 보고 싶다. 웹일기<여성>과 <남성>, 신문투고의 문자종류의 비율을 표6에 나타냈다.

<표6> 문자종류의 비율(%)

|  | 한자 | 히라가나 | 가타카나 | 숫자 | 영문자 | 기호* |
|---|---|---|---|---|---|---|
| 웹일기<여성> | 21.5 | 60.5 | 7.4 | 0.7 | 1.2 | 8.6 |
| 웹일기<남성> | 23.4 | 57.7 | 7.9 | 1.2 | 1.8 | 8.1 |
| 신문투고 | 33.8 | 54.2 | 4.1 | 0.0 | 0.1 | 7.6 |

* 연속된 것은 모아서 하나로 카운트하였다. (Ex)??? !!! ☆★☆등은 하나로 카운트하였다.

웹일기는 품사, 어종, 문장길이와 마찬가지로 신문투고란과는 다른 양상을 나타내고 있다. 웹일기는 신문투고란에 비해 한자의 비율만 낮고, 그 외의 항목은 모두 높은 비율을 보였다. 가타카나의 비율이 높은 것은 다음과 같은 이유에 의한 것이라고 생각된다. 표4의 어종에서 나타낸 것처럼 신문투고란에 비해 웹일기는 외래어가 많고 또한 「本当」→「ホント」, 「嫌い」→「キライ」, 「こと」→「コト」 등과 같이, 보통 한자나 히라가나로 써야 할 말에 대해서도 가타카나 표기를 선택하는 경우가 많다. 그렇기 때문에 웹일기에서 가타카나의 비율이 높아졌다고 생각된다.

영문자나 숫자도 신문투고란에 비해 많아졌다. 오시마大島(1998)는 그의 저서에서 '어떠한 문장이 일기가 되기 위해서는 <날짜>를 필요로 하게 된다'라고 기술하고 있는데, 웹일기에서도 「○월 △일에 ∼∼가 있었다」와 같이 날짜를 특정해 적고 있는 문장이 적지 않다. 영문자에 대해서는 글쓴이의 주변 인물을 이니셜로 표시하거나 홈 페이지의 어드레스를 게재하거나 하는 일이 많다. 그 때문에 숫자, 영문자의 비율이 높아진 것일 것이다.

그런데 앞에서도 기술하였듯이 웹일기에서는 종래의 문장체에서는 볼 수 없었던 기호류가 빈번히 출현한다. 일반적인 문장체에서 비교적 보기 쉬운 「!」나 「?」 등일지라도 웹일기에서는 「!!!!!」, 「?????」와 같이 여러 개가 연속해 사용되는 경우가 있어, 분명히 보통의 사용법과는 다르다고 할 수 있다. 그리고 괄호문자(爆), (謎), 이모티콘(얼굴 표정문자, (^-^;), =□○_ ), 기타 기호 ♪, ☆ 등은 일반적인 문장체에서는 거의 볼 수 없는 것이다. 그래서 이하에서는 기호류에 대해서 더욱 자세히 분류하여 각각의 기호가 담당하는 기능에 대해서 살펴보고자 한다. 그리고 웹일기의 문체를 파악하는데 있어서 문장표현 뿐만이 아니라 표기의 시점도 포함해 생각해 볼 필요가 있다는 점을 지적해두고 싶다.

## 1) 기호류

우선 웹일기에 나타난 기호류를 크게 2가지로 분류한다. 하나는 종래의 일반적인 문장에서도 볼 수 있는 마침표, 쉼표 등의 기호류로, 이것들을 「종래형 기호」라고 한다. 또 하나는 괄호문자, 이모티콘(얼굴 표정 문자)등이고, 이것을

「웹기호」라고 이름 붙였다.

「웹기호」의 각각의 종류는 일반적인 문장에서는 거의 볼 수 없는 것이고, 주로 컴퓨터를 사용해 작성하는 문장 특히 인터넷상에 공개된 문장이나 메일 등에서 많이 볼 수 있다. 이들 기호류에 대해 각각의 출현비율을 표7에 나타냈다. 또한 웹일기에서는 종래형기호가 여러 개 연속되는 형태(예를 들어, !!!!!! 나 ??????나。。。。。。。。 등)로 상당히 많이 나타는데, 이것들에 대해서는 연속된 형태 전체를 하나로 하여 빈도수 1로 카운트 하였다. 또한 연속된 형태는 웹일기에 나타나는 특징적인 것이지만, 그 기능은 기본적으로 「종래형기호」와 같다고 보아 「종래형기호」에 포함시켰다.

<표7> 기호류내역(%)

| 기본적 역활 | | 명칭 | 예 | 웹일기<여> | 웹일기<남> | 신문투고 |
|---|---|---|---|---|---|---|
| 웹일기* | 의도표현 | 괄호문자 | (笑)(爆)(涙)등 | 4.2 | 3.1 | 0.0 |
| | | 이모티콘 | m(__)m　(^^)/~~등 | 1.7 | 2.0 | 0.0 |
| | | 기타 | ♪　☆　등 | 2.4 | 1.8 | 0.0 |
| 종래형 기호 | 단락구분 기호 | 마침표 | 。　. | 39.8 | 39.0 | 26.8 |
| | | 쉼표 | 、　, | 26.7 | 27.9 | 53.6 |
| | | 괄호류 | ()「」『』　【】 등 | 9.6 | 11.6 | 16.2 |
| | | 가운뎃점 | ・ | 1.7 | 1.4 | 1.5 |
| | | 기타 | &■◎○△등 | 1.7 | 1.9 | 1.1 |
| | | 물결선 | ~ | 2.9 | 2.4 | 0.0 |
| | 의도표현 | 느낌표·물음표등 | !　?등 | 9.0 | 7.9 | 0.3 |
| | | 말줄임표 | … | 8.6 | 7.8 | 0.5 |

*인터넷 상의 문장 등에 특징적으로 보이는 기호류를 나타낸다.

음영으로 표시한 것은 높은 비율을 나타낸다. 언뜻 보면 웹일기 쪽이 보다 많은 종류를 높은 비율로 사용한다는 것을 알 수 있다. 「웹기호」에 대해서는 당연한 것이지만 일반적인 문장인 신문투고란에는 전혀 등장하지 않는다. 또한 물결선(~), 느낌표(!), 물음표(?), 말줄임표(…)등의 기호류도 웹일기 쪽이 상당히 높은 비율을 차지하고 있다. 즉 웹일기는 다양한 기호를 많이 사용하면서 쓰여진 문장이라고 할 수 있다.

「종래형기호」 중에서 눈에 띄는 것은 웹일기에서 느낌표와 물음표, 말줄임표의 비율이 높다는 것이다. 일반적으로 느낌표나 물음표는 글쓴이의 놀라움, 감동, 명령, 호소, 또한 질문이나 의문 등이 강한 상태를 나타내고, 말줄임표는 어구를 중간에 끝내는 여운을 갖게 하는 역할을 한다. 이와 같은 글쓴이의 감정이나 의도를 나타내는 기호를 다용하는 것도 웹일기의 큰 특징이라고 할 수 있다.

한편, 신문투고란의 비율이 높은 것은 쉼표와 괄호류이다. 쉼표는 표5에 나타낸 문장길이와 관련이 있다. 웹일기의 문장은 한 문장의 평균 문자수가 약 25문자로 적으며, 신문투고란의 약 절반이다. 즉 웹일기의 문장은 일반적인 문장에 비해 짧은 문장으로 구성되어, 필연적으로 마침표가 많아지게 되는 것이다. 또한 하나의 문장이 짧기 때문에 쉼표가 적어지게 된다. 게다가 웹일기 문장은 본래 쉼표가 있어야 할 곳에 쉼표가 쓰이지 않는 문장도 상당수 있다. 이러한 것이 쉼표의 비율이 낮은 것과 관련이 있다고 생각할 수 있다.

## ▌4  문자나 기호로서 표현되는 파라 언어정보

웹일기의 문장이 구어체의 문체에 가까운 것을 품사, 어종, 문장길이, 문자 종류의 네 가지 항목에 대해 언급하면서 확인해 왔는데, 이러한 문장체 중에는 파라 언어정보라고 볼 수 있는 것이 자주 나타난다.

파라 언어정보란 '화자가 청자에 대한 선실을 목적으로 이두적으로 표출하는 정보 중, 인터네이션, 리듬, 목소리의 질 등이 운율 특징에 의해 전달되는 경우가 많기 때문에, 문자로 전사轉写되는 일이 없거나 보기 드문 정보를 말한다. 발화 의도, 화자의 태도, 어떤 종류의 강조의 유무 등이다'라고 정의할 수 있다(마에카와前川, 2005:26). 그리고 '또한 문장체에서도 여러 가지의 보조 기호로 파라 언어정보의 전달이 시도되지만, 구어체에 비하면 전달의 정밀도는 현저히 낮다'(마에카와, 2005:26)고 기술한 것처럼, 문장체에서 인토네이션이나 프로미넌스와 같은 운율을 그것을 말한 상태와 똑같이 써서 나타내기는 어렵다. 발화 의도나 화자의 태도도 문자로 표현하기 힘들다.

그럼 반대로 문장체를 구어체에 접근시키는 수단의 하나로 파라 언어정보를 기호화하였다고 생각하면 어떨까? 앞의 정의에 의하면 파라 언어정보는 구어체 특유의 것이라고 할 수 있다. 그렇다면 문장체에 파라 언어정보적인 것을 문자나 기호로 덧붙이면, 어느 정도 구어체에 가까워질 수 있는 것은 아닐까하는 생각이 든다. 즉 문장체 중에서 파라 언어정보를 찾아내는 것이다.

문자종류(표6)에 나타낸 기호류는 신문투고(7.6%)에 비해 웹일기 쪽이 약간 비율이 높지만(8.6%, 8.1%), 그다지 차이가 있는 것은 아니다. 그렇지만 어떠한 종류의 기호를 사용하는가 하는 점에서는 크게 다르다.

표7은 전체의 문장에 있어서의 기호류의 사용비율을 나타낸 것이다. 높은 비율을 음영으로 표시하였다. 웹일기에서는 구두점이나 느낌표 등 종래 기호 이외에 괄호문자나 이모티콘, 별(☆)이나 음표(♪) 와 같은 웹기호의 사용이 특징적으로 인정된다. 웹기호는 예를 들면 다음과 같이 사용된다.

1) おいしかったから ‖i‖i」￣|● il‖li
2) デズニーランド行ってきます(東北なまり風に)
3) まぁ泣き言を言っても、現実は変わらん。(苦笑)

예1)은 조금 이해하기 어렵지만 ●의 부분이 사람의 머리를 나타내고 있으며 손과 무릎을 바닥에 대고 고개를 떨구고 있는 모습을 나타내고 있다. 이 기호가 있음으로 해서 「맛있었으니까(おいしかったから)」가 「의심」이나 「감탄」이 아니라, 「낙담」에 가까운 기분을 나타내는 것이라고 추측할 수 있다.

예2)는 「ディ」라고 표기(발음)되어야 할 곳을 「デ」라고 하여, 도호쿠東北지방 사투리 풍의 발음이라는 설명을 덧붙이고 있다. 예3)은 쓴웃음 짓고 있는 글쓴이의 태도를 나타내고 있다. 기호를 덧붙임으로 해서 이들 정보의 추측이 가능하게 되는 것이다.

웹기호류는 이야기하는 것처럼 쓰고 싶다는 글쓴이의 기분이 표출됨과 동시에 문장체를 구어체에 접근시키기 위한 도구로서 사용되고 있다고 생각할 수 있는 것이다. 만약 이들 세 가지의 예를 구어체로 전환시켜 본다면, 어떤 태도로, 어떠한 인토네이션으로 발화하고 있는가를 기호로서 표현하려 한다고 할 수 있을 것이다.


## 맺음말

이상, 품사, 어종, 문장길이를 수치로 나타내어 표기와 관련된 문자종류에 대해 웹일기의 문체를 분석해 왔다. 그 결과 기호류의 사용에 큰 특징이 있는 것이 밝혀졌다. 그 특징은 종래의 문장체에서는 볼 수 없는 「웹기호」를 많이 사용한다는 것이 강하게 나타났다. 「웹기호」를 다용함으로써 보통(이글에서는 신문)의 문장체와는 다른 양상을 보이는 새로운 문장체의 세계가 만들어졌다고 생각할 수 있다. 계량적인 조사를 실시함으로써 웹일기의 문체는 표기에 있어서 특수성을 갖는 「웹기호」에 의해 독특한 문체가 만들어졌다고 해석할 수 있는 것이다.

웹일기나 블로그의 문장에는 이글에서 「웹기호」라고 이름 붙인 각종의 기호류가 많이 사용되고 있다. 앞으로 「웹기호」를 많이 쓴 문장은 어느 일부의 특정사람들이 사용하는 특수한 현상은 아니게 될 것이며, 또한 사회 속에서 많은 사람들의 눈에 띌 기회가 더욱 더 증가해 갈 것이라고 생각된다. 기호류 특히 「웹기호」는 인터넷상의 문장의 문체를 파악할 때에 중요한 위치를 차지하는 것이라고 생각된다.

일본어의 언어표현과
커뮤니케이션 연구

# 제1부
## 커뮤니케이션을 위한 일본어 연구

## 4장 일본어 교육



일본어의 언어표현과 커뮤니케이션 연구

# 01 국가수준의 일본어 교육과정 변천사

윤유숙

## 들어가는 말

교육 과정이란 무엇인가? 교육과정이란 용어는 한마디로 간단하게 정의하기 어려운 말이다. <교육 과정>이란 말은 매우 여러 가지 의미로 폭넓게 사용되어 왔다.

우리는 흔히 교육을 성립시키는 세 가지 요소로 교원, 학생, 교육내용을 들게 된다. 즉 교육적 기능이 존재하는 곳에는 반드시 가르치는 사람과 배우는 사람이 존재하며, 가르치고 배울 것이 꼭 있게 마련인 것이다. 그런데 교육과정은 이 세 가지 요소 중 교육 내용에 해당하는 것이라는 것은 누구나 합의할 수 있지만 무엇을 교육 내용으로 볼 것이냐에 따라서 교육 과정의 의미가 달라지게되고 교육 내용을 누가 어떤 수준에서 정할 것이며 어느 수준에서 볼 것인가에 따라서도 의미는 달라지게 된다고 하겠다. 교육이 성공적으로 이루어지기 위해서는 세심한 계획 수립이 있어야 한다. 철저하고 충분한 계획 수립이 없으면, 현장에서의 유의미한 교육활동은 제한받을 수밖에 없다.

우리나라의 경우, 광복 후 최근에 이르기까지 여덟 차례에 걸쳐 교육과정의 개발이 있었다. 일정한 기간을 두고 개선하면서 계획의 적절성을 검증하는 순환적 과정을 거쳤다고 할 수 있다. 그러나 글로벌 시대를 맞이하는 현 시점에 있어 일본어를 비롯한 제2외국어 교과들의 경우 영어에 비해 상대적으로 등한시되어 온 것이 사실이며 제2외국어 교육과정 개발에 대한 전문적이면서도 체계적인 개발이 되어왔는지의 심도 있는 분석을 해 볼만한 가치가 있다고 판단된다.

## 1 교육과정의 의의

### ❶ 교육과정의 의미

교과 중심 교육 과정에서는 교수 요목이 바로 교육 과정을 의미했다.

교육 과정 발전사에서 볼 때 초기에 해당하는 교과 중심 교육과정에서는 무엇을 가르칠 것인가 하는 교과 내용의 제목이나 요목 등을 나열해 놓은 소위 교수 요목이 바로 교육 과정을 의미하는 것이라 보았었고, 경험 중심 교육과정에서는 학교의 지도 하에 이루어지는 경험이 교육 과정을 의미한다고 했으며 학문 중심 교육과정에서는 각 학문에 내재된 구조화된 지식 체계를 교육과정의 의미로 생각했다.

이 글에서는 교육과정의 개념은 법규로서의 교육과정으로 초·중등교육법 제23조에 의거하여 교육과학기술부 장관이 정하도록 규정된 <학교 교육에 있어 학생들에게 어떠한 교육 목표를, 어떠한 교육 내용과 방법, 평가를 통하여 성취시킬 것인가를 정해 놓은 국가 수준의 공통적 일반적 기준>을 의미하는 것으로 한다.

## ② 교육과정의 관련 법령

교육과정과 직·간접적으로 관련된 법령은 ①대한민국헌법 ②교육기본법 ③초·중등교육법 ④초·중등교육법시행령 ⑤지방교육자치에관한법률 ⑥지방교육자치에관한법률시행령 ⑦교육과정심의회규정 ⑧교과용도서에관한규정 ⑨저작권법 ⑩저작권법시행령 ⑪특수교육진흥법 ⑫특수교육진흥법시행령 ⑬특수교육진흥법시행규칙 등이며, 그 밖에도 교육 조직, 시설·설비, 학사, 장학·학술연구, 과학·기술·직업 교육, 사회·유아·특수·청소년·체육 교육 및 국경일·공휴일·기념일, 대한민국국기에대한규정 등과 교육부 훈령, 예규 등이 있다.

우리나라 교육법은 1949년 12월 31일 법률 제86호로 공포되어 이후 1997년 12월 13일 법률 제5437호로 폐지될 때까지 총 38회에 걸쳐 개정되었다. 1949년 12월 31일 공포된 교육법(법령 제86호) 중 교육과정과 관련된 규정은 제155조였다.

"교육법 제155조(학과, 교과) ①대학, 사범대학, 교육대학, 전문대학, 각종학교를 제외한 각 학교의 학과 및 교과는 대통령령으로 교육과정은 문교부 장관이 정한다"고 규정하여, 교육과정에 관한 모든 권한을 문교부 장관에게 위임하고 있다. 이와 같은 규정이 개정을 거듭하여, 현행 법률 규정 중에 교육과정과 직접 관련된 규정은 초·중등교육법 제23조이다. "초·중등교육법 제23조(교육과정 등) ①학교는 교육과정을 운영하여야 한다. ②교육과학기술부 장관은 제1항의 규정에 의한 교육과정의 기준과 내용에 관한 기본적인 사항을 정하며, 교육감은 교육과학기술부 장관이 정한 교육과정의 범위 안에서 지역의 실정에 적합한 기준과 내용을 정할 수 있다. ③학교의 교과는 대통령령으로 정한다"라는 규정이 있다. 또한 농법 제48조 제1항 "고등학교에 학과를 둘 수 있다"와 제2항 "고등학교의 교과 및 교육과정은 학생이 개인적 필요, 적성 및 능력에 따라 진로를 선택할 수 있도록 정하여져야 한다"가 있다.

교육과정 관련 법령에는 또한 교육과정 정책을 자문하고 심의하는 기구와 관련된 법령이 있다.

문교부는 1949년 12월 31일 법령 제86호로 확정·공포된 교육법 정신과 교육 사조에 부합하는 각급 학교의 교육과정 제정이 시급하게 되자, 문교부에서 이를 추진하기 위하여 1950년 6월 2일 부령 제9호로 공포된 <교수요목제정위원회규정>을 제정하였다. 그러나 동 규정에 의해 규정된 <교수요목제정위원회>의 교육과정 구성을 위한 심의회 활동은 6,25전쟁으로 일시 중단되고, 다시 1951년 3월 30일에 <교육과정연구위원회규정>을 법령 제16호로 공포하여 교육법에 나타난 기본 이념과 방침을 구현하기 위하여 교과목 편제에 착수하였다. <교수요목심의회>에서는 교육 내용에 관한 문제로, <교육과정연구위원회>에서는 교과의 설정 및 수업시간 조직에 관한 문제를 연구하였다. 이후, 문교부는 교육과정의 개정·연구를 위한 기구 설치를 위하여 1960년 12월 23일 <교육과정심의회규정>을 제정·공포하였다. 이 규정에 의하면 전체 운영위원회를 두고, 그 밑에 교과별 위원회와 학교급별 위원회를 두도록 되어 있다. 동 규정도 개정을 거듭하여, 현재에도 <교육과정심의회규정(대통령령 제20740호, 2008. 2. 29)>이 계속 존치되고 있으며, 교육과정 개정 연구 및 심의 기능을 수행하도록 되어 있다.


## 2 일본어과 교육과정의 변천사

### 1 교수 요목기

광복을 맞아 중등 보통 교육이 실시 되었으나 극심한 사회적 변혁기를 맞이해 국가 차원에서 잘 정비된 구체적인 교육과정 개발에는 미처 노력을 하지 못한 채 과도기적 임시 방편으로 시급히 각급 학교의 교과목 편제표와 시간 배당표를 작성하고 각 교과별 분과주의에 입각해 교과 활동이 이루어진 시기이다. 결국 이 시기는 교육 과정면에서 모색기라고 할 수 있다.

그러나 이 시기의 제2외국어라고 하면 주로 독일어와 프랑스어가 부분적으로 실시되었을 뿐 일본어는 아직 실시되지 않은 시기이다.

**2** 제1차 교육과정기

급박했던 국내의 사정이 다소 수그러들자 문교부는 부산에서 <교육과정 시간 배당 기준(1954. 4. 20)>을 작성하였다. 그 후 교육계 및 각계 인사를 망라한 교육과정 전체 위원회를 구성하였으며 다시 각 교과 위원회를 구성하여 교육과정 전체 위원회가 세운 기본 원칙에 의거해 각 과의 교육과정을 구상하였다. 이 시기의 특징은 생활 경험을 중시하는 경험 중심 교육과정의 일반 목표를 설정하고 이를 달성하기 위한 각 교과 활동의 목표와 내용이 세분화 되었다. 이에 따라 교과 분과주의가 지양되고 통합 원리에 의한 새로운 교육과정의 틀이 잡히게 되있다.

**3** 제2차 교육과정기

제1차 교육과정은 6.25 사변 직후의 정치·사회적 혼란으로 인해 충분한 연구의 토대 없이 제정되어 여러 가지로 미흡한 점이 많았다. 따라서 충분한 내용 설정을 못하였고 구체적인 한국 고유의 교육 목표도 설정하지 못했다.

요컨대 그 간의 교육과정 운영은 단편적인 지식 주입에 편중한 나머지 폭 넓은 인격 형성의 도야에는 소홀히 하였고 학습 활동 또한 실생활과 유리된 점이 많아 교육 개혁을 요구하는 소리가 높았다. 그러나 이와 같은 사회 각계의 누적되는 요구에도 불구하고 내용 수정 없이 유지되다가 이윽고 4.19, 5.16이란 시대적 격변기를 맞아 비로소 이에 적응하기 위한 대대적인 교육과정 개편이 수행되었다. 이때는 자주적이고 능률적인 새 인간상 정립을 위하여 합리적인 사고가 강조되고 생산성, 유용성이 높이 평가되는 시기였다.

### ④ 제3차 교육과정기

구 과정에서의 생활 중심 교육과정을 지양하고 지식 및 정보의 폭발적인 팽창에 효과적으로 대응하기 위한 학문중심 교육과정과 우리의 교육이 지향해야 할 좌표로서 제시된 국민교육헌장을 기초로 하여 변화를 모색하였다.

일본어과 교육과정은 제3차 교육과정기 때부터 시작되었다.

○ 목표

- 표준적인 현대 일본어의 기본 어법을 익히게 하여 듣기, 읽기, 말하기, 쓰기의 기초적인 기능을 기른다.

- 일본인의 생활과 그 나라의 문화, 경제 등에 대한 이해를 증진시켜, 국제적 협조심과 안목을 기르고 우리 스스로의 발전에 도움이 되도록 한다.

- 일본어를 통하여 우리나라의 문화와 현황에 대한 개략적인 소개를 할 수 있는 기초적 능력을 기른다.

○ 내용

 1>언어재료

- 어휘

기본어휘 3,000어 내외를 점차로 반복 이수하도록 하며, 그밖에 전문적, 기술적 용어 등을 포함하여 200어 이내를 추가 사용할 수 있다. 한자는 상용한자 범위 안에서 그 일부를 사용함을 원칙으로 하되, 고유 명사에 한해서는 예외로 한다.

-소재

소재는 될 수 있는 대로 우리나라 생활 내용에서 많이 선정하도록 한다.(이하 생략)

-문형

언어 요소 중에서 가장 중심이 되는 기본 문형을 조직적으로 가르친다. 기본적으로 일상 회화에 필요한 간단한 문헌을 먼저 가르치고 그 기초에서 출발하여 발전적인 문형을 단계적으로 가르친다.

-문법사항

문법은 일본어의 이해력과 표현력을 뒷받침하는 한도 내에서 기본적인 사항을 문장에 따라 지도한다.


**⑤  제4차 교육과정기**


1980년대에 들어 당시의 정치·사회적 특수 상황과 미래에 대한 전망을 토대로 한 국제화·개방화 정책에 부응하기 위한 새로운 교육과정 개정의 필요성이 대두되었다.

외국어과에서는 생활 외국어의 내실 있는 강화를 기치로 새로운 변화를 모색하게 되었다. 그리고 처음으로 모든 제2외국어 교과서가 완전히 통일된 체제로 기술되었다. 따라서 특정 언어를 예로 함이 없이 모든 언어를 대표해서 <○○어>로 교육과정의 전체적인 모습을 기술하였다.

가. 목표

일본어 사용 능력을 기르고, 일본인의 문화를 이해시킴으로써 우리 문화 발전에 기여하게 한다.

나. 내용

 1>언어기능

 2>언어재료

다. 지도 및 평가상의 유의점

 1>지도

 2>평가

등의 흐름이다.

4차 교육과정에서의 일본어 교육과정은 2,200 단어 내외(구 교육과정:3,000 단어 내외)로 제한을 하였다.

**6** 제5차 교육과정기

제2외국어로서 일본어를 학습하는 목적을 크게 실용과 교양이라는 측면으로 나누어 생각한 시기로, 목표의 측면에 있어서,

1>일상생활 및 주변의 일반적인 화제에 관한 쉬운 말을 들어 이해하고, 간단한 대화를 나눌 수 있게 한다.

2>일상생활 및 주변의 일반적인 소재에 관한 쉬운 글을 읽어 이해하고 쓸 수 있게 한다.

3>일본인의 생활양식과 사고방식을 폭 넓게 이해시킨다.

로 설정하였다.

언어 측면에 있어서는 구 교육과정과 같이, 언어기능과 언어재료 면으로 나누어 기술하였다.


**7** 제6차 교육과정기

88서울 올림픽 이후 급속히 활발해진 국제 교류 활동과 문민정부에 의해 강조된 세계화의 움직임보다 가속화, 첨단화 해 가는 정보화의 물결 등을 시대적 배경으로 하여, 대대적으로 전개된 교육 개혁 등 교육계의 커다란 변혁을 등에 업고 제6차 교육과정의 개정을 맞았다.

특히 제2외국어 교과의 경우 인문계 고등학교는 12단위, 실업계 고등학교는 8단위가 선택과목으로 주어지고, 새롭게 러시아어가 추가되고 러시아어의 교육과정도 편성하게 되지만, 같은 선택 과목군에 영어 계열 5과목이 함께 배정되고, 선택 과목의 선정은 시도 교육청의 자율에 맡겨지게 됨에 따라 제2외국어 과목 전체의 위축을 초래하게 된다.

일본어과 교육과정에 있어 성격, 목표, 내용, 방법, 평가로 구성되어 있다. 성격이 새롭게 추가되고 평가항목이 독립된 것과, 각 언어의 1, 2권을 구분하여 각각의 교육 과정을 편성한 것이 특징이라고 하겠다.

어휘량은 전체적으로 감소시켜서 1건의 경우 600어, 2권의 경우 800어로 제한하였다.

이상, 제6차 교육과정까지 살펴보면 전체적으로 제2외국어 언어의 위상 조정이 큰 특징이라 볼 수 있다. 교수 요목기와 제1, 2차 교육과정기까지는 영어와 제2외국어를 구별하지 않고 동등 선상에서 선택하여 교육하도록 하던 것이, 제3차 교육과정기부터 영어와 제2외국어를 분리하여 취급하게 되었고 제6차 교육과정기에는 영어의 심화과정과 제2외국어를 같은 선택 과목군에 배치하게 되어 제2외국어의 비중은 상대적으로 약화되어 왔다. 그와는 달리 대상 외국어 종류는 꾸준히 늘어 초기에는 독일어와 프랑스어로 한정되던 것이 7개 언어로 늘어 점차 일본어를 선택하는 학교가 가장 많아지게 되는 시기이기도 하다.

### ⑧ 제7차 교육과정기

이 시기에 있어서, 종전에는 고등학교부터 실시하던 제2외국어 교육을 중학교 재량시간에 선택 과목으로 실시하고 고등학교 과정에서는 흥미와 적성에 따라 제2외국어를 교양으로 혹은 전문적으로 학습할 수 있도록 구성을 하였다.

전체적인 흐름에 있어서는,

1. 성격
2. 목표
3. 내용
  가. 의사소통 활동
  나. 언어 재료
4. 방법
  가. 교수·학습 방법
  나. 교과서 개발 및 심의 기준
5. 평가
  가. 평가 지침

　나. 평가 내용
　다. 평가 방법
으로 하였다.
　중학교 재량시간이 선택과목으로 가르치는 생활 외국어의 경우 이수 단위가 4단위로써, 고등학교 일본어과 교육과정과의 비연계성을 고려하여 적절한 내용을 선정, 배열하는 것으로 하였다.

# 3　현 개정(8차) 일본어과 교육과정

　금번 개정한 8차 교육과정(정식명칭은 2007년 개정 교육과정으로 칭함)은 현행 제7차 교육과정의 기본 철학 및 체제 유지를 기본으로 하여, 학습자 중심, 단위 학교에서 만들어가는 교육과정의 철학을 유지하며, 국민공통기본교육과정 및 선택중심교육과정 등 기본체제 유지 등을 기본으로 하였다. 구체적으로 살펴보면,
　□ 개정 방향과 중점
　○ 교과목 구성 체제 개선
　- '○○○어 독해' I, II 및 '○○○어 작문' I, II를 '○○○어 독해' 및 '○○○어 작문'으로 통합하고, '실무 ○○○어'는 폐지
　- '○○○어 문화'를 '○○○어 문화' I, II로 분화, '심화 영어', '기초 ○○○어' 신설
　○ 교육과정 문서 체제 개선
　- '심화 영어'와 '기초 ○○○어'는 일반 계열 고등학교 '○○○어' I, II의 교육과정 체제에 따름
　- 기타 과목은 '내용'을 '언어 기능'과 '언어 재료' 항목으로 구분, '평가'는 '평가 지침'과 '평가 방법'으로 구분
　○ 중학교 생활 외국어 및 일반 계열 고등학교 외국어 교육과정과의 연계 강화

- 각 교육과정의 의사소통 기본 표현 또는 의사소통 기능 예시문을 상호 참조
- 외국어 계열 전문 교과 어휘는 일반 계열 고등학교 외국어 교육과정에 제시된 어휘를 중심으로 선정
- '심화 영어' 및 '기초 ○○○어'는 일반계 고등학교 외국어 교육과정의 개정 방안, 내용 체계, 수준을 반영
○ 교육 내용의 수정·보완
- 성격, 목표, 내용, 방법, 평가의 내용을 좀 더 구체적으로 제시하고 일관성 있게 기술함
- '기초 ○○○어'의 어휘수는 일반 계열 고등학교 선택 과목 외국어 I, II의 어휘수를 고려함
- 신설되는 과목의 교육과정 내용을 체계적으로 구성함

□ 주요 개정 내용
○ 성격
- 외국어별 성격을 보완하고, 각 과목별 성격을 제시함
○ 목표
- 추상적이던 현행 교육과정의 목표를 보다 구체적으로 상세하게 진술
- 문화 교육과 학습 태도를 강조하기 위해 하위 목표 진술에서 '언어기능', '문화', '태도' 항목으로 구분
- '언어기능'은 다시 언어 4기능에 따른 하위 목표를 제시하여 상세화, 구체화함
○ 내용
- '의사소통기능', '언어 활동', '언어 재료' 항목을 '언어적 내용' 항목으로 통합하고, '문화적 내용'을 언어 재료에서 분리하여 하나의 중항목으로 새로이 구성
- '언어적 내용' 항은 '언어 기능'과 '언어재료'로 구성
- '문화적 내용'은 일상문화와 사회문화로 구분하였고, 문화적 내용 구성상의 유의점을 추가

○ 교수·학습 방법
- 교수·학습 내용을 일반 지침, 언어 기능, 언어 재료, 문화 이해 부분으로 세분화하여 실질적이고 다양한 교수·학습 방법을 제시
○ 평가
- '평가 방법'과 '평가 지침'으로 단순화하여 제시
- '평가 지침'은 언어 4기능과 문화로 분리하여 구체적으로 진술
등으로 요약할 수 있다.


## 4 향후 교육과정 개선방안

현재 포스트 7차, 즉 8차 교육과정(2007년 개정 교육과정)이 만들어져 2009년부터의 시행을 앞두고 있다. 각 교육과정 개정 시기마다 최고의 연구진들이 모여 각 교과별로 최고의 결과물을 내기 위하여 노력하고 있으며, 금번에 개정한 내용도 역시 산고의 고통 끝에 나온 멋진 교육과정 결과물이지만, 향후의 개선방안 역시 우리들에게 큰 숙제로 여전히 남아 있다.

먼저 교육과정 관련 법령 자체를 정비하여 교육과정의 수준과 위상부터 명료화할 필요가 있다.

국가, 시·도 교육청, 학교 등 교육과정 위상에 따른 권한의 구분뿐만 아니라, 교육과학기술부, 교육과정개정연구위원회 등 개발 주체의 권한도 명확히 규정되어야 한다고 본다.

둘째로 적정한 수준의 교육과정 개발비가 지속적으로 지원되어야 하겠다. 질 높은 교육과정 개발을 위해서는 다양한 연구 기관 및 학회 등의 참여가 확대되고, 이들 연구 기관 및 학회를 중심으로 상시적인 실태 조사와 개선안 마련을 유도하기 위한 지속적인 예산이 지원되어야 한다.

셋째, 교육과정 개발은 여러 사람의 협동 작업이므로 교육과정 관련 세력의 참여가 확대되어야 한다. 질 높은 일본어 교육과정 개발을 위해서는 한 주류의 학회 사람들만의 참여가 아닌 다양한 학회, 교원, 학부모, 학생 등이 참여하여

개발함이 필요하다.

　넷째, 일단 일본어 교육과정이 개발되면 그 교육과정을 구현하는 중요한 장치로서 교육과정 개발을 위한 실험·협력 학교 운영이 필요하다. 새로운 교육과정 시안을 개발하는 실험·협력 학교의 운영뿐만 아니라, 작성된 새로운 교육과정 시안을 환류하여 새로운 교육과정을 개발·확정하는 데에 도움을 주는 실험·협력 학교도 운영되어야 한다.

# 02 일본어교육
## –「문법교육」에서「표현교육」으로

정상미

## 들어가는 말

우리는 주위에서 "난 회화는 좀 되는데 문법이 약해" 또는 "문법은 자신 있는데 회화는 못 하겠어" 등 외국어 학습에 대한 어려움을 토로하는 많은 이야기를 듣는다. 또 시중의 외국어 학원 특히 일본어 관련 강좌 중에 "일본어문법 1개월 완성", "회화 ○○단계" 등과 같은 강좌명을 접하는 경우가 있다. 그렇다면 앞서 외국어 공부를 하는데 "문법"이 걸림돌이라는 사람과 일본어 문법을 1개월만에 완성시켜 준다는 학원 강좌는 모순은 아닐까? 또한 이러한 모순은 우리가 지금까지 접해온 영어는 물론 일본어 등의 제2외국어 교육방법의 한계를 드러낸 일면이라고도 할 수 있을 것이다. 즉, 우리가 10여년 이상을 영어에 투자해도 해외여행에서 간단한 의사소통에서조차 울렁증을 느껴야 하는 주요원인으로 이러한 문법 따로 회화 따로인 "따로국밥"식의 불균형한 외국어 교육을 들 수 있을 것이다. 이는 그 언어구조에 있어 세계 어느 언어보다도 한국어와 흡사한 구조를 가지는 일본어에 관해서도 예외는 아닌 것 같다.

여기에서는 일본어 교육과 관련한 이러한 문제점들을 되짚어 보고 특히 학습자의 원활한 커뮤니케이션 운용에 주목한 "표현교육"에 대해 고민해 보는 시간을 갖고자 한다.

# 1 지금까지의 일본어 표현교육

## ① 일본어교육을 둘러싼 환경

일본과는 지정학적으로 오랜 세월동안 깊은 관계를 가져온 한국은 일본어 교육에 있어서도 아시아는 물론 세계적으로도 긴 역사를 가지고 있으며, 일본어 학습자의 숫자면에 있어서도 그 규모는 매우 크다. 그러나 이러한 역사와 학습자의 규모에 비해 한국에서의 일본어 교육 분야는 다른 나라의 그것에 비해 체계적인 시스템 구축은 물론 연구 환경도 정비되어 있지 못하다. 특히 대학의 일본어 교육 현장에서 일본어 교육을 담당하고 있는 교원의 경우, 전공학과에서조차 일본어 교육을 전문으로 하고 있는 교원은 찾아보기 어려우며, 교육대학원은 일선 고교 교사들의 승진을 위한 호봉상승의 도구이거나 교원자격증을 취득하기 위한 양성과정 정도로 자리하고 있는 것 같다.

이처럼 대학교육에 있어서 일본어 교육은 하나의 독립된 학문으로 인정받지 못하고, 일본어 관련과목을 전공한 사람이라면 누구나 가르칠 수 있는 것처럼 여겨져 온 것이 한국 내의 일본어 교육현장의 현실이다.

## ② 일본어 표현교육의 현황

한국(한국 뿐 만 아니라 일본을 포함하여)에서 출판되어 일선 교육현장에서 사용되고 있는 많은 일본어 교과서에서 학습자들에게 새로운 표현항목을 도입

하기 위해 제시되는 설명들의 대부분은 그 표현이 형태상으로 어떤 특징을 갖는가 (예를 들면, 각 품사에 따른 접속형태의 변화, 그 표현자체의 활용양상 등) 에 중점을 두어 설명하고, 예문도 이러한 시점에서 제시되는 경우가 많다. 예를 들어 소위 조건표현의 하나인 ナラ를 보자.

국내는 물론 일본의 일본어교육 현장에서도 비교적 많이 사용되고 있는 교과서 중『みんなの日本語』[1] 가 있다. 이 교과서에서는 초급Ⅱ권 제35과에 ナラ가 처음으로 제시되는데, 같은 과에는 소위 조건표현인 バ가 함께 제시되어 バ와 관련한 다른 예문들과 ナラ의 예문이 동시에 제시되어 있다. 유사표현을 이와 같이 같은 과에서 함께 도입하는 것은 학습자들에게 하나하나의 표현을 충분히 이해하고 습득할 수 있는 환경이 마련되지 못하는 것은 물론이며, 특히 한국 학습자의 경우 양쪽 표현 다 우리말의 '~면'에 대응할 수 있다는 점 때문에 각각의 기능을 구분하여 습득하기에는 어려운 환경이다.

또한 이 교과서는 예문 제시방법에 있어서도, 함께 도입되고 있는 バ와 ナラ와의 차별성은 찾아 보기 어렵다.

1·

㈱スリーエーネットワーク 編著(1998)『みんなの日本語初級』Ⅱ

 

> <文型> 3. 北海道旅行なら、6月がいいです。
> <例文> 4. あしたまでに、レポートを出さなければなりませんか。
> 　　　　…無理なら、金曜日までに出してください。
> 　　　　5. 2、3日旅行をしようと思っているんですが、どこかいいところ
> 　　　　はありませんか。
> 　　　　…そうですね。2、3日なら、箱根か日光がいいと思います。
> 　　　　　　　　　　　（『みんなの日本語』初級Ⅱ・35課 p.76）

위에서 인용한 <文型>에 제시된 것처럼 하나의 문장만으로는 어떤 상황에서 쓸 수 있는 표현인지 문맥을 파악하기 어려운 경우가 많으며, <例文>과 같이 대화로 이루어진 예시문의 경우도 회화 참가자간의 관계 등 아무런 정보도 명시되어 있지 않은 가운데 회화 참가자의 각각 단 한 번의 발화로 이루어져 상황 파악이 어려우며 때로는 학습자에게 표현의 운용에 대한 오해를 불러일으키는 상황도 발생할 수 있을 것이다. 아울러 <例文>5.와 같은 예시문은 초급학습자에게 비교적 용이하게 설명할 수 있는 예시문이기는 하지만 <例

文>4.의 경우는 같은 과에서 バ가 함께 제시되고 있는 상황을 고려하면 다른 조건표현과 그 기능을 구별하기 어려운 ナラ의 기능이라 할 수 있으므로 학습자의 학습레벨을 고려하여 중급 또는 상급으로 그 기능의 도입을 미뤄야 할 것으로 사료된다.

이러한 교과서의 제시형태가 학습자에게 ナラ의 기능을 충분히 전달하지 못하고 있다는 결과를 반증하는 자료로 사카이酒井(1995:19-28)의 문의 수렴에 관한 조사가 있다. 이 조사는 일본어 모어화자와 외국인 학습자에게 각각 문의 전반부분을 제시하고 후반부분을 완성시키도록 하는 조사로, 실험 결과, 모어화자는 과제에 따라 문법 뿐만 아니라 어휘, 기능의 측면에서도 높은 수렴성을 보여주었다는 결론을 얻었다. 이 중 ナラ와 관련된 결과를 보면, 「今度の休みに京都に行くなら…」를 제시했을 때 모어화자는 「おみやげを買ってきてください」「○○を見てくるといいですよ」 등 상대방이 교토에 가는 것으로 상정한 위에 의뢰(67%)나 제안(29%)의 2종류의 기능을 하는 내용으로 후반을 완성한데 대해, 외국인 학습자의 경우는 「○○を持っていきます」「新幹線で行くつもりです」 등 자신이 가는 것을 상정한 경우가 많았다고 한다.

즉, 구체적인 문맥을 통해 담화 속에서 ナラ가 어떤 기능을 수행하고 있는지에 대한 지도가 이루어지지 않아 학습자 자신이 해당표현을 어떠한 상황에서 사용할 수 있는 것인지에 대해 이해하지 못한 데서 기인한 결과라 할 수 있을 것이다. 이를 표로 정리하면 다음과 같다.

| | 자신이 간다 | 타인이 간다 | 불명 |
|---|---|---|---|
| 모어화자 | 2% | 96% | 2% |
| 학습자 | 63% | 23% | 21% |

사실, ナラ의 기능에 대한 도입방법을 논하기 이전에 ト・バ・タラ・ナラ를 가리키는 "조건표현" 또는 "가정표현"이란 용어와 관련해서도 이는 각 표현들의 "의미"를 나타내는 것이지 그 표현이 대화 또는 문장 속에서 사용되었을 때 어떠한 역할, 즉 어떠한 "기능"을 하고 있는가에 관한 명칭은 아니라는 것에도 주목해 주기 바란다.

## ▎2  효과적인 표현교육 – "문맥구체화"

### ❶  효과적인 표현교육이란?

위에서 서술한 표현교육의 현실이 안고 있는 문제점들 중 여기에서는 '문맥'을 통한 표현교육의 부재에 주목하고자 한다. 앞서 모두에서 거론한 "문법은 자신 있는데 회화를 못 하겠어"라고 어려움을 호소하는 이야기는 커뮤니케이션으로 연결될 수 있는 살아있는 "표현"으로서의 교육이 이루어지지 않고 있다는 것을 원인으로 지적할 수 있다. 앞서 『みんなの日本語』의 예에서 본 것과 같이 전후 문맥도 없이 단 하나의 문장으로 제시되는 예문, 또는 회화참가자 A와 B의 인간관계의 명시도 없이 각각 단 한 번씩의 발화로 전개되는 대화형식의 예시문을 통해서는 학습자에게 그 표현이 어떠한 회화의 흐름 속에서 사용할 수 있는 것인지를 가늠하게 하는 것은 거의 불가능에 가깝다고 할 수 있다.

### ❷  "문맥구체화"란

지금까지의 기술에 기초하여 여기에서는 "문맥구체화"라는 개념을 통해 보다 효과적인 표현교육의 실천을 제안하고자 한다. "문맥구체화"란 가와구치川口(2003:57-70)에서 '특정한 장면에서 "누가·누구에게·무엇을 위해"표현하는가를 기술해 보는 것'이라고 정의한 "문맥화"를 보다 상세화한 개념으로, 각 표현이 갖는 다양한 기능을 구체화된 문맥과 함께 제시함으로써 학습자의 용이한 표현습득을 도모하고자 하는 표현교육의 방법이 "문맥구체화"이다.

예를 들어 지금까지 ト·バ·タラ·ナラ에 대해 '가정·조건표현'이라는 용어로 그 표현들이 나타내는 의미의 기술은 해 왔지만, 이러한 표현들이 담화 내에서 또는 문장 내에서 어떤 역할을 해낼 수 있을까에 대한 언급은 거의 없었다. 또한 가정·조건을 나타내는 몇 가지 표현 중에서 하나의 표현을 선택함으로써 다른 표현을 선택했을 때와는 "기능"이라는 면에서 어떻게 달라지는

가에 대한 고찰도 별로 이루어지지 않았다.

각 표현이 갖는 기능에 대해 학습자에게 이해시키기 위해서는 해당 문맥을 명확히 파악할 수 있는 용례제시와 해설, 연습들이 동반되지 않으면 안된다는 것이 필자의 입장이며, 이러한 일련의 과정을 기능의 "문맥구체화"라고 한다.

또한, 한 표현이 갖는 기능은 한가지로 한정할 수는 없지만, 또 그 다양한 기능들이 모두 전혀 다른 성격이 아니라, 서로 유기적으로 관련성을 가지며 각 담화나 문장 속에서 각각의 역할을 해내고 있는 것도 사실이다. 일정표현의 이러한 다양한 기능이 다른 표현과 어떠한 관계를 맺고 있는지를 고려하여 그러한 다양한 기능을 단계적으로 도입해 가는 것도 '문맥구체화'의 중요한 내용이다.

즉, 각 표현이 갖는 기능을 상세히 분석하고, 그 분석결과에 기초하여 학습자의 학습레벨에 맞춰 하나 하나의 기능을 제시하여 축적해 가는 과정이 기능의 '문맥구체화'이며, 이러한 '문맥구체화'에 의해 학습자가 담화운용에 대한 응용으로 연결해 가는 표현지도를 실현할 수 있을 것으로 사료된다.


## ▌3  문맥구체화의 응용

### ❶ ナラ의 문맥구체화

여기서는 앞서 살펴본 ナラ 표현의 기술과 지도방법의 문제점을 개선하기 위한 "문맥구체화"를 ナラ 표현의 기술에 어떻게 응용할 것인가에 대해 생각해 보고자 한다. 아울러 조건표현의 틀 안에서 항상 함께 언급되는 バ 표현의 기술방법에 관해서도 함께 생각해 보자.

이오리庵 외(2000 : 224-225) 에서는 ナラ의 가장 전형적인 용법으로 청자의 발언을 받는 것을 들고 있지만, 상대방의 발언을 포함한 대화 속에서 화제가 되고 있는 언어적·비언적 행동을 바탕으로 화자가 제안, 충고, 명령 등을 하기 위해 발화에 끌어들이는 표현이라고 생각하는 것이 ナラ의 기능을 보다 포괄적으로 이해했다고 할 수 있을 것이다. ナラ의 지도 장면에서도 그 때까지의 대화 속에서 화제가 되고 있는 소재를 ナラ의 전건으로 삼고 있음을 강조한다면 ナラ의 해석이 반드시 우리말의 '-면'에만 한정되지 않는 것을 학습자에게 전달할 수 있을 것이다.

  지금까지 서술해온 ナラ에 관해서는, 한·일 대역 작품에서도 그 예를 찾아볼 수 있는데, 다음의 예1)에서처럼 「ひとつも思い浮かばないなら」로 번역된 부분의 원래 한국어대사는 '그러니까'라는 원인·이유를 나타내는 접속사였다. 자신을 좋아하는 이유를 세 가지 들어보라는 화자의 요구에 쉽게 대답에 응하지 못하는 청자의 모습(비언어적 행동)을 보고 그러한 모습을 ナラ의 전건으로 하여 자신과의 결혼을 포기해 줄 것을 청자에게 납득시키려고 하는 장면이다.

  1) ウンソ　：じゃ、私を好きな理由を三つあげて。そしたら、考える。
　　テソク　：わからない。理由なんて……。
　　ウンソ　：はあ、ひとつも思い浮かばないなら、残念だけど、あきらめて。
　　　　　　　ああ、がっかり。たったひとつでも理
　　　　　　　由をあげてくれたら、チャンスをあげたのに。
　　⇨ 그러니까 오빠 안 되는 거예요, 오빠 절대 안돼. 아, 아깝다. 이유를
　　　　하나만 댔어도 생각해 보는 건데. 오빠 절대 안돼요.
　　　　　　　　　　　　　　　　　　　　　　　　　　　　　(秋 · 13話)[2]

2 ·
古瀬由紀子 訳(2002) 『A-utumn in My Heart(가을동화)』(秋)

  한국의 많은 일본어 교과서에서 ナラ를 조건표현으로 한정하고, '-면'이라는 번역을 하고 있지만 예1)와 같은 한·일 대역 작품을 보면, ナラ는 '-면' 이외에도 다양한 해석이 가능한 표현이라는 것을 알 수 있으며, 이는 ナラ의 기능 습득의 중요한 힌트로서 지도 장면에 반영되어야 할 것이다.

  위의 관계를 이해한 학습자라면 다음 예2)의 문맥에서 밑줄 친 부분이 소위 조건표현의 네 가지 중 어느 것에 해당하는지 바로 떠올릴 수 있을 것이다.

  2) 신 21 박기획 사무실 (아침)
  컴퓨터 작업을 하고 있는 은주, 들어오는 명주와 지수

중략

은주　: 예식장은 알아봤어?

지수　: 이제 알아봐야죠.

명주　: 오늘 나하고 나가서 예식장부터 알아볼 거야. 신랑이 바빠서 신부
　　　 가 할 일이 많아.

지수　: 예식장 말고 어디 무료로 할 수 있는 데는 없을까요?

명주　: 무슨 소리야? 그래도 예식장에서 해야지.

지수　: 정말 돈 안들이고 하고 싶어요.

명주　: 예비 시어머니께서 다른 건 몰라도 결혼식만큼은 화려하고 거창하
　　　 게 해 주고 싶으시대.

지수　: 예식장에서 해야 거창하고 화려한 건 아니라고 생각해요.

은주　: (보다) 야외 결혼식은 어때?

지수　: 돈만 안 든다면 한강둔치에서라도 하고 싶죠.

명주　: (어이없어) 물 떠놓고?

지수　: (웃는)

은주　: 야외결혼식이라면 내가 알아봐줄 수 있어.

지수　: 정말이에요?

은주　: 지난번 영화 제작할 때 놀이공원에서 야외 결혼식을 촬영한 적
　　　 있어. 영화가 성공한 덕분에 그 놀이 공원 야외 결혼식이 홍보가
　　　 잘 됐어. 내가 결혼한 줄 모르고 나중에 내가 결혼하게 되면 협찬
　　　 해 주겠다고 약속했거든.

지수　: 그거야말로 화려하고 거창할 거 같애요.

은주　: 한 번 알아볼께. 만약 되면 내 결혼 선물이라고 생각해?

(하늘·136회)[3]

3·
최현경(2007)『하늘만큼
땅만큼』(하늘)

　　예2)의 대화에서 화자(은주)는 청자의 결혼식에 대해 자신이 알아보겠다는
제안을 하기 위해 그 때까지 화제가 되고 있던 '야외결혼식'을 그 근거로 들고
있다. ナラ의 전형적인 기능을 그대로 적용할 수 있는 한국어 용례이다.

　　이처럼 학습자들이 해당 문맥을 쉽게 파악할 수 있는 드라마 용례는 교육현
장에서 매우 유용한 '문맥구체화'의 자료가 될 수 있다.

ナラ는 위의 용례와 같이 지금 진행되고 있는 대화 속의 화제를 받아 상대방에게 어떠한 호의를 베풀고 싶을 때도 빈번히 사용되지만, 상대방에게 어떠한 불만이나 요구를 표출하고자 할 때도 자주 사용된다. 즉, 뒤에 이어지는 화자 자신의 주장들의 강력한 근거로서 상대방의 발언이나 행동을 제시할 때 ナラ가 효과적으로 사용되는 예는 다수 존재한다. ナラ가 갈등의 장면, 말다툼 장면 등에 자주 등장하는 것도 이 때문이다. 이러한 ナラ의 기능을 숙지하고 있는 학습자라면 일본의 드라마 등의 담화장면을 접하면서 등장인물들의 감정이 부딪히는 갈등 장면을 보면서 곧 ナラ가 등장할 것이라는 것을 예측할 수 있게 된다.

즉, 학습자가 습득한 많은 표현들은 학습자 자신이 발화 시에 어떤 표현을 선택해야 할지를 결정하는데도 중요한 역할을 하지만, 상대방의 발화를 들으면서 그 다음 발화내용을 예측하는 힌트로서도 중요한 역할을 수행하며 이는 학습자의 청취능력 향상으로 연결될 수 있다.

예전에 어느 유명 영어강사가 "영어문법이란 자신이 문장을 만드는 것뿐만 아니라 상대방이 다음에 어떤 것을 말할 지 미리 예측하여 그에 대비하게 해주는 도구"라고 이야기하는 것을 들은 적이 있는데 "문법"이라는 용어에는 크게 찬성할 수 없지만 문맥을 통한 표현의 습득과 활용이라는 측면에서 이 강사의 말에는 큰 의미가 있다고 할 수 있겠다.

그렇다면 다음 일본 드라마의 한 장면을 보자.


3) 勇二郎：何だよ？

　　なつみ：いや、あの、私…私、麦田なつみっていいます。

　　勇二郎：はっ、知ってるよ。

　　なつみ：なら、いいです。

　　勇二郎：お前、何なんだよ。それは。

　　なつみ：だって、いつもお前とかあんたとかいうから、てっきり私
　　　　　　の名前忘れたのかと思って。

　　勇二郎：バカ言ってんじゃないよ。俺はな、学生時代から成績優秀
　　　　　　でな、記憶力だっていいんだよ。

　　なつみ：そうですか。なら、よかった。

4·
大森美香(2002)『ランチ
の女王』(ラ)

勇二郎 : ……

(ラ・5話)[4]

　지금까지 설명한 '문맥구체화'를 통해 ナラ의 기능을 도입했다면, 위의 예3)
과 같이 일본어 교과서에서는 거의 다루어지지 않고 있는 ナラ의 형태, 즉 ナラ
의 전건이 완전히 생략되어 마치 접속사처럼 사용되는 경우에 대해서도 용이
하게 도입할 수 있을 것으로 사료된다. 각 품사들이 ナラ에 어떠한 형태로 연결
되는가를 제시하고 그에 관해 연습하는 것에 대부분의 페이지를 할애하고 있
는 현재 교과서들의 표현 제시방법에 있어 '문맥구체화'가 시사하는 바는 클
것으로 사료된다.


### ❷　バ의 문맥구체화


　그렇다면 조건표현의 가장 중심에 있는 バ는 어떠한지 살펴 보자. 실제로
バ가 사용되는 용례를 보면, 대화 속에서 상대방에게 어떠한 동작을 지시하거
나 권유하는 의미로 사용되는 경우가 많다.
　전건과 후건이 갖추어진 バ문의 경우도 그렇지만, 특히 후건이 존재하지 않
는 バ문은 상대방에 대한 동작의 지시나 권유를 나타내는 기능으로 일상대화에
서 자주 등장한다. 다음 예4)는 그와 같은 기능을 구체적으로 보여주는 예이다.

　　4) コンビニ・中
　　　柊二、買物をしている。
　　　　(中略)
　　　さつき : ーー。……柊ちゃん……。
　　　柊二 : ……。よっ。
　　　と明るく言った。
　　　さつき : ごめん。私、電話しちゃった……。
　　　柊二 : そ……。

さつき：つい、その、近くまで来たもんだから（困っている感じ）。

柊二：ね、おつり。

レジの店員が、紅茶のおつり、渡そうとしていた。

コンビニ・外

さつき：柊ちゃん、元気そうね。

柊二：そっちも。

さつき：……ん。

柊二：で、いいんだよね。

さつき：うん。

笑顔。

柊二：飲めば、それ。

と紅茶。

さつき：あ、ううん。いいの。両替したから。

買っただけ。とビニールの買物した袋の中に入れる。

(ビ・7話)[5]

5・
北川悦吏子(2000)『ビューティフルライフ』(ビ)

위의 예4)는 상대방에 대한 지시나 권유의 기능으로 사용된 バ문으로서, バ에 대해 일반적으로 행해지는 '조건표현' 또는 '가정표현'이라는 설명만으로는 포괄할 수 없는 バ의 기능의 범주라 할 수 있다. 유감스럽게도 이러한 기능에 대한 설명은 대부분의 교과서에서 다루어지지 않고 있지만, 상급 학습자를 대상으로 한 표현교육의 지도 항목에 이를 포함시킴으로써 실제 담화운용 시에 유용한 표현으로서 활용될 수 있을 것이다. 또한 많은 교과서에서 초급 후반 시기에 다루어지고 있는 ～バイイ 형태의 연장선상에서도 충분히 지도 가능할 것으로 사료된다. 즉, ～バイイ의 문맥 내에서의 기능을 충분히 이해했다면, 위의 경우는 バ의 후건이 생략되는 경우로 이해할 수 있을 것이며, 일반적인 バ문에 관해서도 バ의 후건이 상황에 따라 좀 더 구체적으로 기술되는 것 뿐이라는 식으로 그 기능을 정리할 수 있을 것이다.

## ■4  결론 및 연구과제

지금까지 학습자 자신이 실제 담화에서 운용할 수 있는 표현 습득을 위한 그 지도방법으로서 '문맥구체화'라는 개념을 도입하여 논을 전개해 왔다. 이는 앞에서와 같이 드라마 용례를 이용하는 것도 가능하겠지만, 예를 들어 교사가 수업 중에 학생들의 자유로운 액티비티 활동으로서 현재의 교과서 예문을 활용하는 것도 생각해 볼 수 있다.

예를 들어, 『日本語初歩』[6] (1991 : 274)의 「例をあげて説明しなければわかりません」이라는 예시문을 이대로 읽고 해석하는 것으로 끝나는 것이 아니라, 과외 아르바이트를 하는 동급생 혹은 후배에게 가정교사 경력이 긴 화자가 어드바이스하는 장면을 상정하여 학습자들에게 의견을 물을 수 있을 것이다. 이러한 액티비티 활동을 통해 バ는 조건표현이 아니라, 상대방에게 제안, 어드바이스 등을 행할 때 사용하는 표현으로서 학습자들의 담화운용에 보다 적극적으로 활용될 수 있을 것으로 사료된다.

이 글에서는 소위 조건표현을 가지고 '문맥구체화'의 응용 가능성에 대해 논해 왔지만, 이는 단지 조건표현 뿐만 아니라 다른 표현항목의 지도에도 충분히 응용 가능한 것이다.

예를 들어 '사역수동'표현은 우리말에 존재하지 않는 표현이므로, 지도하는 입장에서도 학습자의 입장에서도 '사역'과 '수동' 사이에서 그 기능을 설명하고 이해시켜, 실제 사용할 수 있는 단계에까지 이르게 하는 것이 매우 까다로운 표현이다. 이 때문에 '사역수동'은 콤팩트한 짧은 문장 안에 화자의 감정을 담뿍 담아낼 수 있어 매우 효과적인 표현임에도 불구하고 이를 제대로 구사하는 학습자는 매우 드물다.

이러한 '사역수동'의 경우는, 그림동화로 유명한 『신데렐라』를 이용하여 "문맥구체화"를 구현할 수 있다. 『신데렐라』는 누구나 그 스토리를 잘 알고 있는 동화이므로, 별도의 설명 장치를 거치지 않고 '문맥구체화'를 적용할 수 있는 좋은 자료이다.

이와 관련한 '문맥구체화'의 구현방법의 상세와 교실활동에 대해서는 필자의 다른 논문을 통해 논을 이어가고자 한다.

6·
国際交流基金日本語国際
センター  著(1991)『日本
語初歩』

# 03 일본어 교육을 위한 기본어휘 조사 및 분석

송정식

## 들어가는 말

어휘語彙란 단어單語의 집합을 의미하는 것으로, 하나의 언어체계·분야·저자·작품 등에 사용되어지는 단어 전체를 일컫는 말이다. 예를 들면 한국어 전체를 대상으로 하는 「한국어 어휘」와 법과 관련된 분야를 나타내는 경우, 민법 분야는 「민법 어휘」, 형법 분야는 「형법 어휘」 등이 이에 해당한다. 그리고 저자의 경우 가와바타야스나리川端康成가 주로 사용하는 어휘는 「가와바타야스나리川端康成 어휘」, 그리고 가와바타야스나리의 작품인 유키구니雪国에 나타난 어휘라면 「유키구니雪国 어휘」 또는 겐지모노가타리源氏物語와 같은 작품을 대상으로 하는 「겐지모노카타리源氏物語 어휘」와 같은 형태로 사용되어진다. 이와 같이 어휘는 일정한 범위에 한정하여 사용되는 각각의 단어들의 총체를 의미하는 것으로 흔히 영어로 Vocabulary에 해당하는 것이다.

어휘란 위와 같은 일정한 범위 내에서 사용된 단어들의 집합이므로, 수량적 측면에 관한 연구와 수량과 의미 양쪽 모두를 고려한 의미 분야별 구조분석에 의한 연구가 가능하다. 어휘연구는 어휘를 구성하는 각각의 단어들의 사용빈도 조사를 통해 어휘가 갖는 속성을 고찰할 수 있다. 어휘 속에 어떠한 단어들이 중심이 되는지를 각각의 단어들의 빈도조사를 통해 고찰할 수 있다. 그리고 어휘 속에 포함 되어 있는 각각의 단어들을 의미 분야별로 나누어 어떠한 의미 분야의 단어들이 어떻게 사용되고 있는지 단어들의 의미분야별 구조분석을 통해서도 어휘의 특징을 고찰할 수 있다.


# 1  어휘의 구분과 교육기본어휘

어휘가 단어의 집합으로 정의되지만 그 구분에 있어서는 기본어휘, 기초어휘, 기간어휘, 기준어휘 등 분류하는 기준에 따라 다양한 형태로 나눌 수 있다.

기본어휘의 경우는 특정목적을 위한 어휘조사에 의해 선정된 것을 가리키며 특정목적에 맞도록 고빈도이며 또한 광범위한 분야에 사용되어지는 단어를 선정한다.

기초어휘는 일상 언어생활에 필요한 최소한의 단어를 말하며 주관적인 판단에 의해 체계적 계통적으로 선정되어질 수 있다.

기간어휘는 어떤 언어의 집단에 기간부로서 존재하는 어휘를 말한다. 어떤 언어를 말하거나 쓰거나 하는데 절대적으로 필요한 어군이 이에 속한다. 기간어휘는 기본어휘와 마찬가지로 어휘조사에 의해 고빈도어이면서 광범위한 분야에 사용되어지는 단어가 선정된다. 그러나 기본어휘는 사용목적에 따라 범위가 바뀔 수 있지만 기간어휘는 범위가 바뀌지 않는 것이 특징이라 할 수 있다.

그리고 기준어휘는 표준적 사회인으로서 생활에 필요한 어휘를 지칭하며 상용한자와 같은 성질을 갖는다. 즉 이것만 알면 사회인으로서 생활에 불편함이 없는 어군이다

이와 같이 어휘는 어휘라고 하는 단어 앞에 붙는 수식어에 따라 다양한 종류로 구분할 수 있다. 아울러 보다 세부적인 구분도 가능하겠지만 이 글에서 다루

고자하는 교육기본어휘는 기본어휘의 특성에 교육이라는 목적이 가미된 것으로 정의할 수 있겠다.

　교육기본어휘라고 하면 대개는 모국어를 가르치는데 필요한 교육기본어휘와 제2외국어로서의 언어습득에 관계된 교육기본어휘를 들 수 있다. 모국어를 가르치기 위한 교육기본어휘는 학습자의 연령이나 수준에 맞는 어휘습득을 위한 학습과 지도가 관심사이며 그에 맞게 어휘선정이 이루어진다. 그리고 제2외국어로서 교육기본어휘는 해당 국가의 사람들과 의사소통이나 그 나라에서 생활하기 위해서 필요한 어휘 습득과 지도 그리고 그에 맞는 어휘선정이 주된 관심사이다.

　이글에서는 어휘연구에 관한 선행연구를 살펴보고, 실제 일본 국립국어연구소国立国語研究所의 교육 기본어휘 데이터베이스『教育基本語彙データベース』자료를 토대로 일본어 교육을 위한 기본어휘 조사 및 분석을 통해 교육기본어휘의 특징에 대해 고찰해보기로 하겠다.


## 2　선행연구 및 연구동향

　어휘를 단어의 집합으로 연구하는 계량적 또는 총체적 어휘연구는 크게 2가지로 나누어 볼 수 있다. 첫째는, 어휘의 구성 요소인 각각의 단어를 수량적으로 다루는 경우이다. 이것은 어휘의 구성요소인 각각의 단어가 갖는 수량적 성질을 이용하여 단어의 사용빈도 면에서 어휘의 특징을 밝히고자하는 연구이나. 둘째는 어휘에 포함되어 있는 각각의 단어는 개개의 의미의 집합이므로 단어 전체의 수량적 측면과 의미적 측면을 고려하여 어휘의 의미 분야별 구조를 밝히고자 하는 연구이다. 이것은, 어휘의 구성 요소인 각각의 단어가 수량적 존재임과 동시에 의미를 가지고 있다는 사실에 주목하여 어휘의 수량성과 의미성을 동시에 고려한 연구 방법이다.

## ❶ 수량적 어휘 연구

어휘는 각각의 단어의 모임으로 어휘의 수량적 존재로서의 성격이 두드러지기 때문에 각각의 단어의 집합으로서 어휘를 다루는 데는 어휘가 갖는 수량적 관점이 가장 우선적 요소로 취급되었다고 할 수 있다. 실제로 어휘연구에 관한 대부분의 선행연구가 어휘의 구성 요소인 각각의 단어의 집합에 초점을 맞추고 있으며 어휘가 갖는 수량적 성질을 밝히고자 하였다. 그 중 대표적인 선행연구를 살펴보기로 하자.

### 1) 국립국어연구소国立国語研究所

일본에서 어휘연구가 본격적으로 이루어지게 된 시점은 1950년대에 들어서면서부터이며, 1948년에 설립된 국립국어연구소가 매우 커다란 역할을 하게 되었다. 동연구소에 의한 일련의 대규모 어휘 조사에서는, 어휘를 계량적으로 취급해, 품사별·어종별·어구성별로 현대 일본어의 어휘가 갖는 어휘의 일반적인 특징 및 수량적인 구조를 밝히고자 하였다. 특히 단어의 사용빈도를 통해 알게 된 내용으로는 어휘에는 사용율이 매우 높은 소량의 어군과 다수의 최저빈도어, 그리고 중간적 사용율의 단어로 구성되어 있다는 사실, 그리고 이러한 경향은 대부분의 어휘에 있어서 대체로 동일한 형태라는 사실이다. 그리고 품사별 어휘구성을 통해 어휘의 문체적 특징, 어종별 어휘구성을 통해 어휘에 포함되어 있는 일본어, 한어, 외래어의 양적 특징을 밝혀냈다. 예를 들면 품사별 분석에서는, 그 어휘가 속하는 장르의 차이, 문장의 종류의 차이가 지적되었다. 어종별로는 순수 일본어의 경우에 있어서는 그 사용률이 개별어수異なり語数에 비해 전체어수延べ語数에 높게 나타나는 반면, 한어나 외래어, 혼종어는 그 반대 경향을 나타낸다는 사실이다.

2) 시마무라島村(1983:77-207)

시마무라는, 光村図書・東京書籍・教育出版의 3社가 1978년도에 발행한 초등학교 저학년용(1・2 학년용) 국어 교과서의 본문을 대상으로 하여, 어휘 조사를 실시해 그 결과를 보고하였다.

어휘 조사의 결과는, 표제어의 총수異なり語数가 3,826어이며, 그리고 단위어의 총수延べ語数가 25,863어였다.

시마무라는 이 어휘 조사의 결과로부터, 초등학교 저학년용의 국어 교과서 어휘에 있어서의 개별어수와 전체어수의 품사별 구성 관계, 어종별 구성 관계, 표제어의 교과서간 공통성 등 국어교과서 어휘의 다양한 사실들을 밝혀냈다.

시마무라의 어휘 조사에서 특히 주목하고 싶은 것은 어휘에 있어서의 개별어수와 전체어수의 양쪽 모두를 채택하고, 어휘를 분석한 점이다. 시마무라는 어휘에 있어서의 개별어수와 전체어수를 동시에 채택하여 초등학교 저학년용 국어 교과서의 어휘의 전체적인 특징을 기술하려고 하였다. 실제로 시마무라 이전에 이루어졌던 많은 선행 연구에서는, 어휘연구에 있어서 한쪽 편 즉 개별어수만을 다루든지 전체어수만을 다루는 경우가 대부분이었다. 문제는 다만 어느 한 쪽이 어휘 전체를 대별하고 있는 것으로 오해를 해 왔다는 점이다.


**②** 의미 분야별 구조분석에 의한 어휘 연구


어휘의 수량적 관점에서는, 결국 어휘의 일반적 성격내지는 어휘가 갖는 일반적 경향이 명확하게 밝혀졌으나, 각각의 어휘가 갖는 개별적 특징을 밝히는 데는 한계가 있었다. 그것은 위의 신행연구 결과에서도 알 수 있듯이 단어의 집합으로서의 어휘의 특징인 수량에만 초점을 맞추어 단어의 사용빈도만을 조사하고, 단어가 갖는 개별적 의미는 무시했기 때문이라 할 수 있다. 이러한 문제점을 인식하여 단어의 수량적 측면과 의미적 측면을 동시에 고려한 연구가 의미 분야별 구조분석에 관한 연구이다. 그중 대표적 선행연구를 살펴보기로 하겠다.

1) 사카쿠라阪倉(1960:75-85)

어휘를 수량성과 의미성 양쪽 측면을 고려하여 어휘 분석을 처음으로 시도한 것은 사카쿠라이다. 사카쿠라는 당시 아직 국립국어연구소国立国語研究所의 『分類語彙表』(분류어휘표)가 완성되지 않았기 때문에, 그 전신인『婦人雜誌の用語』(부인잡지 용어), 『総合雜誌の用語』(종합잡지 용어) 등에 나타난 하야시다이林大(1957)의 분류법을 이용해 개개의 단어에 코드를 붙여 명사 어휘를 5종으로 나누어 그 명사 어휘를 23종류의 의미 분야로 나누어 어휘의 의미 분야별 구조를 분석하는 토대로 삼았다.

사카쿠라는 단어의 의미 면을 중시해, 만요슈万葉集의 명사를 의미에 따라 분류, 이것을 고킨슈古今集에도 적용해 두 개의 작품을 비교 분석하여, 양 작품의 유사점 및 차이점을 밝혀냈다. 예를 들면 유사한 성격으로는 두 작품이 인간 활동 보다는 오히려 그 주변에 흥미가 보다 많이 기울어져 있는 것은 와카和歌 문학의 성격이 반영된 것이라고 보았다. 그리고 차이점으로는 고킨슈의 세계는 만요슈와 비교하여「인간 활동의 주체」가 보다 좁게 한정되어 있고, 그 바라보는 시점은 주변의 생산물보다는 오히려 자연계 또는 시간의 추이 등 다소 추상적인 것들에 초점이 맞추어져 있다고 소개하고 있다.

사카쿠라의 의미 분야별 어휘의 구조분석을 통해 그동안 같은 장르로서 동일하게 취급되었던 만요슈과 고킨슈의 두 작품이 상호간에 어떻게 다른지, 어떠한 특징을 갖고 있는지를 명확하게 구분할 수 있는 계기가 되었다.

2) 나카노中野(1980:376-383)

나카노는 의미별로 분류된 단어의 수를 조사함으로서 한 나라의 언어를 사용하는 사람들의 생활·사상·행동을 파악할 수 있다고 보고, 일본어의 대표적 시소러스라고 할 수 있는 국립국어연구소国立国語研究所의 『分類語彙表』(1964)의 모든 단어들을 의미 분야별로 조사하여 일본어의 특징을 설명하고자 하였다. 나카노는『分類語彙表』의 번호에 따라 단어수를 의미 분야별로 수작업을 통해 재조사하였다. 여기에서는 나카노가 실시한 단어 조사 방법 등 세부

내용은 생략하기로 하고 조사의 결과만을 제시해 보면 다음과 같다.

『分類語彙表』에 포함되어 있는 전체어수(나카노에 의한 재조사의 단어수)는 36,263語로, 나카노는 이것들을 의미 분야별로 제시하였다. 그 결과, 의미 분야별로 보면, 1(体)에서는 1.30<心>이 10.9%, 1.15<作用>이 6.6%로 많고, 2(用)에서는 2.15<変化>가 32.1%로 가장 많고, 2.30<感覚·疲労·睡眠>이 15.9%로 그 다음이며, 3(相)에서는 3.19<長·広>이 12.9%, 3.34<身上>이 11.4%로 높은 비율을 차지하였다.

나카노는 『分類語彙表』의 의미 분류 방법을 통하여 일본어로 된 어떤 작품(어휘)이 어떠한 의미 분야의 단어들을 특징적으로 사용하고 있는지를 조사할 수 있음을 밝혔다. 또한 서로 다른 두 어휘의 비교에 있어서 『分類語彙表』의 의미 분류 방법을 이용하여 두 어휘의 유사점과 상이점 등을 조사 분석할 수 있다고 지적하였다.

## 3 교육 기본어휘 조사 자료

일본어 교육을 위한 기본어휘 조사 및 분석에 있어서는 위에서도 언급한 바와 같이 국립국어연구소国立国語研究所의 『教育基本語彙データベース』(교육 기본어휘 데이터베이스) 를 활용하기로 한다. 国立国語研究所가 작성한 『日本語教育のための基本語彙調査』(일본어 교육을 위한 기본어휘조사)는 『教育基本語彙データベース』에 게재되어 있는 어휘이다. 『教育基本語彙データベース』는 지금까지 일본 내에서 간행되어 온 7종의 교육용 기본어휘를 비교 대조할 수 있도록 일람표로 정리한 것이다. 이것은, 기존의 교육 기본어휘를 데이터베이스화하고, 교육상 기본적인 것으로 간주되는 어휘를 망라하려고 해서 만들어진 것이다. 이 보고서는 국립국어연구소의 시마무라가 일찍이 「小学校低学年用国語教科書の用語」(초등학교저학년용 국어교과서의 용어) 조사를 하고, 『研究報告集 -4-』(연구보고집)에 게재했으며 그 연장선상에 조사된 데이터이다. 『教育基本語彙データベース』에 수록된 데이터(基本語彙. TXT)

의 시작 부분의 일부만을 제시해 보면 다음과 같다.

```
000010,あ,,感,A2,A2,,1A2,,,○,4,W,4310,,,
000020,ああ,,副,A1,A1,,,,A,◎,4,W,3100,,,
000030,ああ,,感,A2,A2,,1A2,,,◎,4,W,4310,,,
000040,アークとう,アーク灯,名,C4,C4,,,,,,2,H,1460,,,
000050,アーケード,arcade,名,,C3,,,,,,1,G,,,
000060,アース,earth,名・ス他,C2,C2,,,,,,2,G,1462,,,
000070,アーチ,arch,名,C1,C1,,,,,,2,G,1442,,,
000080,アート,art,名,C3,,,,,,1,G,,,,
000090,アームチェア,armchair,名,,C4,,,,,,1,G,,,,
000100,アール,〔仏〕are,名,B2,B2,,,,,,2,G,11961,,,
```

『敎育基本語彙データベース』에는 일련번호, 표제어, 표기, 품사, 사카모토 阪本 교육 기본어휘 정보, 신사카모토新阪本 교육 기본어휘 정보, 다나카田中 교육 기본어휘 정보, 이케하라池原 교육 기본어휘 정보, 아동언어연구소(児言研) 교육 기본어휘 정보, 중앙中央 교육 기본어휘 정보, 국립국어연구소 교육 기본어휘 등 7종의 교육기본어휘 정보, 단어의 사용 양상과 몇 종의 교육 기본어휘에 등록되어 있는지를 상세히 제시하고 있다. 그리고 어종과 『分類語彙表』의 분류번호가 제시되어 있다.


## 4 교육 기본어휘 분석 및 고찰

조사 자료 중 이 글에서 사용하는 『日本語敎育のための基本語彙調査』는 『分類語彙表』를 바탕으로, 복수의 전문가의 판정에 의해 선정되었으며, 총 단어수는 6,000어정도이고 그 중에서 2,000어가 「보다 기본적인 단어」로 제시되어져 있다.

『敎育基本語彙データベース』에 수록된 데이터 상에 나타난 한자의 앞에 붙

어 있는 △은 「常用漢字表」(상용한자표)외의 음훈인 것을 나타내며, ×을 붙인 한자는 「常用漢字表」(상용한자표)외의 한자인 것을 나타낸다. 熟字訓(숙어훈)은, <> 또는 ≪≫의 기호 안에 제시되었다. ≪≫로 제시된 것은, 「常用漢字表」(상용한자표)의 부표 「付表」의 단어이다. 『岩波国語辞典』의 숙어훈의 해석은 「상용한자표」와 완전히 일치하지는 않는 부분도 있다. 자료는 「常用漢字表」의 규정을 우선시하였음을 명시하고 있다. 그리고 W(和語), K(漢語), G(外来語), H(混種語)의 구별과 『分類語彙表』의 분류 번호 등 부가정보가 입력되어 있다.

이 글에서는 『日本語教育のための基本語彙調査』 자료 중에서 「보다 기본적인 단어」라고 판단되는 2,000어를 대상으로 하여 7종의 『教育基本語彙データベース』에 모두 망라되어 있거나 출현율이 비교적 높은 단어들에 초점을 맞추어 일본어 교육기본어휘의 특징을 수량적 어휘연구와 의미 분야별 구조분석에 의한 어휘연구로 나누어 고찰해보기로 하겠다.

## ① 수량적 어휘연구

수량적 어휘연구에 있어서는 일본어 교육과 밀접한 관련이 있는 어종별 교육기본어휘의 특징에 대하여 알아보기로 하겠다. 어종별 분류란, 단어를 계통별로 분류하는 것을 말하며 일본어는 크게 W(和語)라 부르는 고유어固有語와 K(漢語)라 불리는 한자어로 이루어진 漢語, 그리고 외국에서 차용한 G(外来語)와 서로 다른 어종의 단어들의 결합으로 이루어진 H(混種語) 4가지로 구분할 수 있다. 『일본어교육을 위한 기본어휘조사』 자료 중에서 「보다 기본적인 단어」라고 판단되는 2,000어를 대상으로 사용빈도 상위어들을 조사하여, 어종별로 그 결과를 제시해 보면 다음과 같다.

### 1) W(和語)

和語(일본 고유어)는 중국어 기원의 한어나 그 밖의 서구로부터 차용한 외

래어에 대하여 그것들이 도래하기 이전부터 일본에 존재했던 일본 고유어로서 야마토고토바大和言葉라고도 한다. 순수 일본어라고도 불리는 和語의 경우『日本語教育のための基本語彙調査』 자료 중에서 7종의 『教育基本語彙データベース』에 모두 등장하는 단어들을 제시해 보면 아래와 같다.

> もと(元・本/7), かえって(△却って/7), たしか(確か・×慥か/7), おわり(終わり/7), ), うっかり(7), うら(裏/7), かたち(形/7), まったく(全く/7), まず(7), やがて(×軈て/7), いろいろ(色色/7), なぜ(＜何故＞/7), ただしい(正しい/7), それぞれ(△夫れ△夫れ・×其れ×其れ/7), ねがい(願い/7), うけとる(受け取る/7), わけ(訳/7), うそ(×嘘/7), まちがい(間違い/7), しかた(仕方/7), ことば(言葉・△辞・△詞/7), あらわす(表す・現す・△顕す/7), うかがう(伺う/7), うわさ(×噂/7), くらべる(比べる・△較べる・△競べる/7), えらぶ(選ぶ・△択ぶ・×撰ぶ/7), わかる(分かる・△判る/7), おぼえる(覚える/7), おさえる(押さえる・抑える/7), あたる(当たる/7), かさねる(重ねる/7), わける(分ける・△別ける/7), まとめる(×纏める/7), とく(解く/7), かわる(変わる/7), いのち(命/7)

(＊括弧の中には、見出し語の漢字表記と使用頻度を示している。但し漢字表記のない語もある。以下同様)

　위에 제시된 단어들을 살펴보면 和語 중에서도 빈도가 높고 핵심적인 단어들은 동사, 부사, 그리고 명사, 형용사 등 다양한 품사들로 구성되어 있음을 알 수 있다. 이번 조사결과 7종의 『教育基本語彙データベース』에 모두 등장하는 단어들을 살펴보면, 특히 동사가 많은 것이 특징이라고 할 수 있으며 그 대표적인 예로「うけとる, あらわす, うかがう, くらべる, えらぶ, わかる」 등이다. 그 다음으로 부사「かえって, うっかり, まったく, まず, やがて, いろいろ」 등과 명사「もと, うら, かたち」 등의 단어들이 사용되었으며, 형용사(イ形容詞)로는 「ただしい」, 그리고 형용동사(ナ形容詞)로는 「たしか」가 유일한 예로 조사되었다. 위에 제시된 단어들은 和語 중에서도 가장 기본적인 단어들로 7종의 『教育基本語彙データベース』에 모두 망라되어 있는 단어들임을 감안할 때 실제 일본어 초급 교과과정에 도입되어할 필수 교육기본어휘라 할 수 있겠다.

## 2) K(漢語)

漢語(한어)는 중국의 한자문화에 영향을 받은 일본, 한국, 베트남 등에 있어서 일본어, 한국어, 베트남어 속에 받아들여진 중국어 기원의 어종 또는 그러한 단어를 바탕으로 각국에서 독자적으로 만들어진 것으로 일본어의 경우는 주로 音読(음으로 발음)을 하는 어휘들이다. 『日本語教育のための基本語彙調査』 자료 중에서 7종의 『教育基本語彙データベース』에 모두 등장하는 한어漢語를 제시해 보면 아래와 같이 53개의 단어들이다.

べんり(便利/7),　はんたい(反対/7),　ねっしん(熱心/7),　せっかく(折角/7), ちょうし(調子/7), せいしつ(性質/7), だいたい(大体/7), いっそう(一層/7), けっこう(結構/7), じゅんじょ(順序/7), さいご(最後/7), さいしょ(最初/7), とくべつ(特別/7), ふつう(普通/7), せいちょう(成長/7), ぜんたい(全体/7), ぜんぶ(全部/7), ぶぶん(部分/7), いじょう(以上・×已上/7), にんげん(人間/7), めいわく(迷惑/7), あんしん(安心・安神/7), まんぞく(満足/7), えんりょ(遠慮/7), くしん(苦心/7), ゆうき(勇気/7), じゆう(自由/7), れんしゅう(練習/7), いけん(意見/7), かんそう(感想/7), くふう(工夫/7), ちゅうい(注意/7), せいり(整理/7),　けんきゅう(研究/7),　じっけん(実験/7),　はつめい(発明/7), けっしん(決心/7), いみ(意味/7), もんだい(問題/7), むり(無理/7), ようい(用意/7), はっけん(発見/7), さんせい(賛成/7), そうだん(相談/7), やくそく(約束/7), しつもん(質問/7), せつめい(説明/7), はっぴょう(発表/7), ぶんしょう(文章/7), きろく(記録/7), しっぱい(失敗/7), せいかつ(生活/7), やく(役/7)

7종의 『教育基本語彙データベース』에 등장하는 漢語의 특징으로는 위에 제시된 단어들을 보면 마지막 부분의 「やく(役)」라는 단어를 제외하면 모두 2자 漢語들로 구성되어져 있다는 점이나. 품사별로는 주로 명사와 형용동사 그리고 부사들이며, 실제 일본어 교육과정에서 위에 제시된 모든 단어들이 초급교재에 빠짐없이 수록되어 있다고는 보기 어렵다. 다만 이번 조사 결과에서도 알 수 있듯이 위에 제시된 단어들을 살펴보면 일본어 교육과정 중 초급교육과정에 도입되어야할 필수적인 漢語들이 어떠한 단어들로 구성되어 있는지를 쉽게 확인할 수 있다는 점이다. 즉 이러한 교육기본어휘조사 자료는 향후 일본

어 교재 작성에 있어서 초급교재에 맞는 漢語의 어휘선택에 유익한 정보가 될 수 있을 것이다.

## 3) G(外来語)

외래어外来語는 흔히 차용된 말을 가리킨다. 따라서 차용어借用語와 의미는 거의 같다고 볼 수 있으며 일상적으로는 외래어를 언어학에서는 차용어라고 부르는 것이 일반적이다. 본고에서는 외래어로 부르기로 한다. 일본어에는 많은 외래어가 받아들여져 있다. 그 중 가장 오래되고 많은 것은 한어漢語이지만 그 대부분은 본래의 의미와 다르게 일본어로서 의미가 주어져 있기 때문에 이 경우에 한해서는 한어를 외래어라고 보기는 어렵다는 것이 일반적인 견해이다. 다음은 7종의 『教育基本語彙データベース』 중 5종 이상에 등장하는 외래어를 제시하여 보면 아래와 같다.

> バス(bus/6), ラジオ(radio/6), ノート(note/6), ベル(bell/6), インク〔蘭〕(inkt・〔英〕ink/6), コップ〔蘭〕(kop/6), テーブル(table/6), タバコ〔葡〕(tabaco/6), パン〔葡〕(pa~o/6), ハンカチ←(handkerchief/6), ポケット(pocket/6), ズボン(〔仏〕jupon/6), スカート(skirt/6), シャツ(shirt/6), マッチ(match(燐寸)/6), ガラス(〔蘭〕glas/6), デパート(←department store/6), メートル(〔仏〕me´tre/6), センチ(←centimetre/6), ページ(page/6), ピアノ(〔伊〕piano/5), ナイフ(knife/5), ペン(pen/5), ドア(door/5), ベッド(bed/5), ミルク(milk/5), バター(butter/5), ボタン(〔葡〕bota~o/5), ゴム(〔蘭〕gom/5), アクセント(accent/5), ばか(〔梵〕馬×鹿・×莫×迦/5), ホテル(hotel/5), ミリ(〔仏〕milli/5), キロ(〔仏〕kilo/5), 이하 생략.

위에 제시된 단어들을 보면 영어에서 유래된 외래어가 대부분임을 알 수 있다. 영어의 경우는 19세기 이후 급격히 증가하였고 중등교육 이상에 있어서 영어교육이 필수가 됨에 따라 단어수 증가에 큰 영향을 주었다고 할 수 있다. 〔蘭〕이라고 되어 있는 네덜란드어의 경우는 17세기에서 19세기까지 일본이 유럽의 여러 나라 중 특히 네덜란드와 활발히 무역하고 있었기 때문에 네덜란드어가 많이 유입된 것으로 판단된다. 〔葡〕로 표시된 포르투갈어의 경우는 일본에 처음 발을 들여놓았던 유럽의 첫 국가로서 외래어 유입의 시발점이었다고 할 수 있겠다.

　한국어에서 유래한 외래어도 상당수 존재하지만 한어와 마찬가지로 현재 외래어로서 구별할 수 있는 것은 그리 많지 않은 것이 현실이다. 이탈리아어의 경우는 음악용어나 요리 용어를 중심으로 상당수의 단어들이 현재에도 사용되어지고 있다. 현재 일본어의 경우 외래어의 80%정도를 영어가 점유하고 있으며 최근에는 미국으로부터 받아들여진 미국 영어가 외래어의 주류를 이루고 있다.

## 4) H(混種語)

　混種語(혼종어)는 어종이 다른 단어로부터 이루어지는 복합어이다. 「歯ブラシ」(和＋外) 「運動靴」(漢＋和)、「プロ野球」(外＋漢) 등과 같이 그 조합은 다양하다. 서로 다른 어종들로 결합된 혼종어의 경우, 7종의 『教育基本語彙데이터ベース』 중 5종 이상에서 사용된 단어들을 살펴보면 아래와 같다.

---

　あいず(合図/7), ぐあい(具合・△エ合/7), きのどく(気の毒/6), ひどい(△酷い/6), だめ(駄目/6), けっして(決して/6), がんばる(頑張る/6), たいする(対する/6), ちゃいろ(茶色/6), きっぷ(切符/6), だいどころ(台所/6), にもつ(荷物/6), みぶん(身分/6), おじぎ(お辞儀/6), ばんぐみ(番組/6), きもち(気持ち/6), おおぜい(大勢・多勢/6), ばしょ(場所/6), さようなら(/5), たいして(大して/5), とくに(特に/5), しんじる(信じる/5), あいする(愛する/5), かんじる(感じる/5), けしゴム(消しゴム/5), ねだん(値段/5), じびき(字引/5), かんじ(感じ/5), どろぼう(泥棒・泥坊/5), あかんぼう(赤ん坊/5), 이하 생략.

---

　교육기본어휘에 나타난 혼종어混種語들의 대부분은 주로 유토요미湯桶読み와 주바코요미重箱読み와 같이 한자어와 고유어의 결합 또는 고유어와 한자어의 결합형태가 주를 이루고 있음을 알 수 있다.

　유토요미란 「湯桶」(ゆトウ)와 같이 단어의 전반부를 훈으로 읽고, 후반부를 소리로 읽는 것을 말한다. 예를 들면, 合図(あいズ), 雨具(あまグ), 見本(み ホン)등이 이에 해당한다. 주바코요미란 반대로 단어의 전반부를 소리로 읽고, 후반부를 훈으로 읽는 것을 말하며, 音読み(オンよみ), 額縁(ガクぶち), 金星 (キンぼし)등이 이에 속한다. 주바코요미의 특징은 후반부의 훈부분이 탁음화 되는 경향이 나타난다. 이번 조사 결과에서는 7종의『教育基本語彙データベー ス』중 5종 이상에서 사용된 단어들 중「외래어+외래어」의 경우는 거의 찾아 보기 어렵고「일본어+외래어」의 경우는「けしゴム」하나만이 유일한 예임을 알 수 있었다.

## ② 의미 분야별 구조 분석에 의한 어휘연구

선행연구의 나카노가 지적한 바와 같이『分類語彙表』를 활용하면 일본어로 된 어떤 작품(어휘)이 어떠한 의미 분야의 단어들을 특징적으로 사용하고 있는 지를 조사할 수 있다. 이번 조사에서는 일본어교육을 위한 기본어휘조사『日本 語教育のための基本語彙調査』자료 중에서「보다 기본적인 단어」라고 판단되 는 2,000어를 대상으로 하여 어떠한 의미 분야의 단어들이 특징적으로 사용되 는지를 조사해 보았다.

『分類語彙表』에는 코드의 번호가 4자리수까지 있으므로,「意味分野別構造 分析」에 있어서는, 분석방법에 따라『分類語彙表』의 소수점 이하의 코드 사용 법이 달라진다. 이글에서는 단어코드의 소수점이하 2자리수까지 집계하여 의 미 분야별 고빈도 항목을 대상으로 교육기본어휘의 성격을 고찰해 보고자 한 다.『日本語教育のための基本語彙調査』의 2000단어를 소수점이하 2자리수 까 지 집계한 결과 의미 분야별 전체 항목수는 85개로 이 중에서 빈도수가 가장 높은 2.15<변화変化>항목, 1.30<마음心>항목, 1.16<시간時間>항목에 한정하 여 교육기본어휘의 성격을 고찰해 보기로 하겠다.

## 1) 2.15<변화変化>항목

　2.15<변화変化>항목은 전체 의미 분야 85개중 1위로서 비율상 전체의 약 8%를 차지하였다. 2.15<변화変化>항목에 속하는 단어들은 모두 169개로 구성되어 있으며, 이들 단어들 중 7종 모두 등장하는 단어와 6종의 『教育基本語彙データベース』에 등장하는 단어들의 일부만을 한정하여 제시하여 보면 아래와 같다.

おさえる(押さえる・抑える/7), あたる(当たる/7), かさねる(重ねる/7), わける(分ける・△別ける/7), まとめる(×纏める/7), とく(解く/7), かわる(変わる/7), ふとる(太る・△肥る/6), ひろげる(広げる・△拡げる/6), ひろがる(広がる・△拡がる/6), のばす(延ばす・伸ばす/6), へる(減る/6), ふえる(殖える・増える/6), ためる(×溜める/6), わる(割る・△破る/6), やぶれる(破れる/6), ほる(掘る/6), さす(刺す・差す・挿す・△注す・△点す/6), こわす(壊す・×毀す/6), けずる(削る/6), くずれる(崩れる/6), きる(切る・△伐る・×斬る・×截る・×鑽る/6), まく(巻く・×捲く/6), まがる(曲がる/6), ふせぐ(防ぐ・×禦ぐ/6), ひっぱる(引っ張る/6), ひく(引く/6), こする(△擦る/6), おす(押す/6), たたく(×叩く・×敲く/6), うつ(打つ/6), あてる(当てる・充てる・×宛てる/6), ならぶ(並ぶ/6), はなれる(離れる・放れる/6), つく(付く・△附く/6), ちかよる(近寄る/6), ちかづく(近付く/6), さわる(触る/6), つれる(連れる/6), あつめる(集める/6), あつまる(集まる/6), 이하 생략.

　위에 제시된 2.15<변화変化>항목의 단어들은 일본어 교육에 있어 동사의 기본어휘의 근간을 이루는 부분이라 할 수 있다. 즉 이 분야에 속하는 단어들은 초급교육 과정 중 동사부분에 도입되어야할 가장 기초가 되는 단어들이라 할 수 있다. 그중에서도 7종의 『教育基本語彙データベース』에 모두에 등장하는 「おさえる(押さえる・抑える/7), あたる(当たる/7), かさねる(重ねる/7), わける(分ける・△別ける/7), まとめる(×纏める/7), とく(解く/7), かわる(変わる/7)」 등의 단어는 이미 4.1의 「和語」에도 등장하는 단어들로 초급 일본어 교육 과정에서 도입되어야할 필수적인 단어의 성격을 갖는다고 할 수 있겠다.

### 2) 1.30<마음心>항목

1.30<마음心>항목은 전체 의미 분야 85개중 2위로서 전체에서 차지하는 비율은 약 7%이며 두 번째로 높은 사용빈도를 나타내고 있다. 1.30<마음心>항목에 속한 단어들은 인간의 심리적인 부분에 해당하는 단어들로 사람의 감정에 관련된 단어가 고빈도어들임을 알 수 있다. 1.30<마음心>항목에 속한 단어들을 7종의 『教育基本語彙データベース』에 등장하는 단어들만을 한정하여 제시하여 보면 다음과 같다.

> はっけん(発見/7), ようい(用意/7), しかた(仕方/7), むり(無理/7), まちがい(間違い/7), うそ(×嘘/7), わけ(訳/7), もんだい(問題/7), いみ(意味/7), けっしん(決心/7), はつめい(発明/7), じっけん(実験/7), けんきゅう(研究/7), せいり(整理/7), ちゅうい(注意/7), くふう(工夫/7), かんそう(感想/7), いけん(意見/7), れんしゅう(練習/7), じゆう(自由/7), ねがい(願い/7), ゆうき(勇気/7), くしん(苦心/7), えんりょ(遠慮/7), まんぞく(満足/7), あんしん(安心・安神/7), めいわく(迷惑/7)

위의 제시된 단어들은 대부분이 한어漢語로 실제 일본어 초급교과서에서 그다지 등장하지 않는 단어도 다수 있음을 알 수 있다. 예를 들면「はつめい(発明/7), じっけん(実験/7), せいり(整理/7), ちゅうい(注意/7), くふう(工夫/7), ねがい(願い/7), くしん(苦心/7), えんりょ(遠慮/7), まんぞく(満足/7), めいわく(迷惑/7)」등의 단어들이다. 하지만 위에 제시된 단어들은 빈도수 상위어들로 교육기본어휘의 기간부적인 역할을 하는 단어들이므로 일본어 초급교재 작성에 도입되도록 배려할 필요가 있겠다.

### 3) 1.16<시간時間>항목

1.16<시간時間>항목에 속한 단어들 중 7종과 6종의 『教育基本語彙データベース』에 등장하는 단어들의 전부를 제시하여 보면 아래와 같다.

さいしょ(最初/7), さいご(最後/7), おわり(終わり/7), じゅんじょ(順序/7), こんど(今度/6), のち(後/6), つぎ(次/6), とちゅう(途中/6), はじめ(初め・始め/6), じゅん(順/6), さき(先/6), らいねん(来年/6), みらい(未来/6), しょうらい(将来/6), あした(<明日>/6), あさって(<明後日>/6), きのう(≪昨日≫/6), かこ(過去/6), おととい(<一昨日>/6), こんや(今夜/6), こんばん(今晩/6), ことし(≪今年≫/6), げんざい(現在/6), きょう(≪今日≫/6), いま(今/6), よる(夜/6), ゆうべ(夕べ・△夕/6), ひる(昼・△午/6), ばん(晩/6), ごぜん(午前/6), ごご(午後/6), あさ(朝/6), ひ(日/6), しゅうかん(週間/6), つき(月/6), しょうがつ(正月/6), ふゆ(冬/6), はる(春/6), なつ(夏/6), あき(秋/6), いっしょう(一生/6), きかん(期間/6), いち(位置/6), ばあい(場合/6), じかん(時間/6), とき(時/6), きかい(機会/6), ついで(△序で/6), たび(度/6).

위에 제시된 1.16<시간時間>항목의 단어들을 살펴보면 우리들의 일상생활과 직접 관련된 시간표현들이 대부분이다. 특히 그중에서도 7종의 『教育基本語彙データベース』에 모두 사용되는 단어를 살펴보면 시작과 끝 그리고 시간의 전후관계를 나타내는 단어들로 구성되어 있음을 알 수 있다. 시간과 관련된 표현들을 초급교육과정의 어느 시점에 도입할 것인가는 교재의 구성에 따라 다를 수 있겠다. 하지만 어떠한 단어들을 초급교재에 우선적으로 도입할 것인가 하는 문제는 역시 교육기본어휘로서 제시되는 의미 분야별 개개의 단어들의 사용빈도에 준하여 선정하는 것이 바람직하다고 할 수 있겠다.


## ▌5 연구과제 및 전망

어휘연구는 대상어휘의 선정과 어휘조사 그리고 어휘의 비교분석 순으로 진행된다. 그 중에서도 가장 시간이 많이 소요되는 부분은 어휘조사의 과정이라 할 수 있다. 오늘날에는 컴퓨터의 도움으로 방대한 양의 어휘조사가 가능하며 조사된 데이터를 이용 및 분석하는데도 매우 용이해졌다. 하지만, 컴퓨터는 기계적인 처리과정이 많음으로 그에 대한 오류를 방지하기위해 조사자의 확인이 필요하며 조사방법 및 데이터 처리 등에 관해서도 필요한 지식이 요구되어진다.

이글에서는 일본 국립국어연구소의 일본어교육을 위한 기본어휘조사『日本語教育のための基本語彙調査』자료 중에서「보다 기본적인 단어」라고 판단되는 2,000어를 대상으로 사용빈도가 비교적 높은 단어들에 초점을 맞추어 교육 기본어휘의 특징을 수량적 어휘연구와 의미 분야별 구조분석에 의한 어휘연구로 나누어 고찰해보았다. 수량적 어휘연구에 있어서는 어종별 분류를 통해 가장 빈도가 높고 핵심적인 단어들을 제시함으로 향후 일본어 교재 작성에 있어서 초급교재에 맞는 어휘선택에 유익한 단어들을 제시해 보았다. 그리고 의미 분야별 구조분석을 통해 제시한 사용빈도 상위어들은 교육기본어휘의 기간부적인 역할을 하는 단어들로 일본어 초급교재 작성에 유용한 단어들임을 확인할 수 있었다. 교육기본어휘에 관한 연구는 향후 수량적 측면과 의미 분야별 어휘연구라는 양쪽 측면을 통해 실제 일본어 초급교재를 만드는데 적극 활용되어지길 희망한다. 향후 이러한 교육기본어휘 선정을 위한 연구가 보다 다양하게 전개되고 보다 많은 연구자가 참여함으로서 실제 일본어 교육에 꼭 필요한 자료를 제공하는 토대가 마련되어지길 기대한다.

# 04 중등 일본어교육의 한국어 사용 수업의 효율성

田中洋子 다나카요코

## 들어가는 말

국제교류기금『2006년 해외 일본어교육기관 조사』에 의하면, 전 세계 일본어 학습자는 약 298만 명에 달하며, 그 중 한국의 학습자는 91만 명으로 가장 많은 비중을 차지하고 있다. 이 중, 초, 중등 교육 단계에서의 학습자가 약 77만 명으로 전 세계 학습자의 26%를 점하고 있다. 이와 같이, 수많은 학습자들이 있음에도 불구하고, 초, 중등 교육단계에서의 문제점들은 제기되어지지 않고 있디. 기리큘럼에 포함되어 있는 이유로 일본어 학습을 시작하는 고등학생들은 일본어 학습에 대한 명확한 목표나 동기부여가 없어, 학습 신행에 곤란을 겪거나 흥미를 잃기 쉬워, 학습효과를 기대하기 어렵다. 이러한 고등학생들에게 교실현장에서 일본어 원어민 교사가 「한국어를 매개어로서」 학생들의 반응을 주시하면서 적절하게 사용한다면, 학습자들의 흥미와 관심을 유발시키고, 학습의욕을 보다 더 유지시킬 수 있지 않을까라는 관점에서 실천수업을 실행하고 설문 조사를 하였다. 매개어 사용 여부에 대한 여러 가지 의견이 있어

1 •
특수목적고의 이수자수가 기재되어 있지 않기 때문에 일반계371,563명+실업계165,784명=계537,347명

2 •
일본어, 중국어, 독일어, 프랑스어, 스페인어, 러시아어, 아라비아어의 7개 국어

3 •
784,316명 (특수목적고 제외)

4 •
2002년부터 2011년까지 실시되어지는 교육과정

5 •
필자의 조사에 의하면 2004년9월31명, 2007년11월56명의 일본어 원어민 교사가 고등학교에서 근무하고 있음

6 •
국립국어연구소(2004)『일본어 교육 학습 환경과 학습 수단에 관한 조사 연구 한국 설문조사 집계결과 보고서』조사에 의하면 중등교육의 학습동기 1위는 「학교수업이기 때문에」, 2위 「일본어에 흥미를 느껴서」, 3위 「일본의 것이 좋다」. 고등교육의 1위는 「일본어에 흥미를 느껴서」, 2위 「일본에 흥미를 느껴서」, 3위 「학교수업이기 때문에」

아직 단정 할 수는 없지만, 일본어 원어민 교사로서 학습자들의 커뮤니케이션 능력 육성을 위해, 보다 효과적인 일본어 수업을 지향하고자 한다.

# 1 도입부

교육인적자원부 발행 『2004년도 한국교육통계연보』에 의하면, 2004년도 일본어 과목을 선택한 고등학생의 수는 약 54만 명[1]으로 전체 학생 수의 30.8%를 점하고 있으며, 제2외국어[2]를 이수한 학생[3]을 대상으로 한다면 그 비중이 68.5%에 달하며, 이 수치는 298만 명에 이르는 전 세계 일본어 학습자의 18%를 차지하는 수치이다. 교육인적자원부 고시 제7차 교육과정[4]에서 「일본어Ⅰ」의 목표를 「쉬운 일본어로 비교적 간단한 의소소통을 할 수 있는 기초적인 능력을 배양 한다」라고 커뮤니케이션 능력의 육성을 들고 있으며, 이를 위해 최근, 고등학교에서 근무하고 있는 일본어 母語 화자 교사(이하 원어민 교사)도 증가하고 있고[5], 원어민 교사가 보조교사로서가 아니고 단독으로 교실에 들어가 수업을 진행하는 경우도 증가하고 있다. 명확한 학습 동기나 목표를 갖지 못한 채, 학교의 커리큘럼에 들어있다는 이유[6]로 일본어 학습을 시작하는 고등학생들이 일본어 학습에 대한 당위성을 갖고 있다고는 여겨지지 않는다. 수업에 있어 어려움이나 지루함을 느낀다면, 쉽게 학습의욕을 상실하고, 학습 성과를 올리기 어렵다. 이러한 고등학생에게 원어민 교사가 100% 일본어로 수업을 진행한다면 학습효과를 올리기 어려울 것이다. 학생들에게 흥미나 관심을 갖게 하고 학습을 지속시키기 위해서는 원어민교사가 「한국어를 매개어로서」 적절한 장면에서 사용하는 것도 외국어교육의 한 방법일 것이다.

매개어 사용에 관해서는 다양한 견해가 있으며, 아직 명확한 결론을 내지 못하고 있다. 니시구치西口(1995)는 「예전에는 학습자의 모어나 매개어는 언어습득의 큰 장애물로서 기피되어지는 경향이 있었지만, 최근에는 언어습득에 지장을 주지 않도록 주의하면서 학습의 효율성을 감안하여 사용하는 것이 바람직하다고 여겨지는 경향이 있다」라고 기술하고 있다.

이 글의 목적은 원어민 교사가 일본어로 말한 후 학습자들의 반응을 살피며, 학습자들의 이해도를 높이기 위해 추후 확인하는 매개어의 사용법이나, 매개어를 장면한정으로 사용하는 것에 대한 효과와 필요성을 명확히 하고, 원어민 교사로의 역할을 찾아내는 것에 있다. 우선, 중등교육 단계의 초급학습자가 어느 학습단계에서 매개어 사용을 원하며, 또 매개어 사용의 장·단점, 효과에 대해 어떻게 생각하고 있는지에 대해 설문 조사를 통해 파악한다. 그리고 그 장점과 단점의 관점으로부터, 수업에서의 매개어의 역할, 사용방법, 교사의 역할을 고찰하는 것과 함께, 한정적 장면에서만 매개어를 사용하는 수업을 보고하고, 보다 효과적인 일본어 수업을 실현하는데 목적을 두고 있다.

## 2 선행연구

JSL(Japanese as Second Language)환경에서, 미쿠니·야마다三国·山田(1991)가 중국인 학습자 교실(中国語class)을 편성하고 중국어에 의한 수업을 진행한 결과, 문법 이해 및 교사, 학습자간 의사소통이 원활하게 되었으며, 이에 모어 사용에 대한 이점을 기술하고 있다.

JFL(Japanese as Foreign Language)환경에서는 오쓰카·와카쓰키大塚·若月(2001)가 한국의 고등교육기관에서 일본어를 학습하고 있는 한국인 학습자에게, 원어민 교사의 매개어 사용에 대해 설문조사를 행하였다. 초급학습자는 84명중 59명(70.2%), 중급학습자는 32명중 17명(53.1%), 상급학습자는 21명중 11명(52.4%)이 원어민 교사가 한국어를 매개어로 사용하는 것을 원하는 것으로 조사결과가 나왔다. 이 결과로부터「초급학습에게 매개어를 사용 하는 것은 의미가 있다」라고 하는 가설을 세우고, 매개어를 사용한 교실의 7명과 사용하지 않은 교실의 6명으로 나누어 습득도習得度를 측정하였다. 조사결과, 매개어를 적절히 활용하는 것에 의해, 학습사항의 습득, 학습자의 정신적 안정, 시간 절약 등에 이점이 있는 것으로 인정되었다고 기술하고 있다.

YEN Hsingyuech顔幸月(2004)는 대만대학의 일본어과에서 일본어 수업을 담당하고 있는 대만인 교사와 일본어 원어민 교사 및 그에 따른 각각의 대만인 학습자를 대상으로 교사의 母語(북경어)사용에 대한 의식조사를 실시하고 인자분석因子分析, 분산분석分散分析의 통계처리를 행하였다. 그 결과, 모어사용의 필요성으로는, 학습자와의 상호작용, 학습내용의 설명, 여담을 들 수 있었고, 모어사용의 장점으로서 이해의 촉진, 수업진행의 도움이 있고, 모어사용의 단점으로서 일본어 input의 감소, 학습의욕 및 주의력 저하, 언어습득형성의 지장 등을 들었다.

다나카田中(2006)는 한국의 외국어고등학교에서 제3외국어로서 일본어를 학습하는 고교2학년생을 대상으로, 2학기 초에 원어민 교사의 매개어 사용에 대해 설문조사를 실시하였고, 그 결과에 따라, 매개어 사용을 원하는 비율이 높은 2개 교실(37명)에서는 매개어를 적절히 사용하고, 매개어 사용을 원하지 않는 비율이 높은 2개 교실(37명)에서는 매개어를 사용하지 않고 4개월간의 수업을 진행하였다. 4개월 후, 매개어 사용에 관한 설문조사 결과, 매개어를 사용한 교실에서는 원어민 교사의 일본어를 이해할 수 있다고 답변한 학습자가 증가하였고, 매개어 사용을 안 한 교실에서는 수업에 대한 이해도가 낮다는 답변이 증가하였다. 매개어 사용 및 미사용 교실 모두 매개어 사용을 원하는 학습자가 증가하였으나, 학습단계가 진행됨에 따라 매개어를 필요로 하는 장면이 변화되며, 감소한다는 것을 명확히 알게 되었고, 이에 따라, 매개어 사용에는 사용 장면이 중요하다는 것을 지적하였다.

상기 내용에 근거하여, 한국의 고등학생들이 어떤 학습단계에서 원어민 교사의 매개어를 필요로 하는지 원하지 않는지, 실제 수업을 통해, 매개어 사용방법을 명확히 하는 교실에서의 실증적인 연구가 필요하다고 생각한다.

# 3 설문조사

## 1 매개어의 사용방법

여기에서 「매개어를 사용한다」라고 하는 것은, 문법번역법[7]의 교수법을 의미하는 것은 아니다. 또 「매개어를 사용하지 않는다」라고 하는 것이 직접법[8]의 교수법을 의미하는 것도 아니다. 고바야시小林(1998:163)는 「직접법이라는 명칭은 문법번역법에 대신하여 발생한 교수법(筆者注 : Natural Method, Phonetic Method, Oral Method 등)의 총칭이라고 할 수 있다. 번역하는 것이 아니고, 사용되어지는 장면이나 상황을 제시하여, 문장이나 대학의 의미를 직접 목표언어의 형식과 연결하여 이해시키는 점에서 유래한다. 교수법 역사에서 보여지는 직접법은 번역에 기반하지 않는 이해를 최종 목표로 하는 교수법의 총칭인 것이며, 매개어를 사용하지 않고 「직접」 목표언어로 가르친다고 하는 의미는 아니다. Berlitz Method[9]에서는 '매개어 사용을 엄격히 금하고 있었지만, Gouin式 교수법[10]이나 phonetic method[11]에서는 매개어(학습자의 모어)에 의한 설명이나 제시가 전제로 되어있다.」고 하며, 직접법 수업을 진행한다는 것이 매개어를 사용하지 않는다는 것을 의미하는 것은 아니라고 기술하고 있다. 이 글에서는 교사의 매개어사용을 고찰하는 것으로, 직접법, Audiolingual Method[12], TPR[13], Communicative Approach[14] 등의 교수법을 사용하며 매개어 사용의 수업을 행하였다. 학생들의 반응을 주시하면서, 문형도입과 교실활동을 일본어로 진행한 후, 교사의 설명이나 질문을 잘 모를 경우나, 학생에게 주의를 줄 경우에 매개어를 사용하였다.

## 2 조사 방법

외국어고교[15]에서 일본어를 제3외국어[16]로서 학습하고 있는 고교2학년생 14개 교실[17]을 대상으로 2학기 초와 말(8월과 12월)에 매개어 사용에 대한 설문조

---

[7]
문법규칙의 설명, 대역에 의한 단어의 이해, 번역연습을 중심으로 한다.

[8]
장면이나 상황을 제시함으로써, 글과 말의 의미를 직접 목표언어의 형태로 연결시키는 교수법

[9]
독일인 Berlitz가 제창한 Natural Method로 분류되어진다. Berlitz는 소년시절 독일에서 미국으로 넘어가 독일어와 프랑스어 학교인 「Berlitz」를 설립하였다. 철저히 母語를 배제하고 교사는 지도기술을 훈련받은 모어화자 교사의 채용이 많다.

[10]
프랑스인 Gouin가 제창한 Natural Method로 분류되어진다. 아동의 심리적 발달에 주목하여, 유아가 모어를 기억하는 것과 같이, 듣고 이해하기→말하기→읽기→쓰기의 순서로 목표언어를 학습시킨다.

[11]
문법번역법을 대신하는 음성학적 교수법으로, 언어라고 하는 것은 음성언어가 우선이고 문자언어는 2차적이라는 음성중시의 교수법

[12]
언어적 이론을 구조언어

학 뿐만 아니라 행동주의 심리학에 적용하여, 외부로부터의 자극에 대해 자연스럽게 반응하는 습관 형성을 중요시하며, pattern practice라 불리는 구두연습을 개발하였다.

**13·**
미국 심리학자 James Asher가 개발한 이해를 우선하는 교수법

**14·**
1970년대 나온 커뮤니케이션 능력의 획득을 목적으로 하는 교수법으로「언어의 어떤 측면(문법체계나 언어운용 등)을 가르칠 것인가」에 중점을 두고 있다.

**15·**
1983년도 특수목적고로서 설립되었다.「외국어고교」가 1991년부터 정규 외국어계열 고등학교로서 개명된 교육기관

**16·**
일반고교의 제2외국어『일본어1』의 연간 총 학습시간은 102시간, 외국어고교의 제3외국어의 경우 연간 108시간을 학습한다.

**17·**
일본어회화 수업은 보통 1개 반(약 35명)을 반으로 나누기 때문에 1개 반의 학생 수는 17~18명 정도임.

사를 실시하였다. 폐쇄형 질문(closed questions) 으로 매개어를 원하는 비율, 매개어 사용의 장·단점, 학습자 본인이 느끼는 이해도, 마지막으로 개방형 질문(open-ended questions)으로 그 효과에 대하여 질문하였다. 대상 수업 시기는 2006년 3월 2일부터 12월 29일까지로, 수업시간은 28시간이었다. 수업은 한국인 교사가 주 2시간 문법 중심으로 수업을 진행하고, 원어민 교사는 그 내용을 따라 주1시간 회화수업을 진행하였다.

### ③ 조사 결과와 고찰

### 1) 매개어를 원하는 학생 비율

2학기가 시작되고 두 번째 수업인 8월말에 제1회 설문조사(이하 제1회)를 행하였다. 일본어회화 수업 시 한국어를 매개어로 사용하기를 원하는가에 대한 질문에, 【표1】 과 같이 "예" 170명(71%), "아니오" 69명 (29%), 총239명이었지만, 12월말의 제2회 질문지 조사(이하, 제2회)에서는 "예" 203명(84%), "아니오" 39명(16%), 총242명[18]으로 매개어 사용을 원하는 학생의 비율이 증가하였다. 일본어 학습 경력 1년 정도의 초급학습자가 매개어를 원하는 비율은 다나카(2006)도 84%이었기 때문에, 이 단계의 학습자들에게 매개어 사용이 필요하다고 생각되어진다.

<표1> 매개어 사용을 원하는 학생 비율

|  | 예 | 아니오 | 합계 |
|---|---|---|---|
| 제1회 질문지조사 8월 | 170명(71%) | 69명(29%) | 239명 |
| 제2회 질문지조사 12월 | 203명(84%) | 39명(16%) | 242명 |

학습이 진행됨에 따라 매개어의 필요성이 감소된다고 여겨지고 있으나, 그 구체적인 학습단계는 아직 명확하지 않다. 조사대상의 학습이 진행됨에 따라

사용을 원하는 비율이 증가하였다. 8월말에 명사문, 일부 ナ형용사, 존재문의 학습이 끝나는 단계에서 간단한 커뮤니케이션만 가능했었지만, 9월부터 イ형용사, ナ형용사, 존재문까지 학습이 진행되고, 12월말에는 동사문, 형용사문의 과거형까지 학습한 이후, 다양한 커뮤니케이션 활동이 가능해졌다. 어휘와 문형이 증가하고, 자신이 말하고 싶은 것을 조금씩 말할 수 있게 되는 단계에서 매개어를 원하는 학생의 비율이 증가한다는 결과는, 학생이 학습의욕을 갖고 일본어 학습에 적극적으로 임한다는 것으로 해석할 수 있다. 그 후, 학습이 진행됨에 따라 매개어 사용의 필요성이 감소할 것이라고 생각되어지지만, 그 구체적인 단계를 규명하지는 못했다.

18·
3명이 증가한 것은 제1회 조사 시 결석한 학생이 있기 때문임.

## 2) 매개어 사용의 장점

원어민교사가 한국어로 확인하는 것은 어떤 장점이 있는지 질문하였다.

<그림1> 매개어 사용의 장점

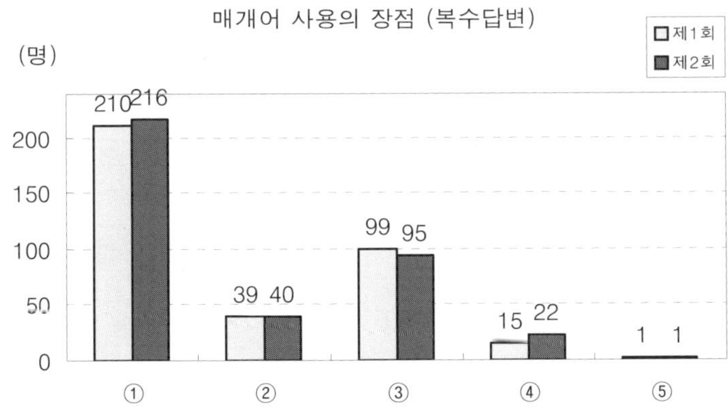


① 정확히 이해할 수 있다.　　　② 시간을 절약 할 수 있다.
③ 학급친구들에게 질문하지 않아도 되기 때문에 수업에 집중할 수 있다.
④ 학급친구들에게 질문 받지 않아도 되기 때문에 수업에 집중할 수 있다.
⑤ 장점이 없다.

<그림1>과 같이 매개어 사용의 장점에 대한 답변 중 가장 많은 것은 「①정확히 이해할 수 있다」로, 제1회 239명중 210명(87.9%), 제2회 242명 중 216명(89.3%)으로, 대부분의 학생들이 정확히 이해할 수 있다는 것을 장점으로 선택하였다. 「③학급친구에게 질문하지 않아도 되기 때문에 수업에 집중할 수 있다」는 제1회 99명(41.4%), 제2회 95명(39.2%)의 학생이 선택하였고, 「④학급친구들에게 질문 받지 않아도 되기 때문에 수업에 집중할 수가 있다」 항목과 합한다면 제1회 114명(47.7%), 제2회 117명(48.3%)의 약 반 정도의 학생들이 선택하였다. 원어민 교사의 설명을 이해 못 할 경우, 학급의 친구에게 질문하여, 수업 집중에 방해가 될 수 있음을 알 수 있다. 서로 질문하며 수업에 대한 집중도를 떨어뜨리는 것이 아니고, 스스로 정확히 이해했다고 하는 안도감과 다음 학습단계 진행하고자 하는 학습의욕을 지속시키는 것이 필요할 것이다. 「②시간을 절약할 수 있다」는 예상과는 달리, 제1회 39명(16.3%), 제2회40명(16.5%)으로 선택한 학생 수가 적었다. 매개어 사용의 장점으로 시간절약이 지적되고 있으나, 금번의 조사에서는 시간절약을 장점으로서 인정하기는 어렵다. 이것은 장점으로 느끼지 못했다 라고 하기 보다는, 학생들의 반응을 주시하면서 원어민교사가 매개어로 확인하는 방법을 사용하였기 때문에, 설명을 이해 못하는 혼란스러운 시간을 최소한으로 줄여 시간이 절약되었다는 것을 학생들이 느낄 수 없었다고 여겨진다.

매개어 사용의 장점을 선택한 총인원수는 363명에서 373명으로 증가하였고, 많은 학생들이 매개어 사용의 장점을 인정했다는 사실에서, 커뮤니케이션이나 의미 이해, 구문이해에 대한 보조방법으로, 일본어로 설명 후에 매개어로 확인하는 것이 유효한 방법이라는 것을 설문조사로부터 명확히 알게 되었다.

## 3) 사용의 단점

원어민교사가 한국어로 확인하는 것에 대한 단점을 질문하였다.

<그림2> 매개어 사용의 단점

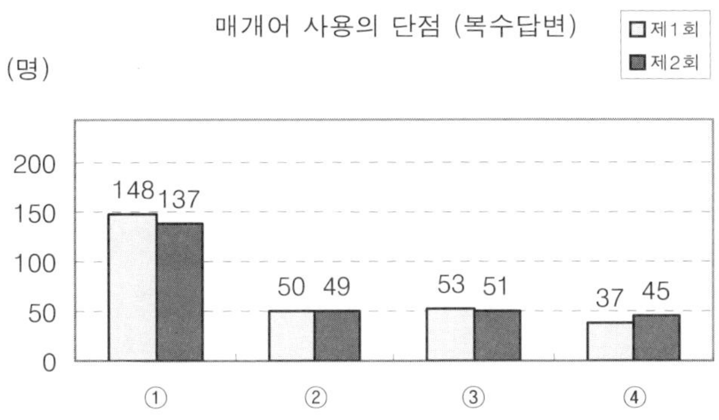


① 한국어에 의존하여 일본어설명을 안 듣게 된다.
② 일본어를 들을 수 있는 시간이 줄어든다.
③ 일본어는 일본어로 들으면서 이해하여야 한다.   ④ 단점이 없다.

<그림2>과 같이 가장 많았던 답변은 「①한국어에 의존하여 일본어 설명을 안 듣게 된다」이며, 제1회 148명(61.9%), 제2회 137명(56.6%)으로 매개어 사용으로 인해 한국어에 의존하는 경향이 있음을 알 수 있다. 「③일본어는 일본어를 들으면서 이해해야 한다」라고 답변한 학생은 제1회 53명(22.1%), 제2회 51명(21.1%)으로 변동이 없으며, 5명중 1명이 일본어만으로 학습해야한다고 생각하고 있음을 알 수 있다. 「②일본어를 들을 수 있는 시간이 줄어든다」라고 답변한 학생은 제1회 50명(20.9%), 제2회 49명(20.2%)으로 변동이 없으며, 5명 중 1명이 일본어에 접촉하는 시간이 감소한다고 생각하고 있다. 그러나 매개어 사용에 대해 「④단점이 없다」라고 답변한 학생은 제1회 37명(15.5%), 제2회 45명(18.6%)으로 증가한 것으로부터 매개어사용을 적극적으로 원하는 학생들도 있다는 것을 알 수 있다. 매개어 사용의 단점을 선택한 답변 수는 251명에서 237명으로 감소하였고, 이는 학습이 진행됨에 따라 매개어 사용의 단점을 느끼지 못하는 경향이 있음을 알 수 있다. 원어민교사에게 요구되어지는 것은 학생들이 한국어에 의존하지 않도록 매개어의 양을 조금씩 줄여가며, 일본어만으

로 이해 할 수 있도록 이미 학습한 일본어를 구사하면서 학습을 진행시키는 것일 것이다.

## 4) 이해도의 추이

원어민교사의 일본어를 어느 정도 이해하고 있는지 질문하였다.

<그림3> 이해도

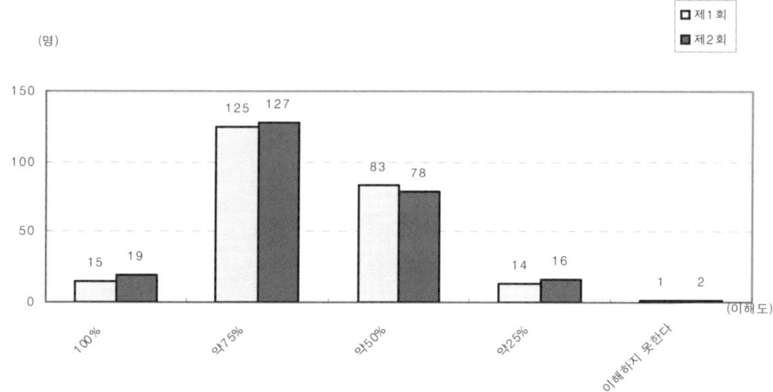


<그림3>과 같이 약 75%정도 이해한다는 학생이 가장 많았고, 제1회 125명 (52.3%), 제2회 127명(52.5%)으로 과반수의 학생이 원어민교사의 일본어를 이해하고 있다. 단기간이지만, 8월말에서 12월에 걸쳐, 이해도가 높아진 학생 수도 증가하였다. 일본어 학습을 시작한지 10개월이 되었지만, 원어민교사의 일본어를 75% 이상 이해하고 있는 학생이 전체 학생수의 60%를 점하고 있다. 원어민교사가 학습자의 모어母語를 적절히 사용하는 것에 의해, 수업의 집중도를 높이고, 학습의욕을 유지시키며, 학습의 성과를 낼 수 있다고 할 수 있다.

## 5) 매개어 사용의 효과

어떤 장면에서 매개어로 확인하면 효과가 있는지에 대해 기술식 자유답변을 구하였다. 「어려운 문법, 새로운 단어, 대부분의 학생들이 이해할 수 없고, 추측도 할 수 없는 경우」 등의 의견이 많았다. 「답답하지 않다, 거리가 가까워진다」 등의 심리적 측면에 대한 답변도 있다. 언어학습에 있어서의 긴장감의 무시, 학습의욕의 저하 등 문제점이 지적(A.R.Bolitho,1976)되고 있지만, 학생들의 의견으로부터 그 효과가 있음을 알 수 있다. 학생들의 답변을 아래와 같이 소개한다.

- 일본어를 처음 배울 때, 일본어만으로 설명해도 이해가 되지 않는 부분이 있다고 생각한다. 그리고 시험에 관한 이야기는 매우 중요하다고 생각한다.
- 회화수업은 일본어만으로 진행되면 좋지만, 실제 우리가 일본어 설명을 100% 이해할 수가 없어, 원활한 수업을 위해서 조금씩이라도 한국어로 설명해주는 것이 좋다
- 보통 다른 회화수업시간에는 선생님의 설명을 이해할 수가 없어 수업에 흥미를 잃고 자습 시간으로 이용하는 경우가 있지만, 한국어 설명이 있으면, 이해하기가 쉬워 재미있는 수업을 할 수 있다.
- 일본어를 반복한 후, 내가 생각한 내용과 동일한지 확인 할 경우 효과가 있다.
- 처음 배우는 경우에는 필요하지만, 중급과정이 되면 한국어로 확인할 필요는 없다고 생각한다.

등의 여러 가지 의견이 있어, 교실 전체의 균형과 조화를 의식하면서 주의하여 매개어를 사용하여야 한다.

# 4  장면 한정의 매개어 사용 실천 수업

## ① 인사 도입

설문조사에서, 원어민 교사가 매개어를 적절히 사용하는 것에 의해, 정확히 이해를 했다는 안도감과 타 학생에게 의존하지 않고 학습이 진행된다는 것을 알 수 있었다. 또한 매개어를 사용할 경우, 한국어에 의존하여 일본어에 대한 집중력이 저하되는 경향이 있다는 것도 알 수 있었다. 따라서 매개어를 사용하는 장면과 매개어를 절대 사용하지 않고 일본어만으로 수업을 진행하는 장면을 명확히 구분해 놓는 것이 중요하다. 학생들이 일본어를 습관적으로 사용할 수 있게 하는 것은, 원어민 교사의 중요한 역할 중 하나라고 생각된다.

실제 일본어 수업에서, 첫 번째 수업은 커뮤니케이션의 시작인 「일본어 인사」를 가르치고 있다. 직접법의 교수법을 적용할 경우, 그림카드로 제시할 수 있다. 한국어에서는 아침, 점심, 저녁 인사는 「안녕하세요」의 한 가지 표현을 사용해도 되지만, 일본어의 인사는 개인의 속성, 생활습관, 계절 등에 의해 여러 가지 인사표현이 있다. 「오전 11시까지는 おはようございます」「오전 11시 이후에는 こんにちは」라는 식의 시간에 의한 절대적인 기준이 없다. 또 「こんにちは」는 가족 간에는 사용하지 않으며, 「こんにちは」의 「は」 발음이 표기와는 다르다는 것을 주목시킬 필요가 있을 것이다. 일본 드라마나 만화를 접하는 시간이 많은 요즘의 고등학생들은, 오후에도 「おはよう」라고 인사하는 것이나 「オッス」라는 일본어 인사말을 알고 있는 경우도 상당수 있다. 누가, 누구에게 어떠한 상황에서 사용하는 것인지에 대해 매개어를 사용하여 설명한다면, 학생들이 한국과 일본의 문화차이에도 주목할 수 있고, 필요 없는 혼동을 하지 않아 시간절약도 할 수 있다. 발화연습에 시간을 더 사용할 수 있어서 효율적이라고 판단된다. 일본어 인사는 그 다음시간부터 일본어만으로 활용할 수 있기 때문에 인사에 대한 매개어 사용은 첫 번째 수업에만 한정한다.

## ② 교실에서 사용하는 용어 도입

교실 외에서 일본어를 사용하는 기회가 거의 없는 JFL환경의 한국의 고등 학생에게는, 수업에 있어서 의미 있는 커뮤니케이션 활동을 행하고, 성취감을 느끼게 하는 것이 중요할 것이다. D.Larsen Freeman (1990:155)는 「전달행동을 행하는 경우 뿐 만 아니라, 예를 들어 학생들에게 활동을 설명할 경우나 숙제를 낼 경우에도 목표언어를 사용해야만 한다. 학생들은 이러한 수업의 운영방식에서도 학습을 하면서, 목표언어가 학습의 대상 뿐 만 아니라 커뮤니케이션의 수단도 된다는 것을 이해한다」라고 기술하고 있다.

교실에서 항상 사용되어지는 「始めましょう」「終わりましょう」「書いてください」와 같이 수업에 필요한 「교실에서 사용하는 용어」인 지시용어, 질문표현 등을 일본어 학습의 최초단계에서 일본어로 제시한다면, 다음부터 목표언어인 일본어만으로 활동하는 것이 가능해 진다. 일본어에 접할 수 있는 기회가 적은 한국의 고등학생들에게 조금이라도 일본어의 Input을 많이 하기 위해서는, 학습개시 전에 충분히 교육시켜 원어민 교사 또는 학생들 서로가 커뮤니케이션을 취할 수 있도록 한다면, 수업에 보다 적극적으로 참가할 것이다. 제시방법은 음성부터 시작하여 시간이 경과한 후 문자지도를 행하는 직접법의 방법을 취해, 언어의 의미를 이해시키기 위한 상황을 만든다. 카세트를 준비하여 「聞いてください」라고 말하며 들려준다든지, 「見てください」라고 말하며 사진을 보여준다든지, 「読んでください」라고 말하며 읽게 하는 등 학생들에게 동작을 시키면서 기억시킨다. 기억 Strategy의 관점에서 Oxford(1994:21)는 언어학습을 위한 기억Strategy를 1) 지적 연쇄連鎖를 만들고, 2) 이미지나 음을 연결한다 3) 반복 복습힌디 4) 동작으로 이행한다. 라고 하는 4개의 항목으로 분류하고 있으며, 동작에 의해 단기 기억에서 장기 기억으로 정보가 진송되어 유지된다고 기술하고 있다. 교사의 일본어의 지시를 쉽게 이해하는 학생도 있지만, 이해가 어려운 학생은 주위 친구들에 질문을 한다. 이렇게 질문을 받은 학생은 교사에게 주목하지 못하게 되어 수업에 대한 집중력이 저하된다. 이 경우, 교사가 매개어를 사용하여 다시 한번 의미를 확인한다는 것을 학생들이 알고 있다면, 주위 친구에게 의존하지 않고 안심하고 교사에게 계속 주목할 수 있다. 설명은 단순명료하게 하며 연습시간을 많이 할애하는 수업을 하고자 하는 경우, 매개어 사용이 유용할 것이다. 읽기, 쓰기가 가능하지 않은 단계에서, 일본어 커뮤니케이션이 활성화되기 위해서는 매개어의 역할이 크다고 할 수 있다. 이 「교실에서 사용하는 용어」도 「인사말」과 같이 첫 번째 수업에서만 사용하고, 다음 수업부터는 매개어를 사용하지 않고 목표언어로만 지시하고, 반응을 유도시켜 수업을 진행하는 것이 중요하다. 그럼에도 다음 수업에서 교사의 지시를 이해하지 못하는 경우에는 「ノートを見てください」라고 지시하여 노트를 확인 시키게 하면 학생들도 쉽게 기억해 낼 수 있다. 즉 「교실에서 사용하는 용어」는 일본어 커뮤니케이션의 수단이 되고, 학생과 교사의 원활한 의사소통을 도모할 수 있다.

외국어 교육에 있어 첫 번째 수업의 영향력은 매우 크다고 생각한다. 교실에서 어떠한 것이 행해지고 있는지에 대해 정확히 모를 경우, 학습자들은 흥미를 잃게 된다. 학교 과목에 포함되어 있기 때문에 일본어를 학습하는 학생들에게 흥미를 느끼게 하여 첫 수업부터 성취감을 느끼게 하기 위해서는 커뮤니케이션 수단의 습득이 우선 필요할 것이다.


## ③ 가타카나 도입

학교 과목에 포함되어 있다는 이유로 일본어 학습을 시작한 학생들은 히라가나 보다 가타카나 학습에 대한 부담을 더 크게 느낀다. 애니메이션이나 젊은 취향의 음악으로 대표되어지는 일본의 대중문화가 젊은 학습자들에게 관심을 유발시키고, 일본어학습에 어느 정도 공헌하고 있는 것을 감안, 얼마나 많은 일본 애니메이션이나 음악의 제목으로 가타카나가 활용되어지는 지를 소개한다면, 가타카나 학습에 좀 더 적극적인 모습을 보일 것이다. 한국에서 방영된 애니메이션의 제목과 가타카나 제목[19]을 같이 제시한다면 가타카나를 전부 이해하지 못하더라도 추측을 통해 읽을 수가 있을 것이고 학습에 흥미를 느낄 수 있을 것이다. 또 가타카나는, 외래어, 특히 영어에 대해 많이 쓰이고 있지만, 일본어는 자음과 모음의 조합이라고 하는 음원구조로 처리하기 때문에 영어발

19 •
「세일러문(セーラームーン), 슬램덩크(スラムダンク), 도라에몽(ドラエモン), 호빵맨(アンパンマン), 웨딩피치(ウェディングピーチ), 카드캡터체리(カードキャプターさくら)」등

음과는 차이를 보인다. 가타카나로 표현되는 영어는 이미 일본어이기 때문에 그 발음에 주목시키는 것도 중요할 것이다.

처음 도입 시점에서 가타카나의 성립에 대해 간단히 설명하고, 히라가나와의 차이에도 주목시키면서 히라가나와의 연관성을 들어 도입한다. Oxford (1994:41)는 언어학습을 위한 기억Strategy의 4가지 항목 중에 「2) 이미지나 음을 연결한다」의 효용을 「새로운 문자를, 청각적 연결, 시각적 연결을 사용하여 기억한다. 시각적 연결이라는 것은 새로운 문자와 이미 알고 있는 문자의 관계 이미지를 만드는 것이다」라고 설명하고 있다. 우선 히라가나와 형태가 비슷한 「ウ, カ, キ, コ, シ, セ, ツ, ト, ヘ, モ, ヤ, ラ, リ」 13문자, 히라가나의 전반부와 비슷한 「オ, ソ, ナ, ノ, フ, マ, メ」 7문자, 히라가나의 후반부와 비슷한 「ニ, ヌ, ホ, レ」 4문자, 틀리기 쉬운 「ク, ケ, タ, チ, テ, ミ, ユ, ヨ, ワ, ヰ, ン」 11문자의 순서로 단계적으로 지도한다. 이상으로 35문자의 가타카나 도입이 완료된다. 마지막으로 11자의 가타카나가 남기 때문에 가타카나 학습의 심리적 부담이 경감된다.

이미 앞에서 언급했듯이 고등학생들에게는 일본어 학습에 대한 강제성이 크지 않기 때문에 수업이 어렵거나 지루할 경우, 학습의욕을 잃기 쉬워 학습성과를 올리기가 어렵다. 이러한 학생들에게 흥미를 갖게 하여 학습을 지속시키기 위해서는 매 수업 시, 흥미의 대상을 제시하고, 학생들로 하여금 일본어에 의한 커뮤니케이션을 수행하였다는 성취감을 느끼게 하는 것이 중요한 것이다. 일본어학습에 흥미를 유발하고 학습의욕을 지속시키는 교수법을 모색하지 않으면 안된다. 매개어 사용은 그 하나의 방편이 될 수 있을 것이다.


## 5 연구결론 및 향후 과제

이 글에서는 한국의 고등학생을 대상으로, 원어민 교사가 매개어를, 어떠한 방법으로 어떤 장면에서 사용하는 것이 효과적인지를 명확히 하기 위해 설문조사와 함께 고찰하였고, 매개어를 사용한 실천수업을 보고하였다. 명사문, 일

부 ナ형용사, 존재문 학습이 완료된 단계의 초급학습자의 71%가 원어민교사의 매개어 사용을 선호하였고, 동사문, 형용사문의 과거형 학습을 완료한 단계에서는 학습자의 84%가 매개어를 선호한다는 결과를 얻을 수 있었다. 매개어의 장점으로, 주위 친구들에게 질문하지 않고 스스로 정확히 이해하였다는 안도감으로 수업에 적극적으로 참가하여 이해도가 증진되었다는 점을 들 수 있다. 매개어를 사용하는 시간, 장면을 명확히 구분하고, 목표언어만으로도 가능한 교실활동에는 매개어를 사용하지 않고, 학습자들이 명확히 이해를 하지 못하고 있는 상황에서만 매개어를 통해 확인하는 방식이 매우 효과적으로 작용한다고 생각된다.

또한 학습이 진행됨에 따라 매개어의 필요성이 감소되는 단계가 도래하지만, 제2외국어로서의 일본어를 학습하는 고등학생들에게는 그 시기를 발견할 수 없었다.

언어학습에 있어 학습자에게 심리적 부담을 최소화하는 것 또한 교사의 중요한 역할 중 하나이다. 수업시간에 매개어를 활용, 학습자들을 이해시키고, 심리적 부담 없이 수업활동에 참가하고, 적극적으로 발언할 수 있는 분위기를 만드는 것도 원어민 교사에게 요구되어진다. 매개어를 사용해도 좋은 장면과 그렇지 않은 장면을 구분하여, 양질의 매개어를 사용하며 교수법에 기초한 연습을 시키는 것으로, 학습자의 커뮤니케이션 능력을 향상시킬 수 있을 것이다. 커뮤니케이션 능력을 획득하는 것은 학습자 자신이고, 학습의욕 없이는 커뮤니케이션 능력의 향상 또한 있을 수 없다. 한국 고등학생의 일본어 커뮤니케이션 능력의 향상을 위해서는, 한국이라는 일본어습득환경에 맞는 방법을 구축하지 않으면 안된다. 여러 유형의 학습자가 교실이라는 동일 공간에 존재하며, 학습효과에 작용하는 요인 또한 매우 다양하기 때문에, 하나의 교수법이 다른 교수법보다 효과가 있다고 단언 할 수는 없지만, 교실이라는 공간에서 교사가 할 수 있는 것이 무엇인가, 어떠한 방법으로 학습자를 지원할 것인가에 대해 최선을 다하는 방편으로써 매개어 사용을 고찰하였다. 외국어 고등학교에서 제3외국어로서 일본어를 학습하는 2학년 학생들을 대상으로 한 수업이었기에, 일반화하기에 어려운 점도 있지만, 고등학생의 실태에 근접할 수 있었다고 생각된다. 조사의 신뢰도를 높이기 위한 더 많은 실천수업과 장기간에 걸친 실천검증이 향후 과제로 남아있다.

# 05 커뮤니케이티브 · 어프로치에 있어서 시나리오 · 드라마의 역할

津崎浩一 츠자키코이치

## 들어가는 말

최근 몇 년 한국의 일본어 교육의 장에서는 커뮤니케이션 능력 향상이 중시되고 있다. 제7차 교육과정, 2007년 개정된 교육과정에서도 기능적 교육 계획에 바탕을 둔 커뮤니케이티브 · 어프로치에 의한 수업이 요구되고 있다. 또 대학 등의 회화 수업에서도 커뮤니케이티브 · 어프로치가 많이 이용되게 되었다.

커뮤니케이티브 · 어프로치는 구조적 교육 계획에 의한 오디오 · 링걸법에의 비판에 의해 제창되어졌지만, 구조적 교육 계획을 완전히 부정하는 것이 아니라 거기에 커뮤니케이션에 있어서의 기능의 관점을 도입한 수업법이다. 바꿔 말하면 「정확함」의 교수법에 「매끄러움(자연스러움)」의 교수법을 가미하여 후자를 보다 중시하는 교수법이라고 할 수 있다. 따라서 오디오 · 링걸법에 있어서 패턴 · 프랙티스 등 정확함을 위한 연습보다도 교실에서는 학습자의 발화를 현실의 커뮤니케이션의 실태에 접근시키기 위한 활동이 중시된다.

필자는 커뮤니케이티브 · 어프로치에 의해 회화 수업을 실시하고 있는데,

수년전부터 거기에 시나리오·드라마를 이용하는 교실활동을 활용하고 있다. 기본적으로 시나리오·드라마는 오디오·링걸법의 교실활동이라는 인식이 있고, 커뮤니케이티브·어프로치로는 그다지 중시되지 않는 것 같지만, 사용 방법에 따라서는 학습자의 커뮤니케이션 능력을 향상시킬 수 있다고 생각하고 있다. 따라서 본고에서는 필자의 수업에서의 경험을 바탕으로 츠자키津崎 (2001)의 데이터를 재고찰하고 또 야마모토山本·츠자키津崎(2008)[1]의 데이터 도 일부 이용하여 커뮤니케이티브·어프로치에 있어서 시나리오·드라마의 역할을 밝혀보고 싶다.

또한 여기에서 츠자키(2001)와 야마모토·츠자키(2008)에 대해서 언급해 두기로 한다. 츠자키(2001)에서는 시나리오·드라마를 이용한 교실활동에 참 가한 학습자의 의식조사를 실시했다. 그리고 학습자가 안고 있는 일본어 운용 상의 문제점과 그 문제해결의 하나의 수단으로서 시나리오·드라마가 어떻게 연관되는가, 또 시나리오·드라마를 이용하는 교실활동이 롤 플레이와 시뮬레 이션의 준비 단계가 되는가에 대해 고찰했다.

야마모토·츠자키(2008)는 텔레비전 드라마를 교실활동에 도입하여 그 효 과적인 운용을 제시하기 위한 예비적 조사이다. 여기서는 학습자가 일본어의 어떠한 부분에 흥미·관심을 갖고 있는지, 일본어 학습을 위해 어떠한 것을 필 요로 하고 있는지, 어떠한 수업을 요구하고 있는지 등을 조사하여[2], 이것들에 대해서 텔레비전 드라마를 이용한 수업이 유용한지, 텔레비전 드라마를 어떻 게 사용하면 좋을지를 분명히 하고자 했다.

# 1 커뮤니케이션 능력 향상을 위한 교실활동과 시나리오·드라마

커뮤니케이션 능력 향상을 위해서 커뮤니케이티브·어프로치로 자주 사용 되는 교수활동으로 롤 플레이와 시뮬레이션이 있다.

　롤 플레이는 연기를 하는 방식의 교실활동 중에서는 학습자의 자유도가 높고, 자발적이고 동시에 창조적인 언어활동을 행할 수 있다. 일본어는 상대방 또는 주위를 의식하여 말하는 경향이 강한 측면이 있다. 소위 대우표현의 문제이지만 일본어의 대우표현은 적절한 구조를 사용하는 것만으로는 충분하다고 할 수 없고, 거기에 장소, 상황, 상대 등의 여러 가지 요소가 뒤얽혀 있다. 따라서 이 대우표현에 대해서는 어떤 상황을 설정하여 그 안에서 그 상황을 체험하면서 연습하는 방법이 효과적이라고 생각한다. 이러한 의미에서 롤 플레이는 역할과 상황을 잘 설정함에 따라서 대우표현 습득에 효과가 있다. 그것은 보통 때의 수업에서는 고정되어 버리기 쉬운 언어표현의 레벨을 바꾸어 연습할 수 있기 때문이다. 점원과 손님, 친한 친구사이 등의 역할을 설정함으로써 정중도가 높은 말투부터 허물없는 말투까지 다양한 레벨의 회화를 연습할 수 있다. 또, 같은 친한 친구 사이의 대화에서도 상황설정을 바꿈으로써, 예를 들면 직접적 표현이 적절한지 완곡 표현이 적절한지 등 화자의 심리상태에 맞는 표현도 습득할 수 있다.

　마찬가지로 시뮬레이션도 대우표현 습득을 위해서 효과적인 교실활동이다. 외국어 교육에서 이용되는 시뮬레이션은 현실의 커뮤니케이션이 행해지는 상황을 설정하여 거기에서 학습자 각자가 그 상황을 체험해 가는 활동으로, 현실의 사회적 활동을 모의적으로 실시하는 교실활동이라고 말할 수 있다. 예를 들면 방 구하기, CF 작성, 사내 회의 등 학습자는 설정된 상황, 역할, 목적에 따른 현실의 커뮤니케이션을 유사체험하게 된다. 이 유사체험을 통해 정해진 상황 하에서 가장 적절한 표현을 배워가자고 하는 것이다. 롤 플레이에서는 2명부터 3명 정도로 하나의 그룹이 구성되지만, 시뮬레이션의 경우 그 구성인원의 수는 늘고 실시되는 커뮤니케이션의 내용도 복잡해진다.

　롤 플레이와 시뮬레이션은 모두 「매끄러움(자연스러운)」을 위한 연습이지만, 반면 시나리오 · 드라마는 기본적으로 「정확함」을 위한 연습이라고 인식되고 있다. 시나리오 · 드라마라는 것은 대사가 정해져 있는 시나리오를 연기하는 교실활동으로 학습자들끼리 각자의 역할을 담당하여 실시한다. 시나리오는 오디오 · 링걸계의 교과서의 대화, 회화문인 경우가 많다. 이 활동을 실시할 때의 포인트는 시나리오를 전부 외워서 완전히 그 역할이 되어 연기한다는 데에 있다. 억양, 프로미넌스, 리듬 또는 표정 등 비언어 부분에도 주의할 필요가 있다. 오디오·링걸법에서의 시나리오·드라마는 패턴·프랙티스 등으로 학습한 내용을 대화의 형태로 연기하게 하여 학습을 완성하고자 하는 목적이 있다. 그러나 이 연습은 현실의 커뮤니케이션 실태를 무시하는 데에 문제가 있다.

일례로 어떤 오디오·링걸계의 교과서의 대화를 발췌해 보겠다[3].

A ： 京子さんは　台所で　何を　して　いますか。
B ： 京子さんは　台所で　りょうりを　作って　います。
A ： 京子さんは　どんな　りょうりを　作って　います。
B ： 京子さんは　にくと　やさいで　りょうりを　作って　います。

이렇게 부자연스럽고 어색한 커뮤니케이션은 실제로는 있을 수 없을 것이다. 오디오·링걸계의 대화를 이용하는 한 시나리오·드라마는「정확함」의 연습에 머물고,「매끄러움(자연스러움)」의 연습은 될 수 없는 것이다.

학습자는 교실에서 음성, 구문, 어휘 등을 학습하지만 그 총체적인 것이 커뮤니케이션 능력이 되는 것은 아니다. 현실의 커뮤니케이션에서는 그것들을 어떠한 장면에서, 누구에 대해서, 언제, 어떻게 사용하는가 라는 문제가 해결되지 않으면 안 된다. 그러므로 아무래도 현실의 커뮤니케이션의 장면에 맞는 운용연습이 필요하게 된다. 이러한 시점에서 위에서 기술한 롤 플레이와 시뮬레이션이라고 하는 교실활동이 행해진다. 단, 성격, 클래스 안에서의 회화능력 레벨, 일본어 학습 중에 안게 되는 문제점 등, 각자가 갖는 여러 가지 조건은 롤 플레이와 시뮬레이션을 실시하고자 하는 학습자의 의식에 영향을 준다고 생각된다. 그리고 그 의식은 롤 플레이와 시뮬레이션의 운용과 그 효과에도 밀접하게 관계할 것이다. 그래서 시뮬레이션을 행한 대학생을 대상으로 조사를 실시하여 그 결과를 분석, 고찰해 보았다.(츠자키,1997)

거기에서는 예상과는 반대로 성별, 성격, 클래스 안에서의 레벨에 관계없이, 높은 비율로 시뮬레이션의 적극적인 참가를 긍정한다고 하는 결과를 얻을 수 있었다. 이 결과는 커뮤니케이션의 장에서 학습자가 안고 있는 문제점에 의한 것이라고 생각된다. 조사에 답한 학습자가 커뮤니케이션의 장에서 중시하고

**3 ·**
국제교류기금『日本語初步』제20과 본문에서

동시에 어렵다고 느끼고 있는 제1의 문제가 대우표현에 관한 것이었다. 그리고 이 문제를 종래의 교과서를 중심으로 한 교사 주도의 수업만으로 극복하기는 어렵다고 학습자는 인식하고 있었다. 그렇기 때문에 시뮬레이션에 의해 이 문제를 해결할 수 있지 않을까 하는 동기부여가 되었을 것이다.

일본어 능력의 점에서 중급 후반에 이르지 못하는 학습자의 클래스에서 시뮬레이션을 실시하는 것은 무리가 있고, 또 롤 플레이만 경험한 학습자를 대상으로 조사를 실시하지 않았기 때문에 위의 결과를 초급학습자에게 그대로 적용하기는 어렵지만, 자연스러운 일본어를 말하고 싶다는 동기부여가 될 수 있다면 초급단계의 롤 플레이라도 학습자는 적극적으로 참가하게 되리라고 생각한다.

그런데 롤 플레이와 시뮬레이션을 실시한 학습자에게 무엇이 어려웠는지를 질문해 보니 「주어진 상황에서 완전히 그 역할이 되는 것」이라고 하는 답이 상당히 많았다. 그래서 주어진 상황에서 그 역할을 연기하는 것에 익숙해져 학습자가 저항 없이 롤 플레이와 시뮬레이션을 받아들일 수 있도록 하기 위해 같은 연기를 하는 방식의 교실활동인 시나리오·드라마를 위한 교재를 작성해 보았다(고자와·츠자키小澤·津崎, 2000). 이 교재는 「거절」, 「후회」 등의 커뮤니케이션 기능, 즉 표현의도별로 작성한 시나리오를 축으로 한 것으로, 오디오·링걸계의 대화를 모토로 한 시나리오·드라마와는 일선을 긋고 「매끈함」도 중시하고 있다.

이 교재를 사용하여 활동을 행한 학습자의 의식조사가 츠자키(2001)이고, 조사에서 롤 플레이와 시뮬레이션에의 참가의욕에 대해서, 활동을 실시하기 이전의 것과 이후의 것을 비교해 보았다. 우선, 이 활동을 실시하기 전에 롤 플레이 등에 적극적으로 참가할 수 있었다고 하는 학습자는 전체의 59.7%였다. 그에 비해 활동을 실시한 학기가 끝나는 시점에서는 그것이 약 25% 증가하여 84.4%가 되었다. 상당히 근 증기라고 말할 수 있다. 이 결과는 시나리오·드라마도 롤 플레이 등도 「역할을 연기한다」라는 공통의 기반을 갖는 것이라고 학습자가 이해하고, 또 드라마를 연기해 가는 중에 「역할을 연기한다」는 것에 흥미를 갖거나, 혹은 저항이 없어졌기 때문이라고 말할 수 있을 것이다.

실제의 커뮤니케이션의 장에서는 어떠한 상황에서 상대와 마주하고 있는지, 그리고 자신과 상대의 관계를 확실히 하지 않으면 적절한 커뮤니케이션은 성립하지 않는다. 기본적으로 롤 플레이와 시뮬레이션은 어떤 상황에서 주어진 역할을 연기하면서 일의 해결을 목표로 하여 그 안에서 적절한 표현을 배워가는 교실활동이지만 이 활동을 실제의 커뮤니케이션에 결부시키기 위해서는 주어진 상황을 이해하고, 완전히 주어진 역할이 되어 자신과 상대방과의 관계를 충분히 파악해 두는 것이 중요한 문제가 된다. 그래서 롤 플레이 등을 효과적으로 실시하기 위해서는 이러한 형태의 활동에 학습자가 위화감을 갖지 않도록, 또 저항감 없이 「역할을 연기한다」는 것이 가능하도록 어떤 준비단계가 필요하게 된다고 생각한다. 이 준비단계의 활동으로서 커뮤니케이션 기능에 유의한 시나리오·드라마는 유효하게 기능한다고 할 수 있을 것이다.

커뮤니케이션 기능에 유의한 시나리오·드라마에서는 어떤 상황에서 요구되는 표현을 배우면서 완전히 그 역할이 되어 연기하는 것을 목적으로 하지만 기본적으로 발화의 내용은 미리 모두 정해져 있다. 그 때문에 커뮤니케이션이라고 하는 시점에서 보면 이 활동은 자발성, 창조성이 있는 것이라고 말하기는 어렵다. 그러나 롤 플레이와 시뮬레이션 등, 창조적인 커뮤니케이션을 전개하는 활동을 향해 학습자의 능동성을 끌어낸다는 점에서 커뮤니케이션 능력 향상을 위해 충분히 의미가 있다고 생각한다.

지금까지 기술한 롤 플레이와 시뮬레이션, 시나리오·드라마를 이용한 교실활동은 모두 학습자의 능동성을 끌어낼 수 있다. 하지만 동시에 적극적으로 참가하고자 하는 의욕이 없으면 효과적인 결과를 얻기는 어렵다. 그를 위해서는 어떻게 학습자로부터 동기 부여를 끌어낼 것인가에 대해 생각하지 않으면 안 된다. 동기부여에는 여러 가지가 있겠지만 ① 「그 활동에 의한 어학 능력의 향상」, ② 「그 활동 자체의 재미」, ③ 「그 활동에서의 학습자간의 커뮤니케이션」이라는 세 가지 점에 필자는 주의를 기울이고 있다. 그 중 최소한 한 가지라도 학습자 자신이 의식할 수 있었다면 활동에의 적극적인 참가가 가능할 것이다.

①에 대해서는, 예를 들어 시뮬레이션의 부분에서도 언급한 것처럼, 자신이 안고 있는 학습상의 문제점이 그 활동에 의해서 해결된다고 하는 의식은 강한 동기 부여가 될 것이다.

다음으로 ②에 대해서인데, 무슨 일이든 재미있으면, 혹은 흥미를 가질 수 있다면 적극적으로 될 수 있을 것이다. 마찬가지로 학습자가 활동 내용 자체에 재미를 느낀다면 동기 부여가 생겨난다. 따라서 롤 플레이 등에서는 그 클래스의 학습자가 흥미를 가질 수 있고, 즐길 수 있을 만한 상황을 설정하거나, 시나리오·드라마도 재미있고 즐거운 내용의 시나리오를 이용하고 싶다.

③의「그 활동에서의 학습자간의 커뮤니케이션」이라는 것은 커뮤니케이션을 통해서「이 사람들과 함께 뭔가를 하고 싶다」는 마음이 생기게 하는 것이다. 일본어 커뮤니케이션이든, 활동의 진행에 직접적 관계가 없는 한국어 커뮤니케이션이든 활동 중에 여러 가지 말을 주고받는다. 이러한 커뮤니케이션으로 그다지 친하지 않았던 학습자간의 거리가 가까워지고 활동을 계속해 나가는 중에 보다 친해진다. 이러한 형태로 학습 집단으로서의 무리의 테두리를 넓혀 나가는 것은 활동에의 적극적인 참가를 가능하게 하는 큰 요인이 될 것이다. 이것은 특히 부전공 등으로 일본어 수업을 받고 있는 타 학과의 학생들로부터 자주 듣게 된다.


## 2  학습자가 요구하는 것과 텔레비전 드라마


최근에는 일본의 텔레비전 드라마를 비교적 용이하게 볼 수 있는 환경이 있고, 텔레비전 드라마의 대본을 수업에서도 쉽게 사용할 수 있게 되었다. 텔레비전 드라마의 대본을 이용한 교실활동도 시나리오·드라마라고 할 수 있지만, 종래의 시나리오·드라마와는 큰 차이가 있다. 그것은 여러 가지 상황의 시나리오와 함께 그 시나리오에 대응하는 영상을 이용할 수 있다는 것이다. 그 때문에 최근 몇 년간 필자는 수업에서 시나리오·드라마 교재와 텔레비전 드라마를 병용하고 있다. 여기에서는 야마모토·츠자기(2008)이 일부 데이터를 이용하여 학습자가 수업이나 일본어 학습에서 추구하는 것을 텔레비전 드라마를 이용한 교실활동이 충족시킬 수 있는 가능성을 시사해보고 싶다.

우선, 학습자가 일본어 학습을 시작하고자 하는 동기에 관한 것인데 야마모토·츠자키(2008)에서는 다음과 같이 되어 있다.

<표1> 일본어학습의 동기 2008[4]　　　　　　　　　　　(학년・학과마다의 분포　회답 총수　207건)

| | 일어 3학년 | 일어 2학년 | 일어 1학년 | 일어 소계 | 타학과 | 일어 타합계 |
|---|---|---|---|---|---|---|
| 오락적인 것에의 관심 | 45.71% | 36.76% | 54.90% | 44.81% | 7.55% | 35.27% |
| 드라마에 관심이 있어서 | 14.29% | 8.82% | 21.57% | 14.29% | 3.77% | 11.59% |
| 애니메이션에 관심이 있어서 | 5.71% | 7.35% | 13.73% | 9.09% | 3.77% | 7.73% |
| 노래와 가수에게 관심이 있어서 | 2.86% | 8.82% | 9.80% | 7.79% | 0.00% | 5.80% |
| 영화에 관심이 있어서 | 2.86% | 2.94% | 3.92% | 3.25% | 0.00% | 2.42% |
| 일본의 TV 프로가 보고 싶어서 | 0.00% | 2.94% | 1.96% | 1.95% | 0.00% | 1.45% |
| 연예인에게 관심이 있어서 | 2.86% | 1.47% | 0.00% | 1.30% | 0.00% | 0.97% |
| 게임을 하고 싶어서 | 8.57% | 0.00% | 1.96% | 2.60% | 0.00% | 1.93% |
| 만화를 읽고 싶어서 | 5.71% | 2.94% | 0.00% | 2.60% | 0.00% | 1.93% |
| 일본 책과 잡지에 관심이 있어서 | 2.86% | 1.47% | 1.96% | 1.95% | 0.00% | 1.45% |
| 외국어에의 관심 | 11.43% | 14.71% | 19.61% | 15.58% | 32.08% | 19.81% |
| 일본, 일본문화, 일본인에의 관심 | 20.00% | 16.18% | 3.92% | 12.99% | 11.32% | 12.56% |
| 일본에 가고 싶어서 | 2.86% | 4.41% | 1.96% | 3.25% | 26.42% | 9.18% |
| 자신의 장래를 위해서 | 5.71% | 5.88% | 13.73% | 8.44% | 5.66% | 7.73% |
| 환경적 요인 | 5.71% | 4.41% | 3.92% | 4.55% | 11.32% | 6.28% |
| 그 외 | 5.71% | 10.29% | 1.96% | 6.49% | 3.77% | 5.80% |
| 의미불명・부적절 | 2.86% | 7.35% | 0.00% | 3.90% | 1.89% | 3.38% |
| 각학년(학과)별 합계 | 100.00% | 100.00% | 100.00% | 100.00% | 100.00% | 100.00% |

**4 ·**
항목의 퍼센트는 각학년・학과마다의 회답수의 합계를 분모로 한 것. 회답 방식은 자유회답・복수회답

　이것을 보면, 일본어가 전공이 아닌 타 학과의 학습자는 외국어에의 관심에서 일본어를 시작한 학습자가 많다는 점을 알 수 있다. 반면 일본어 전공의 학습자는 드라마, 애니메이션, 영화, 노래 등 미디어를 통한 오락에의 관심에 의해서 일본어를 시작한 경우가 상당히 많다. 특히 1학년생은 그 경우가 반수를 넘고 있다. 최근 수년간 일본어 학과에 이러한 학생이 많아지고 있다는 인상은 받고 있었지만 실제로 조사해 보고 그 수에 놀라움을 느끼고 있다.

　그러면 이러한 일본어 전공의 학습자가 수업에 대해서 어떻게 생각하고 있는지, 그것을 보고 싶다. 우선, 「재미있다, 즐겁다고 느끼는 수업은?」이라는 질문에 대해 가장 많았던 회답은 「드라마, 애니메이션, 노래 등 멀티미디어를 이용하는 수업 (37.8%)」으로, 이 중에서도 「드라마를 이용하는 수업」의 퍼센트가 높았다. 계속해서 「일본어로 말할 수 있는 수업 (30.2%)」으로 이어진다. 또 「적극적으로 참가하고 싶은 수업」으로는 위에서부터 「일본어로 말할 수

있는 수업 (34.7%)」「멀티미디어를 이용하는 수업 (15.0%)」「활동적 수업 (10.2%)」으로 이어지고, 「커뮤니케이션 능력 향상에 도움이 된다고 생각하는 수업」으로는 「일본어로 듣고 말하는 수업 (55.4%)」「멀티미디어를 이용하는 수업 (29.2%)」 순으로 되어 있다.

이 3개의 질문에 대한 상위 2개의 답이 모두 「일본어로 말할 수 있는 수업」과 「멀티미디어를 이용하는 수업」으로 되어 있다는 점이 흥미롭다. 그들에게 있어서는 「재미있는 수업」「적극적으로 참가하고 싶은 수업」「커뮤니케이션 능력 향상에 도움이 되는 수업」이 같은 것일까? 어차피 「일본어로 말할 수 있는 수업」이 상위에 있는 것은 학습자가 커뮤니케이션 능력을 향상시키고 싶다고 생각하고 있기 때문일 것이다. 또 일본어 학습 동기가 영향을 미치고 있기 때문인지, 미디어계의 수업에 큰 관심을 기울이고 있다는 점도 흥미롭다.

이제 커뮤니케이션 능력 향상에 도움을 주는 수업과 관련하여 학습자가 커뮤니케이션을 할 때에 어려움을 느끼는 점에 대해 알아보고자 한다. 자료로서 츠자키(2001)와 야마모토·츠자키(2008)를 이용한다. 단, 츠자키(2001)는 선택지에 의한 회답, 야마모토·츠자키(2008)는 자유회답·복수회답이기 때문에 엄밀하게는 같은 조건으로 비교할 수 없지만, 대강의 경향은 파악할 수 있다고 생각한다.

<표2> 커뮤니케이션 할 때 어려움을 느끼는 것 2001(대상은 일본어전공 학생)

| | 순위1<br>(총수78) | | 순위2<br>(총수78) | | 순위3<br>(총수78) | | 총 234건 | |
|---|---|---|---|---|---|---|---|---|
| 문법적 정확함 | | 07.6% | ② | 20.5% | ① | 25.6% | ③ | 17.9% |
| 사용할 수 있는 어휘량 | ② | 26.9% | ① | 23.0% | ② | 17.9% | ② | 22.6% |
| 사용할 수 있는 문형량 | | 06.1% | | 14.1% | ③ | 15.4% | | 11.5% |
| 알아듣는 것 | ③ | 14.1% | ② | 20.5% | | 10.3% | | 15.0% |
| 발음 | | 02.6% | | 03.8% | | 06.4% | | 04.3% |
| 상황에 적절한 표현 | ① | 43.5% | | 12.8% | | 12.8% | ① | 23.1% |
| 그 외 | | 00.0% | | 01.3% | | 01.3% | | 00.9% |
| 무입력 | | 00.0% | | 03.8% | | 10.3% | | 04.7% |

<표3> 커뮤니케이션 할 때 어려움을 느끼는 것 2008          (답 총수 148)

|  | 일어과 |
|---|---|
| 알아듣는 것 | 22.30% |
| 유창하게 말하는 것 | 20.27% |
| 사용할 수 있는 어휘량 | 14.19% |
| 자신의 생각을 표현하는 것 | 8.11% |
| 생각한 것을 바로 말할 수 있는 것 | 11.49% |
| 음성적인 문제 | 8.11% |
| 문법적으로 정확하게 말하는 것 | 5.41% |
| 그 상황에 적절한 표현의 사용 | 2.03% |
| 그 외 | 4.05% |
| 의미 불명·부적절 | 4.05% |
| 합계 | 100.00% |

츠자키(2001)에서는 어렵다고 느끼는 순으로 세 가지까지 답변을 받아보았는데, 학습자가 가장 어렵다고 느끼고 있는 것 중, 답 순위 1위로 가장 비율이 높았던 것은 「그 상황에 적절한 표현을 가려 쓰는 것」이고, 다음으로 「사용할 수 있는 어휘량」, 「알아듣는 것」으로 이어지고 있다. 반면 야마모토·츠자키(2008)에서는 순서에 따라 「알아듣는 것」, 「유창하게 말하는 것」, 「사용할 수 있는 어휘량」의 순으로 되어 있으며, 「그 상황에 적절한 표현의 사용」이 상당히 낮다. (2008)은 선택지로 골라지지 않는 자유회답이었기 때문에 「그 상황에 적절한 표현을 가려 쓰는 것」이라고 하는 표현이 생각나지 않아 그것을 「유창함」이라는 표현으로 나타낸 것인지, 혹은 「그 상황에 적절한 표현을 가려 쓰는 것」에 대해 곤란함을 느끼지 않는 것인지가 명확하지 않다. 이것은 (2008)의 후에 예정하고 있는 본 조사에서 명확하게 하고 싶다. 단, 「그 상황에 적절한 표현을 가려 쓰는 것」도 「유창하게 말하는 것」도 공통되게 커뮤니케이션의 「매끄러움(자연스러움)」을 문제로 하고 있다는 점에 주목하고 싶다. 양조사의 결과를 보면 「알아듣는 것」, 「매끄러움(자연스러움)」, 「사용할 수 있는 어휘량」

이 커뮤니케이션의 장에 있어서 큰 문제점이 되어 있다는 것을 짐작할 수 있다.

커뮤니케이션의 장에서 어려움을 느끼는 점으로서 야마모토·츠자키(2008)에서는 「알아듣는 것」과 「유창하게 말하는 것」을 합한 비율이 40%를 넘고 있다. 이 의식이 커뮤니케이션 능력 향상에 도움에 되는 수업으로서의 「일본어로 듣고 말하는 수업」, 「멀티미디어를 이용한 수업」과 관련이 있다고 하겠다. 「일본어로 듣고 말하는 수업」에 대해서는 알아들을 수 있고 유창하게 말할 수 있게 된다는 기대감이, 「얼티미디어를 이용한 수업」에 대해서는 알아들을 수 있다는 기대감이 있다고 추측된다.

커뮤니케이션의 장에서의 문제점으로서 야마모토·츠자키(2008)의 「일본어로 커뮤니케이션할 때에 극복하고 싶은 점」의 데이터에 대해서도 언급해 두고 싶다. 이 항목은 커뮤니케이션의 장에서 어려움을 느끼는 점과 극복하고 싶은 점과는 다르다고 생각해 설정했다. 그것에 의하면 가장 비율이 높았던 것은 일본어로 이야기 하는 것의 부끄러움과 불안감이라고 하는 「정신적인 불안감 (33.1%)」이며, 다음으로 발음과 억양 등의 「음성적 문제(30.6%)」로 되어있다. 「정신적인 불안감」이라고 하는 언어표현 자체에는 직접 관계가 없는 응답의 비율이 상당히 높은 것은 의외였지만 커뮤니케이션 할 때의 정신적인 문제는 중요한 요인이라고 말할 수 있다. 충분히 유념하고 싶다.

여기에서 학습자가 요구하는 것으로서 이제까지 응답 상위에 있었던 것을 정리해 본다.

관심 있는 것　　　：「드라마·애니메이션 등 오락적인 것」
　　　　　　　　　　「멀티미디어를 이용하는 수업」「일본어로 말할 수 있는 수업」
어려움을 느끼는 것：「알아듣는 것」「사용할 수 있는 어휘량」
　　　　　　　　　　「커뮤니케이션의 매끄러움(자연스러움)」
극복하고 싶은 것　：「음성적 문제」「일본어로 말할 때의 정신적인 불안감」

위의 항목은 학습자의 커뮤니케이션 능력 향상에 있어서 모두 키워드가 될 것이라고 생각된다.

그래서 이들의 문제 해결에 텔레비전 드라마를 이용한 교실활동이 임무 완수를 해야 할 역할에 대해서인데, 「드라마·애니메이션 등 오락적인 것」「멀티미디어를 이용하는 수업」에의 관심은 텔레비전 드라마를 이용하는 것 자체로 학습자의 흥미를 끈다고 생각된다. 또 텔레비전 드라마를 시나리오·드라마로서 이용할 수 있다면 「일본어로 말할 수 있는 수업」「알아듣는 것」「사용할 수 있는 어휘량」「커뮤니케이션의 매끄러움(자연스러움)」「음성적 문제」「일본어로 말할 때의 정신적인 불안감」도 경험적으로 커버할 수 있을 것이라고 생각한다.

특히 「커뮤니케이션의 매끄러움(자연스러움)」에 대해서는 그 가능성이 크다고 생각한다. 츠자키(2001)에서 커뮤니케이션 기능에 유의한 시나리오·드라마 활동을 실시해 거기에서는 도움이 된 것으로서 「각각의 상황에 맞는 표현을 습득할 수 있다」라는 응답이 1위에 올라 있다. 커뮤니케이션의 기능별로 텔레비전 드라마의 장면을 뽑아서 사용한다면, 이것과 같은 결과가 예상된다.

자연스러운 커뮤니케이션이 성립되기 위해서는 여러 요인이 있지만, 텔레비전 드라마를 시나리오·드라마로서 사용하는 교실활동은 모델이 되는 장면을 보면서 배역을 연기할 수 있다는 점도 있어서, 상황적 요인과 음성적 요인의 습득에 상당히 큰 효과가 있으리라 생각된다.

단, 커뮤니케이션 능력 향상을 위해 이 교실활동을 효과적으로 하기 위해서는 텔레비전 드라마를 어떻게 이용할 것인지 구체적인 방법을 모색할 필요가 있다. 그 구체적인 방법은 야마모투·츠자키(2008)의 고찰을 거쳐 다른 기회에 말하고 싶다.

## 3  향후의 전망

위에서도 서술했지만, 우선 야마모토·츠자키(2008)의 데이터에 의해 학습자의 흥미, 보다 좋은 수업의 형태, 일본어 학습상 필요로 하고 있는 점, 텔레비전 드라마에 관심을 갖는 방식, 일본어 학습과 텔레비전 드라마의 관계 등을 상세하게 검토하여 커뮤니케이션 능력이라고 하는 시점에서만이 아니라 일본 사정적인 측면에도 유의하여 텔레비전 드라마를 이용한 수업의 유용성을 고찰한다. 그리고 그렇게 하기 위해서는 구체적으로 어떠한 텔레비전 드라마를 어떻게 이용하면 좋을지를 잘 생각하여 그 방법을 제시하고 싶다. 예비적 조사·고찰로서의 야마모토·츠자키(2008)가 예정하고 있는 것은 여기까지이지만, 다음 단계로서 그것을 실제로 수업에서 운용하고, 그 후 학습자의 의식조사를 실시함으로써 텔레비전 드라마를 이용한 교실활동의 유용성, 문제점 등을 확인할 계획을 세우고 있다.

【付記】
이 글에서는 야마모토·츠자키(2008)의 미발표 데이터를 일부 이용했지만 그것에 대해서 흔쾌히 수락해 주신 우송대의 야마모토토모코山本智子선생님께 감사의 뜻을 전하고 싶다.

일본어의 언어표현과
커뮤니케이션 연구

# 제2부
# 커뮤니케이션상의 언어행동과 언어표현

## 1장 커뮤니케이션상의 언어행동

# 01 한일양국어의 경어사용 요인의 재조명

한미경

## 들어가는 말

일본의 어린이, 한국의 어린이 모두 부모에게는 경어를 사용하지 않는다. 그러나 한국의 어린이는 할머니 할아버지를 비롯한 어른들에게는 경어를 사용하도록 가정에서 교육을 받으며 이처럼 어른들에게 경어를 사용하는 언어행동은 일생을 통해 이루어진다. 그러나 일본의 어린이는 고등학교 때까지 거의 경어를 사용하지 않으며 성인이 되면서 사회생활에 대한 적응으로 경어를 사용하게 된다. 한국에서는 세대차가 많이 나는 경우에는 비정중체를 사용하는 경우가 있으나 일반적으로 성인끼리는 초면에 거의 반말을 사용하지 않으며 정중체로 대화를 시작한다. 이렇듯 한국에서는 친하지 않은 사람에게 비정중체로 이야기하면 무례한 사람으로 치부된다. 그러나 일본에서는 성인들끼리의 대화에서 장면에 따라 초면에도 비정중체를 사용하는 등 외국인으로서는 이해하기 힘든 면을 보인다.

한국인과 일본인은 어떠한 경우에 왜 경어를 사용하는가. 한국어는 무엇보다도 연령의 상하가 경어사용의 기준이 되므로 절대경어, 일본어는 청자에 대한 배려가 우선되므로 상대경어라고 할 정도로 특징적인 면을 보이나 그것만으로는 양국어의 경어사용에 대한 설명이 제대로 이루어지지 않는 경우가 많다. 여기에서는 화자가 청자에 대해서 어떠한 경우에 어떠한 대우의식 하에서 경어사용을 하는지 그 경어사용을 결정짓는 요인 등에 대해서 살펴보고자 한다.

## 1 선행연구와 연구동향

경어행동의 필수 조건은 대화에 있어서의 발화자인 화자와 그 상대인 청자, 그리고 제3자인 화제의 소재(인물 또는 사물)가 갖추어져 있어야 하는 것이다. 그러나 이러한 대화 당사자인 화자와 청자, 그리고 화제의 인물만으로 곧 경어행동이 이루어지는 것은 아니다. 경어행동의 필수조건이 갖춰지면 화자는 청자 및 화제의 인물과의 인간관계에 대한 배려, 언어행동이 행해지는 장면, 대화의 화제가 되는 사항의 성질 등에 대한 고려에 의해서 경어의 형태를 선택한다. 아울러 이러한 경어 형태를 선택함에 있어서 기준이 되는 여러가지 요인이 존재한다. 이러한 경어사용의 요인들에 대한 연구로서, 미나미후지오南不二男(1974)는 일찍이 경어를 광범위하게 규정하며 경어선택의 조건을 [외적 조건(언어 외의 세상 일)]과 [내적조건(언어체계내의 제약 등)]으로 나누고 있다. [외적 조건]은 또 「인간관계의 조건[1]」「사항에 관한 조건[2]」「상황에 관한조건[3]」의 세 가지로 나눈다.

쓰지무라토시키辻村敏樹(1976)는 경어가 언어인 이상, 경어의 성립조건으로서 언어의 성립조건인 (1)표현주체 (2)표현수용자 (3)표현소재의 삼자로 하고 경어성립의 조건을 1.대인관계의 조건[4]과 2.장면적 조건[5]으로 나누고 있다.

기쿠치야스토菊地康人(1997)는 대우적 의미의 타입으로의 기본적인 대우표현의 선택으로 ①상·하 ②정중↔거침,난폭 ③격식↔비격식/촌스러움/자기과시 ④품위↔비속 ⑤좋은 감정·나쁜 감정 ⑥은혜의 수수를 들며 이러한 대우 표현의 선택까지의 프로세스를 사회적 팩터와 심리적 팩터로 나누고 있다.

1·
①본인인지 아닌지 ②성별 ③역할적상하관계 ④사회계층적 지위의 상하관계 ⑤연령적 사회관계 ⑥자기 쪽 사람(身うち)인지 아닌지 ⑦개인 간의 역사적 관계 ⑧입장적 관계

2·
①상대방 쪽에 속하는 사항인가, 언어주체 쪽에 속하는 사항인가 ②위의 것과 닮은 조건으로서 본래 언어생활 주체에 속한 사항이라도 상대방 쪽의 것이 될지 어떨지의 문제 ③문제의 사항이 형식적인지 형식적이 아닌지 ④문제의 사항이 일반의 일상생활적인 것인지, 어떤 정해진 전문분야의 것인지

3·
①형식적인지 형식적이 아닌지 ②1대 1의 대화인지 1대 다수의 대화인지 ③직접적인 대화인지, 간접적 수단에 의한 대화인지

4·
①상하관계 ②은혜, 신세를 진 관계 ③힘의 관계 ④친소관계, 부사: 대여성 관계

5·
①공적 장면 ②간접적 장면 부사: 자기지향의 경어 : ①품격유지의 경어 ②자경표현

(1)사회적 팩터는 A장면(場)및 화제[6]와 B인간관계[7]를 파악하고 계산하며 여기에 심리적 팩터가 부가된다.

(2)심리적 팩터는 A대우의도[8]와 B배경적인 팩터[9]가 필요하다고 하고 있다. 그러나 대우표현을 선택하기 위해서는 이 외에도 C표현기술·전달효과의 관점에서의 고려가 더해지는 경우도 있다고 한다.

가바야히로시蒲谷宏(1998)외는 표현의도에 대해 '경어표현에도 필히 표현주체의 표현의도가 있다. '표현의도'를 크게 자기표출, 이해요청, 행동전개의 셋으로 나누어 생각하는데 경어표현과 관계가 있는 것은 이해요청과 행동전개이며, 특히 행동전개라는 표현의도는 관계가 깊다'고 하고 있다.

필자(한미경, 2008)는 경어선택의 요인을 크게 사회적요인, 상황적요인, 심리적요인의 세 가지로 나눈다.

1. 사회적 요인　　(1) 가족　(2) 직장　(3) 학교　(4) 일반
2. 상황적 요인

　　(1)상하관계　(2)친소관계　(3)화제의 인물의 영역　(4)은혜·역할관계
　　(5)대이성관계　(6)대화장면의 공·사　(7)격식·비격식의 구분
　　(8)대화 대상 인원수의 다소　(9)대화 장면에 제3자의 개입
　　(10)대화 매체에 의한 간접대화

3. 심리적 요인

　　(1) 심리적 거리감　(2) 화제의 인물에 대한 판단
　　(3) 상대방의 행동에 대한 배려　(4) 자기 품격 유지

사회적 요인이란 대화 당사자들의 주관적인 판단에 의한 것이 아니고 대화자들이 소속된 집단 또는 집단으로는 분류할 수 없는 일상 속의 관계를 의미한다. 누구에게나 주어진 환경이 있으며 주어진 환경은 경어행동이 이루어지는 사회적 요인이 된다.

상황적 요인이란 대화 당사자들이 처해 있는 인간관계 또는 대화 시 놓여있는 주위환경을 화자가 고려하는 것을 말한다. (1)~(5)는 주어진 인간관계의 조건이며, (6)~(10)은 화자가 대화함에 있어 처해 있는 장면의 조건이다.

심리적 요인이란 대화가 이루어지는 장면에서 화자가 내리는 지극히 주관적인 심리적 판단을 말한다.

---

6 ·
그 장면의 구성자, 그 장면의 성질, 화제

7 ·
①상하관계 ②입장관계 ③친소관계 ④내/외의 관계

8 ·
①극히 일반적인 대우의도 ②「은혜」의 인지 ③「친소」 거리의 인지 ④「내/외」의 인지 ⑤특수한 대우의도

9 ·
그 인물에 대한 심리·인간관계를 원활하게 하고자 하는 의도(의 유무), 사람 됨됨이, 언어생활경력 등

## ▌2 한일양국어의 경어행동과 경어사용 요인

우선 경어행동을 결정하는 경어사용의 요인을 한미경(2008)에 의거 한일 양국어별로 들어 보기로 하겠다. 우선 상황적요인의 인간관계에 관련된 것과 장면에 관한 것으로 나누고 그에 더해 심리적인 요인을 보기로 한다.


### ① 한국어의 경어를 선택하는 주요 요인

a. 인간관계

한국어에서 청자에 대한 경어행동을 결정하는 요인 중에 중요한 것은 인간관계로서는 상하관계, 친소관계, 대이성관계를 들 수 있다.

b. 장면

장면에 대한 것으로는 대화장면의 공公·사私, 격식·비격식의 구분, 대화대상 인원수의 다소多少, 대화 장면에 제3자의 개입 등이라 할 수 있다.

c. 심리적 요인

인간관계와 장면에 의한 요인에 더해 심리적인 요인이 작용하는데 심리적 요인으로는 심리적인 거리감과 상대방의 행동에 대한 배려, 그 외에 자기품격 유지를 들 수 있다.

일본어의 경어사용과 비교하여 한국어 경어사용의 특징적이고 중요한 요인은 상하관계인데 이 상하관계란 지위 등의 사회적 상하관계보다는 연령의 상하관계이다. 이는 세대차로 대변될 수 있는데 화자의 연령이 높을수록 청자에 대한 언어사용에 있어 선택이 자유롭다. 예1)은 노년층의 남성이 친절한 초면의 여성에게 비정중체를 사용하는 예이다.

> 1) 다현(젊은 여성) : 할아버지, 이쪽이요.
>    노인(남) : 난 괜찮은데……. 이거 고맙네.   - 장면생략-
>    다현 : 주세요. 제가 올릴게요.

<br>

　　　노인 : 여러 가지로 <u>신세지네</u>.
　　　　　　　　<1%의 어떤 것[10] 1회, 노인(남)→젊은 여성, 첫대면>

　　또한, 한국어와 일본어의 경어행동의 차이의 하나이기도 한데 한국어에서
는 거래관계의 힘 또는 은혜나 역할 등은 경어행동에 큰 영향을 끼치지 못한다.
즉, 한국어의 경우, 사회적 영향력이라든가 은혜 관계와 같이 자신에게 플러스
가 된다고 생각하는 요인들과 경어행동과는 크게 연관을 짓기 힘들다. 물론
물리적인 힘에 의해 억지로 경어사용을 해야 하는 경우는 있겠지만 일상의
경어행동에 있어서 상대방이 사회적으로 훌륭한 사람이라든가 상대방이 고객
이라는 점이 영향을 끼치기 보다는 연령이 위이기 때문에 경어를 쓰는 경우가
많다. 다음의 예는 의사는 정중체로, 환자인 할아버지는 의사에게 비정중체를
사용하는 예이다.

　　2) 준명(의사) : 할아버지 어제는 좀 <u>어떠셨어요</u>?
　　　　환자(할아버지) : 여기가 좀 <u>아팠어</u>, 여기가.
　　　　준명 : 음, 왜 한참 좀 괜찮으시더니… 정육점 아저씨하고 또 술 드신 거
　　　　　　　<u>아녜요</u>?
　　　　환자 : <u>안 마셨어</u>, <u>아니야</u>.
　　　　준명 : 내가 보면 다 <u>알아요</u>. 자, 조금만 <u>올려보세요</u>.
　　　　　　　　　　<며느리전성시대[11] 52회, 의사→환자, 노인>

　　그 외에 친소관계는 매우 중요하다. 심리적 거리감 등의 요인도 크게 작용하
지 않아서 처음에 이루어진 친소관계에 의한 경어행동은 시간과 공간의 공백
이 생겨도 크게 변화하지 않는다. 예3)-①은 안면이 있는 여성과 정중체로 나
누는 대화이나 예3)-②는 그 여성이 어렸을 때에 따르던 여자아이라는 것을
알고는 세월이 지났지만 예전의 친숙한 대화체를 사용하고 있다.

　　3)-① 사월(여) : 안녕하세요. 셔츠가 잘 어울리십니다. 네.
　　　　　준세(남) : 그 때 그 <u>분이시군요</u>.
　　　　　사월 : 아 네, 그때 셔츠-랑 탈의실……

**10 ·**
1%의 어떤 것(2003)
MBC

**11 ·**
며느리전성시대(2007)
KBS

12 ·
태양의 여자(2008) KBS

준세 : <u>수고하세요</u>.
<태양의 여자[12] 5회, 준세(이사, 30대)→사월(명품관 직원, 25세)>

3)-② 준세(남) : <u>사월아</u>.
사월(여) : 오빠.
준세 : 자세하게 보니까 옛날 얼굴 <u>나오네</u>. 가끔 니가 궁금했었는데
이렇게 <u>만나는구나</u>.
사월 : 가끔 궁금했어요? 나는 오빠가 매일 궁금했는데.
<태양의 여자 5회, 준세(이사, 30대)→사월(명품관 직원, 25세)>

최근에 들어서는 한국어의 경어사용에도 많은 변화가 보이고 있지만 기본적으로 한국어의 경어는 화자와 청자와의 관계설정 위에서 그 관계설정에 따라 선택되는 경어행동이 정형화되어 있는 것이라 하겠다. 예4)는 젊은 남성끼리 대화에 거북함을 느껴 관계설정을 한 후에 대화을 계속하는 예이다.

4) 재인(남) : <u>칠 겁니까</u>?
서현(남) : 때리면, <u>맞을 거예요</u>? …… 우리 말 놉시다. 뭐, 나이도 동갑이
고. 다현이가 내 동생이니까. …… <u>어떡할 거야</u>. 포기하는 거
야? 내 동생.
재인 : 누가 <u>포길 해</u>?
<1%의 어떤 것, 오빠→여동생의 남자친구>

이때 관계설정의 주체는 화자이지만 이는 연령 등의 정해진 요인에 맞추어 행해지며 청자는 이에 동의(암묵적으로)함으로써 원만한 커뮤니케이션이 이루어지는 것이다. 이러한 이유로 한국어의 경어행동은 이미 주어진 환경에 의해서 관계설정이 이루어져 있는 사회적인 요인(가정, 직장, 학교)에서는 정형화된 경어행동이 큰 무리없이 행해지지만 일반적인 관계(특히 첫대면)에서는 대화의 어려움을 겪게 되는 것이다.
이러한 정형화된 청자에 대한 대우단계는 문말의 청자경어의 단계에 의해 표현된다. 한국어의 문말의 청자경어는 각각이 청자에 대한 확실한 관계설정

위에 사용되고 있다고 할 수 있다. 한국어의 청자경어는 Ⅰ형(합니다, 하오, 하게, 해라)과 Ⅱ형(해요, 해)으로 6단계로 나누어 생각할 수 있는데 Ⅰ형은 서정수(1984)의 분류에서 격식체이며 Ⅱ형은 비격식체이다. 즉 Ⅱ형의 '해요'는 어른이 어린이에게도 쓰며, '해'는 어린이가 어른에게 응석부리는 등 경우에 따라 사용되기도 하지만 Ⅰ형은 화자와 청자의 상하개념에 의한 확실한 관계설정 하에 쓰이고 있다.

이처럼 한국어의 청자경어는 청자에 대한 화자의 대우단계가 여과없이 나타나게 되므로 처음 만난 사람에게 즉시 적용하기는 힘든 면을 보인다. 예를 들어 화자와 청자가 서로가 납득할 수 있는 관계설정에서 사용되는 '해' 또는 '해라'를 아직 관계설정이 안된 상태의 초면의 상대방에게 사용하는 것은 실례로 비치게 된다. 그러므로 초면의 인사가 끝나면 젊은 사람 등은 '말씀 낮추시죠' 등 자신의 위치를 상대방에게 알려 그에 상응하는 대화를 유도하기도 한다. 이렇게 초면의 화자와 청자의 관계설정에 작용하는 것은 사회적인 유력자 혹은 힘에 의한 것이 아니고 연령의 상하이며 연령이 아래인 화자는 연령이 위인 청자에게 경어를 사용하게 되는 것이며, 연령이 위인 화자는 청자와 자신과의 관계를 측정하여 상대방이 확실한 하위자(연령이라든가 제자라든가)이면 비정중체 '해' 또는 '해라'를 쓰며 애매한 경우는 연령에 상관없이 정중체 '해요'를 사용한다. 처음만난 성인간의 대화가 정중체로 시작하는 이유는 관계설정이 안된 청자에 대한 배려이며 그 장면의 원활한 커뮤니케이션을 형성하기 위한 준비단계라 하겠다.

**②** **일본어의 경어를 선택하는 주요 요인**

a. 인간관계
상하관계, 친소관계, 대이성관계, 은혜 및 역할관계에 나타난다.
b. 장면
장면에 대한 것으로는 직접대화·간접대화의 방법, 대화장면의 공·사, 격식·비격식의 구분, 대화 대상 인원수의 다소, 대화 장면에 제3자의 개입 등이다.

c. 심리적인 요인

심리적인 요인으로는 심리적인 거리감과 상대방의 행동에 대한 배려, 그 외에 자기품격 유지를 들 수 있다.

일본어의 인간관계에 있어서 연령상의 상하관계는 경어사용의 요인이 되지만 절대적인 요인은 되지 못한다. 그것보다는 사회 직장 등에서의 지위의 상하관계가 중요하며 직장에서의 경어사용이 가장 활발하게 이루어지고 있다. 친소관계도 중요한 경어사용의 요인이 되지만 심리적 거리감이 우선하는 경우도 있다. 즉 친한 관계도 오래간만에 만나거나 다른 상황이 개입되면 심리적 소원감에 의해 경어행동이 정중해지기도 한다. 또한 은혜·역할은 일본어에서는 매우 중요한 요인으로 작용한다. 개인적으로 상대방에게 은혜를 입은 입장일 때, 상업경어 등 이익을 얻는 쪽의 입장 등이 경어행동을 좌우하는 요인이 되는 경우이며 넓게는 사회 유력자 등에도 사용된다. 또한 장면에 구애를 받는 것은 대부분 한국어와 마찬가지이나 특징적인 것은 직접 대화할 때 보다 간접대화일 때 경어행동이 더욱 정중해지는 등 대화 시의 매체의 개입이 경어사용의 요인이 되는 것이다. 그러나 여러 요건 중에서 청자에 대한 화자의 경어사용을 결정하는 가장 중요한 요인은 화자의 청자에 대한 심리적 판단이다. 일본어에서의 이러한 심리적 판단은 모든 부분에 작용한다. 일본어의 경어는 원활한 커뮤니케이션을 위해 청자를 우선적으로 배려한다. 일본어의 경어사용에 있어 '배려와 상호존중'은 최대의 화두이다. 그러나 화자의 청자에 대한 배려와 상호존중은 강조되고 있지만 화자가 청자에 대해 어느 경우에나 배려하고 존중하는 것은 아니다. 일본어에서는 화자의 청자에 대한 심리적 판단에 의해 성인끼리의 대화에서도 처음 만난 상대에게 경어를 사용하지 않는 경우가 있는가 하면 같은 상대방에 대한 경어행동도 그 때 그 때의 심리적 판단에 의해 변화를 보인다. 또한 어린이가 어른에게, 학생이 선생님에게 경어를 사용하지 않는 현상이 보이기도 한다. 반면에 가족관계에서도 부부간에 또는 고부간에 심리적 거리감을 표시할 때에는 경어 사용의 경의도가 높아지는 등 청자에 대한 화자의 심리적 판단은 그때 그때의 경어행동의 중요한 요인이 된다.

여기에서는 일본어에서 화자가 청자에 대해 행하는 경어행동을 좌우하는 심리적 판단이 무엇에 기인하는가에 대해 몇 가지 드라마의 예를 들어 분석해 보고자 한다. 드라마의 예는 어른에 대한 어린이의 대화, 교사에 대한 학생의 대화, 성인간의 대화(초면인 경우, 은혜관계 등 힘이 작용했다고 보여지는 경우), 상업경어 등 주로 한국어와 차이를 보이는 경어행동의 예문들을 골라 그 사용요인을 찾아보았다.

A. 어린아이→어른

1) 奈津(손녀, 초등학생)：また遊びに来てね。

　　사위：ほんとにぜひまたいらしてください。

　　외할머니：ありがとう。龍ちゃん、ママがね、また今度わけのわから
　　　　　　　ないこといったら、おばあちゃんのとこ家出してきていい
　　　　　　　わよ。

　　龍之介(손자, 초등학생)：そのときはよろしく。
　　　　　　　　　　　　　＜ママの遺伝子[13] 第8話, 손자, 손녀→외할머니＞

2) 島男(회사원, 남)：この間ありがとう。ずいぶん、古い笛だね。

　　大介(어린이, 거래처 집 아들)：お母さんの。

　　島男：へえ、お母さんの笛？　お母さんもうまいの?

　　大介：僕に取り入っても無駄だよ。

　　島男：そんなんじゃないよ。

　　大介：お母さん、死んじゃった。
　　　　　＜恋に落ちたら[14] 第3話, 어린아이(거래처 주인의 아들)→회사원＞

3) 周平(어린이, 남)：あの、僕は外しましょうか。　……　みなさんで大事
　　　　　　　　なお話があるんじゃないんでしょうか。

　　鳥居(보육교사, 남)：お、気がきくじゃないか。

　　周平：いえ、慣れてるだけです。
　　　　　　　　　　　＜エンジン[15] 第1話, 어린이(남)→보육사＞

B. 고등학생→교사

4) 杉田(여고생)：なんで教師になったの?

13・
ママの遺伝子(2002) TBS

14・
恋に落ちたら(2005) フジ
テレビ

15・
エンジン(2005) フジテレ
ビ

秀雄(교사, 남) : 僕ですか。

杉田 : うん、子供の頃の夢だったとか?

秀雄 : いや、そんなわけじゃ……。

<僕の生きる道[16] 제1화, 여고생→교사(남)>

**16·**
僕の生きる道(2003) フジ
テレビ

　세대차이가 나는 어린이와 어른과의 대화이다. 예1)의 경우 손자, 손녀가 외할머니에게 비정중체를 사용하며, 예2)는 모르는 어른에게 초면에 비정중체를 사용하는 경우이다. 일본의 어린이는 가족들한테 경어를 사용하지 않는 것이 보통이다. 예3)과 같이 어린이가 경어를 사용하는 예도 있으나 이는 문제아로서 어른의 눈치를 보며 경어를 사용하는 행동으로 어른들을 곤란하게 만드는 경우의 예이다. 예4)는 고등학생이 선생님에게 경어를 사용하지 않는 경우로 일본에서는 교사에게 경어를 쓰는 경우도 있으나 흔히 친구처럼 대화한다.

　C. 젊은 남녀의 대화

5) 남 : ねえ、ねえ、彼氏いるの?

　　여 : どう見える?

　　남 : いる。こんなに可愛いけりゃ男がほっとくわけないでしょう。

<元カレ[17] 제5화, 미팅에서 만난 젊은 남녀>

**17·**
元カレ(2003) TBS

6) 島男(남) : あ、どうしよう。あ、ごめんなさい。ほんとうにすみません。

　　香織(여) : 気持ちよかった。……　面白かった。……　泳げたし。……　今回出張で泳ぐ暇がなかったのよね。

<恋に落ちたら 제1화, 젊은 여성→젊은 남성>

　처음 만난 젊은 남녀의 대화이나 예5)에서는 초면에 격의 없이 대화하고 있다. 예6)의 경우는 상대 남성 때문에 같이 풀장에 빠졌다가 나와서 하는 젊은 여성의 대화이다. 이 경우 피해를 준 남성은 정중하게 미안해하고 있으며 여성은 상관없다고 하면서 비정중체로 이야기하고 있는 예이다.

D. 초면의 상대

7) 神谷(이사, 남) : これで取り次いでくれないか?

　노부인 : 社長はお会いしないと思いますよ。

　<恋に落ちたら 제5화, 이사(30대)→노부인(거래처의 회장)을 가정부로
오해>


8) 神谷(이사, 남) : 受け取ってくれ。

　트럭 운전사(남) : いらねえよ、そんなの。

　<恋に落ちたら 제5화、이사(30대)→트럭을 운전하는 중년 남자, 초면>


　예7)의 경우 회사 중역이라고는 하나 아직 젊은 남자가 거래처 회장 집에
자신의 실수를 사과하러 왔다가 회장인 노부인을 만나지만 가정부인줄 알고
회장을 만나게 해 달라고 부탁하면서 수고비를 건네는 장면이다. 예8)은 초면
이나 차를 태워준 중년 남성에게 비정중체로 말하며 차비를 건네는 장면이며,
두 장면 모두 상대방을 경시하는 분위기가 느껴지는 예이다.


E. 부탁을 받는 관계

9) 柏葉(백화점직원) : あの、わたくし、東協百貨店食品部の柏葉という者
　　　　　　　　　　　です。きょうはお願いがあってお伺いしました。

　職人(남) : 何人来られてもね。

　가게주인(남) : 約束は20個だ。手間ひまかけて作ってるんだ。それが
　　　　　　　　限度だ。最初からそう言ってるんだよ。

　　　　　　　　<元カレ 제2화, 가게주인→백화점 직원>


10) 柏葉(백화점직원) : パオパオさんの先週の売り上げは110%でした。
　　　　　　　　　　この調子で頑張ってください。

　입점업체직원 : どうもありがとうございます。

　　　　　　　<元カレ 제1화, 입점업체직원→백화점 직원>


예9)는 백화점의 실수로 인해 납품하는 다케무라 상회의 화과자의 수를 더

주문하기 위해 백화점 직원이 그 가게를 찾아가지만 부탁 받은 가게의 사람들은 거절을 하며 비정중체로 말하고 있다. 이는 과자집 사람들이 우위에 선 입장이기 때문이다. 반대로 예10)은 입점 업체 직원이 백화점 직원에게 상대적으로 약한 입장으로 정중하게 인사하고 있다.

F. 상업경어

11) 직원 : <u>申し訳ございません。</u> すぐお包みいたします。 <u>少々お待ちくだ
　　　　さいませ。</u>

　손님(여) : これだけ待たせたんだから、おまけしときなさいよ。 はい、この中に入れちゃうよ。

　　　　　　　　　　　　　　　　　　＜元カレ 제2화, 백화점 직원→손님＞

12) 호텔직원(남) : <u>まことに申し訳ございませんが、今夜は満室になって
　　　　　　　おります。</u>

　柏葉(남) : えっ。

　真琴(여) : あ、この辺りで外のホテルっていうのはありませんか。

　호텔직원 : 今は七夕祭りのシーズンなんでどこもいっぱいかと。

　　　　　　　　　　　　　　　　　　＜元カレ 제2화, 호텔 직원(남)→젊은이＞

　상기의 두 예는 백화점과 호텔에서의 손님에 대한 직원들의 경어이다. 손님들의 경어사용은 가벼우나 직원들은 최상의 경어를 사용하고 있다.

G. 택시의 승객과 운전사

13) 승객(남) : 中央テレビまで。

　운전사(여) : はい。

　승객 : あれ、なんだ、女の人？

　운전사 : いやならほかの車に乗ってください。

　승객 : <u>いいよ、急いでるから。</u> …… <u>珍しいよね。女の運転手さん。</u>

18 ·<br>マンハッタンラブストー<br>リー(2003) TBS　　　　　　＜マンハッタンラブストーリー[18]　제1화, 승객→운전사＞

택시의 승객이 운전사에게 비정중체를 사용하는 경우이다.


H. 의사와 환자
14) 神崎(医師・男): おかあさん、調子<u>いいじゃない</u>。ねえ、<u>よかったね</u>。
　　　　　　　　ちゃんと薬<u>飲んでる</u>。
　　患者(老婦人): はい、
　　神崎: 続<u>けてよ</u>、薬ちゃんとね。
　　　　　　　　　　　　＜オヤジぃ。[19] 제2화, 의사→환자(노부인)＞

19 ·<br>オヤジぃ。(2000) TBS

　중년의 의사는 노부인 환자에게 비정중체를 사용하며 매우 친근한 어조로 대화를 하고 있는네 이는 돌보아 주어야 할 약자에 대한 보호자와 같은 입장에서 있다고 해석할 수 있는 예이다. 의사의 환자에 대한 경어행동은 느라마에서도 많은 부분 비정중체로 대화를 하고 있다. 이에 대해 환자인 노부인은 정중하게 대답하고 있다.


I. 직장내의 상하관계
15) 黒沢(남): すみません。あの、何て呼んだらいいですかね?
　　奈央子(여): とりあえず、<u>書き直してね</u>。
　　　　　　　　　　＜アネゴ[20] 제1화, 선배여사원→ 신입사원(남)＞

20 ·<br>アネゴ(2005) 日本テレビ

　직장에 입사한 신입사원에게 고참 여사원이 비정중체를 사용하고 있다. 일본어의 직장에서의 경어는 지위가 위인 경우, 부하에게 비정중체를 사용하고 있으며 부하는 상사에게 경어를 사용하고 있다.


J. 영향력이 없어 보이는 젊은이에게
16)-① 高柳(사장, 남): 困ったことがあったら、いつでも訪ねておいで。
　　島男(남): 多分お邪魔することはないと思います。
　　高柳: そう<u>思うかい</u>。
　　　　　　　＜恋に落ちたら 제1화, 사장→20대 후반의 남자＞

② 高柳(사장, 남)：訪ねてきてくれたんですってね。

　島男(경비, 남)：はい。

　高柳：あいにく不在で申し訳ございませんでした。

　島男：いいえ、お会いできてよかったです。

　　　　　　　　　<恋に落ちたら 제1화, 사장→20대 후반의 경비>

③ 島男(사원, 남)：おもちゃのカメヤの件なんですが。

　高柳(사장, 남)：おまえの仕事はカメヤを切ることじゃなかったの
　　　　　か。

　　　　　　　　　　　　<恋に落ちたら 제2화, 사장→사원>

17) 島男(남)：あの、すみません。……あの、高柳社長にお会いしたいん
　　　　ですが。

　神谷(이사)：きみ、先日も訪ねてきたね。

　　　　　　　　　<恋に落ちたら 제1화, 이사(30대)→젊은이>

18) 島男(경비, 남)：これ、ハッキングじゃない。サーバー侵入型の新型
　　　　ウィルスです。

　宮沢(사원, 남)：触るな。おまえ。素人が何言ってる。あ、おまえ、な
　　　　んでこんなところにいるんだ。おまえ、出てけ。出て
　　　　け、おまえ。

　　　　　　　　　　<恋に落ちたら 제1화, 사원→경비>

　위의 예는 별로 대단해 보이지 않는 젊은이에 대해 경시하는 듯한 어조로
대화하고 있다. 예16)-①은 비서의 지갑을 찾아준 젊은이에게 사장이 인사를
건넨 후 식사를 같이 하면서 친숙하게 이야기를 나누는데 비정중체로 이야기
하고 있다. 그러나 이 사장의 경우 젊은이가 유능한 인재로서 회사의 어려운
일을 해결해 주자 정중하게 경어를 사용하며(16-②), 직원으로 채용한 후는
또 다시 비정중체로 일관하게 된다(16-③). 상대방의 역량에 대한 평가에 따라
경어행동에 변화를 보이는 한 예라 하겠다. 예17)은 사장을 만나러 온 적이

있는 젊은이를 귀찮은 존재로 인식하고 경시하는 예이다. 예18)은 경비가 컴퓨터를 만지자 사원이 비정중체를 사용하며 내쫓으려고 하는 예이다. 역시 경시하는 태도로 일관하고 있다.

　K. 부탁하는 입장
19) 高柳：お元気そうで何よりです。……おかぜですか。
　　東条：<u>ガンです</u>。余命宣告されまして、……。
　　　　　東条貿易をフロンティアの力で救っていただきたい。きょうは
　　　　　そのお願いに<u>まいりました</u>。
　　東条：図々しいお願いだというのはわかった上で、ご検討いただけれ
　　　　　ばと思っています。　−장면 생략−
　　　<恋に落ちたら　第6話, 東条(사장)→高柳(거래처 사장이자 친구의 아
　　　들)>

20) 장인：<u>親馬鹿</u>だって笑ってもらって結構だ。<u>お願いしますよ</u>。タカミ
　　　　　ツ君。ねえ、この通りだ。
　　　　　　　　　　　　　　　<おとうさん<sup>21</sup> 제8화 장인→사위>

예19)에서는 사회적으로 성공한 친구의 아들에게 회사를 부탁하는 경우에 정중체를 사용하고 있으며, 예20)은 장인이 사위와 대화를 나누면서 딸에 대해 부탁하는 장면에서는 정중체를 사용하며 머리를 숙이고 있다.

　이상의 일본어의 예에서 보듯이 어린이는 할아버지에게는 물론 처음 보는 어른에게도 반말로 대화하고 있으며, 초등학생은 물론 고등학생도 교사에게 비정중체를 사용하고 있다. 일본의 고등학생은 교사에게 정중체를 사용하기도 하지만 비정중체로 이야기해도 비난받지 않고 대화가 이루어지고 있다. 이러한 부분에서 알 수 있는 것은 실제 사회의 복잡한 인간관계에 부딪치지 않는 나이에는 경어사용이 강요되지 않는다는 것이다. 오히려 어른들의 눈치를 보고 긴장할 때에 어린이도 경어를 사용하게 되며 보통의 상황에서는 경어사용이 이루어지지 않는다. 성인들이 초면에 경어를 쓰지 않는 경우는, 긴장하지 않고 편하

21・<br>おとうさん(2002) TBS

게 대할 수 있는 상대이며 자신이 상대의 잘못에 대해 너그럽게 대하는 경우, 상대방을 경시하는 경우라고 할 수 있겠다. 초면이 아닌 경우에도 상대방을 대수롭지 않게 여기는 경우 경어사용이 제한되는 경향을 보이며 같은 대상이라도 능력이 있는 사람으로 판단되면 경어행동에 변화가 일어나 경어사용을 하게 된다. 이러한 예는 상대방이 은혜관계 등의 우위에 서는 관계가 아닌 경우에도 일어나는 일이므로 일본어의 경어사용의 본질은 무엇인가를 생각하게 한다.

한편, 부탁을 받는 입장에서는 경어사용이 소홀해지는 것을 알 수 있다. 또한 부탁을 해야 하는 입장에서는 아들의 친구는 물론 장인이 사위에게도 정중하게 표현함으로써 약한 입장을 확실히 하고 있다. 또한 이해관계가 가장 크게 작용하는 직장에서의 경어행동은 초면에도 상사는 부하에게 비정중체를 사용하며 부하는 상사에게 경어를 사용하는 등 지위의 상하에 의한 경어사용이 가장 확실하게 이루어지고 있다.

또한 상업경어로서 백화점이나 호텔 등 손님을 맞는 입장에서는 최상의 경어를 사용하고 있지만 손님 입장에서의 경어사용은 가벼운 수준에 그치고 있다. 택시의 경우 손님은 비정중체를 쓸 정도로 가볍게 대화하고 있으며 이에 반해 택시기사는 정중하게 대하고 있다.

이상으로 일본어의 경어선택의 요인을 생각해 보면 일본어의 경어는 꼭 화자의 청자에 대한 배려에 의해서만 사용되는 것이 아니고 상대방에 대해 긴장할 만한 사회적 역할 또는 개인적 이해관계에서 자신에게 플러스가 된다고 판단되었을 때에 경어를 사용한다고 보여진다.


## ▌3    한일양국어의 경어선택 요인의 특징

이상으로 한국어와 일본어의 경어사용의 요인은 비슷한 것 같지만 차이점도 많다. 우선 경어란 무엇인가라는 극히 기본적인 점부터 다르다고 할 수 있다. 한국어의 현대경어도 상대방과의 원활한 커뮤니케이션을 위해 상대방을 배려하여 폭넓게 정중함을 나타내는 등 그 사용범위가 확대되고 있지만, 여전히 예의를 나타내는 기능이 우선시되어 경어사용의 정형화를 유지하고 있다고 할 수 있다. 경어사용의 기준이 되는 것은 연령이지만 연령도 단순히 나이가 위라는 점으로 높이는 것이 아니고, 존대 받아 당연하다는 사회적 보편성을 지닌 연령이어야 한다. 또한 개인의 은혜관계, 직업상의 역할관계는 경어사용의 결정에 중요한 요인이 되지 못한다. 상대방의 언어 사용에 무언가 힘의 관계가 작용하고 있는 것처럼 느껴지면, 그것을 듣는 약한 입장에 있는 사람은 비참한 기분이 들며, 고령인 사람은 상대방이 아무리 훌륭한 사람이라도 젊은 사람에게 비경어형이나 비정중체를 들으면 무례하다고 분개하게 된다. 이처럼 확실한 기준에 입각하여 경어행동을 하므로 친한 관계가 되면 그 관계에 입각한 언어행동이 어디까지나 계속되며, 이는 직접 대화를 하는 경우와 매체를 통한 간접대화를 하는 경우의 언어행동에도 별 차이를 보이지 않는다.

반면 일본어의 현대경어는 원활한 커뮤니케이션을 위해 사용되는 점이 있으며, 상대방과의 거리를 유지하기 위해 사용된다는 견해(다키우라마사토滝浦真人, 2005)도 있다. 그러나 현대사회에서는 그것만으로 충족되지 않는 상대존중의 기능이 있다고 보여진다. 단, 청자라고 해서 누구나 다 존중의 대상이 되는 것은 아니며 그 내면에는 힘, 은혜, 사회적 지위 등의 요인이 크게 작용하고 있다고 보여진다. 과거 신분사회에서는 주어진 계급에 의해서 상대방에 대한 대우 단계가 정해졌지만, 현대일본어에서는 화자 개인이 자신의 개인적인 필요에 의해서 상대를 어떻게 대우할 것인가를 판단하고 그 판단에 따라 경어행동을 하는 것으로 보인다. 그러므로 가족관계, 고등학교까지의 사제관계 등의 순수한 인간관계에 있어서는 경어의 역할이 부각되지 않으며, 가장 이익을 추구하는 직장에 있어서 경어사용은 활발하게 이루어지고 또한 상업경어도 대단히 발달하였다. 또한 화제의 인물에 대해 언급할 때 사용하는 경어도 청자를 높이기 위해서 이루어지는 것이나. 그리므로 청자에 대해서 경의를 표할 필요를 느낄 때는 청자 쪽 사람은 높여서 말하고 자기 쪽 사람은 낮추게 되는 것이다. 그러나 청자에 대해 경의를 표할 필요를 느끼지 못 할 때는 화제의 인물에 대한 경어사용도 이루어지지 않는 등 그 장면에서의 화자의 판단이 중요하게 된다. 또한 청자에 대한 경어행동도 부모자식과 같은 순수한 관계에서 벗어나면 대화 장면에서의 화자의 상대방에 대한 심리상의 판단이 경어행동을 좌우하는 것이다. 그러므로 일본어의 전반적인 경어사용은 사회인으로서 대인관계를 원활하게 하기 위해 필요한 것이며, 자기의 이익에 관련된 것으로 보여진다.

이처럼 손윗사람에게 경어를 사용한다는 단순한 점에서는 한일 양국어는 공통된 것으로 보이지만 경어를 왜 사용하는가라는 근본적인 문제에 있어서는 한국어는 교육에 의해 정형화된 경어사용이 강요된 것이라고 볼 수도 있겠으나 '예의'에 입각한 것이라고 할 수 있으며, 일본어는 상호존중과 배려가 강조되지만 '자기 이익'에 기인한다고 할 수 있다.

## ▌4  연구과제 및 전망

한일양국어의 경어행동과 경어사용 요인을 TV드라마의 대화를 통하여 그 특징을 살펴보았다. 이러한 조사로 대략적인 한일 양국어의 경어사용의 요인을 밝혀 낼 수는 있지만 한일양국어의 전체적인 경어사용의 양상을 보기 위해서는 좀 더 여러 계층의 사람들의 언어를 조사할 필요가 있다. 한국어는 상하관계가 경어사용의 중요한 요인이지만, 일본어는 화자의 청자에 대한 심리적인 판단이 더 중요한 역할을 한다. 사람에 따라서는 상대방에 대한 경어사용이 자신에게 플러스가 된다든가 하는 이해적 판단없이 경어사용을 하지 않는 사회의 구성원도 있을 것이며 반대로 지나치게 경어사용에 민감한 사람들도 있다. 그러므로 좀 더 폭 넓게 직업, 연령, 환경에 따른 위상어로서의 경어사용을 조사해 볼 필요가 있을 것이다. 외국에 있으므로 실제 언어사용 실태조사가 이루어지기 힘들어 드라마를 연구자료로 사용하고 있으나 모든 직업군, 연령층이 소재가 되는 것이 아니므로 한계에 부딪칠 수밖에 없다. 이전의 소설이나 시나리오를 이용한 연구에서 진일보하여 드라마를 이용한 연구를 시도하고 있으나 역시 대화자들의 자발적인 대화가 아니라는 문제점은 남는다. 앞으로 실태 조사가 이루어지기 힘들다고 하여도 방송매체의 인터뷰 또는 토크쇼 등 버라이어티 프로그램의 화자와 청자의 직접대화에 대한 연구를 시도해 보는 등 조사의 범위를 넓혀야 할 것으로 전망된다.

# 02 현대 일본어의 부부관계에 있어서의 제3자호칭 사용양상

김준숙

## 들어가는 말

어느 사회나 그 사회를 구성하고 있는 구성원들 사이에는 연령·지위·친소관계 등에 의한 사회적인 상하·존비관계가 생긴다. 그리고 이러한 상하·존비관계는 그대로 언어표현에 반영된다. 이와 같이 화자가 자기 자신과 청자·화제의 인물인 제3자와의 사회적인 지위나 연령·친소 등의 관계를 고려하여 가장 적합하다고 생각되는 표현을 골라, 언어표현으로 나타낸 것이 대우표현이다[1].

청자에 대한 경의 표현인 청자경어는 화자와 청자와의 관계만을 생각하면 된다. 그러나 제3자(화제의 인물)에 대한 경어는 화자가 자기자신과 제3자의 관계뿐만이 아니라, 청자와 제3자가 어떠한 관계에 있는가도 생각하여야 하기 때문에 복잡해진다.

특히 제3자가 화자 쪽 인물인지, 청자 쪽 인물인지에 따라 경어사용을 달리해야하는 일본어에 있어서 제3자에 대한 대우표현은 더욱 복잡하게 나타난다.

1·
이 글에서의 대우표현은, 일반적으로 「경어」보다 넓은 범위로, 경어와 함께 비경어까지 포함하는 개념으로 사용한다.

**2·**
대우법이란 화자와 청자 그리고 제3자에게 언어적으로 어떤 대우를 할 것인가를 사회적·심리적으로 결정하여 그에 따른 언어형식을 선택하는 사회언어학적이며 문법적인 특징을 동시에 가지는 언어형식의 선택법이라 할 수 있다.

**3·**
이 글에서는 대우표현이 선택되는 인간관계나 사회관계를 알아보기 위해 회화체의 문장, 특히 담화형태를 알수 있는 텔레비전드라마대본과 시나리오 145편을 대상으로 해 이들 작품속의 부부관계의 제3자에 대한 호칭을 포함하는 회화문을 추출하여, 이들 문을 경어사용에 관여하는 제요인들 중 다음 5가지 요인에 의해 분석한다.
①연령②성별③장면(격식적 장면, 비격식적 장면)④친소관계⑤내외관계

**4·**
구니히로国広(1990)「呼称の諸問題」『日本語学』VOL.9 明治書院 p.4

이 글은 이러한 복잡한 요인이 작용하고 있는 현대 일본어의 제3자에 대한 대우표현이 실제의 언어생활에서 어떻게 사용되고 있는가 하는 실제의 사용양상을 제 3자에 대한 호칭을 중심으로 살펴보고자 하며, 이 때 논의 관점은 소위 사회언어학적 관점에서 전개해 나가기로 한다[2,3].

## 1 호칭이란

화자가 상대방과 이야기 하고 있는 동안 상대방을 가리키기 위해 화자가 사용하는 단어이다. 대부분의 언어에는 이름과 인칭대명사등 주로 두 종류의 호칭이 있으나, 일본어의 호칭은 보다 복잡한 체계를 이루고 있다고 할 수 있으며 구체적으로는 고유명사·인칭대명사·친족명칭·직업명·직위명·접미사(さん·君など) 등이 있다[4].

호칭은 화자가 그 상대를 부르거나 언급할 때 사용하는 말로서, 언어생활에 있어서 대인관계에서 상대방에게 직접적인 심리적 영향을 가장 많이 끼친다고 할 수 있다. 상대방을 호칭하는 방법에는 여러 가지가 있으며 어떤 호칭으로 부르느냐에 따라 친소관계 및 화자의 심리적 태도나 언어수준까지도 파악하게 된다.

이러한 호칭에서 어떤 대상을 직접 마주대하고 부르는 부름말과 어떤 대상을 다른 사람에게 가리켜 말하는 가리킴말은 흔히 같은 것으로 취급되기 쉽거나 그렇게 알고 존댓말을 혼용하여 사용하는 사람이 많다. 어떤 대상을 직접 맞대놓고 부르는 말과 다른 사람에게 가리켜서 말할 때 쓰는 말은 다른 경우가 많다.

부름말과 가리킴 말이 다른 경우가 많음을 가장 잘 이해할 수 있는 보기로서 부부의 호칭이 있다. 부부사이에 서로 부르는 말과, 아내가 남편을 가리켜 일컫는 말 반대로 남편이 아내를 가리키는 말은 여러 가지로 다른 것이다. 특히 상대경어인 일본어에서는 사용하는 호칭에 커다란 차이가 있다.

## 2  제3자에 대한 대우표현의 선행연구

일본어의 경어에 관한 체계적인 연구는 메이지明治시대 후반부터이다[5]. 그러나 종래의 일본의 국어학자 들의 경어에 대한 연구의 관점이 경어의 본질이나 분류 등이 중심이 되어있었기 때문에, 제3자에 대한 경어는 주로 인칭의 분류시에 논하거나 경어를 경의의 대상을 기준으로 분류할 때 언급되었다.

일본에서 사회언어학적인 관점에서 연구가 시작된 것은 1950년경부터로, 국립국어연구소의 언어생활연구와 함께 전개되었다고 할 수 있다. 그러나 일본에서 사회언어학이라고 하는 용어가 처음으로 사용된 것은 1973년 노모토野元와 에가와江川의 「국립국어연구소의 발자취-사회언어학-国立国語研究所の步み-社会言語学-」이다[6].

대우표현을 사회언어학적인 관점에서 연구한 것 중에서, 경의의 대상에 관한 조사연구는 대부분이 청자에 대한 연구이다. 즉 화자가 어떠한 장면에서 어떠한 청자에게 어떠한 경어를 사용하는 가에 관한 연구이다. 그 중에서 청자에 대한 대우표현을 조사 할 때, 제3자에 대한 대우표현을 일부로서 언급하고 있는 것이 다소 있다[7].

여기에서는 제3자에 대한 대우표현 만을 연구대상으로 해 조사한 것 중 주요한 것만을 언급하겠다.

①이노우에井上(1972)는, 제3자에 대한 경어는 청자에 의해서 경어사용이 좌우된다고 하고, 제3자에 대한 경어는 제3자를 공경할 뿐만이 아니라 사실은 청자에 대한 경의를 표하기 위해 사용된다는 사실을 지적하고 있다.

현대의 젊은이들은 존경해야할 대상에 대해 언급하는 경우도 청자에 따라 경어를 사용하기도 하고 사용하지 않기도 하는데 이는 경어사용의 오용이라던가 경어사용법이 흔들리는 것이 아니라 현대 젊은이들이 청자와의 관계를 중시하는 현상으로 경어의 정중화의 한 단면을 나타내는 것이라고 언급하고 있다.

②오기노荻野(1987)는, 대학생을 대상으로 제3자경어에 대한 언어행동의식을 앙케이트에 의한 조사결과로 밝혀보려고 한 연구이다.

오기노는 청자로서 교수·선배·동급생 그리고 가족 등 4그룹을 설정하고 제3자로는 화자의 아버지·교수·동급생 그리고 다른 학교 교수 등 4그룹을

**5·**
체계적인 연구의 효시로는 마쓰시타松下(1901)를 들 수 있으며, 그 다음으로 경어만을 대상으로 한 최초의 연구서를 쓰고 경어를 문법적으로 위치를 차지하게 한 야마다山田(1924)가 있으며, 쇼와기(昭和期)에 들어와서는 도키에다時枝(1941)를 비롯해 많은 연구서가 있다.

**6·**
사나다真田·임영철(1993)『사회언어학의 과제』시사일본어사 p.9

**7·**
사토佐藤(1957)『国立国語研究所 報告86』(1986), 이노우에井上(1989), 文化庁(1998,1999)

설정하여, 청자와 제3자에 대한 경어사용을 분석했다.

결과는 제3자에 대한 정중함의 구조는 청자에 대한 정중함의 구조에 비해 훨씬 복잡하며, 제3자에 대한 경어사용은 청자가 우선하고 있으며, 그 다음이 제3자이라는 사실에 대해 논하고 있다. 제3자에 대한 경어는 청자에 대한 배려가 크게 작용하고 있다는 것이 결론이다.

③구마이熊井(1988)는, 화자가 경어사용을 혼란스러워하는 장면의 하나 즉 제3자가 화자보다 상위자이면서 청자의 하위자인 경우 제3자에게의 경어사용 여부를 대학생을 대상으로 한 앙케이트 조사를 통해 제3자에 대한 경어사용과 경어억제라고 하는 대우표현의 메카니즘에 대해 언급하고 있다.

여기서는 현대 일본의 대학생들은 「경어사용」 경향이 높고, 「경어억제」의 경향이 낮으며, 제3자에 대해 경어표현을 사용하는 것은 제3자에 대한 배려라기보다는 오히려 청자에 대한 배려에 의해 선택되는 경우가 특히 많다는 것을 밝히고 있다.

## ▌3  제3자가 남편인 경우

### ❶ 남편을 가족에게 언급할 경우

남편을 가족에게 언급할 경우는 청자와 제3자가 혈족관계인가 인족관계인가에 의해 호칭이 크게 달라지는 경향이 있다(표1참조).

우선 청자와 부자관계이거나 부녀관계 등 제3자가 혈족관계인 경우, 화자의 연령과 관계없이 공통적으로 가장 많이 사용되는 것은 친족명 「お父さん」이다[8]. 그러나 그밖에도 화자의 연령에 따라 젊은층의 아내인 경우는 「パパ」를, 연배층의 아내인 경우는 「父さん」 등을 사용하는 경향이 있었다. 특히 화자가 노년층인 경우는 「お祖父さん」「お祖父ちゃん」 등 가족 중에 최연소자의 입장에서 호칭하고 있었다. 이들 호칭은 가족 내에서 호칭하거나 호칭되는 인물을 가족의 최연소자를 기준점으로 해서 나타내는 친족명칭의 허구적 용법이라고 하겠다[9].

---

**8·**
모리오카森岡(1976)「敬語と敬語教育」『敬語講座7 行動中の敬語』明治書院 p.206
화자가 자신과 청자를 칭하는 말을 대인관계용어라 칭하고, 그 종류로 인칭대명사,고유명사,신분용어, 친족용어의 4종류를 들고 있다. 그러나 이 글에서는 용례를 분석한 결과 이 4종류로는 충분하지 않아, 다음과 같이 6종류로 나누고, 아래와 같은 용어를 사용한다. ①인칭대명사(彼、彼女など)②친족명(お父さん、ママなど)③고유명(木村さん、春子ちゃん)④직위명(社長、部長など)⑤직업명(先生、看護婦など)⑥기타(ばか野郎、あいつなど)

**9·**
스즈키鈴木(1973)『ことばと文化』岩波書店 p.158-178

1) 恵子(母・43)-(40)父-一平・(息子・18)結局モノにならなかったけど、
<u>お父さん</u>結構いいもの書いてたよ。

(永遠・157)[10]

2) 霞(継母・30)-(50)父-かおり(娘・18)昨日ｘｘさんの米寿を祝う会があっ
て、<u>パパ</u>、急用で出られなくなって、私が代わりに行ったのよ。

(雪・145)

3) キマ(母・82)-(92)父-友明(息子・61)寝る前に<u>おじいちゃん</u>が牛乳を飲
みたいと言うんで、手つきなべに牛乳を入れて、ガス代にかけたまま
忘れちゃって ね…

(黄落・88)

이에 반해 화자와 청자, 또는 청자와 제3자 중 어느 쪽인가가 혼인에 의해 맺어진 인족관계인 경우는 호칭사용이 크게 달라진다. 주로 고유명이나 인칭대명사를 사용하고 있으나 고유명 쪽이 과반수를 상회하고 있다(51.7%). 또한 이들 고유명도 제3자와 화자가 인족관계인가 제3자와 청자가 인족관계인가에 따라 종류가 다르게 나타났다. 즉 청자와 제3자가 인족관계인 경우는 「姓」「名前」[11] 「愛称＋ちゃん」 등이 주로 사용되고 있는데 반하여, 화자와 청자가 인족관계인 경우는 주로 「名前」에 경칭의 호칭접미사 「ーさん」을 붙인 형태가 사용하고 있다. 이는 청자와 제3자가 인족관계인 경우는 남편을 친정식구에게 언급하는 경우로 남편이 자기 쪽 인물이라고 하는 의식이 강하기 때문일 것이며, 화자와 청자가 인족관계인 경우는 자기 남편을 남편 본가식구에게 언급하는 경우로 제3자가 남편이기는 하나 청자와 제3자와의 관계를 의식한 호칭이라 할 수 있을 것이다. 시바타柴田(1978)는 며느리가 시어머니에게 자기 남편을 언급할 때 「主人は ….」「うちの人は….」라고 호칭하는 것은 시어머니를 소외시키는 것 같아 사용하기 어려우며, 「太郎さんは….」는 자기 쪽 인물에게 「ーさん」을 붙여 호칭하게 되어 경어의 기준에 어긋나는 것 같고, 「太郎は….」는 시어머니의 소중한 아들을 함부로 부르는 것 같아 사용하기 조심스럽다고 언급하며, 결국 본인과 시어머니와의 친소관계에 따라 판단할 수 밖에 없으나, 가치관이 변하고 각자의 입장을 주장하는 현대에서는 더욱 어려운 문제라고 지적하고 있다. 이에 대해 노모토는 「名前」만으로 부르는 것은 화낼 시어머니도

10・
용례문에서 「-」의 왼쪽은 화자, 오른쪽은 청자, 그리고 가운데는 제3자를 나타내며, 숫자는 연령을 나타낸다.

11・
「名前」는 보통 「姓」도 포함한 이름 전체를 의미하는 경우도 있으나, 이 글에서는 성과 이름을 구별하여 성 쪽을 「姓」, 이름 쪽을 「名前」라 칭한다.

12·
요네다米田(1986)『美しい敬語』芸術生活社 p.20 재인용

있을 수 있으니 역시「名前＋さん」이라 부르는 것이 무난할지 모른다고 언급하고 있다[12]. 며느리가 자기 남편을 시댁식구에게 언급할 때의 호칭의 어려움을 알 수 있다.

> 4) 知子(43)婿–里子(母·65) こないだね、済藤お義母さんが陸を別のお医者さんに連れて行ったのよ。
>
> (終着駅·235)
>
> 5) 信子(嫁·40)–(42)息子–有徳(義父·77) そろそろ帰って来る頃でしょう、善人さん?
>
> (義父·133)

그밖에도 청자와 제3자가 인족관계인 경우,「うちの人」「亭主」「あの人」가 사용된 경우가 있으며, 특히「あの人」의 경우는 부부관계가 원만하지 않은 경우에 사용한 예로 평상시 사용하지 않는 호칭을 사용함으로써 화자의 제3자에 대한 불만스러운 심리를 나타내고 있는 경우의 용례라고 볼 수 있다.

> 6) 端穂(母f·48)—(60′)父—真琴(娘f·24) 結局あの人は、仏を作って魂入れずの人だったの。
>
> (トト·94)
>
> 7) 良子(妹·28)–(30)義弟–嘉明(兄·33)　明日の朝うちの人出張で早いから早く行ってしたくしないと。
>
> (結婚·316)

### ❷ 남편을 타인에게 언급할 경우

남편을 가족이 아닌 사람에게 언급하려고 할 경우의 호칭은 아내의 연령과 친소관계가 관여하고 있는 경향이 보인다(표2참조).

우선, 일반적으로 남에게 남편을 언급할 때 사용한다고 되어있는「主人」이 가장 많은 사용률을 차지하고는 있었다. 그러나 아내의 연령에 따라 연배층의

아내의 경우가 51.4%, 젊은층의 아내가 42.1%로 약 절반정도밖에 사용되고
있지 않았으며, 주로 격식적인 장면에서 많이 사용하는 경향이 있었다. 「夫」
「旦那」라는 말이 화자의 연령과는 관계없이 호칭으로 사용되는 일도 있었으나
사용률에 있어서는 크게 낮았다(「夫」 2.15%, 「亭主」 5.1%).  지금은 「主人」이
높은 사용률을 나타내고 「夫」의 경우 낮은 사용률을 나타내고 있으나, 「主人」
이 보급된 것은 전후戰後로 그 역사가 별로 길지 않으며, 그 이전에는 「夫」 쪽이
일반적이었다고 한다[13].

13 ·
엔도遠藤(1985) 「配偶者
를 呼ぶことば 「主人」 を
めぐってー」『ことば』 6
号 現代日本語研究会
p.41- 43

   8) 霞(知·30)-(50)知-伊織(知m·45) <u>主人</u>にきいたんですけど。

(雪 · 147)

   9) 雅子(初·20)-(20)無-探偵(初m·40) <u>夫</u>のことなんですよ。

(愛 · 42)

그러나 친소관계에 따라 친한 사이에서는 「主人」이 아닌 호칭이 사용되고
있었는데, 화자의 연령에 따라 다시 사용양상이 달라지는 경향이 있었다. 주로
젊은 층에서는 「名前」 「愛称＋ちゃん」 등 고유명 쪽을 사용하고 있었고, 연배
층에서는 「お父さん」 「父ちゃん」 등 친족명칭의 허구적 용법으로 나타나고
있었다.

   10) 信子(友f·40)-(42)知-早苗(友f·44) この頃、早いんだ、<u>善人</u>帰って
     くるの。

(義父 · 124)

   11) おばさん(知f·50)-(50)知-紗和子(知f·40) うちの<u>お父さん</u>の知り合
     いでね、カメラ屋さん。

(学校Ⅲ · 15)

그 밖에도 「あの人」 「うちの人」 「彼」 등도 많이 사용되고 있다. 「うちの人」
는 주로 격식적이지 않은 편안하게 이야기 할 수 있는 상황에서, 「彼」는 장면과
상관없이 사용되고 있었으나, 둘다 사용률에 있어서는 그다지 많은 것은 아니
다(약 5.4%). 그러나 「あの人」의 경우는 높은 사용률을 나타내고 있었으며, 아

내의 연령과는 관계없이 젊은층(20.2%)에서도 연배층(18.9%)에서도 모두 높은 비율로 나타났으며, 주로 한번 언급된 남편을 다시 언급할 때 사용하거나, 언급하지는 않았더라도 문맥적으로 남편을 언급하고 있다는 것을 알 수 있는 경우에 주로 사용되고 있었다. 이러한 용례는 다른 연구자들의 연구에서는 나타나지 않았던 용례들로, 이는 다른 연구자들의 연구가 앙케이트 조사의 결과를 가지고 주로 언급하고 있으나, 이 글의 경우는 연구자료가 담화의 형태를 알 수 있는 드라마 대본과 시나리오이었기 때문이 아닌가 한다[14].

**14 ·**
요네다 米田(1968), 엔도 遠藤(1985) 등에서도 앙케이트 조사결과를 가지고 부부간의 호칭에 대해 언급하고 있다.

### ③ 타인의 남편에 대해 언급할 경우

청자의 남편에 대해 언급할 경우는 화자의 성별에 따라 호칭사용이 다른 경향을 엿볼 수 있었다.(표3참조).

우선, 이 글의 결과에서도 남성화자 · 여성화자 모두, 일반적으로 남의 남편을 언급할 때 사용한다고 하는 「ご主人」이 가장 많이 사용되고는 있었다. 그러나 그 사용률에 있어서는 남성화자가 31.8%, 여성화자가 42.6%로 모두 절반에도 미치지 못하고 있다. 특히 남성화자의 경우는 여성화자보다 현저히 낮은 사용률을 보이고 있는데, 이는 남성화자의 경우, 친족명을 사용하더라도 첫대면관계 등 소원한 관계나 격식적인 장면에서는 주로 「ご主人」을 사용하고 있으나, 친소관계에 따라 아는 사이에서는 「旦那さん」을, 친한 사이에서는 덜 정중한 호칭인 「旦那」, 「亭主」 등 다른 친족명을 구별하여 사용하고 있기 때문인 것 같다. 남성이 여성보다 장면과 관계에 따라 좀 더 다양한 호칭을 구별하여 폭넓게 사용하고 있음을 나타내고 있음을 알 수 있다.

12) 黒田(知m · 44)-知(38)-薫(知f · 36)　<u>ご主人</u>がお見えにならないようで
　　<u>す</u>が · · · ·

(宿 · 131)

13) 室井(上m · 38)-知(31)-裕子(下 · 32)　<u>旦那</u>から何度も連絡が来る。

(カップ · 85)

그러나, 친소관계에 따라 친한 사이에서는 남녀 모두 주로 사용하고 있는 것은 고유명인 것은 공통적이었으나, 남녀 성별에 따라 다소 차이가 있었다. 남성화자의 경우는「姓＋君」「姓」「名前」등 다양한 고유명의 형태를 사용하고 있으나, 여성의 경우는 주로「名前＋さん」을 사용하고 있다.

14) 和人(知m・30)-友(30)-悠子(知f・30)　阿部はぼくのことを忠告に来たンです。

(青春・243)

15) 端穂(友f・24)-知(29)-笑子(友f・24)　わたしがわかったの睦月さんが夜勤だったことだけのよ。

(ひかる・292)

16) 野宮(初m・42)-無(52)-奥さん(初f・40)　雨宮さんは何かご心配でのお持ちでしたか。

(幸福・218)

또한 화자의 연령에 따라 노년층의 경우는 다소 다른 호칭으로 언급하고 있었다. 남성화자・여성화자 모두「ご亭主」라는 친족명도 사용하고 있었으나, 모두 소원한 관계에서 사용하고 있었다. 여성화자의 경우는「旦那さま」라는 호칭도 사용하고 있었으나, 이 경우는 가사를 도우고 있는 여성이 여주인에게 남편을 언급하는 경우로 기쿠치菊地(1997)의 입장의 강약관계에 해당되는 경우로 특별한 경우로 봐야할 것이다[15].

17) 克平(初m・67)-無(30)-待子(初f・33)ちょっと訊くがね、前の御亭主とは離婚かね?

(絆・91)

18) 婆や(お手伝いさんf・60)-知(40)-万里子(奥さんf・30)　奥さま、旦那さまからおでんわでございます。

(タワー・110)

특히, 제3자의 자녀와의 관계로 인해 아는 사이가 된 경우는「お父さま」「お

15・
기쿠치菊地(1997)『敬語』
講談社　p.53 참조

父さん」 등 아이의 입장에서의 부계친족호칭을 사용하고 있었으며, 제3자가 화자에게 있어 직장 상사인 경우는, 직장에서의 호칭인 「支店長」라는 직위명을 사용하고 있었다. 이는 남의 남편을 언급할 경우는 청자 입장에서의 호칭을 사용하는 것이 일반적이나 이는 거꾸로 화자와 제3자와의 관계로 호칭하고 있는 용례로 직장관계가 내외관계보다 우선하고 있음을 알 수 있는 용례라 할 수 있다.

19) 綴(知f・26)-無(40)-母親(知f・30) お母さん、<u>お父様、面会にいらっ</u><u>しゃいませんね</u>.

(TEAM・144)

20) 話し手が涼子(初f・27)-上(50)-多美子(初f・48) 旅行した時、<u>支店長</u>から教えてくれたんです。

(桜・128)

## ▌4  제3자가 아내인 경우

### ❶ 아내를 가족에게 언급할 경우

아내를 가족에게 언급할 경우도 남편의 경우와 마찬가지로 청자와 제3자의 관계가 혈족관계인가 인족관계인가에 의해 호칭이 크게 달라지는 것을 알 수 있었다(표4참조).

우선, 청자와 제3자가 모자관계나 모녀관계인 경우, 화자의 연령과 관계없이 가장 많이 사용되고 있는 것은 「お母さん」이었다. 그러나 화자의 연령에 따라서는 젊은층의 남편은 「ママ」, 「お母ちゃん」을 연배층의 남편은 「母さん」를 사용하는 경우도 있었다. 이번 조사에서 이와 같이 모계호칭을 사용하는 경우가 전체의 92.3%를 차지해 압도적이었다.

21) 修平(父・67)-(65)母-礼子(息子・35)・・・・私はいいが、<u>お母さんだ</u>

よ、問題・・・・・

(終着駅・203)

22) 辰己(父・53)-(48)母-(娘・24)　お前あんまり<u>母さん</u>を悲しませるな。

(トト・99)

그러나 화자가 노년층인 경우는 남편의 경우와 마찬가지로 「お祖母ちゃん」 「祖母さん」 등 가족 중 최연소자의 입장에서 남편을 호칭하는 친족명칭의 허구적 용법으로 호칭하는 경향이 있다.

23) 修平(祖父・67)-(65)祖母-幸子(孫娘・13)そうか・・・<u>お祖母ちゃんに</u> 焼香して欲しいんだ な。・・・

(終着駅・251)

이밖에 드물게 「あいつ」「むこう」 등의 호칭도 사용되고 있었으나, 부부사이가 원만하지 않을 때 사용하고 있었으며, 이는 평상시 사용하던 호칭을 회피하고 다른 호칭을 사용함으로써 화자의 제3자에 대한 심리적 거리를 나타내고 있는 용례라 할 수 있을 것이다.

24) 隆一(息子・53)-(50)嫁-鈞造(父・80)　いえ、<u>むこう</u>から。

(今朝・186)

이에 반해 화자·청자·제3자의 관계 중 어느 한쪽이라도 인족관계인 경우는 주로, 고유명 「名前」(76.0%)로 호칭하고 있었다. 이 경우 청자와 제3자가 인족관계이 경우 즉 아내를 남편의 본가 식구들에게 언급하는 경우도 「名前」만으로 호칭하고 있었으며, 거꾸로 화자와 청사가 인족관게 즉 아내를 아내의 친정식구들에게 언급하는 경우도 거의 「名前」로 호칭하고 있다. 이는 남편의 경우, 청자와 제3자가 인족관계인 경우는 「名前」로 호칭하고 있으나, 화자와 청자가 인족관계인 경우는 「名前」에 경칭의 호칭접미사 「さん」을 붙여 「名前＋さん」으로 호칭하여 청자에 대해 배려를 하고 있는 경향이 있었던 것과는 다른 경향으로, 아내가 남편을 언급할 경우보다 청자에 대해 덜 배려한다고

할 수 있으며, 아내가 남편을 언급할 경우보다 남편이 아내를 언급할 때가 낮게 대우하고 있음을 알 수 있다.

> 25) 光次(弟・41)–(30)義妹–善人(兄・42)　だってウチは<u>弥生</u>がフルタイムで働いている。
>
> （義父・116）

화자가 젊은층이고 청자가 미성년자인 경우는 청자의 입장에서의 호칭으로 언급하고 있는 경우도 나타났다. 특히 자기 아버지에게 며느리인 아내를 호칭할 때는 「女房」라는 호칭을 사용하여 언급하는 경우가 드물게 있었다.

> 26) 絃(息子・35)—(33)嫁—笹一(父・65)　<u>女房</u>のおふくろの手前もあるんだから。
>
> （春・21）

### ② 아내를 타인에게 언급할 경우

남편이 아내를 가족이 아닌 남에게 언급할 경우의 호칭은 남편의 연령이 크게 관여하고 있는 경향이 있었다(표5참조).

우선 남편이 아내를 타인에게 언급할 경우 가장 많이 사용되고 있는 호칭은 「女房」로 나타났다(젊은층의 남편 65.8%, 연배층의 남편(46.6%). 일반적으로 아내를 남에게 언급할 때 사용한다고 일컬어지는 호칭은 「家内」이다. 그러나 이 글의 조사에서는 「家内」는 젊은층의 남편의 경우가 5.3%, 연배층의 남편이 13.3%밖에 사용하지 않았으며, 주로 첫대면관계나 직장관계 등 격식차려 이야기할 때 사용하고 있었다. 「家内」가 아내를 가리키는 말로서 사용되기 시작한 것은 에도江戸말기로 그 이전에는 「妻」가 일반적이었다고 한다. 현재 실제 사용양상을 보면, 가장 많이 사용되는 말이 아닌데도, 일반적으로 「家内」가 규범적인 호칭으로 받아들여지고 있는 것은 노년층에서 격식차려 이야기 할 경우에 사용하는 일이 많기 때문이라고 한다[16].

16・
엔도遠藤(1987)「配偶者を呼ぶことば(2)–夫から妻を—」『ことば』7号 現代日本語研究会 p.21 아내를 남에게 언급할 경우에 관한 연구로는 이외에도 요네다(米田:1986), 와타나베(渡辺:1963)가 있다.

그 다음으로 많이 사용된 호칭이 「妻」로, 20.0%를 차지하고 있었다. 「妻」는 엔도遠藤(1987)에 의하면 현재 신문·잡지 등에서 가장 많이 사용되고 있으며 (45.7%), 비격식적인 장면인 이발소에서의 대화를 분석한 결과에서는 불과 2.5% 의 사용률을 나타내, 아주 낮게 나타났다고 주장하고 있으나[17], 이 글에서는 비교 적 높은 사용률을 나타내고 있었다. 이는 더 다양한 방면에서의 조사가 이루어져 야 알 수 있겠으나, 이 글에서의 자료가 회화문을 대상으로 하고 있는데 반해, 문자로 쓰여진 드라마대본과 시나리오로, 구어체적인 성격과 문어체적인 성격 이 함께 존재한다고 볼 수 있는 자료면에서의 영향이 있지 않을까 한다.



27) 上条(知m·38)-(38)無-あずさ(知f·18) でも、<u>女房</u>とは絶対ちゃんと
　　話をつけるから！

(シナ·25)

28) 森下(上m·45)-(31)知-布子(下f·34)　君が<u>家内</u>を連れてきてくれたん
　　だね。

(あした·237)

29) 永尾(初m·48)-(40)無-金沢たち(初mf·70) しかしね、どんなに姿を
　　変わり果てたとしても、現われるのはあんなに愛した<u>妻</u>と子だよ。

(あした·228)

　그러나 남의 아내에 대해 언급할 경우도, 친한 사이에서는 고유명 「名前」으 로 호칭하고 있으나, 이 경우는 화자와 청자 그리고 제3자 모두가 친한 경우였 다. 예31)의 경우는 아내를 직장부하에게 언급하는 경우로, 친소관계가 일본어 의 커다란 특징이라 할 수 있는 내외관계보다 우선하고 있음을 알 수 있는 용례라 할 수 있겠다.

30) 浩平(友m·31)-(30)知-吉岡(友m·31) 九里子ちゃんだよ、<u>章子</u>の妹
　　の。

(海·128)

31) 森下(上m·45)-(31)知-布子(下f·34)・・・・・じゃあ、<u>美津子</u>は君
　　のことを。

(あした·237)

또한, 노년층 남편의 경우는 다양한 호칭으로 아내를 언급하고 있는 것이 특징이었다.「ばあさん」등 친족명칭의 허구적 용법과「うちの者」「うちの奴」「あいつ」등 아내를 낮추어 대우하는 호칭을 사용한 용례가 있다. 이들 용례는 아내가 남편을 남에게 언급할 경우는 나타나지 않았던 용례들로, 노년층에서는 아내를 남에게 언급할 때 낮추어 호칭하려는 경향이 있음을 알 수 있는 용례라고 생각된다.

> 32) 善治(知・68)-(60)知-裕史(知m・50) 隣の原沢ですが、<u>うちの奴</u>が何かご迷惑をおかけしてませんでしょうか。
>
> （ファ・35）

### ❸ 타인의 아내에 대해 언급할 경우

남의 아내에 대해 언급할 경우의 호칭은 화자의 성별이 사용하는 호칭에 크게 영향을 미치고 있는 경향을 알 수 있었다(표6참조).

우선, 화자의 성별・연령이나 친소관계 등과 관계없이 가장 많이 사용되고 있는 것은「奥さん」이었다(남성화자 63.6%, 여성화자 68.7%). 그러나 연배층의 남성화자의 경우는「奥さん」이외에도 아는 사람의 아내나 부하의 아내 등에게「かみさん」을, 친한 친구의 아내에게는 자기아내를 언급할 때 사용한다고 되어있는「女房」도 사용하는 등 장면에 따라 호칭을 구별하여 언급하는 경향이 있음을 알 수 있다.

> 33) 山形(初m・29)-知(43)-柳橋(初m・44) 東京で<u>奥さん</u>が心配してましたよ。
>
> （トト・134）
>
> 34) 佳子(知f・55)-知(48)-剛志(知m・50) なんで<u>奥さん</u>が手伝う訳にはいかないのよ。
>
> （桜・112）
>
> 35) 片山(上m・40)-無(30)-啓介(下m・35) 会ったことはないが、きっと

　　カミさんの美人でさ、いいお嬢さんなんだろうな。

（彼女・141）

36)　中西(友・社長ｍ・40)-知(30)-安男(友・下ｍ・40)　しかし・・金の切
　　れ目が縁の切れ目で、出てった女房にそこまでするかね。

（天国・126）

　그러나, 화자·청자·제3자가 모두 친한 사이에서는, 남녀화자 모두 고유명
을 사용하고 있었다. 「名前」만으로 부르거나 「名前」에 호칭접미사 「ーちゃ
ん」을 붙여 친근함을 나타낸 「名前＋ちゃん」, 또는 「名前」에 경칭의 호칭접미
사 「ーさん」을 붙인 「名前＋さん」을 사용하고 있었다. 남성화자의 경우는 고
유넹이외에도 「彼女」「あいつ」 등으로 언급하고 있는 경우도 있어, 여성화자
보다 다양한 호칭을 친한 정도에 따라 다르게 사용하고 있음을 알 수 있었다.
특히 「あいつ」의 경우는 일반적으로 비칭(卑称)이라고 일컬어지는 말이나, 친
한 사이에서 적극적으로 경비표현을 사용함으로써 상대방에게 친근함이나 친
밀감을 표현하고, 확인하고 있는 것으로 볼 수 있다[18]. 내외관계보다 친소관계
가 우선하고 있음을 알 수 있다. 또한 예40)과 같이 대화의 장면에는 등장하지
않는 청자의 아들의 시점에서의 호칭인 「母ちゃん」이라는 친족명을 사용한
경우도 있었으나, 극히 드문 용례라 할 수 있다.

37)　マリ(付合ｆ・30)-知(30)-安男(付合ｍ・40)　だから英子さんにお願い
　　しようと思ったの。

（天国・150）

38)　紺(付合ｆ・20)-友(24)-睦月(付合ｍ・29)　笑子ちゃんにとっても、俺
　　にとっても…あんたは思い出になるんだ。

（ひかる・291）

39)　涼一郎(知ｍ・35)-前妻(32)-政道(知ｍ・31)　裕子とは二度と会わない
　　と思っていた。

（カップ・103）

40)　肉屋(知ｍ・50)-知(40)-順二(知ｍ・53)　おめえの母ちゃんも好きだっ
　　たけな。

（泣き・186）

18・
이시자카石坂(1951) 『敬
語法』『日本文法講座』明
治書院　p.276
때에 따라서는 적극적인
경비표현을 사용하는 것
으로 친애표현을 한다고
논하고 있다.

19·
오이시大石(1983)『現代
敬語研究』筑摩書房 p.20
경어의 효과를 ①높임(아
가메)②격식(아라타마리)
③거리감(ヘだて)④품
격·장식·위엄(品格·
裝飾·威嚴)⑤경멸·비
꼼(輕蔑·皮肉) 5가지로
나누고 있다.

특히, 상사의 아내를 언급하는 경우는 남녀화자 모두 「奥さま」라는 정중한 형태의 호칭을 사용하고 있었다. 그러나 이 「奥さま」라는 호칭은 이렇게 정중하게 사용하는 경우(예38) 이외에도 상대방을 비꼬기 위하여 사용하는 경우(예41)나 여성이 자기의 말씨를 품위있게 하기 위하여 사용하는 경우도 나타났다(예42)[19].

41) 布子(下 f ·34)-知(31)-森下(上 f ·45)　社長、<u>奥様</u>おなかへ。

(あした·234)

42) 久作(知m·60)-無(39)-辰己(知m·44)　それに引き替えダンナのように、まっとうに公務に励んでいらっしゃるお方が<u>奥様</u>に逃げられたりするなんざぁ、全くもって世も末ですな。

(泥棒·67)

43) 霞(知 f ·30)-無(40)-伊織(知m·45)　<u>奥様</u>、どうして<u>いらっしゃらない</u>のですか?(雪·148)(44)　肉屋(知m·50) -知(40)-順二(知　m· 53) おめえの<u>母ちゃん</u>も好きだったけな。

(泣き·186)

## ▌5　연구과제

　경어는 일본어가 갖는 커다란 특색 중의 하나로, 긴 역사 속에서 여러 가지 면에서 연구되어 왔다. 초기의 일본의 국어학자들은 주로 경어의 구조나 체계 등 경어의 형식을 확인하고 그 기능에 대해 연구해 왔으나, 1970년대 이후부터는 경어의 사용면에서의 사회언어학적 관점에서의 연구도 활발히 이루어져 오늘에 이르고 있다.

　그러나 종래의 사회언어학적 관점에서의 경어연구는 주로 화자는 화자의 상대인 청자에 대해 어떠한 경어를 사용하고 있는가하는 청자경어에 초점을 맞추어 연구해 왔으며, 이야기의 소재인 제3자에 대한 대우표현에 대한 연구는 그다지 많지 않다.

대우표현에 있어서 화자와 청자와의 관계만을 생각하면 되는 청자에 대한 화자의 직접적인 경의표현인 청자에 대한 대우표현과는 달리, 화자가 자기자신·청자·제3자와의 관계를 생각해야하는 제3자에 대한 대우표현은 청자에 대한 대우표현보다 관여하는 인물이 복잡해진다. 제3자가 화자 쪽 인물인가 청자 쪽 인물인가 하는 내외관계를 비롯해 성별·상하·친소관계 등 고려해야 할 여러 가지 요인들이 있다.

이 글은 이렇게 복잡한 요인이 관여하는 현대 일본어에 있어서의 제3자 표현이 실제의 언어생활 속에서 어떻게 사용되고 있는가 하는 그 실제의 사용양상을 부부관계에서의 호칭에 초점을 맞추어 텔레비전 드라마 대본 145편을 자료로 하여 분석·고찰해 봤다.

언어의 연구자료로 가장 효과적인 것은 관찰법에 의한 자연스러운 언어라고 한다. 그러나 관찰로 필요한 자료를 수집하는 것은 상당히 어려운 일이다. 이 글의 연구자료가 된 텔레비전 드라마 대본과 시나리오는 자연스러운 언어가 아니라 작가 개인의 언어이기 때문에 언어학적 자료로서 요구되는 보편성이 결여됐다고 할 수도 있다. 그러나 작가개인의 언어가 포함되어 있고, 현실과 떨어져 있는 것처럼 보이는 경우가 있는 것도 사실이나, 작가의 언어를 시청자와 관객이 이해하고 수용한다는 점에서는 현실의 언어에서 배제할 수 없는 자연스러운 언어의 일부분이라고 생각한다.

이 글에서의 결과는 연구자료가 된 145편의 텔레비전 드라마 대본과 시나리오 안에서의 결과로, 이것이 현대일본어의 부부관계에 있어서의 제3자에 대한 호칭의 전체적인 양상이라고는 할 수 없다. 하나의 자료로 참고되길 바라는 바이다.

앞으로 관찰법에 의한 연구, 앙케이트에 의한 연구 등 다양한 연구방법 등과 함께 조사하고 고찰을 거듭해 나가는 작업이 필요하다고 하겠으며, 앞으로의 과제라 하겠다.

<표1><남편을 가족에게 언급할 때>[20]

| 他称詞 | 聞き手／第三者 | 夫 血族関係 | | 夫 義理関係 | |
|---|---|---|---|---|---|
| 親族名 | 亭主 | | | 3 (3) | 8.6 |
| | 旦那さま | | | 1 (1) | 2.9 |
| | お父さま | | | | |
| | お父さん | 37 (72) | 51.4 | 2 (4) | 5.7 |
| | 父さん | 14 (16) | 19.4 | | |
| | お父ちゃん | 1 (1) | 1.4 | | |
| | パパ | 10 (22) | 13.9 | | |
| | お祖父さん | 1 (1) | 1.4 | | |
| | お祖父ちゃん | 1 (1) | 1.4 | 1 (1) | 2.9 |
| 固有名 | 姓 | | | 1 (1) | 2.9 |
| | 名前＋さん | | | 6 (9) | 17.1 |
| | 名前 | | | 11 (14) | 31.3 |
| | 愛称＋ちゃん | | | 1 (1) | 2.9 |
| 人代名 | 彼 | | | 1 (1) | 2.9 |
| | あの人 | 8 (17) | 11.1 | 3 (3) | 8.6 |
| その他 | うちの人 | | | 5 (5) | 14.2 |
| 計 | | 72 (130) | 100 | 35 (43) | 100 |

<표2><남편을 타인에게 언급할 때

| 他称詞 | 聞き手／第三者 | 夫 若年層 | | 夫 年配層 | |
|---|---|---|---|---|---|
| 親族名 | 主人 | 27 (52) | 42.1 | 19 (35) | 51.4 |
| | 夫 | 1 (1) | 1.6 | 1 (2) | 2.7 |
| | 亭主 | 3 (3) | 4.7 | 2 (6) | 5.4 |
| | 旦那 | 1 (1) | 1.6 | | |
| | お父さん | | | 1 (2) | 2.7 |
| | 父ちゃん | | | 1 (1) | 2.7 |
| | 父親 | | | 1 (1) | 2.7 |
| | 親父 | | | 1 (1) | 2.7 |
| 固有名 | 愛称＋ちゃん | 2 (3) | 3.1 | | |
| | 名前 | 3 (10) | 4.7 | 1 (2) | 2.7 |
| | 姓＋君 | | | 1 (1) | 2.7 |
| | 姓 | 6 (12) | 9.4 | 1 (10) | 2.7 |
| 人代名 | 彼 | 4 (4) | 6.3 | 1 (5) | 2.7 |
| | あの人 | 13 (38) | 20.2 | 7 (11) | 18.9 |
| その他 | うちの人 | 4 (6) | 6.3 | | |
| 計 | | 64 (130) | 100 | 37 (77) | 100 |

<표3><타인의 남편에 대해 언급할 때>

| 他称詞 | 聞き手／第三者 | 夫 男性 | | 夫 女性 | |
|---|---|---|---|---|---|
| 親族名 | ご主人 | 20 (30) | 31.8 | 9 (13) | 42.6 |
| | 旦那さま | | | 2 (2) | 9.5 |
| | 旦那さん | 5 (6) | 7.9 | 1 (2) | 4.8 |
| | 旦那 | 9 (11) | 14.3 | | |
| | ご亭主 | 2 (2) | 3.2 | 1 (1) | 4.8 |
| | 亭主 | 1 (2) | 1.6 | | |
| | お父さま | | | 1 (1) | 4.8 |
| | お父さん | | | 1 (2) | 4.8 |
| 固有名 | 姓＋さん | 5 (30) | 7.9 | | |
| | 姓＋君 | 3 (6) | 4.8 | | |
| | 姓 | 5 (7) | 7.9 | 1 (1) | 4.8 |
| | 名前＋さん | 2 (4) | 3.2 | 2 (4) | 9.5 |
| | 名前 | 5 (7) | 7.9 | | |
| 役職名 | 姓＋役職名 | 1 (1) | 1.6 | | |
| | 役職名 | | | 1 (1) | 4.8 |
| 人代名 | 彼 | | | 1 (1) | 4.8 |
| その他 | あいつ | 5 (9) | 7.9 | 1 (1) | 4.8 |
| 計 | | 63 (115) | 100 | 21 (29) | 100 |

20 ·
표 안의 숫자는 점선의 왼쪽 숫자는 개별용례수를 나타내며, ( )안의 숫자는 총용례수를 나타 낸다. 또한 점선 오른쪽 숫자는 개별용례수를 백분율로 나타낸 것이다.

<표4> <아내를 가족에게 언급할 때> <표5> <아내를 타인에게 언급할 때> <표6> <타인의 아내에 대해 언급할 때>

**<표4>**

| 他称詞 | 第三者 / 聞き手 | 夫 男性 | | 夫 女性 | |
|---|---|---|---|---|---|
| 親族名 | ご主人 | 20 (30) | 31.8 | 9 (13) | 42.6 |
| | 旦那さま | | | 2 (2) | 9.5 |
| | 旦那さん | 5 (6) | 7.9 | 1 (2) | 4.8 |
| | 旦那 | 9 (11) | 14.3 | | |
| | ご亭主 | 2 (2) | 3.2 | 1 (1) | 4.8 |
| | 亭主 | 1 (2) | 1.6 | | |
| | お父さま | | | 1 (1) | 4.8 |
| | お父さん | | | 1 (2) | 4.8 |
| 固有名 | 姓＋さん | 5 (30) | 7.9 | | |
| | 姓＋君 | 3 (6) | 4.8 | | |
| | 姓 | 5 (7) | 7.9 | 1 (1) | 4.8 |
| | 名前＋さん | 2 (4) | 3.2 | 2 (4) | 9.5 |
| | 名前 | 5 (7) | 7.9 | | |
| 役職名 | 姓＋役職名 | 1 (1) | 1.6 | | |
| | 役職名 | | | 1 (1) | 4.8 |
| 人代名 | 彼 | | | 1 (1) | 4.8 |
| その他 | あいつ | 5 (9) | 7.9 | 1 (1) | 4.8 |
| 計 | | 63 (115) | 100 | 21 (29) | 100 |

**<표5>**

| 他称詞 | 第三者 / 聞き手 | 妻 親子関係 | | 妻 義理関係 | |
|---|---|---|---|---|---|
| 親族名 | お母さん | 17 (24) | 43.6 | 1 (1) | 4.0 |
| | お母ちゃん | 2 (4) | 5.1 | | |
| | 母さん | 12 (14) | 30.8 | | |
| | ママ | 5 (11) | 12.8 | | |
| | お祖母ちゃん | 1 (4) | 2.6 | | |
| | 祖母さん | 2 (8) | 5.1 | | |
| | 義姉さん | | | 1 (1) | 4.0 |
| | 女房 | | | 2 (3) | 8.0 |
| 固有名 | 名前 | | | 19 (53) | 76.0 |
| その他 | あいつ | | | 1 (2) | 4.0 |
| | むこう | | | 1 (1) | 4.0 |
| 計 | | 39 (65) | 100 | 25 (61) | 100 |

**<표6>**

| 他称詞 | 第三者 / 聞き手 | 妻 若年層 | | 妻 年配層 | |
|---|---|---|---|---|---|
| 親族名 | 女房 | 25 (44) | 65.8 | 28 (44) | 46.6 |
| | 家内 | 2 (3) | 5.3 | 8 (10) | 13.3 |
| | 妻 | 1 (1) | 2.6 | 12 (17) | 20.0 |
| | かみさん | 1 (2) | 2.6 | | |
| | ばあさん | | | 2 (5) | 3.3 |
| 固有名 | 名前 | 6 (18) | 15.8 | 8 (21) | 13.4 |
| | あいつ | 3 (6) | 7.9 | | |
| その他 | うちの者(奴) | | | 2 (3) | 3.4 |
| 計 | | 38 (74) | 100 | 60 (98) | 100 |

# 03 성별과 인칭대명사의 근세적 특징

민승희

## 들어가는 말

일본어의 인칭대명사는 서구의 언어에 비해 복잡하게 발달해 있다. 자신을 지칭하는 말을 예를 들더라도 「わたくし」「わたし」「あたし」「ぼく」「おれ」 등이 쓰이고 있다. 일본어에서 이렇게 인칭대명사가 세분화 된 이유는, 인칭대명사에 단순히 상대나 자신을 지칭한다는 것 이상의 의미가 담겨 있기 때문이다. 일본인은 인칭대명사를 사용할 때, 자신과 상대방의 연령, 성별, 말할 때의 분위기, 사회적 상하 관계 등을 고려하여, 때와 장소에 맞는 인칭대명사를 사용하기 마련이다.

이렇게 인칭대명사가 세분화되어 사용되는 것은 비단 현대일본어에서만이 아니다. 시대를 거슬러 올라가서 근대어나 근세어를 보더라도 인칭대명사는 다양하게 나타나고 있다. 오히려 현대일본어에서 보다 더 복잡 다양한 양상을 보이기도 한다. 따라서 현대일본어의 인칭대명사의 다양성을 이해하기 위해서는 먼저 근세어나 근대어의 인칭대명사를 살펴보고 현대어로 어떻게 이어져 왔는가를 살펴볼 필요가 있다.

여러 관점에서의 인칭대명사에 관한 분석이 있겠지만, 우선, 근세 전기에 성별이 인칭대명사의 사용에 얼마나 관여하였는지 짚어보고자 한다. 근세 전기 자료로는 회화체의 고찰이 용이한 『세와조루리世話淨瑠璃』[1]를 채택하고 있다.

## 1 인칭대명사의 특징

일본어의 지시대명사를 살펴보면 통시적으로 그다지 변화가 없다. 「こ」「そ」「あ」 계열의 지시대명사가 이어져 내려오고 있다. 이에 비해 인칭대명사는 시대에 따른 변화가 심하다. 그 이유로 여러 가지를 들 수 있겠지만, 변화에 가장 큰 영향을 끼치고 있는 것은 인칭대명사의 경의도의 변화라고 할 수 있다. 경의도가 점차 낮아짐에 따라 그 쓰임이 달라지고, 또 경의도가 높은 새로운 인칭대명사가 나타난다. 따라서 인칭대명사를 살펴보면 대부분 점차 경의도가 낮아져 후대에 쓰이고 있음을 알 수 있다.

또한 화자가 어떠한 인칭대명사를 사용할 것인가를 결정하는 요소가 시대에 따라 조금씩 다르다. 일반적으로 성별, 연령, 직업, 신분, 이해관계, 감정이나 분위기 등의 요소가 인칭대명사의 취사선택에 관여하는데, 시대에 따라서는 연령보다는 신분이 상위 요소로 작용하기도 하는 시대도 있고, 신분보다는 경제적 이해관계가 상위요소로 작용하는 시대도 있다. 물론 이들 요소들은 서로 떨어져 생각할 수 있는 것이 아니라 밀접하게 연결되어 복합적으로 작용하기 마련이다. 그러나 분명 상위요소로 작용하는 요인은 시대적 상황과 밀접한 관련을 맺고 있음을 알 수 있다.



근세어의 특징인 지역적인 대립, 문어와 구어의 대립은 인칭대명사에서도 그대로 반영되어 있다. 또한 엄격한 신분제도[2]가 유지되던 시기였기에 인칭대명사 사용에 있어서, 화자와 청자의 신분관계는 중요한 요소로 작용하였다. 더불어 새로운 상인 계층이 사회적으로 등장하여 세력을 형성해 가는 시기였으므로 이들 계층의 언어적 특징이 인칭대명사에 반영되었다. 이와 같이 당시의 시대적 상황이 근세의 인칭대명사의 특징을 형성하는데 중요한 요소로 작용하고 있음을 숙지하고, 성별과 인칭대명사와의 관계분석이 이루어져야 한다고 여겨진다.


## ▋2   선행연구 및 연구동향

근세의 인칭대명사에 관한 연구로 야마자키히사유키山崎久之(1963)의 연구가 상당히 체계적으로 이루어져 있어, 학계에 큰 영향을 미치고 있다. 야마자키는『국어대우표현체계의 연구国語待遇表現体系の 研究』에서 방대한 근세자료에서 인칭대명사를 인용하면서, 독자적으로 인칭대명사를 크게 4단계로 분류하였다. 인칭대명사를 분류할 때, 인칭대명사의 경의의 정도를 결정하는 여러 요소를 객관적으로 분석, 기술하는 분석 방법을 취하고 있다. 구체적으로 연구방법을 언급하면, 크게 주어와 술어의 관계와 그 외 대우표현 상호의 관계로 나누어, 인칭대명사의 경의의 정도를 분석하고 있다. 전자를 호응관계, 후자를 대응관계라고 칭하고, 이 양자를 총칭해서 넓은 의미의 대응관계로 보고 분석하고 있다. 야마자키의 분석은 철저하며 객관적인 방법으로 높이 평가할 만하나, 인칭대명사 상호간의 공통점이나 차이점에 대한 비교 분석은 구체적으로 이루어지지 않은 경향이 있다. 이는 인칭대명사의 체계라는 큰 틀에 비중을 두었기에 발생한 결과이다.

개별적 인칭대명사연구로는 에고야마쓰네아키江湖山恒明(1938)의「おまへ」관한 연구나 유자와코키치로湯沢幸吉郎(1935)의「あなた」에 관한 연구 등이 활발히 이루어지고 있다. 이외에도「きさま」에 대한 연구도 상당한 진척이 있다고 할 수 있다.

이와 같이 근세인칭대명사의 체계에 관한 연구나 개별적 연구가 상당한 진척을 이루었기에, 앞으로는 인칭대명사 상호간의 비교분석, 또는 근세 전기부터 후기로의 변화과정 등에 초점을 맞추는 연구가 요구된다. 이러한 관점에서 이 글에서는 근세 전기[3]의 인칭대명사 상호간의 관계를 성별이라는 요소로 분

3 •
근세를 호레키宝暦를 경계로 하여, 호레키 이전 시기를 근세 전기라고 한다.

석해 보고자 한다.

## 3  남성의 사용이 많은 인칭대명사

### 1  われら

근세 전기에 「われら」는 주로 남성이 사용한 자칭대명사였다.

1) <u>我ら</u>は今朝他所へ参り、大事の精進をつい<u>落馬</u>いたした。

(鑓、320)[4]

<岩木忠太兵衛(茶道の師匠、支層、男)→伴之丞(武士、支層、男)[5]>

2) 兄者人、お帰りか。……<u>我ら</u>は南の御堂へ、親仁の使ひに参るなり、後で首尾ようなされ。

(紙、174)

<善次郎(弟、中層(町人)、男)→市郎右衛門(兄、中層(町人)、男)>

예1)은 당시 지배계층이라고 할 수 있는 두 사람이 서로 대등하게 격식 갖춘 대화를 하는 가운데 「われら」가 쓰이고 있는 예문이고, 예2)는 상인 계층에 속하는 동생이 형에게 자신을 「われら」라고 칭하고 있는 장면으로 「われら」의 사용주체는 모두 남성이다.

여성이 「われら」을 사용하는 예도 발견되는데 아래와 같은 예문을 들 수 있다.

3) <u>我ら</u>は旅の者。わたしが舅の親仁様、ちやうどお前の年配で、恰好もそのまゝ、外へする奉公とはさらさらもつて思はれず、お年寄つた舅御の臥悩みの抱きかゝへ、宮仕へは嫁の役、御用に立てばわたくしもなんぼうか嬉しいもの。

(冥、66—67)[6]

4・
近松門左衛門 「鑓の権三重帽子」『近松門左衛門集二』(日本古典文学全集44)小学館 1717(1989)(鑓)

5・
인용문의 화자와 청자의 속성을 기재함에 있어서, 속성은 이름, 인간적 관계, 계층(신분), 성별 순으로 표기한다.
이름이 명확하지 않는 인물의 경우는 ∅로 표기함을 원칙으로 한다.

6・
近松門左衛門 「冥途の飛脚」『近松門左衛門集二』(日本古典文学全集44)小学館 1711(1989)(冥)

<梅川(嫁、非支層(遊女)、女)→勝木孫右衛門(舅、中層(農民)、男)>

4) <u>我ら</u>がわづかの商ひの、元手も利食の月踊鰡汁の習礼代、取り切る間
   は、どこまでも着きまつはるる藤の棚、谷町からと言うも<u>あり</u>。

(紙、169-170)

<かか(水茶屋の雇用人、非支層、女)→善次郎(客、中層(町人)、男)>

그러나 이렇게 「われら」를 여성이 사용한 예문은 18개 찾아볼 수 있으며, 이는 전체의 11%에 지나지 않는 수치이다. 또한 여성의 용례를 살펴보면 모두 신분이 다른 윗사람, 즉 최상위의 경의를 표해야 할 상대나 처음 보는 윗사람, 혹은 격식을 차려야 할 상황에서 쓰이고 있었다. 예3)에서도 화자는 상대방을 처음 만나는 상황이며 상대가 시아버지여서 상당히 정중히 이야기하고 있는 장면이다. 또한 예4)는 찻집의 종업원이 손님을 정중하게 대접하면서 자신을 「われら」라고 지칭하고 있다. 예3)과 예4)모두 상대방에 대한 정중한 높은 경의가 담겨져 있다.

여성사용의 경우, 예1)과 같이 서로 대등한 관계에서 「われら」를 사용한 용례는 없다. 즉 남성에 비해 여성의 경우는 「われら」를 사용함으로써 상당히 높은 경의만을 나타내었음을 알 수 있다. 반면, 남성의 경우, 「われら」가 나타내고 있는 경의의 정도를 살펴보면 아래의 예5)와 같이 상위신분의 윗사람에 대한 최상위의 경의를 나타내기도 하고, 이미 언급한 예1)과 같이 대등한 관계에서도 쓰이고 있었다. 즉, 여성보다 남성의 경우, 폭넓은 쓰임새를 가지고 널리 사용되고 있었음을 알 수 있다.

5) 渡り奉公した御蔭、<u>我ら</u>しだいに遊ばせ。　　　　　(薩、111)[7]
   <源五兵衛(下人(元々は侍)、非支層、男)→小万(妻、支層(武家の内
   儀)、女)>

여성의 경우, 남성이 많이 사용한 「われら」의 역할을 담당한 인칭대명사는 후술하는 「わたし」이다.

7·
近松門左衛門「薩摩歌」『近松門左衛門集一』(日本古典文学全集43) 小学館 1704(1989))(薩)

<표1> 근세전기 「われら」 남녀별 용례수 및 비율

| 자칭대명사<br>성별 | われら |
|---|---|
| 남성 | 146 (89%) |
| 여성 | 18 (11%) |
| 총 | 164 (100%) |

② 身・身ども、拙者、お身

「身・身ども」「拙者」「お身」는 모두 소위 무사어라고 일컬어지는 자칭대명사이다. 그러나 무사어라고 불리 우는 것은 무사가 근세의 대표적인 지배계층이기 때문이지, 무사만 사용한 것은 아니다. 즉 예7)과 같이 지배계층에 속하는 지도자는 이들 인칭대명사를 사용하였다. 아래는 자료에 나타난 지배계층의 「身・身ども」「拙者」「お身」의 사용례이다.

6) さればされば、拙者ほどの馬の名人なれども、竜の駒にもけつまづき、馬から落ちて落馬いたした。 (鑵、320)

　　　<伴之丞(武士、支層、男)→岩木忠太兵衛(茶道の師匠、支層、男)>

7) 申ても、易大事。拙者は他言いたすまいが、錐は袋と、外よりの、取沙汰は存ぜぬ。 (堀、245)[8]

　　　<源右衛門(鼓の師匠、支僧、男)→　∅(武士の妻、支層、女)>

8) 身がことを気病にして、命あぶなしと聞き及びしが、いかう重いか。 (夕、126)[9]

　　　<伊左衛門(武士、支層、男)→　夕霧(遊女、非支層、女)>

8·
近松門左衛門 「堀川波鼓」『近松門左衛門集一』(日本古典文学全集43)小学館 1707(1989)(堀)

9·
近松門左衛門 「夕霧阿波鳴渡」『近松門左衛門集二』(日本古典文学全集44)小学館 1712(1989)(夕)

9) オ、女中の気では恨みもつとも、文は落散る。遠慮深く、返事せぬ
　　は、<u>身</u>があやまり。　　　　　　　　　　　　　　　　　（鑓、315)
　　＜笹野権三(他家の武士、支層、男)→　∅(他家の乳母、非支層、女)＞


　예6)과 예7)은 지배계급끼리의 대화에서, 예8)과 예9)는 지배계층이 아래 계
층의 사람에 대해 사용하고 있다. 모두 화자의 신분은 지배계층에 속하고 있으
며 남성이다.

　「身・身ども」「拙者」「お身」에 대한 연구는 무사 등의 지배계층의 사람이
자주 등장하는 다른 자료를 가지고 분석할 필요가 있다. 世話浄瑠璃에서는 무
사가 등장하는 장면이 적은 관계로 심층적 분석에는 어려움이 있다고 보이기
에, 이는 앞으로의 연구과제로 하겠다. 단, 무사 등의 지배계층이 아닌 중간계
층이나 피지배계층에서의 「身・身ども」「拙者」「お身」의 사용을 살펴보면, 아
래와 같은 용례가 보인다.


10)　<u>身ども</u>に証文書かせ、おぬしが押した判がある。さう言うな九平次。
　　　　　　　　　　　　　　　　　　　　　　　　　　　　　（曾、68)[10]
　　　　＜徳兵衛(友、非支層(手代)、男)→九平次(友、非支層、男)＞
　　　　　　　　　　　　　　（친구를 비난함)

11)　もつとも継父なればとて親は親、子を折檻するに遠慮はないはずなれ
　　　ど、そなた衆兄弟は<u>身ども</u>が親方の子、親旦那往生の時は、そなたが
　　　七つ、のらぬは四つ、本様、兄様、徳兵衛どうせいかうせいと言うた
　　　を、きやつがきつと覚えてゐる。　　　　　　　　　　　（女、532)[11]
　　　　＜徳兵衛(義父、中層、男)　→　太兵衛(義子、中層、男)＞
　　　　　　　　　　　　（의붓아버지와의 서리낌)

12)　御立腹ごもつとも、<u>拙者</u>もぬかりはいたしませぬ。　　　（五、288)[12]
　　　　＜勘十郎(手代、非支層、男)→九郎右衛門(但島屋の主人、中層、男)＞
　　　　　　　　　　　　　（분노)


10・
近松門左衛門 「曾根崎心
中」『近松門左衛門集一』
(日本古典文学全集43)小
学館 1703(1989)(曾)

11・
近松門左衛門 「女殺油地
獄」『近松門左衛門集二』
(日本古典文学全集44)小
学館 1721(1989)(女)

12・
近松門左衛門「五十年忌
歌念仏」『近松門左衛門
集一』(日本古典文学全集
43)小学館 1707(1989)(五)

13) お初とは**お身**の事な、そなたが内にゐるからは、德兵衛めも来てゐる
　　筈、爰へ早う呼んで下されい。　　　　　　　　　　　　　（曽、80）
　　＜久右衛門(平野屋の主、中層、男)→お初(久右衛門の息子の恋人、非
　　　支層(遊女)、女)＞　　　　　　　　　（분노）

　예10)에서는 비난, 예11)에서는 거리감, 예12)와 예13)에서는 분노 등의 화자의 특별한 감정이 강하게 반영되어 있는 문장에서 인칭대명사 「身ども」와 「拙者」가 사용되고 있다. 즉 주목할 만한 사항은, 근세 전기에 무사어라고 알려진 인칭대명사를 다른 계층의 사람이 사용함으로써 발생하는 언어상의 효과이다. 용례로부터 귀납해보면, 지배계층이 아닌 다른 계층이 사용할 때는, 특별한 감정(분노, 거리감 등)을 표출시키고 있음을 알 수 있다. 단, 이 경우에도 여성이 「身・身ども」「拙者」「お身」을 사용한 예는 찾아 볼 수 없었다. 정리하면, 근세 전기에 「身・身ども」「拙者」「お身」는 지배계층의 화자가 사용할 때와 다른 계층의 화자가 사용할 때 그 용법이 상이하였지만, 어떤 계층의 화자가 사용하건 성별에 있어서는 남성에 그 사용이 국한된 인칭대명사라 할 수 있다.

## ▌4　여성의 사용이 많은 인칭대명사

### ❶　わたし

　근세 전기 자료에서 「わたくし」의 성별에 의한 사용 편중 현상은 보이지 않지만, 「わたし」에 있어서는 여성의 사용이 월등하게 많았다. 아래의 예14)∼16)은 「わたし」의 사용주체가 여성인 경우이며, 이러한 여성의 사용 예문은 총 197개 찾아볼 수 있었다. 이는 전체의 93%에 달하는 수치이다.

14) わたくしが頼みしこと、茂兵衛殿に咎はなし、岡崎にゐられます**わた
　　し**が伯父様、……銀才覚してもらひます。　　　　　　（大、218）

<玉(下女、非支層、女)→　以春(主家の主、支層(大経師)、男)>[13]

15)　さほど**わたし**がいやならば、最前から避けずとも、この馬に踏殺させ
　　　てくださん。　　　　　　　　　　　　　　　　　　　　　　　　(鑓、313)
　　　<雪(恋人、支層(武家の娘)、女)　→　笹野権三(恋人、支層、男)>

16)　**わたし**や子共は、何着いでも、男は世間が大事、請出して小春も助
　　　け、太兵衛とやらに一分立てて見せて**くださん**。　　　　　(天、491)[14]
　　　<おさん(妻、中層(紙屋)、町人)、女)→治兵衛(夫、中層(町人)、男)>

아래의 예17)과 같은 남성의 사용 예문은 14개 있었으며, 이는 전체의 7%에
지나지 않는 수치이다.

17)　申し、おなつ様、いつぞやお前に借りました七十両の小半のこと、**わ
　　　たし**が使ふ金にて……、**わたくし**商ひに損をして、ひらに頼むと申し
　　　た故、取替やらんと存ぜしが、思ひもよらぬ仕合せして、損を埋めし
　　　と道すがらの話、もういらぬ金子なれば、戻しませう。　　　(五、291)
　　　<清十郎(但馬屋の手代、非支層、男)→お夏(但馬屋の娘、中層(町
　　　人)、女)>

　　3.1항에서 언급하였듯이, 근세 전기에 남성의 사용이 많았던 인칭대명사로
「われら」가 있었고, 「われら」를 여성이 사용할 경우에는 상대방에 대한 화자
의 상당히 높은 경의를 표시하였다. 이와 같은 최상급의 경의만이 아니라 일상
적으로 손윗사람에게 쓸 수 있는 인칭대명사가 여성에게 필요했던 것은 극히
자연스러운 일이다. 이런 필요성에 의하여 남성의 「われら」의 역할을 담당하
는 여성의 인칭대명사로 「わたし」가 쓰이게 되었다고 할 수 있다. 반대로 「わ
れら」를 사용하였던 남성들은 「わたし」를 사용할 필요성이 적었을 것이며, 이
로 인해 남성의 「わたし」의 사용량은 적었다.

**13 •**
近松門左衛門『大経師昔
暦』『近松門左衛門集二』
(日本古典文学全集44)小
学館 1715(1989)(大)

**14 •**
近松門左衛門『心中天網
島』『近松門左衛門集二』
(日本古典文学全集44)小
学館 1720(1989)(天)

- 「わたし」 : 주로 여성이 사용(197개의 예문 (93%))
- 「われら」 : 주로 남성이 사용(146개의 예문 (89%))

<표2> 근세전기 「わたし」의 남녀별 용례수 및 비율

| 성별＼자칭대명사 | わたし |
|---|---|
| 남성 | 14 (7%) |
| 여성 | 197 (93%) |
| 총 | 211 (100%) |

### ❷ わし

　「わし」는 근세 전기에 4.1항의 「わたし」와 그 쓰임이 비슷하다. 「わし」「わたし」 모두 사용주체가 주로 여성이었다는 점도 공통된다. 따라서 예18)과 같이 동일한 장면에서 동일한 화자에 의해 혼용되어지기도 하였다.

18) わしや、嬉しうござんす。わたしが心で、お前一人はどうなる、おいとしや、肌寒かろ、お顔がたんと細つた。　　　　　　　　（博、426）[15]

　　＜小女郎(遊女、非支層、女)　→　惣七(客、中層(町人)、男)＞

19) これからわしが家の番。　　　　　　　　　　　　　（冥、70）

　　＜忠兵郎(友、中層(農民)、男)→　忠兵衛(友、中層(町人)、男)＞

20) その子はわたくし、こな様の腹から出た、与之介はわしぢやわいの。

　　　　　　　　　　　　　　　　　　　　　　　　　（丹、447）[16]

　　＜与之介(息子、非支層、男)　→　滋野井(母、非支層(召使)、女)＞

15・
近松門左衛門 「博多小女郎波枕」、『近松門左衛門集二』(日本古典文学全集44)小学館 1718(1989)(博)

16・
近松門左衛門 「丹波与作待夜の小室節」、『近松門左衛門集一』(日本古典文学全集43) 小学館 1708(1989) (丹)

예19)20)과 같은 「わし」의 남성의 사용례는 「わたし」의 남성사용 용례수보다 더 적다. 자료에서 보면, 총 6개의 예문밖에 찾아볼 수 없었다. 이는 2%에 지나지 않는 수치이다. 다시 말하면 98%라는 압도적인 비율로 「わし」의 여성 사용률이 높은데, 그 예를 소개하면 아래와 같다.

21) <u>わし</u>や煩うてとうに死ぬるはづなれど、今日まで命ながらへたは、
　　………また一度逢わせて<u>くださる</u>。　　　　　　　　　　（夕、127）
　　＜夕霧(恋人、非支層(遊女)、女)→伊左衛門(恋人、中層(町人)、男)＞

22) <u>わし</u>が大事の守りを、内の箪笥に置いてきた。　　　　　　（冥、56）
　　＜梅川(恋人、非支層(遊女)、女)→忠兵衛(恋人、中層(町人)、男)＞

「わし」와 「わたし」는 사용주체가 여성이라는 점에서 동일하나, 구체적으로 살펴보면 차이점을 발견할 수 있다. 「わたし」는 예23)과 같이 부부관계에서 부인이 남편에게 주로 사용하였고, 「わし」는 주로 예21)과 예22)와 같이 유곽의 여자가 남자손님에게 사용하였다.

23) じたいお前の短気が、<u>わたし</u>が明け暮れ苦になった。　　（山、383）[17]
　　＜きく(妻、支層、女)→　山崎与次兵衛(夫、支配(武士)、男)＞

「わたし」의 총 211개의 예문 중에서 「부인→남편」 관계로 사용되어진 「わたし」의 용례는 113개(54%)이며, 「わし」의 총 290개의 예문 중에서 「유곽의 여인→남자손님」 관계로 사용되어진 「わし」의 용례는 238개(82%)이다. 즉, 「わし」의 사용주체는 여성 중에서도 좀 더 그 범위가 좁혀져 유곽의 여인으로 한정되어 많이 사용되어졌음을 알 수 있다.

24) <u>わし</u>が鏡で顔を見て、生地は随分よけれども、人が惚れぬ異なことと
　　思うたが、髪の結ひやうばつかりで、あつたらこの身が<u>埋れ木ぢ</u>
　　<u>や</u>。　　　　　　　　　　　　　　　　　　　　　　　　（鑓、323）
　　＜杉(同僚、非支層(飯炊き下女)、女)→万(同僚、非支層(下女)、女)＞

17・
近松門左衛門「山崎与次
兵衛寿の門松」『近松門
左衛門集二』(日本古典文
学全集44) 小学館 1718
(1989)（山）

　물론 예24)와 같이 「わし」의 사용주체가 유곽의 여인이 아닌 경우(18%)도 있기는 하였으나, 일반적으로 「わし」의 사용주체는 유곽의 여인인 것으로 시회구성원에게 받아들여졌다고 할 수 있다. 그러한 연유로, 「わし」는 「わたし」보다 격식을 갖추지 않은 표현, 품격이 좀 떨어지는 표현, 나긋나긋한 느낌을 주는 표현으로 받아들여졌을 것이라는 점을 쉽게 추측할 수 있다. 이렇게 「わし」가 「わたし」 보다 품격이 떨어지는 표현이라는 하나의 근거로 「わし」의 문말표현을 들 수 있다. 아래의 <표3>에서 알 수 있듯이, 「わたし」는 문말표현에서 「ぢや体」 보다는 「ます体」와 주로 호응하였지만, 「わし」는 반대로 「ます体」 보다 「ぢや体」와 주로 호응하였다. 「わたし」와 「わし」 모두 가까운 남녀 관계에서 사용되었지만, 「わし」의 경우, 친숙한 감정을 자유롭고 격의 없이 나타내고 있기에 문말표현에서도 「ぢや体」를 주로 사용한 것으로 사료된다.

<표3> 「わたし」와 「わし」 문말표현 비교

| 문말표현　　　　자칭대명사 | 총용례수 | 「ます体」와 호응하는 용례수 | 「ぢや体」와 호응하는 용례수 |
|---|---|---|---|
| わたし | 211 | 125 (59%) | 76 (36%) |
| わし | 290 | 52 (18%) | 227 (79%) |

<표4> 근세전기 「わし」의 남녀별 용례수 및 비율

| 자칭대명사　　　　성별 | わし |
|---|---|
| 남성 | 6 (2%) |
| 여성 | 284 (98%) |
| 총 | 290 (100%) |

### ③ こなさん・こんさま

25) <u>こなさん</u>に添はねば、生きてゐる<u>女郎</u>ぢやない。　　　　　（博、436）
　　＜小女郎(遊女、非支層、女)　→　惣七(客、中層(町人)、男)＞

26) <u>こなさん</u>たちの顔見たいと思ふをりふし、呼びに来たを幸ひに、ここ
　　まで<u>来ました</u>。　　　　　　　　　　　　　　　　　　　　（夕、122）
　　＜夕霧(恋人、非支層(遊女)、女→伊左衛門(恋人、支層(武士)、男)と
　　連れ＞

27) <u>こな様</u>の口から、逃くぞ去るぞと言はれては、未来までの気がゝり、
　　この門口でたつた一言去らぬと言うて<u>くださん</u>。　　　（宵、616)[18]
　　＜ちよ(妻、中層(町人)、女)　→　半兵衛(夫、中層(町人)、男)＞

28) <u>こなさん</u>の孝行の道さへ立てば、わしも心は<u>残らぬ</u>。　　（宵、613）
　　＜ちよ(妻、中層(町人)、女　→　半兵衛(夫、中層(町人)、男)＞

「こなさん・こなさま」는 위의 예27)28)과 같이 부인이 남편과 이야기하면서 남편을 칭할 때 쓰이거나, 예25)26)과 같이 유곽의 여인이 남자 손님과 이야기하면서 손님을 칭할 때 쓰이고 있었다. 두 경우 모두 「こなさん・こなさま」의 사용주체는 여성이다. 「こなさん・こなさま」의 사용주체는 여성에게 편중되어 있어 94%에 해당하는 78개의 예문이 여성의 용례였다. 예29)와 같이 남성의 용례도 있지만, 자료에서는 총 5개의 예문(6%)밖에 찾아볼 수 없었다.

29) その子はわたくし、<u>こな様</u>の腹から出た、与之介はわしぢやわいの。
　　　　　　　　　　　　　　　　　　　　　　　　　　　　　（丹、447）
　　＜与之介(息子、非支層(召使)、男)→滋野井(母、非支層(乳母)、女)＞

또한 「こなさん・こなさま」는 위에서 제시한 용례와 같이 거의 「남녀관계 (여자→남자)」라는 한정된 범위에서 사용되어져, 다른 인칭대명사에 비해 사

18 ·
近松門左衛門 「心中宵庚申」『近松門左衛門集二』(日本古典文学全集44)小学館 1722(1989)(宵)

용범위가 협소하다고 할 수 있다. 「남녀관계(여자→남자)」에서도 유곽의 여인이 사용주체인 경우가 78%(61개의 예문)로, 유곽의 여인이 사용주체인 경우가 많았다. 작품 중에서 유녀가 사용하는 대칭대명사는 「おまへ」「こなた」「こなさん」로 다른 계층의 사람보다 단순한 체계를 보이며, 그 중에서도 「こなさん」의 사용이 월등히 많다. 여성, 그 중에서도 유곽의 여인이 사용하는 대칭대명사가 단순한 체계를 이루고 있는 것은 그들의 특수한 신분적 특징에 기인한다고 할 수 있다. 유곽의 여인은 상대가 누구든 손님이라는 틀 안에서 동일하게 파악하고 대우한다. 상대에 대한 이와 같은 단순한 파악이, 인칭대명사에도 반영되어졌다고 사료된다.

<표5> 근세전기 「こなさん・こなさま」의 남녀별 용례수 및 비율

| 대칭대명사<br>성별 | こなさん, こなさま |
|---|---|
| 남성 | 5 (6%) |
| 여성 | 78 (94%) |
| 총 | 83 (100%) |

## 5 연구과제 및 전망

근세 전기의 자료를 바탕으로, 남성이 주로 사용한 인칭대명사와 여성이 주로 사용한 인칭대명사를 고찰해 보았다. 성별은 당시 근세에도 인칭대명사의 취사선택에 중요한 요소로 작용하고 있었다. 또한 인칭대명사 상호간의 역할 분담을 이해하기 위해서도 성별이라는 요소로 인칭대명사를 분석할 필요가 있기에, 성별을 고려한 인칭대명사 분석은 의미 있는 작업이라고 여겨진다.

남성이 주로 사용한 자칭대명사 「われら」와 여성이 주로 사용한 자칭대명사 「わたし」는 서로 그 쓰임은 유사하면서 성별이 큰 차이점으로 부각되는 대명사였다.

「わたし」「わし」는 모두 여성이 사용주체라는 점에서 동일하였으나, 「わし」의 경우, 사용하는 여성이 유곽의 여인인 경향이 뚜렷했다. 「こなさん・こなさま」도 주로 유곽의 여인이 사용하는 대칭대명사로, 유곽의 여인들의 인칭대명사 체계는 단순한 양상을 보였다.

「身・身ども」「拙者」「お身」는 무사를 비롯한 지배계층 특히 지배계층의 남성에 의해 사용되어졌다. 다른 계층의 남성이 사용할 경우, 화자의 특별한 감정의 표시로 사용되어졌다. 그러나 위와 같은 화자의 특별한 감정의 표출 때에도, 여성이 사용하지는 않았다.

근세 전기의 언어를 중심으로 성별에 따른 인칭대명사의 차이를 살펴보았는데, 앞으로 근세 후기의 언어도 같은 방법으로 고찰해 볼 필요가 있다. 그러한 연구를 토대로 근세 전기부터 후기에 걸쳐 성별이라는 요소가 인칭대명사에 미치는 영향이 어떻게 변화하였는가를 살펴볼 수 있을 것이다. 또한 성별이외 다른 요소를 분석의 잣대로 삼아 인칭대명사 상호간의 관련성에 주목해볼 필요도 있다고 여겨진다. 예를 들면 신분, 구어와 문어 등의 요소에 분석의 초점을 맞춘 인칭대명사에 대한 면밀한 연구 등이 요구된다.

# 04 한국어화자와 일본어화자의 맞장구 사용양상

강창임

## 들어가는 말

최근 한국과 일본과의 경제적 문화적 교류가 활발해지면서 한국어화자와 일본어화자가 직접 만나 대화할 수 있는 기회가 늘어나고 있다. 그런데 대화를 직접 나눈 일본어화자로부터, 대화도중 한국어화자가 맞장구를 치지 않고 이야기를 가만히 듣고 있어 상대방이 자신의 이야기에 관심이 없거나 혹은 이야기를 제대로 듣고 있는 것 같지 않아 불안했다는 말을 듣는 경우가 있다. 한편 한국어화자로부터는 이야기를 하는 동안 일본어화자가 맞장구를 너무 빈번히 사용하여 이야기를 빨리 끝내달라고 재촉하는 것 같아 마음 편히 이야기할 수 없었다는 말을 듣곤 하는데, 이것은 맞장구의 사용상의 특징이 언어나 문화에 따라 다를 수 있고 또한 이러한 차이가 다른 문화권 사람들과의 원활한 커뮤니케이션을 방해하는 장애요인이 될 수 있다는 것을 나타내는 것이다. 이 글은 문화배경을 달리하는 한국어화자와 일본어화자가 같은 언어를 사용하는 자국민과 대화할 때(모어장면)와 그리고 한국어화자와 일본어화자가 직접 만나 대화할 때(접촉장면) 사용하는 맞장구를 빈도, 표현형식, 기능에 초점을 맞추어 조사 분석하여 양국어화자의 맞장구 사용상의 특징 및 청자로서의 한국어화자와 일본어화자의 언어행동에 대해 살펴보고자 한다. 이러한 고찰을 통해 맞장구사용상에 나타난 한국어화자와 일본어화자의 차이, 남녀 차이, 대화장면에 따른 양국어화자의 청자행동의 차이와 그 특징을 밝혀 한국어화자와 일본어화자가 원활한 커뮤니케이션을 행하는데 필요한 유용한 자료를 제공하는 것을 목적으로 한다.

## 1 선행연구와 연구동향

일본에서 지금까지 맞장구에 대한 많은 연구가 활발하게 이루어져 왔는데, 그 본격적인 연구는 미즈타니水谷의 연구에서 비롯된다. 미즈타니(1983, 1984, 1988, 1993)는 텔레비전과 라디오의 대담형식의 프로그램을 자료로 하여 출연자의 맞장구의 사용빈도와 종류 및 맞장구가 사용되는 위치 등에 대해 분석하고, 일본어화자와 영어권화자의 맞장구 사용상의 차이 및 일본어교육에 있어서 맞장구 지도의 중요성에 대해 기술하였다. 또한 구로사키黑崎(1987)는 10대에서 60대까지의 다양한 연령층을 대상으로 맞장구사용과 위상의 관계에 대해 조사하여 여성, 장년 이상의 연령층이 맞장구의 빈도가 높고, 사용하는 맞장구 표현이 다양하다고 하였다. 한편 스기토杉戸(1989)는 언어표현뿐만 아니라 비언어표현까지를 맞장구에 포함시켜 그 실태를 조사하여 언어표현보다는 비언어표현의 맞장구사용에서 개인차가 크다고 하였다.

1990년에 들어와 한국어와 일본어의 맞장구에 대한 비교 대조 연구가 활발하게 이루지게 되는데, 김수지(1993)는 한국과 일본의 라디오 의료상담 대화에 사용된 맞장구를 조사하여 한국어와 일본어의 맞장구 빈도의 차이는 거의 없지만, 발화 내용에 따라 단계적인 차이가 나타나, 본격적인 화제에 들어가면 한국어화자는 맞장구로 상대방의 발화를 차단하는 것을 피하는 경향을 보인다고 하였다. 또한 임영철·이선민(1995)은 맞장구에 대한 한·일 양국인의 의식

조사와 더불어, 텔레비전·라디오·전화의 대화를 자료로 한·일 양국인의 맞
장구 사용에 관한 실태조사를 실시하여, 맞장구빈도는 한국어화자보다 일본어
화자가 높으며, 한국어화자는 맞장구를 적게 사용하는 사람에 대해, 일본어화
자는 맞장구를 많이 사용하는 사람에 대해 각각 플러스평가를 한다고 하였다.
한편 이선아(2001)는 일본어화자와 한국인일본어학습자의 대화를 분석하여
일본어화자는 자신의 의견에 동의하지 않는 발화에 대해 맞장구를 많이 사용
하는 반면 한국인학습자는 자신의 의견에 동의하는 발화에 대해 맞장구를 자
주 친다고 하였다. 그리고 김진아(2004)는 발화권[1]의 존재 양식의 관점에서 맞
장구를 고찰하여, '공존'하는 맞장구는 일본어가 한국어의 3배정도 높은 비율
을 보이는 반면, '독립'된 맞장구는 한국어가 일본어 이상의 높은 비율을 보인
다고 하였다. 이와 같이 한·일 양국의 맞장구에 관한 대조연구는, 처음에는
라디오나 텔레비전의 프로그램을 자료로 하였으나, 최근에는 실질적 대화를
자료로 하여 연구의 대상도 맞장구의 빈도, 맞장구의 표현형식에서 점점 더
확대되어 맞장구의 타이밍, 맞장구의 출현위치, 맞장구 기능 등 다양한 측면에
서 다각적인 연구가 이루어지고 있다.

1·
발화권은 화자가 말을 하
기 시작해서 다른 사람의
발화나 휴지(pause) 등에
의해 말이 중단되고, 이야
기하는 것을 그만둘 때까
지의 한 묶음의 발화를 의
미한다. 영어로는 turn이
라고 하며 발화순번이라
고 부르기도 한다.

## ▌2▐ 대화 참가자와 데이터수집

모어장면은 같은 언어를 사용하는 모어화자끼리 대화를 나누는 장면으로,
한국과 일본의 대학생, 같은 연령대의 동성同性의 친한 친구 두 사람이 한 팀이
되어 대화에 참가하였다. 참가자는 한국, 일본 각각 남성5팀(10명), 여성5팀(10
명), 합계 10팀(20명)씩이다.

접촉장면은 모어화자와 목표언어를 배우는 외국인학습자의 첫대면 두 사람
간의 대화이다. 비슷한 연령대의 동성끼리의 대화로 여성3팀, 남성3팀 총 6팀
이다. 일본어대화는 일본어화자와 한국인 일본어학습자(이하 한국인학습자라
고 한다)와의 대화이다. 일본어화자는 일본어를 모어로 하며 한국어를 거의
배운 경험이 없는 사람들이다. 고베神戸시에 있는 대학의 대학생 및 대학원생

**2 •**
양국 모두 접촉장면은 6팀 각 10분씩 합계 60분을 대상으로 하였는데, 한국어대화의 경우 한국어화자가 31.9분을, 일본인학습자가 26.4분을 각각 이야기하였으며, 일본어대화는 일본어화자가 20.7분을, 한국인학습자가 38.1분을 각각 이야기를 하였다. 모자라는 시간은 침묵이나 휴지 등에 의해 대화가 잠시 중단된 시간을 나타낸다.

**3 •**
이 글에서 사용한 각각의 맞장구 표현형식의 의미는 다음과 같다.
① 맞장구어(あいづち詞)는 일반적으로 맞장구라고 불리는 것으로서, '예', '네', '그래요' 등과 같은 감동사, 응답표현, 부사 등이 속한다.
② 반복(繰り返し)은 선행하는 화자의 발화의 일부 또는 전부를 똑같이 따라 말하는 것이다.
③ 환언(言い換え)은 선행하는 화자의 발화의 일부 또는 전부를 자신의 언어로 재현하는 것이다.
④ 말앞지르기(先取り)는 화자가 이제부터 말하려고 하는 내용을 예측해서 앞서 말하거나 화자의 발화의 일부를 완결하는 것이다.
⑤ 코멘트는 선행하는 화자의 발화에 대해, 간단한 의견이나 감상을 말하는

으로, 여성 3명, 남성 3명이다. 한국인학습자는 한국어를 모어로 하는 여성 3명, 남성 3명으로 전원 고베YMCA 일본어학교 학생이다. 일본어레벨은 6명 모두 상급이다.

한편 한국어회화는 한국어화자와 일본인한국어학습자(이하 일본인학습자라고 한다)와의 대화이다. 한국어화자는 한국어를 모어로 하며 일본어를 배운 경험이 없는 사람들이다. 여성 3명, 남성 3명으로 전원 서울에 있는 대학의 대학생 및 대학원생이다. 또한 일본인학습자는 일본어를 모어로 하며 연세대학에서 한국어를 배우고 있는 학생으로 한국어레벨은 6명(남성3명, 여성3명) 모두 상급이다.

모어장면, 접촉장면 모두 대화의 주제는 부여하지 않고 참가자가 자유롭게 선택해서 이야기하도록 하였다. 대화의 녹음과 녹화는 각 팀 30분씩 실시하였다. 그리고 그 중에서 대화시작부터 최초 10분간을 제외하고 그에 계속되는 10분간을 분석의 대상으로 하여 문자화하였다. 모어장면은 한국어화자, 일본어화자 10팀 각 10분간 합계 100분간의 데이터를 자료로 하고, 접촉장면은 남성3팀, 여성3팀 합계6팀으로, 한국어 일본어 모두 60분간의 대화를 자료로 하였다[2].

## **3** 맞장구의 정의 및 표현형식과 맞장구의 기능

맞장구의 정의 및 표현형식, 기능에 대해에서는 연구자에 따라 그 의견이 다양하며, 아직 일치된 견해는 없다. 이 글에서는 맞장구를 넓은 의미로 보는 입장에 서서 메이나드メイナード(1993)와 양징楊晶(2001)을 참고로 하여 맞장구란 「화자가 발화권을 행사하고 있는 동안에 혹은 화자의 발화가 종료된 직후에 발화권을 갖지 않은 청자가 보내는 짧은 표현이다」라고 정의하고, 맞장구어, 반복, 환언, 말앞지르기, 코멘트의 언어표현을 맞장구를 나타내는 표현형식[3]으로 하였다. 그런데 이들 표현형식 중 실질적인 내용을 포함하는 반복, 환언, 말앞지르기, 코멘트는 단순한 청자반응인 맞장구어와 구별하여 이들을 합쳐서

광의의 맞장구라고 부르기로 한다. 그리고 이들 맞장구에는 화자의 질문, 부름, 명령, 요청 등에 대한 대답은 포함시키지 않는다. 또한 화자의 선행발화의 불분명한 부분을 명확히 하기 위한 다시 묻기 및 이해하지 못한 부분에 대한 설명 요구는 맞장구로 하지 않는다.

한편 맞장구 기능은 무라타村田(2000)와 양징(2001)을 근거로 다음과 같은 4가지 기능으로 분류하였다.

(1) 계속의 기능: 화자의 이야기를 듣고 있는 것을 나타내어 화자가 이야기를 계속해주길 바라는 의사를 전달하는 것. 이하 「계속기능」이라고 한다.

(2) 이해의 기능: 화자의 이야기를 듣고 그 내용을 알고 이해하고 있음을 나타내는 것으로, 이하 「이해기능」이라고 부른다.

(3) 동의의 표시: 화자의 발화를 듣고 이해하며, 화자의 발화에 대한 동의, 공감, 찬성의 의사를 나타내는 것으로 이하 「동의표시」라고 한다.

(4) 감정의 표출: 화자의 이야기를 듣고 느낀 놀람, 기쁨, 슬픔, 불신, 동정, 겸손, 위로 등의 감정이나 심정을 표출하거나, 흥미나 관심을 나타내는 것. 이하 「감정표출」이라고 부른다.

이상의 기능은 각각 대립되는 것이 아니라, 하나의 기능이 동시에 2개 이상의 기능을 나타내기도 한다. 그런 경우는 대화의 흐름 속에서 어떠한 기능에 중점이 놓여있는가를 대화 전체 및 전후의 맥락에서 판단하여 4개의 기능 중 주된 기능에 분류하였다.

것으로 '좋겠다', '대단해' 등과 같은 것이 있다.

## ▎4 조사내용의 분석과 고찰

### ① 맞장구 빈도

#### 1) 모어장면에서의 맞장구빈도

한국어화자와 일본어화자가 모어장면에서 화자의 실질적인 발화에 대해 사용한 맞장구 빈도를 「시간을 단위로 한 빈도」와 「문절(어절)을 단위로 한 빈도」[4]로 조사하였다. 표1은 1분당 맞장구 횟수와 맞장구간의 문절(어절)수를 나타낸 것이다.

<표1> 한국어화자와 일본어화자의 맞장구 빈도와 남녀차

| 대화참가자 | | 맞장구횟수 | 1분당 평균 맞장구횟수 | 1분당 평균 문절(어절)수 | 맞장구간의 문절(어절)수 |
|---|---|---|---|---|---|
| 한국어화자 | 남성(A) | 379 | 7.6 | 121.8 | 16.0 |
| | 여성(B) | 682 | 13.6 | 141.3 | 10.4 |
| | A · B평균 | | 10.6 | 131.5 | 12.4 |
| 일본어화자 | 남성(C) | 620 | 12.4 | 99.0 | 8.0 |
| | 여성(D) | 764 | 15.3 | 99.4 | 6.5 |
| | C · D평균 | | 13.8 | 99.2 | 7.2 |

우선 1분당 맞장구 평균 횟수를 보면 한국어화자는 10.6회, 일본어화자는 13.8회로, 일본어화자가 1.3배 많다. 또한 어절(문절)을 단위로 한 맞장구간 평균 어절(문절)수를 보면 한국어화자는 12.4어절, 일본어화자는 7.2문절이다. 시간적으로 보나 어절(문절)수로 보나 한국어화자보다 일본어화자가 맞장구를 자주 사용하여 상대방의 이야기를 듣는다는 것을 알 수 있다. 이것은 일본어화자가 한국어화자보다 맞장구를 많이 사용한다는 선행연구(임영철 · 이선민, 1995)와 같은 결과이다.

다음에 남녀별로 나누어 1분당 맞장구 횟수와 맞장구간 어절(문절)수를 보면 양국 모두 남성보다 여성의 맞장구 빈도수가 높다. 여성이 남성보다 맞장구를 많이 사용한다는 선행연구도 있었는데(구로사키, 1987:20), 본 조사에서도 이러한 점이 확인되었다. 1분당 맞장구 횟수를 갖고 양국의 남녀차이를 보면, 일본인 여성은 남성에 비해 1.2배가 많은데 비해 한국인 여성은 남성에 약1.8배가 많아, 일본어화자에 비해 한국어화자의 남녀차이가 크다는 것을 알 수 있다.

임영철 · 이선민(1995:248)에 의하면 일본어화자에 비해 한국어화자는 맞장구를 많이 치는 사람에 대해서 마이너스 평가를 하고, 맞장구를 거의 치지 않은 사람에 대해서는 반대로 플러스평가를 한다고 하였다. 또한 오고시生越(1988: 14)는 한국어화자가 필요이상으로 맞장구를 치지 않는 이유로 '맞장구를 일일이 치게 되면 좋은 기분이 들지 않는다', '맞장구를 너무 많이 치는 사람은 가볍게 보여 무게가 없어 보인다'는 것을 들고 있다. 이와 같은 한국어화자의 맞장구 사용상의 특징은 여성보다 남성들에게 잘 적용되는 것 같다. 한국에서는 여성의 사회진출 증가와 교육기회의 확대, 양성평등의식의 확산 등으로 남녀의 성역활 경계가 모호해져가고 있지만, 아직도 강하고 적극적이며, 또한 언어행동 면에서 말수가 적은 과묵한 남성이 남성다운 남성으로 높이 평가되고 있다. 남녀대학생을 대상으로 남자답다는 말에서 연상되는 단어를 조사하였는데, 남자답다는 말속에 과묵하다와 무뚝뚝하다는 말이 있었고(민현식, 1997: 535), 또한 아직도 남아일언중천금이라는 말이 남성이 취해야할 바람직한 행동으로 인식되는 측면이 강하다. 이와 같이 한국사회에서는 자기 나름대로의 확실한 신념이나 의견을 갖고 신중하게 행동하고 언동을 조심하는 사람이 높이 평가 받고 있으므로, 필요이상으로 맞장구를 치는 사람은 자기 나름대로의 생각이나 주장을 갖지 못하고 상대방의 의견에 맞추려고 하는 주체성이 없는 사람, 가벼운 사람으로 보일 우려가 있기 때문에 맞장구의 빈번한 사용을 자제한 것이라고 생각된다.

## 2) 접촉장면에서의 맞장구빈도

여기에서는 모어화자와 목표언어를 배우는 학습자와의 접촉장면에서 한국어화자와 일본어화자는 어느 정도 맞장구를 사용하는가에 대해서 살펴보자. 표2는 양국어화자가 접촉장면에서 사용한 맞장구의 빈도를 1분당 맞장구횟수와 맞장구간의 문절(어절)수로 나타낸 것이다. 시간적으로 보나, 어절(문절)수로 보나 한국어화자보다 일본어화자가 맞장구를 더욱 자수 사용하고 있다. 1분당 맞장구 횟수를 보면 일본어화자는 한국어화자보다 약1.2배 많이 사용한다. 모어장면에서도 일본어화자가 한국어화자에 비해 1.3배 맞장구를 많이 사용하였는데, 접촉장면에서는 그 차이가 줄어들었다. 이것은 접촉장면에서 한국어화자가 맞장구를 자주 사용하였기 때문이다. 다음은 양국어화자가 접촉장면에서 사용한 맞장구빈도를 모어장면과 비교해 살펴보기로 한다.

<표2> 접촉장면에서의 한국어화자와 일본어화자의 맞장구빈도

| 대화참가자·대화장면 | | 1분당 평균 맞장구 횟수 | 맞장구간 평균 어절(문절)수 |
|---|---|---|---|
| 한국어화자 | 접촉장면 | 11.9회 | 9.6어절 |
| | 모어장면 | 10.6회 | 12.4어절 |
| 일본어화자 | 접촉장면 | 13.8회 | 5.8문절 |
| | 모어장면 | 13.8회 | 7.2문절 |

　한국어화자는 시간적으로 보나 어절수로 보나 모어장면에 비해 접촉장면에서 맞장구를 더욱 많이 사용하였다. 접촉장면에서 맞장구의 사용이 증가한 것은 첫째 언어학적으로 유리한 입장에 있는 한국어화자가 모어화자와 목표언어학습자와의 대화라는 것을 강하게 의식하여 언어능력이 충분하지 않은 일본인학습자를 위해 맞장구를 빈번히 사용하여, 상대방의 이야기를 열심히 듣고 있는 것을 나타내 학습자가 말하기 쉬운 분위기를 만들려고 하였기 때문이다. 또 하나는 한국어화자가 맞장구를 빈번히 사용하는 일본인학습자의 영향을 받았을 가능성이 있다. 대화는 화자와 청자의 협조적인 상호작용에 의해 이루어지므로 대화참가자의 영향을 받기 쉽다. 일본인학습자는 1분당 15.3회라는 맞장구를 치면서 한국어화자의 이야기를 들었는데, 이와 같은 일본인학습자의 영향을 받아서 한국어화자도 맞장구를 많이 사용하였을 가능성이 있다.

　한편 일본어화자를 모어장면의 모어화자와 비교하면, 접촉장면에서 1분당 맞장구 횟수는 같지만 맞장구간 문절수는 증가하였다.

　시간을 단위로 한 맞장구빈도가 증가하지 않은 이유는 화자의 말하는 속도에 의한 것이라고 생각된다. 화자의 말하는 속도가 빠르면, 말하는 발화량도 많아지게 되고, 그에 맞추어 듣는 사람의 맞장구도 증가하게 된다. 접촉장면과 모어장면에 있어서의 일본어화자의 1분당 발화량을 보면, 접촉장면은 79.5문절이지만, 모어장면은 99.2문절로, 모어장면의 발화량이 많다. 모어장면은 같은 언어를 사용하는 모어화자끼리의 대화이므로 상대방이 자신의 말을 알아듣는지 어떤지를 별로 신경 쓰지 않고 대화를 할 수 있는데 비해 접촉장면에서는 대화상대가 한국인학습자이므로 상대방이 알아듣기 쉽도록 천천히 말하거나, 간단한 단어를 골라 이야기하여 발화량이 줄었다고 생각된다. 이와 같이 화자의 말하는 속도에 맞추어 맞장구를 치게 되면서 맞장구사용이 증가하지 않은 것으로 보인다.

한편 접촉장면에서 문절수로 본 맞장구 사용이 증가한 이유는 상기 한국어화자의 경우와 마찬가지로 일본어화자에 비해 일본어능력이 떨어지는 한국인학습자를 배려해 맞장구를 자주 사용해, 상대방의 발화에 대한 적극적인 관심과 흥미를 표명함으로써 화자의 이야기를 이끌어내려고 하였기 때문이다. 또 하나는 첫대면의 대화라는 것을 의식하여, 맞장구를 자주 사용하여 상대방의 이야기를 적극적으로 듣고 있음을 나타내어 상대방과 우호적인 관계를 형성하고 좋은 분위기를 유지하고자 하였기 때문일 것이다.


## ② 맞장구 표현형식

### 1) 모어장면에서 사용된 맞장구의 표현형식

한국어화자와 일본어화자가 모어장면에서 사용한 맞장구를 표현형식별로 분리하여 표시하면 표3과 같다.

<표3> 모어장면에서 한국어화자와 일본어화자가 사용한 맞장구의 표현형식

| 맞장구의 표현형식 | 한국어화자 | | | 일본어화자 | | |
|---|---|---|---|---|---|---|
| | 남성 | 여성 | 합계 | 남성 | 여성 | 합계 |
| 맞장구어 | 328(86.5%) | 557(81.7%) | 885(83.4%) | 491(79.2%) | 609(79.7%) | 1100(79.5%) |
| 반복 | 15(4.0%) | 16(2.3%) | 31(2.9%) | 48(7.7%) | 30(3.9%) | 78(5.6%) |
| 환언 | 8(2.1%) | 19(2.8%) | 27(2.5%) | 23(3.7%) | 17(2.2%) | 40(2.9%) |
| 말앞지르기 | 12(3.2%) | 56(8.2%) | 68(6.4%) | 30(4.8%) | 46(6.0%) | 76(5.5%) |
| 코멘트 | 16(4.2%) | 34(5.0%) | 50(4.7%) | 28(4.5%) | 62(8.1%) | 90(6.5%) |
| 합계 | 379 | 682 | 1,061 | 620 | 764 | 1,384 |

한국어화자는 맞장구어, 말앞지르기, 코멘트, 반복, 환언의 순으로 비율이 낮고, 일본어화자는 맞장구어, 코멘트, 반복, 말앞지르기, 환언의 순으로 적게 사용되었다. 양국 모두 약8할을 차지하는 맞장구어가 가장 많이 사용되었는데, 그 비율은 한국어화자가 더욱 높다. 그리고 반복과 환언, 말앞지르기, 코멘트의 광의의 맞장구는 일본어화자가 20.5%를 사용하였지만, 한국어화자는 16.6%를 차지하였다. 광의의 맞장구는 네, 예, 어와 같은 맞장구어에 비해 화자의 발화에 대해 보다 가까이 다가가, 화자에게 보다 효과적으로 작용하는 맞장구이다. 즉 일본어화자는 보다 중요한 의미를 갖는 맞장구를 사용하여 화자의 발화에 능동적이고 적극적으로 참여하고 있음을 알 수 있다.

다음은 맞장구의 표현형식의 남녀차이를 보면, 한국어의 경우, 남성 여성 모두 가장 많이 사용한 것은 맞장구어이다. 그 다음은 남성이 코멘트, 반복, 말앞지르기, 환언의 순이고, 여성은 말앞지르기, 코멘트, 환언, 반복의 순이다. 남녀의 차이를 보면 남성은 맞장구어와 반복을 더욱 많이 사용하였고, 여성은 말앞지르기와 코멘트의 비율이 더욱 높다. 한편 일본어도 한국어와 마찬가지로 남녀 모두 가장 많이 사용한 것은 맞장구어이다. 그 다음은 남성이 반복, 말앞지르기, 코멘트, 환언의 순이고, 여성은 코멘트, 말앞지르기, 반복, 환언의 순이다. 남녀의 차이를 보면 남성은 반복과 환언을, 여성은 코멘트와 말앞지르기를 더욱 많이 사용하였다. 양국 모두 남성은 여성에 비해 반복의 비율이 높은데, 남성의 반복에는 상대방의 발화에 대해 동의를 나타내는 것도 많았지만, 특히 많은 것은 놀람, 의심, 의외라는 감정을 동반하여 화자의 발화에 대해 흥미를 나타내거나 조심스러운 확인을 하는 것들이었다. 반복에 대해 호리구치堀口(1997:64)는 '청자는 화자의 발화중에서 특히 관심을 갖는 부분이 있으면 그 일부분을 되풀이 한다'고 하고 고미야小宮(1986:51)는 '상대방의 발화의 일부를 다시 한 번 되풀이함에 따라 정보를 확인하거나 강조하거나 한다'고 하였다. 즉 남성은 화자의 발화가 자신이 관심을 갖는 방면으로 발전하도록, 자신이 흥미를 느끼고 있는 부분을 화자에게 적극적으로 나타냈다고 생각된다. 그에 비해 여성의 반복에는 화자의 발화에 대해 동의나 공감을 표시하는 것이 많았다. 여성의 그와 같은 자세는 코멘트와 말앞지르기에 의해 더욱 분명히 나타났다. 여성은 코멘트에 의해 화자와 같은 의견, 감정을 공유하는 것을 나타내고,

말앞지르기에 의해 화자의 발화를 완결하거나 하여, 화자의 발화에 적극적으로 참여해 화자와 공동으로 발화를 만들어 갔다.

다음에는 맞장구의 표현형식 중에서 가장 비율이 높은 맞장구어가 어느 정도 다양하게 사용되었는가 그 종류에 대해 살펴보고자 한다. 표4는 한국어화자와 일본어화자가 사용한 맞장구어의 종류이다.

<표4> 모어장면에서 한국어화자와 일본어화자가 사용한 맞장구어의 종류

| 대화참가자 | 맞장어사의 종류 | 1인당 맞장구어의 종류 | 50분간횟수 |
|---|---|---|---|
| 한국인남성 | 110(56) | 11.0 | 328 |
| 한국인여성 | 146(70) | 14.6 | 557 |
| 한국인합계 | 256(102) | 평균 12.8 | 885 |
| 일본인남성 | 170(87) | 17.0 | 491 |
| 일본인여성 | 234(119) | 23.4 | 609 |
| 일본인합계 | 404(165) | 평균 20.2 | 1,100 |

( )안의 숫자는 같은 표현이 중복되어 나타나지 않는 개별 맞장구어의 개수이다.

표4에 나타나듯이 맞장구를 빈번히 치는 일본어화자가 한국어화자보다 약 1.6배 정도 많은 맞장구어를 사용하고 있다. 즉 일본어화자는 한국어화자에 비해 다양한 맞장구표현을 구사하여 상대방의 이야기를 열심히 듣고 있다는 것을 화자에게 적극적으로 나타낸다는 것을 알 수 있다.

또한 남녀별로 나누어보면, 양국 모두 맞장구빈도가 높은 여성이 그 종류가 다양하다(한국인여성은 남성의 1.3배, 일본인여성은 남성의 1.4배). 맞장구를 칠 때, 같은 맞장구를 계속해서 사용하는 것은 경우에 따라서는 화자의 발화에 대해 관심이 없고 그 발화를 건성으로 듣고 있는 소극적인 청자의 태도로서 보이게 된다. 그에 비해, 다양한 표현을 섞어가면서 사용하는 맞장구는 화자의 발화에 관심과 흥미를 보이며 열심히 듣는 청자의 적극적인 태도로서 비쳐지게 된다. 즉 여성은 상대방의 발화에 맞추어 다양한 맞장구어를 구사하여 적극적인 관심을 표현함으로써 생동감 있고 활발한 대화가 이루어지도록 지원한 것이다.

## 2) 접촉장면에서 사용된 맞장구의 표현형식

한국어화자와 일본어화자가 목표언어를 배우는 학습자와의 대화중에서 사용한 맞장구의 표현형식에 대해서 살펴보자. 표5는 접촉장면에서 양국어화자가 사용한 맞장구의 표현형식을 모어장면과 비교해 나타낸 것이다.

<표5> 접촉장면에서 한국어화자와 일본어화자가 사용한 맞장구의 표현형식

| 맞장구의<br>표현형식 | 한국어화자 | | 일본어화자 | |
|---|---|---|---|---|
| | 접촉장면 | 모어장면 | 접촉장면 | 모어장면 |
| 맞장구어 | 231(73.3%) | 885(83.4%) | 470(89.2%) | 1100(79.5%) |
| 반복 | 39(12.4%) | 31(2.9%) | 15(2.8%) | 78(5.6%) |
| 환언 | 4(1.3%) | 27(2.5%) | 3(0.6%) | 40(2.9%) |
| 말앞지르기 | 18(5.7%) | 68(6.4%) | 27(5.1%) | 76(5.5%) |
| 코멘트 | 23(7.3%) | 50(4.7%) | 12(2.3%) | 90(6.5%) |
| 합계 | 315 | 1,061 | 527 | 1,384 |

접촉장면에서 양국어화자 모두 맞장구어를 가장 많이 사용하였는데, 그 비율은 일본어화자가 월등히(15.9%) 높다. 말앞지르기의 비율은 거의 같지만, 반복, 코멘트는 한국어화자가 더욱 많이 사용하였다. 접촉장면에서 한국어화자는 말앞지르기를 제외한 반복, 코멘트, 환언의 광의의 맞장구를 일본어화자(5.7%)에 비해 월등히 많이 사용하였고(21.0%), 일본어화자는 한국어화자보다 맞장구어를 많이 사용한 것이 특징이다. 접촉장면에서 사용한 맞장구의 표현형식을 모어장면과 비교해 보아도 접촉장면에서 한국어화자는 광의의 맞장구의 비율이, 일본어화자는 맞장구어의 비율이 훨씬 높다.

반복, 환언, 말앞지르기, 코멘트 즉 광의의 맞장구는 맞장구어에 비해 화자의 발화에 대한 이해도나 찬성, 공감도가 좀 더 확실하게 나타나 화자의 발화에 능동적으로 참여하고 협력하는 청자의 적극적인 태도로 긍정적인 평가를 받는 경우가 많다. 그러나 광의의 맞장구는 실질적인 내용을 포함하여 잘못 사용하면 경우에 따라서는 화자의 대화 흐름을 방해하고 '이제부터 내가 이야기 하겠다'는 발화권의 요구의 사인으로서 오해받을 우려가 있다. 즉 적극적인 청자의 반응이 더 이상 상대방의 이야기를 듣고 싶지 않다는 부정적인 의미로 해석될 가능성이 있는 것이다. 일본어화자의 경우 첫대면의 상황에서 광의의 맞장구가 상대방의 이야기를 중단시키고 스스로 발화의 주도권을 잡고 이야기하려는 부정적인 의미로 해석될 우려가 있으므로 이들 맞장구 표현형식의 사용을 자제하였다고 생각된다. 대신에 일본어화자는 대화의 흐름을 방해하지 않는 맞장구어를 많이 사용하여 학습자의 대화에 적극적으로 참여하고 있음을 나타냈다. 반면에 한국어화자는 상대방과 적극적으로 관계를 맺고 활발한 상호작용을 통해 대화를 추진하려고 하여 보다 효과적으로 작용하는 광의의 맞장구를 사용함으로써 학습자가 대화에 능동적으로 참여할 수 있도록 격려하였다고 생각된다. 그 결과 광의의 맞장구 비율이 높아진 것이다. 그런데 실질적인 내용을 포함하는 광의의 맞장구중 말앞지르기의 비율은 양국 모두 비슷하고(약 5%) 모어장면과 비교해도 거의 변함이 없다. 이것은 모어화자에 비해 언어지식과 운용능력이 부족한 학습자가 발화도중 자신이 표현하려는 말이나 단어 등이 떠오르지 않아 곤란해 할 때 모어화자가 학습자가 필요로 하는 정보나 말을 보충함으로써 대화의 원활한 진행을 도우려 하였기 때문에, 접촉장면에서도 말앞지르기가 많이 사용된 것 같다.

맞장구의 표현형식 가운데 가장 많이 사용된 맞장구어의 종류를 살펴보면 표6과 같다.

<표6> 접촉장면에서 한국어화자와 일본어화자가 사용한 맞장구어의 종류

| 대화참가자 · 대화장면 | | 맞장어사의 종류 | 1인당 맞장구어의 종류 | 맞장구어의 횟수 |
|---|---|---|---|---|
| 한국어화자 | 접촉장면 | 81(37) | 13.5 | *231(26.4분) |
| | 모어장면 | 256(102) | 12.8 | 885(100분) |
| 일본어화자 | 접촉장면 | 144(91) | 24 | 470(38.1분) |
| | 모어장면 | 404(165) | 20.2 | 1,100(100분) |

( )안의 숫자는 같은 표현이 중복되어 나타나지 않는 개별 맞장구어의 개수이다.
*( )안의 시간동안 사용한 맞장구어의 횟수이다.

한국어화자는 평균 13.5종류의 맞장구어를, 일본어화자는 평균 24종류의 맞장구어를 사용하고 있다. 즉 모어장면과 마찬가지로 접촉장면에서도 일본어화자에 비해 한국어화자가 사용한 맞장구어의 종류가 적다. 즉 한국어화자는 일본어화자보다 같은 종류의 맞장구어를 반복해서 사용한다는 것을 알 수 있다.

한편 양국어화자가 접촉장면에서 사용한 맞장구어의 종류를 모어장면의 모어화자와 비교해 보면, 양국 모두 모어장면에 비해 접촉장면에서 그 종류가 증가하였다. 구로사키(1987:116)와 미즈타니(1984:273)는 이야기를 이끌어내는 것을 목적으로 하는 담화에서는 맞장구가 빈번하게 되고 맞장구형식이 다채롭게 된다고 하였다. 즉 양국어화자는 자신들보다 언어능력이 떨어지는 학습자들이 안심하고 이야기 할 수 있도록 여러 종류의 맞장구어를 사용해 상대방의 이야기를 관심을 갖고 듣는다는 것을 적극적으로 나타내어 학습자의 발화를 이끌어내려고 한 것이다.

## ❸ 맞장구의 기능

### 1) 모어장면에서의 맞장구기능

한국어화자와 일본어화자가 모어장면의 대화에서 사용한 맞장구가 어떠한 기능을 하고 있는가에 대해 고찰하고자 한다. 표7은 양국어화자가 사용한 맞장구의 기능을 계속기능, 이해기능, 동의표시, 감정표출의 4가지의 기능으로 분류하여 나타낸 것이다.

<표7> 모어장면에서 한국어화자와 일본어화자가 사용한 맞장구기능

| 맞장구기능 | 한국어화자 | | | 일본어화자 | | |
|---|---|---|---|---|---|---|
| | 남성 | 여성 | 합계 | 남성 | 여성 | 합계 |
| 1.계속기능 | 110(29.0%) | 216(31.7%) | 326(30.7%) | 189(30.5%) | 253(33.1%) | 442(31.9%) |
| 2.이해기능 | 103(27.2%) | 166(24.3%) | 269(25.4%) | 159(25.6%) | 173(22.6%) | 332(24.0%) |
| 3.동의표시 | 108(28.5%) | 174(25.5%) | 282(26.6%) | 151(24.4%) | 170(22.3%) | 321(23.2%) |
| 4.감정표출 | 58(15.3%) | 126(18.5%) | 184(17.3%) | 121(19.5%) | 168(22.0%) | 289(20.9%) |
| 합계 | 379 | 682 | 1,061 | 620 | 764 | 1,384 |

한국어화자, 일본어화자 모두 가장 비율이 높은 것은 계속기능이고, 그 다음은 이해기능과 동의표시이며, 가장 적게 사용한 것은 감정표출이다. 양국 모두 계속기능(약 30%)과 이해기능(약25%)은 거의 같은 비율을 나타냈다. 그러나 동의표시는 한국어화자가, 감정표출은 일본어화자가 더욱 많이 사용하였는데, 이것은 한국인 일본어학습자가 일본어화자에 비해 자신의 의견에 동의하는 발화에 대해 맞장구를 많이 사용하고(이선아, 2001:146), 또한 중국인 일본어학습자에 비해 일본어화자가 상대방의 발화에 대해 느낀 여러 가지 감정을 표출할 때 맞장구를 많이 사용한다는 양징(2001)의 선행연구를 뒷받침하는 결과이다. 이러한 결과를 바탕으로 한국어화자는 일본어화자에 비해 화자의 발화에 대해 동의 또는 찬성한다는 의사를 나타낼 때, 일본어화자는 상대방의 발화를 듣고 느낀 자신의 감정이나 관심을 표시하고자 할 때 적극적으로 맞장구를 사용한다고 할 수 있다. 일본어화자가 감정표출을 많이 사용하는 것에 대해 양징(2001:51)은 '대화를 할 때 자신을 상대방에게 동조시켜, 상대방의 기분이 되는 것이 중요하기 때문에, 대화자 쌍방이 공감적인 분위기를 기본으로 하여 항상 상대방의 기분을 서로 확인해가면서 이야기를 추진하려고 한다'고 기술하고 있다. 즉 일본어화자는 인간관계를 중시하여, 상대방과의 관계 속에서 자신의 위치를 정하고 상대방의 입장에 서서 자신의 감정을 표출함으로써 정서적인 유대나 일체감을 높이려고 한 것으로 보인다. 그에 비해 한국어화자는 화자의 발화에 공감하고 같은 의견이라는 것을 나타내어 상대방과 원활한 관계를 유지하고, 화자의 발화에 적극적으로 참여하고자 한 것으로 판단된다.

다음은 양국어화자가 사용한 맞장구의 기능을 남녀별로 나누어 살펴보면, 한국은 남성, 여성 모두 계속기능, 동의표시, 이해기능, 감정표출의 순으로 적게 사용되었고, 일본은 남성, 여성 모두 계속기능, 이해기능, 동의표시, 감정표출의 순으로 비율이 낮게 나타났다. 그런데 양국 모두 남성은 여성에 비해 이해기능과 동의표시의 비율이 높고, 여성은 남성에 비해 계속기능과 감정표출의 비율이 높다. 즉 남성은 상대방의 이야기를 듣고 납득하고 나아가 그 발화에 대해 동감하고 찬성하고 있음을 나타내는 경우에 맞장구를 자주 사용하는 반면, 여성은 상대방의 발화에 관심이나 놀라움을 표출하거나 이야기를 듣고 있으니 계속해서 진행하라는 의미의 맞장구를 빈번히 사용한다는 것을 알 수 있다. 호리구치(1997:52)는 '청자는 화자가 말하는 것에 동의하지 않아도 듣고 있다는 신호를 보내는 경우도 있다'고 하였는데, 이것은 계속기능의 비율이 높은 여성이 상대방의 이야기에 찬성하지 않더라도 맞장구를 자주 사용하여 듣고 있음을 나타내어 상대방이 안심하고 이야기를 할 수 있도록 배려한 것을 의미한다. 또한 여성은 상대방의 발화에 자신의 감정을 이입시켜 같은 감정을 공유하는 것을 적극적으로 나타내어 상대방과 우호적이고 원활한 인간관계를 유지하려 하였다. 그에 비해 남성은 상대방의 의견과 자신의 의견이 일치하는 경우에 맞장구를 빈번히 사용함으로써 청자로서의 자신의 입장을 화자에게 적극적으로 나타내어 화자의 발화가 자신의 관심사에서 멀어지지 않도록 한 것이라고 생각된다.

## 2) 접촉장면에서의 맞장구기능

한국어화자와 일본어화자는 목표언어를 배우는 일본인학습자 및 한국인학습자와의 대화속에 어떠한 의미를 갖는 맞장구를 사용하는가에 대해 살펴보고자 한다. 표8은 한국어화자와 일본어화자가 접촉장면에서 사용한 맞장구기능을 모어장면과 비교해서 제시한 것이다.

<표8> 접촉장면에서 한국어화자와 일본어화자가 사용한 맞장구기능

| 맞장구기능 | 한국어화자 | | 일본어화자 | |
|---|---|---|---|---|
| | 접촉장면 | 모어장면 | 접촉장면 | 모어장면 |
| 1. 계속기능 | 119(37.8%) | 326(30.7%) | 252(47.8%) | 442(31.9%) |
| 2. 이해기능 | 103(32.7%) | 269(25.4%) | 149(28.3%) | 332(24.0%) |
| 3. 동의표시 | 64(20.3%) | 282(26.6%) | 72(13.7%) | 321(23.2%) |
| 4. 감정표출 | 29(9.2%) | 184(17.3%) | 54(10.2%) | 289(20.9%) |
| 합계 | 315 | 1,061 | 527 | 1,384 |

양국 모두 접촉장면에서 제일 많이 사용한 것은 계속기능이고, 그 다음은 이해기능, 동의표시, 감정표출의 순으로 적어졌다. 양국의 차이에 주목해 보면 한국어화자는 일본어화자에 비해 동의표시와 이해기능을 많이 사용하였고, 일본어화자는 한국어화자에 비해 계속기능의 비율이 높다. 동의표시는 모어장면에서도 한국어화자의 비율이 높았지만(3.4%), 접촉장면에서 그 차이가 더욱 크게 벌어졌다(6.6%). 또한 이해기능은 모어장면에서는 거의 같은 비율을 보였지만(약25%), 접촉장면에서는 한국어화자가 더욱 많이 사용하였다. 그리고 계속기능은 모어장면에서는 양국이 거의 같은 비율을 보였지만(30%), 접촉장면에서는 일본어화자가 한국어화자에 비해 월등히 많이 사용하였다(10%). 이와 같이 모어장면보다는 접촉장면에서 양국어화자가 사용한 맞장구 기능에 있어 현저한 차이를 보이고 있다.

모어화자와 목표언어 학습자와의 대화장면에서 모어화자로 대화에 참여하는 경우, 한국어화자는 일본어화자보다 상대방의 발화를 이해하고 그 의견에 찬성한다는 내용의 맞장구를 많이 사용하는 반면, 일본어화자는 한국어화자보다 말을 잘 듣고 있으니 계속해서 이야기를 진행하라는 의미의 맞장구를 많이 사용한다는 것을 알 수 있다. 계속기능의 맞장구를 많이 사용하는 일본어화자의 맞장구사용습관에 대해, 미즈타니(1993:5)는 일본어화자가 사용하는 맞장구 「はい」, 「ええ」를 외국인이 '동의의 표명으로 받아들여 오해하는 경우도 있다'고 하였고, 홍민표(2003:305)는 '일본인의 맞장구라는 하는 청자의 언어행동은 상대방의 말에 반드시 동의한다는 의미가 아니고 대개의 경우, 단지 상대

방의 말을 듣고 있다는 표시로 사용하는 경우가 많기 때문에 일본인과 대화할 때는 그때그때의 맞장구 해석을 잘 해야 할 필요가 있다'고 하였다. 한편 일본어화자에 비해 한국인 일본어학습자가 자신의 의견에 동의하는 발화에 대해 자주 맞장구를 사용한다는 선행연구(이선아, 2001)도 있었는데, 본 조사에서도 같은 결과가 확인되었다. 이와 같이 한국어화자와 일본어화자가 대화중 사용하는 맞장구의 의미는 서로 다르며, 또한 이런 차이는 모어장면보다는 다른 나라 사람과 대화를 나누는 접촉장면에서 더욱 크다는 사실이 밝혀졌다. 그럼 양국어화자가 접촉장면에서 사용한 맞장구기능이 모어장면과 비교해 구체적으로 어떻게 다른가 살펴보기로 한다.

양국 모두 계속기능과 이해기능의 비율은 높아졌지만, 동의표시와 감정표출의 비율은 낮아졌다. 계속기능과 이해기능의 비율이 증가한 것은 학습자의 발화를 듣고 이해한다는 것을 나타내 상대방이 안심하고 계속해서 이야기를 진행할 수 있도록 지원하였기 때문이다. 한편 동의표시와 감정표출의 비율이 낮아진 것은 친분이 있는 모어장면에 비해 친분이 없는 접촉장면은 공유하는 정보나 경험이 별로 없어 공통되는 화제를 발견하기 어렵고, 또한 잘 알지 못하는 사람 앞에서 될 수 있으면 자신의 감정을 직접적으로 표현하는 것을 자제하였기 때문일 것이다.

## ▌5 　연구과제 및 전망

이 글에서는 한국어화자와 일본어화자가 모어장면과 접촉장면에서 사용한 맞장구를 자료로 하여 맞장구의 빈도, 맞장구의 표현형식, 맞장구의 기능에 초점을 맞추어, 한국과 일본의 차이, 남성과 여성의 차이, 장면에 따른 양국의 맞장구 사용상의 차이와 그 특징에 대해 고찰하였다. 그 결과를 간단하게 정리하면 다음과 같다.

일본어화자는 접촉장면, 모어장면 모두 한국어화자에 비해 맞장구의 빈도가 높고, 다양한 맞장구어를 사용하고 있었다. 그런데 모어장면에 비해 접촉장면에서 한국어화자는 1분당 맞장구 사용횟수가 더욱 증가하였지만, 일본어화자는 모어장면과 같은 횟수를 나타냈다. 양국 모두 남성보다는 여성이 맞장구를 많이 사용하였는데, 이와 같은 남녀차이는 한국어에서 더욱 현저히 나타났다.

또한 양국 모두 가장 많이 사용한 맞장구의 표현형식은 맞장구어이다. 접촉장면에서 일본어화자는 맞장구어를 많이 사용하여 학습자의 발화를 이끌어내려고 하였지만, 한국어화자는 맞장구어외에도 광의의 맞장구를 다용하여 학습자의 발화에 적극적으로 참여하였다. 그리고 모어장면에서 양국어화자가 가장 많이 사용한 맞장구기능은 계속기능이고, 그 다음은 이해기능과 동의표시이며, 가장 적게 사용한 것은 감정표출이다. 한국어화자는 일본어화자에 비해 동의표시를, 일본어화자는 한국어화자에 비해 감정표출을 다용하는 양상을 보였다. 그리고 양국 모두 여성은 남성에 비해, 계속기능과 감정표출을, 남성은 여성에 비해 이해기능과 동의표시를 자주 사용하고 있었다. 접촉장면에서 양국 모두 계속기능, 이해기능, 동의표시, 감정표출의 순으로 적게 사용하였는데, 한국어화자는 일본어화자에 비해 동의표시와 이해기능을 다용하는 반면, 일본어화자는 한국어화자에 비해 계속기능을 많이 사용하였다.

이상의 분석 결과, 한국어화자와 일본어화자가 사용한 맞장구의 빈도, 맞장구의 표현형식, 맞장구의 기능은 모어장면인가 접촉장면인가에 따라, 또한 남녀의 성별에 따라 각각 서로 다르게 나타났는데, 이러한 양상은 양국의 사회문화적 특성과도 관련이 깊다. 한국어화자와 일본어화자가 이와 같은 차이점에 유의하여 청자로서의 자신의 언어행동을 객관적으로 파악하고, 나아가 자신의 언어행동과 상대방의 언어행동이 다르다는 사실을 인식하고 상대방의 언어행동을 이해하려는 자세를 가지고 대화에 임한다면, 양국어화자가 직접 만나 대화할 때 생길 수 있는 오해나 마찰을 줄이고 원활한 커뮤니케이션을 행하는데 도움이 될 것이라고 생각한다.

그런데 여기에서는 고개 끄덕임이나, 웃음, 놀라움의 표정, 미소, 손뼉, 고개 가로젓기 등의 비언어적 맞장구 표현에 대해서는 고찰하지 못하였다. 이들 비언어적 표현은 단독으로 혹은 다른 언어표현과 함께 맞장구로 사용되기도 한다. 또한 맞장구는 참가자의 연령이나 인간관계, 인원수, 대화의 주제, 대화의 목적, 대화의 흐름에 따라 다르게 나타나기도 한다. 이러한 점을 고려하여 비언어적표현을 포함하여, 연령이나 지위 등이 다른 사람들끼리의 대화, 혹은 동성이 아닌 이성끼리의 대화, 그리고 초급·중급·상급 등 단계별 목표언어학습자와 모어화자의 대화에서 한국어화자와 일본어화자가 사용하는 맞장구에 대해 보다 포괄적이고 다각적인 연구가 이루어질 필요가 있다. 이러한 연구를 통해 한국어화자와 일본어화자의 맞장구사용 실태와 그 특징이 보다 명확히 밝혀질 것이라고 생각된다. 이들 테마는 향후의 연구과제로 삼고 싶다.

# 05 스피치레벨 시프트의 한일 대조

佐藤惠理 사토에리

## 들어가는 말

일본어를 학습하는 한국어 모어화자와 일본어로 커뮤니케이션을 하면, 놀랍기도 하고, 한편으로는 상쾌한 기분이 들기도 하는 것 중의 한 가지로, 그들의 명쾌한 말투를 들 수 있다. 「명쾌한 말투」는 일본어 모어화자에게는 의외의 장면에서 문말의 문체를 명확히 서술하는 것이다. 예를 들어, 필자가 어학교사로 한 대학에서 가르치고 있을 때의 일이다. 아직 더위가 누그러들지 않은 나른한 2학기 초에 수업종료시각이 다가오자, 「先生、終わりましょう!」라는 목소리가 학생들 사이에서 나고, 연달아서 「先生、暑いですうっ!」 「家に行きたいです!」 「アイス買ってくださーーい!」(??)등의 놀라운 발언들이 나온다. 한국어 모어화자인 학생과 일본어 모어화자인 선생님 사이의, 이러한 종류의 커뮤니케이션 차이의 특징으로 다음과 같은 두 가지를 들 수 있다. 첫 번째로, 일본어 모어화자만 있는 장면에서 사적인 감각에 근거하는 발언은, 교사, 학생들끼리가 서로 잘 아는 사이가 아니면 행해지지 않는다. 두 번째로, 교사, 학생들끼리가 잘 아는 사이인 강의, 예를 들어 연구실 연구회 등의 소규모 강의에서는 위와 같은 발언이 행해질 가능성은 있지만, 그 때까지 사용되었을 「です・ます体」를 사용하지 않고, 아마도 「だ・である体」로 문체가 바뀌어, 「暑い・・・」「帰りたい・・・」 혹은 문체를 흐려 「先生、そろそろ・・・」 등으로 말해졌을 것이다.

이와 같이 일본어 환경에서는 한국어 환경과 달리 회화의 문체가 통일되지 않고, 또한 문말까지 발언되지 않는 경우가 있다. 그 요인과 효과는 어떤 것일까. 이 글에서는 어용론의 입장에서 드라마와 영화 시나리오를 자료로 한 회화 분석을 바탕으로, 일본어회화의 문체 이동 즉 스피치레벨 시프트의 성질을 한국어와 비교하면서 살펴본다.

## 1 스피치레벨과 스피치레벨 시프트

스피치레벨 시프트란 「스피치레벨」 즉 회화의 문체가, 「시프트」를 이행하는 것을 말한다.

일본어 회화의 스피치레벨은 「です・ます体」, 혹은 「だ・である体」 중의 한 가지, 즉 경체나 비경체중의 한 가지이다. 기본적인 스피치레벨은, 잘 알려진 것처럼 사회적인 콘텍스트(문맥)에 의해 결정된다. 예를 들어, 상하・친소・우치内/소토外관계 등이다. 일반적으로 청자가 화자보다 사회적으로 상위자거나, 사이가 소원하거나 소토 관계이거나 하는 등의 경우에는, 기본적인 스피치레벨로 경체가 사용된다. 반대로 청자가 사회적으로 대등 혹은 하위자거나 친하거나 우치관계이거나 하는 등의 경우에는 비경체가 사용된다. 본론에서는 회화의 문체결정에, 상하・친소 관계보다도 큰 요인이라고 생각되는 우치内/소토外관계에 주목하여 어용론의 입장에서 논의를 전개한다. 또한, 드라마나 영화의 시나리오를 자료로 하여 회화분석을 한다. 그리고 경의체를 (+)레벨, 비경의체를 (−)레벨, 중도종료형발화를 (0)레벨로 하여 예시하는 경우에는 각각 (+),(−),(0), 고찰 대상이 되는 문장은 하선下線으로 표시한다.

구체적으로 예를 제시한다.


1)
1　A　Bさん、こちらです！(+)
2　B　お待たせしました。(+)
3　　　道路がこんじゃって。(0)
4　　　予想外だったなあ。(-)
5　B　大丈夫ですよ。(+)
6　　　四時までにお帰りになればいいんでしょう。(+)
7　　　何かお飲み物は?(0)
8　B　コーヒーにでもしようかな。(-)


여기에서는 예1)을 사용하여, 일본어회화의 스피치레벨를 다시 보기로 한다. 여기에서의 A, B의 관계는 거래처 회사의 사원들로, 카페에서 논의하기 위해 만난 상황이라고 하자. 정기적으로 커뮤니케이션을 취하는 소토관계인 A, B가 행하는 회화에서는, 기본적인 스피치레벨이 (+)레벨이다. 그러나 4, 8의 대사에서는 스피치레벨이 시프트하여 항상 커뮤니케이션을 취하는 가족 혹은 가족적인 관계간에서 친숙함이나 응석이라는 감정을 나타내는 (-)레벨로 시프트가 일어나고 있다. 여기에서의 우치內/소토外관계와 스피치레벨을 도표로 나타내어 보자. 일반적으로 우치관계란, 가족관계로 대표되듯이, 일상적으로 만나 커뮤니케이션을 하는 인물과의 관계를 나타낸다(나카네치에中根千枝, 1967). 구체적으로는 가족, 같은 부서에 있는 사원간, 형제같은 친구, 가족같이 친한 이웃 등등이다. 이 우치로 불리는 영역에서는, 히하의 기본적인 스피치레벨로 (-)레벨이 사용된다.

<도표1>

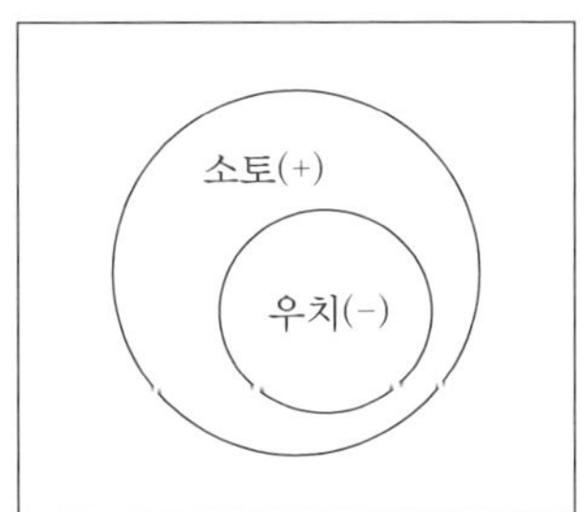


그 스피치레벨의 근저에는 사회적 상하관계가 없는, 응석이라고도 불리는 따뜻한 친숙함의 감정이 흐르고 있다. 한편, 소토로 불리는 영역에는 일상적이지 않고 정기적으로 커뮤니케이션을 취하는

인물이 있다. 구체적으로는 멀리 사는 친척, 거래 회사의 안면이 있는 사원, 학원 선생님과 성인 학생, 혹은 학생들간 등을 들 수 있으며, 그 관계를 소토관계라고 부른다. 이 관계에 있는 청자에게는, (+)레벨이 사용되며, 예의를 갖춘 적당한 긴장감, 청자를 존경하는 감정 들을 표현한다.

한편, 한국어는 어떨까.

한국어도 일본어와 마찬가지로 스피치레벨이 존재하지만, 일본어보다 많고, 5단계로 구분되는 것이 일반적이다. 이 중에서 일본어의 스피치레벨과 가장 대응하기 쉬운 경의체, 중칭형을 (+)레벨, 비경의체를 (−)레벨, 중도종료형발화를 (0)레벨로 하고, 그 이외의 것은 고찰의 대상에서 제외한다.

<도표2>

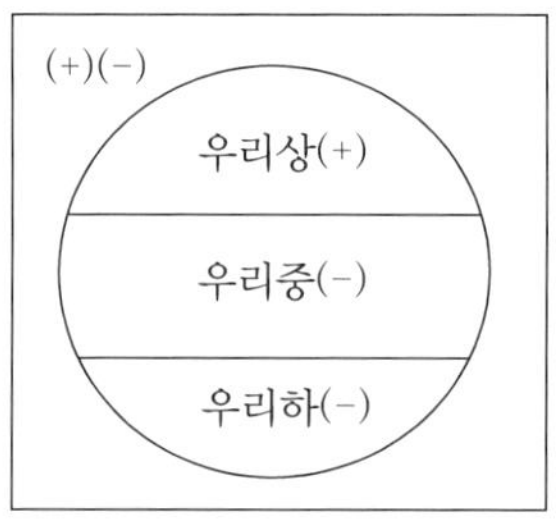


한국어의 스피치레벨을 결정하는 큰 사회적 영역에는 「우리」라고 불리는 것이 있다(이익섭 외, 2004). 이 영역에 속하는 화자와 청자는 구체적으로 가족 혹은 가족과 유사한 관계로, 여기에서는 이것을 「우리」 관계로 부른다. 일본어의 스피치레벨과 다른 것은, 우리관계 안에 들어가면 그 안에서 주로 연령을 기준으로 한 상중하위의 서열이 정해져, 청자가 화자보다 상위자이면 (+), 중하위자이면 (−)레벨이 사용된다는 점이다. 우리관계가 아닐 경우에는, 청자에게 호의를 나타내는 경우에는 (+), 적의를 나타내는 경우에는 (−)레벨이 사용된다.

한국어에서는 「우리」라는 영역 안에 들어가면 들어갈수록 스피치레벨의 구분적인 사용이 엄밀해져, 일본어처럼 우치로 들어가면 들어갈수록 원만해지는 것과는 대조적이다. 한국어의 (+)레벨에서는 예의바름과 경의를, (−)레벨에서는 친숙함이나 응석, 때로는 업신여기는 감정이 표현된다고 생각된다.

예문1을 한국어로 번역하여 제시한다.


2)
1   A   B선생님 이쪽입니다. (+)
2   B   기다리게 해서 미안합니다.(+)
3       도로가 막혀서,(0)

4   (도로가 막힐거라고) 예상을 못했어…(0)

5   B   괜찮습니다.(+)

6   4시까지 돌아가시면 되죠?(+)

7   뭔가 마실건가요?(+)

8   B   <u>커피라도 마실까,</u>(−)


## 2   '소토'에서 '우치'로의 스피치레벨 시프트

1.의 예1)에서 살펴본 것처럼, 일본어 회화의 기본적인 스피치레벨은, 사회적인 문맥에 의해 정해짐에도 불구하고, 어떤 문장에서 시프트가 일어난다. 여기에서는 드라마의 대사로부터 그 예를 제시하고, 스피치레벨 시프트에 의해, 어떤 감정이 나타나는지, 그리고 그 효과는 무엇인지 살펴보기로 한다.


3)
1   達郎   片付ける、そうですよね。(+)

2   薫   あっ、ごめんなさい。(+)

3   達郎   いや、そうですよね。(+)

4   薫   いや、あの。

5   達郎   実は、僕あのーあなたにあやまらなければならない事があります。(+)

    (中略)

6   お見合いも今回で百回目なんです。(+)

7   薫   百回、、、、。(0)

8   達郎   九十九回、断られたんです。(後略)(+)

9   いえ、自分でも分かってたんです。(+)

10   あなたと僕では釣り合いが取れないってことは…。(0)

11   薫   <u>何言ってんの！</u>(−)

12   <u>大の男が情けないことブツブツブツブツ言ってんの</u>！(−)

| 13 | | *係長だって何だっていいじゃない！(-)* |
| 14 | | *別に仕事手抜きしてきたわけじゃないんでしょ？ (-)* |

4)

| 1 | 다쓰로 | 해치운다. 그렇군요.(+) |
| 2 | 가오루 | 아!죄송해요..(+) |
| 3 | 다쓰로 | …그렇군요..(+) |
| 4 | 가오루 | 아뇨.. 저… |
| 5 | 다쓰로 | 사실은 저…가오루씨에게 사과해야할 일이 있습니다. (+) (생략) |
| 6 | | 맞선도 백번째입니다. (+) |
| 7 | 가오루 | 백번째… |
| 8 | 다쓰로 | 아흔 아홉번 딱지 맞았습니다. (생략) |
| 9 | | 아뇨! 저도 잘 압니다. (+) |
| 10 | | 가오루씨와 전 어울리지 않는다는거요. |
| 11 | 가오루 | 뭐라고 하는 거죠!(+) |
| 12 | | 다 큰 남자가  무슨 한심한 말을 중얼중얼거리는 거에요! (+) |
| 13 | | 계장이든 뭐든 어때요!? (+) |
| 14 | | 그렇다고 꾀부리고 안 할 건 아니잖아요? (+) |

(「101번째 프로포즈」 p.88-89)[1]

1・
野島尚脚本・朴潤鎬訳
(2003)『101回目のプロ
ポーズ』学士院

  등장 인물인 가오루와 다쓰로는 착오로 맞선을 보게 되어 만나게 되는데, 예문의 장면은 가오루가 다쓰로에게 결혼을 거절하려고 하는 장면이다. 두 사람은 서로 모르는 관계에서 소토 관계로 이행되어 회화의 기본적 스피치레벨은 (+)레벨이지만, 가오루의 대사가 11에서 시프트 다운되고 있다. 대사는 다쓰로가 자신의 약점을 정직하게 말한 것에 대해 강하게 격려하는 내용이다. 가오루가 우치인 (-)레벨을 사용함으로써 어머니나 누나가 자식이나 동생에게 강한 어조로 거리낌없이 격려하는 것 같은 따뜻한 느낌이 효과적으로 대사에 나타나 있다. 그것과 대조하여 한국어에는 시프트가 일어나지 않고, 청자를 존중하는 (+)레벨이 유지되고 있다.

5)

1　ミニョン　こんなに美しいじゃありませんか。(+)
2　ここは…こんなに美しいのにユジンさんが見ていたのは何ですか。(+)
3　思い出しかないでしょ。(−)
4　悲しい思い出しか見えないんでしょ。(−)
5　ユジン　　(心が痛む)やめてください。(+)
6　ミニョン　心をそんなにギョッと縛っておいて、誰かを愛するなんて
　　できるんですか。　　　　　　　　　(+)
7　ユジンさんこそ影の国で一人ぼっちで生きてるんじゃないですか。(+)
8　ずっとひとりで寂しく生きていくつもり?(−)
9　こんなに暖かくて美しいところに身を置かず、ずっとひとりで寂しく
　　生きていくつもり?(−)
10　見てください……。(+)
11　よく見て。(−)


6)

1　민영　　이렇게 아름답잖아요. (+)
2　　　　　여기 …. 이렇게 아름다운데 유진씨가 본건 뭐죠? (+)
3　　　　　추억밖에 없죠? (+)
4　　　　　슬픈 추억 밖에 안 보이는거죠? (+)
5　유진　　그만해요…. (+)
6　민영　　마음을 그렇게 꽁꽁 묶어 놓고 누굴 사랑하겠어요?(+)
7　　　　　유진씨야 말로 그림자나라에서 혼자 살고 있는 거 아닌가요?
　　　　　　(+)
8　　　　　계속 그렇게 혼자 외롭게 살 거예요?
9　　　　　이렇게 따뜻하고 아름다운 곳을 낙두고 혼자 계속 외롭게 살
　　　　　거냐고요? (+)
10　　　　봐요…(+)
11　　　　보라구요…. (+)

(「겨울연가」 p.126)[2]

2・
ユン・ウンギョン　キ
ム・ウニ脚本　安岡朋子
訳(2003)『「冬のソナタ」
で始める韓国語−シナリ
オ対訳集─』(株)キネマ
旬報社

등장인물인 유진과 민영은 각각 20대 후반의 여성과 남성이다. 같은 회사에 속해있지는 않지만, 한 가지 일을 합작하고 있어 정기적으로 커뮤니케이션을 취하는 소토의 관계이다.

일본어에서는 소토 관계이므로 기본적으로 사용되는 스피치레벨은 (+)이지만, 스피치레벨 시프트가 대사 3, 4, 8, 9, 11에서 일어나고 있다. 회화 내용은 연인의 죽음으로 오랫동안 닫혀있는 유진의 마음에 민영이 자극을 가하여 유진은 그것을 피하려고 하는 내용이다.

민영은 유진의 마음을 열려고 대사 1~4에서 설득하고 있지만, 유진의 대사 5에서 대사가 중단되고 다시 대사 6~11에서 계속 설득하고 있다. 민영의 대사의 전반과 후반, 각각 최초의 두 대사 1, 2와 6, 7은 (+)레벨이고, 세 번째 대사 3과 8부터 스피치레벨 시프트가 일어나고 있다. 대사 내용은, 유진의 마음속 깊이 민감한 부분에 관한 것이기 때문에 유진은 그것을 거부하려고 할 것이 예상된다. 그 때문에 민영은 대사에 뭔가 궁리를 하지 않으면 안된다. 그 수단으로 스피치레벨 시프트가 사용되고 있다. (+)레벨의 예의를 갖춘 질문은 청자에 대해 정식으로 대답할 의무를 지우는 성질이 있다. 따라서 민영의 질문은, 유진에게 공격적인 질문이 되어 버린다. 그와 같은 공격적인 질문을 대사 1, 2에서 한 후에 대사 3, 4에서 톤을 다운하여 마음을 터 놓는 친구간의, 가볍고, 무례해도 허용되는 우치 관계의 (-)레벨로 어조를 바꾸어 보니, 역시 예상대로 대사 5에서 유진이 거부반응을 나타내자 다시 심리적 거리를 소토 관계로 되돌려, 대사 6, 7에서 (+)레벨로 질문한다. 이때 강한 어조를 없애기 위해서 대사 8, 9에서 (-)레벨의 응석과 친숙함을 나타냄과 동시에 심리적 거리를 가깝게 하여 유진의 마음을 열려고 하고 있다.

한편, 한국어 원문에서는 스피치레벨은 일어나지 않고, 「우리」 관계가 아닌 경우에 존중이나 호의를 나타내는 (+)레벨이 일관되게 유지되고 있다. 유진의 마음이 약한 약점에 대해서도, 민영은 (+)레벨로 경의를 계속 표현함과 동시에 내용을 충실하게 함으로써 대사에 설득력을 가하여 유진의 마음을 강하고 부드럽게 열려고 하는 대사로 이루어져 있다.

## 3 ‘우치’에서 ‘소토’로의 스피치레벨 시프트

여기에서는 2와는 반대로 우치 관계에서 기본적인 스피치레벨이 (−) 인데,
회화의 도중에서 (+)레벨로 스피치레벨 시프트가 일어나는 예를 고찰한다.

7)

| | | |
|---|---|---|
| 1 | 及川 | いつき、藤井君ってさ、だれか付き合っている人、いるの?(−) |
| 2 | 樹 | 知らないわよ、そんなの！(0) |
| 3 | 及川 | そう。(−) |
| 4 | 樹 | なによ。(−) |
| 5 | 及川 | だってあんたたち仲良さそうだから。(0) |
| 6 | 樹 | 冗談言わないでよ。(−) |
| 7 | | なんでそうなんのよ。(−) |
| 8 | 及川 | 愛を感じない彼なんだったら、私が愛のキューピットになって<br>あげてもいいのよ。(−) |
| 9 | 樹 | お断りします。(+) |

8)

| | | |
|---|---|---|
| 1 | 사나에 | 이쓰키! 후지이군 누군가 사귀는 사람이 있어? (−) |
| 2 | 이쓰키 | 내가 그걸 어떻게 알아? (−) |
| 3 | 사나에 | 그래? (−) |
| 4 | 이쓰키 | 뭐? (−) |
| 5 | 사나에 | 너희 둘 꽤 친한 것 같아서.(−) |
| 67 | 이쓰키 | 농담 하지마! (−) |
| 8 | 사나에 | 그 애에게 사랑을 느끼지 않니? (−)<br>괜찮다면 내가 사랑의 큐피트 역할을 해술까? (−) |
| 9 | 이쓰키 | 됐어.(−) |

(「러브레터」 p.108)[3]

3·
岩井俊二(2000)『スク
リーン日本語 ラブレタ
ー』(株)アルトメディア

예문의 사나에와 이쓰키는 여고생이며 같은 반 친구로 우치 관계이므로 기본적인 스피치레벨은 (−)레벨이다. (−)레벨에서 (+)레벨로의 시프트는 일본어 대사 9에서 일어나고 있지만, 한국어에서는 일어나지 않는다.

장면의 화제는 「후지이」라는 남학생이다. 사나에는 대사 1에서 화제를 제공하고 대사 3, 5, 8에서 교묘하게 후지이와의 사이를 주선하겠다고 이야기를 전개하고 있다. 별 생각 없이 사나에의 이야기를 듣고 있던 이쓰키는 사나에의 대사 8을 듣자 마자 대사 9에서 시프트 업과 동시에 대사 8의 사나에의 제안을 거절하고 있다.

이쓰키에게 「후지이」는, 표면상 관심이 없는 같은 반 학생이다. 그 때문에 사나에의 이야기의 유도와 대사 8은 뜻밖의 것이다. 우치 관계를 유지하며 (−)레벨로 사나에의 말에 맞추고 있던 이쓰키는, 대사 9에서 시프트 업을 함으로써 우치 관계에서 소토 관계로 이행하고, 심리적 거리를 크게 하는 (+)레벨로 시프트함으로써 강한 거절을 나타내고 있다.

그것과 대조하여, 한국어에서는 (−)레벨을 유지하고 있으며, 시프트에 의해 어조를 강하게 하는 방략(strategy)은 사용되지 않고 있다. 일본어를 의역하여, 직역과는 다른 동사를 사용하여 일본어의 시프트에 의한 강한 어조를 나타내고 있다.

9)
1　チェリン　　新婦のチョン・ユジンさん、サイズを測りましょうか。
　　　　　　　　(+)
2　　　　　　　早く来て。(−)
　(ユジン鏡の前に立つ)
3　チェリン　　さあ、手を広げて。(−)
　(ユジン、ぎこちない笑みを浮かべて、手を広げる。サイズを測るチェリン)
4　チェリン　　春川でミニョンさんに会ったんですって?(0)
5　ユジン　　　(驚いてチェリンを振り返って)どうして知ってるの?(−)

10)

| | | |
|---|---|---|
| 1 | 채린 | <u>정유진 신부님, 사이즈 좀 재볼까요?</u>(+) |
| 2 | | 빨리 와봐.(−) |

（유진 거울 앞에 선다.）

| 3 | 채린 | 자 팔 좀 벌리세요.(+) |
|---|---|---|

（유진 어색하게 웃으며  팔을 벌린다. 열심히 치수를 재는 채린）

| 4 | 채린 | 너, 춘천에서 민영씨 만났다면서? (−) |
|---|---|---|
| 5 | 유진 | （놀라서 채린을 돌아본다.） 어?어.(−) |
| | | 어떻게 알았어? (−) |

（「겨울연가」 p.214）

등장인물은 고교시절부터 친구인 유진과 채린의 회화로, 우치 관계이기 때문에 일본어의 기본적 스피치레벨은 (−)레벨, 한국어는 「우리」라는 중립 관계이기 때문에 마찬가지로 (−)레벨이다.

장면은 채린이 유진의 웨딩드레스를 디자인하기 위해서 유진의 사이즈를 재는 장면으로 화재는 사이즈를 재기 위한 지시에서 채린의 연인인 민영과 유진이 몰래 만난 것에 대한 질문으로 옮겨지고 있다.

여기에서는 한국어의 스피치레벨 시프트가 대사 1, 3에서 일어나고 있다. 시프트 업된 (+)레벨에 담겨져 있는 청자에 대한 경의와 (−)레벨의 엉성한 인상과의 차이가 강조되어, 그 언밸런스가 유모어를 자아내고 있다. 그 결과, 대사 1, 3은 웨딩드레스를 맞추는 유진에 대한 따뜻한 놀림의 대사가 되고 있다. 이 시프트 업에 의한 표면적인 따뜻함은, 대사 4의 질문으로 청자를 위협하는 데 효과적인 수단이 되고 있다.

한편, 일본어번역은, 대사 1에서만 한국어 원문에 맞추어 시프트 업 되고 있다. 우치에서 소또 관계로 갑자기 이행되어 (+)레벨의 격식적인 말을 사용함으로써, 한국어와 마찬가지로 유모어가 나타나 있으나, 대사 3에서는 기본적 스피치레벨로 되돌아와 있다. 대사 1에 연이어 같은 시프트 업을 반복하면 본래 (+)레벨이 가지고 있는 서늘함이 부각되기 때문으로 생각된다.

## ▌4  중도종료형 발화로의 스피치레벨 시프트

　　2, 3에서는 일본어에서 응석이나 엄격함을 나타내기 위해 단어가 아닌 스피치레벨 시프트를 사용하고 있는 예를 살펴보았는데, 여기에서는 스피치레벨을 나타내지 않는, 굳이 말하자면 스피치레벨이 「0」인 상태인 중도종료형 발화로 시프트함으로써 심리적표현효과를 가져오는 경우를 고찰하기로 한다.

　　11)
　1　インス　生きていくのは簡単じゃないですね。(+)

ソヨン、うなずいて酒を飲む。

　2　ソヨン　……仕事を持っている女性って魅力があるんでしょう?(+)

ソヨンの言葉には苦々しさと哀愁がこもっている。
インス少し気の毒そうに笑う。
しばらく沈黙が流れる。

　3　インス　ご主人とはどこで?(0)
　4　ソヨン　卒業して、すぐにお見合いをしました。(+)
　5　　　　　とてもいい人でした。(+)
　6　　　　　今は違いますけど。(0)

ソヨン、自嘲するような笑い。

　7　ソヨン　……
　8　　　　　どうするつもりですか。(+)
　9　　　　　意識が戻ったら。(0)
　10　インス　……
　11　　　　　復習しなくちゃ。(−)

インス、自分の言葉に苦笑する。
ソヨンも一緒に笑う。


12)
1　인수　　그렇게 살기가 쉽지 않죠? (+)


서영, 고개를 끄덕이며 술을 한잔 마신다.


2　서영　　…일하는 여자가 매력이 있죠? (+)


서영의 말에 씁쓸함과 슬픔이 배어 나온다.
인수가 약간 안쓰럽게 웃는다.
둘 사이에서 잠시 침묵이 흐른다.


3　인수　　<u>둘은 어떻게 만났어요?</u> (+)
4　서영　　졸업하고 바로 선 봤어요. (+)
5　　　　　참 좋은 사람이었어요. (+)
6　　　　　지금은 아니지만.(0)


서영 자조하듯  씁쓸하게 웃는다.


7　서영　　……
8　　　　　그쪽은 어떻게 할 거예요? (+)
9　　　　　깨어나면.
10　인수　　……
11　　　　　복수 해야죠. (+)


인수 자기의 말에 씁쓸히 웃는다.
서영도 같이 웃는다.

4·
ホ・ジノ作 吉野ひろみ
訳(2005)『四月の雪』ワニ
ブックス

(「4월의 눈」 p.139)[4]

등장인물은 인수가 31세의 남성, 서영이 27세의 여성으로, 각자 배우자의 불륜관계가 교통사고로 발각되어 그 일로 인해 알게 되었다. 함께 간병을 위해 얼굴을 마주치는 기회가 많아, 배우자의 배신이라는 공통의 괴로움을 안고 있다는 사실로 인해 점점 서로 끌리게 된다.

장면은 그러한 과정으로, 두 사람은 술을 함께 마시고 있다.

두 사람은 서로 모르던 관계에서 소토 관계가 되어 기본적인 스피치레벨은 (+)이다. 중도종료형 발화가 일어나고 있는 대사 3은, 소토 관계에 있는 청자에게 과도하게 가까워지려는 위험성을 포함하여, (+)레벨로 단언하여 말하면 고압적으로 들려 그 질문내용의 민감함에 비해 야만적인 인상을 줄 수 있다. 그렇다고 하여 (−)레벨을 사용하면, 응석의 느낌이 너무 강하여 내용으로부터 알아차릴 수 있는 청자에 대한 접근도가 증가하여, 청자가 불쾌하게 되거나 오히려 물러나게 될 우려가 있다. 「우연히 만났습니까?」의 (+)레벨, 「우연히 만났어?」의 (−)레벨, 어느 쪽을 선택해도 적절한 표현이 될 수 없기 때문에, 스피치레벨은 나타내지 않고 생략 부분은 청자의 추측에 맡김으로써 더욱 부드러운 커뮤니케이션을 꾀하고 있다. 한편, 한국어 원문에서는 중도종료형 발화는 사용되지 않고 단언적인 말투가 사용되고 있어, 조금 사적인 영역의 질문을 하더라도 등장인물의 배경에는 「우리」에 들어가는 사회적 요인이 없기 때문에, (+)레벨로 경의를 나타내면서 문제없이 대사를 끝내고 있다.

13)

| 1 | 服部 | お名前は?(0) |
|---|---|---|
| 2 | 田中 | (小さく)あーっ、田中です。(+) |
| 3 | 服部 | そうそう、田中さんはまた何で?(0) |
| 4 | 田中 | (もじもじしている)ああっ、 |
| 5 | 服部 | あ、すみません。(+) |
| 6 | | 初対面の人にすぐ余計なこと聞いちゃって。(0) |
| 7 | | すみません。(+) |
| 8 | 田中 | …… |

14)

| | | |
|---|---|---|
| 1 | 핫토리 | 성함이 뭐였더라?(-) |
| 2 | 다나카 | (작게) 아, 다나카입니다. (+) |
| 3 | 핫토리 | <u>맞아, 맞아, 그런데  다나카씨는 왜?</u> (-) |
| 4 | 다나카 | (주저하며)아아.. |
| 5 | 핫도리 | 아…미안합니다.(+) |
| 6 | | 초면에 바로 쓸 데 없는 걸 물었군요.(+) |
| 7 | | 미안해요.(+) |
| 8 | 다나카 | …… |

(「Shall we dance」 p.42)[5]

5·
周防正行(2000)『スクリ
ーン日語会話 シャルウ
ィダンス』図書出版エイ
プラス外国語

예문은 댄스 교실에서 알게 된 초면의 핫토리와 나나가가 더욱 친헤지기 위한 회화를 하고 있는 장면이다.

핫토리는 중년의 남성 회사원, 다나카는 중년이 막 되어가는 남성 회사원으로, 두 사람 사이에 소토 관계가 성립되어 있기 때문에 기본적 스피치레벨은 (+)이지만, 핫토리의 대사 3에서 중도종료형 발화로의 시프트가 일어나고 있다.

화제의 목적은 상대방을 아는 것이다. 그러나, 양쪽 모두 중년 남성이 사교 댄스를 배우는 것에 쑥쓰러움을 느끼고 있어 상대방의 신상을 묻는 것에 일종의 터부를 느끼고 있다. 그런 상황에서 핫토리의 다나카에 대한 질문은 대사 1,3과 같은 중도종료형 발화를 사용하여, 특히 대사 3은 두 사람 사이에 있는 터부를 깨려는 내용이기 때문에 「시작했습니까?」라고, 예의를 갖춤으로 인해 청자에게 응답을 요구하는 (+)레벨을 사용한 질문은 할 수 없다. 또한, 가벼운 질문이 되는 (-)레벨로 「시작했어?」라고 물을 정도로, 허심탄회한 관계도 아니기 때문에, (0) 레벨로 질문하여 청자에게 응답, 비응답의 선택의 여지를 주고 있다. 그 여지에 편안하게 다나카는 핫토리의 질문에 대한 응납을 하지 않고 있다.

한편, 한국어 번역은, 초면이기는 하지만, 연상인 핫토리의 다나카에 대한 기본적인 스피치레벨은 (-)레벨이 되기 쉬워서, 대사 3에서도 일본어와 같은 시프트는 일어나지 않고 (-)레벨이 사용되고 있다. 그 때문에 일본어에 나타나는 것과 같은 신중한 질문이 되지 못하고, 오히려 초면이지만 이미 「우리」 관계가 성립되어 선배가 후배에게 거리낌 없이 질문하는 듯한 허심탄회한 대사가 사용되고 있다. 그것에 응답하지 않는 다나카의 반응을 보고, 핫토리는 기본적 스피치레벨의 선택을 변경하고는 있지만, 이것은 일본어와 같이 사회적 문맥에 의해 결정되어지는 기본적 스피치레벨의 대사 안에서 일어나는 시프트와는 다르다.

## 맺음말

이 글은 일본어 회화에서 커뮤니케이션을 할 때, 사회적 문맥에 의해 결정되어 지는 기본적 스피치레벨이, 회화 도중에서 시프트를 일으키는 심리적 요인과 효과에 대해서 한국어와의 비교를 통해 고찰한 것이다.

일본어 회화에서는 기본적 스피치레벨을 결정하는 주요한 사회적 요인으로, 우치内/소토外 관계를 들 수 있다. 소토 관계에 있는 사람들 간에는 (+)레벨을 기본으로 하여 회화를 하지만, 우치 관계의 대화자 사이에 흐르는 응석이나 친밀한 감정을 표현하려고 할 경우에 (−)레벨로 시프트를 행한다. 또한 그 반대로, 우치 관계에 있는 대화자의 회화는 기본적으로 (−)레벨이지만, 소토 관계에서 사용되는 (+)레벨에 담겨 있는 예의바름이나 엄격함, 냉정함을 표현하고 싶은 경우에는 (+)레벨로의 시프트가 일어난다.

한편, 청자와의 관계성으로부터, (+)레벨로 또는 (−)레벨로의 시프트라는 방략을 사용하여도 언급하기 힘든 내용을 전달하고 싶은 경우, 굳이 스피치레벨을 나타내지 않고, 그것을 숨기는 방략인 중도종료형 발화를 사용하는 경우가 있다. 이것은 발화내용을 청자의 추측에 맡기는 수단에 의해 원활한 커뮤니케이션을 꾀하는 것이다.

한국어도 일본어와 마찬가지로「우리」라는 사회적 영역에 근거하여 스피치레벨을 결정한다. 하지만, 스피치레벨 시프트는 일본어처럼 빈번히 일어나지는 않고, 기본적인 스피치레벨이 유지되는 경향이 강하다. 단, (−)에서 (+)레벨로의 시프트가 따뜻한 유모어를 나타낸다고 하는, 비교적 공식화된 스피치레벨 시프트(김진아, 2000)는 존재하지만 일본어처럼 미묘한 감정을 나타내는 것은 아니다. 일본어에서 스피치레벨 시프트에 의해 표현되는 감정이 한국어에서는 동사나 문말어미 등에 의해 표현된다. 이 성질은 중도종료형 발화에서도 마찬가지로, 일본어 표현에서는 언급이 회피되는 내용이라도 스피치레벨 시프트까지 명확하게 나타낸다.

이상의 고찰 결과로부터 다음과 같은 사실을 알 수 있다. 일본어는 한국어보다 사회적 문맥에 얽매인 기본적 스피치레벨의 제약을 쉽게 깨는 융통성이 있는 언어라는 견해도 가능하지만, 중도종료형 발화라는 방략의 존재는 오히려 그 반대를 나타내고 있다. 중도종료형 발화는 전달 내용과 함께 스피치레벨 자체를 감추는 것이다. 이러한 일종의 표현 회피는 언급내용의 폭이라는 점에서 일본어의 허용도가 낮다는 사실을 나타낸다고도 할 수 있을 것이다. 어휘가 아닌 수단으로 감정을 전하려고 하는 (-), (+)레벨로의 스피치레벨 시프트도 그 현상의 하나라고 할 수 있다.

이것을 한국어표현을 통해 다시 말하면, 일본어 표현에서는 스피치레벨 시프트나 중도종료형 발화를 사용하지 않으면 하기 힘든 언급을, 한국어에서는 스피치레벨의 제약을 받지 않고 언급할 수 있다.

일본어에서 중도종료형 발화는 좋은 인상을, 한국어는 나쁜 인상을 준다는 연구 결과(와타나베길용渡辺吉鎔외, 1981)도 있는 것처럼 한국어에서는 스피치레벨을 깨거나 감추는 것을 꺼릴 정도로, 하나의 스피치레벨에서 표현되는 내용의 허용도가 높다고 할 수 있으며 일본어는 그 반대라는 견해도 가능하다. 굳이 일본어 입장에서 덧붙이자면 일본어 표현에서 요구되는 말수가 적고 점잖음으로 나타내는 미약한 저항이 스피치레벨 시프트라고도 할 수 있을 것이다.

일본어가 일본어 모어화자의 것만이 아닌 요즈음에는 「先生、終わりましょう!」라는 힘찬 발언이 일본어모어화자인 학생으로부터도 나오고, 일본어 선생님이 그 말에 놀라지 않을 날이 올 지 어떨지에 대해, 여기에서는 부족한 한국어의 스피치레벨 시프트의 판짐에서 본 한일 대조연구를 계속 시도하며 관찰해 가고자 한다.

# 06 스피치레벨에 나타나는 한일 양국어의 커뮤니케이션 특징

이은미

## 들어가는 말

Brown & Levinson(1987)은 폴라이트네스(politeness)라는 개념을 '원활한 인관관계를 유지하기 위한 언어행동'으로 정의하였다. 이러한 원활한 커뮤니케이션을 가능하게 하는 언어형식의 하나가 경어이다.

일본어와 한국어 모두 복잡한 경어체계를 가지고 있으며, '존경어', '겸양어', '정중어'와 같은 경어가 동양어권의 언어에서 중요한 역할을 하고 있음은 주지의 사실이다. 따라서, 언어행동 중에서도 원활한 커뮤니케이션을 가능케 하는 언어형식으로서 경어 및 대우표현 연구가 그동안 활발하게 신행되어 왔디. 그러나 이러한 연구들은 주로 존경어, 겸양어, 정중어 등의 '정중도를 나타내는 마커(marker)'가 있는 것을 대상으로 하였다. 또한 단어의 구분적인 사용이나 실태조사 등 문레벨의 언어형식에 대한 연구가 주로 이루어졌다. 그 중 스피치레벨과 관련된 연구 중 담화레벨에 대한 것은 일본어에 있어서는 어느 정도 연구가 진행되었지만 한국어에서는 그다지 이루어지지 않은 실정이다. 또한,

연구방법론상으로도 질문지조사나 소설·시나리오를 자료로 한 것이 많아 실제 일상생활의 언어행동을 적절히 파악하는데는 한계가 있다고 할 수 있다.

이 글에서는 하나의 언어행동을 이루는 다양한 요소를 종합적으로 파악하는 '디스코스 폴라이트네스(discourse politeness)'라는 새로운 관점을 제시하고 일본어와 한국어에 있어서, '정중도를 나타내는 마커가 없는 발화'를 포함한 담화레벨에서의 스피치레벨 사용양상을 사회인 첫 대면 자연회화 분석을 통해 살펴보았다. 또한, 스피치레벨에 나타난 일본어와 한국어의 커뮤니케이션 특징을 비교·분석하여 제시하였다.

## ▌1  스피치레벨이란

스피치레벨(화계)이란, 전통적으로 등분이라는 말로 사용되어 왔는데, 근래에 일반화되어 사용되어지는 용어로, 종결어미나 선어말 어미와 종결어미의 결합형 혹은 종결어미와 특수어미 '요'의 결합으로 표현되는 화자가 청자를 대우하는 등급을 의미한다. 일본어에 있어서는 스피치 스타일(이슈인伊集院 (2004)), 대우 레벨(미마키三牧(1997))로도 불린다. 청자대우법[1]의 스피치레벨은 화자와 청자 간의 상하관계, 친소관계, 화자의 청자에 대한 태도, 상황 등 다양한 요인에 따라 구분된다고 할 수 있다.

**1•**

화자가 언어로써 청자를 높이거나 낮추어 대우하는 법으로, '공손법'이나 '상대경어법' 혹은 '청자경어법', '2인칭 경어법', '상대높임법'이라고도 일컬어진다.

## ▌2  선행연구 및 연구동향

일본어의 스피치레벨과 관계된 대표적인 연구로서, 우사미宇佐美(2001a), Usami(2002), 이슈인(2004), 미마키(1989,1997) 등이 있다. 우사미(2001a), Usami(2002)는, 경어 사용을 대인관계조절 행위로서의 광의의 '폴라이트네스'

의 하나의 요소로 파악하고, 대화상대의 연령과 성별을 통제하여 조합한 사회인 첫 대면 자연회화 데이터에 근거하여, '디스코스 폴라이트네스'라는 관점에서 일본어의 스피치레벨과 스피치레벨 시프트를 분석한 것이다. 우사미(2001a)에서는, 일본인 사회인의 첫대면 회화에 있어서 사람들은 '연상에 대해 경어를 보다 많이 사용하는 것이 아니고, 연하에게 보통체를 보다 많이 사용한다' 는 결과를 제시하고, '현대의 일본어 사용에 있어서 상대에 대한 대우를 보다 명확하게 나타내는 것은 경체의 사용이 아니라 보통체의 사용이다' 라고 지적하고 있다. 이슈인(2004)은 일본어모어화자(대학생)의 장면(첫 대면 모어 장면과 접촉장면)에 따른 스피치스타일의 선택과 스피치스타일 시프트의 메카니즘을 Brown&Levinson(1987)의 폴라이트네스이론을 사용하여 분석한 것으로 모어장면과 접촉장면 모두 '보통체(ダ체)'가 무표 스피치스타일이라는 결과를 보고하고 있다. 미마키(1989,1997)는 담화에 있어서의 대우레벨과 시프트를 다룬 연구로, 대우레벨 시프트의 주요한 기능으로 심적거리의 조절과 담화의 전개표식을 들고 있다.

한국어의 스피치레벨과 관련된 연구를 보면 김소영(1993), 이정복(1996), 김의수(2002), 유송영(1996), 김미정(2005), 정상희(2005) 등이 있다. 김소영(1993)은 화자의 연령에 따른 종결어미의 사용에 관한 실태조사로, 화자의 연령이 높을수록 다양한 스피치레벨을 사용하며, 화자의 연령이 낮을수록 간소화된 대우체계를 사용한다고 지적하고 있다. 이정복(1996)과 김의수(2002)는 청자대우법의 문말어미의 교체에는 화자의 심리적요인, 사회적관계, 서법적요인이 복합적으로 작용하고 있다고 지적하고 있다. 한편, 유송영(1996)은 청자대우법의 체계는 청자의 힘(power)과 화자와 청자간의 결속(solidarity)의 정도에 따라 시소(seesaw)관계를 이루는 역동적인 체계로 청자대우법은 규범적인 요소와 개인의 전략적인 요소를 포함하는 것으로 보아야한다고 지적하고 있다. 김미정(2005)은 한국의 백화점과 시장의 점원의 접객언어행동을 분석한 것으로, 손님과 점원의 회화를 수록한 담화자료에서 점원의 발화에 나타난 문말표현을 조사하고 있다. 백화점에서는 격식적이고 전형적인 접객패턴(경의체)을 보이는 반면, 시장에서는 방언형이나 비경의체 등 친근함을 나타내는 언어형식의 선택 전략이 사용된다고 보고하고 있다. 정상희(2005)는 현대 한국어 문말의 대자경어형식의 구조와 기능을 고찰한 것으로 대자경어의 전통적 형식인 '격식체'에는 청자와의 연령이나 지위의 요인으로 분류되는 '상하관계'를 명확하게 나타내는 기능이 있으며, 대자경어의 새로운 형식인 '비격식체'에는, '친소관계'만을 나타내는 기능이 있다고 지적하고 있다.

스피치레벨에 관한 한일 대조연구로는, 김동준(1998), 김진아(2002), 이은미(2004), Lee&Usami (2006), 한미경(2007) 등이 있다. 김동준(1998)은 체언, 용언,조사에 걸쳐 대우법과 관계된 전반을 대상으로. 한일 양국어의 유사점과 상이점을 규명하려고 한 것으로, 대우를 결정하는 요인으로 일본어는 한국어에 비해 친소관계와 사회적인 지위나 장면의 영향이 크며, 한국어는 일본어에 비해 청자의 연령이 영향을 크게 끼친다고 지적하고 있다. 김진아(2002)는 대학생 첫대면 회화에 있어서의 스피치레벨과 스피치레벨시프트의 기능을 고찰하고 있으며 이은미(2004)와 Lee&Usami(2006)는 사회인 첫대면 회화에 있어서의 스피치레벨의 기능을 경체(P)와 보통체(N)등의 '정중도를 나타내는 마커'가 있는 것뿐만 아니라 '정중도를 나타내는 마커가 없는 발화'도 포함하여 담화레벨에서 고찰하고 있다. 한편, 한미경(2007) 은 현대의 한일양국의 드라마에 보이는 한국인와 일본인의 대인의식과 경어행동의 특징을 다룬 것으로 일본어는 상대경어, 한국어는 절대경어의 성격이 강하지만, 한일양국 모두 경어행동이 원활한 커뮤니케이션을 유지하기 위한 사교적인 측면으로 바뀌고 있음을 지적하고 있다.

스피치레벨에 관련된 지금까지의 연구를 간략히 정리해보면 일본어에 있어서는 문레벨을 초월한 담화레벨에서의 연구가 어느 정도 이루어지고 있으며, Brown&Levinson(1987)의 폴라이트네스이론과 결부된 연구가 늘어나고 있는 추세이다. 그와 비교하여 한국어의 스피치레벨에 관련된 연구는 주로 문레벨의 언어형식과 장면에 따른 단어의 사용구분 등에 초점을 두고, 소설이나 시나리오의 예나 질문지조사에서 얻은 결과를 데이터로 사용한 연구가 많은 실정인 것 같다. 실제의 언어행동을 적절하게 파악하기 위해서는 문레벨을 초월한 담화레벨에서 보다 신뢰할 수 있는 자연스런 일상 회화를 데이터로 하여 세밀하게 그 유사점와 상이점들을 규명할 필요가 있다고 생각된다. 또한, 지금까지의 연구를 보면 엄밀하게 조건 통제된 데이터도 적은데 앞으로 화자의 속성,

대화상대와의 연령차, 성차 등도 고려한 상세한 분석이 필요할 것 같다. 한편, 지금까지의 스피치레벨 연구의 대부분이 발화문말의 언어형식에 초점을 맞추고 있어 발화문말 이외의 비문말의 요소도 포함한 보다 포괄적인 연구가 필요할 것으로 생각되며 스피치레벨이 단순히 사회, 규범적인 성격이 짙은 언어표현이 아니라 원활한 인간관계를 유지하기 위한 언어행동의 하나로 화자의 전략적인 성격도 포함한 것으로 파악할 필요가 있을 것으로 생각된다.

## 3 폴라이트네스이론과 디스코스 폴라이트네스이론

폴라이트네스에 대한 다양한 파악 방법이나 연구의 어프로치 중에서 가장 포괄적인 이론으로, 언어학뿐만 아니라 문화인류학, 사회학, 사회심리학 등 관련 제영역의 연구자의 흥미를 환기시키고, 높은 평가를 받고 있는 것이 Brown &Levinson(1987)의 폴라이트네스 이론이다(우사미, 2002).

Brown&Levinson(1987)에 의하면, 폴라이트네스는 원활한 인간관계를 유지하기 위해 상대방의 페이스(face)를 침해하지 않고 의사의 결정권을 상대방에게 줌으로써 심적인 부담을 경감시키는 화자의 배려를 의미하는 것으로 상대방과의 갈등이나 대립을 없애고, 원활한 인간관계를 유지하기 위한 언어적 스트라테지(strategy)로서 누구에게나 적용할 수 있는 보편적인 개념이라 할 수 있을 것이다. Brown& Levinson(1987)의 폴라이트네스 이론은 고프만(Goffman, E, 1967)의 '페이스(face)'라는 개념을 도입하면서 인간에게는 '포지티브 페이스(Positive face)'와 '네거티브 페이스(Negative face)'라는 두 가지의 기본적인 욕구가 있다고 상성한 것이다. '포지티브 페이스'는 상대방에게 호감을 받고 싶다, 인정받고 싶다, 평가받고 싶다는 욕구로 그 '포지티브 페이스'를 충족시키기 위한 스트라테지를 '포지티브 폴라이트네스 스트라테지(Positive Politeness Strategy)'라고 하여 농담을 한다 등의 15가지의 스트라테지가 제시되어 있다. 또한, '네거티브 페이스' 는 남에게 침범받고 싶지 않다, 간섭받고 싶지 않다는 욕구로, 그 '네거티브 페이스'를 충족시키기 위한 스트라테지를 '네거티브 폴라이트네스 스트라테지(Negative Politeness Strategy)'라고 하여 경의를 표한다 등의 10가지의 스트라테지가 제시되어 있다. 인간은 서로가 가지는 그러한 욕구를 충족시키기 위하여, 다양한 폴라이트네스 스트라테지(Politeness Strategy)를 사용한다고 한다. Brown&Levinson(1987)은 상대방의 페이스를 침해하는 행위인 '페이스 침해행위(FTA:Face Threating Acts)'를 해야만 할 때 '상대방의 페이스 침해[FT(Face Threat)]도(이하,FT도)'를 경감시키기 위해 취하는 언어 스트라테지를 폴라이트네스로 파악하고 있다(우사미, 2001b)).

Brown&Levinson(1987)은 구체적으로 수량화할 수는 없지만 그러한 인간의 기본적인 욕구를 침해하는 행위의 정도인 FT도는 '화자와 청자의 사회적 거리(social distance)', '청자의 화자에 대한 힘(power)', '특정 문화에 있어 어떤 행위x가 청자에게 가하는 부담의 정도(absolute ranking of imposition in the particular culture)'라는 3가지의 요소의 총화에 의해 추측된다고 하고 있다. 또한, Brown&Levinson(1987)의 틀에서는 폴라이트네스는 FT도에 따라 구분하여 사용되는 '화자의 스트라테지'로 파악되어진다고 하며 (1)FT경감행위 없이 직접적인 표현(2)포지티브 폴라이트네스 (3)네거티브 폴라이트네스 (4)비명시적인 표현 (5)FTA를 행하지 않음의 5가지가 주요 스트라테지로 제시되어 있는데, FT도에 따라 적절한 폴라이트네스 스트라테지가 선택되어 FT도가 높으면 높을수록 더욱 폴라이트한 스트라테지가 필요하다고 하고 있다.

그러나 Brown&Levinson(1987)의 폴라이트네스는 1문장, 1발화레벨, 많으면 몇 개의 발화행위의 연쇄레벨의 분석에 머물러 있어, 더욱 긴 담화에 있어서의 폴라이트네스를 잘 설명할 수 없으며, 경어를 가진 언어와 그렇지 않은 언어 등 각 언어에 고유의 특성을 넘어선 공통의 틀에서 폴라이트네스를 비교 분석하기 위해서는 불충분하다고 우사미(1998,1999 등)는 지적하고 있다. 그런 상황에서 우사미(1998)는 Brown&Levinson(1987)의 기본적인 틀은 지지한 상태에서 폴라이트네스이론을 개별 언어, 문화에 영향을 받기 힘든 보다 보편적인 것으로 하기 위해서는 폴라이트네스를 문레벨, 1발화레벨에서 다루는 것은 부적절하며 '디스코스 폴라이트네스(상세한 사항은, 우사미(1998,2001a,2001b, 2002,2003a, Usami2002를 참조)'라는 개념을 도입할 필요가 있다고 하고 있다.

우사미(1998,2001a,2001b,2002,2003a), Usami(2002)는 '디스코스 폴라이트네스'를 '1문장, 1발화레벨에서는 파악할 수 없는 보다 긴 담화에 있어서의 요소 및 문 레벨의 요소도 포함한 제요소가 화용론적 폴라이트네스에 완수하는 기능의 다이나믹스(dynamics)의 총체이다'라고 정의하고 있다. 디스코스 폴라이트네스이론의 중요한 새로운 시점은 폴라이트네스를 '언어행동의 여러 가지 요소가 초래하는 기능의 다이나믹스의 총체'로 파악하는 것에 있다. 원활한 커뮤니케이션은 한 가지 요소만으로는 이루어지지 않고, 다양한 요소가 종합적으로 기능함으로써 가능한 것이다. 따라서, 실제 언어행동의 다이나미즘(dynamism)을 보다 정확하게 파악하기 위해서는 하나의 언어행동을 이루는 다양한 요소를 종합적으로 파악하는 '디스코스 폴라이트네스'라는 관점에서의 연구가 필요하다고 생각된다.

## 4 발화문말의 스피치레벨

이 글에서는 일본인 사회인의 첫 대면 회화(36회화)와 한국인 사회인의 첫 대면 회화(36회화)를 자료로 하여 발화문말과 비문말에 있어서의 스피치레벨에 대하여 고찰하기로 한다. 녹음한 회화 자료는 BTSJ(Basic Transcription System for Japanese)(우사미(1997,2003b))와 BTSK(Basic Transcription System for Korean)(우사미외, 2007)에 따라 문자화하였다(총 720분).

이하에서는, 실질적 발화문[2]의 발화문말의 스피치레벨 '경체(P:Polite form)'[3], '보통체(N:Non-Polite form)'[4], '정중도를 나타내는 마커가 없는 발화(NM:No politeness marker)'[5]가 대화상대의 연령(연상(O;Older), 같은 연령(S:Same- age), 연하(Y:Younger))에 따라 어떤 사용분포를 보이고 있는지를 살펴보기로 한다.

[2] 발화문말에 있어 '경체(P)', '보통체(N)', '정중도를 나타내는 마커가 없는 발화(NM)'라는 스피치레벨의 선택이 가능한 발화문을 의미한다. 즉, 이 글에서의 실질적발화문은 발화문의 내용이 반드시 실질적인 의미를 가지는 발화문은 아니라는 점을 밝혀둔다.

[3] 「です」「ます」체/「합니다」「해요」체

[4] 「だ」「である」/「한다」「해」체

[5] 「경체」나 「보통 체」 등의 정중도를 나타내는 마커가 없는 발화로, 체언으로 끝나는 발화, 중도종료형 발화 등이 이에 해당한다.

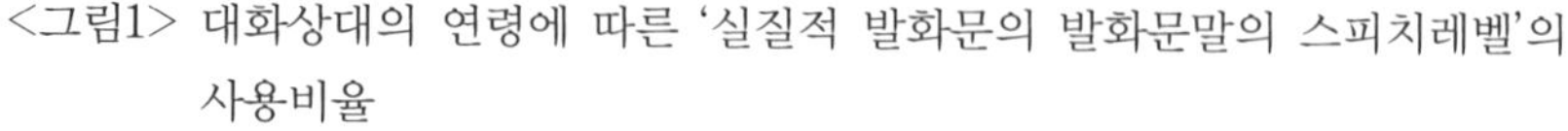

<그림1> 대화상대의 연령에 따른 '실질적 발화문의 발화문말의 스피치레벨'의 사용비율

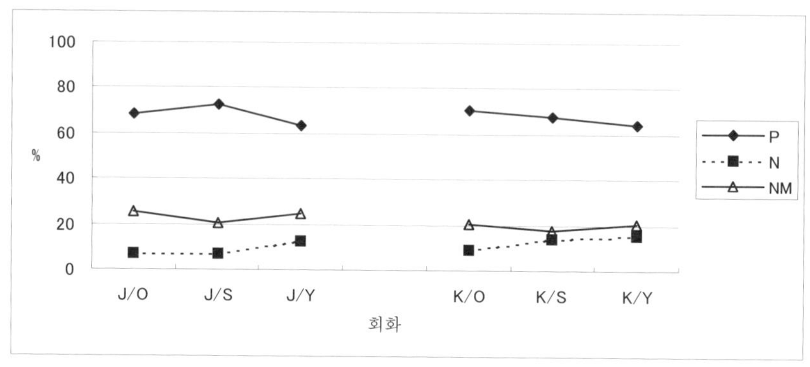

　　대화상대의 연령에 따른 '실질적 발화문의 발화문말의 스피치레벨'의 사용을 보면 '경체(P)'의 경우 일본어는 같은 연령의 대화자와의 회화에 있어 사용비율이 가장 높지만 한국어의 경우 대화자의 연령에 비례하고 있다. 일본어의 경우, '경체(P)'의 사용 비율이 같은 연령의 대화자와의 회화에 있어서 높은 것은 다른 조건이 일정할 경우 연상에게 보다 정중도가 높은 언어 형식을 사용한다고 하는 경어사용의 원칙과 Brown&Levinson의 폴라이트네스 이론(1987)에 어긋나고 있다. 한편, '보통체(N)'는 한일 양국어 모두 대화상대의 연령에 반비례하고 있다. 이 결과로부터 일본어는 대화상대의 연령에서 오는 상하 관계가 주로 '보통체(N)'라는 언어형식에 반영되어 있지만, 한국어는 대화상대의 연령에서 오는 상하 관계가 '경체(P)', '보통체(N)'라는 문말의 언어형식에 강하게 반영되어 있음을 알 수 있다. '정중도를 나타내는 마커가 없는 발화(NM)'의 사용을 보면 한일 양국어 모두 연상, 연하에 관계없이 연령차가 있는 대화자와의 회화에 있어 사용 비율이 높다. 이러한 경향은 한국어에 비해 일본어의 경우에 보다 확실히 나타난다. '정중도를 나타내는 마커가 없는 발화(NM)'가 연령차가 있는 대화상대에 대해 많이 사용되는 이유로서 다음과 같이 생각할 수 있다. 일본어의 경우 연령차가 있는 대화자와의 회화에 있어서는 '정중도를 나타내는 마커가 없는 발화(NM)'의 사용 비율이 높음과 동시에 '경

체(P)'의 사용 비율이 낮다. 연상에 대한 이러한 경향의 배경에는 친근함을 나타내기 위해 '경체(P)'의 사용을 피함과 동시에 연상에게 '보통체(N)'를 사용함에 따른 실례를 피하고자 하는 화자의 욕구가 있다고 생각된다. '정중도를 나타내는 마커가 없는 발화(NM)'의 이러한 사용 경향은 폴라이트네스 이론(1987)의 관점에서 생각해 보면 일종의 '포지티브 폴라이트네스 스트라테지'로 파악할 수 있을 것이다. 한편, 연하에 대한 문말 형식의 사용 경향은 첫대면이라고 하는 격식적인 장면의 영향으로 '보통체(N)'의 사용을 피함과 동시에 '경체(P)'를 사용함으로써 연령이라고 하는 힘의 관계를 명시하는 것을 꺼린 결과 이와 같은 경향이 나온 것이 아닌가라고 해석할 수 있다. '정중도를 나타내는 마커가 없는 발화(NM)'의 이러한 사용 경향은 폴라이트네스 이론(1987)의 관점에서 생각해 보면 일종의 '네거티브 폴라이트네스 스트라테지'로 파악할 수 있을 것이다. 한국어의 경우에도 일본어에 비해 사용 비율의 차는 작지만 일본어와 마찬가지로 해석할 수 있다. 비록, 한국어의 경우 대화상대의 연령에서 오는 상하 관계가 '경체(P)', '보통체(N)'라는 문말의 언어형식에 강하게 반영되어 연상에게 보다 정중도가 높은 언어 형식을 사용한다고 하는 경어사용의 원칙을 잘 따르고 있지만, 일본어와 마찬가지로 '정중도를 나타내는 마커가 없는 발화(NM)'의 적절한 사용을 통해 대화상대와의 원활한 커뮤니케이션을 도모하고 있다고 할 수 있겠다. '정중도를 나타내는 마커가 없는 발화(NM)'는 연령의 상하관계가 확실한 대화상대에 대해 '경체(P)'나 '보통체(N)'를 명시하지 않고, 그 상하 관계를 애매하게 함으로써 상대의 '네거티브 페이스'를 침해하지 않는 동시에 '포지티브 페이스'를 만족시킴으로써 보다 원활한 커뮤니케이션을 위한 '폴라이트네스 스트라테지'로서 기능하고 있다고 생각된다. 이러한 '경체(P)', '보통체(N)', '정중도를 나타내는 마커가 없는 발화(NM)'의 기능은 문 레벨에서는 파악할 수 없는 것으로 문 레벨을 포함한 담화 레벨에서 고찰함으로써 보다 확실하게 알 수 있는 사실이라고 할 수 있다.

이하에 일본인 사회인의 첫대면 회화와 한국인 사회인의 첫대면 회화 중에서 연하의 인물에 해당하는 베이스가 연상의 대화상대에게 '보통체(N)'를 사용하는 예를 제시하여 간략히 설명하기로 한다. 회화예의 굵은 글자로 되어 있는 부분이 연하의 인물에 해당하는 베이스가 연상의 대화상대에게 '보통체(N)'를 사용하는 경우이다.

<표1> 일본인 사회인의 첫 대면 회화 예(JBF12:여성 베이스, JOF04:연상의 여성)

| 発話文番号 | 発話文終了 | 話者 | 発話内容 | 発話文末 |
|---|---|---|---|---|
| 48 | * | JOF04 | 被服関係の事を、ちゃ、やってましてね、(はい)ちょっと自然科学的ってゆーか、被服科学っていうか(あ)そういったことをちょっと、してるもんですから<笑いながら>。 | P |
| 49 | * | JBF12 | あ、そうですか。 | P |
| 50-1 | / | JBF12 | ってゆーと、こう作るほうでは<なく>{<},, | / |
| 51 | * | JOF04 | <なく>{>}。 | NM |
| 50-2 | * | JBF12 | って、(ええ)あの、科学的な方からっていうことなんで<すか?>{<}。 | P |
| 52 | * | JOF04 | <ええ、ええ、>{>}ええ。 | NM |
| 53 | * | JBF12 | あー。 | NM |
| 54 | * | JBF12 | どんなふうなことなんですか?。 | P |
| 55 | * | JBF12 | ってゆって、わたしが伺ってわかる<のかしら>{<}。 | N |
| 56 | * | JOF04 | <やー、>{>}そんなことないですけどね。 | P |
| 57 | * | JOF04 | あのーほら、こう、洋服って綿とか(ええ)ナイロンとかポリエステルとかありますでしょ。 | P |
| 58 | * | JBF12 | はい。 | NM |
| 59 | * | JOF04 | で、そういった素材のことの、物理的性能っていうのかしら。 | N |
| 60 | * | JOF04 | こう、汗を吸う力、吸湿性(ええ)とか、吸水性とか(ふーん、はい)そんな性能を調べたり、あとは、そうですね、快適に衣服を着るためにこう(ええ)温度湿度を測って、(ええ)人工気候室で温度湿度を測って、(はい)それで、人から出た温度と湿度、こう汗かいたりしたのが、(はい)衣服を通してどう放散するか、とかいうのやったりしてるんです。 | P |
| 61 | * | JBF12 | はーん、<そうですか>{<}。 | P |

<표2> 한국인 사회인의 첫 대면 회화 예(KBF01:여성 베이스, KOF01:연상의 여성)

| 발화문<br>번호 | 발화문<br>종료 | 화자 | 발화내용 | 발화<br>문말 |
|---|---|---|---|---|
| 139 | * | KOF01 | 진짜 부작용은 없는 거 해야 돼, 에이. | N |
| 140 | * | KBF01 | 근데, 요즘은 워낙 좋은 거 많잖아요. | P |
| 141 | * | KBF01 | 근데, 그렇게 신경쓰면 더 <웃으면서> 피부가 망가지는 것 같애. | N |
| 142 | * | KBF01 | 차라리 내버려 두면, 뭐 나도 내버려 두면-, <괜찮잖아요->{<}. | P |
| 143 | * | KOF01 | <근데, 워낙 나요,>{>} 이렇게. | P |
| 144 | * | KBF01 | 아직까지 신진대사가 좋으셔서 그러신 거 아니<에요?>{<}. | P |
| 145 | * | KOF01 | <그런> 거예요?<둘이서 웃음>. | P |

　　위의 일본인 사회인의 첫대면 회화 예를 보면, 연하에 해당하는 JBF12는 '보통체(N)'를 사용할 때, 그 전후 발화문(발화문 번호49, 발화문 번호50, 발화문 번호54, 발화문 번호61)의 스피치레벨은 '경체(P)'를 사용하고 있어 '보통체(N)'가 일시적으로 사용된 것임을 알 수 있다. 한편, 발화문 번호55의 발화문말의 스피치레벨은 '보통체(N)'이지만 발화문중에 연상의 대화상대에 대한 대우태도를 나타내는 겸양어 '伺う'와 발화내용을 좀 부드럽게 하는 'かしら' 라는 종조사가 사용되고 있다. 이것은 연상의 대화상대에 대한 정중한 태도는 겸양어 등의 다른 어휘의 사용에 의해 전달하면서, 발화문말은 '보통체(N)'를 사용함으로써, 대화상대와의 심리적거리를 줄이고자 하는 일종의 '포지티브 폴라이트네스 스트라테지'로서의 기능을 수행하고 있다고 할 수 있겠다. 또한, 한국인 사회인의 첫 대면 회화 예를 보면 일본어와 마찬가지로 연하에 해당하는 KBF01는 '보통체(N)'를 사용할 때, 그 전후 발화문(발하문 번호140, 발화문 번호142, 발화문 번호144)의 스피치레벨은 '경체(P)'를 사용하고 있어 '보통체(N)'가 일시적으로 사용된 것임을 알 수 있다. 한편, 발화문 번호141의 발화문말의 스피치레벨은 '보통체(N)'이지만 발화문중에 웃음을 동반하고 있어 회화의 분위기를 화기애애하게 하고 있음을 알 수 있다. 이것도 대화상대와의 심리적 거리를 줄이고자 하는 일종의 '포지티브 폴라이트네스 스트라테지'로서의 기능을 수행하고 있다고 할 수 있겠다.

## 5 비문말의 스피치레벨

　앞에서는 실질적 발화문의 발화문말의 스피치레벨의 사용양상에 대해 살펴보았는데, 이하에서는 실질적 발화문의 발화문말이 '정중도를 나타내는 마커가 없는 발화(NM)'인 경우 비문말의 스피치레벨의 사용양상에 대해 살펴보고자 한다. 먼저, 실질적 발화문의 발화문말이 '정중도를 나타내는 마커가 없는 발화(NM)'인 경우 비문말의 스피치레벨에 있어, 복문이나 중문 등의 '경체(P)', '보통체(N)', '정중도를 나타내는 마커가 없는 발화(NM)'가 대화상대의 연령에 따라 어떤 사용 분포를 보이고 있는지를 살펴보기로 한다.

<그림2> 대화상대의 연령에 따른 '실질적 발화문의 발화문말이 NM인 경우 비문말의 스피치레벨'의 사용비율

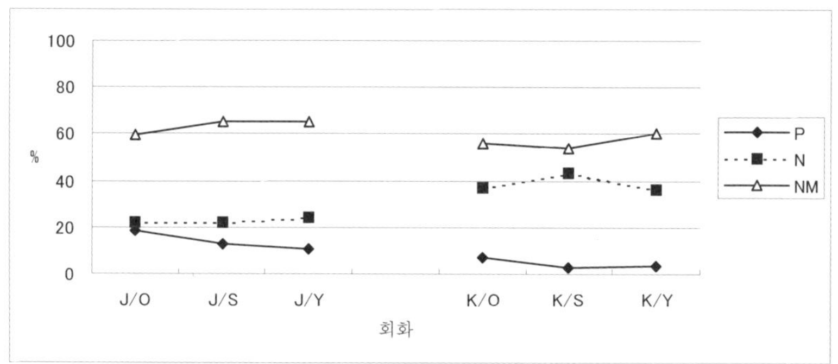


　대화상대의 연령에 따른 '실질적 발화문의 발화문말이 '정중도를 나타내는 마커가 없는 발화(NM)'인 경우 비문말의 스피치레벨'의 사용을 보면, '경체(P)'의 경우, 일본어는 대화자의 연령에 비례하고 있으나, 한국어의 경우 연상> 연하> 같은 연령의 순으로 사용 비율이 높다. 한편, '보통체(N)'는 일본어에 있어서는 대화상대의 연령에 반비례하고 있지만, 한국어의 경우에는 같은 연령의 대화자와의 회화에 있어 사용 비율이 가장 높다. '정중도를 나타내는 마커가 없는 발화(NM)'의 사용을 보면, 일본어는 대화상대의 연령에 반비례하고 있지만, 한국어는 연상, 연하에 관계없이 연령차가 있는 대화자와의 회화에

있어 사용 비율이 높다. 이 결과로부터 일본어는 일반적으로 대화상대에 대한 대우태도를 나타낸다고 하는 발화문말에 '경체(P)'나 '보통체(N)'인 '정중도를 나타내는 마커'가 없는 경우에 비문말의 스피치레벨에 있어, 연상에 대해 보다 정중도가 높은 언어형식을 사용한다고 하는 경어사용의 규범을 따르고 있다는 것을 알 수 있다.

이하에서는 일본인 사회인의 첫 대면 회화와 한국인 사회인의 첫 대면 회화 중에서, 실질적 발화문의 발화문말이 '정중도를 나타내는 마커가 없는 발화(NM)'인 경우 비문말의 스피치레벨에 있어 복문이나 중문 등에 사용된 '경체(P)', '보통체(N)'의 예를 제시하여 간략히 설명하기로 한다.

<표3> 일본인 사회인의 첫 대면 회화 예(JBM01:남성 베이스, JOM01:연상의 남성)

| 発話文<br>番号 | 発話文<br>終了 | 話者 | 発話内容 | 発話<br>文末 | 非文末 |
|---|---|---|---|---|---|
| 161 | * | JBM01 | ですけど、給料はまあ、物価指数変更、連動している部分も**あります**から、(えーえー)そういう意味で、切り下げられても(うん)実賃金が維持できれば・・・。 | NM | P |
| 162 | * | JOM01 | そうですね、ま、だからまー、最悪維持してればね、(はい)いいと思うんですよね。 | P | P |

<표4> 한국인 사회인의 첫 대면 회화 예(KBM01:남성 베이스, KOM02:연상의 남성)

| 발화문<br>번호 | 발화문<br>종료 | 화자 | 발화내용 | 발화<br>문말 | 비문말 |
|---|---|---|---|---|---|
| 17 | * | KBM01 | /잠시 간격/아, 딱 **보면** 큰 물줄기를 이루어라라는 이런 뜻, 〈물줄기〉{〈}. | NM | N |
| 18 | * | KOM02 | 〈아, 그런가요?,〉{〉} 〈웃음〉{〉}. | P | P |

위의 일본인 사회인의 첫 대면 회화 예를 보면, 발화문 번호161에 있어서 발화문말의 스피치레벨은 'できれば…'로 '정중도를 나타내는 마커가 없는 발화(NM)'이지만 발화문중에 '경체(P)'인 'ありますから'가 사용되고 있어 비문

말 스피치레벨은 '경체(P)'가 된다. 일본어의 이 예에서는 발화문이 중문이나 복문의 경우, 발화문말에서는 '정중도를 나타내는 마커가 없는 발화(NM)'를 사용함으로써 연상의 대화상대와의 연령이라고 하는 상하관계를 애매하게 하면서도 발화문중에서는 '경체(P)'를 사용함으로써 대화상대에 대한 배려를 나타내고 있다고 해석할 수 있다. 한편, 한국인 사회인의 첫 대면 회화 예를 보면 발화문 번호17에 있어서 발화문말의 스피치레벨은 '물줄기'로 '정중도를 나타내는 마커가 없는 발화(NM)'이지만 발화문중에 '보통체(N)'인 '보면'이 사용되고 있어 비문말 스피치레벨은 '보통체(N)'가 된다. 이것은 한국어는 중문이나 복문의 전절이나 종속절에는 일본어와 비교하여 '경체(P)'가 오기 힘든 문구조를 가지고 있다는 점과도 관련이 있을 것 같다.

이하에서는 실질적 발화문의 발화문말이 '정중도를 나타내는 마커가 없는 발화(NM)'인 경우 비문말의 어휘레벨의 스피치레벨에 있어 '존경어·겸양어(S:Super polite form)' 등의 어휘가 대화상대의 연령에 따라 어떤 사용 분포를 보이고 있는지를 살펴보기로 한다.

<그림3> 대화상대의 연령에 따른 '실질적 발화문의 발화문말이 NM인 경우 비문말의 어휘레벨의 스피치레벨'의 사용비율

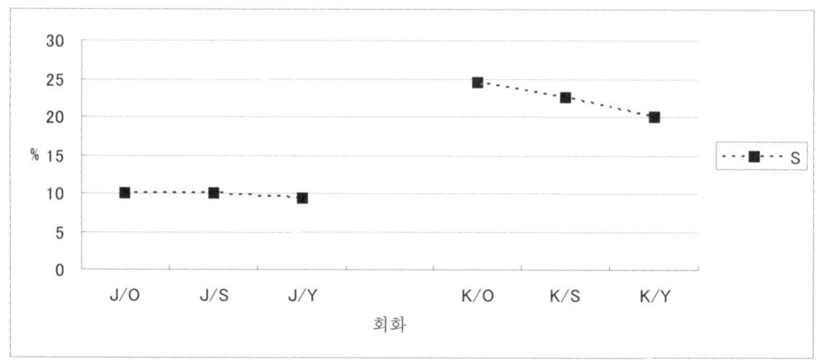


대화상대의 연령에 따른 실질적 발화문의 발화문말이 '정중도를 나타내는 마커가 없는 발화(NM)'인 경우 비문말의 어휘레벨의 스피치레벨에 있어 존경

어·겸양어(S)의 사용을 보면 일본어는 같은 연령의 대화자와의 회화에 있어 사용 비율이 가장 높지만 한국어는 대화상대의 연령에 비례하고 있다. 즉, 한국어의 '존경어·겸양어(S)'의 사용은 대화상대의 연령에서 생기는 상하관계를 반영하고 있다고 할 수 있다. 이 결과에 대해서 일본어에 있어서는 'お/ご'가 미화어로 사용되는 경우도 많고, 존경어·겸양어(S)의 사용이 대화상대에 대한 대우태도뿐만 아니라 화자의 품위도 나타내지만 한국어에는 존경어·겸양어(S)의 사용에 있어 일본어의 미화어와 같은 용법이 없기 때문에 존경어·겸양어(S)의 사용이 대화상대에 대한 대우태도만을 나타내기 때문이라고 해석할 수 있다. 이와 같은 결과로부터 일반적으로 대화상대에 대한 대우태도를 나타낸다고 하는 발화문말에 '경체(P)'나 '보통체(N)'인 '정중도를 나타내는 마커'가 없는 경우, 한국어는 일본어에 비해 어휘레벨의 존경어·겸양어(S)의 언어형식에 대화상대의 연령에서 생기는 상하관계가 반영되어 있다고 할 수 있겠다.

이하에서는 일본인 사회인의 첫 대면 회화와 한국인 사회인의 첫 대면 회화 중에서 실질적 발화문의 발화문말이 '정중도를 나타내는 마커가 없는 발화(NM)'인 경우 비문말의 어휘레벨의 스피치레벨에 있어, 존경어·겸양어(S)가 사용된 예를 제시하여 간략히 설명하기로 한다.

<표5> 일본인 사회인의 첫대면 회화예(JBM01:남성 베이스, JOM01:연상의 남성)

| 発話文番号 | 発話文終了 | 話者 | 発話内容 | 発話文末 | 語彙レベルの非文末 |
|---|---|---|---|---|---|
| 28 | * | JOM01 | 今どういう、あの、ご職業というか・・・?。 | NM | S |
| 29 | * | JBM01 | あ、教員やってます。 | P | |

<표6> 한국인 사회인의 첫대면 회화예(KBM03:남성 베이스, KOM02:연상의 남성)

| 발화문번호 | 발화문종료 | 화자 | 발화내용 | 발화문말 | 어휘레벨의 비문말 |
|---|---|---|---|---|---|
| 9 | * | KOM02 | 독일어과 나왔<습니다>{<}. | P | |
| 10 | * | KBM03 | <네->{>}, 저두 경영학과…. | NM | S |

　위의 일본인 사회인의 첫 대면 회화 예를 보면 발화문 번호28에 있어서 발화문말의 스피치레벨은 'というか…'로 '정중도를 나타내는 마커가 없는 발화(NM)'이지만 발화문중에 상대방에 대한 존경을 나타내는 'ご'가 사용되고 있어 어휘레벨의 비문말 스피치레벨은 존경어·겸양어(S)를 포함하는 발화문이 된다. 마찬가지로 한국인 사회인의 첫 대면 회화 예를 보면 발화문 번호10에 있어서 발화문말의 스피치레벨은 '경영학과…'로 '정중도를 나타내는 마커가 없는 발화(NM)'이지만, 발화문중에 자신에 대한 겸양을 나타내는 '저'가 사용되고 있어 어휘레벨의 스피치레벨은 존경어·겸양어(S)를 포함하는 발화문이 된다. 일본어와 한국어의 위와 같은 예로부터, 연상의 대화상대와의 회화에 있어 발화문말에서는 '정중도를 나타내는 마커가 없는 발화(NM)'를 사용함으로써 연령이라고 하는 상하관계를 애매하게 하면서도 발화문중에서는 존경어·겸양어(S)를 사용함으로써 대화상대에 대한 대우태도를 나타내고 있음을 알 수 있다.

## ▌6　연구과제 및 전망

　이 글에서는 일본어와 한국어에 있어서의 사회인 첫 대면 자연회화에 있어서의 스피치레벨, 특히 '정중도를 나타내는 마커가 없는 발화'도 포함하여 담화레벨에서의 그 기능을 분석하고, 양자의 유의점과 상이점에 대해서 고찰했다. 그 결과를 간결하게 정리하면 다음과 같다.

　한국어는 일본어에 비해 대화상대의 연령에서 오는 상하 관계가 경체(P), 보통체(N)라는 문말의 언어형식에 강하게 반영되어 있음을 알 수 있었다. 즉, 발화문말의 스피치레벨의 사용에 있어 연상에게 보다 정중도가 높은 언어 형식을 사용한다고 하는 경어사용의 원칙을 잘 따르고 있다고 하겠다. 한편, 일반적으로 대화상대에 대한 대우태도를 나타낸다고 하는 발화문말에 경체(P)나 보통체(N)인 '정중도를 나타내는 마커'가 없는 경우에 일본어는 비문말의 경체(P), 보통체(N)라는 언어형식에, 한국어는 어휘레벨의 존경어·겸양어(S)의 언어형식에 대화상대의 연령에서 생기는 상하관계가 반영되어 있다고 할 수 있다. '정중도를 나타내는 마커가 없는 발화(NM)'는 연령의 상하관계가 확실한 대화상대에 대해 경체(P)나 보통체(N)를 명시하지 않고, 그 상하 관계를 애매하게 함으로써 상대의 '네거티브 페이스'를 침해하지 않는 동시에 '포지티브 페이스'를 만족시킴으로써 보다 원활한 커뮤니케이션을 위한 '폴라이트네스 스트라테지'로서 기능하고 있다고 생각된다. '정중도를 나타내는 마커가 없는 발화(NM)'는 그 자체가 대화상대에 대한 '정중도를 나타내는 마커'가 없기 때문에 다른 스피치레벨인 경체(P)와 보통체(N)와의 상호 관계 속에서 즉, 전체의 담화 안에서 그 기능이 생겨난다고 할 수 있겠다.

이 글의 분석 결과에서 알 수 있듯이 스피치레벨의 기능이나 전체상을 보다 다이나믹하게 파악하기 위해서는 '정중도를 나타내는 마커가 없는 발화(NM)'도 포함하여 발화문말뿐만 아니라 비문말도 포함한 보다 넓은 범위에서 연구하는 것이 중요하며 담화 속에서 그러한 것들을 종합적으로 파악하는 '디스코스 폴라이트네스'라는 관점이 필요하다고 생각된다.

이 글에서는 분석한 데이터의 수가 충분하지 못하고 장면이 사회인 첫 대면 회화로 한정되어 있는데 언어 사용의 일반적인 경향을 파악하기 위해서는 보다 많은 데이터에 근거한 연구가 필요하며 다양한 장면에서 행해지는 실제의 회화가 보다 많이 분석되어질 필요가 있을 것으로 생각된다. 앞으로, 스피치레벨 뿐만 아니라 '원활한 인간관계를 유지하기 위한 언어행동'으로서의 Brown & Levinson(1987)의 폴라이트네스 연구, 그리고 문레벨을 포함한 담화레벨에서 언어행동을 종합적으로 파악하고 분석하는 '디스코스 폴라이트네스'라는 관점에서의 다각적인 연구가 많이 행해지기를 기대한다.

# 07 일본어의 경어분류와 정중어

최창완

## 들어가는 말

일본어 경어를 3분류할 때 상대방을 높여 말하는 존경어, 자신을 낮추어 말하는 겸양어와는 달리 정중어는 화자의 이야기를 직접 듣는 청자를 대우하는 경어이다. 일본에서 서민문화의 발달과 더불어 정중어丁寧語가 본격적으로 발달한 것은 에도시대부터이다. 정중어는 크게 です, ます와 같은 문말 정중어와, もうす, まいる, おる, ござる 등과 같이 원래는 겸양어나 존경어였으나 오늘날에는 그 용법의 일부가 정중어화 되어 있는 말, 화제에 오른 사실을 품위 있게 미화해서 말하는 미화어, 등으로 크게 세 가지로 구분 된다. 이 중 미화어는 쓰지무라辻村敏樹가 처음 사용한 용어로 상품어上品語, 품위어品位語라고도 한다. 이러한 미화어는 정중어로 분류하기도 하지만, 소재素材에 관한 것이면서 화자의 품위를 지키는 말이기 때문에 따로 분류하는 경우도 있으나 이글에서는 이와 같은 미화어도 고찰의 대상으로 포함시키도록 한다. 미화어는 「お, ご」 계열 및 단어 전체가 미화어로 쓰이는 두 가지로 크게 분류되는데 현대로 가까워질수록 「お, ご」 계열의 미화어가 많이 쓰이게 되고 특히 여성들에게 이러한 경향이 더욱 두드러진다. 이와 같은 정중어를 간략히 정리하면 다음과 같다.

(1) 본래부터 정중어인 경우
「です, ます」
(2) 겸양어나 존경어에서 그 용법의 일부가 정중어화 되어 있는 경우
「もうす, まいる, おる, ござる」
(3) 미화어
1) 단어 전체가 미화어로 쓰이는 경우
「たべる, いただく, ごちそう」
인사말로 쓰이는 경우
「おやすみ」 (취침시) 「いただきます, ごちそうさま」 (식사전후)
2) 「お, ご」 계열의 미화어
① 「お, ご」 없이는 쓰일 수 없는 경우
「お絞り, おやつ, おなら, おしめ, おてき, ご飯」
② 「お」가 붙어 미화어로 쓰이는 경우
「お芋, おけいこ, おつとめ, お休み, お菓子, お手荒い, おビール, おトイレ」

이 글에서는 정중어에 대하여 구체적으로 살펴보기에 앞서, 경어 분류에 대한 여러 학자들의 주장을 검토하여 경어 속에서의 정중어의 위치를 살펴보고자 한다. 그 후에 정중어에 대한 학자들의 주장을 용어를 중심으로 살펴보도록 한다.


## ▌1  경어연구의 동향

정중어를 살펴보기에 앞서 존경, 겸양의 2분법에서 정중어가 더해지는 3분

법으로 이어지는 경어분류에 대한 여러 학자들의 연구를 알아보는 것이 우선시 되어야할 것으로 생각된다. 여기에서는 우선 2분법에서 3분법으로의 경어의 흐름을 먼저 살펴보고, 정중어를 포함하는 경어에 대한 기존의 연구에 대하여 주요학자들의 이론을 중심으로 구체적으로 살펴보고자 한다.

## ① 경어의 분류

오늘날의 경어분류에 있어서는 존경, 겸양, 정중丁寧이라는 3분류가 일반적이고 이는 학교문법에서도 통용되고 있다. 일찍이 로드리게스(1604)는 「인칭사人称辞」와 함께 「경어동사敬語動詞」 「겸양동사謙讓動詞」 및 「정중을 나타내는 조사丁寧の助辞」를 언급하고 있어 3분류의 단초를 제공하고 있다. 또한 명사에 접속하는 존경의 조사助辞로 「ご(御)」 「お」 「おん」 「み」를 소개하고 있어 「お(ご)」의 존경 및 겸양적 용법을 기술하고 있다.

또한 후지이藤井箟(1900)은 「타인의 동작, 상태를 서술하여 숭경崇敬의 뜻을 나타내는 숭경동사崇敬動詞」에 협의의 숭경동사崇敬動詞와 겸퇴동사謙退動詞가 있다고 하였고, 구사노草野清民(1901)는 숭경법崇敬法을 「직접 타인을 숭경崇敬하는 것」과 「자신을 낮추어 간접적으로 경의敬意를 포함하는 것」으로 분류하고 있다. 경어에 대하여 체계적으로 연구하기 시작한 야마다山田孝雄(1924)는 경어를 인칭人称에 근거하여 경칭敬称과 겸칭謙称으로 분류하고 있다. 이러한 연구는 모두 경어의 2분법에 기초하고 있다.

2분법에 정중어丁寧語가 존경어나 겸양어와 다른 점을 피력한 것은 마쓰시타松下大三郎(1924)와 미야三矢重松(1908)이다. 마쓰시타는 대자대우対者待遇로 미야는 일반숭경一般崇敬 또는 대자경어対話敬語를 설명하며 종래의 2분법과는 다른 범주의 경어가 있음을 피력하고 있다. 이러한 주장은 3분법으로까지 발전하지 못했지만, 종래의 2분법에서 발전된 것에는 틀림이 없고, 이러한 이론의 과정이 있고서야 3분법으로 발전할 수 있었을 것으로 생각된다.

진정한 의미의 3분법은 요시오카吉岡郷甫(1906)의 이론에서 엿보인다. 요시오카는 경양동사敬讓動詞가 「동작을 올려서 말하는 것」 「동작을 낮추어서 말하는 것」「존재를 공손히 말하는 것」으로 3분류해서 설명하고 있다.


## ❷ 경어에 대한 기존의 연구


현대일본어의 경어분류에 있어 정중어를 배제하기란 힘들기에 여기에서는 정중어를 경어 표현의 한 범주로 분류한 학자 및 경어사에 있어 핵심적인 역할을 하고 있는 학자들의 경어분류를 시대순으로 살펴보기로 한다.


1) 야마다山田孝雄의 경어분류
일본 최초로 경어 이론을 본격적으로 연구한 야마다(1924)는 다음과 같이 인칭에 의거하여 2분류하고 있다.
(1) 겸칭謙称 : 다른 사람에 대해 겸손을 나타내는 말로 주로 제1인칭인 자가 자신을 가리키거나 또는 자신에게 부속하는 것을 가리킬 때 사용한다.
   ① 절대겸칭絶対謙称 : 겸칭을 사용하는 사람의 작용에 관하여 절대적으로 사용하는 것(もうす, いたす, 存じる)
   ② 관계겸칭関係謙称 : 겸칭을 사용하는 사람이 존경해야할 사람의 행동에 관해 말하는 것(いただく, うかがう, さしあげる)
(2) 경칭敬称 : 대자対者 또는 제3자에 관한 사람을 가리켜 존경의 뜻을 나타내는 것으로, 2인칭 또는 3인칭을 일컬을 때 사용한다.
   ① 절대경칭絶対敬称 : 존경해야할 대상의 작용을 절대적으로 나타내는 것(めしあがる, いらっしゃる, おっしゃる)
   ② 관계경칭関係敬称 : 존경해야할 대상이 그 경칭의 말을 사용해야하는 것에 대해 일으킬 작용에 대해 말하는 것(くださる)


2) 마쓰시타松下大三郎의 경어분류
마쓰시타(1924)는 사람에 대한 「존비의 개념尊卑の念」을 나타내는 대우待遇를 주체대우主体待遇, 객체대우客体待遇, 소유대우所有待遇, 지배대우支配待遇, 대자대우対者待遇의 5종류로 분류하고, 각각을 존칭尊称과 비칭卑称으로 나누고 있다.

이 중 경어에 해당하는 것이 존칭이다.
  (1) 주체존칭主体尊称 : 작용의 주체를 존중하는 것(なさる, 召す)
  (2) 객체존칭客体尊称 : 작용의 객체를 존중하는 것(差上ぐ, 戴く)
  (3) 소유존칭所有尊称 : 사건의 소유자를 존중하는 것(<u>御</u>帰り遊ばさる, <u>御祝</u>
      ひ申し上ぐ)
  (4) 지배존칭支配尊称 : 구어口語에는 없는 것으로 사건의 지배자를 존중하는
      것(詠み<u>侍り</u>し, 思ひ<u>給</u>へらるるに)
  (5) 대자존칭対者尊称 : 문어文語에는 없는 것으로 화제의 상대방을 존중하는
      것(です, ます)
이 중 대자존칭이 정중어에 해당하는 것이다. 마쓰시타의 경의대상敬意対象의
차이에 의거한 이러한 분류는 이후에 와타나베渡辺実에게 영향을 미치게 된다.


3) 도키에다時枝誠記의 경어분류
  도키에다(1941)는 詞辞論에 입각하여 다음과 같이 크게 2분류하고 있으며
존경과 겸양에 대하여는 별다른 구분을 하지 않고 있다.
  (1) 詞에 속하는 경어
      ① 화제話題와 소재素材와의 관계를 규정
      ② 소재素材와 소재素材와의 관계를 규정
  (2) 辞에 속하는 경어 : 주체의 청자에 대한 경의의 표현(です, ます, でござ
      います)
그러나 「お～」 「申す」 「いたす」에 대하여는 별다른 언급을 하고 있지 않다.


4) 이시자카石坂正蔵의 경어 분류
  이시자카(1944)는 야마다山田孝雄의 인칭에 따른 경어분류를 이어받고 있으
나 야마다가 ます를 겸칭謙称으로 분류하는 것은 무리가 있는 것으로 보고 새
로이 「경어적인칭설敬語的人称説」을 주장하며 다음과 같이 3분류하고 있다.
  (1) 敬語的自称(謙称) : 소재가 화자 또는 화자 측에 있는 것. 1, 2, 3인칭(私,
      お前 등)
  (2) 敬語的他称(敬称) : 소재가 청자 또는 제3자 측에 있는 것

(3) **敬語的汎稱**(謹稱) : 무인칭無人稱적 인칭으로 경어적 범칭汎稱(ます 등)

이와 같이 이시자카는 **山田**의 인칭설을 발전시켜 경어를 3분류하고 있다.


5) 고마쓰小松寿雄의 경어 분류

고마쓰(1963)는 대우라는 관점의 중요성을 설명하면서 다음과 같이 분류하고 있다.

  (1) 존경어尊敬語(대상対象·명령형·감동사는 제외)

  (2) 겸양어謙譲語

    ① 관계겸칭関係謙称(あげる 등)

    ② 절대겸칭絶対謙称(存ず 등)

    ③ 자칭의 겸양自称の謙譲(わたくし 등)

  (3) 정중어丁寧語

    ① 접사接辞(お 등)

    ② マス·デス 등

또한 위의 분류 중 존경어(대상·명령형·감동사를 제외)와 관계겸칭을 화제대우로, 절대겸칭과 자칭의 겸양과 정중어丁寧語가 청자대우에 속한다고 보고 있다.


6) 쓰지무라辻村敏樹의 경어 분류

야마다가 처음으로 경어이론을 본격적으로 전개하였다면 쓰지무라는 현대적 감각에 맞게 경어이론을 발전시켰다고 할 수 있다. 쓰지무라(1967)는 도키에다의 **詞辞論**에 입각하여 다음과 같이 분류하고 있다.

  (1) 소재경어素材敬語 : 표현소재에 관한 경어

    ① 상위주체어上位主体語(=경칭敬称) : 동작, 상태의 주체를 상위로 두고 대우하는 표현

      a. 절대상위주체어絶対上位主体語(=절대경칭絶対敬称) : 상위자의 동작, 상태를 다른 사람과 관계없이 절대적인 것으로 나타내는 표현(いらっしゃる, おっしゃる, お読みになる)

      b. 관계상위주체어関係上位主体語(=관계경칭関係敬称) : 상위자의 동작,

상태를 다른 사람에게 은혜적 관계를 갖는 것으로 나타내는 표현
(くださる, お誘いくださる)

② 하위주체어下位主体語(=겸칭謙称) : 동작, 상태의 주체를 하위로 두고 대우하는 표현

　a. 절대하위주체어絶対下位主体語(=절대겸칭絶対謙称) : 하위자의 동작, 상태를 다른 사람과 관계없이 절대적인 것으로 나타내는 표현(いたす, まいる)

　b. 관계하위주체어関係下位主体語(=관계겸칭関係謙称) : 하위자의 동작, 상태를 다른 사람에게 은혜적 관계를 갖는 것으로 나타내는 표현 (いただく, さしあげる, 見ていただく)

③ 미화어美化語(=미칭美称) : 표현소재를 미화하는 표현(お菓子, 食べる)

(2) 대자경어対者敬語(=근칭謹称) : 표현수용자(=대자)에 대한 표현주체의 삼가는 마음을 직접 나타내는 표현(です, ます)

이와 같이 쓰지무라는 도키에다의 「詞에 속하는 경어」「辞에 속하는 경어」에 의거하여 경어를 크게 소재경어와 대자경어로 나누어, です, ます를 대자경어로 분류하고 있다. 또한 소재경어의 하위분류를 종래의 3분류에 의거하여 상위주체어, 하위주체어, 미화어로 분류하고 미화어를 표현소재를 미화하는 말투로 정중어丁寧語라고 일컬어지는 것으로, 대상을 의식하고 사용하는 경우가 많은 것으로 정의하고 있다.


7) 와타나베渡辺実의 경어분류

와타나베(1971)는 다음과 같이 분류하고 있다.

(1) 화제의 인물에 대한 경어 :

① 행위수혜자경어受手敬語 : 화자가 화제의 수혜자에 가지는 경의를 나타내는 경어(お~申し上げる, さしあげる)

② 행위주체자경어為手敬語 : 종래의 존경, 도키에다의 「화자와 소재와의 관계를 규정」 하는 경어로, 화제의 행위주체자를 화자가 존경하기 위한 경어 (お~になる, めしあがる, いらっしゃる, おっしゃる)

(2) 청자에 대한 경어
　　① 경어억제敬語抑制 : 화제의 인물에 대한 경어는 청자에 대하여 실례하기를 꺼리는 것으로, 이는 간접적으로 청자를 높이 대우하는 수단이 된다는 인식에서 출발한 경어(A先生をBさんが、*御案内申し上げる*ことになる)
　　② 겸손謙遜 : 화자가 자신을 행위주체자로 하는 화제를 이야기할 때, 행위주체자로서의 자신의 행동을 더욱 낮추어 대우함으로써 간접적으로 청자에게 경의를 표하는 경어로 겸양謙譲과는 구별된다.(致す, 参る)
　　③ 청자경어聞手敬語 : 화자가 청자에 대해 갖는 경의를 가장 직접적으로 나타내는 경어(ます)

(3) 화자 자신을 위한 경어
　　① 교양嗜み :「청자에 대하여 갖는 경의」라기 보다는 경어 없이 사용하는 것은 무책임하는 생각에서 사용하는 화자의 의식에 의한 경어(ます、お)

또한 위의 분류 중에 행위수혜자경어, 행위주체자경어, 경어억제, 겸손을 화제의 인물을 대우하는 것으로, 청자경어와 교양嗜み을 화제의 인물을 대우하지 않는 것으로 구분하고 있다.


8) 미야지宮地裕의 경어 분류

미야지(1971)는 다음과 같이 분류하고 있다.
　(1) 존경어尊敬語 : 화제가 되고 있는 사람의 행위, 소유 등에 대해 화자가 그 사람을 배려하는 경어 : (おっしゃる, めしあがる)
　(2) 겸양어謙譲語 : 화제의 대상이 청자에 대한 행위의 표현을 통해 화자가 그 청자를 배려하는 경어(さいあげる, もうしあげる)
　(3) 미화어美化語 : 화제가 되고 있는 사항의 표현을 통해서, 화자가 자신의 말투를 품위를 배려있게 표현하는 경어(おしぼり, お菓子)
　(4) 정중어丁重語 : 화제가 되고 있는 사항의 표현을 통해 청자로의 경의적 배려를 나타내는 경어(いたし(ます), まいり(ます))

　　(5) 정중어丁寧語 : 화자가 오로지 청자로의 경의적 배려를 나타내는 경어
　　　　(～です, ～ます)

　이와 같이 미야지는 쓰지무라가 말하는 하위주체어 중에서 관계겸칭, 관계
하위주체어만을 겸양어라 부르고, 절대겸칭, 절대하위주체어를 정중어丁重語라
고 불러 구분하고 있다.


9) 오이시大石初太郎의 경어 분류

오이시(1975)는 다음과 같이 분류하고 있다.

　　(1) 존경어尊敬語 : 화제가 되고 있는 사람을 높여 경의를 나타내는 말 :
　　　　(おっしゃる, いらっしゃる, なさる)

　　(2) 겸양어謙讓語

　　　　① 겸양어謙讓語A : 화제가 되고 있는 사람을 낮추어 화제가 되고 있는
　　　　　　사람의 행위에 대한 청자를 높이는 표현(申し上げる, いただく, さ
　　　　　　しあげる)

　　　　② 겸양어謙讓語B : 화제가 되고 있는 사람을 낮추어 청자에게 상대적
　　　　　　으로 경의를 표하는 방법(申す, いたす, かしこまる)

　　(3) 정중어丁寧語

　　　　① 문장의 끝에 첨부하여 청자를 높이는 방법(です, ます, でございま
　　　　　　す)

　　　　② 상황을 표현하며 청자에게 경의를 표하는 방법(いたします, 申す,
　　　　　　おります)

　　(4) 미화어美化語 : 품위 있고 아름답게 하는 말로 자신의 말을 품위 있게
유지하기 위해 사용하지만, 청자를 의식해서 사용하기도 하는 말(おひや, おに
ぎり, おいしい, なくなる(死ぬ))

　이와 같이 오이시는 정중어丁寧語를 문장의 끝에 첨부하여 청자를 높이는
방법으로 정의하고, 미화어를 말투를 아름답게 하는 말로 화제의 사람 혹은
상대에게 경의를 표현하는 것보다 자신의 말을 꾸미기 위해 사용되는 것으로
정의하고 있다.

10) 한미경의 경어분류

한미경(2007)은 쓰지무라의 경어설에 입각하여 다음과 같이 분류하고 있다.

　(1) 화제의 경어 : 화제의 인물 또는 화제의 소재가 되는 것에 관한 경어

　① 존경어 : 행위주체의 행위, 상태, 소유물 등을 높여 표현함으로써 경의를 표해야할 대상에게 직접적으로 경의를 나타내는 것

　② 겸양어 : 행위주체의 행위, 상태, 소유물 등을 낮추어 표현함으로써 경의를 표해야할 대상에게 간접적으로 경의를 나타내는 것

　③ 미화어 : 사물을 미화하여 품위 있게 표현하는 표현

　a. 품위어 : 화자가 자신의 품위를 나타내기 위하여 사물을 미화하여 표현(お, ご, あげる, いただく, なくなる, 休む)

　b. 공손어 : 화자가 청자에 대한 공손함을 나타내기 위해 사물을 품위 있게 표현(もうす, まいる, いたす, おる, ございます)

　(2) 청자경어 : 청자에 대한 화자의 대우스타일을 나타내는 문중·문말의 です, ます, でございます와 문말의~だ, 용언의 활용형, 중도생략형(~て) 등의 언어형식

이외에도 기타하라北原保雄(1969)는 경의敬意의 대상과 성질을 기준으로 하여 소재경어素材敬語와 대자경어対者敬語로 나누고, 소재경어는 동작주존경어動作主尊敬語, 대상존경어対象尊敬語, 겸양어, 미화어로, 대자경어는 鄭重語, 丁寧語로 분류하고 있다. 이는 쓰지무라의 이론을 골격으로 하여 마부치馬淵和夫(1963)와 미야지宮地裕(1971)의 이론을 접목한 것으로 생각되어진다.


## ▌2　정중어 연구의 동향

여기에서는 앞장에서 언급한 학자들의 경어분류 중 정중어에 해당하는 부분만을 중점적으로 분석해 보고자 한다.

야마다는 です나 ます를 따로 분류하지 않고 겸칭의 범주에 넣고 있다. です에 대하여는 「존재사의 경어存在詞の敬語(겸칭으로 です, ござる, ございます가, 경칭으로 いらっしゃる)」에서 설명하면서 「진술의 힘陳述の力」을 나타내는 말로 설명하고 있다. ます에 대하여는 겸칭의 동사로 독립해서는 사용되지 못하고 반드시 동사 또는 존재사 뒤에 붙어 그 진술을 도와주는 역할을 하는 말로 정의하고 있다.

미화어를 정중어에 포함시키지 않고 따로 분류하고 있는 학자로는 쓰지무라, 미야지, 오이시, 한미경이 있다. 이들 중 쓰지무라, 오이시, 한미경은 각각 미화어와 대자경어, 미화어와 정중어, 미화어와 청자경어로 분류하고 있다. 하지만 오이시가 미화어와 정중어를 동등한 레벨로 분류한데 반해, 쓰지무라와 한미경은 각각 소재경어와 화제의 경어의 하위분류로써 미화어를 분류하고 있다. 또한 한미경은 미화어를 세분하여 품위어와 공손어로 분류하고 있다. 미야지는 丁寧語와 丁重語를 구분하여 사용하고 있는데 丁寧語는 청자만 배려하는 경어로 です, ます를 나타내고, 丁重語는 화제의 말을 통해 화자가 청자에의 배려를 나타내는 경어로 그 예로는 まいる, いたす, もうす등이 있으며 이는 주로 ます와 접속하여 まいります, いたします, もうします의 형태로 나타난다고 설명하고 있다.

와타나베는 청자경어聞手敬語와 교양嗜み으로 분류하고 있는데, 그 차이는 청자경어가 화자가 청자에 대해 갖는 경의를 직접적으로 나타내는데 반해 교양은 경어 없이 사용하는 것은 무책임하는 생각에서 비롯된 화자의 의식에 의한 경어라 할 수 있다.

고마쓰는 정중어를 「お」와 「です, ます」로 구분하고 있어 미화어라는 용어는 사용하고 있지는 않지만 미화어의 실체를 인정하고 있다.

이밖에도 정중어에 대하여 마쓰시타는 대자존칭을 구어口語에만 있는 것으로 화제의 상대방을 존중하는 것으로 보고 있고, 도키에다는 辭에 속하는 경어를 청자에 대한 경의의 표현으로, 이시자카는 경어적 범칭(근칭)으로 무인칭적 인칭으로 규정하고 있다.

## ▌3  향후 연구과제

이상으로 일본어 정중어에 대한 기본적인 연구를 학자들을 중심으로 살펴보았다. 현대경어는 상대방을 높이거나 자신을 낮추는 존경, 겸양어 보다는 청자만을 대우하고 자신의 품위를 지키려는 정중어가 점차 많이 사용되고 있는 추세이다. 또한 미화어도 경어의 한 부류로 확고히 자리 잡았음엔 틀림이 없다. 하지만 이러한 정중어, 미화어의 범위가 계속 확장되고 있어 앞으로의 경어연구는 단순한 3분류에 의한 경어의 용법보다는 겸양어나 존경어에서 정중어로의 용법이 어느 정도로 진행되고 있는지 등으로 귀착되고 있다. 이를 포함한 앞으로의 연구과제에 대하여 정리하면 다음과 같다.

1. 정중어에 대한 연구과제

ⅰ) 미화어에 대한 학자들의 시각이 제각기 다르고 이를 정중어에 포함시키기도 하고 따로 분류하기도 하는데 이에 대한 보다 명확한 정의에 대한 연구가 진행되어야 한다.
ⅱ) 「いかがでしたでしょうか」와 같이 정중어를 반복해서 사용할 경우 어느 선까지 허용해야 하는지 고려해야 한다.
ⅲ) 겸양어에서 비롯된 「まいる, おる, いたす」의 정중어화가 어디까지 진행되고 있는 지에 대한 현상파악이 필요하다.
ⅳ) 정중어와 경어적표현 또는 경의적표현의 범주 또한 어떻게 나누어야 하는 지에 대한 명확한 정의가 필요하다.

2. 미화어에 대한 연구과제

ⅰ) 「ご馳走」처럼 「お(ご)」를 붙이지 않으면 쓰일 수 없는 단어를 미화어로 간주해야 하는가의 문제
ⅱ) 「お冷や」와 「お」를 제외한 「冷や」는 그 의미가 다른데 「お冷や」를 미화어로 분류가능성의 문제

iii)「あげる」와「食べる」는  그 의미가 이미 미화어의 범주를 떠나 보통체의
　　말로 여겨지는데 어느 시점부터이며, 이와 유사한 표현이 이외에도 있지
　　않을까하는 문제

iv) 미화어로 간주하고 있는「なくなる」를 제외한「逝く」「死亡する」「死去
　　する」「瞑目する」「他界する」「昇天する」와「死ぬ」는 경어적인 의미와
　　보통어로 보기보다 미화어와 보통어의 관계로 볼 수 있는 문제

v )「もう」와「まだ」는 사용되는 장면에 따라 경어적 의미를 지니기도 하고
　　경어에 반하는 의미를 갖기도 한다. 이들도 미화어의 범주에 넣을 수
　　있을까하는 문제

vi) 손윗사람에게 사용할 때의 겸양의미의「お手紙」「お返事」를 미화어적
　　용법으로 간주할 수 있는 문제

# 08 일본인 고교생의 경어와 '다메고' 사용현황

石川英伸 이시카와히데노부

## 들어가는 말

현재 일본어의 경어는 존경심이나 경의보다도 상대와의 심리적 거리감을 나타내기 위하여 사용되어지고 있다고 흔히 말한다. 경어를 사용하는 것이 상대와의 심리적 거리감이나 경의 등을 나타나는 것에 있다면 경어가 아닌 말을 사용하는 경우에도 화자와 상대 간에 무엇인가의 관계성이 표현 될 것이다. 이와 같이 우리가 말하는 상대에 따라 말을 바꿔 쓰는 것을 대우표현이라고 한다. 대우표현에는 여러 종류가 있지만 크게 분류하면 경어인가 비경어인가 두 가지로 나눌 수 있다.

여기서는 비경어체를 소위 「ため語[1](다메고 - 반말)」라고 부르도록 하며, 아직은 본격적인 사회생활에 들어가지 않은 고교생에 초점을 맞추어 경어와 다메고 사용의 상황, 목적, 선택에 이르는 과정에 관하여 고찰해 가고자 한다.

1 •
다메고라고 하면 ため口(다메구치) 등 세대나 사람에 따라서 여러 이미지가 있지만 여기에서는 비경어체 전반을 다메고라고 부르도록 한다.

**2·**
겸양어Ⅰ란 <향하는 쪽>
에 대한 겸양어이며, 겸양
어Ⅱ란 <상대>에 대한 겸
양어이다. 예를들면「先生
のところに伺います」는
선생님에 대한 겸양어 (Ⅰ)
이며,「先生のところに参
ります」는 말을 듣고 있
는 상대에게 대하는 겸양
어 (Ⅱ) 라는 것이 된다.

**3·**
丁寧語는 소위「～です·
～ます」를 붙인 말이며,
미화어는「お～·ご～」
를 붙인 말이다.

**4·**
デアル体는 대우표현과는
별다른 것이기 때문에 여
기서는 취급하지 않는다.

**5·**
문화청은 매년「국어에 관
한 세론조사」를 행하고 있
다. 이 조사에는 언어사용
이나 국어에 관한 조사를
세대별로 실시하고 있어
서 미성년자의 경어에 관
한 의식도 알 수가 있다.

**6·**
국립국어연구소에는 중
학·고교를 중심으로 경
어에 관한 조사를 행하였
다.「학교 속의 경어1」에
는 설문조사를 실시하며
「학교속의 경어2」에는 면
접조사를 실시하였다.

# ▍1  대우표현 -경어와 '다메고'-

일본어 경어에 관해서는 많은 연구가 있지만 2007년 일본 문화청 문화심의
회의 답신文化審議会答申 "경어의 지침敬語の指針"에는 종래에 존경어·겸양어·
丁寧語 3종류로 구별되어 있던 일본어의 경어가 존경어·겸양어Ⅰ·겸양어Ⅱ
(정중어)[2]·丁寧語·미화어美化語[3] 5종류로 나눠서 해설되었다.

비경어에 대해서는 경비표현輕卑表現·존대표현尊大表現·비매표현卑罵表現
등이 있지만[4] 단순히 경어로 표현되지 않는 말을 비경어 라고 한다면 소위 た
め語 (반말)이라고 하는 것이 비경어체 전반을 나타내는 말이라고 할 수 있을
것이다.

# ▍2  선행연구 및 연구동향

## ❶  언어사용에 관한 조사

일본인 고교생의 다메고 사용에 관한 조사는 현재까지 그다지 연구되지 않
았지만 언어표현이나 경어에 관한 조사로는 문화청의「国語に関する世論調査
(국어에 관한 세론조사)」[5]나 국립국어연구소国立国語研究所(2002,2003)「学校の
中の敬語(학교 속의 경어) 1,2」[6] 등이 있다.

## ❷  대우표현의 선택기준

우리가 대우표현을 선택하는 데는 반드시 무언가의 요소가 기준이 되며 그
요소들의 영향에 의하여 상대에게 응하는 말씨가 선택되어 대우표현을 하게
되는 것이다.

기쿠치菊池(1994)나 한미경(2006)은 그러한 대우표현을 선택하는 데 있어서 기준이 되는 요소와 과정에 관하여 말하였다. 그것을 정리하여 요약하면 다음과 같다.

- 대우표현선택의 기준-

① 관계적 요인 : 화자와 상대와의 관계성
　　외적관계성···가족·학교·직장등 화자가 속해 있는 집단
　　내적관계성···상하·소원疎遠·이해관계등 화자와 상대와의 위치
　　　　　　　적·입장적·심리적 관계성
② 상황적 요인 : 공사·인원수등 그 장면이 어떤 상황에 있는가.
③ 심리적 요인 : 상대·그 장면에 어떠한 대우를 하고 싶은가 하는 화
　　　　　　사의 심리적 판단

## ▌3　일본인 고교생의 대우표현

### ❶　대우표현의 사용상황

#### 1) 설문조사

설문은 도쿄의 고교생 2학년 449명 (남자 156명·여자 278명) 에게 실시[7]하였다.

실문내용은 고교생이 생활히면서 대하고 있는 상대에게 경어를 사용하는가, 다메고를 사용하는가 라는 질문이다. 한미경이나 기쿠치의 대우표현의 선택기준에는 상황적 요인이라는 그 장면마다의 상황이나 분위기라는 요소도 포함되어 있지만 이번의 설문조사는 고교생의 대우표현 사용상황의 경향에 관하여 알기 위한 것이므로 상황적요소라는 요인은 설문조사 내용에 포함하지 않았다. 그 대신 선택사항에 "경어"와 "다메고"뿐만 아니라 "경우에 따라 다름" "상

7·
도쿄내의 고교 3교 (공학
2교, 여자고1교) 2007년 7
월에 실시

대에 따라 다름"이라는 선택사항을 넣었다.

## 2) 설문조사 결과

각각의 상대에 대하여 경어를 사용하는가, 다메고를 사용하는가의 설문결과 중 특징적인 것을 살펴보도록 하겠다.

여기에는 선택 사항 중에 「경우에 따라 다름」과 「상대에 따라 다름」을 선택한 것도 「다메고를 사용할 때가 있다」로 판단하여 「다메고」에 맞추어 그래프화 하였다. 즉 여기에서 그래프는 「경어」 아니면 「다메고(를 사용할 때가 있다)」라는 것이다.

<표1> 가족에 대하여 경어를 사용하는가, 다메고를 사용하는가

| | □경어 | ▪다메고 또는 다메고를 사용할 때가 있다. |
|---|---|---|
| 부친에 대하여 | 3.3% | 96.7% |
| 모친에 대하여 | 2.3% | 97.7% |
| 형/누나에 대하여 | 1.4% | 98.6% |
| 남녀 동생에 대하여 | 0.3% | 99.7% |
| 동거하고 있는 조부 | 7.8% | 92.2% |
| 동거하고 있는 조모 | 7.9% | 92.1% |
| 동거하고 있지 않은 조부 | 14.1% | 85.9% |
| 동거하고 있지 않은 조모 | 14.2% | 85.8% |

여기에서 부모와 형제자매에게는 거의 다메고를 사용한다는 것을 알 수 있다. 그러나 적게나마 양친에 대하여 경어를 사용하는 고교생도 있는 것 같다. 조부모에 대해서도 다메고 사용률이 높지만 부모와 형제자매에 비하면 경어 사용률이 높고, 동거하고 있는 조부모보다 동거하지 않은 조부모가 2배 가깝게 경어 사용률이 높게 나타났다.

<표2> 학교 상급생과 하급생에 대하여 경어를 사용하는가, 다메고를
　　　 사용하는가

□경어　■다메고 또는 다메고를 사용할 때가 있다

| | 경어 | 다메고 또는 다메고를 사용할 때가 있다 |
|---|---|---|
| 동성의 연하/하급생 | 4.1% | 95.9% |
| 이성의 연하/하급생 | 5.4% | 94.6% |
| 동성의 선배/상급생 | 66.5% | 33.5% |
| 이성의 선배/상급생 | 66.6% | 33.4% |

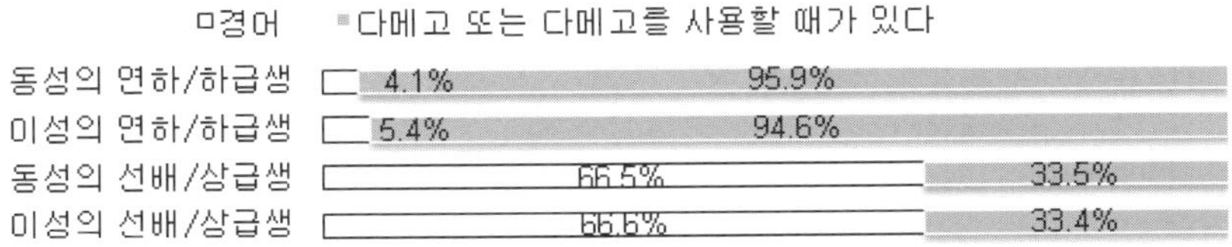

　　하급생에게는 4~5% 정도 경어를 사용하는 고교생이 있는 것으로 나타났
다. 이것은 평소에 경어를 사용하기보다는 위원회와 특별활동 등 공적인 입장
에서 사용하고 있는 경우라고 생각할 수 있다. 상급생에 대해서는 의외로 약
3할의 학생들은 다메고를 사용하고 있음을 알 수 있다.

<표3> 학교의 교사에 대하여 경어를 사용하는가, 다메고를 사용하는가

□경어　■다메고 또는 다메고를 사용할 때가 있다

| | 경어 | 다메고 또는 다메고를 사용할 때가 있다 |
|---|---|---|
| 동성으로 20대정도의 교사 | 41.6% | 58.4% |
| 이성으로 20대정도의 교사 | 43.8% | 56.3% |
| 동성으로 30대정도의 교사 | 47.9% | 52.1% |
| 이성으로 30대정도의 교사 | 48.4% | 51.6% |
| 동성으로 40대정도의 교사 | 51.7% | 48.3% |
| 이성으로 40대정도의 교사 | 52.1% | 47.9% |
| 동성으로 50대이상의 교사 | 52.9% | 47.1% |
| 이성으로 50대이상의 교사 | 53.0% | 47.0% |

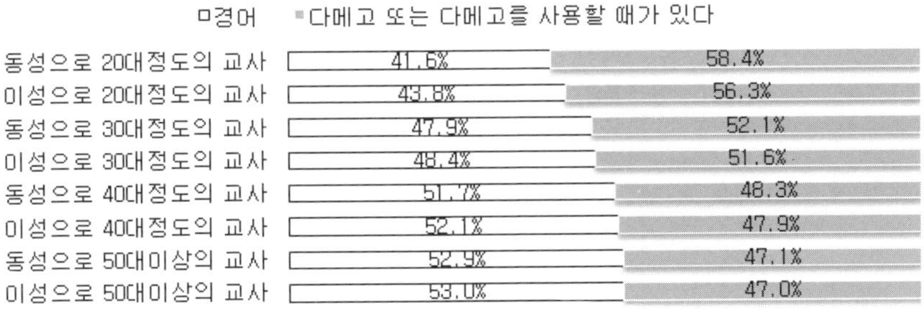

　　20대의 교사에 대해서는 6할에 가까운 학생들이 다메고를 사용하고 있으며,
교사의 연령이 높아짐에 따라 경어의 사용률이 조금씩 높아지는 결과가 나타
났다. 전체적으로는 거의 반수의 학생들이 교사에 대하여 다메고를 사용하고
있는 것이다. 흥미스러운 것은 상급생이나 선배 보다도 교사를 대할 때가 경어
의 사용률이 낮고, 다메고의 사용률이 높다는 사실이다.

<표4> 첫 대면의 인물에 대하여 경어를 사용하는가, 다메고를 사용하는가

□경어　■다메고 또는 다메고를 사용할때가 있다

| | 경어 | 다메고 또는 다메고를 사용할때가 있다 |
|---|---|---|
| 연하로 보이는 동성 | 59.7% | 40.3% |
| 연하로 보이는 이성 | 60.2% | 39.8% |
| 동갑으로 보이는 동성 | 61.7% | 38.3% |
| 동갑으로 보이는 이성 | 63.1% | 36.9% |
| 연상으로 보이는 동성 | 74.9% | 25.1% |
| 연상으로 보이는 이성 | 75.2% | 24.8% |

　첫 대면에서 연하로 보이는 상대와 동갑으로 보이는 상대와는 약간의 차이가 보이지만 약 6할의 학생이 경어를 사용하고 있다. 연상으로 보이는 첫 대면의 상대에 대해서는 75%가 경어를 사용하고 있지만 반대로 생각해 보면 25%의 학생들은 연상으로 보이는 상대에게도 다메고를 사용하고 있는 것이다.

## 3) 경어와 다메고 사용의 선택 기준

　<표5>는 다메고 및 다메고를 사용할 때가 있는 경우의 데이터에 순위를 매긴 것이다.

　이 표는 다메고 및 다메고를 사용할 때가 있는 데이터의 순위표이지만 역순으로 보면 그대로 경어 사용률의 순위표라고 할 수도 있다.

　여기서 보이는 특징으로는 먼저, 각각의 관계(=그룹)가 어느 정도 모둠을 이루며 분포되어 있다는 것이다. 그리고 그 그룹 내에서는 연하나 연령이 낮을수록 다메고 사용률이 높고, 연상일수록 다메고 사용률이 낮아진다 (=경어 사용률이 높아진다) 는 것을 알 수 있다. 더욱이 전체를 통해 일관되게 나타나는 현상은 동성을 대할 때 보다는 이성을 대할 때가 다메고 사용률이 약간 떨어진다 (=경어 사용률이 올라간다) 는 사실이다.

　위와 같이 경어와 다메고 사용 선택에 있어서는 관계성(그룹)·연령·성별이라는 요소가 영향을 끼친다는 것을 알 수 있다. 그리고 그 영향력 (=우선도) 을 살펴보면 관계성의 요소가 이 표에서 위치를 매기는 데에 가장 큰 영향을 미치고 있으며, 다음으로 연령의 요소가 강하며, 그리고 성별의 요소가 언어사용에 미묘한 영향을 준다는 것을 알 수 있다.

　이와 같은 결과에서 보면, 대우표현의 선택과정이 ① 우선, 상대가 어떠한 입장의 인물인가 라는 관계성의 요소에 의해 대략적으로 상대의 위치 매김을 하게 되며 ② 다음으로, 어느 정도 위치 매김이 된 관계성 중에서 상대의 연령에 따라 세세하게 위치 매김을 하게 되고. ③ 마지막으로, 상대가 동성인지 이성인지 성별요소로 인하여 언어사용의 미묘한 위치 매김을 하여 대우표현이 결정되어진다는 것을 알 수 있다.

<표5> 다메고 및 다메고를 사용할 때가 있다 총순위표

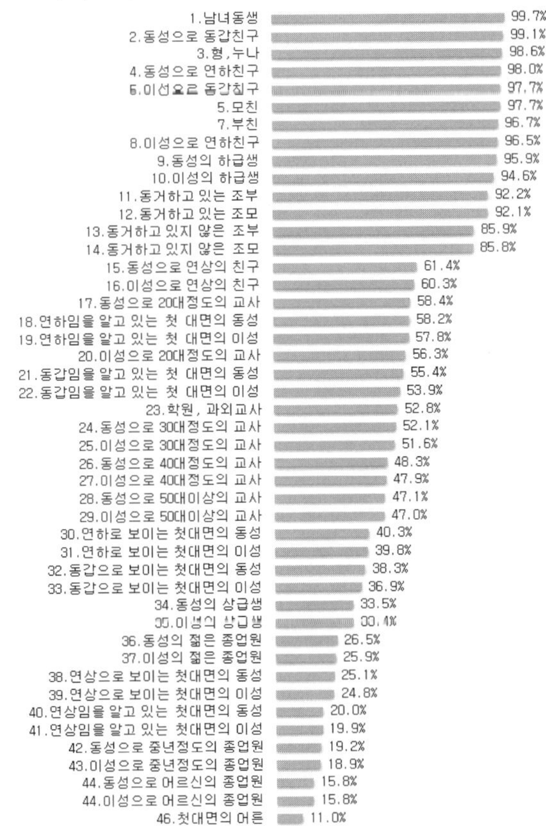

8·
가족·친구·교사·첫
대면의 사람 등의 그룹 분
류.「학교의 교사」나 「모
르는 아저씨」 등 상대를
수식어로 형용하여 위치
를 매긴 것.

이상, 경어 및 다메고 사용의 판단기준은 다음과 같이 규정할 수 있다.

【경어 및 다메고 사용의 판단기준】
　① 관계성에 따른 판단기준[8]
　② 연령에 따른 판단기준
　③ 성별에 따른 판단기준

## ② 경어와 다메고 사용의 이유

　여기서는 같은 설문조사 중에서 경어나 다메고의 사용 이유에 관한 조사의
결과에 대해서 상위 4위까지의 이유에 관하여 살펴보도록 하자.

<표6> 동갑의 상대에게 평소 丁寧語를 사용하고 있는 경우

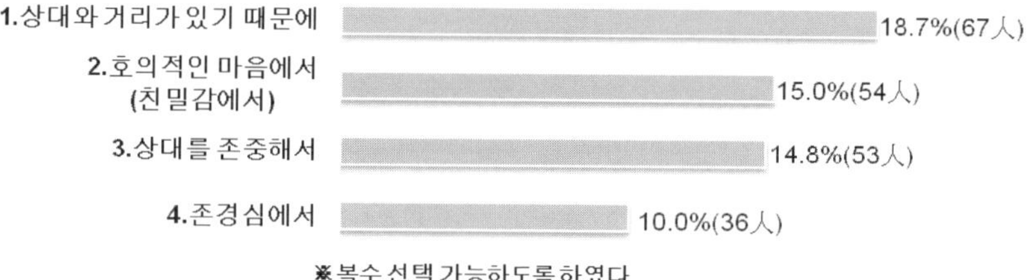


　동갑의 상대에게 평소 です, ます를 사용 할 경우가 있을 때의 이유 중 가장
큰 이유는 「상대와의 거리가 있기 때문에」라는 상대와의 거리감이었다. 다음으
로 2위 「호의적인 마음에서」, 3위 「상대를 존중해서」, 4위 「존경심에서」 등으로
です, ます를 사용하는 이유로서 상대와의 친밀감과 경의, 존경심 등을 들었다.

<표7> 평소는 다메고를 사용하고 있는 상대에게 경어를 사용하는 경우

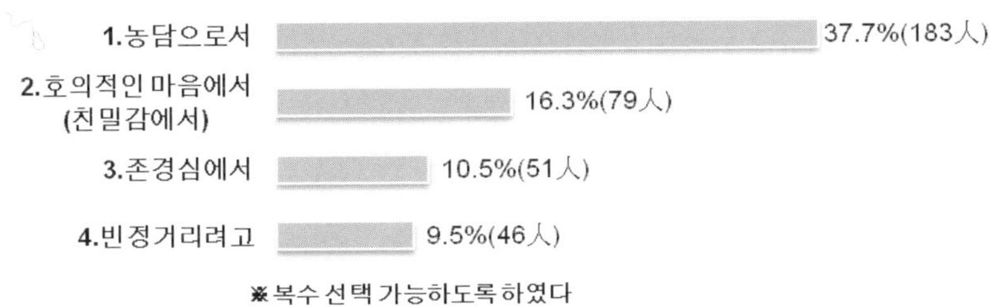



평소는 다메고를 사용하고 있는 상대에게 경어를 사용 할 때가 있는데, 그 이유로서 가장 큰 것이 「농담으로」였다. 경어가 농담으로 성립한다는 것은 다 메고를 사용하는 상대에게는 경어를 사용하지 않는다 라는 전제가 있기 때문 일 것이다. 2위에는 「호의적인 마음에서」, 3위 「존경심에서」, 4위 「빈정거리려 고」 등으로 나타나는데, 이는 경어가 호의나 존경심을 나타낼 때도, 악의를 나타낼 때도 사용된다는 것을 보여주는 것이다.

<표8> 처음에는 丁寧語를 사용 상대에게 다메고를 사용하게 될 경우

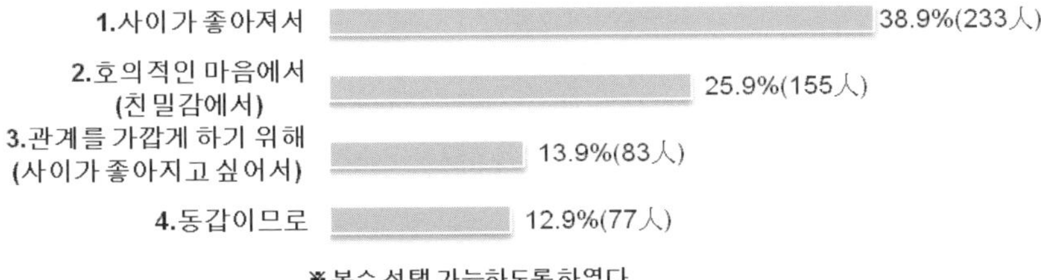



처음에는 です、ます로 말하던 상대에게 다메고를 사용하게 될 때의 이유로 서 가장 큰 것은 「사이가 좋아져서」였다. 2위 「호의적인 마음에서」 3위 「관계를 가깝게 하기 위해」 등에서도 알 수 있듯이 다메고 사용목적은 심리적 거리의 가까움에 있다는 것을 알 수 있다. 상대와 심리적으로 가까워지면 다메고를 사 용하고, 또한 가까워지기 위해서도 다메고를 사용한다는 것을 알 수 있다. 4위 의 「동갑이므로」 도 심리적인 가까움이나 마찬가지 입장이기 때문일 것이다.

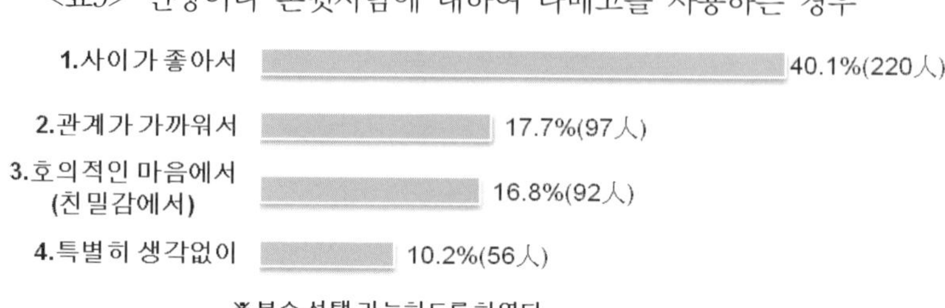

<표9> 연상이나 손윗사람에 대하여 다메고를 사용하는 경우



연상과 손윗사람에게 다메고를 사용하는 경우의 이유로서는 「사이가 좋아서」가 월등하게 높다. 2위 「관계가 가까워서」, 3위 「호의적인 마음에서」 도 마찬가지로 상대가 연상이나 손윗사람이라 하더라도 다메고가 심리적인 가까움을 나타내는 역할을 가진다는 것은 변함이 없다.

<표10> 연상과 손윗사람에 대하여 경어를 사용하는 경우

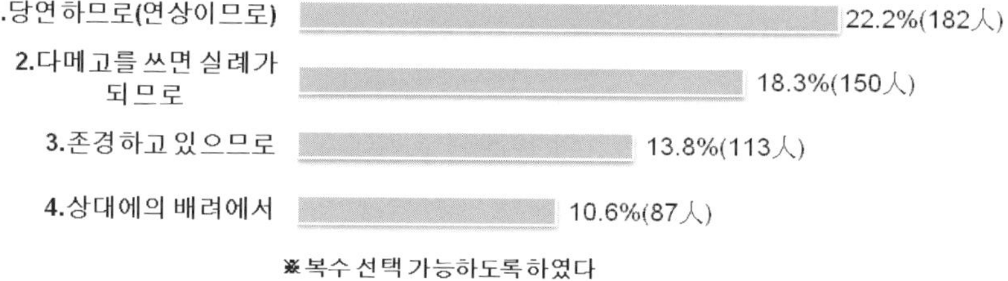



연상과 손윗사람에게 경어를 사용하는 이유로 가장 많은 것은 「당연하므로」이다. 연상이나 손윗사람에게 경어를 사용하는 이유는 경의와 심리적인 거리감보다도 당연히 경어를 사용해야 한다는 상하관계나 위치관계에 대한 당위적인 마음에서 오는 것이다. 2위의 「다메고를 쓰면 실례가 되므로」 도 상대의 위치나 입장에 대하여 당위적인 마음이나 예의를 나타난 것이라고 할 수 있다. 3위의 「존경하고 있으므로」에서 연상과 손윗사람에 대한 존경심을 경어사용의 이유로 들었고, 4위 「상대에의 배려에서」는 연상과 손윗사람에 대한 경의나 예의적인 마음이 나타나 있다.

이상의 내용에서 다음과 같이 정리할 수 있다

【경어사용의 이유(기능)】
· 동갑에 대해서 :
　　① 심리적인 거리감에서　　② 호의에서　　③ 경의·존경심[9]에서
· 연상/손윗사람에 대하여 :
　　① 당위·의무적으로　　② 예의로서　　③ 경의·존경심에서

【다메고사용의 이유 (기능)】
· 심리적인 가까움을 나타낸다
　　　　→ 상대의 연령에 관계없이 – 가까워지고 싶을 때
　　　　　　　　　　　　　　　　 – 가까워졌을 때

**③** 경어와 다메고의 선택과정

　대우표현의 선택을 결정하는 것은 결국 그 상대나 그 장소에 있어서 어떠한 말을 쓰고 싶을까? 해야 될까? 라는 화자본인의 의식 나름에 있다. 그러므로 대우표현의 선택에 있어서 가장 중요한 내용은 화자본인의 의식이라는 내적인 요인인 것이다. 그 내적요인은 다음과 같이 정리 할 수 있다.

**【화자본인의 내적요인】**
· 주체적·능동적인 심리적 발로 :
　　　심리적인 가까움·멈 등의 심리적인 거리감, 상대에의 호의나 경의 등.
　　　TPO (Time, Place, and Occasion) 에 대해서 어떻게 생각할까 라는 본인의 의식
· 수동적인 사회적 통념 :
　　　연상/손윗사람에게는 경어를 사용하며, 연하/손아랫사람에게는 다

9·
경의와 존경심은 구별이 어렵기 때문에 하나로 묶었다.

10·
금회 조사에는 TPO (time
(時) place(場所) and
occasion(場合) 여기에는
상황적 요인을 뜻하는 것
으로 하였다.) 에 관한 조
사가 없었기 때문에 그 부
분은 생략한다.

메고를 사용하는 것이다
그 TPO에 대해서는 이러한 말을 사용해야 한다.
··· 이라는 의무적 · 당위적인 사회적 통념

이 화자 본인의 내적요소를 일본인 고교생의 경어와 다메고 사용의 이유에 맞추어 구체적으로 나타내 보면 다음과 같다.[10]

**【화자본인의 내적요인과 일본인 고교생의 경어와 다메고사용의 이유】**
· 동갑 상대의 경우
　　심리적으로 가까움 · 가까워지고 싶다 → 다메고 (가까움의 다메고)
　　심리적으로 멈 → 경어 (거리감의 경어)
　　상대에의 호의나 존경심이 있다 → 경어 (호의 · 존경심의 경어)

· 연상 / 손윗사람의 경우
　　심리적으로 가까움 · 가까워지고 싶다 → 다메고 (가까움의 다메고)
　　심리적으로 멈 ➜ 상대에게 경의 · 존경심이 있다 → 경어 (존경심의
　　　　경어)
　　　　상대에게 경의 · 존경심이 없다 → 경어 (당위
　　　　적 · 예의적인 경어)

경어와 다메고의 선택은 그 화자본인의 내적요인을 중심으로 관계성 · 연령 · 성별이라는 경어와 다메고의 선택기준을 거쳐 결정되어 질 것이다.

**【화자본인의 내적요인을 중심으로 한 경어와 다메고의 선택 과정】**
① 관계에 의한 판단기준
　　··· 화자본인의 내적요인에 의하여, 상대에 대한 언어사용을 대
　　략적으로 결정 한다

② 연령에 의한 판단기준

··· 화자본인의 내적요인에 의하여, 보다 더 자세하게 언어사용을 결정한다.

③ 성별에 의한 판단기준

··· 마지막으로 상대의 성별에 의하여 미묘한 말씨까지 결정한다.

→ 동성의 경우 – 보다 자신에 가깝기 때문에 보다 더 다메고를 선택

→ 이성의 경우 – 보다 자신에 멀기 때문에 보다 더 경어를 선택

## 4  연구과제 및 전망

### ❶  유의점과 금후의 과제

이상 일본인 고교생의 경어와 다메고 사용 현황과 그 이유 및 선택과정에 관하여 살펴보았는데 주의하지 않으면 안 될 것은 대우표현의 선택이라는 것은 결국 화자가 상대에게 어떠한 대우를 하고 싶은가? 하지 않으면 안 되는가? 라는 화자본인의 내적요인에 의하여 결정되어지는 것이기 때문에 당연히 개개인에 의한 차이가 나타난다는 것이다. 또 데이터에서 본 것처럼 모든 일본인 고교생들이 예를 들면 교사에게 다메고를 사용한다든지 심리적으로 가까운 상대에게 반드시 다메고를 사용하고  있다는 것이 아니다. 여기에서는 어디까지나 그 사용경향을 중심으로 논리전개를 한 것이며 누구에게나 적용되는 것은 아니라는 것을 유의할 필요가 있다.

그리고 화자본인의 내적요인이 상황적 요인을 어떻게 파악하느냐에 따라서 대우표현 선택에 더욱 더 변화를 줄 수 있다는 것도 고려하지 않으면 안 된다. 상황적 요인은 경우에 따라서는 대우표현 선택에 있어서 상당히 영향력을 주는 것이기 때문에 금후 다시금 연구해 나갈 필요가 있다.

### ② 다메고 연구의 전망

일본어의 다메고라는 것은 일본어 경어 연구의 그림자에 가려져 그다지 연구되어지지 않은 것이 현상이다. 그러나 우리가 언어생활을 영위하는 속에서 다메고는 상당히 큰 위치를 차지하고 있는 것은 사실이다. 대우표현을 크게 경어인가 비경어인가로 생각하면 경어를 사용하지 않는 언어생활은 모두 비경어를 사용하고 있다는 것이 된다. 이처럼 경어와 비경어인 다메고의 관계는 표리일체로 서로 뗄래야 뗄 수 없는 것이다. 경어를 사용함으로써 무언가 내용이 표현 되는 게 있다면, 경어를 사용하지 않고 표현 되는 것도 있을 것이다. 다시 말하자면 경어를 통해서만이 표현 할 수 있는 내용이 있다면 경어를 사용하지 않아야만 표현 할 수 있는 것도 있다는 것이다.

시대 변화흐름에 따라 경어가 가진 기능도 함께 변화되어 온 것처럼 당연히 다메고가 지닌 기능도 변화 해 온 것이다. 학교에서는 학생이 교사에게 다메고를 사용하고 교사도 학생이 다메고를 사용해 주기를 원하며, 텔레비전에서는 사회자가 다메고을 사용하며, 유행하는 가게에 가면 점원이 젊은 손님에게 서비스로서 다메고를 사용하는 등의 일이 많아지는 이 시대에 다메고에 관한 연구는 더욱 더 필요하게 될 것 이다.

# 09 화제의 인물에 대한 일본어경어표현

이윤진

## 들어가는 말

경어를 사용한다는 것은 단순한 문법형식뿐만이 아니라 복잡, 다양한 인간관계 안에서 하나의 적절한 경어의 표현형식을 취해야만 한다. 더욱이 어느 상대에게 어떠한 장면에서 어느 정도 거리를 유지하며 경의敬意를 표해야 하는가를 판단하여 사용할 때 무리 없이 상대와의 조화가 이루어진다고 볼 수 있다.

이러한 경어사용을 결정짓는 화자의 조건이 사회적 팩터(factors)[1]이다.

경어의 역할을 생각할 때 특히 사회적 팩터(factors)안에서의 「화자」「청자」「화제의 인물」과의 인간관계에 관한 내부관계의 변수로서 작용하는 여러 팩터가 되는 「상하上下관계」「내외內外관계」「친소親疎관계」「입장立場관계」의 팩터를 선택하고 각각의 요인이 경어표현의 중심으로 작용하게 된다.

화자는 청자와 화제의 인물이 등장하는 경우에 화제의 인물과의 관계를 고려하여 적절한 언어를 사용해야만 한다.

일본어의 경어표현은 동작을 하는 사람에게의 경어표현과 동작을 받는 사

1·
「상하上下관계」팩터는, 언어를 사용함에 있어서 가장 기본이 되는 팩터라 볼 수 있다. 이 팩터를 구체적으로 나누면 사회적 지위의 상하관계와 연령의 상하관계, 경험상의 상하관계로 나눌 수 있다.

「입장立場관계」팩터란, 사회적 행동에 있어서 상호相互 인간관계안에서 은혜恩惠의 의식이 보다 크게 인식되어지는 팩터이다.

「내외內外관계」팩터란, 자기 자신쪽과 타인쪽 혹은 대상과의 관계를 어떻게 다루고 있는가에 따라 경어 사용을 달리하는 경우이다. 타인에 대하여 자기 자신이 속해있는 인물을 상위자上位者로서 높여서 경어를 사용해서는 안 되는 규칙은 중요한 사회적팩터라 할 수 있다.

「친소親疎관계」팩터란, 친한 사이와 그렇지 않은 사이를 말한다. 서로 안면은 있지만 친하지 않은 경우나, 첫 만남의 경우에는 언어사용이 달라진다. 기본적인 대우표현의 성질에서 볼 때 시회적·심리적 거리감에 대한 표현이라고도 할 수 있다.

람으로의 경어표현과 화제의 인물과의 관계를 고려하여 이루어지는 경어표현이 적절하게 사용되고 있다고 볼 수 있다.

이는 「상대의 동작에 대한표현」과 「자신의 동작에 대한표현」이 보여 지며 거기에 화제의인물이 등장하는 것에 따라 그 관계가 경어표현상에 자연스럽게 나타나가된다.

또한 화자는 그 장소에 있는 청자측을 높여야 할지 그 장소에는 없지만 청자와의 관계를 고려하여 화제의 인물을 높여야 할지에 따라 경어사용은 달라진다고 할 수 있다. 그러므로 화자는 경어를 사용하기 이전에 자신과 청자측의 관계와 청자측과 화제의 인물의 관계를 염두 해야만 한다.

혹은 화자에 대하여 청자는 「内관계(내쪽관계)」와 「外관계(남의쪽관계)」로 구분지어 경어를 사용하고 있다.

## 1 선행연구

한미경(2007)은, 화자가 경어를 사용하는데 있어 가장 먼저 고려해야 할 조건은 대화의 상대인 청자와의 관계이며, 그 외에 화제의 인물과의 인간관계, 대화가 이루어지는 장소나 분위기등의 장면, 화제가 되는 사항의 성격 등이 경어사용을 결정하는 조건이라 할 수 있다.

또 실제 언어행동에 있어서는 청자 또는 화제의 인물을 높여서 언급하거나 자기 자신을 낮추거나 하는 일반적인 경어 형식뿐만 아니라, 소위 마이너스 경어라고 하는 존대어尊大語[2]나 비하어卑下語[3]도 경어로 간주한다. 또한 표현수단도 언어표현만이 아니라 부수적인 비언어적 표현까지도 경어표현의 범주 속에 포함시킨다. -생략-

경어란 화자가 언어행동을 할 때에, 상대 및 화제의 인물과의 인간관계에 대한 배려, 언어행동이 행해지는 장면, 화제가 되는 사항의 성질 등에 대한 고려에 의해서 선택되는 표현형식이다. 라고 화자가 경어를 사용하는데 있어서의 고려해야하는 사항을 말하고 있다.

2·
おれさま 등

3·
ぬかす 등

쓰지무라도시키辻村敏樹(1992)는 도키에다時枝의 분류를 받아들인 경어를
「소재경어素材敬語」와 「대자경어対者敬語」로 분류 했다. 이 분류에 의하면 「대자
경어」라 하는 것은 표현수용자(대자)에 대한 표현주체의 존경의 마음을 직접
나타낸다.

「소재경어」를 이른바 존경어에 해당하는 「상위주체어」 겸양어에 해당하는
「하위주체어」, 「미화어」로 3분류 하고 있다.

또한, 「절대」와 「관계」로 구별하여 「절대상위주체어(=절대경칭)」은, 상위
자의 동작·상태를 타인에 관계없이 절대적으로 표현하는 것이며, 「관계상위
주체어(=관계경칭)」은, 상위자의 동작·상태를 타인에게 은혜적관계를 가지
고 나타낸다. 또한 「절대상위주체어(=절대겸칭)」이라하는 것은 하위자의 동
작·상태를 타인과 관계없이 절대적인 것으로서 나타내는 것이며, 「관계하위
주체어(=관계겸칭)」은 하위자의 동작·상태를 타인에게 은혜적인 관계를 가
진 것으로서 나타내는 것을 말하고 있다.


## ▍2  청자측에 속하는 경우


현대 경어사용은 그 대우표현의 정도와 상관되는 의미에 의해 인간관계나
장면, 상황 등에 의해 적절하게 구분지어 사용하도록 요구되고 있다.

하지만, 경어사용이 적절하게 이루어지고 있지 않는 경우가 나타나는 것은
현대사회에서 보여지는 인간관계가 복잡하고 다양하다는 점이다. 그러한 인간
관계 안에서 화자 자신에게 위치하고 있는 입장과 청자인 상대측과의 관련성
에 따라 적절한 언어선택을 우선 염두 해야 할 것이다.

표현의지를 가지고 그 의지를 상대에게 전하기 위해서는 화자·청자·화제
의 인물 상호간의 인간관계를 인식한 위에 그 관계를 「상하·입장·친소」 요
소의 기본적인 팩터에 맞춰 본연의 상태에 따라 각각의 요소에 준하여 상호인
간 관계를 배려표현을 통하여 나타내게 된다.

청자는 화제인물의 서열관계에 따라 화제의 상위자를 높여서는 안 되는 경우

가 있다. 경어법의 엄격한 규칙이 있어 고정된 것이 아니라 실제 회화운용 안에서 변화가 일어나는 것이다. 이에는 사회적, 심리적팩터 중에서 일본어의 경어형태의 대인관계에 있어서 어느 팩터가 우선시 되며, 동작주체는 동작객체에 어떠한 경어표현을 사용하고 있는지 그 표현방식에 대하여 알아보기로 한다.

1)「ご自宅に戻られても…これから、いろいろあるとは思いますが」

(의사→환자의 남편 화제의 인물: 환자, エモー[4])

2)「お兄さん、お部屋を見てすぐ契約なさったんです。日当たりいいなあっておっしゃってね。でも先月のお家賃入ってなかったんで、変だなと思いましてね。来てみたらもうあの臭いがしましたよ」

(집주인→세입자의 여동생 화제의 인물: 청자의 오빠, コン[5])

3)「残酷なことを申し上げますが、お許してください。・・・ご主人は亡くなられました。現在、ご両親がご遺体を確認されてます。」

(승무원→ 승객 화제의 인물: 승객의 남편, GOOD[6])

4)「ちずこさんは、妊娠されました。」

(제자→은사 화제의 인물: 은사의 딸, ハチ[7])

예1)의 경우는 화자와 화제의 인물은 의사와 환자이다. 일본어의 경우는 보통 의사가 환자에 대해 입장이 강한 팩터로 작용한다. 여기에서 의사는 청자에게 경의를 표하고 있으며 청자 측의 화제의 인물에 대해서도 가벼운 경어를 사용하고 있다.

예2) 3)의 화자는 청자측에 속하는 화제의인물을 경의도가 높은 표현으로 이야기 하고 있으며 장면의 상황에 의해 더욱더 격식을 차린 형태의 경어사용이 이루어지고 있다.

예4)의 청자는 화제의 인물과 친족의「内関係(내쪽관계)」이다. 이는 화제의 인물을 높임으로서 동시에 청자측에 대한 배려의 마음이 표현되는 것이다.

4·
エモーション・フラット
→(エモー) 木宮条太郎
2003 シナリオ作家協会

5·
コンセント→(コン) 奥寺
佐渡子 2002 シナリオ作
家協会

6·
GOOD LUCK→(GOOD)
井上由美子 2003 マガジ
ンハウス

7·
ハチ公物語→(ハチ) 神山
征二郎 2002 시사일본어
사

## 3  화자측에 속하는 경우

5) 「もちろん<u>お断り申し上げました</u>。私は世界一のパーサーをめざしてい
   ると<u>申し上げて</u>。」

(승무원 주임→ 부조정사 화제의 인물: 기장, GOOD)

6) 「佐枝子、菊川先生に食前酒を<u>お注ぎしてさしあげて</u>、それからオード
   ブルも<u>お勧めして</u>」

(어머니→딸 화제의 인물: 아버지의 지인, 白い[8])

7) 「<u>父と母</u>はですね、箱根の搭ノ沢温泉に<u>行っております</u>の。毎年暮れに
   は行くんです。」

(딸→아버지의 제자 화제의 인물: 화자의 부모, ハチ)

8) 先生はお坊っちゃんをとても<u>愛していらっしゃいました</u>。

(가정부→형사 화제의 인물 : 집주인, 行方[9])

8 ·
白い巨搭→(白い) 山崎豊
子 2002 新潮文庫

9 ·
行方のない切符→(行方)
西村京太郎 1987 双葉社

　예5)의 화자는 청자보다 연령이나 경력으로 보아 상위자이지만 직함은 아래
인 경우이다. 회사내에서의 상하관계에 있어서 직함이 어느 요소보다 크게 작
용하고 있으므로 청자에 대하여도 겸양어로 대우하고 있다.

　일반적으로 모녀간의 대화에서는 경어표현이 그다지 나타나지 않지만 예6)
의 경우처럼 자식에게 어떠한 동의를 구하는 경우에는 평소보다 정중한 말투
가 사용되기도 한다. 또한 화자는 같은 장소에 있는 제3자를 배려하여 높은
경어표현을 취하고 있다고 볼 수 있다.

　예7)은 청자에게 화사는 화제의 인물인 자신의 부모의 호칭을 낮춤으로서
상대적으로 청자를 높이는 배려표현이라 할 수 있다.

　예8)은 가정부인 화자가 자기가 종사하고 있는 집주인과 그 집 아들에 대해
형사 앞에서 언급하는 경우이다. 이 경우 입장관계와 상하관계의 팩터가 작용
하여 가정부는 자신의 고용인 즉 상관에 대해 타인 앞에서 경어를 사용하고
있는 것이다.

## ▌4　화자·청자 양측에 속하는 경우

**10·**
副社長→(副)清水一行
1991 角川文庫

9)「でも、<u>社長さん</u>はお室に<u>いらっしゃるんですか</u>」

(여직원→경리부장 화제의 인물: 사장, 副<sup>10</sup>)

10)「<u>本日</u>は、監査室から香田キャプテンが<u>同乗されます</u>。」

(기장→승무원 화제의 인물: 동료기장, GOOD)

11)「<u>先生</u>の<u>ご本</u>はどう<u>なさるの</u>。」

(장모→사위 화제의 인물: 화자의 남편, ハチ)

　직책명 뒤에 「さん(씨)」는 생략 하는 것이 원칙이지만 예9)처럼 직책명에 「さん(씨)」를 붙이는 경우도 같은 직장내의 동료사이 대화에서 보여 지고 있다. 특히 여성의 경우 그 빈도수가 남성보다 많다. 또한 이 경우는 자기보다 상관인 경리부장에게는 です를 사용하고 그 보다 상위자인 사장에게는 존경어 いらっしゃる를 사용하여 두 사람에게 다 경어를 사용하고 있다. 예10)의 기장인 화자는 자신보다 연하의 화제의 인물을 타부서 앞에서 배려하여 경어를 사용하고 있다. 이 역시 지위의 팩터가 연령의 팩터보다 우선시 되는 것을 보여주고 있다. 예11)은 장모가 사위에게 이야기할 때 남편에 대해 경어를 사용하고 있다. 이는 가족간의 상하관계가 작용된 것이라 하겠다.

## ▌5　화자·청자 양측에 속하지 않는 경우

12)「じゃあ、<u>お帰りになったら</u>すぐ<u>伝えてください</u>。田坂さんの奥さんが
　　自殺未遂で<u>入院なさっているんです</u>。」

(간호사→ 형사 화제의 인물: 가해자의 어머니, 行方)

13) 「このうちを管理されている隣のお婆ちゃんだよ。応援に<u>来てくださっ</u>
<u>た</u>んだ。」

(아버지→ 아들 화제의 인물: 옆집 할머니, 隣[11])



경어가 대인관계와 밀접한 관계가 있다고 하는 것에서 그 경어사용이 듣는 청자의 기분에도 크게 작용하게 된다. 즉 화자의 경어표현 방법에 따라 화자가 화제의 인물이나 그 화제를 어떻게 받아들이고 있는가라고 하는 것과, 청자를 어떻게 대우하고 있는가가 경어표현상에 잘 나타나고 있다.

예12)는 간호부가 형사에게 화자의 얘기를 하고 있는 것인데 이 경우 화제의 인물은 화자측도 청자측도 아니다. 그러나 화자는 입원한 화제의 인물에 대해 경어를 사용함으로서 대화의 장면을 격이 높은 것으로 하고 있다.

예13)의 「来てくださったんだ(와주셨단다)」의 사용은 화자의 마음이 나타나는 심리적팩터가 움직이고 있다는 것을 알 수 있다.


## ▌6　연구 과제 및 전망

일본어 경어는 「주위의 인간관계의 배려」가 현재 경어행동에 강하게 작용된다.

화자는 청자와 화제의 인물 사이를 고려하여 경어를 사용하고 있다. 즉 화자의 청자에 대한 배려 판단은 청자와 화제의 인물 사이의 관계 주로 청자에 대한 배려에 의해서 화제의 인물에 대한 경어 표현이 결정되어지며 이는 곧 화자의 발화가 청자측 대우와 화자측 대우로 이분화한 경우 그 경어 체계는 청자측 대우의 배려가 우선시되는 상대경어로서의 경향이 강해진다고 볼 수 있다.

또한, 표현하나하나가 팩터의 분별分別에 따라 대우待遇 해야 하는 결정권이 화자측이 아니라 청자측에 있기 때문에 화자는 청자와 화제인물에 대하여 세심한 배려가 필요하다.

세심한 배려라고 하는 것은, 화자측과 청자측에서 발생하는 은혜수수관계에서의 배려配慮를 말한다.

이 경우 신분이나 지위, 나이가 낮은 아랫사람인 화자가 윗사람인 청자에게 은혜를 표할 때 여러 표현 형식이 나타난다. 그 미묘한 형식의 차이에 따라 화자의 표현하고자하는 취지가 바뀌질 위험성도 따르기 때문에 언어의 배려가 필요한 것 이다.

상대를 어느 정도 대우할지 혹은 대우를 하기 위하여 어떤 언어표현을 채택하여 사용 하여야 할지는 실로 대인 커뮤니케이션에 있어서 중요한 문제이다.

일본어학에 있어서 「대우表現」의 영역은 단순한 일본어학의 연구가 아닌 팩터별 상황별로 변동이 가능한 유동적인 것 이므로 고정되어있지 않다는 인식하에 학술적 연구가 요구된다.

# 10 젠더표현이 젠더사회화에 미치는 영향

김은옥

## 들어가는 말

우리의 일상은 타인과의 언어소통 정보교환을 위한 하나의 수단으로서 수 많은 말과 글에 둘러싸여 있다. 특히 매스미디어의 발달과 함께 각자의 의사와 는 관계없이 무심코 흘려듣는 말까지 포함하면 언어의 범람 속에서 살고 있다 고 해도 과언이 아닐 것이다. 이러한 일상에 자연스럽게 녹아들어 있는 언어의 내용에 담겨진 메시지에는 기본 정보 이외에 화자의 사회적 지위와 문화의 수준, 이념적 성향까지를 포함하여 성별간의 이미지까지 전달하는 기능을 가 지고 있다.

대부분의 사회는 성별에 따라 상이한 사회가치와 행동양식을 규정하고 있 으며, 각 사회의 구성원은 각 사회의 행동양식에 따라 자신의 성별에 따른 역할 을 수행하고 있다. 이와 같은 성역할[1]의 사회화는 사회적 통념에 의한 바람직 하고 이상적인 남성상과 여성상을 형성하게 되고, 우리는 시시각각 그 사회의 젠더상[2]에 알맞은 언어를 선택하여 사용하게 된다. 그러나 우리의 일상을 들여

[1] 각각의 성에 대해서 사회 가 기대하는 역할

[2] 선천적, 신체적, 생물학적 으로 구분되는 성에 대해, 사회적 문화적 개념의 성 을 젠더라 하고 각각의 젠 더에게 기대하는 사회의 이상적인 성역할을 의미 한다.

다보면, 항상 그 사회가 요구하는 젠더상과 일치하는 언어행동을 하는 것은 아니다. 중 고등학교 시절의 언어행동을 보면 남성성을 나타내는 언어를 선택하여 사용하는 경우도 많고, 상황에 따라서는 여성이 남성성을 나타내는 언어를, 남성이 여성성을 나타내는 언어를 선택 사용하는 예도 있다. 이는 젠더가 필연적인 요소가 아니라 임의적 요소임을 단적으로 나타낸다 하겠다.

그러나 젠더의 사회화는 우리의 언어행동에 많은 제한적 역할을 담당하고 있으며, 각 성별에 기대되는 언어행동 규범에서 일탈되는 언어행동에 대해서는 사회적인 비판과 제재가 따르게 된다. 언어는 현실과 일치하지 않는 젠더상을 형성하는데 커다란 역할을 하고 있을 뿐만 아니라 젠더상의 재생산에 크게 관여되어 있다는 점에서 중요하다.

이 글에서는 어떠한 언어로서 젠더상을 표현하고 성역할을 강요해 왔는지 고찰함으로서 성역할과 성이 본질적인 것인지 우리의 일상생활에서 여성과 남성의 구별을 위한 언어표현에는 어떤 것들이 있는지를 진지하게 관찰하는 기회로 삼고자 한다.

## 1 젠더란 무엇인가

젠더는 각각의 개인이 그 사회에서의 학습을 통해 내면화 된 정체성, 역할, 활동 등을 말한다. 즉 성(sex)은 신체적인 특징에 의해 구별되는 개념으로 젠더(gender)와 반드시 일치하지는 않는다. 신체적 특징이 개인의 행동을 결정하는 결정적 요소는 아니다. 그러나 젠더는 본질적인 것이 아니며 변화되지 않는 요소가 아니다. 각 사회의 다양한 문화적 경험을 통해 학습되는 것이며 시간과 상황에 따라 변화 가능한 요소라는 점에서 성과는 구별된다.

젠더의 의미는 사회적 가치에 의해 다르게 나타난다. 젠더는 개인적인 특성이라기보다 성의 사회적 의미를 규정하는 상호 복합적인 문화적 사고다. 젠더에 대한 사회적 정의가 공적인, 사적인 삶에 스며들어 있기 때문에 우리는 젠더의 의미를 정상적이며 자연스럽고 옳은 것으로 여기게 된다.(줄리아우드 2005

p.34-35)

현대는 여성의 지위 향상으로 다양한 사회 활동을 통해 다양한 여성성을 인정하는 방향으로 가고 있는 듯하지만, 김은옥(2006)의 조사결과에 의하면, 여성은 온순하고 얌전하며 아름다움을 추구하는 존재로서 인식되고 있으며, 남성은 용감하고 믿음직스러우며 강한 존재로서 인식하고 있음은 변화가 없다. 이는 「진정한 여성(real women)」은 여전히 외모가 중요하고 (매우 아름답거나 섹시해야 하고) 아이를 아주 좋아하며 가사에 관심을 두어야 한다. 여성관, 남성관의 변화에 관한 한, 기본적인 청사진은 상대적으로 변하지 않았다(Greenfield, 1997; Kerr, 1977, 1999, 줄리아우드 2005 p34재인용)는 내용과도 일맥상통한다 하겠다.

젠더는 필연석인 것이 이니라 자의적이다. 이는 마거릿 미드(Margaret Mead, 1963)의 뉴기니 사회의 젠더에 대한 특징을 보면 알 수 있다. 아라페시(Arapesh)족은 남성과 여성, 양성 모두 우리가 여성적이라고 여기는 행동에 순응하여 남성, 여성 모두 수동적이고 온화하며 공손하고 특히 어린아이들을 잘 돌본다. 한편 문두구머(Mundugumor)족은 남녀 모두를 공격적이고 독립적이며 경쟁적으로 사회화시킨다. 챔블리(Tchambuli)사회의 젠더 의식은 현재의 미국과 반대다. 즉 여성은 지배적이고 성적으로 적극적인 반면, 남성은 섬세하고 옷으로 치장하도록 배우며 여성들에게 매력적으로 보이도록 머리를 곱슬하게 말기도 한다. 이렇듯 젠더란 신체적인 성에 부여한 그 사회의 가치이며 자의적 의미이다. 또한 우리는 젠더의 사회적 가치를 드러내고, 이것이 여성 남성으로서 가져야 할 올바른 이미지임을 강조하는 다양한 커뮤니케이션에 노출되어 있다.


## ▋2  선행연구 및 연구동향

젠더와 언어와의 관계를 연구의 중심테마로서 관심을 갖기 시작한 것은 1960년대 이후 성해방운동에 기반을 둔다. 각 사회의 문화를 형성하고 문화를 전달하는 중심적인 역할을 하는 언어가 성 차별의식을 포함하여 성차별을 강화하는 기능을 갖고 있으므로 언어 속에 담겨있는 성 차별적인 요소를 제거하여, 성 평등적인 표현으로 바꾸어가고자 하는 운동에서 출발했다. 그 대표적인 예인 chairman, congressman, fireman, policeman 과 같은 단어는 man을 요소로 하고 있는 것들로 남성만을 지칭하는 남성만의 영역으로 성차별적인 의미를 포함하고 있다하여, 이를 성 평등적인 단어인 congressperson, policeperson, chairperson 등으로 바꾸어나가는 운동을 전개했다. 그러나 유럽의 당시의 언어학은 주로 추상적 개념의 언어, 문법구조를 주 연구대상으로 삼았기 때문에 이러한 언어의 발생원인과 사용 환경을 밝히기는 어려웠다. 그러한 의문의 반동으로 나타나게 된 것이 사회언어학이다. 즉 사회의 다양한 관계 속에서 언어를 다루었지만, 젠더는 언어의 다양성에 기인하는 하나의 속성으로 간주하고 또 항상 성을 구별하여 비교하는 이분법적인 젠더관을 형성하고, 젠더스테레오타입[3]을 양성하는 역할을 한다는 비판을 받았다.



일본어의 경우는 유럽의 페미니즘운동과 그 역사를 달리한다. 일본어의 경우는 여성어와 남성어라는 것이 존재하여 여성이 여성어를 사용하는 것, 남성이 남성어를 사용하는 것 자체를 당연하게 생각해 왔기 때문에 페미니즘 운동에 있어 언어를 문제 삼는 일은 거의 없었다. 사회적인 구조의 불평등으로 인한 차별로서 생각했기 때문에 사회구조의 개혁에만 관심을 갖게 됨으로써 언어와 차별과의 관계에는 그다지 관심을 돌리지 않았다. 사용어에 있어서의 남녀의 차이에 대한 연구가 많았고 그 차이를 역할에 따른 결과로서의 차이로 간주하는 경향이 있다. 이는 이데사치코 외井出祥子外(1984)의 연구에서 잘 알 수 있다.

> 인간이 사용하는 언어에는, 남성이 사용하는 언어와 여성이 사용하는 언어가 존재하고, 그것은 남성과 여성이 다르게 행동하는 만큼 다르게 존재하는 것이라고 말할 수 있다. · · · (중략) 일본의 여성어를 세계의 여성어 속에서 생각함으로써 각각의 특징이 일본 사회·문화에 의한 것인지, 생득적이고 보편적인 여성의 특질 때문인지가 명확해진다. 세계의 언어에 시야를 넓혀서 언어의 성차를 고찰해 가는 것은, 인간의 남성과 여성의 본질을 언어를 통해서 바라보는 것과 관계가 있을 것이다.(필자번역)

그러나 다시 생각해 보면 언어와 성이 본질적으로 관계가 있는 것일까? 그렇다면 세계의 모든 언어는 일치해야 마땅하며, 한 발 더 나아가 언어의 성차가 성역할에 기인한다고 한다면, 모든 언어행동이 성과 일치하는 보편적인 특징을 가지고 있어야 한다. 그러나 앞에서 언급했듯이 마가렛 미드(1963)의 조사보고에 의하면, 어떤 공동체는 남녀 모두 전통적인 여성적 성향을 보였고, 또 어떤 공동체는 남녀 모두 전통적인 남성적 성향을 보였으며, 또 다른 공동체는 전통적인 성역할의 역전 현상을 보이고 있다. 따라서 성역할과 각각의 성과는 본질적으로 아무런 관련이 없음을 알 수 있다. 성역할도 인간이 만들어 놓은 규범이고 이 규범에 어울리는 언어사용을 하도록 학습시킨 것도 인간이다.

이처럼 언어행동과 성과는 본질적인 근거가 없고 사회화과정에서 형성된 요소로서 다루는 나카무라모모코中村桃子(2001)의 언구에서는 언어행동과 성은 필연적 관계가 아닌 자의적 관계에 있으며, 다양한 여성성 남성성이 존재하고 한 개인에게도 하나의 여성성 또는 남성성만을 지니고 있는 것이 아니라 상황에 따라 적극적으로 선택하여 사용하고 있다고 한다.

우리는 아이가 태어나면서부터 이미 그 사회에서 학습한 이상적인 남성성과 여성성을 가지고 있어 이에 알맞은 여성, 또는 남성으로 키우고자 한다. 모든 것을 이분법적으로 생각해 왔던 것이 아닌가 생각된다. 이분법적 사고는 양 성이 대조적인 특징을 지녀야 한다는 고정관념이 바탕이 되고 있는 것이 아닌가 싶다. 그러나 뉴기니의 세 부족의 특징을 보면 성역할의 차이가 없는 곳도 존재한다. 신체적 성에 따른 성역할의 구분이 반드시 필요한가를 생각해 볼 필요가 있다. 이러한 성역할의 구분은 소수의 트렌스젠더, 레즈비언 등 그들을 사회 공동체에서 배제하는 결과가 될 것이다. 따라서 성역할의 다양성을 인정하고 상황에 따라 다양한 언어행동의 가능성을 열어두어야 할 것으로 생각된다.

## 3 젠더의 사회화

젠더는 우리가 태어나면서부터 이미 가지고 있는 인간의 본질적인 것도 아니고 영속적인 것 또한 아니다. 다양한 인간의 상호작용 속에서 형성되는 사회적 의미이며 상징적 의미이다. 젠더는 사회의 다양한 관계 속에서 형성되며, 언어를 통해 구체화된다. 가족의 구성원간의 관계 속에서, 학교 구성원 속에서 사회 공동체 구성원간의 관계 속에서 커뮤니케이션을 통해 형성된다. 커뮤니케이션은 자신의 정체성을 인지하기 위한 중심과정이다. 가정 내의 비언어커뮤니케이션을 포함한 다양한 커뮤니케이션을 통해 자신의 젠더 정체성을 인지하게 된다. 이 과정에서 칭찬과 벌에 의해 젠더는 수정이 되기도 하고, 강화되기도 하며, 나아가 다양한 미디어를 포함한 사회생활 속에서 젠더는 학습되고 유지된다. 젠더 사회화에 있어서 언어는 필수불가결한 요소라 할 수 있다. 언어가 사회공동체 안에서 공유할 의미를 형성하고 언어를 통해서 의미를 전달하고 인식할 수 있기 때문이다.

어린아이는 텔레비전을 통해 텔레비전의 아이는 어떤 행동을 하고 어떤 행동을 할 때 칭찬을 받고 어떤 행동을 할 때 벌을 받는지를 관찰하게 된다. 즉, 그들의 언어행동을 통해 자신의 언어행동을 수정 학습해 나가는 과정을 거치게 된다. 또한 가정 내에서의 언어생활 속에서 자신의 언어행동에 대한 부모의 태도를 통해 자신의 성정체성을 인식하게 되고 그에 맞는 언어행동을 형성해 나간다.

이처럼 젠더가 하나의 사회의 규범으로 형성되면, 좀처럼 변화가 어렵다. 언어가 젠더를 나타내는 특징으로 형성이 되면, 그 사회의 젠더관과 일치하지 않는 언어행동에 대해서는 예외조항으로 간주되고, 그 사회의 젠더관과 일치하는 언어행동은 더욱 강화되어, 한 번 성립된 젠더관은 계속해서 유지되는 경향이 있다. 현실은 다양한 젠더가 존재하고 양성적인 특성을 갖고 있는 여성 남성이 많이 존재하고, 젠더의 경계선이 모호해져가는 경향에 있으나 언어는 여전히 여성과 남성을 전통적인 고정관념으로 표현하고 있음(김은옥, 2006)을 볼 수 있다.

## 4  소설 속의 젠더표현에 나타나는 젠더관

성 역할에 대한 사회적 통념은 다양한 커뮤니케이션을 통해 형성되고, 한 번 형성된 사회적 통념은 젠더의 사회적 규범으로서 작용하게 된다. 따라서 우리의 일상의 언어행동에 있어서 언어를 선택함에 있어서도 이미 형성된 젠더의 사회적 통념으로부터 자유롭지 못하다.

사회적 통념에 합당한 언어선택을 하게 되고 그렇지 못한 경우에는 사회적 비난을 감수해야 한다.

> 여자는 정중하게 말하지 않으면 안 된다는 사회적 통념이 있다. 만일 이를 따르지 않는다면 「여자 주제에」라고 비난하는 형태로 사회적 제제를 받게 된다. 이렇게 해서 성별에 따른 스테레오타입적인 언어가 생겨 유지된다. 실제로 인간의 사고나 행동에 영향을 주는 것이기 때문에 이 스테레오타입적 인간으로 자신을 연출시키고 있는 것이다. 그렇게 하여 남자는 남자답게, 여자는 여자답게 살아가게 된다. 이데(1983:192)

이렇듯 고정관념은 잘 변화하지도 않고, 언어행동에 많은 영향을 끼치고 있다는 점에서 중요하다. 이것은 현실을 그대로 반영한 것이 아니며, 여성의 사회활동이 증가하고 있는 현대에는 여성의 언어행동의 방해요인이 되기도 한다는 점에서 고찰의 의미가 있다.

### 1  조사의 개요

「女のくせに」「男のくせに」「女というものは」「男というものは」는 여성의 일탈행위와 남성의 일탈행위를 꾸짖고, 여성상과 남성상을 일반화시키는 표현이다. 여성의 일탈행위의 이면에는 각 사회의 이상적인 여성상과 남성상이 존재하여 이러한 여성상에서 벗어났을 때 사용되는 표현이라 할 수 있다. 따라서

위 표현들은 그 사회가 각 사회의 성에 부여한 가치를 연구하는데 중요한 단서가 될 수 있다. 따라서 위 표현을 문자열로 검색을 통해 찾아보기로 하였다. 실제 생활 속에서 사용하는 언어를 대상으로 하는 것이 가장 바람직하겠으나 자료 수집의 어려움이 있어 전자화된 근대 소설을 대상으로 검색을 실시하였다.

앞에서도 열거했지만, 한 번 고정관념으로 자리 잡으면, 좀처럼 그것이 변화하는 데는 시간이 걸리는 것이고 특히 성은 이분법적인 사고가 바탕이 되어 있어 쉽게 바뀌지 않는 것이다. 따라서 근대소설 속에서 말하는 여성과 남성의 이상형을 찾아보는 것도 의미있는 일이라 할 수 있다.

이 글에서는「女のくせに*」「男のくせに*」「女の癖に＊」「男の癖に＊」를 문자열로 검색했고,「女とい＊」「男とい＊」「女性とい＊」「男性とい＊」라는 문자열로 검색을 했다.

검색대상은『新潮の100冊読者支援ツール』Copyright(C)1996 Yoshinori Kaneko의 전자 북을 대상으로 했다.


**② 성 일탈행위를 비난하는 표현**


### 1) 女のくせに


1) 秋太郎のほうは、「五助」と呼ぶ時でも、どこか気がねをしているようすが見えるが、おきぬには、そんなしんしゃくは、つめのあかほどもなかった。「女のくせに。」と、彼は歯がみをしたけれども、小僧のぶんざいでは、口ごたえもできなかった。　　　　　robou01.txt(4364)

2) 女のくせに「あんた達はただの受付係でしょう。局長に面会に来た人を取り次げばそれでいいのです」「なに、女のくせに言わせておけばいい気になりやがって」　　　　　hanaumi01.txt(4634)

3) ただこの時は、女のくせに血をみても私は割合平気でいられる、と

思ったに過ぎない。　　　　　　　　　　　　　hanaumi02.txt(934)


(각 문장 뒤의 기호는 각 예문이 수록된 텍스트의 이름과 텍스트가 수록된
고유번호를 나타낸다)


　예1)은 여성은 대수롭지 않은 존재로 남성과 그 대하는 정도가 다르다. 예2)
도 여성을 비하하는 표현으로서 여성의 역할은 아주 미미해서 사회에서도 중
요한 것을 맡길 수 없는 사소하고 단순한 것이 여성의 역할임을 나타내고 있다.


2) 男のくせに


　4) 坪田は少々太目だが、不敵な面がまえの中のちょっと場違いなくらい
　　に小さな目が<u>男のくせに</u>くるくるとよく動いた。いつもヨソの人の耳
　　をはばかるようにしてぼそぼそと低い声で喋る、すこし陰気な男で
　　あった。　　　　　　　　　　　　　　　　　　　sinbasi01.txt(2930)


　5) つまり、<u>男のくせに</u>白粉を耳朶につけたり、口紅をさしたり、眉墨を
　　人の好い性格だけれども、うす毛の眉のあたりや、皺のよった眼尻、
　　つかったり……だから権兵衛が「女男」なぞと悪口をたたくのであろ
　　う。kenkyaku01.txt(5086)


　6) それに、<u>男のくせに</u>女のようなキメこまかいねっとりした肌をしてい
　　るのも、どことなく好色な感じがして、昔とかわりはない。
　　　　　　　　　　　　　　　　　　　　　　　karinotera01..txt(4788)


　7)「<u>男のくせに</u>台所なんぞ働かなくってもいいことよ、見ッともないわよ」
　　と、そう云うのです。　　　　　　　　　　　　　tijin01.txt(1455)


　8)「ふうん<u>男のくせに</u>、撫子学園だね」と真顔で感想を述べた。そう言わ
　　れてしまうと、逆に少し気にならなくなった。　　　rarou01.txt(141)

예4)는 마치 비밀이야기 하듯 하는 것은 남성답지 못한 짓이라고 비난하는 내용으로서 남성은 대범하고 의젓해야 함을 강조하고 있다. 화장은 여성이나 하는 것으로 다양한 남성을 인정하지 않는 내용이다. 남성은 강하고 검은 피부를 갖고 있는 것이 남자다운 모양이다. 하얀 피부는 남자답지 못하다는 비난을 면하기 어려워 보인다. 또한 가사는 여성의 역할로서 남성은 부엌에 들어가면 남자답지 못하다는 전통적인 고정관념을 강화하고 있다. 그러나 현대는 복잡하고 바쁘게 돌아가고 있다. 여성이든 남성이든 성역할을 구별하지 않고 시간이 있는 사람이 무엇이든 할 수 있고, 그 분야에 능력이 있으면 할 수 있는 시대이나 여전히 여성과 남성을 구분하여 각각의 고정관념에 따른 역할을 부여하고자 하는 경향이 있다. 예8)은 원래 여학교였던 학교가 남녀공학이 되었으나 여성의 이미지가 있는 패랭이 꽃을 뜻하는 이름을 여전히 사용하고 있는데 대해 불쑥 말을 꺼내자 아들이 오히려 안심하는 장면이다. 즉, 꽃은 여성을 상징하는 모양이다. 여성과 아름다움을 일치시키는 내용이라 할 수 있을 것이다.


### ③ 성을 일반화하는 표현

### 1) 女というものは

#### (1) 여성을 비하하는 표현

9) どうしてまあ<u>女というものは</u>そう解らないだろう。  hakai01.txt(3117)

10) とにかく加藤は<u>女というものは</u>わからないことが多くて、おそろしいものだと思った。                                    kokouno03.txt(2387)

11) <u>女という人種には</u>学問はついぞわからなくて、ただ、世の中のあらゆることを何に使えるかという、極めて功利的な態度だけが身に付いているように思う。                                    tarou01.txt(5061)

12) <u>女というものは</u>、人に欺されるために　生まれてきたようなものだ。

shingenji04.txt(2345)

13) しかし<u>女というものは</u>、それすらも意思表示しない方がいいと、この
年になってしみじみ思うことがある。　　　shingengji06.txt(4397)

14) どうして<u>女というものは</u>、こうも筋道が通らないのだろうと思い、腹
が立った。　　　　　　　　　　　seisyunno01.txt(4333)

　위 예문들은 여성들이 무지함을 일반화시킨 표현으로서 예9)10)은 여성은 무지한 존재임을 적극적으로 나타내고 있고, 나아가 무지하기 때문에 무턱대고 덤비는 경향이 있음을 시사하고 있다. 예11)은 학문적으로는 아는 것이 없다는 내용으로 즉, 무지함을 표현하고 이익에만 급급한 존재로서 묘사되어 있다. 여성을 폄훼하는 내용이라 할 수 있다. 역사적으로 보나 현실적으로 보나 사회의 리더로서 활발한 활동을 해 온 여성들은 많이 있다. 물론 숫자로는 남성을 능가하지 못하나, 여성의 사회적 진출이 어려운 사회 환경 속에 있었음을 감안하면, 단순히 여성은 무지하고 이익에만 앞서는 인간으로 폄훼하는 것은 모순이 있다. 예12)도 여성은 무지하기 때문에 남에게 잘 속는 존재로서 표현되고 있고, 예13)은 따라서 여성은 자신의 의사를 표현하지 않고 순종적이며 수동적인 존재임을 강화하는 내용을 담고 있다. 예14)는 여자와는 논리적으로 말이 통하지 않는다는 의미를 내포하고 있다. 이러한 내용들이 일반화되고 많은 미디어를 통해 하나의 규범으로 전달되어 여성자신도 이를 사실로 인지하여 자신감이 결여되는 경향이 많이 엿보인다. 이러한 내용은 「女賢くて牛損なう」「女の知恵は花の先」와 같은 속담에서도 많이 볼 수 있다. 여성의 지혜는 멀리보지 못하고, 오히려 일을 그르칠 수 있다는 내용을 담고 있는 것으로서 여성의 본질이 무지한 인간이므로 높은 교육의 불필요성을 강조하고 있으며, 순종적인 여성이 이상적인 여성임을 강조하고 있다. 이는 다른 미디어를 통해 본 내용과도 일치하는 경향이 있다.

(2) 여성을 위험한 존재로 묘사한 표현

15) 女いうものが男にとってどんなに危険なものであるかを、母は体験と
  して知っていたのだ。　　　　　　　　　　　seisyunnno01.txt(3599)

16) 女というものは、いつも隙間のないように用心深くしていなければな
  らない。　　　　　　　　　　　　　　　　　shingenji04.txt(2717)

17) 女というものは内密ごとをそのままにしてはおけぬいきものゆえ、
  な」しく聞こえるものである。　　　　　　　kenkyaku01.txt(2216)

예15)는 남성에게 여성은 위협적인 존재임을 표현하고 있다. 여성인 어머니
자신이 여성을 위험한 인간으로 일반화시킴으로써 여성을 위험한 존재로서
고정관념을 강화시키는 역할을 하고 있다. 예16)은 여성은 항상 위험을 내포하
고 있는 존재이므로 항상 경계해야 하는 대상으로 묘사하고 있고, 예17)은 여
성을 입이 가벼운 위험한 인간으로 묘사하고 있다.

(3) 여성을 질투심이 강한 존재로 표현

18) 女というものは、愛がなくても、嫉妬や執念の烈しく深いものだ、と
  いうことをね。　　　　　　　　　　　　　　shingenji04.txt(1350)

여성은 질투심이 강한 존재로서 사랑하지 않는다 해도 욕심을 부리고 집착
하는 경향이 있다고 하는 의미를 내포하고 있다.

(4) 여성을 가정적인 존재로 표현

19) 女というものは、祖母のトセや母のように、家の中の仕事をしている
  ものだとばかり思っていた信夫にとって、これは大きな発見であっ
  た。　　　　　　　　　　　　　　　　　　　siokari01.txt(2581)

　가정의 일 즉, 가사와 육아는 여성의 몫으로 여기는 것이 우리의 고정관념이
아닌가 생각된다. 가정에 헌신하는 여성을 가장 이상적인 여성으로 치켜세우
고, 아무리 일을 잘하고 사회의 명성을 얻어도 가정에 소홀한 여성은 여성으로
서 가치를 인정받지 못하는 경향이 있는 듯하다. 또한 모성애가 여성의 본질인
것으로 인식되어 온 것도 사실일 것이다. 그러나 뉴기니 부족의 아라페쉬족은
남성도 아이의 교육에 헌신적이며 아이의 양육에 함께 적극적으로 동참한다.
예19)는 전통적으로 여성이 집안일을 맡아 왔고, 이것이 여성의 일로 여겨왔다
는 내용을 포함하고 있다. 이러한 내용은 남녀평등을 말하는 성서에서도 찾아
볼 수 있다.

　신약성서에 여성이 갖추어야 할 조건들을 나열하고 있는 바울의 말은 현대
의 여성에 대해 기대하고 있는 이상형과 크게 다르지 않아 시시하는 바가 크다.

> 　그러므로 나는 남자들이 화를 내거나 말다툼을 하는 일이 없이, 모든 곳
> 에서 거룩한 손을 들고 기도하기를 바랍니다. 이와 같이 여자들도 소박하고
> 정숙하게, 단정한 옷차림으로 자기를 단장하십시오. 머리를 지나치게 꾸미
> 지 말며, 금붙이나 진주나 값비싼 옷으로 치장하지 말고, 하나님을 공경하는
> 여자에게 어울리게, 착한 행실로 치장하기를 바랍니다. 여자는 조용히, 아주
> 순종하면서 배우십시오. 나는, 여자가 가르치거나, 남자를 지배하는 것을 허
> 락하지 않습니다. 여자는 조용해야 합니다. 사실 아담이 먼저 지음을 받고,
> 그 다음에 하와가 지음을 받았습니다. 아담이 속은 것이 아니라, 여자가 속
> 아서 죄에 빠진 것입니다. 그러나 여자가 믿음과 사랑과 거룩함을 지니고
> 정숙하게 살며, 아이를 낳는 일로 구원을 얻을 것입니다. 이 말은 옳습니다.
> （「디모데 전서」, 2 : 8~15）

　위와 같은 성 윤리는 우리의 언어행동에 큰 영향을 미치고 있고, 이것이 하
나의 규범으로 자리 잡고 있다고 해도 과언이 아니다. 위와 같은 여성에게 기대
하는 이상형은 각종 미디어에서도 여전히 되풀이하여 많은 소비자에게 전달되
고 있는 내용이다.

### 2) 男というものは

#### (1) 과묵한 존재로서 표현

> 20) 祖母のトセは、<u>男というもの</u>は、思ったことを何でも言ってはいけな
> いと教えてくれた。「信夫、武士は食わねど高楊枝という言葉を知っ
> ていますか。おなかがすいたとか、寂しいとか、つらいとか言って
> は、男とはいえません。　　　　　　　　　　　siokari01.txt(2542)

> 21)「思ったことを顔に出すのはいけません。心で泣いても笑っているのが
> <u>男というもの</u>です」そうも、トセはいったものである。
> 　　　　　　　　　　　　　　　　　　　　　　　siokari01.txt(2550)

> 22) <u>男というもの</u>は、しゃべらずにすむならしゃべらずにすませたい動物
> なんだ。　　　　　　　　　　　　　　　seisyoujo01.txt(208)

　남성을 일반화한 표현으로서 예20)은 남자는 말이 많아서는 안 된다는 전통적인 고정관념을 강화시키는 표현이라 할 수 있다. 많은 속담에서도 남성은 과묵해야 하고, 자신의 처지를 함부로 얘기하지 않고, 혼자서 견뎌내는 것이 이상적인 남성임을 강조하고 있다. 예21)도 자신의 생각이나 입장을 마음에 담고, 함부로 표현하지 않는 것이 중요함을 강조하고 있다.

#### (2) 믿음직한 존재로서 표현

> 23) <u>男というもの</u>は、女人に恥をかかせたり、悲しい思いをさせたりして
> はならぬ。女の恨みを買うようなことを、するものではない。
> 　　　　　　　　　　　　　　　　　　　　　　shingenji01.txt(2917)

> 24) どうして、こう、<u>男という</u>のは、下らぬ嘘をつかねばならぬのか、と
> 太郎は考える。その愚かしさたるや、まさに女みたいだ。
> 　　　　　　　　　　　　　　　　　　　　　　　tarou01.txt(523)

25)「いや、殿は一度契った女人は、いつまでもお見捨てにならない。きっ
　と大切に扱われるさ。かぐや姫の幸わせを、君はいさぎよく遠くから
　祈れ。それが男というものだ……ばかだなあ。泣く奴があるか」　惟光
　は酔い伏した良清の背を、どん、と叩いた。出発はいよいよ明後日に
　迫った。　　　　　　　　　　　　　　　　　　　　　shingenji02.txt(2851)

　예23)은 여성을 보호하는 존재로서 표현하고 있다. 예24)는 남자는 사소한
거짓말을 해서는 안 되며, 사소한 거짓말은 어리석은 짓이며 여성들에게나 있
을 법한 행위이다. 남성은 좀 더 대범하고 큰 뜻을 가져야 한다는 의미를 내포
하고 있다. 예25)도 여성을 보호하는 입장이기 때문에 여성에게 눈물이 보이게
해서는 남자라 할 수 없다는 의미를 내포하고 있다.

## (3) 기타

26)「六十になったいま、若い女房にかしずかれて、のんびりと日を送
　る……じゃが、男というやつ、それだけでもすまぬものじゃ。退屈で
　なあ、女も……」という感慨を洩らすのである。
　　　　　　　　　　　　　　　　　　　　　　　　　kenkyaku02.txt(2122)

27)　浮気な男、色好みの男、ふた心をもつ男にかかわりあって苦しんでい
　る女、さまざまの人生や男女関係が出てくる。それでも、男というも
　の、いつかは誰か一人の女に定着してしまうようだ……それなのに、
　自分は不思議に、いつまでたっても浮草のように不安な状態ではない
　か。　　　　　　　　　　　　　　　　　　　　　　shingenji06.txt(1324)

28)　男というものは良人であろうと息子であろうと、生涯女を待たせてお
　いて、どこかをうろつき廻るものであるらしかった。
　　　　　　　　　　　　　　　　　　　　　　　　seisyunno01.txt(296)

29)　あの父のロマンスのくだりを読んで、私はなんと男という動物は、幾

つになっても、美しい女性に目を眩まされてしまうものかと呆れてし
まいました。 nisiki02.txt(40)

예26)은 남성은 항상 여성을 쫓는 존재로서 죄책감이란 찾기 힘들다. 이것이 남성의 본능으로 용인하는 내용이며 예27) 29)도 같은 의미를 갖고 있으나, 결국은 남성은 한 여성에게 돌아가게 마련이므로 여성의 기다림을 당연시하는 의미도 내포하고 있다. 예28)도 여성은 항상 기다려야하는 수동적인 존재, 남성을 능동적인 존재로서 묘사하고 있다.

## 5 연구과제 및 전망

선행연구를 통해 성과 역할과의 관계를 보편적인 관계로 볼 수 없다는 증거들이 나타나고 있음에도 불구하고 각 사회는 여성과 남성에게 이분법적인 대립관계로서 가치를 부여해 왔다. 이러한 사회화에 언어가 필수적으로 작용해 왔고, 여전히 각종 미디어를 통해 강화 유지되고 있다. 언어로서 상징화되지 않은 것은 사회화되기 어렵다. 많은 사회가 남성이 주도하는 사회로, 여성은 가정적이고 순종적인 여성상으로, 남성은 지배적이고 경제를 움직이는 리더로서의 남성상으로 자리 잡고 있다. 물론 여기에는 남성에게도 불리한 부분은 많다. 남성도 사회가 부여한 남성상을 유지하기 위해 자신의 개성을 무시하고 남성다움을 위해 노력해야하기 때문이다. 언어로서 상징화되지 않은 것들은 내면화되기 어렵다는 측면에서 각각의 사회가 말하는 언어를 고찰하는 것은 성의 다양성을 인정하는데도 필수적인 과정이다. 이 글에서는 전통적인 여성상은 어떻게 표현되어 왔는지를 중심으로 고찰하였다. 여성 자신도 당연하게 인식해 온 표현들이 어떤 문제점이 있는지 또 그것이 신체적 성과는 아무런 관련이 없다는 점을 선행연구를 인용하여 강조했다. 사회화는 언어를 통한 커뮤니케이션을 통해 형성되고, 여기에서 말하는 커뮤니케이션은 양방향 커뮤니케이션과 일방적인 커뮤니케이션 모두를 포함하고 있으며, 이렇게 언어로서 표현되고 있는 성에 대한 고정관념이 존재하는 한, 다양한 언어행동에 자유롭지 않기 때문에 성역할을 제한하는 표현을 고찰하는 것은 당연히 선행되어야한다. 선행연구를 통해 성역할의 구분이 과연 필요한가라는 질문이 무의미함을 알게 되었고, 각각의 개성과 특성에 따라 다양한 여성성 남성성을 적극적으로 선택하여 언어행동을 영위하도록 하는 인식의 변화와 이러한 적극적인 언어행동의 예를 고찰할 필요가 있을 것으로 생각한다. 우리는 너무 신체적 특징인 남성과 여성을 구분하려 해 왔고, 여기에서 이 두 성은 서로 대조적인 특성을 본질적으로 갖고 있다는 전제를 가지고 있었던 것은 아니었을까?

이러한 전제에서 벗어나면 다양한 여성성, 남성성을 발견하게 될 것이고, 이 두 성의 역할을 구분할 필요도 없을 것이다. 이렇게 다양화되고 있는 성역할의 예와 그에 따른 언어의 다양성도 발견하게 될 것이라 생각한다.

# 11 신문·잡지에 나타난 성차와 호칭

日高眞理子 히다카마리코

## 들어가는 말

언어는 통상 그 사회의 변화에 따라 변화하게 된다. 「사회적·문화적 성차」인 젠더(gender)도 변화를 보인다. 인간이 갖고 있는 젠더의식은 그대로 신문을 포함한 미디어에 반영된다. 신문은 공적인 미디어로서 아주 거대한 권력을 행사하고 있다 할 수 있다. 또한 동시에 문화면, 정치면, 경제면에도 사회적인 영향력은 막대하다. 신문을 포함한 미디어의 발신자는 압도적으로 남성이 대다수를 차지한다. 그러한 환경 속에서 어느 한 쪽 성에 편중된 표현이 재생산을 되풀이하게 된다.

여기에서는 신문에 나타난 젠더표현의 변화를 「지칭指称」과 「여성관사」를 중심으로 고찰해 보고자 한다. 조사한 것은 「아사히朝日신문」 1999년 6월 1일부터 6월 30일까지의 조간·석간, 잡지 주간아사히朝日 1999년 5월 7일호, 주간분슌文春 1999년 6월 3일호, 또한 아사히신문 2007년 7월 1일부터 7월 31일까지의 조간·석간, 잡지 아에라(アエラ)2007년 11월 5일호이다.

이와나미쇼텐岩波書店 발행 고지엔広辞苑 제6판이 2008년 1월 10년 만에 개정되었다. 새로 추가된 1만어에는 젠더표현을 포함한 변화하는 사회를 반영하고 있다. 정의는 広辞苑 제6판에서 인용했다.

# ▌1 선행연구 및 연구동향

일본의 여성어 연구는 미국과 같이 성차별의식을 계기로 시작된 것이 아니라 특수 위상어로서의 뇨보코토바女房詞[1]등의 연구가 중심이었다. 일본의 국어학자 주가쿠아키코寿岳章子(1979)는 일본어의 여성어와 여성의 삶을 결합시킨 최초의 책이었지만, 일본의 국어학회에서는 평가를 받지 못했다. 90년대에 들어가 영어권의 여성차별에 관한 논문이 번역 소개되면서, 언어상의 성차별과 관련된 고찰이 권장되었다. 언어·문학 전문 잡지에 여성어 특집이 기획되기 시작했다.

이데사치코井出祥子(1983)는 여성은 사회적 지위가 낮기 때문에, 공손한 말, 완곡한 표현을 사용하는 경향이 있다고 했다. れいのるず·秋葉かつえ(1993)는 서구의 왕성한 여성해방운동에 연동한 언어와 성차연구에 관심을 가짐과 동시에 보편적 연구를 주장했다. 최근 젠더연구의 관심의 고조 속에서 언어와 젠더의 연구도 종래의 언어의 성차별연구를 기초로 새로운 방법을 도입 다양한 연구를 볼 수 있다. 나카무라中村(2001)는 서구의 젠더에 관련된 언어연구를 소개하고, 일본의 여성의 언어를 젠더의 시점에서 정리분석하고 있다.

1·
궁중의 궁녀들이 사용한 은어

## ▌2  신문에 나타난 지칭, 여성관사 표현의 변화

### ❶  지칭指称에 나타나는 젠더표현점

(a)  O L

정의(이하, 정의는 *広辞苑*의 정의를 필자가 번역)

   ○  회사·사무실의 여성사무원

1) 独身OLや大学生・高校生と、家族持ちのサラリーマンとじゃ、危機感
   が違いますから (1999. 6. 11)

2) 芸能界に入る前のOL時代の写真を紹介しながら過去を振り返る
   (2007. 7. 13)

3) オフィス街で働く男女を狙ってファッション性を重視した衣料品も強
   化する (2007. 7. 21)

4) 東京・大手町の居酒屋風レストラン「道草」で、ビジネスパーソン向け
   の「ヘルシーランチ」を監修している (2007. 7. 9)

　도쿄올림픽 한 해 전인 1963년, 주간지 조세이지신女姓自身의 공모로 선택된 일본식 영어. 공모 1위인 OG(office girl)는 '직장 여자'라는 감각으로, OL(office lady)이 '자립한 여성에게 어울린다'는 편집부의 의견으로 OL이 11월 25일호에 등장했다. 알파벳으로 'OL'로 나타내면 간결하고 십게 기어할 수 있기 때문에 일상적으로 사용된다. 「여성시대」라고 회자되던 80년대 'OL'은 풍속적으로 보는 견해가 많고, 회사에서의 장래성이 비관적이라고 생각하는 여성들의 패션이나 음식, 여행 등의 행동양식과 기호에만 관심이 집중되었다. 예1)처럼 대학생·고등학생과 동급으로 취급한 예에서도 알 수 있듯이 그 의식과 취미를 가볍게 보는 경향이 뿌리깊이 남아있다. 또, 「OLとサラリーマン

じゃ…」라고 하면, 훌륭하게 일을 해내는 주역으로서의 회사원(남)과 어디까지나 보조적인 일에 머무는 사무보조원(여)이라는 도식을 이끌어 낼 수 있다.

예2)와 같이 「オフィス街で働く男女」라고 하면 주종主從・정부正副라는 도식을 떠올리기 어렵다.

예4)의 ビジニスパーソン에 대해서는 「미혼모未婚母」「미혼부未婚父」를 シングルマザー, シングルファーザー로, 강간強姦을 レイプ로, 성적性的いやがらせ를 セク(シャル)ハラ(スメント)로 가타카나로 바꾸어 말하는 편리함은 있지만, 가타가나로 표기된 개념이나 행위는 관점에 따라서는 고정관념의 속박에서 해방된다.

サラリー(급료)를 받아서 일하는 マン(사람)이라는 サラリーマン은 급료 이상의 일을 하지 않는 소극적인 회사원의 의미로서 사용되는 예가 있고, サラリーマン보다 ビジネスマン쪽이 유능하고 적극적인 이미지가 지배적이다. 또한 マン(man)에는 人(사람) 이외에 男(남자)의 의미도 포함되어 있고, オンブズマン을 オンブズパーソン으로 바꾸어 말하는 예를 생각해 보면, ビジネスマン보다ビジネスパーソン쪽이 여성・남성을 구별하지 않고 사용할 수 있는 자연스런 표현이라고 할 수 있다.

(b) 看護師(간호사)
정의

○ 후생노동대신의 면허를 받아, 질병・환자 또는 진료보조를 하는 것을 업으로 하는 자.

1) 医師、看護婦、栄養士、ソーシャルワーカーらが、連携して

(1999. 6. 28)

2) 全国の国立大学病院の今春の看護師採用数が4723人で、(2007. 7. 12)

직업이 다양화됨에 따라, 종래의 여성의 직업, 남성의 직업이라는 구분이 줄어들고 있다.

看護婦(간호부)라고 불리던 직업은 看る—護る—婦人이라고 해석하듯이 여성의 '섬세함' '자상함' '헌신'이 발휘될 수 있는 직종으로 간주되었다. 근대에 와서 여성에게 개방된 최초의 전문직은 간호부이고, 직업부인의 대표가 되었다.  1900년에는 최초로 여성을 위한 의학교인 도쿄여자의학교(현 도쿄여자의과대학)가 개설되어, 여성의사나 대학교수가 배출되었다.

그러나, 간호직을 평생 직업으로 삼는 남성도 증가하고 있다. 1993년에 保健婦助産婦看護婦法(보건부조산부간호부법)의 일부가 개정되어 남성에게도 지역간호·공중위생간호의 길이 열렸다. 이들 남성에게 看護婦 保健婦는 어울리지 않는다하여 看護士(간호사) 保健士(보건사)라는 호칭이 새로이 만들어졌다. 남성이 참여함으로서 여성과 구별하여 '○○士'라 부르고, 여성에게는 여전히 '○○婦'로 지칭해서는 남녀 공생화에는 바람직하지 않다.

2001년, 보건사조산사간호사법에서 남녀 모두 保健師(보건사), 助産師(조산사). 看護師(간호사)로 2002년 3월부터 통일해서 사용하게 되었다. 2006년 현재 간호사 수 81만2천명, 남성이 차지하는 비율은 4.7%이다.

여성·남성의 구별 없이 看護師라는 직업명으로 통일하여, 성별에 관계없이 서로 일하기 쉬운 환경을 만들어 의료 업무에 전념하는 것이 바람직하다. 성별 구별 없이 간호사로 통일했음에도 불구하고, 남성우위의 고정관념으로 굳이 간호사 여성간호사로 표현하는 일이 없도록 해야 할 것이다. 그렇게 하지 않으면 '간호사=남=본류', '여성간호사=여=아류'라는 도식에 빠져들고 말기 때문이다.

(c)  保育士(보육사)

정의

○ 보육원의 아동복지 시설에서 아동의 보육에 종사하는 직원. 후생노동대신의 면허를 필요로 한다. 2001년, 보모保母·보부保父의 명칭을 개정하여 국가자격으로 하였다.

1) 鈴木桜さん(14)は保母さん志望(1999. 6. 6)

2) 発病する前、ヒロ君は<u>保父</u>さんになりたいといって

(週間朝日 1999. 5. 7)

3) <u>保育士</u>という資格を持つプロでも、(1999. 6. 21)

4) 大学教授から<u>保育士</u>を目指す(2007. 7. 1)

「어머니를 봉양한다」라는 의미로서 保母(보모)라 불리었고, 보모에 준하는 것으로서 남성에게도 허가된 1977년부터 남성에게도 保父(보부)라는 표현이 등장했다. 그러나 보부는 법률, 행정상 사용되지 않는 통칭에 지나지 않고, 서류상 남녀 모두 보모로서 사용되고 있었다. 일반적으로 여성이 직업을 갖게 되면, 직업명 앞에 '여, 여자, 여성, 여류' 등의 관사가 붙는 일이 많지만, 여성의 직업으로 간주되어 온 보모에 관해서는 母(모)의 대칭어인 父(부)를 따서 보부가 되었다. 그러나 이것은 직업명을 성별에 의해서 구별하는 것이고, 실제로는 아무런 효력을 가지지 않는 통칭에 지나지 않는다.

1999년 4월부터 남녀 모두 보육사를 사용했으나, 1999년 5월, 6월 기사에는 보모, 보부, 보육사와 같은 기사의 혼란이 보인다.

(d) 夫人(부인)
정의

○ ①중국에서 고대 천자의 妃(비), 제후의 아내를 칭하는 말. 일본에서는 대신의 딸로 후궁으로 들어간 3위 이상인 자. ②귀인의 아내 ③타인의 아내에 대한 경칭

1) ヒラリー米大統領<u>夫人</u>が、来年秋、大統領選と同時に行われる上院議員選挙に(1999. 6. 15)

2) 2万7千人と満員だった観客席にはビクトリア<u>夫人</u>や、(2007. 7. 23)

3) 「首相夫人は女性にアピールできる」と、連休最終日の今日16日には昭惠
   夫人も山形入りする(2007. 7. 14)

夫人은 대통령, 수상, 대기업 경영자의 아내와 같은 사회적 지위가 있는 남
성의 배우자를 높이는 지칭이지만, ②처럼 유명한 프로축구 선수의 아내에 대
해서도 사용한다. ③의 일본 수상의 아내에 대해서는 다른 기사에서는 「安部首
相の妻昭惠さん」이라는 지칭을 사용하고 있다.

'부인'이라 불리어, 기혼이라는 사실이 본인의 의사와 관계없이 공개되고,
남편과의 관계를 우선하는 지칭은 남성우위의 의식의 표현이다. 남성에게는
부인에 해당하는 대칭어가 없다. 실제로 현대의 대화에서 상대의 배우자를 지
칭하는 부인은 이제 일반적인 시칭이 이넘에도 붕구하고 신문과 같은 미디어
가 고집하는 것은 부자연스럽다. 자신의 이름으로 일하는 여성이 늘어나고 있
는데, '남편의 성+夫人'과 같이 자신의 얼굴이 보이지 않는 표현은 사양하고자
하는 여성이 있다면 상대를 불쾌하게 만드는 말은 사용하지 않는 것이 바람직
하다.

(e) 美人(미인)
정의

○ 얼굴·모습이 아름다운 여자, 美女(미녀), 佳人(가인), 麗人(아름다운 여
   인), 미남자에게 사용하는 일도 있다.
1) ブスな女の子は口説くけど、美人の前だと急にしどろもどろになる男
   みたい(週間文春 1999. 6. 3)

2) 日本映画のオールドファンには懐かしい美人女優の一人であるに違い
   ない(2007. 7. 1)

미인은 여성이다. 広辞苑 제6판에는 변함없이 「미남자에게 사용하는 일도
있다」고 되어 있지만, 현대에는 적당치 않은 해석이다. 다른 영역에서는 「남성
을 기준으로 해서 여성을 특수」화한 표현이 일반적이나, 용모의 아름다움에

관해서는 그 반대라 할 수 있다. 여자를 일반(아름다운 사람=美人)으로 하고, 남자를 특수(아름다운 남자=美男)로 하고 있다. 미녀는 성을 특정 짓는 말로 빈번하게 사용되나, 美男(子)는 미녀만큼 사용되지 않는다. 이것은 남성 중심의 사회로, 남성은 개인을 능력, 업적 등으로 평가되나 여성은 용모를 포함시키기 때문일까.

美醜(미추)<美女(미녀), 醜女(추녀), ぶす(못생긴 여자)>나 年齢(연령)<オバタリアン², オールドミス, 女はクリスマスケーキだ(25일=25세歲를 넘기면 팔리지 않는다=결혼이 어렵다)>, 미혼・기혼(主婦, 未亡人, ギャル) 등, 남성에게 일방적으로 평가되어 온 여성들이 고학력으로 사회에 진출하고, 경제력, 영향력을 축적시킴과 동시에 남성을 평가하기 시작했다.

차를 가지고 있어서 어디든지 태워다 주는 アッシー君, 무엇이든지 희생을 다 하는 ミツグ君, 담백하고 동양적인 용모의 しょうゆ顔, 서양적인 윤곽이 뚜렷한 ソース顔와 같은 말이 생기고, 여성이 남성을 표현해 왔다.

10년만에 개정한 広辞苑 제6판에 추가된 1만어 중에 「いけ面」이 들어가 있다. '젊은 남성의 얼굴이 뛰어난 것. 또 그러한 남성'이라는 해석에는 여성에게 美醜(미추)나 젊음을 평가받는 남성이 있다.

패션이나 용모에 신경을 써서, 좀 더 아름답고, 건강하게, 유능하게 보이고자 하는 남성이 늘어나고 있는 현재, 그러한 남성들을 '女々しい, 女の腐ったよう' 라고 보는 경향은 줄고 있다.


(f)　シングルマザー
정의


○ 이혼한 어머니나 미혼모 등, 혼자서 아이를 키우고 있는 어머니.
1) 滋賀県で3人の子どもを育てる<u>シングルファーザー</u>の昭尚さん(41)は

(2007. 7. 22)


'미혼'은 아직 결혼하지 않은 것을 의미하고, 기혼의 대칭어이다. 당사자가 未婚の母(미혼모), 未婚の父(미혼부)라고 할 때, 혼인이라는 형식은 취하지 않고 아이를 키우고 있지만, 언젠가는 결혼 할 의사를 가지고 있다고 해석할 수 있다. 따라서 본인이 결혼을 선택하지 않고, 혼자서 아이를 키우고 있는 것이라면, 미혼모(부)가 아니라 *非婚の母(父)*<비혼모(부)>라고 해야 할 것이다. 그러나 다른 사람이 '저 사람은 미혼모(또는 부)다' 라고 말할 때, 본인에게 결혼의사를 확인한 후에 말하는 것일까. 미혼모라고 표현할 때, '결혼도 하지 않고 아이를 낳은 단정치 못한 여자' 라는 의식에서 나온 것은 아닐까. 아이를 낳는 것은 여성 혼자서는 불가능함에도 불구하고, 미혼부라고 말할 때, 미혼모보다도 비난의 정도가 낮은 것은 생식기능을 갖은 여성의 「부주의」를 질책하는 사회분위기가 강하기 때문일 것이다.

이혼힌 여성이나 싱글마더(혼자 아이를 키우는 어머니)를 적극적으로 고용했습니다(2007. 1. 13)라는 인터뷰 기사에서는 화사는 '이혼한 여성=어린아이의 유무에 상관없이 이혼을 한 상태의 여성', '싱글마더=이혼, 사별, 또는 혼인이라는 형식을 취하지 않고 출산하여 아이를 혼자서 키우고 있는 여성'으로 구별하고 있다. *広辞苑* 제6판에는 「シングルマザー」는 나와 있지만, 「シングルファーザー」는 나와 있지 않다.

(g) 主婦(주부)
정의

○ ①한 집안의 가장의 아내.  ②한 집안의 살림을 꾸려가는 부인婦人, 여자가장.
1) 我慢の日本人主張の勇気を　主婦　李　燕(1999. 6. 21)

2) 東京都東久留米市の主婦は「思い出すたびに気がめいる」(1999. 6. 6)

3) 飯野さんの近所に住む主婦、末崎トキエさん(74)は、(2007. 7. 17)

기혼으로 밖에서 활동을 하지 않는 여성은, 자신을 '주부'라 칭하는 사람이 많고, 주위에서도 「主婦○○さん」이라 소개한다. 예2)처럼 중국에서 온 36세의 여성은 스스로를 主婦로 소개하고 있다. 예전의 농업중심사회에서는 여자도 남자도 밭에 나가 일을 했다. 그 당시는 주부라는 개념도 없었지만, 공업화·산업화와 함께 도시로 인구가 집중되어 근로자가 급증했다. 메이지明治시대에는 「主婦」가 등장하고, 다이쇼大正5년(1917)에는 잡지 슈후노도모主婦の友가 창간되었다. 생산과 소비의 장이 분리되어, 남편은 밖에서 일하여 수입을 얻는 사람, 아내는 가정을 지키고 아이를 양육하는 사람이라는 성별역할분업 패턴이 일종의 이상적인 가정상이 되어 사람들의 의식에 반영되었다. 패전 후의 고도 경제성장기에 들어가 파트타임을 중심으로 밖으로 일하러 나가는 아내가 급증하였다. 일하는 아내의 반대개념으로 '전업주부'라는 말이 만들어졌는데, 단순히 주부, 전업주부로 묶어 표현할 수 없을 정도로 현재의 아내들의 모습은 다양하다. 산쇼쿠히루네쓰기三食昼寝付き[3]로 집에서 편안히 지내고 싶어 하는 아내도 있는가 하면, 내조를 하여 현모양처를 꿈꾸는 아내, 자원봉사활동 등, 사회활동을 열심히 하는 아내, 전업주부를 프로로 간주하여 가사에 정열을 기울이는 아내도 있다. 이러한 다양한 아내들을 주부라는 한 마디로 표현하는 것은 무리가 있는 것은 아닐까.

또, 주부는 혼인에 의해 발생하는 여성의 구분이나, ②, ③처럼 결혼했는지의 여부가 문제가 되지 않는 경우라도, 주부라는 말을 사용함으로서 결혼이라는 사생활을 언급하게 된다. 2007년 7월은 니가타 주에쓰추지진(新潟中越沖地震)이 일어나 관련기사가 많았는데, 한 기사에는 피해자의 이름과 나이만 기재되고, 직업에 대해서는 전혀 언급하지 않은 것도 있었다.

広辞苑 제6판에 '主夫'가 수록되어, (종래는 주부가 주로 담당했던)가사를 주로 담당하는 남편'이라고 해석하고 있다.

**2** 여성관사가 붙는 젠더표현

(a) 여류女流
정의

○ (흔히 예술가, 기술가를 나타내는 말에 붙어서 사용되는)여성

1)  京都・祇園の料亭に生まれ、円地文子(えんじふみこ)ら<u>女流</u>作家を見か
   けると怖そうなおばさんと思った(2007. 7. 18)

2)  石橋幸緒(いしはしゆきお)<u>女流</u>四段(26)が1回戦で大野八一雄(おおの)
   六段(48)に競り勝ち(2007. 7. 21)

「여류」가 붙는 말로서 女流作家(여류작가), 女流音楽家(여류음악가), 女流陶芸家(여류도예가), 女流画家(여류화가), 女流棋士(여류기사), 女流生け花作家(여류꽃꽂이작가)등을 들 수 있다. 직종을 보면 広辞苑의 정의에 있는 바와 같이 예능방면, 기술방면에 종사하는 여성들이다.

女子, 女性, 女라는 다른 여성관사와 마찬가지로 주류인 남성의 직업에 도전한 어디까지나 아류인 존재이다. 女子, 女性, 女는 그 대칭어인 男子, 男性, 男이 여성관사에 비해 사용빈도는 적지만, 일반적인데 비해 女流의 대칭어인 男流는 사용빈도가 아주 낮다.

본래 다른 여성관사와 비교하면 숫자는 적었지만, 女流作家를 女性作家(여성작가), 女流音楽家를 女性音楽家(여성음악가)처럼 女性으로 바꾸어 말하는 예가 늘어나고 '여류'라는 관사의 사용횟수가 줄고 있다. 그 배경으로서 女性의 대칭어인 男性이 女流의 대칭어인 男流보다 사용빈도가 높고, 여성차별이라는 비난을 면하기 쉬운 점을 들 수 있다. 단지 개인의 능력과 노력에 의해 평가받아야하는 예술 작품이나 기술 작품을 여성이 만들어 냈다는 표현은 아무런 의미를 갖지 않는다. 훌륭한 작품을 만든 사람이 마침 여성이고, 남성일 뿐이다. 女流를 女性으로 말만 바꾸는 것만으로 男流芸術家는 존재하지 않지만, 女流芸術家는 여전히 존재한다는 사람들의 의식은 쉽게 바뀌지 않는다. 여성관사를 붙이지 않는 한, 많은 식업명은 남성의 직업으로 간주되고 있다.

예1)처럼 여성 작가를 본 감상으로서「무서워 보이는 아주머니」라면, 독사는 남성 작가를 상상하지 않겠지만, 굳이 여류작가로 하지 않으면 안 되는 것일까.

(b) 女優(여배우)

정의

○ 女の俳優(여배우)↔男優(남배우)

1) 男優はハンフリー・ボガード、女優はキャサリン・ヘプバーン

(1999. 6. 24)

2) インドネシアの「国民的女優」だ(1999. 6. 21)

3) 浅草に生まれ、後年は名脇役、エッセイストとして知られた女優

(2007. 7. 1)

4) 俳優の竹下景子(たけしたけいこ)が、7日に開幕する地人会公演 「朝焼けの
マンハッタン」に出演する(2007. 7. 6)

女優가 자주 사용되는 데 반해, 男優는 수상식이나 순위를 구분하는 경우처럼 여자와 남자를 구별하는데 편의적으로 사용되는 정도로 일반적이지는 않다. '배우'라는 직업에는 여성도 포함되지만, 여성에게만 한정해서 사용하는 '여우'에는 남성은 포함되지 않는다. 예4)처럼 여성의 연기자를 배우로 소개하는 기사가 있지만, 여전히 여=女優(여배우), 남=俳優(배우)로 구별하고자 하는 일이 많다. 배우라는 성에 의한 구별이 없는 직업명이 있음에도 불구하고, 굳이 여배우로 구별할 필요가 과연 있는 것일까.

(c) 女子

정의

○ ①여자아이. 딸.　②여자. 여성. 부인↔남자男子.

1) 女のコに与えられがちな「無知」を代表する役回りでもなかった

(週間文春 1999. 6. 3)

2) ベンチ上のスタンドで応援していた桜丘の<u>女子</u>マネージャー

(2007. 7. 14)

3) もはや芸能人同然ともいえる<u>女子</u>アナ(週間朝日 2008. 1. 18)


女の子와 女子는 같은 의미이지만, 단독으로 사용하는 女の子에 비해, 女子를 단독으로 사용하는 일은 그다지 일반적이지 않고, 女子社員, 女子大生, 女子選手처럼 다른 명사와 복합하여 사용하는 일이 많다. 女の子, 女子로 불리는 여성의 연령층은, 이 세상에 태어난 신생아부터 유치원에 다니는 여아, 근속 10년, 20년을 넘은 사회인까지 그 폭이 넓다. 女の子, 女子의 대칭어로 男の子, 男子가 있지만, 女の子, 女子보다 일반적으로 폭이 넓지 않다.

女の子에는 '여성을 가볍게 여기는 말'이라는 설명이 있듯이 남성 상사가 「うちの女の子(＝女子社員)を行かせるから」라고 하는 일은 있어도, 「うちの男の子(＝男子社員)を行かせるから」라는 표현은 부자연스럽게 들린다.

고등학교나 대학 남자 운동부에 여자 매니저가 등장한 것은 1960년 전후이다. 그 이전에는 남자 매니저가 주류였고, 이러한 男子와 구별하기 위하여 '女子'라는 관사를 사용했다. 매니저 하면, 주로 기록을 잰다든가 빨래와 같은 잡무가 많았다. 본인들이나 운동부 남자 선수들은 '여자 매니저'를 운동부의 '마스코트적인 존재'로 보는 경향은 일반적으로 낮지만, 매스컴은 열심히 보살피는 어머니, 누나·언니, 여동생의 역할을 그들에게서 발견하고자 한다. 「司会は都山崎の野球部マネージャー、高橋みずきさん(3年)が務めた」(2007.7.14) 처럼 굳이 여자 남자를 구별하지 않아도 불편함은 없다.

여성에게 진학이 허가되기까지, 학생은 남자뿐이었다. 구 제국대학의 대부분은 오랜 동안 여학생에게 문호를 열지 않았다. '여자학생망국론'(1962년)이라는 명확한 목적도 갖지 않고, 배우자를 찾기 위해 대학에 진학하는 여학생이 늘어나 나라가 망한다는 평론가의 조어가 유행하고, 미디어를 중심으로 한 여대생, 여고생의 '상품화'가 확산되어, 당사자인 그녀들도 그것을 교묘하게 이용했다. 10대, 20대 전반이라는 '젊음'에 가치를 찾고, 그 가치가 한계가 있음을 잘 알고 있기에 스스로를 상품화한 것이다.

**4・**
결혼과 동시에 회사를 그 만두는 것

취직을 할 때는 남녀차별을 받고, 치열한 경쟁을 뚫고 손에 쥔 취직도 회사에서는 고토부키타이샤寿退社[4]를 암암리에 강요당했다. 그것을 재빨리 간파한 여성은 직장을 결혼하기까지의 임시직장으로 받아들여 결혼하면 '가정으로 돌아간다'는 것을 당연하게 생각한다.

민간방송을 중심으로 '탤런트화'한 아나운서가 증가하고, 그 중에는 남자 아나운서도 있지만, 화려함이 부족한 탓인지 예능을 펼친다든가 수영복을 입거나 할 때에는 스캔들에 연루된 여자 아나운서가 확대 보도된다. 본업 이외의 일이 바빠서 발음이나 표현이 부정확하다, 진지함이 부족하다는 등, 비난받는 일도 많다. 그러나 신문사 등 다른 미디어 대다수가 남성이 차지하는 직장으로 '여자 아나운서의 수명은 33세' 라는 것을 본인들은 통감한다. 남자 아나운서에게도 요구되는 용모는 특히 여자 아나운서에게 강조되어, 그녀들도 젊음과 용모라는 젠더요소를 이용하여 방송국에 도전한다. 자신을 텔레비전인 송출자 측에 서서 주목받기를 원한다. 이처럼 상황도 민간방송보도부문에서 1993년 4.1%에 지나지 않던 여성 종업원 비율이 2005년 20.4%로 증가함에 따라 결정권을 갖은 여성 관리직의 등장으로 개선될 것이라 생각한다.

(d) 婦人(부인)
정의

**5・**
女性クリニック, ウィメンズクリニック과 같은 간판을 달고 있는 병원・의원도 생기고 있다.

○ ①성인이 된 여자. 여자. 부녀。 여성。　　②결혼한 여자
1) 日米婦人クラブの創立50周年を祝う記念式典が(1999. 6. 9)

2) ホテルのバーで男漁りをする婦人警官が登場したり(1999. 6. 14)

**6・**
백화점에서는 「레이디스 웨어」「女性服」 등으로 표현하는 곳도 있다.

**7・**
현・후생노동성

메이지 초기 빈번하게 사용되던 婦女子(부녀자)는 「婦人女子」을 생략한 것으로 일본이 패전한 1945년까지 지역을 대표하는 여성 단체는 婦女会(부녀회)였다. 그 후, 여성을 대표하는 말로서 오래 사용되어 왔다. 최근의 일반기사 중에서 婦人이 붙은 것은 오래 전부터 있는 단체명(예1)과 産婦人科(산부인과)[5]「婦人服」[6] 등 일부에 한정된다. 1995년에는 당시의 노동성[7] 婦人局이 女性局으

로 명칭이 변경되었다. 都道府県警(도도부현경)의 婦人警察官(부인경찰관)의
명칭도 폐지되고, 1999년부터 남여모두 警察官으로 통일하기로 했다. 「女性警
察官の制帽に、男性警察官と同様に階級が表示されることになった」(2007. 7.
22)의 기사에서는 남성경찰관의 제모에는 계급이 표시되어 있지만, 여성경찰관
은 그렇지 않다는 대비 때문에 남성·여성이 편의상 사용되고 있다.

　婦人(부인)에는 「며느리, 결혼한 여자」라는 의미가 포함되어 있고, 결혼해
서야 비로소 여자는 어른이 된다고 하는 사회의식이 반영되어 있다. 또 婦人의
대를 이루는 남성을 나타내는 표현이 없는 것도 부자연스럽다. 최근에는 기
혼·미혼의 구별을 하지 않고 「여성」으로 통일하여 사용하는 일이 많다.

(e) 女·女性
정의

　　　<女> ○ 인간의 성별의 하나로, 자식을 낳는 기관을 갖추고 있는 사람. 여
　　　　　자. 여성. 婦人.
　　　<女性> ○女. 女子. 婦人. 또 그 성↔男性。
　　　1) 不愉快そうな顔で女主人が出てきた(2007. 7. 11)

　　　2) 女性醸造家がつくるすしと一緒に楽しむ白ワイン(1999. 6. 3)

　　　3) 奥地で難民の治療にあたる女性医師の救助へ(2007. 7. 8)

　한 집안 또는 가게의 主人(주인)은 남성을 의미하고, '여자 주인'은 여자라는
관사를 붙여서 女主人(여자주인)으로 나타낸다. 이것은 主人은 남성이어야 하
기 때문에 男主人(남자주인)이라는 표현은 일반적인 표현이 아니다. 어떤 사성
에 의해 남성을 대신해서 主人의 역할을 하는 여성, 또는 主人의 아내에 대해서
는 女主人으로 표현한다.

　또, ②와③과 같이 「女性(또는女)+직업명」의 표기는 지금까지 남성만의 직
장·직종에 여성이 들어간 특수한 예로서 취급된다. 대통령이나 사장, 변호사
가 남성인 경우에는 단순히 大統領, 社長, 弁護士로 불리우는데 반해, 여성인

경우에는 **女性大統領, 女社長, 女性弁護士**로 불린다. 여성 관사인 **女**와 **女性**이나, 신문에서는 **女**라는 표현을 줄이고, **女性**을 늘리고 있는 것 같다. 여성에 대한 편견이 보다 알기 쉬운 **女○○**를 자제한다. 일반적으로 **女**라는 관사가 붙는 직업명은 **女実業家**(여자실업가), **女社長**(여사장), **女スパイ**(여자스파이), **女詐欺師**(여자사기사), **女泥棒**(여자 도둑)과 같은 것이 있지만, 스파이·사기꾼, 도둑과 같이 바람직스럽지 못한 직업에 대해서는 **女性**이 붙기 어려운 것은 피해자에게 **女性, 男性**을 사용하고, 가해자에게 **女, 男**을 사용하듯 **女性, 男性**과 **女, 男**의 좋은 이미지와 나쁜 이미지와 관계가 있다. **女, 男**는 존경의 의미가 적다. 따라서 **女性実業家, 女性社長**이라고도 할 수 있는 **女実業家, 女社長**이라고 표현 한 경우, 전자는 '새로움' '진귀함'을 나타내고, 후자는 비웃음과 질투심을 동반한다. 단지 **女**에서 **女性**으로 바꾸는 것은 단순히 말 바꾸기에 지나지 않고, 성별을 문제로 할 필요가 없는 곳에서 여성을 강조하는 것은 부자연스럽다. 예2)처럼 **女性醸造家**(여성양조가)가 만든 백포도주는 **男性醸造家**(남성양조가)가 만든 그것과 무엇이 다른 것일까. 예3)은 구조가 시급한 상황에서 여성·남성의 구별은 필요 없다고 생각되나, **か弱い**(여린) **女性医師**(여의사)이기 때문에 구조가 필요한 것이라는 의식을 독자에게 심어 준다.


## ▌3  결론 및 연구과제

이글에서는 신문 및 잡지에 있어서의 여성을 나타내는 지칭·여성관사에 대하여 고찰해 보았다. 그 결과, 다음과 같은 결과를 얻었다. 여성을 나타내는 지칭·관사로 여성을 **従、副、亜流**로 취급한 것이 여전히 많다는 것을 알았다. 즉, 여자 사원을 직업명이 아닌 OL이라는 표현을 사용하여 **サラリーマン**(샐러리맨)과 구별하고, 성별을 밝힐 필요가 없는데도 **女性, 女子, 女, 女流**를 특히 강조하는 것들이 있다.

1999년부터 2007년까지 8년간의 변화도 보인다. 여성을 전면에 내세운 표현이 아직 많이 있으나, 회사원을 여자와 남자 구별 없이 **ビジネスパーソン**, 여성

연기자를 俳優(배우)로 표현한다거나, 필요이상으로 여성, 남성의 구별을 하지 않는다는 점이다. 단지, 담화를 나타내는 기사에서는 일본인 여성이 사용하지 않게 된 종조사 「(だ)わ」「(の)よ」「かしら」 등을 외국인 여성에게 여전히 자주 사용하게 하는 것은 외국어를 일본어로 번역할 때, 기자가 「여성은 여성다운 말을 하지 않으면 안된다」라고 굳게 믿고 있기 때문일 것이다.

또한 2007년 7월은 도쿄도지사 선거가 있었기 때문에 도지사선거와 관련된 기사가 많았지만, 여성 후보자를 어머니로서의 모습을 강조한다거나, 12명의 후보자 중 남성에 대해서는 전혀 언급하지 않은 패션에 대해서 여성후보자 2명에 대해서는 상세히 소개하는 기사가 있었다.

황태자의 장녀가 6살 째의 생일을 맞이했다는 기사에서는 「カメを飼ったり……職員とクッキーを焼いたりする女の子らしさも。」라는 식으로 심리나 행동 면에서의 「女らしい(여자답다)」「女なのだから(여자니까)」라는 고정관념에 집착하는 기술이 엿보인다.

일본신문협회 2005년 조사에서는 총 기자 수에 여성기자가 차지하는 비율은 12.0%, 영업이나 광고담당도 포함시키면 더욱 적어진다. 그러나 80년대부터 여성 기자를 매년 채용하여, 92년의 6.9%를 시작으로 진행이 더디기는 하지만, 확실히 늘고 있다. 젠더가 나타나는 지칭이나 여성관사, 남성관사를 필요이상으로 사용한다거나, 「女らしさ(여성스러움)」「男らしさ(남자다움)」이라는 스테레오타입을 재생산해 가는 것은 여성, 남성이 삶을 영위하는데 폐해가 되고, 결코 바람직스러운 상황이라고 할 수 없다.

일본어의 언어표현과
커뮤니케이션 연구

# 제2부
## 커뮤니케이션상의 언어행동과 언어표현

## 2장 커뮤니케이션상의 언어표현

# 01 일본어의 모달리티와 청자배려표현

윤상실

## 들어가는 말

화자가 자신을 둘러싼 세계를 어떻게 인식하고, 또 어떻게 청자에게 전달하려고 하는가, 즉 화자의 심적 태도를 표현하는 모달리티(Modality)는 모든 언어가 공통적으로 갖고 있는 문법적, 의미적 범주이다. 당연히 모달리티표현에 관여하는 형식은 언어에 따라 그 종류와 방식을 달리해서 구현되는데, 일본어에는 특히 모달리티 형식이 다양하게 갖추어져 있어 그 용법과 기능도 매우 복잡한 양상을 띠는 것으로 지적되어 왔다. 이 글에서 주목하고자 하는 청자배려표현은 화자의 심적태도를 나타내는 모달리티와 밀접한 관련성을 갖고 있다. 화자가 인식한 사항 또는 청자에 대한 전달태도에는 청자에 대한 배려를 담고자 하는 화자의 의도가 실리는 경우가 있고, 반대로 의도적으로 배제하여 표현하는 경우도 있기 때문이다. 보다 정확히 말하자면 원활한 의사소통 및 인간관계를 유지하기 위한 전략(strategy)으로 청자와의 관계를 고려하여 다양한 배려를 언어표현에 담는 것이다.

이 글에서는 모달리티와 관련지어 일본어에 나타나는 청자배려표현의 주요 사례를 고찰, 청자배려표현의 구체적 양상과 일본어 담화 운용상의 배려표현 원리의 일단을 명백히 밝히고자 한다. 이는 원활한 커뮤니케이션 능력의 함양을 제1목표로 하는 외국어교육을 지향하는 작금의 현실 속에서 외국어로서의 일본어 학습자에게 보다 일본어다운 표현의 이해 및 구사에 유용한 단서를 제공하리라 기대하기 때문이다.

# 1 모달리티와 청자배려표현

문文의 구성에 대해서는 여러 측면에서의 접근이 가능한데, 그 중의 하나로 명제(命題, proposition)와 모달리티(叙法, modality)라는 2대 중요 구성요소로 문이 성립된다고 하는 입장이 있다. 예를 들어, 다음 예1)에서는 「あした、雨が降る(내일 비가 온다)」라는 사항이 명제 내용으로, 「だろう」는 그 명제 내용에 대한 불확실성을 표시하는 화자의 심적 태도를 나타낸다.

1) あした、雨が降る*だろう*。

이와 같이 명제내용에 대한 화자의 주관적 심적태도를 나타내는 부분을 모달리티라 하는데, 모달리티는 다양한 언어형식에 의해 표현된다. 화자의 심적 태도를 나타내는 모달리티는 다시 무엇에 대한 심적태도인가에 따라 크게 두 종류로 나눌 수 있다.

2) オムレツ、できた*らしい*。
3) オイ、板前、戸を閉め*ろ*！

예2)의 「らしい」는 「오믈렛이 다 되었다(オムレツ(が)できた)」라는 사항에 대한 화자의 추량표현임을 나타내며, 예3)의 「ろ」는 청자(「板前」) 에게 행위-

「문을 닫을(戸を閉める)」 것-를 실현시킬 것을 요구하는 명령표현이 된다.

즉 예2)는 객체적인 어떤 「사항」에 대한 화자의 인식·판단을 나타내는 모달리티인데 반하여 예3)의 경우는 청자를 향한 작용·촉구를 나타내는 모달리티라는 점에서 차이를 보인다. 이와 같은 차이는 관련연구에 있어 사용 용어에 따라 「対事的ムード：対人的ムード」(데라무라寺村:1984), 「言表事態めあてのモダリティ：言表態度めあてのモダリティ」(닛타仁田:1991), 「事柄めあてのモダリティ：言語者めあてのモダリティ」(윤상실:2005) 등으로 대별되기도 하는데, 용어의 차이는 있다 하더라도 모달리티에 있어서의 2종의 하위 모달리티로 구별하고 있다는 점에서는 모두 공통된다. 한편 발화의 장場에서 발화행위가 성립되기 위해서는 화자와 청자, 그리고 이야기되는 내용(화제 내용)이 갖추어져야 한다. 이야기되는 내용은 명제를 구성하고, 화자와 청자는 이 글에서 당면과제로 삼고 있는 모달리티와 배려표현과 관련된다. 화자가 자신을 둘러싼 세계를 어떻게 인식하고, 또 어떻게 청자에게 전달하려고 하는가, 그리고 의도적으로 청자에 대한 배려를 표하려는 경우는 어떠한 방식을 취하는가 등이 문제가 된다. 여기서 먼저 「배려표현」에 대한 사카타阪田編著(2003:210)의 다음과 같은 기술에 주목해보자.

> 사람들은 전하고 싶은 것을 그대로 언어화하고 있는 것은 아니다. 화자의 존경을 손상시키는 일 없이 의지·의도가 과부족 없이 전달되도록, 또한 청자와의 관계를 바람직한 형태로 유지할 수 있도록 각양각색의 배려를 언어표현에 담고 있다. 이와 같은 배려를 반영한 언어표현을 본서에서는 배려표현이라 부른다.

이와 같이 청자에 대한 배려가 담긴 언어표현을 배려표현으로 단순히 규정한다 하더라도, 거기에는 다양한 형태와 종류의 배려표현을 상정할 수 있다. 예를 들면 앞서 언급한 2종의 모달리티 측면에서 본다면 다음 예4), 5)는 각각 「事柄めあてのモダリティ」와 「言語者めあてのモダリティ」를 담당하는 모달리티형식이 배려표현을 담당하는 문으로 차이를 보인다.

    4) A : 雨が降ってきましたね。
       B : ええ、そのようですね。 ［そうですね。］
    5) ここで待っててくれない? ［ここで待っていろ！］

　[ ] 속과 같은 표현 대신에 밑줄부와 같은 모달리티형식으로 치환하면 배려 표현이 된다는 점에서 주목된다. 즉 예4)는 「そうですね」라는 단정적인 표현을 사용하지 않고 추량형식 「ようだ」를 사용한 「そのようですね」로 완곡하게 표현함으로써, 또 예5)는 「待っていろ！」라는 직접적인 명령형 대신에 은혜의 수수(授受)를 나타내는 수수동사의 부정의문형 사용을 통해 청자에 대한 배려를 표하게 되는 것으로 설명할 수 있다.


## ▌2　선행연구 및 연구동향

　일본어의 「배려표현」은 Brown & Levinson(1987)의 「Politeness」이론으로부터 촉발된 일본어 연구에서의 「폴라이트네스(ポライトネス)」 개념과 깊은 관련을 갖는다. 「배려표현」이라는 용어는 근년 많은 연구자들의 주목을 받으며 활발한 논의가 전개되고 있는 폴라이트네스 연구 분야에서 사용되기 시작하여 정착 중에 있는 용어로 볼 수 있다. Brown & Levinson(1987)의 「Politeness」의 개념과 그 이론 전개, 디스코스 폴라이트네스(Discourse Politeness)의 이론 구상 등에 대해 일련의 연구를 행하고 있는 우사미宇佐美(2002), 「わきまえ(폴라이트네스에 알맞은 언어사용의 한 면)」의 이론화를 시도하고 있는 이데井手(2006:100-119)외에도, Brown & Levinson(1987)의 이론을 토대로 하여 일본어에 적용을 시도한 논저들이 나오고 있는데, 그 중 이쿠타生田(1997), 미야타宮田(2000), 国立国語研究所(2006) 등은 「배려표현」 고찰에 있어 주목할 만하다.
　이쿠타(1997:68)는 다음과 같이 「배려표현」을 언어의 폴라이트네스에 대응시킨 용어로 사용하고 있으며 그 범위도 폭넓게 규정하고 있다.

　　폴라이트네스는 당사자끼리의 상호 체면 유지, 인간관계 유지를 고려해 원활한 커뮤니케이션을 도모하려는 사회적 언어행동을 가리킨다. 그 의미에서는 말의 폴라이트네스는 「배려표현」, 언어적 「배려행동」 등으로 부르는 편이 적절할지도 모르겠다. 여기에서 「배려」라고 부르는 것은 대인배려, 즉 상대에 대한 배려만이 아니다. 화자자신의 체면 유지, 나아가 양자의 관계유지에 대한 종합적인 배려가 포함되어 있다.

　미야타(2000:87)도 「Brown & Levinson이 말하는 폴라이트네스를 「丁寧」라기 보다도 「配慮的」이라는 의미로 파악」하고 있는 점을 감안하면, 일단은 폴라이트네스를 「배려표현」으로 대응시켜 사용하고 있는 것을 확인할 수 있다. 하지만 이오리庵 외(2001:493-494)와 같이 「丁寧さ」로 파악하고 있는 경우도 있는데 청자에 대한 배려와 통하는 개념으로 기술하고 있다.

　　「丁寧さ」는 경어의 정중어와 문체로서 사용되는 정중체와는 다른 레벨의 용어입니다. 대우표현에서 사용되는 「丁寧さ」는 이른바 폴라이트네스(politeness)라고 일컬어지는 것으로, 청자를 배려해서 청자의 체면을 유지하는 것, 청자의 체면을 손상시키는 것을 피해서 말하는 것을 가리킵니다.

　이는 国立国語研究所(2006:8-9) 所收의 스기도·오자키杉戸·尾崎(2006)가 「배려」를 폭넓게 설정해 「경어에 있어서의 배려」, 「대우표현에 있어서의 배려」, 「언어표현에 있어서의 배려(「경의표현」에 있어서의 배려)」, 「언어행동에 있어서의 배려」의 넷으로 나누어, 우측이 좌측을 감싸는 포함관계로 파악하고 있는 것 중 「대우표현에 있어서의 배려」에 해당되는 배려의 측면과 맥락을 같이 하는 것으로 이해할 수 있다. 또한 한미경(2007:139)은 경의표현과 관련된 배려로 「인간관계에 대한 배려」, 「장면에 대한 배려」, 「진하는 내용에 관한 배려」, 「상대방의 기분이나 상황에 대한 배려」, 「자기다움을 나타내기 위한 배려」 등 5종의 배려를 들어 이러한 배려들은 여러 개가 겹쳐서 서로 연관되며 관련을 맺게 된다고 지적하고 있다.

　이와 같이 배려표현은 폴라이트네스와의 관련 속에서 용어 사용의 입장, 배려대상의 차이, 범위 등 다양하게 사용되고 있어 반드시 일률적으로 규정하기는 어려우나, 이 글에서는 청자배려표현(이하 청자를 생략하여 단순히 「배려표현」으로 호칭하는 경우도 있음)에 한정해 살펴보기로 한다.

## 3  청자배려표현의 사례 분석

일본어에서의 청자에 대한 배려표현은 다양한 형태로 나타나는데, 그 구체적 사례를 들어 어떤 유형이 있는지, 그리고 어떻게 청자에 대한 배려의 의미가 포함되는지에 대해 살펴보자.

### ❶ 추량형 사용

다음은 소위 인식모달리티형식인 「ようだ」「らしい」「(よ)う」「〜と思う」 등의 추량형을 확언형確言形 대신 사용한 경우이다.

> 6) A：雨が降ってきましたね。 (=4))
>    B：ええ、そのようですね。 [そうですね。]
> 7) A：お宅のお子様はどうなりました?
>    B：うちの子は合格したらしいです。 [うちの子は合格しました。]

예6)은 A의 발화 내용에 B가 「ね」를 사용하여 동의를 표하는 경우이다. 화자 B도 이미 「비가 내리기 시작한(雨が降ってきた)」 것을 감지하였으므로 「그러네요(そうですね)」라는 단정적인 표현 사용이 기대되는 장면인데도 추량형식 「ようだ」를 사용한 「그런 것 같네요(そのようですね)」로 완곡하게 표현하고 있다.

또한 예7)도, 화자 B 자신의 자식에 관한 사항의 인식 판단을 발화하는 장면

으로 「우리 애는 합격했습니다(うちの子は合格しました)」라고 확언형을 사용하여 단언할 수 있는 상황임에도 불구하고 추량형식 「らしい」를 사용하여, 예6)과 마찬가지로 완곡하게 「우리 애는 합격한 것 같아요(うちの子は合格したらしいです)」라고 표현하고 있다.

즉 앞의 예1), 2)의 「だろう」「らしい」가 명제내용에 대한 불확실성을 표하는 모달리티 본연의 역할을 담당하는데 반하여, 예6), 7)의 「ようだ」「らしい」에는 불확실성과는 관련 없이 의도적으로 완곡하게 표현하여 청자에 대한 배려를 담으려는 화자의 의도가 엿보인다.

이와 유사한 사례로 다음의 예8), 9)와 같은 예를 들 수 있다.

> 8) この点については次のようなことが<u>いえよう</u>。　[この点については次のようなことがいえる。]
> 9) 結婚式にはぜひ参加した<u>いと思っています</u>。　[結婚式にはぜひ参加したいです。]

예8)의 「～(よ)う」는, 학술서와 신문의 비대화문, 또는 소설류의 지문 등에서 필자의 기술, 설명태도를 나타내 주는 것으로 전달하고자 하는 문의 내용은 확언형(「いえるØ」)으로 표현하는 경우와 거의 차이가 없다. 어조를 부드럽게 하는 수사적 효과를 꾀해 독자(발화 장면의 「청자」에 준함)에 대한 배려표현의 일종으로 볼 수 있다.

예9)의 「～と思っています」는, 단정적이고 직접적으로 표현하는 「です」와는 달리 간접적으로 표현하여 부드러움과 정중함을 포함한다.

이상의 예6)~9)와 같이 화자가 확언형을 사용하여 단언을 할 수 있는 상황임에도 굳이 추량형식(또는 그에 준하는 형식)을 사용해서 완곡하게 표현하면 결과적으로 청자에 대한 배려와 정중함을 나타내게 되는데 이와 같은 용법은 특히 일본어에서는 자주 나타나는 현상이다.

### ② 종조사 「ね」의 사용

종조사는 청자에 대한 화자의 전달태도를 나타내는 모달리티를 담당, 발화 장면에서 중요한 역할을 하는데 그 중 다음 예10)의 「ね」와 같은 경우는 화자A가 청자B와 인식을 공유한다는 것을 나타내며 동의를 구하는 용법이다.

10) A : 今日は暑いです<u>ね</u>。　[<sup>(#)</sup>今日は暑いです<u>∅</u>。]
　　 B : そうです<u>ね</u>。　[<sup>(#)</sup>そうです<u>∅</u>。]

화자A와 청자B가 처한 동일한 환경-「오늘은 덥다(今日は暑い)」라는 사실-에 대한 인식을 나타내는 문으로, 「ね」를 첨가하여 화자가 자신의 인식에 대해, 청자의 동의를 구하는 경우이다. 따라서 실제 발화 장면에서는 [ ] 속과 같이 「ね」를 붙이지 않은 표현은 나타나지 않는다. 그 이유는 「ね」를 붙이지 않음으로써 화자 자신과 공유하고 있는 당면 사태를 청자가 어떻게 인식하고 있는지에 대한 고려를 전혀 하고 있지 않은 표현이 되어버리기 때문이다. 바꿔 말하면 청자의 인식여부에 무관심한 표현이 되어버리는 점에서, 결국은 원활한 인간관계를 유지하기 위해 노력하는 발화 장면에는 적합하지 않은 표현이 되기 때문에 실제 현실 세계에서는 일어나지 않는 것으로 생각할 수 있다. 즉 청자의 인식정보에 대한 고려가 필수적인 상황에서 화자가 그에 대한 고려를 하지 않는다면 그것은 청자에 대한 배려를 게을리 하는 것이 된다. 앞서 기술한 바와 같이 확언형을 대신한 추량형 사용이 청자배려표현을 만드는 것과 같은 선상에서, 청자와의 공유 정보 인식에 대한 화자의 고려를 나타내는 유표형식 「ね」의 첨가는 청자배려표현 원리를 지지한다고 할 수 있다.

### ③ (부정)의문형, 사역형+수수동사, 생략형 등의 사용

전달태도를 나타내는 모달리티 중 명령과 의지 표현에 관련되는 사례를 검토해 보자.

일본 사회가 특히 명령은 물론 지시, 지도 등을 직접적으로 나타내는 말을 피하는 경향이 있음은 이미 미즈타니水谷(1979:174) 등 여러 연구자들에 의해 지적되고 있는 바이다. 다음 예11)과 같이 상대방에게 「앉는(座る)」 행위의 실현을 요구, 이른바 명령을 할 때 「なさい」「ください」를 사용하면 특별히 배려표현으로 보기는 어렵다. 「なさい」「ください」가 해당 동사의 경어형이라 해도 그 자체가 직접적인 명령형이므로 상대방에게 행위 실현 요구에 따른 부담을 가하는 표현인데는 변함이 없기 때문이다.

11) 座って<u>くれない</u>? [(お)座りなさい。]
　　座ってください<u>ますか/ませんか</u>。 [座ってください。]

하지만 (부정)의문형 「～ない(か)?/～ますか/～ませんか」 등을 덧붙이면 배려표현이 되는데, 이것은 이오리 외(2001:489)가 지적하고 있는 「정중하게 말하기 위한 운용적 책략」의 하나로 볼 수 있다.

> 청자에게 불쾌감을 줄 위험이 있는 발화를 하는 경우, 청자와의 인간관계를 원활하게 가져가게 하기 위해 그 불쾌감을 누그러뜨려 조금이라도 정중하게 말하려고 한다(후략).

(부정)의문형은 외견상 청자에게 답을 구하는 형태를 취하기 때문에 행위 실현의 결정권(위의 예11)에서는 「앉을지(座るか)」 또는 「앉지 않을지(座らないか)」의 선택에 관한 주도권)이 청자에게 있는 것처럼 표현되어, 화자가 일방적으로 내리는 명령과는 달리 배려표현으로 작용하는 것이다.

또한 화자의 의시 표명 시 다음 예12)와 같이 사역형에 수수(授受)동사를 보조동사로 접속시켜 사용하면 청자배려표현이 되는 것도 예11)과 동일하게 설명이 가능하다.

12) 用があるのでお先に<u>帰らせていただきます</u>。 [用があるのでお先に帰ります。]

　화자의 의지를 단적으로 표명하는 「お先に帰ります」 대신, 「お先に帰らせ
ていただきます」를 사용하면 앞의 사역형은 상대방(청자)의 허용을 전제로 하
는 것을 나타내고, 뒤의 보조동사로서의 수수동사는 청자가 베푸는 은혜를 화
자가 입는다는 표현형태가 된다. 이 역시 「먼저 돌아가는(お先に帰る)」 것에
대한 결정에 청자가 관여할 수 있는 여지를 주는 표현이 되어 결과적으로 청자
에 배려적인 표현이 되는 것으로 생각할 수 있다.

　그 밖에 상대방의 권유나 제안, 요청 등에 대해 받아들이기 어려울 때, 즉
거절을 해야 하는 경우 다음 예와 같이 생략형을 사용하는 경우가 있다.

　　13) A : 今晩いっしょに食事しませんか。
　　　　 B : きょうはちょっと…。［きょうはちょっといけません／だめで
　　　　　　 す。］

　「거절」이란 자칫 잘못하면 청자가 불쾌한 느낌이 들 수 있는 대표적인 경우
인데, 그런 만큼 원활한 인간관계 구축을 위해서는 화자 나름대로의 전략이
필요하게 된다. 예13B)와 같이 뒷부분을 생략하여 「いけません／だめです」와
같은 확언을 피하는 방법도 그 중의 하나로 볼 수 있는데, 청자A가 생략부분을
유추하여 상황을 헤아릴 수 있도록 하는 점에서 일종의 배려표현으로 볼 수
있다. 앞의 예11), 12)가 명시적인 배려를 표시하는 유표(marked)형식을 취하
는데 반해, 예13)은 청자에 대한 배려를 무표(unmarked)형식으로 나타낸다는
점에서 구별된다.


**④** 기타


　앞서 언급한 사례 외에도, 일반적으로 정중어로 분류되는 「～です」「～ま
す」도 상하, 친소관계 등을 고려하여 적합한 대우표현이 되도록 하여 청자에
대한 배려로서 작용한다.

14) 行き<u>ます</u>か。 ［行くか。］
15) 田中さんの<u>です</u>か。 ［田中さんのか。］

이상의 예6)~15) 등의 경우를 통해 일본어에서의 주요 배려표현 사용 원리는 다음과 같이 정리된다.

- 단정적이고 직접적인 표현을 피해서 간접적으로 완곡하게 표현하여 청자에 대한 배려를 표한다.(❶ 참조)
- 청자와의 공유정보나 인식에 대한 고려가 필요한 상황에서 화자가 그것에 대한 고려를 하고 있다는 유표형식을 사용하여 청자의 불쾌감을 유발하지 않도록 배려를 표한다. (❷ 참조)
- 청자에게 부담을 가하게 되는 경우, 화자 자신이 판단권·결정권을 일방적 또는 전적으로 행사하지 않고, 청자에게 판단 또는 결정에 참여할 수 있는 여지를 주어 청자에 대한 배려를 표한다.(❸ 참조)


## ▌4　한일 양 언어 청자배려표현의 차이

원활한 커뮤니케이션을 위해 청자에 대한 배려적인 행동을 취하고 일정부분 언어화하는 것은 언어 일반에 예측되는 현상이다.

다음 예16)의 ［ ］ 속 표현과 같이 명령형(「入れろ」)을 사용한 직접적인 표현 대신에 부정의문형(「寒くない?」)과 같은 간접적인 표현이 선택되는 것은 일본어에서 자주 보이는 전형적인 배려표현으로 볼 수 있다.

16) A: 寒くない？ ［←寒いからヒーターを入れろ。］
　　 B: ヒーターを入れようか。

이와 같은 간접발화행위의 경우는 한국어에서도 다음 예17)과 같은 유사

예를 찾아 볼 수 있다.

> 17) A: 바쁘지 않니? [←바쁠 테니까 가봐. ]
>     B: 네, 그럼 이만 가보겠습니다.

　하지만 한일 양 언어의 배려표현에 있어 미묘한 차이는 다음 예18)~20)에서 확인 가능하다.

> 18) a. 先生、お荷物をお持ちします/致します。[<sup>(#)</sup>先生、お荷物を持って
>        差し上げます。]
>     b. 선생님, 짐을 들어드리겠습니다.
> 19) a. <sup>(#)</sup>先生、ごくろうさまでした。
>     b. 선생님, 수고하셨습니다.
> 20) a. <sup>(#)</sup>今、おいくつですか。 -　三二歳です。
>     b. 지금 몇 살이세요? - 32살이요.

　예18a)와 같이 청자가「先生」와 같은 경의敬意를 표해야 할 대상인 경우라면 배려표현이 요구된다. 그런데 일본어에서는 겸양어법을 사용한「お持ちします/致します」는 적절한 표현이 되나「持って差し上げます」는 실례를 범하게 되는 표현이라고 설명되고 있다. 그 근거로는「差し上げます」가 겸양동사이므로 일견 상황에 적합한 것 같이 보이나,「～て差し上げます」와 같이 수수동사를 보조동사로 사용하면 화자가 청자에게 어떤 은혜를 베풀고 청자는 그 은혜를 입는다는 뉘앙스를 띠게 되어 비배려표현이 된다는 점을 들 수 있다. 그러나 한국어의 경우를 보면, 수수동사를 사용한 예18b)가 별로 위화감 없이 받아들여진다.

　또한 일본어에서는 예19a)가 부자연스럽다고 지적되고 있는데 그 이유는 아랫사람이 윗사람을 위로하는 것이 적절하지 않다는 데 있다. 그에 반해서 한국어에서는 예19b)가 그다지 위화감을 느끼지 않으며 자주 듣는 표현이라 할 수 있다.

　예20a)도 상대방의 사적 영역에 속하는 정보에 대해 캐묻는 것이 실례가 된다는 점에서 배려표현의 운영 원리에 위배된다고 할 수 있다. 사카타 (2003:210)에 따르면 일본어의 경우, 사적 영역에 속하는 정보로는 연령 외에, 욕구(특히 생리적 욕구), 능력, 가족구성, 사회적 지위 및 그에 수반되는 사항 (직종과 급료 등), 개인적인 기호·감정, 그 밖에 본인이 프라이버시에 속한다 고 생각하는 것 등이 있다고 한다. 그러나 한국어에서는 사적영역이라고 하더 라도 예20b)와 같이 일본어에 비해 비교적 자유롭게 사용되어 특별히 비배려 표현으로 간주되고 있지 않는 것은 흥미롭다.

이러한 예의 대조를 통해 살펴보면, 이쿠타(1997:68)도 다음과 같이 그 상대 성에 대해 지적하고 있듯이, 청자에 대한 배려표현은 이언어문화권에 따라 차 이가 있을 수 있다는 것을 알 수 있다.

> 같은 형태의 언어사용이 한쪽에서는 폴라이트네스에 적합한 표현이 되 고, 다른 언어, 문화에서는 반대의 기능을 한다. 또한 같은 배려의 의도가 언어가 다르면 전혀 다른 형태로 말에 표현되는 경우도 있다. 그 점에서도 폴라이트네스는 상대적이라 할 수 있을 것이다.

이로서 상당한 일본어 능력을 갖춘 한국어 모어 일본어 학습자 중에도 예 18a)~20a)와 같은 오용사례가 발생할 개연성이 높다는 점에는 쉽게 수긍이 갈 것이다.

## ▌5 연구과제 및 전망

이상, 현재와 같은 다언어, 다문화 공생시대에 있어 원활한 커뮤니케이션과 상호이해를 도모하기 위해서는 이문화권의 언어행동 차이에 대한 이해가 더욱 중요한 의미를 갖게 되는 것을 확인했다. 즉 자신의 의도하는 바 목적을 달성하 고 불필요한 오해를 방지하여 원활한 의사소통을 하기 위해서는 목표언어의 언어행동표현 특징을 이해하는 것이 무엇보다도 중요하다 할 수 있다.

일반적으로 개인은 모국어의 문화를 토대로 하여 다른 언어문화를 이해 파악한다고 한다. 따라서 특히 문법적·구조적으로 그 유사성이 강조되는 일본어와 한국어라 할지라도, 문화적 배경이 다른 이문화권의 언어인 만큼 당연히 양자 사이에는 다소간의 발상과 언어행동의 차이를 예상할 수 있다. 일본어 및 한국어 학습자 수의 증가, 문화 개방에 따른 인적 물적 교류의 증대라는 시대적 조류 속에서, 한일 양어의 언어행동표현 차이의 이해를 위한 이문화간 화용론 연구는 외국어로서의 양 언어 학습자가 보다 자연스러운 목표언어를 습득하고 고급단계로 진행하는 데 일조할 수 있을 것으로 판단된다.

이 글에서 고찰한 청자배려표현도 그러한 과제 중의 하나라는 점에서 의의가 있다고 할 수 있다.

최근의 커뮤니커티브 어프로치를 중시하는 외국어교육 현장에서의 실천과 활용을 위해서도 다양한 레벨에서 다양한 형태로 나타나는 일본어의 배려표현이 담화 운용원리와도 깊은 연관성을 갖고 있음을 명확히 인식해 그에 따른 다각적인 접근을 시도하고, 나아가 한일 대조연구의 관점에서 활발한 연구도 이루어져야 할 것이다.

# 02 한일 양국드라마에 나타나는 감정커뮤니케이션 양상

김광태

## 들어가는 말

한국에서는 지금까지 제한되어 있던 일본의 대중문화가 점차 개방화되어 가고 있으며, 한편으로 일본에서는 한류와 더불어 한국의 드라마, 영화, 가요 등이 인기를 끌고 있음으로써 양국의 대중문화의 교류가 급진적으로 이루어지고 있는 추세이다.

문화배경이 서로 다른 한국과 일본에서 원활한 상호간의 문화수용이 이루어지기 위해서는 그 나라의 문화적 특징에 근거한 양국의 문화 및 양국인의 (비)언어행동이 양상을 통찰할 필요가 있다. 한일 양국외 (비)언어행동을 가장 잘 이해할 수 있고 양국의 문화를 많은 사람에게 단시간에 알릴 수 있는 수단은 대중매체이다. 이 중에서도 특히 양국인의 문화나 (비)언어행동을 잘 파악할 수 있는 대중매체는 TV드라마라고 할 수 있으며, 이는 한일 양국(인)을 이해하는데 있어서 매우 좋은 자료라고 생각한다.

한국에서 방영된 일본 TV드라마와 일본에서 방영된 한국 TV드라마를 대상으로, 그곳에 나타난 한국인과 일본인의 비언어행동을 통한 감정커뮤니케이션의 양상을 분석하여 한일 양국인의 성향 및 양국문화의 이해를 도모해 보고자 한다.[1]

한일 양국은 사상에 있어서 뿐만 아니라 언어에 있어서도 매우 유사한 언어구조를 갖고 있다. 언어유형론으로 일본어의 특징을 살펴보면, 많은 부분에서 한국어와 일치하는 언어로 분류된다. 한국어와 일본어가 어순이나 문법구조 등 형태상으로 많은 공통점을 보이고 있고 또한 같은 문화권에 속해 있지만, 실제 (비)언어행동에 있어서는 다른 성향을 보이기도 한다. (비)언어행동이 양국의 문화나 민족성에 따라 어떻게 다르게 나타나고, 그 언어행동이 어떤 뉘앙스를 갖고 있는지 드라마의 실제 용례[2]를 통해 알아봄으로써 양국인의 행동양식 및 감정표출의 성향을 분명히 밝힐 수 있을 것이다.

## ▌1  감정커뮤니케이션이란

인간은 음성이나 문자를 통하여 의사소통이 가능하며, 화자가 청자에게 전달하고자 하는 것은 단지 어떤 정보의 내용만이 아니라 자신의 감정도 포함된다. 감정을 전달하는 것을 감정커뮤니케이션이라고 하며, 감정커뮤니케이션의 방법으로는 언어행동 뿐만 아니라 비언어행동을 통해서도 나타낼 수 있다.

언어를 이용하여 화자의 태도나 감정을 표출하는 방법으로는 감정의 어휘(감정동사, 감정형용사, 감정의 관용어 등)는 물론, 엑센트, 초점, 포즈, 문말의 억양 등이 있다. 더 나아가 사람이나 사물에 대한 감정을 보다 효과적으로 표현하고자 할 때 주로 비유표현이나 관용표현 또는 은유표현 등의 어휘를 사용하여 자신의 감정을 다른 사람에게 전달할 수 있지만, 얼굴표정, 웃음, 눈물, 몸짓 등을 나타내는 비언어행동을 통하여 직접적이며 감각적으로 그리고 보다 효과적이며 확실하게 감정을 전달할 수가 있다.

예를 들어, 김광태(2004)에서 비언어행동을 통한 감정커뮤니케이션으로 드러나는 '기쁨'이나 '슬픔'에 대한 행동양태를 살펴본 결과, 한국인은 기쁨을 표

1·
드라마를 자료로 한 주요 이유는, 드라마를 통하여 양국인의 (비)언어행동뿐만이 아니라, 양국 문화의 양상 등도 살펴볼 수 있기 때문이다. 실제로 김광태(2005, 2006)에서는 한국 대학생(419명)·일본대학생(343명)을 대상으로 양국인의 이미지를 조사 분석하였는데, 양국의 많은 대학생들이 드라마를 통하여 양국인의 (비)언어행동 및 문화를 알게 되었다는 결과를 얻었다.

2·
이 글에서의 한일 양국의 드라마 자료는 다음과 같다. (년도는 자국내에서의 방송시기 임)

**한국드라마**: 『가을동화(16회), KBS2(2000)』『진실(16회), MBC(2000)』『이브의 모든 것(20회), MBC(2000)』『아름다운 날들(24회), SBS(2001)』『겨울연가(20회), KBS(2002)』『천국의 계단(20회), SBS(2004)』

**일본드라마**: 『ロングバケーション(11회), TBS(1996)』『ラブジェネレーション(11회), フジ(1997)』『神様、もう少しだけ(12회), フジ(1998)』『眠れる森(12회), フジ(1998)』『ビューティフルライフ(11회), TBS(2000)』『空から降る一

출할 경우는 음성을 통한 웃음소리나 행동으로 그리고 슬픔을 표출할 경우는 울음소리로 나타낸다. 반면, 일본인은 기쁨은 얼굴표정으로, 슬픔은 억제된 눈물로 나타내는 경향이 있다는 것을 알 수 있었다.

한국인은 큰소리로 웃거나 울거나 하는 것은 기쁨과 슬픔을 서로 공유하는 것이 미덕이라 생각하여 적극적으로 감정을 표출한다. 이에 반하여 일본인들이 기쁘다고 해서 크게 웃거나 춤을 추거나, 슬프다고 해서 소리내어 우는 등 음성이나 행동을 통한 직접적인 표현은 그다지 사용하지 않는다. 이는 일본의 사회적 규범이나 관습에 따라 그들의 감정을 숨기는 것이 미덕이라고 생각하기 때문이다.[3]

이와 같이, 감정커뮤니케이션은 언어를 통한 표현과 동시에 다양한 비언어행동을 통하여 메시지를 전달하거나 받아들이게 된다. 행동(태도), 표정, 음조의 고조, 시선, 반응(증상) 등과 같은 비언어전달에 의해, 같은 내용의 말을 하거나 듣거나 하게 될 경우에도 감정의 양상은 상당히 다르게 나타나게 된다.

## ▌2 선행연구 및 연구범위

### ❶ 선행연구

비언어행동을 통한 감정커뮤니케이션은 그 나라의 문화와 깊은 관계가 있으며, 어느 특정한 문화를 이해하기 위해서는 그 문화권에 속해 있는 사람들의 독특한 감정표출의 양상을 잘 파악해야 한다.

Wiener and Mehrabian(1968)에 따르면, 93%는 비언어메시지(55%가 얼굴의 표정이나 신체적 동작, 38%가 음성적 양태)에 의해, 그리고 불과 7%가 언어메시지에 의해 해석・이해가 된다고 하고 있다. 또한, 비언어행동을 연구한 인류학자 Birdwhistell(1970)은 언어수단을 통한 의사전달이 35%, 비언어적 수단을 이용한 의사전달이 65%를 차지하고 있으며, 언어행동으로 표현된 언

億の星(11회),フジ(2002)』『Summer Snow(11회), TBS(2002)』『僕だけのマドンナ(11회), フジ(2003)』『僕の生きる道(11회), 関西(2003)』『僕と彼女と彼女の生きる道(12회), 関西(2004)』『元カレ(10회), TBS(2004)』

3・
김광태(2008)에서 신체적 증상을 통한 한일 양언어의 감정표출 양상을 분석한 결과에서도 한국인이 <음성>을 통하여 감정을 표출한다고 한다면, 일본인은 <마음>이나 <얼굴(표정)>에 의한 감정표출이 두드러지는 것으로 나타나고 있다. 즉, 일본인은 감정을 확실하게 표현하는 것을 주저하며, 상대가 자신의 마음이나 상황을 이해해 주기 바라거나 얼굴표정을 통하여 감정을 파악해 주기를 바라는 경향이 짙다는 것을 잘 보여주고 있다.

어정보나 감정과 비언어행동으로 나타내는 정보나 감정이 다를 경우, 사람들은 비언어행동에 의한 것을 진실로 간주하는 경향이 있다고 서술하고 있듯이, 비언어행동이 의사전달 수단에 있어서 매우 중요한 역할을 한다는 것을 잘 알 수 있다.

비언어행동에 관한 지금까지의 연구에 있어서는 주로 비언어행동의 개념(역할, 기능 등), 비언어행동의 분류(동작, 시선, 접촉, 공간, 거리 등), 문화차이에 따른 비언어행동의 양상(거절, 의뢰, 권유 등)에 관한 연구가 대부분으로 인간의 감정이나 느낌을 전달하는데 주요 수단인 감정의 비언어행동에 관한 세부적이며 실증적인 연구는 아직 구체적으로 이루어지고 있지 않은 실정이라고 할 수 있다.

또한, 감정에 관한 연구에 있어서도 감정형용사, 감정동사, 감정의 관용구, 감정의 오노매토피어(의음어, 의태어) 등 어휘적인 측면에 관해서는 많이 연구되어져 왔으나, 비언어행동을 통한 감정커뮤니케이션의 연구, 특히 한일 양국인의 남녀별에 따른 비교분석은 아직 찾아볼 수가 없다고 할 수 있다.


## ② 연구범위


다음의 대화는 언어사용을 통한 <노여움> 표출의 경우와 언어사용으로는 화가 난 것으로 표현하고 있지만, 비언어행동으로는 화가 나 있지 않는 경우의 용례이다.

(A) 正夫 : 「(カチン)かわいそうになる前に救ってやるのが、俺の役目なんだよ。**お前に何がわかる**」
　　サチ ; 「正夫さんってホントは女の人のこと、お前とか言う人なんだ」
　　　　　　　　　　　　　　　　　　　　　　　　　　　(ビュー. 7回)
(B) 優子 ; 「なんかね、部屋にこう…なんて言うかな、どう猛な生き物が迷い込んで来て―」
　　完三 ; 「…**お前**なあ、何言うてんねん」 完三は**ロでは怒りながらも**

<u>目はやさしく笑っている。</u>　　　　　　　（星. 1回）

즉, 용례(A)는 남자가 지금까지 여자친구에게 'サッちゃん' 이라는 호칭으로 불러오다가 화가 나니까 남성이 여성에게 사용하게 될 경우에는 남존여비男尊女卑의 의미를 지니게 되는 'お前' 라는 호칭의 언어표현을 사용하여 화가 났음을 나타내고 있다.

반면, 용례(B)는 여동생이 오빠에게 약속에 늦은 것에 대한 핑계를 말하고 있는 장면으로, 오빠가 언어표현으로는 화를 내면서도 눈은 부드럽게 웃고 있는 상황에서는 언어를 통한 상대의 감정의 양상을 판단하기 보다는 비언어행동을 통하여 판단하게 되는 경우를 나타내고 있다.[4]

같은 발화내용이라도 말하는 사람의 시선, 표정, 행동 등의 양상에 따라 듣는 상대가 발화내용을 매우 다르게 받아들이거나 오해를 초래할 수도 있는 비언어행동에 대한 파악은 해당 언어의 성격과 문화를 이해하는데 중요한 요소라 하겠다. 왜냐하면 사람의 내면의 정신적인 상태와 특성을 묘사하는 비언어행동에는 그 민족의 심정이 여기에 잘 담겨져 있기 때문이다.

도야마東山(1992)는 감정의 전달수단을 언어적 전달수단과 비언어적 전달수단으로 나누고, 더 나아가 전자를 음성적 전달수단(구어)과 비음성적 전달수단(문장어)으로, 후자를 음성적인 것(음의 고저, 억양, 음의 질 등)과 비음성적인 것(얼굴 표정, 시선, 자세, 거리, 의복 등)으로 나누고 있다.

본 감정커뮤니케이션에서는 비언어적인 전달수단을 대상으로 하고자 하며, 이들 중에서도 특히 음성적인 것에 있어서는 음의 고저와 말투를, 비음성적인 것에 있어서는 얼굴표정, 시선, 행동 등에 주안점을 두고 비언어행동을 통한 감정커뮤니케이션의 양상을 살펴보고자 한다.

지금까지의 연구들은 대부분 비언어행동 전반을 대상으로 하였으나, 이 글에서는 <노여움>의 감정표출로 한정하고자 한다.[5] 즉, 비언어행동에 대한 선반적인 연구는 일반적인 특성은 파악할 수 있으나, 비언어행동을 통한 감정커뮤니케이션에 대한 체계적인 분석 및 양상을 살필 수 없기 때문이다.

---

**4 ·**
하시모토橋本(1993:175)는 대인커뮤니케이션에 있어서 일련의 음성적 비언어, 신체적 동작 그리고 음성언어의 조화가 전체로서의 메시지 효과를 나타내게 되지만, 이 3요소가 상호간에 부조화의 경우, 얼굴의 표정, 음성의 양태, 그리고 언어적 의미내용의 순서로 우세한 영향력이 있다고 하고 있다.

**5 ·**
언어행동과 함께 수반되는 비언어행동, 특히 <노여움> 표출의 양상을 살피는 것으로써 내심 화가 난 상태이지만, 외부적으로 증상이 나타나지 않는 경우는 연구의 대상에서 제외하였다. 또한, 상대자로의 표출이 아니라, 자신에 대한 <노여움>의 표출도 제외하였으며, 상사와 부하와의 관계에서 발생되는 경우도 연구의 대상에서 제외하기로 하였다.

**6·**
<인지>에 대한 정의를 관련 사전을 통해 알아보면 다음과 같다. ①J.리차즈 외2 (J.리챠―즈他2, 1988): 인지란 사고, 기억, 지각, 인식, 분류 등에 있어서 사용되는 여러 가지의 심리적 과정을 말한다. ②쓰지辻(2004): 인지를 정의한다면, 생득적(生得的)이든 경험적経験的이든 관계없이 획득한 지식이나 능력을 기반으로, 입력정보를 자신의 필요성에 따라 선택적으로 수용·처리하고 이용하며, 더 나아가 새로운 지식으로서 축적하는, 능동적 또는 주체적 정보처리의 활동이라고 할 수 있다.

**7·**
<노여움> 표출에 대한 신체적 반응(증상)에는 신체 내부적 반응과 신체 외부적 반응으로 나타나지만, 이 글에서는 신체 외부적 반응에 한하여 살펴보고자 한다.

## **3** 인지모형에 따른 감정커뮤니케이션

Lakoff(1987:397-406)에서는 '노여움'의 인지 모형[6]을 다섯 단계로 나누어 설정하고 있다. 1단계에서는 화나게 하는 원인, 2단계는 화가 발생하여 신체적 증상을 체험, 3단계는 화를 억제하려는 시도, 4단계는 화의 억제가 불능, 5단계는 화가 폭발하여 보복하는 단계를 말한다. 이 글에서는 화나게 하는 원인의 1단계는 제외하고, 인지모형(2단계~5단계)을 바탕으로 하여 한일 양국인에 있어서 남녀별 <노여움>의 출현양상 및 특징을 살펴보고자 한다.

### **1** <노여움>의 신체적 증상(2단계)

먼저, 한일 양국인의 <노여움>의 표출 양상에 관하여 2단계인 신체적 증상에 대해서 살펴보고자 한다. 신체적 증상이란, 화가 나거나 불쾌감을 느끼게 되었을 때, 얼굴표정이나 눈의 시선이 바뀐다든가, 신체의 일부(몸, 입술, 눈썹 등)를 떤다든가, 눈물을 흘린다든가, 숨을 거칠게 쉰다든가, 하는 생리적 변화를 수반하는 무의식적인 반응을 말한다.[7]

> 1) 연수: 애인도 아니라면서 데리고 노는 게 상처를 주는 게 아니면 그럼 뭐예요?
>    선재: (<u>얼굴 굳어지며</u>) 데리고 놀다뇨?　　　　　(날. 5회 남성→여성)
> 2) 啓吾: 「仕事なんてどうせ死ぬまでの暇つぶしだろ。手もちの曲で十分 ウケてるのに何で焦って曲書かなくちゃいけないんだ?」
>    カオル: 「… …本気で言ってるの?」　こぢんまりとまとまったカオルの <u>美しい顔が歪んでいる</u>。　　　　　(神様. 1回 여성→남성)

위의 예1)은 여동생 남자친구가 여자친구 언니를 대상으로 하여, 예2)는 여성이 좋아하는 남성을 대상으로 하여 자신의 노여움의 표출에 대하여 얼굴표정을 통하여 나타내고 있는 경우이다. 즉, 화가 났을 때, 생리적 반응이 잘 나타나는 신체 부위의 하나로는 얼굴을 들 수 있으며, 이는 감정의 변화가 가장 민감하게 나타나는 신체 부위로서, 언어와는 달리 심리상태가 그대로 표출된다.

얼굴은 <노여움>만이 아니라 기쁨, 슬픔, 놀람, 공포, 좋아함 등 자신이나 상대의 다양한 감정이 표정을 통하여 가장 잘 표출된다고 할 수 있다.[8]

> 3) 선미: 너...어쩜, 우진오빠한테 이렇게까지 잔인할 수가 있어? 하질이야,
> 　　　　인간 최하질이야.
> 　　영미: 그렇게 걱정되면 니가 런던으로 가. 가서 데리고 오면 되잖아. (<u>쏘
> 　　아보며</u>)　　　　　　　　　　　　　　　（이브. 14회 여성→여성）
> 4) 哲平：「なんだ、いるんじゃん」
> 　　理子：「そういうヤツだと思ってたよ」電話を切りながら、ふくれっつ
> 　　　　らで俺を<u>にらむ</u>。
> 　　哲平：「じゃ、なんで来たの」　　　　　　　（L. 5回 여성→남성）

예3)은 여자가 여자친구를 대상으로 하여, 예4)는 여자가 남자친구를 대상으로 하여 <노여움>의 감정을 눈(시선)을 통하여 표출하고 있는 양상이다. 눈(시선)은 얼굴 중에서도 비언어행동을 통하여 감정을 전달하는데 있어서는 가장 중요시 되는 부분이라고 할 수 있다.

즉, 눈(시선)은 화자나 상대의 감정 상태를 잘 파악할 수 있는 커뮤니케이션의 하나로서 대인관계에 있어서 매우 중요한 역할을 한다. 이를 통하여, 애정이나 적대감 등을 효과적으로 나타내는 수단으로 사용되어지고 있는 것이다.

> 5) 민지: 그래! 넌 노래 못해서 환장한 애니까 노래부터 해라! (세나 앞으로
> 　　　　노래책을 던진다)
> 　　세나: (<u>입술이 파르르 떨린다</u>)　　　　　（난. 3회 여성→여성）
> 6) 輝一郎：「… …」
> 　　実那子：「輝一郎に何が分かるの」
> 　　輝一郎：「… …」
> 　　実那子：「あなたたちに… …あなたたちに何が分かるって言うのよ！
> 　　<u>（涙が噴き出した）</u>　　　　　　　　　（森. 6回 여성→남성）

**8·**
나카무라中村(1996:63)는 인간에게는 기본적인 감정에 대응한 6개 정도(행복, 슬픔, 노여움, 혐오, 공포, 놀람)의 표정이 있으며. 이들의 표정은 태어나면서 갖게 되는 행동양식의 하나로, 자라온 환경이나 문화가 달라도 공통적으로 나타나는 현상이라고 설명하고 있다.

예5)는 여자가 자기 여자친구에게 너무 화가 나서 입술이 떨리는 증상을 보이고 있다. 즉, <노여움>과 같은 감정을 느끼게 될 경우는 심장박동이나 신체의 전체 또는 일부분의 떨림 등과 같은 생리적, 신체적 반응이 수반된다는 것을 알 수 있다.

그리고, 예6)은 여자가 상대 남자친구에 대해서 분하기도 하고 억울하기도 하며 화가 나기도 하는 복잡한 심리상태를 눈물로서 보여주고 있다. 즉, 언어와 행동이 더불어 표출되어지는 눈물이, 화자의 메시지의 의도나 감정의 의미를 보다 확실하고 절박하게 전달한다고 하는 중요한 역할을 수행하고 있는 것이다.

이 외에도, <노여움>의 2단계인 신체적 증상으로는 <몸을 부들부들 떨다> <입이 나오다> <눈썹이 올라가거나 경련이 일다> 그리고 일본드라마에는 나타나지 않았지만, <숨을 내쉬거나 씩씩거리다>와 같은 증상을 보이고 있다.

## ❷ <노여움>의 억제(3단계)

사람은 얼굴표정과 같은 신체적 증상을 통한 <노여움>의 표출 이외에도 목소리나 말투와 같은 음성적 반응, 신체적 접촉을 통한 행동적 반응을 통해서도 감정을 전달하고자 한다. <노여움>이 극에 달해 음성적 반응이나 행동적 반응으로 <노여움>을 표출하게 되지만, 반응을 보이기 전에 <노여움>의 표출을 자제하려는 행위를 나타내는 경우도 많이 있다. 본장에서는 <노여움>을 자제하기 위한 시도에서 나타나는 억제의 단계에 대해서 자제, 무시, 침묵의 양상을 중심으로 살펴보고자 한다.

7) 준서: 됐냐? (보면서) 앞으론 은서 괴롭히지마. (단호하게)
　　신애: (화나서 **입술 물고** 보는 그러다가 확 뛰어가 버린다)

(가을. 1회 여성→남성)

8) 瀬名:「いや、ホント、マジ。あのまま死ぬかと思った」南；「その弱気がいままでの敗因よ」
　　瀬名:「…別に　今までそんな負けてませんけど」瀬名は、ちょっと<u>ムッ</u>

<u>と</u>する。　　　　　　　　　　　（ロン. 4回 남성->여성）

　위의 예7)은 여학생이 남학생 선배를 대상으로 화가 나지만 입술을 깨물고 참는 모습을, 예8)은 남자가 동거녀에 대해서 순간적으로 생긴 불쾌감이나 노여움을 언어나 태도로 표출하지 않으려고 입을 다물고 참는 상황을 묘사하고 있는 것으로써, 이는 다른 <노여움>의 표출에 비한다면 상대가 <노여움>의 감정을 인지 못하는 경우가 많이 있다.

　즉, 이를 악물거나 입술을 깨물거나 하는 것은, 상대에 대해 불쾌감을 느끼게 되거나 자신의 기대나 가치관에 반한 경우, 이에 대한 노여움이나 욕구불만은 있지만 그 기분을 그대로 나타내지 않도록 자제하려고 노력할 때 생기는 증상이다. 말하자면, 상대에게 <노여움>을 발산하거나 면전에서 언쟁을 일으키지 않음으로써 극한 상황을 피하기 위해서 참는 모습을 말한다.

　9)　신희: 누가 지나가다가 나로 오해 할 수도 있잖아? 우리 아버지 이름도
　　　　　　있는데 지저분한 소문이라도 나면 니가 책임질 거야?
　　　자영:「…」
　　　신희: 앞으론 행동 좀 조심해 줘. (현관으로 올라간다)
　　　자영:「…」　(화가 치밀어 오르고 분하고)　（진실. 3회 여성→여성）
　10)　真弓:「そんなの、美容雑誌見れば、最新のスタイル全部、載ってる
　　　　　　じゃん」
　　　杏子:「…それは、そう思ったんだけど、それってちょっと私たちが
　　　　　　やってみたい髪形とは違ったの」
　　　真弓:「…（カチンッと来る）」　　　　　（ビュー. 3回 여성→여성）

　예9)는 여자가 자기 여사친구에 대해서, 예10)은 한 남자의 전 애인이 지금의 애인에게 침묵을 통한 감정의 자제를 나타내는 경우이다. 즉, 자신의 <노여움>을 표출하거나 상대의 감정을 파악하는 방법으로는 얼굴표정, 음성이나 말투, 행동 등을 통하여 알 수 있지만, 침묵을 통해서도 알 수 있다.

　전자가 실질적으로 응대한다는 점에서 감정표출을 적극적으로 나타내는 것이라고 한다면, 자신의 속마음을 직접적으로 드러내지 않기 위해 실질적 응대

를 피한다는 점에서는 침묵이 다른 비언어행동에 비해 다소 소극적인 반응이
라고 할 수 있다.

> 11) 송주: 또 치한이라고 소리 지르려구요?
>   지수: 못할 것 없죠.
>   송주: 두 번 당할 거 같아요?
>   지수: (아예 고개 돌려 **외면해 버린다**)          (천국. 5회 여성→남성)
> 12) 夏生: 「…なんだよ?　ユキまでそんなこと言うのかよ?」
>   ユキ：「大事なことだから　…」
>   夏生：「オレだってせっかくできた赤ちゃん、堕ろさせたくないよ?
>       けど、それしかないだろ?」
>       夏生は見る見る不機嫌になって、プイッと<u>横を向いた</u>。
>                              (S. 4回 남성→여성)

예11)은 여자가 남자친구를 대상으로, 예12)는 남자가 여자친구를 대상으로,
즉 상대에게 무시나 외면을 통하여 <노여움>을 자제하는 경우이다. 말도 하지
않고 고개를 돌리거나 눈을 마주치지 않는 것과 같은 행동으로 상대를 무시하
거나 외면하는 것만으로도, 자신의 감정자제의 모습을 통하여 충분히 표출할
수 있다. 말하자면, 상대를 무시하거나 외면하는 것도 노여움 표출의 한 행동으
로 볼 수 있는 것이다.

### ❸ <노여움>의 표출(4단계)

지금까지 <노여움>의 2단계인 신체적 증상과 3단계인 <노여움>의 억제에
대해서 살펴보았다. 이들이 <노여움> 표출에 있어서 소극적인 표출의 단계라
고 한다면 목소리의 고저나 말투의 변화를 통한 4단계의 <노여움> 표출은
2단계와 3단계에 비해서 보다 적극적인 표출의 단계라고 할 수 있다.

13) 민형: 그 사람은 죽은 사람이에요. 그 사람 죽었다구!

　유진: 그만해요! 제발 그만하라고요!!! 　(**떨리는 목소리로**) 나한테 왜

　　　이래요?

　민형: (자기도 모르게 **버럭**) 당신을 좋아하니까!

(겨울. 7회 여성→남성)

14) 裕二: 「あなたさ、もう弘枝さんのこと、あきらめたんだよな」

　千歳 : 「え?」

　裕二: 「そうなんだろ?」

　千歳 : 「そんなこと言いに来たの?」

　裕二: 「どうなんだよ?言えよ!」いきなり裕二が怒鳴った。

(元. 8回 남성→남성)

15) 자영: (승재가 사준 옷인데...속상해서 눈물이 핑 돈다)...

　현우: ....죄송합니다....

　자영: ...(나즈막이 **차갑게**) 됐어요.　　　(진실. 2회 여성→남성)

16) 恭一: 「頼むから話しを聞いてくんないかな」

　景子: 「イヤだって言ってるでしょう!」と景子は語気を荒らげた。

(僕. 9回 여성→남성)

　상기의 예13))은 여자가 남자친구에게 떨리는 목소리로 화를 내는 장면과 남자가 좋아하는 여자에게 소리를 지르며 화를 내는 장면이다. 예14)는 삼각관계에 있는 남자가 상대의 남자에게 고함치는 장면이다. 즉, 이들은 목소리의 고저를 통한 <노여움>의 표출을 나타내고 있으며, 예15)16)은 여자가 남자를 대상으로 하여 말투의 변화를 통한 감정의 표출을 나타내고 있다.

　음조를 통한 <노여움> 표출에 있어서는, 다른 감정표출과 달리 자신의 목소리를 매우 높게 발성하거나 말투의 변화를 통하여 다른 사람의 <노여움>의 실태 및 강도를 잘 파악할 수 있을 것이다.

17) 정서: 그래도 안 껴!

　송주: (굳어지며 매니저에게) 사이즈별로 하나씩 다 주세요.

　정서: (원망스럽게 보다가 벌떡 일어나 **나가버린다**)

　　　송주: (쫓아가 잡아 휙 돌려 세운다)　　　　　(천국. 10회 여성→남성)
18) 香奈:「あんな子のどこがいいの?　あんな子、学校でうんといじめられ
　　　　　ちゃえばいいのよ」
　　　イサム:「何、言ってんだよ?」「アイツの学校の奴らにまで言ったの
　　　　　か、お前」
　　　香奈:「…　…」
　　　イサム: 香奈が答えずにいると、イサムはダッと店を<u>出</u>ていった。
　　　　　　　　　　　　　　　　　　　　　　　　　(神様. 4回 남성→여성)


　　예17)은 여자가 남자친구를 대상으로, 예18)은 남자가 여자친구를 대상으로
현장이탈을 통하여 자신의 <노여움>의 감정을 표출하고 있는 경우이다. 언어
적으로는 무언無言으로, 비언어적으로는 난폭한 행위와 같은 특별한 행동은 취
하지 않지만 현장을 회피함으로써 상대에게 자신의 감정을 나타내면서도 상대
와의 직접적인 대립을 피하려는 태도로 볼 수 있다. 즉, 현장이탈도 노여움을
나타내는 중요한 비언어적 수단으로 간주할 수 있는 것이다.


### ③ <노여움>의 분출(5단계)


　　5단계인 <노여움>의 분출행위는 <노여움>이 극에 달해 2단계 ~ 4단계의
반응으로는 만족을 못하게 되었을 경우에 나타나는 행동을 말하며, 이는 다른
단계의 <노여움> 표출보다 가장 적극적인 감정표출의 단계이다. 표출행위의
방식으로서는 거부적인 행위, 폭력성(신체적 비접촉)의 행위, 폭력적(신체적
접촉)인 행위로 나누어 살펴볼 수 있다.


19) 철수: …지수야
　　지수: 놔. (<u>**손 뿌리치고**</u> 급히 간다)
　　철수: …(다시 쫓아가 잡는다) 지수야.
　　지수: 놔! 놔!　　　　　　　　　　　　　　　　(가을. 10회 여성→남성)

20) 南: 「えっ … どうして泣くの … 」瀬名は彼女の腕を掴んだ。「涼子
　　　 ちゃん」涼子はその<u>腕を思いっきり振り払い、</u>

　　涼子 : 「今日は帰ります」　　　　　　　　　　　　（ロン. 2回 여성→남성）


　상기의 예19)20)은 여자가 남자친구에게 노골적으로 손(팔)을 뿌리치는 거
부적인 행위를 보임으로써 자신이 매우 화가 나 있음을 나타내고 있는 경우이
다. 즉, 상대에 대한 증오나 분노를 이기지 못하고 손이나 팔을 뿌리치려는
행동을 취하거나 취했을 경우, 그것은 단지 상대에 대한 거부에 그치는 것이
아니라 다소 강한 불만의 감정을 전달하고자 하는 행위의 하나로 볼 수 있다.


21) 영미: (죽일 것처럼 우진을 노려본다) 나가!!
　　우진: 허영미! 대체 이게 무슨...
　　영미: (잡히는 대로 과일과 캔 같은 것을 <u>던지며</u>) 나가 나가라구 이게다
　　　　　너 때문이야!　　　　　　　　　　　　（이브. 11회 여성→남성）

22) 夏生 : 「じゃ、今度のことは当然、親には話したんだろうな?」
　　弘人 : 「その … まだ話は…、でも、あんな親なんて関係ないし、そ
　　　　　 れに知佳とふたりでなんとかやっていく自信あるから」
　　　　　 バンッ!　夏生の拳が、<u>パチンコ台を叩いた。</u>
　　夏生 : 「いいかげんにしろっての!」　　　　　　（S. 4回 남성→남성）


　<노여움>의 표출을 난폭한 행동으로 나타내게 될 경우, 직접 상대에게 신
체적인 접촉을 통하여 자신의 감정을 표출하는 경우와 상대에게 신체적으로
접촉하지 않는 신체적 비접촉을 통하여 감정을 표출하는 경우로 나누어 생각
해 볼 수 있다.
　위의 예21)은 여자가 남자친구에게 물건 등을 넌지며 화를 내는 모습을, 예
22)는 남자가 여동생 애인에 대한 노여움의 표출을 물건 등을 통해 간접적으로
폭력을 가하는 것으로 나타내고 있다. 즉, 신체적 비접촉을 통한 폭력성의 행위
는 다른 2단계 ～ 4단계를 통한 감정표출에 비해 상대에게 매우 높은 강도의
감정을 표출하는 수단행위로 볼 수 있다.

23) 민지: 비키라니까!

　　세나: (이번엔 민지의 <u>머리채를 휘어잡고 내팽개친다</u>)

　　민지: (비명을 지르며 나가떨어지고)　　　　　(날. 2회 여성→여성)

24) ふいに秀雄が抱き寄せて、ロづけをした。

　　みどり:「…　…」怒りがこみあげて、思わず秀雄の<u>頬を平手打ちして</u>
　　　　　　いた。

　　みどり:「何するんですか！」

　　秀雄:「僕だって、やろうと思えばこういうことができるんですー」

　　　　　　　　　　　　　　　　　　　　　　　（道ー. 1回 여성→남성）


　예23)은 여자가 여자친구를 상대로 극도로 화난 감정을 폭력으로 분출하는 장면이고, 예24)는 여성이 직장 남성동료의 갑작스런 행동에 대해서 화가 난 모습을 나타내고 있다. 즉, 무언가의 원인으로 화가 나서, 그 분노를 상대에게 신체적 접촉을 통한 폭력으로 발산하는 행위를 보이고 있는 것으로써, <노여움>의 강도가 가장 높다고 할 수 있다.

　<노여움>의 정도는 신체적 접촉의 강약에 따라 다르다고 할 수 있다. 즉, <노여움>의 정도가 매우 심할 경우는 멱살이나 머리채를 잡는다든가, 밀치는 것에 머무르지 않고 뺨을 때린다든가 발로 찬다든가 등의 신체의 일부에 폭력을 가하게 되기도 한다.

　이상, 한일 양국의 드라마에 나타나는 <노여움>의 인지모형에 따른 단계별 표출을 통하여 양국인의 감정표출의 양상 및 출현수를 정리하면 다음의 표1과 같다.

<표1> 단계별 표출양상 (출현수)

| | 양상 | 한(681) | 일(650) |
|---|---|---|---|
| 1단계 | | <노여움>의 감정발생의 원인 | |
| 2단계 | 얼굴표정 | 굳은(21), 화난(9), 변하다(2), 무서운(3), 일그러지다(9), 험악하다(1), 인상쓰다(2), 빨개지다(1), 독기어린(2), 떨떠름한(1), 구겨지다(2), 파랗다(1) | 変わる(7), しかめる(15), 歪める(5), こわばる(6), 気色ばむ(5), 怖い(8), むくれる(3), 真っ赤(4), 仏頂面(3), 不機嫌(2), 渋い(2), 冷たい(1) |
| | 눈 | 시선: 노려보다(71), 쳐다보다(18), 째려보다(11), 쏘아보다(9), 흘겨보다(9), 꼬아보다(1) | にらむ(30), にらみつける(43), きつい(1), くいいる(1), 冷たい(3), 強い(3) |
| | | 눈(빛): 이글거리다(2), 분노에 차다(8), 변하다(1), 매섭다(1), 충혈된다(3), 싸늘하다(3) | 変わる(3), 剥く(2), つり上げる(1), 強い(1), 鋭い(1), 冷たい(3), 冷ややか(1), 真っ赤(1) |
| | 입(술) | 입술: 떨다(4) | 震える(3) |
| | | 입: 나오다(2) | 尖らす(11) |
| | 눈썹 | 올라가다(1), 경련이 일다(1) | ひそめる(5), 寄せる(3) |
| | 몸 | 떨다(21) | 震える(4) |
| | 눈물 | 고이다(3), 흘리다(2), 울다(2), 글썽(2) | 涙ぐむ(6), 滲む(2), 浮かべる(1), 噴き出す(2), 溜める(1) |
| | 숨 | 씩씩거리다(7), 씩씩대다(2), 내쉬다(2) | |
| 3단계 | 무시 | 무시하다(1), 돌아선다(10), (휙)가버리다(2), (시선)돌리다(5), 지나가다(4), 외면하다(13) | 無視(34), そっぽをむく(6), 顔を背ける(6), 横を向く(2), 背を向ける(16), 目(視線)をそらす(10) |
| | 침묵 | 「…」(11) | 「…」(40) |
| | 자제 | 얼굴표정: 참는(1), 입술: 깨물다(5)<br>이: 악물다(10) | 입: むっ(22), 입술: 噛みしめる(6)<br>이: 噛みしめる(2) |
| 4단계 | 목소리 | 악쓰다(1), 버럭(60), 소리지르다(22), 고함(1), 벌컥(5), 빽(1), 고성(3), 윽박지르다(1), 떨리다(6) | 大声(16), 怒鳴る(40), 怒鳴りつける(2), あげる(7), 張り上げる(1), 怒声(2), 叫ぶ(11), 震える(5) |
| | 말투 | 무섭게(2), 싸늘한(5), 냉정한(3), 신경질적(1), 따지듯(3), 차가운(10), 엄한(3), 날이선(1), 강한(3), 독한(1), 거친(1), 쏘아붙이다(1) | 荒い(2), 荒らげる(19), きつい(3), 強い(6), 強める(6), 冷たい(9), 冷ややか(6), つんけん(1), ぶっきらぼう(3), つっけんどん(1), そっけない(2), 厳しい(1), 険しい(2), 尖る(1), 強ばる(1), 刺々しい(1), 不機嫌(3) |
| | 현장이탈 | 가 버리다(14), 나가 버리다(19), 들어가 버리다(3), 올라가 버리나(2), 일어서다(6) | 行ってしまう(23), 出てしまう(42), 駆け上がる(7), 立ち上がる(7), 駆け出す(1), ひきこもる(2) |
| 5단계 | 거부적 | 손·팔을 뿌리치다(35) | 手を払いのける(16), 腕を振り払う(3) |
| | 폭력성 | 물건 등을 던지다(24), 물건 등을 내리치다·차다(14), 음료 등을 뿌리다(4), 물건 등을 빼앗다(9), 물건 등을 뒤엎다(1), 물건 등을 찢다(5), 문 등을 닫다(4), 물건 등을 부수다(3) | 物を投げる(14), 物を蹴飛ばす(3), 物を叩く(2), 電源を切る(2), 水を浴びかける(2), 物を奪い取る(1) |
| | 폭력적 | 몸을 때리다(25), 후려갈기다(10), 멱살을 잡다(18), 뺨을 때리다(27), 밀치다(16), 머리채를 잡다(6) | 胸ぐらなどを掴む(16), 顔をひっぱたく(15) 殴り付ける(3), 突き放す(3), 突き飛ばす(1), 押しのける(2) |

## ▌4  감정커뮤니케이션의 한일비교

### ① 반응에 따른 비교분석

기분이 나쁘거나 흥분하여 화가 나거나 화를 내거나 할 때, 음성적, 신체적, 행동적 반응으로서 표출되는 경우로 나누어, 한일 양국인의 비언어행동의 상이점 및 특징을 살펴보고자 한다. 한일 양국의 드라마에 나타난 <노여움>의 반응 양상 및 출현수에 관하여 비율편차를 기준으로 조사 분석한 결과는 다음의 표2와 같다.

<표2>　　　　　　　　　　　　　　　　　　　　　　　　　(출현수/비율)

| 양 상 | | 한(681) | 비율편차 | 일(650) |
|---|---|---|---|---|
| 음성적 반응 | 목소리 | 100/14.68 | >±1.76 | 84/12.92 |
| | 말투 | 34/4.99 | <±5.16 | 66/10.15 |
| 신체적 반응 | 몸(일부) | 21/3.08 | >±2.47 | 4/0.61 |
| | 얼굴 | 55/8.07 | <±4.39 | 81/12.46 |
| | 눈썹 | 2/0.29 | <±0.94 | 8/1.23 |
| | 눈(시선) | 137/20.11 | >±5.65 | 94/14.46 |
| | 입(술) | 11/1.61 | <±1.46 | 20/3.07 |
| | 이 | 10/1.46 | >±1.16 | 2/0.30 |
| | 숨 | 11/1.61 | >±1.61 | 0/0 |
| | 눈물 | 9/1.32 | <±0.52 | 12/1.84 |
| 행동적 반응 | 침묵 | 11/1.61 | <±4.54 | 40/6.15 |
| | 무시(외면) | 35/5.13 | <±6.25 | 74/11.38 |
| | 현장이탈 | 44/6.46 | <±6.15 | 82/12.61 |
| | 거부적인 행위 | 35/5.13 | >±2.21 | 19/2.92 |
| | 폭력성의 행위 | 64/9.39 | >±5.7 | 24/3.69 |
| | 폭력적인 행위 | 102/14.97 | >±8.82 | 40/6.15 |

* 굵은 글씨체는 양언어의 비율편차 평균(3.67포인트)을 우회함을 나타내며 (< ± >)표시는 양언어의 우위관계를 나타냄.

상기의 분석결과로 알 수 있는 점은 우선, 음성적 반응에 있어서는 목소리를 통한 <노여움>의 표출은 양국인이 비등하게 나타나지만, 말투를 통한 표출은 일본인이 우세하다는 것이다. 그리고, 신체적 반응에 있어서는, 몸(일부), 눈썹, 입(술), 이, 눈물을 통한 표출은 양국인이 비등하게 나타나지만, 눈(시선)을 통한 표출은 한국인이 우세하고, 얼굴표정을 통한 표출은 일본인이 우세하다는 것을 알 수 있다. 또한 일본인의 경우는 숨을 통한 표출은 나타나지 않았다는 특징이 있다.

또한, 행동적 반응에 있어서는 거부적인 행위를 통한 <노여움>의 표출은 양국인이 비등하게 나타나지만, 폭력성이나 폭력적인 행위를 통한 표출은 한국인이 우세하고, 침묵, 무시(외면), 현장이탈을 통한 표출은 일본인이 우세하다는 것을 알 수 있다. 특히 폭력적인 행위에 있어서는 한국인의 경우가 매우 우세한 경향을 보이고 있음을 알 수 있다.

## 2 남녀별에 따른 비교분석

한국드라마에 있어서 비언어행동을 통한 <노여움>의 표출은 모두 681횟수의 출현수를 보이고 있으며, 이 중에서 남자의 사용빈도가 40.67%, 여자의 사용빈도가 59.32%를 나타내고 있다. 일본드라마의 경우는 총 650횟수 중에서 남자의 사용빈도가 48.15%, 여자의 사용빈도가 51.84%를 차지하고 있다는 것으로부터 양국인이 모두 남성보다는 여성의 <노여움> 표출의 빈도가 높다는 것을 알 수 있다. 그러면, 구체적으로 전체적인 출현빈도와 남녀 대상별에 따른 출현빈노를 표로 정리하여 나타내면 다음과 같다.

<표3> 남녀 대상별 (출현수/비율)

| 한·일 | 남(1) | 여(2) | 남 → 남(3) | 남 → 여(4) | 여 → 여(5) | 여 → 남(6) |
|---|---|---|---|---|---|---|
| 한국(681) | 277(40.67) | 404(59.32) | 113(16.59) | 164(24.08) | 196(28.78) | 208(30.54) |
| 일본(650) | 313(48.15) | 337(51.84) | 148(22.76) | 165(25.38) | 54(8.30) | 283(43.53) |

표3을 통하여 남녀별에 따른 출현양상을 살펴보면, 남녀의 출현빈도에 있어서는 한국과 일본 모두가 남성보다는 여성 쪽에서 더 많은 <노여움>의 표출이 있었음을 알 수 있다. <노여움> 표출의 대상에 있어서는 남자가 남자에게 표출하는 경우와 남자가 여자에게 표출하는 경우는 양국인의 사용빈도가 큰 차이를 보이고 있지 않지만, 여자가 여자에게 표출하는 경우는 한국인의 경우가 우세하고, 여자가 남자에게 표출하는 빈도수는 일본인이 우세한 것으로 조사되었다.

이는 드라마 속에서 한일 양국인의 인간관계적 맥락과 비교하여 생각해 볼 때, 한국인은 남녀간의 관계에 가족, 형제, 친구 등이 깊이 관여하며, 특히 삼각관계의 경우는 주인공 남자를 사이에 두고 두 여자가 직접 부딪쳐 해결하고자 하려는 데에서 생기는 현상이라고 할 수 있다. 그러나, 일본인의 경우는 남녀간의 사랑의 방식이나 삼각관계에서 발생되는 <노여움>의 분출도 상대의 여자보다는 상대의 남자 당사자에게 직접적으로 나타내고자 하는 성향에서 비롯된 차이라고 생각된다.

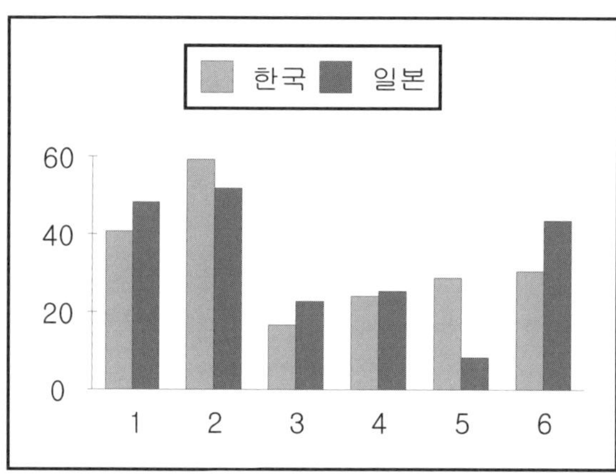


### ③ 인지모형에 따른 비교분석

인지모형에 따른 감정표출의 성향에 있어서는 크게 단계별 특징과 남녀 대상별 특징으로 나누어 조사 분석하였으며, 그 결과를 다음의 표와 같이 나타낼 수 있다.

<표4> 인지모형에 따른 출현수 (한/일)

| 단 계 | 양 상 | 남→남 | 남→여 | 여→여 | 여→남 | 계 |
|---|---|---|---|---|---|---|
| 1단계 | <노여움>의 감정발생의 원인 | | | | | |
| 2단계<br>(240/191) | 얼굴 표정 | 3/17 | 21/17 | 12/3 | 18/22 | 54/59 |
| | 눈(시선) | 28/32 | 18/17 | 52/8 | 39/37 | 137/94 |
| | 입(술) | 0/1 | 0/2 | 1/2 | 5/9 | 6/14 |
| | 눈썹 | 0/0 | 0/2 | 1/2 | 1/4 | 2/8 |
| | 몸(일부) | 3/0 | 2/3 | 7/0 | 9/1 | 21/4 |
| | 눈물 | 0/1 | 0/0 | 3/1 | 6/10 | 9/12 |
| | 숨 | 2/0 | 2/0 | 2/0 | 5/0 | 11/0 |
| 3단계<br>(62/144) | 무시(외면) | 5/11 | 9/22 | 9/8 | 12/33 | 35/74 |
| | 침묵 | 2/4 | 0/13 | 5/2 | 4/21 | 11/40 |
| | 자제 | 1/4 | 3/12 | 4/3 | 8/11 | 16/30 |
| 4단계<br>(178/232) | 목소리 | 15/27 | 36/21 | 25/7 | 24/29 | 100/84 |
| | 말투 | 0/10 | 10/24 | 12/4 | 12/28 | 34/66 |
| | 현장이탈 | 10/16 | 11/16 | 11/7 | 12/43 | 44/82 |
| 5단계<br>(201/83) | 거부적인 행위 | 3/3 | 7/5 | 8/2 | 17/9 | 35/19 |
| | 폭력성의 행위 | 9/4 | 23/3 | 15/2 | 17/15 | 64/24 |
| | 폭력적인 행위 | 32/18 | 22/8 | 29/3 | 19/11 | 102/40 |

　먼저, 단계별 노여움의 표출이 어느 단계에서 많이 나타났는가를 출현수의 순위로 보면, 한국인의 경우는, 2단계인 화가 발생하여 신체적 증상을 체험 > 5단계인 화가 폭발하여 보복하는 단계 > 4단계인 화의 억제가 불능 > 3단계인 화를 억제하려는 시도, 와 같은 순위를 보이고 있는 반면, 일본인의 경우는, 4단계인 화의 억제가 불능 > 3단계인 화를 억제하려는 시도 > 2단계인 화가 발생하여 신체적 증상을 체험 > 5단계인 화가 폭발하여 보복하는 단계, 의 순위로 노여움 표출의 양상을 띠고 있다.

즉, 한국인의 경우가 2단계의 반응을 가장 많이 보인 것에 비해서 일본인의 경우는 4단계의 반응을 가장 많이 보이고 있다. 이는 2단계에서 가장 많은 비중을 차지하고 있는 눈(시선)에 있어서, 일본인은 특히 다른 사람의 눈을 응시하는 것은 결례가 되는 행위라고 생각하기 때문에 인사를 하고 머리를 들 때조차도 상대의 시선과 마주치지 않도록 주의하는 경향에서 비롯된 것으로 볼 수 있다.

지금까지의 조사분석 결과에 대하여 간략하게 정리해 나타낸다면 다음과 같다. 첫째, 비언어행동을 통한 <노여움>의 감정표출은 음성, 눈, 눈썹, 얼굴표정, 신체의 반응, 행동 등 여러 전신적全身的으로 표현되어 질 수 있으나, 표출방식의 양상에 있어서 한일 양국인이 다르게 나타나며, 감정의 규제의식도 상이점을 보이고 있음을 알 수 있다.

둘째, 남녀별에 따른 분석에 있어서는. <노여움>의 표출이 한국인의 경우는 여자가 여자를 대상으로 한 경우가 우세한 반면, 일본인의 경우는 여자가 남자를 대상으로 한 경우가 우세하고, 남자가 남자에게나 여자를 대상으로 한 경우는 양국인이 비등하게 나타나고 있다.

셋째, 인지모형에 따른 분석에 있어서는 한국인의 경우는 화가 발생하여 신체적 증상을 나타내는 2단계가 우세하고 <노여움>의 억제를 시도하는 3단계가 가장 낮은 경향을 보이고 있다. 반면에 일본인의 경우는 화의 억제가 불능한 4단계가 우세하고, 화가 폭발하여 보복하는 단계인 5단계가 가장 낮은 경향을 나타내고 있다는 점에서 한일 양국인의 차이점을 알 수 있다.

넷째, 남녀별 인지모형에 따른 분석에 있어서, 한국인의 경우는 남자가 남자에게는 5단계의 폭력적인 표출이 우세하고, 남자가 여자에게는 4단계의 목소리를 통한 표출이 우세하다는 것이다. 그리고 여자가 여자에게나 남자를 대상으로 한 경우는 2단계의 눈(시선)을 통한 표출이 많다는 것을 알 수 있다.

반면에 일본인의 경우는, 남자가 남자에게는 2단계의 눈(시선)을 통한 표출이 우세하고, 남자가 여자에게는 4단계의 말투를 통한 표출이 우세하다는 것이다. 그리고 여자가 여자에게는 3단계의 무시나 2단계의 눈(시선)을 통한 표출이 우세하고, 여자가 남자에게는 4단계의 현장이탈을 통한 표출이 많다는 점에서 양국인의 성향의 차이를 잘 알 수 있다.

## **5** 연구과제 및 전망

비언어행동을 통한 감정커뮤니케이션을 살펴보기 위해, 그 내용에 있어서 유사한 면을 보이고 있는 한일 양국의 TV드라마를 자료로 하여, 그 속에 나타난 한일 양국인의 감정표출 양상 및 특징을 파악하여 보았다. 이를 통하여, 한일 양국인의 의식차이, 문화차이를 추출하여 자료로서 제시함으로써 양국이 서로의 문화를 수용함에 있어 이해도를 높이는 계기가 될 수 있을 것이다.

지금까지 조사 분석한 결과에서도 알 수 있듯이, 비언어행동은 커뮤니케이션-감정전달-에 있어서 언어행동과 마찬가지로 매우 중요한 역할을 하고 있다는 것을 알 수 있으며, 양국인의 감정의 반응은 거의 같다고 하더라도 그 각각의 반응의 감정을 표출하는 양상은 다르게 나타난다는 것을 알 수 있다.

이 글은 한일 양국의 드라마를 자료로 한 것이기 때문에, 양국인의 비언어행동을 통한 감정커뮤니케이션이 실생활에서의 장면과 일치한다고는 단정적으로 말할 수는 없을 것이다. 그러나 드라마에 나타나는 비언어행동이 한일 양국인의 실생활에 영향을 미치게 됨과 동시에, 현대 양국인의 비언어행동의 특성이나 사회현상을 반영하고 있다는 관점에서 볼 때, 드라마를 통하여 양국인이 양국인의 감정커뮤니케이션의 성향을 인식하게 된다는 것 또한 부정할 수 없을 것이다.

언어의 목적은 궁극적으로 커뮤니케이션에 있다고 한다면, 언어와 문화가 다른 이문화간의 커뮤니케이션은 서로 다른 문화권을 이해할 수 있는 비언어행동을 통한 감정커뮤니케이션까지 이해하는 것은 중요하다고 할 수 있다. 본 감정커뮤니케이션에서는 <노여움>에 한하여 살펴보았으나, 향후 기쁨, 슬픔, 놀라움, 공포(두려움), 좋아함, 싫어함, 부끄러움 등과 같은 다른 감정커뮤니케이션에 관한 연구가 계속적으로 이루어져야 할 것이다. 즉, 이와 같은 감정커뮤니케이션 연구의 축적을 통해 양국의 (비)언어행동 및 문화를 이해하는데 기여할 수 있을 것으로 보기 때문이다.

# 03 일본어의 경어표현교육의 관점에서 보는 '경어표현화'

김동규

## 들어가는 말

어떤 말을 경어·경어표현으로 할 때, 기계적으로 어구만을 경어(경어형식)로 바꾸는 것만으로는 충분하지 않거나 적절하지 않은 경우가 있다.

일련의 생각·말을 경어·경어표현으로 하기 위해서는 그 표현을 행하는 주체가 자기 주변의 여러 가지 문제에 대해서 어떻게 인식하고 있으며, 어떠한 익식을 가지고 있으며, 경어·경어표현에 관한 어떠한 지식·정보를 가지고 있는가에 대해 분석, 고찰할 필요가 있다.

'敬語表現化(경어표현화)'(김동규2005)는 대우커뮤니케이션을 이론적인 근거로, 그러한 일련의 과정에 대해 일본어 교육의 관점에서 명확히 하고 있는 이론이다.

'경어표현화'이론은 종래의 어구를 중심으로 한 '경어'(경어에 대한 사고방식 및 경어관련의 일본어 교육을 포함)에 있어서의 문제점을 지적하고, 실제로 행해지는 커뮤니케이션에 있어서의 '경어표현화' 과정을 중심으로 '경어표현화'에 있어서의 커뮤니케이션 주체의 의식, 인식, 지식·정보의 문제에 대해 분석, 고찰하고 있다.


## ▌1 '경어표현화'란? – 문제제기와 '경어표현화'의 정의

어떤 말이나 표현을 '경어' 또는 '경어표현'으로 할 때, 어구의 형태를 경어형식으로 바꾸는 것만으로는 불충분하거나 적절하지 않은 경우가 있다.

다음의 표현(장면)에 대하여 '경어표현화'의 관점에서 생각해보자.

예를 들어,「先生、ケーキはもう食べてしまったんですか。」를 경어접두사「お・ご」를 사용하여 경어로 바꾸는 문제에 대하여 생각해보자. 이것은 단순히 이른바 '경어화'의 문제(A라는 단어·문장을 경어로 하기 위해서는 어떻게 하여야 하는가에 관련된 문제)로 보일지도 모르지만, 실제로는 그렇지 않을 수도 있다. 이 문제를 경어화 하기 위해서는 어떻게 하여야 할 것인가? 또 어떠한 것에 대해 생각해야 할 것인가?

경어화의 예로 우선 들 수 있는 것이「先生、ケーキはもうお食べになってしまったんですか。」이지만,「食べル」에「オ～ニナル」형식을 이용한 경어화는 사용빈도가 높지 않다(문법적으로 문제가 있다는 지적도 있다). 또는「食ベル」를「メシアガル」로 하여,「先生、ケーキはもうめしあがってしまったんですか。」와 같은 표현도 생각할 수 있겠지만, 이것도 어떠한 장면에서 사용하는지가 불분명하고, 또 윗사람에게「～テシマウ」를 사용해 묻는 것은 예의에 어긋나는 것일 것이다.


어떤 말이나 표현을 '경어'나 '경어표현'으로 하기 위해서는 어구의 형태를 바꾸는 것만으로는 충분하지 않은 경우가 많다. 위의 예에서도 확인할 수 있듯이 단지 기계적으로 '경어'로 바꾸는 것만으로는 무엇인가 부족하고 부자연스러운 느낌이 드는 경우가 있다.

어떤 말이나 표현을 '경어'로 바꾸는 것을 (위에서 이미 서술하였지만) '경어화敬語化'라는 말로 나타낸다. 또 그것을 '경어표현敬語表現'으로 하는 것을 '경어표현화敬語表現化'라는 말로 나타낸다. '경어표현화'는 필자의 논문에서 처음 사용한, 정확히 이야기 하자면, 필자가 만든 말로, 어느 말이나 표현을 '경어표현'으로 하는 것을 의미하는 술어術語이다. 자세한 것은 <참고 문헌>을 참고하기 바란다.

문제에 되돌아가겠다.
'경어표현화'(김동규, 2004)를 수행하기 위해서는 어떠한 것(문제)을 생각해야 할 것인가?
일본어 교육(특히 대우表現 교육) 에 있어서 '경어화'나 '경어표현화'를 생각할 때에는 우선, 커뮤니케이션의 주체[1]인 학습자가 무엇을 말하고(표현하고)싶은 것인가에 대해 생각할 필요가 있다. 학습자가 말하고 싶은 것, 즉 학습자가 '경어표현'을 하기 전 단계의 머리 속에 있는 것, 위의 예에서라면 커뮤니케이션의 상대인 선생님에게 「モウケーキヲ食ベテシマッタカ」를(라고) 묻는 것은 어떠한 것인지에 대해 생각할 필요가 있는 것이다.

'경어표현화' 하기 전의 단계에서 머리 속에 있는 생각(이것을 '내언內言'이라 한다)을 바탕으로 다음의 조건들에 대하여 생각할 필요가 있다.
선생님이 케이크를 드셨는지 아닌지를 묻는 행위(언어행위)는 어떠한 행위(언어행위)인가 선생님에게 「モウケーキヲ食ベテシマッタカ」를(라고) 묻는 '의도意図'는 어떠한 것인가 '선생님과 나'는 어떠한 '인간관계'에 있는가 「オ・ゴ」나 「メシアガル」 등의 경어형식의 성질이나 「〜テシマウ」의 표현형식의 성질은 어떠한 것인가 등의 조건에 대해 생각할 필요가 있는 것이다.

커뮤니케이션은 그것이 행해지는 상황과 경우에 따라 각각 개별성을 가지고 있기 때문에 한 두가지 사항에 대한 고려로 전부를 망라하는 정답을 내는 것은 불가능하지만, 우선 위의 문제의 모범답안을 생각해보자.

표현하고 싶은 내용뿐만이 아니고 '경어표현'에 대한 의식, 경어표현에 있어

1•
이 글에서는 주로 일본어 학습자를 대상으로 한다. 일본어학습자는 이하 '학습자'로 하겠다.

서의 '인간관계' 및 '장소' 등에 의해 달라지겠지만 '경어표현화'의 예로서는 「先生、もうひとついかがでしょうか。」와 같이 케이크를 하나 더 권하는 형태로 묻는 방법(또는 표현), 「先生、ケーキはもう… (어미를 흐린다)」와 같은 형식, 즉 어구의 전부를 경어로 하지 않고 생략한 형태로 묻는 '경어표현화'의 방법(또는 표현)등이 생각되겠다.

위의 예가 전부는 아니지만, 어떠한 표현을 '경어표현화'하는 것(과정, 결과)은 단순히 어구만을 바꾸는 문제와는 거리가 있다는 것을 위의 예에서 확인할 수 있다.

예를 하나 더 들어보겠다.
강연회가 끝나서, 공연자인 저명한 A교수에게 「A敎授、とてもいい內容の講演だった。」라는 내용(생각, 마음, 기분 등)을 전하고 싶을 경우에는 어떻게 하면 좋을까.
첫 번째 문제인 「先生、ケーキはもう食べてしまったんですか。」의 경우와 마찬가지로 생각할 수 있겠지만, 이 경우에는 아직 구현화具現化되지 않은 '표현'(「A敎授、とてもいい內容の講演だった。」이라는 생각, 마음, 기분)을 어떻게 구현화 – '경어표현화'할 것인가가 포인트가 된다. 커뮤니케이션 주체인 학습자의 머리 속에 있는 내용(생각, 마음, 기분 등)을 '경어표현화'하는 과정은 어떠한 것인가, 또 그 과정에 있어서 어떠한 것을 생각할 필요가 있는 가에 대해 생각하는 것이 이 글의 주요한 목적이므로 그러한 의미에서 위의 문제는 보다 본제에 가까운 예라고 할 수 있겠다.

'경어표현화'를 위해서 생각해야 할 문제는 무엇일까?
A교수의 '좋은'강연에 대한 '자신'의 느낌–감사, 감상을 전하고 싶은 의식, 강연을 높이 평가하고 싶은 의식.
A교수와 '자신'과의 '인간관계'에 대한 인식, 강연이 행해진 '장소'에 대한 인식 등에 대해 생각할 필요가 있을 것이다.
또한 위와 같은 상황에 대한 의식과 인식만이 아니라

「イイ」의 정중한 형태는 「ヨロシイ」이며, 「コウエン」에는 경어접두사 「オ・ゴ」를 사용하여 「ゴコウエン(ご講演)」으로 하면 A교수의 강연에 대한 존중의 의식을 나타내는 것이 가능하다 등의 경어형식에 관한 정보 또는 지식도 필요할 것이다.

이렇게 위와 같은 의식意識, 인식認識, 지식知識을 적용한 예로서,
「教授、とてもよろしい内容のご講演でした。」라는 표현을 들 수 있겠다.
이것으로 일련의 과정을 거친 '경어표현화'가 완수되었다고 볼 수 있을 지도 모르겠다.
그러나 첫대면의 저명한 교수(의 강연)에 대해 「とてもよろしい」라 평가하는 것은 과연 '정중하다'고 할 수 있을까?
위와 같은 표현은 문법적으로 틀렸다고는 할 수 없지만, 보다 '적절한 경어표현'이 존재하지 않을까?

주체를 둘러싸고 있는 상황에 대한 의식, '인간관계' '장소'에 대한 인식, 경어형식에 관한 지식 등을 작용시켜서 '경어표현화'를 달성하고 있지만, 사실은 그러한 의식, 인식, 지식의 문제에 더하여, '내언內言[2]'에 대한 문제와 '내언'으로서의 '통상표현通常表現'을 '경어표현화'하는 – 구현화具現化하는 방법에 대해서도 생각할 필요가 있는 것이다.

머리 속의 내용(말하고 싶은 내용)을 구현화 하기 위해서는 우선, 말하고 싶은 내용을 확인하고 거기에 '경어표현'에 대한 의식이나 자신을 둘러싸고 있는 상황에 대한 인식, 경어에 관한 지식 등을 더해 '경어표현화'할 필요가 있다. 구현화, 즉 '경어표현화'의 방식으로는 위의 예에서 확인한 대로, 그저 어語・구句의 형태를 바꾸는 것만이 아니라, 다양한 방식(이른바 스트라테지 – ストラテジー등)을 구사하여 '경어표현화'를 수행하는 방법도 있는 것이다.

「キョウジュ」는 직책명이기 때문에 존중, 또는 존경의 의미는 별로 없다는 경어지식, 「とてもよろしい」라고 「평가評価, 칭찬ほめ」 하는 표현을 성립시키기

**3**•
(각 표현이나 장면에 대한 개별성의 문제는 별도로 한다)
일본어에 있어서 능력, 기술등을 평가, 칭찬하는 표현, 즉 평가의 표현을 성립시키기 위한 조건의 하나로, 평가자가 평가를 받는 주체보다 능력, 기술등(경험,권위등을 포함)에서 우위에 있어야 한다, 라는 것이 있다. 이 조건을 성립시키지 않았을 경우, 문법적으로는 문제가 없더라도 평가의 표현은 '부자연스런 표현'이 된다.

**4**•
'문장'과 '담화'의 총칭. 가바야蒲谷・가와구치川口・사카모토坂本(1998)

**5**•
가바야(2003)

위한 조건[3]이 갖추어지지 않았기 때문에 자신에게 도움이 된 내용의 강연이었다는 것을 전하는 「ベンキョウニナッタ」라는 표현의 사용 등을 통하여,

「A先生、今日のご講演はとても勉強になりました。ありがとうございました。」

와 같이 '경어표현화'를 완수하는 방법도 생각할 수 있을 것이다.

이렇게 '경어'가 아닌 표현을 '경어표현화'하기 위해서는 주체의 머리 속의 사건을 출발점으로 '경어표현화'에는 어떠한 과정이 필요한가에 대하여 고찰할 필요가 있다. 즉 어느 말・표현에 대해서 기계적으로 학습한 '경어형식'을 이용해 '경어화'하는 것만으로는 적절한 '경어표현화'를 달성했다고 할 수 없는 경우가 많은 것이다.

'경어표현화'는 위에 기술한 문제의식에서 출발하고 있다.

이 글의 '경어표현화'는 실제의 커뮤니케이션 단위인 '문화文話[4]'에 있어서의 '경어표현'의 문제('대우커뮤니케이션[5]'에 있어서의 '경어표현화'의 문제)에 대해서 분석, 고찰한 이론이다. '경어'와 '경어표현'에 대하여 분석, 고찰하기 위해서는 어語・문文 단위에 그치지 않은, '문화'를 포함시킨 접근이 필요한데, '경어표현화'이론에서는 '경어표현화'에 '문화'의 관점을 도입하기 위해서 '대우커뮤니케이션'이론을 채용하고 있다.

커뮤니케이션에 있어서 '경어표현화'를 행하는 '주체'는 머리 속에서 어떠한 과정을 거쳐 '경어표현화'를 달성하고 있는가에 대한 고찰을 출발점으로 하여, '경어표현화'를 행하는 '주체'를 둘러싼 경우와 상황, 즉 주체의 '경어표현화'에 있어서의 의식', 상대에 대한 '존중'의 마음, '인간관계' '장소' '제재・내용'등에 있어서의 '인식', '경어형식'에 대한 '이해・지식'등에 대하여 고려하지 않으면 적절한 '경어표현화'를 달성할 수 없다는 것이 '경어표현화'이론의 골자이다.

또한 '경어표현화'이론은 적절한 커뮤니케이션을 위해 필요한 '경어표현'의 생성과정으로서의 '경어표현화'의 문제에 대해서 분석, 고찰을 행하였으며, 일본어의 '경어표현' '경어표현화'의 문제에 관한 재고찰을 통하여 일본어 교육, 특히 대우표현 교육에 있어서의 일련의 이론-지표를 제시하고 있다.

종래의 경어교육 및 대우표현待遇表現 교육은 어語레벨로서의 경어의 형식이나 어휘의 교육에 초점을 맞춘 경우가 많았다. 특히 학습자가 '경어' '경어표현'에 접하게 되는 일본어 교과서의 경우, 초급단계의 후반에 경어의 어형을 정리해 제시하거나, 수수표현授受表現의 도입의 일환으로 '경어' '경어표현'을 제시하는 경우가 많았다. 또한 경어 및 대우표현 교육의 연구에 있어서도 어형語形의 제시 순서나 롤플레이 등의 역할 게임을 통한 경어사용에 관한 고찰·보고가 많았다.

그러나 실제의 커뮤니케이션 장면에서는 경어의 어형 습득이나 어휘의 획득만으로 제대로 된 '경어표현'을 구사할 수 있다고 할 수는 없을 것이다. 단순한 어형의 지도, 학습만으로는 위에서 확인한 문제와 같이 '경어표현'을 표현·이해하는 과정에서 고려해야 하는 여러가지 복잡한 항목에 대한 인식이 부족하기 쉽고, '장소' 나 '인간관계'에 대해 적절하게 대응할 수 없게 될 우려가 있다.

위에서 기술한 것과 같이, 학습자에 있어서의 '경어표현화'의 문제점을 해결하기 위한 하나의 방법으로서, '경어표현'의 생성과정 및 표현행위라는 측면에서 본 '경어표현화'의 문제를 명확하게 하는 것을 들 수 있다. 그러나 '경어표현'을 생성하는 과정은 '주체'인 학습자의 머리 속에서 행해지며, '주체'의 개인적인 생각이나 성격 등의 이른바 개별성의 문제도 얽혀 있으므로 한마디로 모든 것을 명확히 하는 것은 어려울 것이다. 그러나 커뮤니케이션에 있어서의 표현주체의 입장에서 '경어표현화'를 생각할 경우, 그 일련의 과정을 제시하는 것으로서 경어표현연구 및 대우표현교육을 분석, 고찰하기 위한 하나의 생각-지표를 제시하는 것은 가능할 것이다. '경어표현화'이론의 의의는 거기에 있다고 생각한다.

## ▋2 '경어표현화'의 개요

### ❶ '대우커뮤니케이션'에 있어서의 '경어표현화'의 개요

'대우커뮤니케이션'(가바야, 2003)은 어떠한 '의도意図'를 가진 '커뮤니케이션 주체'가 어느 '장면場面'에서 '문화文話' 단위로 행하는 '표현, 이해'의 '행위'로 정의된다. '대우커뮤니케이션'은 커뮤니케이션에 있어서의 주체를 명확히 하여, 그 주체의 '의도'나 '장면'등, 주체를 둘러싼 상황과 경우에 대한 인식에 주목한 이론으로, 실제의 사용을 염두에 둔 '문화'단위에서의 '표현', '이해'행위를 전제로 하고 있다. 이렇게 언어행위를 (특히 '경어표현화'의 고찰 대상인 '경어' '경어표현'을) 하나하나의 어語·어형語形으로 다루지 않고, 주체의 행위로 다루는 점과 주체를 둘러싼 상황에 대한 인식을 바탕으로 언어행위에 접근하는 점이 '경어표현화'에 있어서의 중요한 포인트가 된다. 구체적으로는 '경어표현화'에 있어서의 '주체'의 명시, '의도'와 '존중 의식'의 존재, '문화'를 단위로 한 설정, '인간관계', '장소' 등 주체를 둘러싼 상황에 대한 '인식'등이 '경어표현화'의 분석·고찰을 위한 이론적인 베이스가 되어 있다.

'대우커뮤니케이션'의 관점에서 '경어표현화'를 생각할 경우, '자신'이라는 주체의 존재를 바탕으로 한 '상대'라는 주체와의 관계라던가 '장면[6]'과의 관계 등을 위해 '경어표현화'를 행한다는 관점에서 '경어표현'에 대한 분석, 고찰이 가능하기 때문에 '대우커뮤니케이션'의 관점은 '경어표현화' 이론에 있어서 대단히 중요한 의미를 가지고있다. 특히 '상대'를 '높이' 대우한다, '상대'에게 정중히 한다, '상대'와의 관계를 '적절'하게 한다, 라는 '경어' '경어표현'의 기본적인 성질을 관점으로 생각할 경우, '상대'의 존재를 의식한 주체의 설정이나 '장면'에 대한 인식, '문화' 단위에서의 분석·고찰은 '경어' '경어표현' 연구의 필수불가결한 항목이 된다.

6 ·
'인간관계'와 '장소'의 총칭. 가바야·가와구치· 사카모토(1998)

## ② '경어' '경어표현'의 개요

대우표현에는 '상대'를 높게 하거나 '장소'를 격식 있게 하는 방향도 있지만, '상대'를 낮추거나 '장소'의 격식을 허물없이 하는 방향도 있다. 그것들을 모두 포함해 '대우표현'이라는 명칭으로 부르는 것이 일반적이지만, '경어' '경어표현'은 '대우표현'의 일부로 '상대'(또는 '화제의 인물')에게 '존중'의 마음(또는 '경의敬意'등)을 정중한 말투에 의해 제시하는 것이라고 정의할 수 있다.[7]

'경어표현화敬語表現化'에서는 상기의 규정을 바탕으로 '경어표현'을 다루고 있다. 단 '경어표현화'의 과정에 대해서는 어語·어휘語彙레벨이 아니라, '문화文話'레벨에서의 사용을 전제로 생각한다는 점에서 '경어敬語'가 아닌 '경어표현敬語表現'이라는 술어를 사용하고 있다.

'경어표현화'에 있어서의 '경어표현'은 '내용의 전달'을 위해 '내용'에 '정중한 마음', '존중의 의식' 등의 '경어적 요소'를 더한 '의미를 전달하는 것'으로 규정하고 있다. 나아가 '경어표현'은 '경어표현'이 아닌 표현을 '통상표현通常表現'이라고 부를 경우, '통상표현'과 서로 대립하는 개념이기도 하다.

## ③ '경어표현화'의 개요

여기에서는 위에서 소개한 개요 및 이론적인 기반을 바탕으로 '경어표현화'에 대해 알아보겠다. (이하의 개요에 나오는 술어에 대해서는 이하의 항목에서 사세히 설명하겠다.)

'경어표현화敬語表現化'는 주체의 머리 속에 존재하는 '내언内言'으로서의 '언재言材'와 '언재'에 의해 구성되는 '내언'으로서의 '통상표현'에 '경어표현의식敬語表現意識' '경어표현인식敬語表現認識' '경어지식敬語知識'의 '경어표현화요소敬語表現要素'를 종합적으로 작용하여 '경어표현'으로 '외언화外言化'시킨 일련의 과정이다(김동규, 2005).

7·
다쿠보·이케오田窪·池尾(1971)

그림1은 '경어표현화'의 과정을 간략화 한 모델이다.

그림1) '경어표현화과정' ('언재言材' '통상표현通常表現'을 적용한 모델)
언재言材 → 통상표현通常表現 — (경어표현화요소) → 경어표현敬語表現

## 3 경어표현화과정

### 1 '내언内言'과 '외언外言'

'내언'이란 커뮤니케이션 주체의 머리 속의 것[8]으로 아직 음성화・문자화되지 않은 단계의 개념으로 규정된다. '내언'은 어떤 사항에 대해 언어화하기 전의 단계에서 주체의 머리 속에 존재하는 언어화의 개념이다. '내언'은 개념으로서, 또는 개념보다 구체적인 형태인 어語, 문文, 문화文話와 같은 형태로서 존재하는 경우도 있다.

8・ 호소카와細川(2004)는 생각, 사고의 내용 이라고 규정하고 있다.

한편 '외언外言'은 '내언内言'과 짝이 되는 술어述語로 주체가 '내언'을 어떠한 과정에 의해 구현화한 것, 즉 음성화・문자화한 것으로 규정된다.

바꾸어 말하면, '외언'은 주체가 '내언'을 어떠한 과정을 통해 구현화한 것이라고 할 수 있다.

'경어표현화'의 과정에서 '내언'과 '외언'의 문제와 '내언'의 구현화의 문제는 '경어' '경어표현'이 아닌 '비경어' '비경어표현'을 어떻게 '경어' '경어표현'으로 할 것인가, 또 '경어' '경어표현'을 어떠한 과정을 거쳐 생성시킬 것인가, 라는 문제의 분석, 고찰에 있어서의 기본적인 베이스가 된다.

단, '내언'은 인간의 두뇌 속에서의 현상이기 때문에 파악・계측 등은 곤란하며, 개인적 또는 개별적인 성질을 가지고 있다. '경어표현화'에서는 이러한 '내언'의 성질을 인정하여 '경어표현화'의 과정에 있어서의 '내언'의 존재를 상정하고 있는데, 그것은 완성된 것, 즉 '외언'으로서의 '통상표현'에 언어형식(경어형식)을 치환하는 과정을 '경어표현화'로 보는 것이 아니고, 주체의 머리 속에 있는 '생각'에서부터 '경어표현화'의 과정은 이미 시작되어 있다는 스탠스(stance)에서의 '경어표현'에의 접근을 '경어표현화'이론 구축의 목적으로 하고 있기 때문이다. 게다가 위에 기술한 바와 같이 '내언'의 구현화의 문제는 파악·계측이 어렵지만, '외언화'된 것에서 '내언'을 찾아 분석하는 것은 가능하며, 이것은 일본어교육연구에 있어서 증명된 내용이기도 하다[9]. 이렇듯 '외언화'된 것에서 거슬러 올라 경어표현화의 과정을 탐구하는 이론은 '경어표현화'를 실제의 '경어표현' 연구에 적용시키는 시도에 있어서의 기본적인 스탠스가 되어있다.

이러한 '내언內言'의 '외언화外言化'과정에 있어서의 장면·상황(에 대한 인식, 해석능)의 필요성에 착안해 '경어표현화敬語表現化'에서는 그것을 '경어표현화' 과정에 있어서의 '경어표현화요소'라고 명명하였다. 또한 '경어표현화요소'를 '경어표현의식' '경어표현인식' '경어지식'의 세 개의 항목으로 분류하여 정밀한 분석·고찰을 하고 있다.

상기와 같은 '내언'과 '외언'의 관계, '내언'의 구현화 과정에 대한 충분한 인식은 '경어' '경어표현' 지도·학습의 문제점을 해결하는 하나의 단서가 될 것이다.

**2** '내언內言'으로서의 '언재言材'-'언재言材'

가바야(2003)는 '언재言材'는 <개개의 주체에 있어서의 음개념音概念·문자개념文字概念과 표상表象·개념概念과의 회로回路>로서, 짧게 정리하면 <추상적인 레벨에서의 '말(ことば)'>이라고 정의하고 있다. 또 가바야는 '주체'가 '언재'를 어떻게 파악·선택하는가, 그 결과 어떠한 '언재'에 의해 '어'에서 '문화'까지가 성립되는가가 중요한 문제점이라고 지적하고 있다.

'경어표현화'에 있어서의 '내언內言'으로서의 '언재言材'-'언재言材'는 상기의 규정을 바탕으로 하고 있다. '언재'는 언어행위(특히 '경어표현화')의 주체인 개인이 '내언'으로서 가지고 있는 것으로, '언재'는 언어(또는 언어행위)의 정보로서의 성질, 바꾸어 말하면 '내언'의 '외언화'의 말(언어)의 재료로서의 성질을

[9] 호소가와(細川、2004)

가지고 있다. 또한 '언재'는 주체가 머릿속에서 '통상표현'을 구성할 때 그 기본이 되는 것으로, 말(ことば)의 재료나 말(ことば)의 회로로 작용하는 것이기도 하다.

**❸** '내언內言'으로서의 '통상표현通常表現'-'통상표현通常表現'

주체가 표현할(또는 이해하고 있는) 내용에 대하여, '언재言材'의 구성에 의해 구현화 된(또는 구현화 된)것을 '내언內言'으로서의 '통상표현'-'통상표현'이라 규정한다(김동규2005).

외국어학습자는 학습언어를 이용해 어떤 상황을 표현할 때, 일단 자신의 모어로 표현하고 싶은 내용을 머리 속에서 만들어 그것을 학습언어로 번역하는 과정을 거치는 경우가 있다고 한다. 언어행위의 과정에 있어서의 이러한 중간적인 단계는 학습자의 '경어표현화'의 과정에서도 일어날 수 있다고 생각하여, '내언'으로서의 '언재'를 짜맞추는 일련의 과정에 의해 생성되는 어떤 것을 '내언內言'으로서의 '통상표현'으로 규정했다.

'통상표현'은 「先生のお考えはいかがでしょうか。」란 '경어표현'에 대해 「先生の考えはどうか。」와 같은 '외언'으로서의 통상표현(또는 '비경어표현')으로서 구현화된 '구체적인 것'이 아니라 「センセイノカンガエハドウカ」와 같이, '내언'으로서 주체의 머리 속에 존재하는 추상적인 것으로, 아직 구현화되지 않은 중간적인 성질의 것이다. 즉 말의 재료材料・회로回路인 '언재言材'보다는 구체적인 것이지만, 구현화具現化되지 않은, (아직) '내언'으로서 존재하는 것이라고 할 수 있다.

'경어표현화'에서는 말의 재료・회로인 '언재言材'를,

주체의 '의도'와 주체를 둘러싼 상황에 대한 인식을 베이스로 하여 '경어표현화'를 위하여 구성한 것을 '통상표현'으로,

또한 '경어표현'의 바탕이 되는 것으로서 주체가 머리 속에서 구성한 것을 '통상표현'으로 규정하고 있다.

즉 '통상표현'은 '경어표현화'에 있어서의 '내언'의 구체화, 의도하고 있는

내용의 구체화, '의미전달'의 중추로서의 의의를 가지고 있다고 하겠다.


### ❹ '경어표현화敬語表現化'에서의 '경어표현화요소敬語表現化要素'

'통상표현'이 주체의 머리 속에 '내언'으로 존재하고 있으며, 그것을 '외언'으로 하는 과정을 '경어표현화'의 과정으로서 규정하고 있는데, 이러한 성질의 '통상표현'을 '외언화外言化' - '경어표현화'하기 위해서는 어떻게 하면 좋을까? 단순히 '통상표현'을 구현화- 음성화·문자화 하는 것 만으로는 '적절한 경어표현'이 되지 않는 경우가 많으므로 주체는 자신이 직면하고 있는 상황에 대해 '적절한' 인식·판단을 할 필요가 있다. 이렇게 '적절한 경어표현화'를 위해서 생각해야 할 모든 항목을 '경어표현화요소'라 규정한다.

'경어표현화요소'는 크게 세개의 항목으로 나뉘어진다. '경어표현의식', '경어표현인식', '경어지식'이 그것이다.


### ❺ '경어표현화과정敬語表現化過程'과 '경어표현화敬語表現化'

**'경어표현화과정敬語表現過程'**

'내언'을 '외언'으로 하는 과정이라는 관점에서 '경어표현화' 과정에 대하여 고찰할 경우, '언재言材로서의 통상어通常語·내언內言으로서의 통상표현'과 '언재로서의 경어'에서 '경어표현'으로의 과정을,

'외언外言'에서 '외언外言'으로의 '경어표현화'에 대하여 고찰할 경우, '통상어通常語', '외언外言으로서의 통상표현 및 비경어표현非敬語表現'과 '경어'에서 '경어표현'으로의 과정을 들 수 있다.

다음의 그림2는 위의 과정을 간략화하여 모델로 나타낸 것이다.

그림2) '경어표현화과정' 모델
'내언內言'과 '외언外言'의 관계에 대해서 – '내언內言'의 구현화具現化 모델

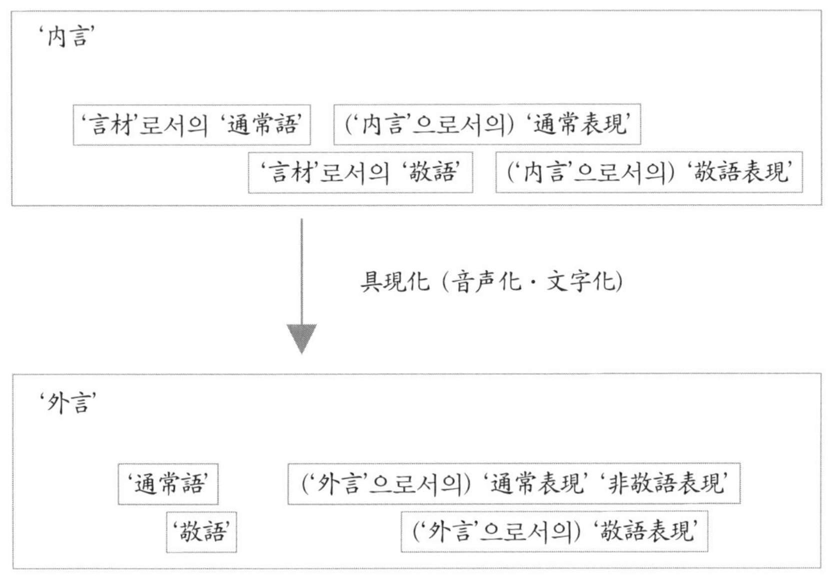



다음의 그림3)은 그림2)에서 확인한 '경어표현화'의 과정을 나타낸 것이다. '내언內言'으로서의 말의 재료인 '언재'와 '언재'를 짜맞추어 형성된(형성한) '내언內言'으로서의 '통상표현通常表現'에 '경어표현화요소敬語表現化要素'를 종합적으로 적용適用시켜 '외언外言'으로서의 '경어표현敬語表現'을 완수하는 일련의 과정을 간략화해서 나타낸 모델이다.

그림3) '경어표현화敬語表現化' 과정

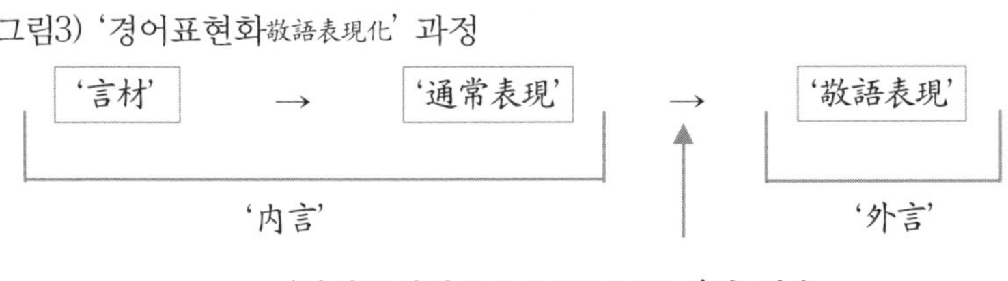

## 4 '경어표현화요소敬語表現化要素'

### 1 '경어표현의식敬語表現意識'

'경어표현의식敬語表現意識'은 어떤 상황을 '경어표현화'하는 과정에 있어서의 주체의 자각적 의식이라 규정한다. '경어표현의식'은 '경어표현화과정敬語表現化過程'에서 '내언內言'으로서의 '통상표현通常表現'을 '경어표현'으로 하는 과정에서 '통상표현'을 '경어표현화'하기 위해 작용하는(작용시키는) 개념이다. 또한, '경어표현의식'은 커뮤니케이션 주체가 직면할 수 있는 모든 상황에 대한 주체 본인의 '의식意識' 즉 '주체의 내면'의 문제이기도 하다.

'경어표현의식'에서 다루는 항목으로는 '경어표현의도', '존중'의 의식, '경어' 및 '경어표현'의 보편성에 대한 인식 등이 있다.

### 2 '경어표현인식敬語表現認識'

'경어표현인식'은 어떤 상황을 '경어표현화'하는 과정에 있어서의 주체가(주체에게) 관련된 상황에 대한 인식으로 규정한다. 또한, '경어표현인식'은 '경어표현화'에서는 '인간관계' '장소' '내용' 등에 대한 구체적인 또는 개별적인 '인식'의 문제로서 '주체의 내면'의 문제이기도하다.

'경어표현인식'에서 다루는 항목으로는 '상하上下', '친소親疎[10]', '입장立場·역할役割'의 세 개의 축을 중심으로 하는 '인간관계人間關係', '격식(改まり)·비격식(くだけ)'과 '시공時空'의 두 개의 축을 중심으로 하는 '장소', '제재題材와 내용內容' 및 스트라테지에 대한 인식, '경어표현교육'에의 적용 등이 있다.

10 ·
친밀한가 친밀하지 않은가, 인간관계에 있어서의 거리가 가까운가 가깝지 않은가의 문제

### ❸ '경어지식敬語知識'

'경어지식'은 어떤 상황을 '경어표현화' 하는 과정에서 필요한 '경어', '경어표현'에 관한 정보·이해·지식의 문제이다. '경어지식'은 언어적인 배리에이션(다양성, variation), 적절한 표현(의 방법), 문법의 정오(옳고 그름)등이 주요한 문제가 되지만, '주체의 외부 문제'로서의 성질도 가지고 있다.

'경어지식'에서 다루는 항목으로서는 「정녕어丁寧語」와 그 주변, 「オ・ゴ〜ダ」와 그 주변, 「オ・ゴ〜ニナル」와 「レル・ラレル」의 사용, 「オ・ゴ〜スル」의 사용 및 '경어표현교육'에의 적용 등이 있다.


### 맺음말

이상, 커뮤니케이션에 있어서의 '(커뮤니케이션)주체'의 의식·인식·지식의 관점에서 '경어표현'의 생성과정에 대한 '경어표현화'이론에 대하여 서술했다. 지면이 제한되어 있어 모든 내용을 자세히 설명할 수 없었지만, '경어표현화'라는 본인의 생각을 소개하기에는 충분하였다고 생각한다.

자세한 것은 참고문헌(특히, 본인의 논문)을 참고해 주시기를 바란다.

다음 기회에는 실제 일본어교육에의 '경어표현화'의 적용–실제로 교실에서 지도할 경우에는 어떻게 할 것인가, 경어·경어지도시 주의해야 할 점은 무엇인가–등에 대해 다룰 예정이다.

# 04 '대우커뮤니케이션' 관점에서 본 일본어의 의뢰표현

채윤주

## 들어가는 말

일반적으로 커뮤니케이션 상에서 이루어지는 의뢰는 커뮤니케이션주체가 자신의 이익이 되는 것을 상대방의 행동에 의해 실현하고자 하는 것으로, 의뢰에 따른 행동과 의뢰를 받아들일지의 여부는 의뢰를 받은 쪽에서 결정하게 된다. 그렇기 때문에 의뢰하는 쪽은 자신의 의뢰가 상대방에게 받아들여지게 하기 위해 구체적인 내용과 전달 순서를 생각해가면서 자신의 의도를 표현하게 된다.

종래 일본어의 의뢰에 대한 연구를 살피면 의뢰하는 쪽을 중심으로 분석한 경우가 많이 보인다. 하지만, 커뮤니케이션이 이루어진다는 것은 커뮤니케이션주체가 자신의 의도를 전달할 상대방이 존재하기 때문에, 의뢰를 하는 쪽에만 초점을 두어 분석할 것이 아니라, 의뢰 내용에 대해 의뢰를 받은 쪽은 어떻게 이해하고 있는 지에 대한 분석도 필요하다. 커뮤니케이션이라는 것은 커뮤니케이션주체가 자신의 의도를 상대방에게 전달하고자 표현하는 「표현행위」

와 그 표현을 이해하는 상대방의 「이해행위」의 상호교류에 의해 이루어지며, 커뮤니케이션에 관한 연구의 경우 「표현행위」에 대한 연구와 함께 표현에 대한 「이해행위」의 분석, 고찰이 필요하다고 생각한다.

이 글에서는 「표현행위」와 「이해행위」의 상호교류라는 관점에서 일본어의 의뢰 표현을 살펴보고자 한다.

## ▌1  선행연구 및 연구동향

의뢰라는 것은 커뮤니케이션주체가 자신의 이익이 되는 것을 상대방의 행동에 의해 실현하고자 하는 것이다. 그렇기 때문에 의뢰하는 쪽은 자신이 생각하고 있는 것을 단지 전달하는 것에 그치는 것이 아니라, 자신의 의뢰가 상대방에게 받아들여지게 하기 위해 누구에게, 무엇을, 어디에서, 어떤 순서로, 어떠한 표현을 사용하여 나타낼지 생각하면서 표현하게 된다.

종래 일본어의 의뢰에 관한 연구를 살펴보면, 일본어 모어화자와 외국인 일본어 학습자의 경우를 비교한 연구가 많고, 담화를 중심으로 의뢰표현과 그 경향에 대한 분석이 많이 보인다. 또, 일본어의 의뢰를 나타내는 표현형식, 예를 들어 「~てくれる/~てもらえる」 등의 사용추이와 빈도를 중심으로 조사, 분석한 연구가 많이 보인다. 이외에 가바야蒲谷(1993)는 대우표현 교육을 고려하여, 의뢰표현 결정을 위해 필요한 요소들을 정하고 구체적인 표현 생성 방법 시스템을 제안하고 있다. 또한, 의뢰가 이루어지는 커뮤니케이션에 있어 의뢰상대(相手)와 의뢰내용(用件)이 중요한 요소임을 지적하고, 각각의 레벨을 고려하여 담화의 흐름을 어떻게 만드는지, 어떠한 표현을 사용하여 의뢰를 하는지 그 패턴을 코드(コード)로 표시하고, 이러한 코드에 대응하는 의뢰 전개의 패턴을 제시하고 있다.

## ▌2 ▏ 대우커뮤니케이션이란

　앞서도 밝힌바와 같이 필자는 커뮤니케이션이란 커뮤니케이션주체의 일방적인 「표현행위」에 의한 것이 아니라 「표현」과 「이해」의 상호행위에 의해 이루어지는 것으로 생각한다. 이러한 생각을 바탕으로 채윤주(2007)에서는 일본어의 의뢰와 거절에 대해 대우커뮤니케이션 관점으로 분석하였다. 대우커뮤니케이션이라는 용어는 가바야(2003)에 의한 용어로 커뮤니케이션주체의 「표현」과 「이해」의 상호행위를 중심으로 커뮤니케이션을 고찰하고자 하는 것이다. 가바야(2003:56-57)는 대우커뮤니케이션에 대하여 다음과 같이 기술하고 있다.(원문에 대한 한국어 번역은 필자에 의한 것이다.)

　　「대우커뮤니케이션」이란, 「대우표현」과 「대우이해」의 총칭이다.
　　「대우표현」이라는 것은 표현주체가 어떤 장면(인간관계나 장면의 인식)에서 자신의 표현의도를 실현시키기 위해, 표현 형식을 고려하여 자신이 처한 장면에 적절하다고 판단되는 표현, 내용을 선택하여 문장이나 담화(또는 그 일부)를 구성하고, 매재화(媒材化)해가는 일련의 표현행위를 말한다. (이상은 <언어에 의한 대우표현>에 관한 규정으로 <비언어에 대한 대우표현>은 음성·문자이외의 것이 매재(媒材)가 된다.)
　　「대우이해」라는 것은 이해주체가 어떤 장면(인간관계나 장면의 인식)에서 (표현의도를 실현시키기 위해), 매재화(媒材化)된 문장이나 담화(또는 그 일부)에 나타난 표현 형태를 통해 상대방의 표현의도를 파악해가는 일련의 이해행위를 말한다. (이상은 <언어에 의한 대우이해>에 관한 규정으로 <비언어에 대한 대우이해>는 음성·문자이외의 것이 매재(媒材)가 된다.)
　　「대우커뮤니케이션」이라는 것은 이러한 「대우표현」「대우이해」의 총칭인데, 「대우표현행위」, 「대우이해행위」를 커뮤니게이션 관점에서 보고자하는 것으로, 서로 다른 커뮤니케이션주체 사이에서 이루어지는 「대우표현」의 경우 상대방의 「대우이해」를, 「대우이해」의 경우 상대방의 「대우표현」을 염두에 두고 상호교류의 관점(「표현행위」와 「이해행위」의 서로 주고받음)을 고려한다. 또한 동일 커뮤니케이션주체의 경우 「표현주체」가 되는 경우는 「대우표현」을, 「이해주체」가 되는 경우는 「대우이해」라는 관점(「표현행위」와 「이해행위」의 반복)에서 커뮤니케이션을 고찰하고자 하는 것이다.

필자는 채윤주(2007:55)에서 대우커뮤니케이션이란 자신과 상대방이 커뮤니케이션 주체가 되어 인간관계나 내용, 상황 등을 포함해 장면을 인식하고, 그 인식에 맞추어 커뮤니케이션주체가 전달하고자 하는 자신의 의도를 표현한다고 기술하였다. 이러한 내용과 함께 커뮤니케이션 상대방은 그 표현을 통해 표현주체의 의도를 이해하며, 자신이 이해한 내용과 의도를 표현하는 「표현」과 「이해」의 서로 주고받음, 즉 커뮤니케이션 주체들의 상호교류와 그 반복에 의해 성립된다고 기술하였다. 이러한 내용에 대해 의뢰를 예로 하여 정리하면 <표1>과 같다.(<표1>은 채윤주(2007:55)의 <図1>를 재구성하여 작성한 내용이다.)

<표1> 대우커뮤니케이션 관점에서 본 의뢰

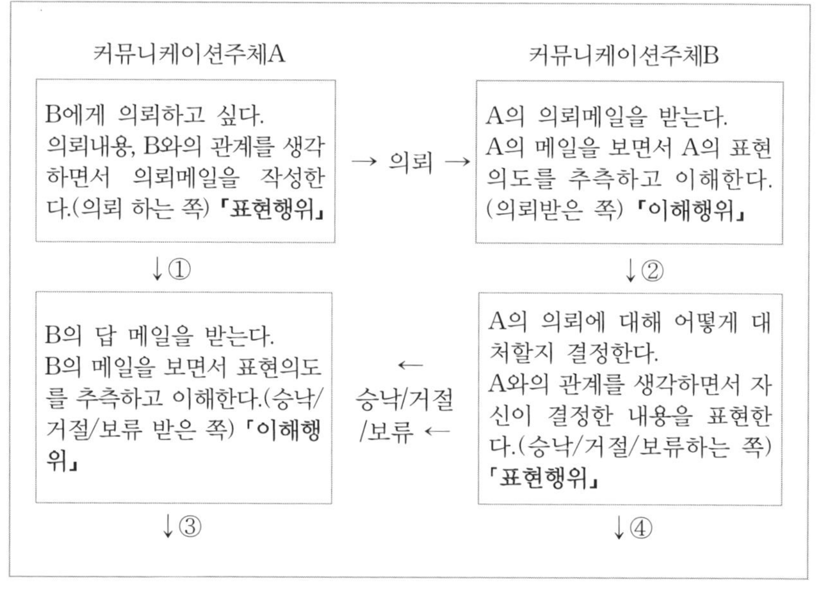

　<표1>은 커뮤니케이션주체A(이하, A)와 커뮤니케이션주체B(이하, B)의 메일의 주고받음을 도식화한 것이다. <표1>을 보면 A와 B의 <「표현행위」 → 「이해행위」>가 이루어지는 것으로 끝나는 것이 아니라 A의 경우 ①과 같이 자신의 의도를 표현하는 입장(「표현행위」)에서 상대방의 표현을 통해 상대방의 의도를 이해하는 입장(「이해행위」)으로 바뀔 수 있다는 것을 알 수 있다. 또, B의 경우 ②와 같이 상대방의 표현을 통해 의도를 이해하는 입장(「이해행위」)에서 자신의 의도를 표현하는 입장(「표현행위」)으로 바뀔 수 있다는 것을 알 수 있다. 즉, 커뮤니케이션 상에서는 커뮤니케이션주체들의 「표현행위」와 「이해행위」의 주고받음이 이루어짐과 동시에, 동일 커뮤니케이션주체에게도 「표현행위」와 「이해행위」가 반복되고 있다고 할 수 있다. 또한, 이러한 것은 1회로 끝나는 것이 아니라 <표1>의 ③④와 같이 커뮤니케이션이 이루어지는 동안 계속 반복된다고 볼 수 있다.

　이 글에서는 A의 「표현행위」와 그에 대한 B의 「이해행위」가 이루어지는 것을 중심으로 고찰하고, 동일 커뮤니케이션주체에게 나타나는 「표현행위」와 「이해행위」의 반복에 대해서는 금후 과제로 삼고자 한다.


## ▌3　'대우커뮤니케이션' 관점에서 본 일본어의 의뢰표현

　의뢰에 대한 인식은 의뢰하는 쪽이 느끼는 인식과 의뢰 받은 쪽이 느끼는 인식으로 나눌 수 있다. 여기에서 의뢰하는 쪽이 느끼는 의뢰의 인식에는 자신의 의뢰내용이 상대방에게 의뢰해도 되는 것인지 아닌지(의뢰 필연성)와, 자신의 의뢰내용이 상대방에게 받아들여질지 어떨지(의뢰 가능성)를 고려해야한다.

　이하 내용에서는 일본어의 의뢰메일을 사료로 하여, 의뢰하는 쪽은 자신의 의도를 전달하기 위해 어떠한 표현을 선택하고 있으며 이러한 표현들은 의뢰를 받은 쪽에게 어떻게 받아들여지고 있는지 살피고자한다.

　분석하게 될 의뢰메일은 일본어모어화자 M(이하, M)이 같은 연구실 선배 A(이하, A)에게 자신의 논문과 관련된 조사에 협력해주었으면 하는 의도로 작성한 내용이다. M과 A는 20대중반의 여성으로 의뢰자 M은 A보다 2살 연하이고 같은 연구실 1년 후배이다. M은 A와 같은 연구실이지만 서로 만날 기회가 적어 다른 선배들에 비해 친하지 않은 편이다. 그래서 서로의 관계를 생각하면 A에게 사적인 일로 의뢰메일을 보내는 것은 그 필연성이 높지 않지만, 자신의 논문 테마가 A와 비슷해 주변사람들로부터 A에게 조언을 구해보라는 의견을 자주 들어왔다는 점을 고려하면 A에게 의뢰메일을 보낼 가능성이 있다고 생각했다. 하지만 해외로 나갈 준비를 하고 있는 A에게 직접 만나서 약 20분간 이야기를 해달라고 하는 것은 꽤 부담이 되는 것으로, M은 서로의 인간관계나 의뢰 내용보다 상대방이 처한 상황을 생각하여 A가 자신의 의뢰를 받아줄 가능성이 낮을 것으로 예상했다. 다음 내용은 M이 A에게 보낸 의뢰메일과 그 구성을 정리한 것이다.

<표2> M의 의뢰 메일과 구성

| M의 의뢰메일 (M ⇒ A) | 구성 |
|---|---|
| From : M<br>To : A<br>Subject : ⓐ 調査協力のお願い(M(성姓:漢字)) | |
| ⓑ A(성:漢字)さん<br><br>ⓒ ご無沙汰しています。お元気ですか。<br>　○○後のパーティーでは、いろいろお話したいと思っていたのですが、<br>　行けなくなってしまい本当に残念でした。 | 개시부 |
| ⓓ A(성:漢字)さんのご出発までまだ間があったので、<br>　いつでも会うチャンスがあるだろうと油断しているうちに<br>　8月も半ばに差し掛かってしまい、<br>　本当にもったいなかったなあと後悔しています。<br>ⓔ A(성:漢字)さんにぜひ修論のために、調査協力を<br>　お願いしたいと思っていたのですが、<br>　もうそんな余裕はありませんよね?<br>ⓕ 予定している調査は、母語話者と非母語話者の雑談を<br>　約20分間録画録音するというものなのですが、 | 본제 |

| | |
|---|---|
| ⓖ 調査協力者を探しているうちに、こんな時期になってしまいました。<br>もしA(성:漢字)さんにご協力いただけたら、<br>これ以上なくうれしいのですが、<br>A(성:漢字)さんのご出発の準備に支障をきたすような真似だけは<br>絶対にしたくないので、どうかご遠慮なさらずおっしゃってくださいね。 | 본제 |
| ⓗ それでは、お返事をどうぞよろしくお願い致します。<br>ⓘ お忙しいところ、長々と読ませてしまい、<br>すみませんでした。<br><br>ⓙ M(フルネーム:漢字)<br>メールアドレス | 종료부 |

　<표2>를 보면 M의 의뢰 메일은 내용이 시작되는 부분으로 본격적인 의뢰에 들어가기 전에 개인적인 내용을 기술한 부분(개시부)과 자신의 의도가 의뢰임을 직접적으로 나타내는 부분(본제), 메일 내용을 마무리하는 부분(종료부)으로 크게 3단계로 구성되어 있다. 이하 내용에서는 M의 의뢰메일에 대해 「표현행위」의 관점과 「이해행위」의 관점에서 살펴보겠다.

**【「표현행위」의 관점에서 본 M의 의뢰메일】**

　우선, 「표현행위」의 관점에서 M의 의뢰메일을 보면, M은 자신이 A에게 메일을 쓴 의도가 무엇인지에 대해 메일 제목에 「ⓐ 調査協力のお願い」처럼 표현하고, 자신이 누구인지를 알리기 위해 (M(성姓:漢字))를 덧붙였다. 그리고 호칭 부분에서는 상대방과의 관계를 생각하면 「A(성:漢字)様」「A(フルネーム:漢字)様」와 같은 표현을 선택할 수도 있으나 평소 자신이 A를 부르던 대로 「A(성:漢字)さん」으로 적었다. 본론으로 들어가기 전에, 지난번 연구실 종강 파티에 참석하지 못한 이유를 쓰면서 자연스럽게 자신이 A가 외국에 나갈 준비 중인 것에 대해 알고 있음을 ⓓ와 같이 표현하였다. 그리고 자신의 의도가 졸업논문에 필요한 조사에 협력해줄 것을 부탁하는 것임을 밝히고(ⓔ), 의뢰내용에 대해 간단히 설명했다(ⓕ). 하지만 A의 상황을 고려해 자신의 의뢰를 들어 줄 가능성이 적다는 것을 알고 있기에 A가 거절해도 괜찮다는 것을 알리기 위해 「A(성:漢字)さんのご出発の準備に支障をきたすような真似だけは絶対にしたくないので、どうかご遠慮なさらずおっしゃってくださいね」와 같이 표현하여 A가 느낄 의뢰에 대한 부담감을 낮추려고 했다. 그러면서도 M은 내심 상대방이 자신과 마찬가지로 논문을 작성한 경험이 있는 사람으로, 자신의 의뢰를 거절하기 힘들 것이고 만일 거절을 하게 될 경우 매우 미안하게 생각할 것이라고 예상했다. 그리고 A가 해외로 나갈 준비로 바쁜 시기인데 자신이 의뢰메일을 보낸 것에 부담을 느낄 것으로 예상하고 미안한 마음에 「ⓘ お忙しいところ、長々と読ませてしまい、すみませんでした」와 같이 마무리했다. M은 평소 다른 사람에게 이메일을 보낼 때 사무적인 내용으로 부탁을 하더라도 추신이나 이메일의 마지막 부분에 그날 자신에게 있었던 일이나 상대방과의 개인적인 내용을 적어 이메일의 분위기를 부드럽게 하려는 경향이 있는데, 자신이 A에게 보낸 이메일의 경우 평소 자신의 스타일과 조금 다르다는 것을 깨닫는다. 그 이유에 대해 M은 자신이 의뢰를 하는 입장이라는 점, 그리고 자신의 의뢰가 상대방에게 부담을 줄 수 있다는 것도 관계가 있지만, 그것보다 상대방과의 인간관계가 친밀하지 못하다는 점이 이메일을 작성할 때 작용한 것으로 생각했다.

**【「이해행위」의 관점에서 본 M의 의뢰메일】**

다음은 「이해행위」의 관점에서 M의 의뢰메일을 살펴보겠다. A는 M이 대학원 후배이고 대학을 졸업한지 얼마 안됐다는 것을 알고 있기에(자신보다 나이가 어리다고 생각해) 그다지 경어를 사용하지 않아도 되는 상대로 인식하고 있고, ⓐ를 보고 M의 메일이 의뢰에 관계된 것이라는 것을 짐작한다. 그리고 자신도 대학원에서 졸업 논문을 작성하여 제출했기에 논문을 쓴다는 것이 얼마나 어려운지에 대해 알고 있고 그러한 인식에서 M이 자신에게 의뢰할 가능성이 높다고 생각했다. 하지만 ⓓ를 보고 M이 자신의 상황을 이해하고 있으며, M이 의뢰 필연성(A에게 의뢰해도 되는 것인지 아닌지)이 낮다고 인식하고 있는 것으로 판단했다. 또, 의뢰 상대가 대학원 선배이고, 그 선배가 매우 바쁘다는 것을 알고 있기에, M이 의뢰에 대해 부담을 갖고 있을 것이고 거절당할 가능

성이 높다고 생각할 것으로 예상했다. A는 M이 자신의 상황을 이해하고 있기에 무리해서 M의 의뢰를 승낙하지 않아도 괜찮을 것으로 판단한다. 또한 M의 이메일에 「A(성:漢字)さんのご出発の準備に支障をきたすような真似だけは絶対にしたくないので、どうかご遠慮なさらずおっしゃってくださいね」와 같은 표현이 있기에 자신이 거절해도 M이 이해할 것으로 예상했고, 자신이 상대방의 의뢰를 거절하는 것을 부담스럽게 생각하지 않았다. 이후 이 글에서는 분석대상으로 하지 않았으나 A는 M에게 의뢰에 대한 거절의 이메일을 보냈다.

이상의 내용을 정리하면 다음과 같다.

<표3> M의 표현에 대한 M의 표현의도와 A의 표현이해

| M의 표현의도 ⇒ | ⇒ 표현 ⇒ | ⇒ A의 표현이해 |
|---|---|---|
| 이메일 제목에서 M의 의도가 의뢰라는 것과, 송신인이 누구인지를 밝힌다. | ⓐ 調査協力のお願い(M(성:漢字)) | 이메일 제목을 통해 이메일의 송신인이 M이고, 의뢰에 관계된 내용이라는 것을 짐작한다. |
| A가 지금 어떤 상황인지 알고 있음을 나타낸다. | ⓓ A(성:漢字)さんのご出発までまだ間があったので、いつでも会うチャンスがあるだろうと油断しているうちに8月も半ばに差し掛かってしまい、本当にもったいなかったなあと後悔しています。 | M이 A가 현재 처한 상황에 대해 알고 있는 것으로 판단한다. |
| 이메일을 보낸 의도가 졸업논문에 필요한 조사에 협력해줄 것을 부탁하는 것임을 밝힌다. | ⓔ A(성:漢字)さんにぜひ修論のために、<u>調査協力をお願いしたいと思っていたのですが</u>、もうそんな余裕はありませんよね? | M의 의도가 조사에 협력하길 바라는 의뢰임을 알게 된다. |
| 의뢰내용에 대해 설명한다. | ⓕ 予定している調査は、母語話者と非母語話者の雑談を約20分間録画録音するというものなのですが、 | M의 의뢰 내용이 논문 조사와 관련된 것으로 의뢰내용을 승낙할 경우 직접 만나야한다고 판단한다. |
| A의 상황을 고려해 자신의 의뢰를 들어줄 가능성이 적다는 것을 알고 있기에 A가 거절해도 괜찮다는 것을 표현하여 A가 느낄 의뢰에 대한 부담감을 낮추려고 한다. | ⓖ もしA(성:漢字)さんにご協力いただけたら、これ以上なくうれしいのですが、A(성:漢字)さんのご出発の準備に支障をきたすような真似だけは絶対にしたくないので、どうかご遠慮なさらずおっしゃってくださいね。 | M이 자신에게 의뢰하는 것에 대해 크게 부담을 느끼고 있는 것으로 예상한다. 그리고 M이 자신의 상황을 이해하고 있으며 거절해도 괜찮은 상황으로 판단 한다. |

<표3>을 보면 M은 자신의 의도가 의뢰라는 것을 알리기 위해 「調査協力を

お願いしたいと思っていたのですが、もうそんな余裕はありませんよね?」와 같은 표현을 사용하고 있다. 일반적으로 의뢰를 나타내는 표현형식으로 「~てくださいますか」「~てくださいませんか」「お~くださいます(でしょう)か」「お~くださいません(でしょう)か」와 같은 「くださる系」와 「~ていただけますか」「~ていただけませんか」「お~いただけます(でしょう)か」「お~いただけません(でしょう)か」와 같은 「いただく系」가 많이 나타난다. 또, 「~てもいい」와 같은 허가를 요구하는 표현이나 「たい」나 「~てほしい」와 같이 희망을 나타내는 표현 형식을 사용하여 간접적으로 자신의 의도를 표현하기도 한다. 앞서 선행연구 및 연구동향에서도 밝힌 바와 같이 의뢰에 관한 논문들을 살피면 의뢰를 나타내는 표현형식들의 사용양상과 빈도에 관한 연구가 많이 나타났다. 하지만 M의 의뢰메일에서는 직접적으로 의뢰를 나타내는 표현형식을 사용하기보다는 조사협력을 부탁하고 싶은데 상대방이 그럴 여유가 있는지 확인하는 형태를 취하고 있다. 그리고 다음 부분에서 의뢰하는 구체적인 내용을 덧붙여 자신의 의도가 의뢰임을 상대방이 이해할 수 있게 표현하고 있다. M이 이렇게 표현한 것에는 의뢰내용과 인간관계에 대한 인식과 함께 상대방이 처한 상황을 생각하여 A가 자신의 의뢰를 받아줄 가능성이 낮을 것으로 예상하고 의뢰 메일을 작성한 점이 크게 작용했다고 할 수 있다. M의 부담감은 「A(성:漢字)さんのご出発の準備に支障をきたすような真似だけは絶対にしたくないので、どうかご遠慮なさらずおっしゃってくださいね」 부분에도 잘 나타나있다. <표3>에서도 알 수 있듯이 A는 M의 표현형식을 통해 M의 의도를 이해하게 되고 다시 자신이 이해한 내용을 바탕으로 표현을 하게 된다고 할 수 있다.

　이상에서 살펴본 것과 같이, 일본어의 의뢰가 이루어지는 커뮤니케이션에서는 커뮤니케이션주체가 자신의 의도를 일방적으로 표현하는 것이 아니라, 자신의 표현에 대한 상대방이 있음을 인식하고, 상대방과의 관계와 상황을 고려하여 판단하고 그 판단에 맞추어 자신이 전달하고자 하는 내용을 표현하게 된다. 이때, 상대방에게 어떠한 순서로, 무엇을 전달할지 생각하면서 자신이 가지고 있는 지식에 근거하여 그 안에서 지금 상황에 적절하다고 생각하는 구성과 표현형식을 선택하여 표현한다.

# 4 연구과제 및 전망

이상으로 「표현행위」와 「이해행위」의 상호교류에서 커뮤니케이션을 관찰하고자 하는 대우커뮤니케이션 관점에서 일본어의 의뢰표현에 대하여 살펴보았다. 「표현행위」와 「이해행위」의 상호교류 관점에서 의뢰를 정리하면 <표4>와 같다.

<표4> 「표현행위」와 「이해행위」의 상호교류 관점에서 본 의뢰

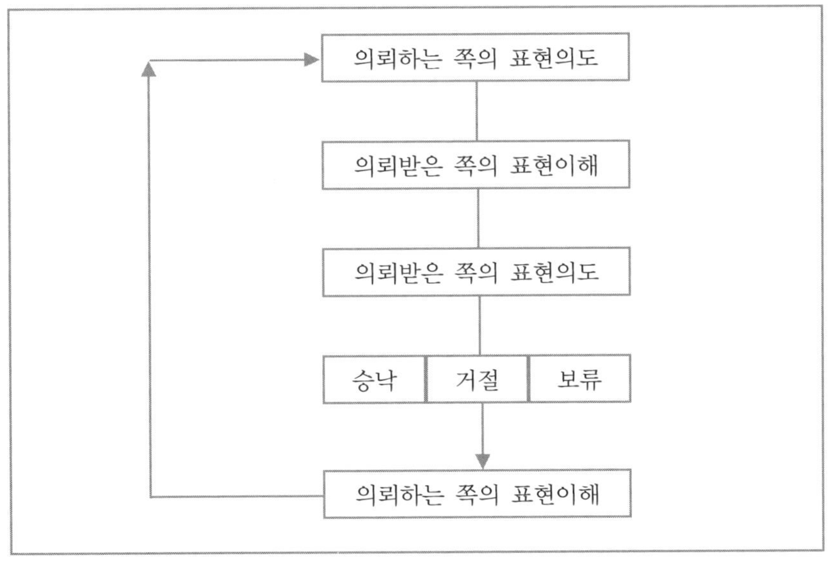


<표4>는 의뢰하는 쪽과 의뢰받은 쪽이 「표현행위」와 「이해행위」의 상호교류를 도식화 한 것이다. 의뢰하는 쪽과 의뢰받은 쪽은 기존에 자신들이 가지고 있던 상대방과의 인간관계에 대한 인식과 함께 상대방이 표현한 내용(이 글에서는 이메일 내용)을 보고 상대방이 자신에 대해 어떻게 생각하고 있는지, 또 상대방의 표현에는 어떠한 의도가 포함되어 있는지를 이해한다. 이와 같이 일본어의 의뢰가 이루어지는 커뮤니케이션에서는 「표현」과 「이해」의 면을 인식

하고 상대방의 생각을 예상해가면서 커뮤니케이션이 이루어지는 것을 알 수 있다. 이러한 생각은 실제 일본어교육 현장에서도 필요한 것이고 학습자에게도 전달해야 할 것이다.

이 글에서는 일본어의 의뢰에 대하여 이메일을 매체로 한 커뮤니케이션을 예로 들어 그 내용을 기술하였다. 이메일의 경우 구어체에 가까운 표현이나 표기를 하는 경향이 있지만, 문자와 음성이라고 하는 점에서 생각하면 편지에 가까운 형태로, 실제 회화에서 이루어지는 커뮤니케이션보다 「표현행위」와 「이해행위」의 구조가 덜 복잡할 것으로 예상된다. 그렇기 때문에 이 글에서의 고찰 결과만으로 일본어의 의뢰를 일반화하기는 어렵다고 생각한다. 하지만 이 글에서 시도한 것과 같이 의뢰가 나타나는 사례들을 꼼꼼히 분석해 정리하는 과정에서 의뢰에 나타나는 경향을 엿볼 수 있을 것이다. 금후에는 이 글에서 고찰한 내용을 기본으로 하여 의뢰가 나타나는 사례들을 분석, 연구해가고자 한다.

# 05 한국어와 일본어의 지시·명령표현의 양상

권동현

## 들어가는 말

　현대사회에서는 언어표현을 적절히 사용해야 하는 것은 물론이지만 그러한 형식적인 언어표현이라는 개념에서 벗어나 커뮤니케이션상의 배려에 관한 중요성이 강조되고 있다. 가바야蒲谷(1998:116-121)의 설에 의하면 화자는 상대방에게 자신의 의도를 이해시키기 위해 언어행동을 취하며 그 행동에 의해 표현 내용이 실현되는데 이러한 언어행동을 행동전개표현이라고 한다. 이러한 행동전개표현의 유형에는 충고·조언, 권유, 의뢰, 지시·명령, 허가, 신청, 양해, 확인, 선언 등을 들 수 있는데 이들은 또한 전형적인 표현들로 대표되기도 한다.

　행동전개표현은 인간관계의 인식을 바탕으로 하는 표현이라고 할 수 있다. 따라서 본 연구에서는 행동전개표현 중 지시·명령표현(이하, 명령표현이라고 함)에 대해 지금까지의 선행연구를 조사하여 가장 기준이 되기 쉬운 형태적인 특징들을 정리하고, 그 후에 그 형태적인 특징과 행동전개로의 구체적인 관련성에 대해서도 살펴보기로 한다.

  지금까지의 연구는 주로 일본어만을 대상으로 형태적인 고찰에 머물렀다고 할 수 있으나 이글에서는 한국에서 인기리에 방영된 드라마가 일본에서 방영되면서 한국어와 대역된 일본어와 비교대조를 통해 형태적인 특징과 행동전개로의 구체적인 관련성을 한·일 드라마를 통해 대조 분석함으로써 양언어의 표현상의 특징을 찾아볼 수 있으리라고 기대한다. 연구방법은 일본에서 방영된 드라마 중 겨울연가, 아름다운 날들, 올인 등의 대본에 나타나는 용례(1148예)를 대상으로 하였다.


# ▮1  지시·명령표현의 개념 및 선행연구


  명령은 상대에게 어떤 행위를 하도록 직접 지시하여 명령하는 형식으로 청자에 대한 행위를 실현하도록 요구하는 의도를 나타내는 것으로, 화자가 청자의 행위를 결정해 버리기 때문에 청자에게는 행위의 선택권이 없다고 할 수 있다. 이런 관점에서 청자와 화자의 관계는 수평적이 아니다.

  경어표현으로서 명령표현에 대해 연구한 논문은 그다지 많지 않다고 여겨진다. 김용녀(2001)는 일본어의 완곡표현에 대해 고찰한 후 명령표현이 갖는 특징을 권유, 의뢰표현과의 관계를 서술하여 명령표현을 완곡표현의 하나로써 파악하고 있다. 김지연(1995)은 현대 일본어 행위요구표현에 관한 고찰로서 행위요구표현의 유형 및 특성을 직접적인 행위요구표현과 간접적인 행위요구표현으로 분류하고 직접적인 행위요구표현은 다시 명령형과 의뢰형으로, 간접적인 행위요구표현은 다시 희망형, 권유형, 의지형, 의문형 등으로 하위분류하여 고찰하고 있다.

  닛타仁田(1991:229)는 「화자가 이야기 상대인 청자에게 자신의 요구에 따른 행위를 실현하도록 호소하거나 힘을 미치게 하는 ＜발화·전달의 모달리티＞」를 ＜働きかけ＞라 하였다. 그리고, 「＜働きかけ＞라는 ＜발화·전달의 모달리티＞를 띠며 존재하는 문을 ＜働きかけ文＞」이라고 한다. 그리고 ＜働きかけ文＞ 속에 명령을 비롯해 권유, 의뢰, 금지 등의 표현을 함께 넣고 있는데, 여기서

말하는 명령, 권유, 의뢰, 금지 등은 행위를 실현하도록 요구하고 있는 표현이라는 관점에서 볼 경우 모두 같은 선상에 있으며, 요구하는 정도의 차이와 표출 방식의 강약 등에 따라 단계를 달리하는 것들이라 할 수 있겠다.

가시와자키栢崎(1993)는 화자가 청자에게 어떤 행동을 하도록 요구하는 표현으로, 그것은 화자를 위해서이든, 청자를 위해서이든 또 청자는 자기보다 상위자이거나 하위자이지만 여하튼 청자에게 어떤 행위나 행동을 하게끔 하려는 발화형식을 행동요구표현으로서 정리하고 있다. 이 행동요구표현에는 지시·명령, 의뢰, 간원, 권유, 격려 등의 다양한 표현이 있다. 지시·명령, 의뢰에 관해서는 직접적인 언어행위와 간접적인 언어행위가 있다.

모리타森田(1977:40)는 행동요구표현은 자기의 판단에 상대가 따라서 행동으로 옮길 것을 요구하는 표현으로 요구하는 정도나 강약에 따라 명령, 의뢰, 권유, 제안 등의 단계가 있다고 기술하고 있다.


## ▌2   지시·명령표현의 하위분류

일본어의 경우, 가바야(1998)와 가시와자키(1993)의 설에 기초해, 먼저 일본어에 있어서 명령표현의 기본적인 형식이라고 말할 수 있는 동사의 명령형과 부정명령형, 「~て」형과 「~ないで」형, 「(お)~なさい」형, 「~てください」형과 「~ないでください」형으로 하위분류하여 고찰하고, 한국어의 경우, 서정수(1996)와 국립국어연구원(2005:222-223)의 설에 기초해 명령형 종결어미 「-게, -오, -(으)라, -아라／-어라, -아／-어」의 「해체」와 「-(으)세요, -(으)십시오」의 「해요체」와의 비교를 통해 분석해 가기로 한다. 이때, 명령표현의 기능 및 인간관계(상하관계, 친소관계), 공기하는 조사, 상황, 문맥, 장소, 표현의 도 등의 성립조건도 함께 살펴보기로 하겠다.

### ❶ 한국어와 일본어의 긍정의 명령표현

일본어의 경우, 긍정의 명령표현인 경우 기본적인 형식이라고 할 수 있는 동사의 명령형, 「(お)~なさい」 형, 「~て」 형, 「~てください」 형과 「(お)~ください」 형으로 5분류하여 한국어와의 비교를 통해 고찰해 보기로 한다.

### 1) 동사의 명령형

| 일본어 | | 한국어 | |
| --- | --- | --- | --- |
| 동사의 명령형 | 378 | | |
| 동사의 명령형＋よ | 55 | 해체 | 434 |
| 동사의 명령형＋な | 1 | | |

일본어의 경우, 위의 표에서 알 수 있듯이 동사의 명령형으로 쓰인 경우는 예1)과 같이 총434예 중 378예로 가장 많이 쓰이고 있으며, 「동사의 명령형＋よ」 형은 예2)와 같이 55예, 「동사의 명령형＋な」 형은 예3)과 같이 1예가 쓰이고 있는데 이에 해당하는 한국어는 모두 「해체」에 해당한다.

> 1) ドファン 「ご無沙汰して申し訳ありません。お変りありませんか」
> スンドン 「まあ、<u>座れ</u>」
> 승돈 「자... <u>앉지</u>」
> ドファン 「(椅子に座る」
> スンドン 「(ドファンを睨みつけて)よくもまあ、*私を裏切ったな*」
> (オール 169)[1]

1・
飜訳 安岡明子(2003)『オ
ーインル』キネマ旬報社
→ (オール)

위의 예1)의 경우는 도환과 승돈이 대화하는 장면으로 직위 상으로는 수평적인 관계(사장)라고 말할 수 있으나 도환은 「おっしゃる」 등의 경어동사를 사용하고 있음을 알 수 있다. 반면 승돈은 도환에게 「앉게, 앉지」 등의 동사의 명령형으로 이야기할 수 있는 것은 과거 직장에서 손윗사람이었기 때문에 -

수직적인 관계였기 때문에 이렇게 말할 수 있다고 여겨진다.

> 2) ジョンテ「デス、なあ、デス、頼むから大目に見て<u>くれよ</u>」
>    정태「대수, 대수 제발 좀 제발 <u>봐주게</u>」
>    デス「大目に見るたって、あんたの顔なんぞ、見るのもほとほとうんざ
>       りだ」
>    ジョンテ「そんなこと言わずに、ひとつきだけ猶予をくれ」(オール　25)

위의 예2)의「동사의 명령형＋よ」형은 발화하고 있는 화자의 의도를 더욱 확실히 나타내고 있는 것으로 보여 진다.

> 3) イナ「劇場には悪い奴らが大勢出入りするから<u>気をつけな</u>」
>    인하「극장에 나쁜 놈들이 많이 들락거리니까 <u>조심해라</u>」
>    スヨン「……」
>    イナ「もし、またちょっかいを出す奴がいたら、シボンに言えよ」
>                                                    (オール　46)

위의 예3)의「동사의 명령형＋な」형은 상대로 하여금 지금 하고 있는 행동을 그만둘 것을 요구하거나 앞으로 조심할 것을 요구하는 명령표현이라고 말할 수 있다.

## 2)「(お)～なさい」형

| 일본어 | | 한국어 | |
|---|---|---|---|
| ～なさい | 41 | 해체 | 63 |
| ～なさい＋よ | 22 | | |

일본어의 경우, 위의 표에서 알 수 있듯이「～なさい」형은 예4)와 같이 총63예 중 41예,「～なさい＋よ」형은 예5)와 같이 22예가 쓰이고 있는데 이에 해당하는 한국어는 모두「해체」에 해당한다.

2・
訳者 根本理恵(2004)『冬のソナタ』1~4 → (冬)

4) ユジン「またラーメンの出前を取ったんじゃないでしょうね?」
　　ユジンの母「(笑いながら)ちゃんと食べたから心配しないで、<u>早く帰りなさい</u>」
　　엄마「밥 먹었으니까 걱정말고 <u>얼른 들어가</u>」
　　ユジン「わかった。もっと厚着して。寒いのに、その格好は何よ」
　　ユジンの母「そうね。ヒジンが待ってるわ。早く帰ってあげて」

(冬1-63)[2]

　　위의 예4)의 경우는 유진과 엄마가 대화하는 장면으로 동사의 ます형에 경어동사「なさる」의 명령형「なさい」가 접속하는 형식으로 동사의 명령형보다는 다소 부드럽고 강압적인 느낌이 덜하며 상대에 대한 배려가 느껴지는 표현이라고 할 수 있다.

3・
飜訳 金井孝利(2004)『美しき日々』キネマ旬報社 → (美)

5) ギチャン「(困惑する)」ミンジ「(グムスクを急かして)何してるの? 早く<u>入りなさいよ!</u>」(美 54)[3]
　　민지「(금숙을 밀며) 빨리 <u>들어가!</u>」

　　위의 예5)의「~なさい＋よ」형은 여성들이 자주 사용하는 명령표현으로 종조사「よ」가 공기(共起)함으로써 발화의도를 좀 더 확고히 하고 있다고 말할 수 있다.

### 3)「~て」형

| 일본어 | | 한국어 | |
|---|---|---|---|
| ~て | 195 | 해요체 | 100 |
| | | 해체 | 95 |
| ~て＋ね | 13 | 해체 | 37 |
| ~て＋よ | 24 | | |

일본어의 경우, 위의 표에서 알 수 있듯이 「～て」 형으로 쓰인 경우는 총232
예 중 195예가 쓰이고 있는데 이에 해당하는 한국어는 예6)과 같이 「해요체」
(100／195)와 예7)과 같이 「해체」(95／195)로 쓰이고 있다. 반면, 「～て＋ね」
형은 예8)과 같이 13예, 「～て＋よ」 형은 예9)와 같이 24예가 쓰이고 있는데
이에 해당하는 한국어는 모두 「해요체」에 해당한다.

    6) ミンチョル 「(ヨンスを引き寄せ隣に座らせる)ここにちょっと<u>座って</u>」
        민철 「(연수를 끌어다 옆에 앉힌다) 여기 잠깐 <u>앉아요</u>」
        ヨンス 「(緊張する)」 (美 447)

위의 예6)의 경우는 연수와 민철이 호텔 룸에서 연수에게 잠시 와서 「앉어라
／앉아라」라고 말하는 장면으로 진구이며 연인관계이므로 「ください」가 생략
된 명령표현이라고 볼 수 있다.

    7) ジョング 「イナ、挨拶を……。偉大なるハン理事殿だ」
        イナ 「(丁重に頭を下げて)キム・イナです」
        ジョング 「彼がお話した友人です」
        ハン 「<u>座って</u>」 (オール　88)
        한이사 「앉어」

위의 예7)의 경우는 카지노 안 카페에서 의자에 앉아 있는 한이사에게 종구
가 인하를 데리고 한이사 앞으로 가서 인하를 소개시키는 장면으로 일본어의
경우 예6)과 마찬가지로 모두 「～て」 형을 취하고 있다. 반면 한국어의 경우는
예6)의 경우는 「해요체」를, 예7)의 경우는 「해체」를 사용하고 있다. 다시 말해
일본이의 「～て」 형에 해당하는 한국어는 「해체」와 「해요체」가 쓰이고 있다.

    8) スヨン 「(イナの顔を見て)今でも喧嘩するの?」
        イナ 「(思わず裂けた唇の辺りを撫で回し、きまり悪そうな顔をする)」
        スヨン 「では、始めますから、しっかり<u>聞いてね</u>」 (オール　124)
        수연 「시작할게요. 정신 차리고 똑바로 <u>들어요</u>」

위의 예8)의 「～て＋ね」형은 주로 여성이 사용하는 표현으로 「～て」형의 명령표현과는 달리 한층 더 부드러운 표현이 되어 명령이라기보다는 오히려 의뢰를 나타내는 간접적인 명령 표현이라고 말할 수 있다.

    9) ミンチョル「(まっすぐに見つめて)出て行けと言いました」
       ソンチュン「何だと?」
       ミンチョル「(叫ぶ)追い出してよ！あの女とソンジエ、うちから追い出
           してよ」
       민철「(소리지른다)내보내요. 이 여자하고 선재, 우리 집에서 내보내라
           구요!」
       ソンチュン「この野郎！」(美 20)

위의 예9)의 「～て＋よ」형은 명령표현을 확고히 하여 강한 의미를 갖게 하는 기능이 종조사「よ」에 있다고 여겨지는 부분으로 「～て」형이나 「～て＋ね」형보다는 나타내고자 하는 명령의 의도가 더 강한 명령표현이라고 할 수 있다.

### 4) 「～てください」형

| 일본어 | | 한국어 | |
|---|---|---|---|
| ～てください | 204 | | |
| ～てください＋よ | 10 | 해요체 | 215 |
| ～てください＋な | 1 | | |

일본어의 경우, 위의 표에서 알 수 있듯이 「～てください」형으로 쓰인 경우는 총215예 중 204예로 가장 많이 쓰이고 있는데 이에 해당하는 한국어는 예10), 11)과 같이 「해요체」로 쓰이고 있다. 반면, 「～てください＋よ」형은 예12)와 같이 10예, 「～てください＋な」형은 예13)과 같이 1예가 쓰이고 있는데 이에 해당하는 한국어는 모두 「해요체」에 해당한다.

10) イナ「スヨン！」
　　スヨン「<u>帰って下さい</u>」
　　　　　「私……話すことありません」
　　수연「<u>돌아가세요</u>」
　　イナ「ちょっと開けてくれ」
　　スヨン「<u>帰って下さい</u>」
　　수연「<u>돌아가세요</u>」
　　イナ「スヨン！」(オール　252)

　위의 예10)의 경우는 인하가 수연을 문밖에서 애타게 부르는 장면으로「～
てください」의 표현을 사용하고 있다. 이는 사랑했던 – 아직은 사랑하고 있을
지라도 예전 같지 않은 관계로 다소 서먹하고 소원해져 있는 관계임을 알 수
있다. 또한 손윗사람이 아랫사람에게 명령표현을 할 경우,「～てください」를
생략해서 쓰는 것이 일반적이나 다음의 예11)과 같이 비록 손윗사람일지라도
거리감을 두고 말하고 싶거나 분위기가 냉랭할 때에는 생략하지 않고 그대로
쓰이고 있다.

11) ユジン「お母さん！」
　　ユジンの母「今日はもう<u>帰って下さい</u>」
　　엄마「오늘은 이만 <u>돌아가요</u>」
　　ジュンサン「僕のことがお気に召さないのかもしれません。ユジンに
　　　　　　　つらい思いをさせたんですから、お母さまがお気に召な
　　　　　　　さいのも当然です。でも…努力します。努力するつもり
　　　　　　　です。ですから…」
　　ユジンの母「そんなことじゃありません。そんな…そんな簡単なこ
　　　　　　　とじゃないんです。ユジンに全部話しますから<u>帰って下</u>
　　　　　　　<u>さい</u>」　　(冬4-95)
12) ウェイター「知ってるんですか?セナを?」
　　ホテ　「そりゃ知ってるさ。俺が5年間食わして寝かしてやったんだか
　　　　　らな……」

ウェイター「嘘言わないで<u>下さいよ</u>！この子、最近超売れっ子の歌手
　　　　　　なんですから」
웨이터「<u>뻥치지 말아요</u>! 얘가 요즘 얼마나 뜨는 가순데요」
ホテ「売れた?」(美 368)


13) ソンチュン「しまえ！」
　　ミミ　「<u>受け取って下さいな</u>。もう社長が子供たちのためにしてあげら
　　　　　れることと言ったら、これくらいでしょう?」
　　미미「<u>받아주세요</u>. 이제 사장님이 자식들을 위해 할 수 있는 일이라곤
　　　　이거뿐이잖아요」
　　ソンチュン「(血圧が上がり)持って帰れ！」(美 402)


　위의 예12), 13)의 경우는 「~ください」 형에 「「よ」 「な」가 공기共起함으로
써 약간 강요하는 느낌을 나타내는 명령표현이라 말할 수 있겠다.


## 5) 「(お)~ください」 형

　일본어의 경우, 「(お)~ください」 형은 예14)와 같이 총22예가 나오고 있다.
이는 가장 정중한 명령표현이라 할 수 있는데 이는 한국어의 「해요체」에 해당
한다.


14) ミンチョル「何してるの。たつんだ！」
　　ヨンス「嫌です」
　　ミンチョル「(！)」
　　ヨンス「お話が終わったのなら、<u>お帰り下さい</u>」
　　연수「하실 얘기 다했으면 <u>가세요</u>」
　　ミンチョル「(ヨンスを睨みつける」(美 235)


　위의 예14)의 경우는 연수가 실장인 민철에게 할 얘기 다했으면 그만 돌아가
달라고 다소 냉랭하게 말하는 장면으로 직장 내에서의 상사이며 그리 친하지
않은 관계이므로 정중한 명령표현을 사용하고 있다.

## ② 한국어와 일본어의 부정의 명령표현

부정의 명령표현은 화자가 청자에 대해서 어떤 동작이나 상태를 행하지 않도록 요구하는 표현으로 금지의 표현이라고도 한다. 여기에서는 형태적으로 「동사의 사전형＋な」형, 「～ないで」형, 「～ないでください」형으로 3분류하여 한국어와의 비교를 통해 각각의 형태에서 나타나는 행동전개표현에 대해 고찰해 보기로 한다.

### 1) 「동사의 사전형＋な」형

| 일본어 | | 한국어 | |
|---|---|---|---|
| 동사의 사전형＋な | 61 | (지)마 | 70 |
| 동사의 사전형＋なよ | 9 | | |

일본어의 경우, 위의 표에서 알 수 있듯이 「동사의 사전형＋な」형으로 쓰인 경우는 예15)와 같이 총70예 중 61예, 「동사의 사전형＋なよ」형은 예16)과 같이 9예가 쓰이고 있는데 이에 해당하는 한국어는 모두 「(지)마」에 해당한다.

15) イナ「どんな様子だ?」
　　サング「まだ、意識は戻らないけど、医者の話だと、峠は越したそう
　　　　　　だから心配するな。イナ、また連絡する……」(オール　345)
　　상구「아직 안 깨어났다. 그래도 의사의 말론 위험한 고비는 넘겼다니
　　　　까 (너무)걱정마, 인하야. 그럼 또 연락할게」

위의 예15)의 경우는 동사의 원형에 「な」를 접속하는 선형적인 부정의 명령표현이라고 볼 수 있다.

16) イナ「(デスの顔を見据えて)　ジョンエは俺のダチだ。ジョンエを泣か
　　　　すなよ」

> 인하「(대수 가까이 얼굴을 맞대고)정애 내 친구다. 정애 눈에서 <u>눈물빼</u>
> 　　<u>지 마라</u>」
> デス「(顔が強張る)」
> イナ「(ジョンエを見て)　結婚おめでとう！」
> ジョンエ「(涙がすうっと流れ落ちる)」
> テジュン「めでたい日になんで泣くんだ。<u>泣くなよ</u>」
> 태준「기쁜 날 왜 우냐. <u>울지마</u>」
> サング「幸せになれよ」(オール　456)

위의 예16)의「동사의 사전형＋なよ」형은「동사의 사전형＋な」형보다 상대방으로 하여금 지금하고 있는 행동을 또는 앞으로 하지 말 것을 부드럽고 완곡하게 요구하는 표현이라고 말 할 수 있다.

## 2)「～ないで」형

| 일본어 | | 한국어 | |
|---|---|---|---|
| ～ないで | 67 | (지)마 | 31 |
| | | (지)말아요 | 36 |
| ～ないで＋ね | 2 | (지)마 | 8 |
| ～ないで＋よ | 6 | | |

일본어의 경우, 위의 표에서 알 수 있듯이「～ないで」형은 총75예 중 67예로 가장 많이 쓰이고 있는데 이에 해당하는 한국어는 예17)과 같이「(지)마」(31／67)와 예18)과 같이「(지)말아요」(36／67)에 해당한다. 반면,「～ないで＋ね」형은 예19)와 같이 2예,「～ないで＋よ」형은 예20)과 같이 6예가 쓰이고 있는데 이는 주로 여성들 사이에 쓰이고 있으며 이에 해당하는 한국어는 모두「(지)마」에 해당한다.

> 17) ユジン「ありがたくいただくわ。そうだ、お母さんが今日の五時に到
> 　　着することになってるの」

ジンスク「<u>心配しないで</u>。ヨングクと私で迎えにいくから、しっか
り仕事終えてきて」(冬1-200)
진숙「<u>걱정 마</u>. 용국이랑 만나서  모셔 올테니 너나 잘 하고 와」

　위의 예17)의 경우는 유진이 친구인 진숙에게 엄마가 5시에 도착하니 모셔오
라고 부탁하자 알았으니 걱정하지 말라는 부정의 명령문을 취하고 있지만 친한
친구지간(교우관계)이므로 「～ください」를 생략한 표현이라고 할 수 있다.

18) イナ「<u>尻尾だって?ハハハ</u>」
　　スヨン「<u>笑わないで</u>。しゃくにさわってしかたないんですから」
　　수연「<u>웃지 말아요</u>. 속상해 죽겠는데」
　　イナ「(スヨンのヒップを見ようとして)どれどれ」(オール　145)

19) スヨン「初めて会った時のイナさんは、そんな感じでした。すごく荒々
　　　　　しい人だったのに、私にはとても寒そうで寂しそうに見えまし
　　　　　た」
　　マリア「でも、二人はジバゴとララのように悲しい<u>恋はしないで</u>ね」
　　마리아「그래도. 두 사람은 지바고하고 라라처럼 가슴 아픈 <u>사랑하지마</u>」
　　スヨン「(マリアを見て、笑みを浮かべる)(オール　128)

20) ヨンス「(心が痛んで)それじゃ、高校も卒業できなかったの?」
　　セナ「そんな<u>顔しないで</u>よ！むかつくから！」(美　57)
　　세나「그런 <u>얼굴 하지마</u>! 비위 상하니까!」

## 3) 「～ないでください」 형

| 일본어 | | 한국어 | |
|---|---|---|---|
| ～ないでください | 35 | (지)마세요 | 28 |
| | | (지)말아주세요 | 7 |
| ～ないでください＋よ | 2 | (지)마세요 | 2 |

　　일본어의 경우, 위의 표에서 알 수 있듯이 「～ないでください」형은 총37예 중 35예로 가장 많이 쓰이고 있는데 이에 해당하는 한국어는 예21)과 같이 「(지)마세요」(28／35)와 예22)와 같이 「(지)말아주세요」(7／35)에 해당한다. 또한 「～ないでください＋よ」형은 예23)과 같이 2예가 쓰이고 있는데 이에 해당하는 한국어는 모두 「(지)마세요」에 해당한다.

21) ユジンの母「ユジン、ユジン……。どうしたのかしら」
　　　ヒジン「きっと来るわよ」
　　　チヨン「心配しないでください。何事もありませんよ」
　　　지영「(너무)걱정하지 마세요. 무슨 일이야 있겠어요」
　　　ジヌ「そうですよ。落ち着いて、もう少し待ってみましょう。サンヒョク」(冬1-213)

　　위의 예21)의 경우는 엄마와 유진친구들이 대화하는 장면으로 친구인 지영이 유진엄마에게 걱정하지 말라고 하는 장면으로 손윗사람이므로 정중하게 부정명령문인 「～ないでください」를 사용하고 있다.

22) ソンジェ「(！)」
　　　ヨンス「今後、うちのセナには会わないでください」
　　　연수「앞으로 우리 세나 만나지 말아 주세요」
　　　ソンジェ「……」(美 110)

23) ジョング「そんな、とんでもない！何言ってんだ。イナと俺は潔白だ!」
　　　テジュン「寝ぼけたことを言わないで下さいよ。すでに二人をターゲットにして捜査に入ったのに、たやすく無実が証明できるとおもってるんですか」(オール189)
　　　태준「답답한 소리 좀 하지 마십시오! 벌써 두 사람을 타겟으로 놓고 수사가 들어갔는데 무죄 증명하기가 쉬운 줄 알아요!」

### ③ 한국어와 다른 일본어의 명령표현

명령표현에 있어서 한국어의 경우는 명령형 종결어미 「-게, -오, -(으)라, -아라／-어라, -아／-어, -(으)세요, -(으)십시오」의 전형적인 형식을 취하고 있다. 반면 일본어의 경우는 이상에서 살펴본 전형적인 명령표현 즉, 동사의 명령형, 「(お)～なさい」형, 「～て」형, 「～てください」형과 「(お)～ください」형 이외에도 다음의 예25)~예28)과 같이 형태적으로는 「～たほうがいい」「～たら」「～ば」의 형식을 취하고 있을지라도 의미적으로는 명령표현이라고 볼 수 있다. 이는 한국어와 전혀 다른 양상을 띠고 있다고 말할 수 있는데 이는 향후 보다 많은 자료를 통해 연구 분석해 갈 필요가 있다고 생각한다.

> 24) ドファン「ジョンミンだったか、チョ議員の娘が、ジョンウォンを気に入ったようなんだ。あちら立てればこちら立たずて、どうしたらいいもんやら……」
> ヘソン「事がもっと大きくなる前に、<u>けじめをつけたほうがいいでしょうね。</u>」
> 혜선「일이 더 커지기 전에 <u>정리하는게 좋겠어요</u>」
> ドファン「今はチョ議員の協力がなんとしても必要なのに、けじめをつけられるか。それで幕を下ろすには、今回のビジネスはでかすぎる。」(オール 448)

위의 예24)의 경우는 도환과 그의 아내 혜선이 자식인 정원의 혼사문제로 대화하고 있는 장면으로 「～たほうがいい」라는 행동전개표현에 있어서의 충고 내지는 조언표현을 사용하고 있다. 그러면 이와는 다른 - 형태적으로는 충고·조언표현의 유형을 취하고 있을지라도 의미적으로는 명령표현에 해당하는 다음의 예25)를 살펴보자.

> 25) ジョンウォン「(声)中文カジノの株主たちに会いに行っていると聞きました。」

ジニ「……」

ジョンウォン「(声)<u>無駄な努力</u>はやめたほうがいいですね。すでに終っ
たゲームです。」

정원「<u>괜한 수고하지 말아요</u>」

ジニ「……」

ジョンウォン「(声)これ以上、株主に会ったところで、ジニさんが惨め
になるだけでしょう。<u>静かに身を引く準備をしたほうが
いいですよ</u>。これはジニさんのためを思う僕の最後の心
配りです。」

정원「<u>조용히 정리하고 떠날 준비하세요</u>」(オール 308)

위의 예25)의 경우는 정원과 진희가 대화하고 있는 장면으로 형태적으로는
충고·조언표현의 유형을 취하고 있을지라도 의미적으로는 명령표현에 해당
한다. 이와 같이「〜たほうがいい」가 명령표현을 나타내듯이 형태적으로는 가
정내지는 조건을 나타내는「〜たら」「〜ば」의 형식이 의미적으로는 명령표현
에 해당하는 다음의 예26)〜예28)을 살펴보자.

26) ナレ「来たわね?」

ヨンス「寒いのに、出て来ないでってば」

ナレ「(ヨンスを横にひっぱっていき)ねえ、どう考えてもこれは違う
と思うの。虎の穴に飛び込む前にも<u>う一度考え直してみたら</u>」

나래「<u>다시 한번 생각해 봐</u>」

ヨンス「何を考え直すのよ?」(美 34)

27) ミンチョル「ほんとうか?ほんとうにお前が絵を描いて金を稼いだって
いうのか。」

ミンジ「そうだってば!信じられないんなら、(ヨンスを指して)<u>訊い
てみれば!</u>」

민지「<u>그렇다니까! 못 믿겠으면(연수를 가리키며)물어봐!</u>」

ミンチョル「ほんとうに?」(美 131)

28) ソンジェ「これからは、いつもこいつが見守ってるから、足がつった
　　　　りはしないよ。(猫をとんとん弾きながら) ニャ〜ン！」
　　ヨンス「(携帯電話にぶら下がった猫を見ながら笑みを浮かべている
　　　　　　と、携帯電話が鳴る。びっくりする)」
　　ソンジェ「取れば！」
　　선재「받아봐요!」
　　ヨンス「(背を向けて小声で)もしもし」(美 151)


## 맺음말

　이상, 행동전개표현 중 명령표현에 대해서 형태적인 특징을 정리하고, 또한
기존의 연구를 바탕으로 일본어의 명령표현에는 어떠한 형태적인 특징이 있으
며 실생활의 대화에서 명령의미 이외에 어떠한 의미를 나타내는지에 대해서
한국어와의 비교대조를 통해 간단히 살펴본 결과 다음과 같은 결론을 얻을
수 있었다.

　먼저, 긍정의 명령표현의 경우, 일본어는 동사의 명령형으로 쓰인 경우 모두
한국어의 「해체」에 해당한다. 동사의 명령형이 가장 많은 것은 작품의 특성상
폭력적인 작품이며, 남성들의 대화가 많기 때문이라고 볼 수 있다. 「〜なさい」
형은 모두 한국어의 「해체」에 해당한다. 「(お)〜なさい」형은 동사의 명령형보
다 다소 강압적인 느낌이 덜하고 화자의 청자에 대한 배려를 얼마간 느낄 수
있는 표현으로 다소 거친 듯한 느낌은 있지만, 윗사람이나 친밀감이 없는 상대
에게는 그다지 사용하지 않는다. 「〜て」형은 한국어의 「해요체」와 「해체」에
해당한다. 「〜て」형과 같은 명령표현은 주로 남성이 사용하는데 만약 여성이
사용할 경우에는 「〜て」형에 종조시 「ね」를 붙여 부드러운 의뢰표현을 하든
지 아니면 간접적인 명령으로 강요하는 인상을 주는 것보다 화자가 상대방에
게 취사선택을 할 수 있도록 의사를 묻는 형식을 취하는 경우가 대부분이다.
「〜てください」형은 「〜てください＋よ」형이나 「〜てください＋な」형에
비해 훨씬 많이 쓰이고 있는데 이는 모두 한국어의 「해요체」에 해당한다. 「〜

てください」 형은 「(お)~なさい」 형보다 더 정중한 명령표현으로 내적관계에서나 외적관계에서나 윗사람인 경우에 사용하는 경향이 있다. 또한 처음 만난 사람이나 친한 관계에서 갑자기 소원해져 있는 상대에게 다소 거리감을 갖고 말할 때 주로 사용한다. 또한 「~てください」 형이 청자가 행동의 결정권을 가지고 발화되는 경우를 볼 수 있었다. 이와 같은 조건에서는 의뢰내지는 권유표현으로 선행 연구에서는 나타나지 않았던 「~てください」 형의 문맥이 명령과 의뢰의 접점을 형성하고 있다는 것을 말해주는 것으로서 형태적인 구분보다는 문맥의 흐름과 여러 조건하에서의 분류가 병행되어야 한다는 필요성을 새롭게 인식시켜 주었다고 본다. 이와 같은 맥락에서 기존에는 주로 명령표현으로 다루어졌던 「~て」 형도 의뢰표현을 나타낼 수 있다는 것을 확인하였다. 「(お)~ください」 형은 가장 정중한 명령표현으로 이에 해당하는 한국어는 「해요체」에 해당한다.

부정의 명령표현의 경우, 일본어는 「동사의 사전형＋な」 형으로 쓰인 경우 모두 한국어의 「(지)마」에 해당하며 「~ないで」 형은 한국어의 「(지)마」와 「(지)말아요」에 해당한다. 반면, 「~ないで＋ね」 형과 「~ないで＋よ」 형은 주로 여성들 사이에 쓰이고 있는데 이는 모두 한국어의 「(지)마」에 해당한다. 「~ないでください」 형은 한국어의 「(지)마세요」와 「(지)말아 주세요」로, 「~ないでください＋よ」 형은 한국어의 「(지)마세요」에 해당한다.

또한, 일본어는 이상에서 살펴본 전형적인 명령표현 이외에도 「~た ほうが いい」 「~たら」 「~ば」의 형식을 취하고 있을지라도 의미적으로는 명령표현이라고 볼 수 있었는데 이는 기존에는 언급되지 않았던 새로운 사실로 한국어와는 전혀 다른 양상을 띠고 있다고 말할 수 있다. 이에 대한 명확한 결론은 보다 많은 자료의 검토가 뒷받침되어야 가능할 것으로 여겨진다.

# 06 칭찬표현과 그 응답표현에 나타난 한일 언어행동 비교

김명지

## 들어가는 말

미국의 산업 자본가였고 후대에 '강철왕'이라 불리는 위대한 인물 카네기 (Carnegie, Andrew)는, 그의 유명한 지침서 「인간관계지도론」에서 타인의 호감을 얻는 방법 중 하나로, '진심에서 우러나는 칭찬을 하는 것'이라고 했다. 그리고 사람을 변화시키는 방법 중 하나로 '칭찬으로 시작하라'고 지적하고 있다.

칭찬이란, 긍정적 평가와 호감을 나타내어 대인관계를 원만하게 하고 돈독히 하는 인간사회의 중요한 언어운용의 규칙으로 작용하며 모든 언어사회에서 행해지고 있다.

여기서는 칭찬표현과 그에 대한 응답표현인 칭찬응답표현을 하나의 연쇄행위(action chain)로 간주하여, 한국과 일본이라는 서로 다른 언어 공동체에서 칭찬표현과 칭찬응답표현이 어떻게 행해지고 있는지 살펴본 후, 그 밑바탕에는 각각의 다른 언어행동이 기저에 있음을 밝히고자한다.

　　즉, 칭찬표현과 칭찬응답표현이 언어와 문화가 다른 한국과 일본이라는 사회에서 어떻게 나타나는지 비교문화적 관점에서 분석해보고, 서로 다른 사회문화적 가치와 정서적인 차이, 그리고 언어의 기능에 기인한다는 사실에 초점을 두고자 한다.


## ▌1　칭찬이란


　　'칭찬'에 대한 연구는 영어교육에서 시작된 만큼, 영어권에서 '칭찬'에 대한 개념을 내린 사람으로 널리 알려진 홈즈(Holmes, 1988b : 446)정의를 살펴보면 다음과 같다.

　　「칭찬은 화자보다 그 누군가에게 화자와 청자가 긍정적으로 평가하는 어떤 좋은 점(소유물, 성격, 솜씨, 기타 사항)에 대해 명시적으로 혹은 암시적으로 그 가치를 돌리는 발화 행위이다.」

　　이 개념에 의하면 '칭찬'은 화자와 청자 양쪽 모두 어떤 좋은 점의 가치를 인정하는 발화 행위로, 인사나 겉치레 등의 형식적인 칭찬 발화는 그 범주에 포함시키지 않으며, 성의를 갖고 좋은 점의 가치를 평가하고 인정하는 실질적인 칭찬 발화 행위를 '칭찬'의 개념으로 보고 있다.

　　또한 홈즈의 정의를 기초로 고다마小玉(1996:59-67)칭찬의 개념에 대해 다음과 같이 정의하고 있다.

　　「'칭찬하다'라는 언어행위는 화자가 청자나 청자의 가족이나 그와 비슷한 관계에 있는 사람에 대해, 청자를 기분 좋게 하는 것을 전제로, 명시적으로 혹은 암시적으로 긍정적인 평가를 내리는 행위이다.」

　　대체적인 문화권의 정의를 집약하자면, 어떤 언어 사회에서나 공통적으로 '칭찬하다'라는 발화 행위는 상대의 좋은 점을 인정하고 그것을 좋게 표현하는 것임을 알 수 있다는데, 주목할 점은 고다마는 화자와 청자 이외에 제 3자에 대한 칭찬까지 포함한 것이다. 여기서는 고다마가 정의한 것에 기본적으로 동의하여, 보다 넓은 대상을 칭찬표현의 화제로 삼고 '평가'의 유형을 칭찬표현

유형으로 포함하고자 한다.

또한, 여기서는 가와구치외川口他(1996)가 표현의도에 따라, 경의敬意가 있느냐 없느냐에 따라 '실질적 칭찬(実質ほめ)'과 '형식적 칭찬(形式ほめ)'으로 나누어 분류한 것에 대해서도 기본적으로 동의하여, 여기까지를 칭찬표현을 유형화할 때 고려하는 범주로 삼고자 하는데, 이들의 정의에 의하면 '실질적 칭찬(実質ほめ)'이란 정말로 칭찬하고 싶고 그 기분을 상대에게 전달하려고 하는 감정·의지 전달의 성격을 갖고 있는 칭찬표현을 일컫고, '형식적 칭찬(形式ほめ)'이란 칭찬하는 것 자체에 표현의도가 없이 다른 뜻 - 환심을 사려거나, 발화를 전개시키기 위해서 - 이 작용하여 표현하는 것을 말한다.

## 2 선행연구 및 연구동향

### ① 선행연구

칭찬표현은 발화행위 이론[1](speech acts theory)에서는 '표현행위'로, Brown & Levinson(1978, 1987)의 공손 이론(politeness theory)에서는 '적극적 공손전략(positive politeness strategies)'의 하나로 간주되었다. 그러므로 칭찬화행연구를 고찰하기에 앞서 먼저, 발화행위 이론(speech acts theory)과 공손 이론(politeness theory)에 관한 연구 배경을 검토할 필요가 있다. 그리고 칭찬 응답표현에 있어서의 그 연구 배경을 검토하고자 한다.

먼저, 발화행위 이론에서는 언어를 행위의 한 형태로 보고 일상적인 언어들이 현실에 대해 어떠한 통찰력을 제공할 수 있는지를 분석하고 있다. 이 이론은 사람들이 언어를 사용할 때 무엇을 하는가라는 문제에 초점을 맞추기 때문에 담화 연구에 강력한 영향을 끼쳐왔다. 그러므로 이 이론에서는 사람들이 어떻게 약속하기, 요구하기, 사과하기, 감사하기, 거절하기, 칭찬하기 등과 같은 언어 행동을 수행하는지를 연구함으로써 사회언어학적 문제들을 살펴보고 있으며, 또 두 문화간의 언어가 접촉할 때 대화자들 사이에서 일어나는 의사소통의

1·
발화행위이론이란, 언어를 행위의 한 형태로 보고, 일상적인 언어들이 현실에 대해 어떠한 비젼을 제공할 수 있는지를 분석하고 있다. 또, 두 문화간의 언어가 접촉할 때 대화자들 사이에서 일어나는 커뮤니케이션의 문제를 다루기 위한 연구를 해오고 있나.

**2 •**
발화수반행위 (ilocutionary act) -발화문을 생성함으로써 화자가 청자의 믿음이나 태도를 변화시키고자 하는 행위로 약속이나 감사, 명령과 같은 행위이다.

**3 •**
(ㄱ) 단언행위(assertives) -화자가 주장이나 진술 등을 하며 명제의 진리치에 위임하는 행위로 단언하기나 결론짓기 등이 있다.
(ㄴ) 지시행위(directives) -화자가 청자로 하여금 무엇인가를 하도록 명령하거나 요청하는 행위로 명령하기, 요구하기, 질문하기 등이 있다.
(ㄷ) 위임행위(sommissives) -화자로 하여금 어떤 미래의 행동을 취하게 하는 행위로 약속하기, 제의하기, 위협하기 등이 있다.
(ㄹ) 표현행위(expressives) -화자의 심리적 상태를 표현하는 행위로 감사하기, 사과하기, 축하하기 등이 있다.
(ㅁ) 선언행위(declarations) -사회적 사실을 선포하는 행위로 제도적 상태 속에서의 즉각적 변화에 영향을 끼친다. 결혼행위나 명령하기, 직장에서의 해고 등이 여기에 속한다.

문제를 다루기 위한 연구들이 활발하게 진행되어 왔다.

이 가운데 Searle(1969)의 연구는 가장 일반적으로 사용되는 것으로, 그는 발화행위(speech act)라는 용어를 도입 전개, 발전 시켰고, 발화 수반 행위[2]를 5가지 범주로 분류하였다.[3] 이 가운데 칭찬 표현은 발화수반 행위 중 '표현류(expressives)'에 속한다.

또한, 발화행위이론의 공통적 관심사 중 하나는 「politeness(공손성)」이다. 공손성은 각 사회문화권의 규범과 기대에 따라, 다른 사람과의 상대적 관계를 의식해서 나타나는 예절로, 대부분의 사회에서 나타나는 보편적인 현상이다. 이와 관련해서는 Brown & Levinson(1978, 1987)의 연구가 대표적으로, 그들의 기본적인 관점은 인간은 커뮤니케이션의 과정에서 face(체면)에 대한 욕구를 가지고 있는 존재라는 것이다. 여기서 체면(face)이란, '공적으로 주장하고 싶은 긍정적인 자아 이미지(public self-image)'라고 정의하고 있는데, 그들은 체면을 두 가지 유형으로 구별하였다. 하나는 적극적인 체면(positive face)이고, 다른 하나는 소극적인 체면(negative face)이다.

이러한 적극적 체면과 소극적 체면을 위협하는 체면위협행위(FTA)[4]는 발화 중에 끊임없이 발생하며 그것을 회피하거나 경감시키기 위한 체면유지 기술의 방법으로 사용하는 것이 '적극적 공손 전략(positive politeness strategies)'과 '소극적 공손 전략(negative politeness strategies)'이다.[5]

이 가운데 칭찬화행은 '적극적 공손 전략(positive politeness strategies)' 중 하나라고 할 수 있는데, 그것은 칭찬화행의 핵심도 화자가 상대방의 기분이나 이익을 배려하여 원만한 인간관계를 유지하고자 하는 언어적 전략이기 때문이다.


### ② 연구 동향

칭찬표현에 관한 연구는 1970년대 후반부터 80년대 후반에 걸쳐 미국의 응용언어학자들을 중심으로 '칭찬(compliment)'에 관한 연구로 시작되었다. 이 연구는 Wolfson[6]을 중심으로 어떤 문화권에서 일어난 실제의 발화를 '누가,

언제, 어디서, 누구에 대해, 어떠한 내용의 발화를 했는가'라는 발화 규칙에 맞추어 기록 수집하는 방법으로 실제 발화 속에서 칭찬 표현 자료를 이끌어 내는 방법으로 연구되었다. 그리고 현재는 미국의 인류언어학자 허버트(Herbert)[7]와 뉴질랜드의 응용언어학자인 홈즈(Holmes)[8] 등에 의해 분석적인 연구가 진행 중이다.

일본어의 칭찬 표현에 관한 연구에는 마루야마丸山(1996)가 남성과 여성의 성별에 따른 칭찬 화행을 일본인 대학생을 중심으로 사회언어학적 측면에서 분석하였다. 이 연구에서 칭찬은 대화자가 동성同姓일 때 받아들여지기 쉬우며, 대화자간의 지위가 다를 경우 칭찬표현은 그다지 발생하지 않고, 소유물이나 외모에 대해서는 칭찬표현을 하기 쉬우나 능력이나 성격에 대해서는 칭찬표현이 어렵다고 했다.

가와구치외川口他(1996)는 대우표현으로써 칭찬 수행을 실질적 칭찬과 형식적 칭찬으로 분류하여 연구하였다. 이들은 상대에 관한 것을 진심으로 좋게 말하고 그 기분을 상대에게 전달하기 위해 마음 속 깊이 우러나는 높은 평가를 '실질적 칭찬'이라 하였고, 상대와 대화를 발전시키기 위해서나 어떤 부탁을 하고 싶을 때, 말하기 어려운 것이나 비판 등을 할 때, 먼저 상대와의 적극적인 호의적 관계를 나타내기 위해 표현하는 것을 '형식적 칭찬'이라고 하였다.

또, 다나베田辺(1996)는 일본어와 영어에 있어서의 칭찬표현을 민족성과 문화에 귀결시켜 연구하였고, 오타키大滝(1996)는 일본어와 독일어의 칭찬표현에 대해 언어습관이나 인간관계 등과 결부시켜 대조 고찰하였다.

그 밖에 칭찬의 응답에 초점을 맞추어 연구한 것으로는 요코다横田(1985)와 데라오寺尾(1996)등이 있다.

한편, 국내에서의 칭찬표현에 대한 연구로는 한Han(1992)이 교차문화적 시각에서 한국어와 영어에서의 응답행위를 분석하였고, 김현정(1996)은 영어 모어 화자와 한국어 모어 화사, 한국인 영어 학습지를 대상으로 친밀도, 성별, 지위의 세 가지 사회적 변수를 매개로 하여 연구하였다. 또, 김경석(1993)은 칭찬표현에 있어서 미국, 영국, 남아프리카, 뉴질랜드 영어 화자의 구문적 특징과 반응 유형, 칭찬 소재 등을 대조 분석하였고, 백경숙(1998)은 사회언어학 분야에서 영어와 한국어의 응답전략을 비교 고찰 하였다.

**4·**
체면위협행위(face threatening act)라는 것은, 한 사람이 다른 사람의 자아상에 방해가 되는 행동을 하는 것으로, 예를 들어 요청을 거절하거나 누군가를 꾸짖거나 나무라는 것과 같은 말을 통하여 상대방의 적극적 체면이나 소극적 체면을 위협하는 행위를 말한다.

**5·**
Goffman(1956)은 사회적 상호작용(social interaction)에 참여하는 모든 사람들은 politeness를 통해 공격적인 요소를 완화시키고 서로의 의사소통을 가능하게 할 수 있다고 하였다. 인간에게는 인정받고자하는 욕구와 간섭받지 않으려는 욕구가 있는데, 인정받고자하는 욕구를 '적극적 체면(positive face)', 방해받지 않으려는 욕구를 '소극적 체면(negative face)'이라고 하였다. 이러한 두 가지 유형의 체면을 위협하는 체면위협행위(FTA)는 담화 상황에서 어쩔 수 없이 행해지는데, 이때 체면 유지 기술로 사용하는 것이 '적극적 공손 전략(positive politeness stagies)'과 ; '소극적 공손 전략(negative politeness strategies)'인 것이다.

**6·**
Wolfson(1983)은 미국 문화권 안에서 칭찬표현이 수행될 수 있는 적절한 상황을 대체적으로 친밀한 사이에서나 지위나 나이가 동등할 때 빈번하게 일어날 수 있다고 하였다. 그리고 지위나 나이가 동등하지 않을 경우에는 지위가 높은 사람이 낮은 사람에게, 나이가 많은 사람이 적은 사람에게, 남성보다는 여성이 칭찬을 많이 하고 칭찬을 받는 빈도 또한 더 높게 나타난다고 분석하였다.

**7·**
Herbert (1990)는 미국 영어 화자와 남아공 영어 화자의 칭찬 수행의 차이점을 분석하였다. 이 연구에서 영어 모어 화자는 칭찬 수행에 있어 매우 높은 빈도를 보이며 그 기능에 있어서도 대인관계의 유대감을 형성하는 것에 치중하는 반면, 남아공 영어 화자의 경우는 칭찬 수행에 낮은 빈도를 보였으며 찬사의 기능에 치중하고 있다는 결과를 밝혔다.

**8·**
Homels(1998)는 칭찬은 복잡한 기능을 수행하는 화행의 하나라고 보고, '체면'의 개념과 관련지어 정리하였다. 그는 칭찬이란, 청자의 적극적 체면을 높여주며 사회적 유대감을 강화시켜 주고, 칭찬

또한, 한국어 모어 화자와 일본어 모어 화자를 대상으로 김영주(2002)가 대조 고찰한 연구가 있고, 송영미(2003)는 발화행위 이론을 이론적 배경으로 하여 한국어와 일본어의 칭찬표현에 대한 대조 연구를 담화 완성테스트를 분석 방법으로 이용해 그 표현상의 차이를 연구하였다.

이와 같이 각 언어 사회의 칭찬표현에 대해서 대조 연구측면에서 이루어져 왔으나, 한국어만의 칭찬표현 유형에 관한 연구는 없다고 보여져, 아직 한·일 칭찬표현 비교연구는 미흡한 형편이다. 그러므로 한국인의 언어행동을 반영한 칭찬표현의 유형적 연구가 필요하다고 본다.

## **3** 칭찬표현에 의한 한일 언어행동 비교

칭찬표현이라는 것의 범주를 살펴보기 위해서는, 그 유형을 정해서 파악하는 연구방법이 있겠는데, 여기서는 다나베(1996)가 분류한 '칭찬 행위의 단계적 유형'을 기본으로 하여 재구성해 보았다. 다나베는 크게 5가지 범주로 보고 있으나, 여기서는 '미래 칭찬형'이라는 새로운 범주를 개인적으로 덧붙여 세분화한 6가지 범주로 나눠서 재구성해 보았다. '미래 칭찬형'이라는 새로운 유형을 설정한 이유는 '직접 칭찬형'과는 달리 칭찬의 대상과 의미가 미래에 행해질 행위에 대한 기대를 나타내기 때문이다.

칭찬 표현의 단계적 유형 분류와 각각의 해당하는 예문은 다음의 <표1>과 같다. 또한 한국어와 일본어의 칭찬표현 분석결과, 각 범주의 출현 빈도를 백분율로 나타내면 다음의 <표2>와 같다.

<표1> 칭찬 표현의 유형 분류

| 범 주 | 예 문 |
|---|---|
| **Ⅰ. 감정 표명형**<br>　1. 감정<br>　2. 관심 | 멋있다!　예쁘다!　귀엽네!<br>어머, 너 영어실력이 좋구나. |
| **Ⅱ. 인지, 평가형**<br>　1. 인정<br>　2. 동의<br>　3. 평가 | 네가 만들어서 그런지 스파게티 맛이 괜찮군.<br>그래, 좋은 생각이다. 난 전적으로 동감이야.<br>오늘 프리젠테이션은 짧고 명료해서 꽤 좋았어. |
| **Ⅲ. 직접 칭찬형**<br>　1. 칭찬<br>　2. 권유 | 지은씨, 정말 훌륭한 기자회견이었습니다.<br>잘하는데 한 곡만 더 불러봐. |
| **Ⅳ. 미래 칭찬형**<br>　1. 격려<br>　2. 의뢰<br>　3. 질문<br>　4. 기대 | 너 정도면 다음엔 꼭 성공 할꺼야.<br>오빠 연줄 좀 빌릴까 하는데, 나 좀 밀어 줄 수 있어?<br>경은씨의 전문가적인 시각에선 어떤 것이 나아요?<br>재미있겠는걸, 기대 할께요. |
| **Ⅴ. 사교 의례형**<br>　1. 축하<br>　2. 인사<br>　3. 윤활유적 말 | 결혼 축하드려요!<br>이렇게 만나 뵈어서 제가 영광이죠.<br>요전보다 건강해 보이세요. |
| **Ⅵ. 간접 칭찬형**<br>　1. 겉치렛말<br>　2. 자기, 타인 비하 | (아부의 말투) 과장님 그렇게 하시니 톰 쿠르즈 닮았네요!<br>난 안되는데, 넌 타고난 머리가 있잖아. |

화행 앞이나 뒤에 오는 체면 위협 행위(FTA)를 감소시키는 역할을 해 준다고 하였다. 그리고 칭찬은 다른 화행과 함께 많이 쓰이며, 이때 칭찬을 다른 화행의 기능을 강조해 줄 수 있다고 하였다.

<표2> 한국어와 일본어의 칭찬표현 분석결과 각 범주의 출현빈도

| 범 주 | 한국어 | 일본어 |
|---|---|---|
| Ⅰ. 감정 표명형 | 13.2% | 25.2% |
| Ⅱ. 인지, 평가형 | 28.4% | 31.2% |
| Ⅲ. 직접 칭찬형 | 37% | 26% |
| Ⅳ. 미래 칭찬형 | 3% | 2% |
| Ⅴ. 사교 의례형 | 9.2% | 9.6% |
| Ⅵ. 간접 칭찬형 | 8% | 5.6% |

<표1>에서 설정한 칭찬표현 유형분류에 의하여 드라마와 영화 시나리오를 분석 자료로 그 예문을 조사한 결과를, 한국어와 일본어의 칭찬표현의 6가지 유형별로 비교 분석해보면 다음과 같다.

첫째, '감정 표명형'에서 일본어가 한국어보다 빈도가 높았는데, 일본어는 표현형식으로 감탄사를 많이 취하고 있었다. 사키야마崎山(1992 : 4-11)는 감탄사로 표현되는 형식의 기능은, 먼저 발신자에게 초점이 주어져 화자의 직접적인 표현이 되고, 나아가 수신자에게 초점을 맞추려는 의도로 상대에게 다가가거나 혹은 상대를 대화에 유도하는 언어행동의 한 방책이 되는 것이라 하였다. 또한 오타키(1996 : 43-49)는 화자가 담화에 있어서 청자와의 관계를 타자 의존적인 언어사용 관계로 인식한 결과로 설명했는데, 일본인의 공감대를 형성하려는 언어행동의 특성이라 하였다.

1) 감정 : <u>すごくゴージャス</u>なところに住んでるね。　(*冷静と情熱のあだ*)
2) 관심 : あれ、<u>いい匂い</u>。なんか作った?　　(ビューテイフルライフ)
3) 감정: 와~! <u>너무 멋져</u>!　　　　　(풀하우스)
4) 관심: 와, <u>맛있겠는데</u>?　　　　　(가을동화)

둘째, '인지, 평가형'의 '평가'하는 칭찬표현 유형은 한국어가 보다 많았는데, 한국인은 상대에 대한 사적인 관심이 높고, 그 심리를 자신이 생각한 표현을 사용하여 자세하고 좋게 표현해주는 것을 상대에 대한 친근감으로 생각하기 때문인 것 같다.

5) 평가: '한밤의 팝세계'에 대한 <u>제 평가는요</u>, 솔직하게 말씀드려서, <u>정말로 탁월하세요</u>.　　　　　(국화꽃 향기)
6) 평가: <u>いいと思います</u>。*遊び心*があって*新鮮*だし、モデルにも似合ってます。　　　(ビューテイフルライフ)

반면, 송영미(2003)는 일본인은 청자중심으로 인정하거나 객관적인 표현을 사용하여 칭찬하는 표현을 선호한다고 하였는데, 이것은 상대의 좋은 점을 인지하고 표현하는 것에 그치므로, 상대적으로 부담을 덜 느끼고 많이 사용하는

표현유형일 것이다. 스즈키鈴木(1989 : 58-67)는 일본인은 '청자의 사적영역(聞き手の私的領域)'에 대해서 발화하는 것을 회피하는 경향이 있다고 언급하였다. 그것은 청자에게 불쾌감을 주어 정중하지 못하다는 인상을 줄 우려가 있어, 일본어로서 부자연스러운 발화가 되기 때문이라고 한다. 그래서 일본인 화자가 '평가'의 유형을 취할 경우 다음 예문과 같이 「と思う・と思わない・じゃない」 등의 어미와 함께 쓰여, 칭찬 수혜자의 동의를 구하는 형식으로 타인에게 의존하여 자신의 평가자로서의 권리를 이양하는 형태를 취한다.

7) いいと思います。遊び心があって新鮮だし、モデルにも似合ってます。
(ビューテイフルライフ)

이러한 어미 형식에 대해서, 사키야마(1992 : 4-11)는 언어는 문화직 행동의 하나로, 일본은 사회집단의 원리가 집단형集団型이라고 하였다. 개인의 생각을 적극적으로 주장하는 것을 회피하고, 개인주의적 허용범위가 좁아서 개인의 독단적 의견을 제시하는 단정표현을 피하는 언어형식을 선호한다는 것이다.

셋째, '직접 칭찬형'은, '감정 표명형'의 강한 자극과 감동 그리고 '인지 평가형'의 인지와 평가를 바탕으로 하면서, 보다 더 직접적인 칭찬형의 전형적인 역할을 담당하는 것을 말한다.

한국어의 경우 다른 유형보다 가장 빈도가 높았는데, 이것은 응답표현과 관련이 있다고 생각된다. 여기서는 연구 자료로 드라마와 영화 시나리오를 사용하였는데 대부분 연령대가 젊은 화자의 담화가 많았던 만큼 솔직하고 직접적인 표현에 대해 부담과 갈등을 덜 느끼는 한국 젊은이들의 정서상, 칭찬 수혜자가 강한 칭찬을 받았을 경우에도, 일본인보다 응답전략을 선택함에 있어서 부담을 덜 느끼기 때문일 것이다.

8) 칭찬: 오늘 기자회견 정말 멋졌어요.      (풀하우스)
9) 칭찬: 素的なお昼をごちそうさま。とてもおいしかったわ。
(冷静と情熱のあいだ)

넷째, 여기서 새롭게 설정해 본 '미래 칭찬형'은 한일 모두 가장 빈도가 낮았는데, 미래에 행해질 수혜자의 행위에 대해서 칭찬하는 발화이므로, 칭찬발화자가 칭찬수혜자의 정확한 행동을 예상하기 힘들고 단지 추측에 불과한 칭찬이라는 의미에서, 그 출현빈도는 낮을 수 밖에 없을 것이다.

다섯째, '사교 의례형'의 유형 중 주목할 만 한 점은 '윤활유적인 말'로, 일본어의 경우 빈도가 높았는데, 오타키(1996 : 43-49)는 이것이 일본문화의 바탕이라고 할 수 있는 협조성協調性 또는 협조관계協調関係를 유지하는 하나의 기능으로서 작용한다고 하였다. 또한, 의례적인 칭찬표현을 통하여 수혜자의 사적私的영역을 침범하지 않으려는 일본적 배려가 작용한 언어행동으로도 볼 수 있겠다.

> 10) 윤활유적인 말: <u>元気そうだね。</u>　　　　　　　　（冷静と情熱のあいだ）
> 11) 윤활유적인 말: 요전보다 <u>건강해보이세요.</u>　　　　　　　（국화꽃 향기）

마지막으로, '간접 칭찬형'에서 주목할 만 한 점은 '자기·타인 비하'의 유형으로, 한국과 일본이 공유하는 동양적 유교儒教문화인 겸양의 미덕이라는 가치의 영향 아래 기인한 것이라 해석된다.

> 12) 자기·타인 비하: 경은씨는 <u>나한텐 너무 넘치는 사람</u>이야. 과분하다구.
> 　　언감생심이지.　　　　　　　　　　　　　　　　（국화꽃 향기）
> 13) 자기·타인 비하: <u>ダニエラの英語よりずっときれいじゃない?</u>
> 　　　　　　　　　　　　　　　　　　　　（冷静と情熱のあいだ）

## ■4　칭찬응답표현에 의한 한일 언어행동 비교

칭찬응답유형은 데라오(1996)의 기준을 기본으로 하고, 백경숙(1998)의 응답유형을 참고로 하여 다음의 <표3>과 같이 재구성해 보았고, 각 범주의 출현빈도를 백분율로 나타내면 <표4>와 같다.

때때로 두 가지 응답유형이 함께 나타나는 경우도 있으나, 그러한 경우 긍정과 부정의 판단에 있어 정확한 판단을 내리기 어려운 상황이 발생하므로, 여기서는 표현형식에 보다 초점을 두어 응답표현 중 가장 먼저 나타나는 제 1발화만을 대상으로 하고자 한다.

<표3> 칭찬 응답표현의 유형분류

| 범 주 | 예 문 |
|---|---|
| **Ⅰ. 긍정**<br>1. 찬성의 발언<br>2. 감사, 기뻐함<br>3. 되돌려 칭찬하기 | 나도 어울린다고 생각해.<br>어머, 고마워.<br>너도 멋있어 졌어. |
| **Ⅱ. 부정**<br>1. 반대의 발언<br>2. 정확함에의 의문<br>3. 의도를 의심 | 아냐, 난 이 머리 스타일 싫어.<br>그게 확실한 거야?<br>너 갑자기 왜 그래? |
| **Ⅲ. 비껴가기**<br>1. 화제전환<br>2. 정보적 설명<br>3. 겸손 대응<br>4. 농담<br>5. 칭찬 내용의 확인 | 그런데 할 말 있다는 게 뭐야?<br>유럽여행 가서 세일할 때 산건데.<br>별 말씀을요. 과찬이십니다. 대단하긴 뭘.<br>이걸 어쩌나, 나 이미 유부녀인데.<br>응? 내가 유명하다고? |
| **Ⅳ. 무응답** | |

<표4> 한국어와 일본어의 칭찬응답표현 분석결과 각 범주의 출현빈도

| 범주 | 한국어 | 일본어 |
|---|---|---|
| Ⅰ. 긍정 | 21% | 16% |
| Ⅱ. 부정 | 7.2% | 14% |
| Ⅲ. 비껴가기 | 28% | 30% |
| Ⅳ. 무응답 | 43% | 40% |

칭찬표현의 한·일 비교분석과 같이 드라마와 영화 시나리오를 자료로 그 예문을 조사한 결과, 전반적으로 양언어 모두 '긍정'의 응답유형은 '부정'보다 많았는데, 칭찬 수혜자가 칭찬을 받아들여 칭찬화자와의 관계를 좋게 하려는 심리작용이라고 생각된다. 또한, 이것은 시대적인 흐름에 따른 칭찬 응답양식의 변화를 나타내는 것으로도 해석해 볼 수 있는데, 여기서 분석 자료한 사용한 담화는 한·일 모두 대다수가 20~30대의 젊은 층으로써, 서구화 의식의 수용과 함께 젊은이들 사이에 칭찬에 대한 '긍정'과 '부정'의식이 예전과는 달라졌기 때문일 것이다.

한국인은 이 가운데 '감사'의 유형을 가장 많이 취하였는데, 전면적으로 칭찬에 대하여 찬성의 발언을 하는 것보다 더 좋은 인상을 남기고 겸손의 미덕을 나타낼 수 있기 때문일 것이다. 긴다이치金田(1977 : 223)는 일본인은 상대의 발화에 대하여 부정하는 것은 상당한 용기가 있어야 한다고 하였는데, 이러한 문화적 정서가 작용한 것이라 생각한다. 일본어에 있어서 긍정과 부정은 어떠한 사항에 대한 것이 아니라, 상대의 말에 대한 찬성여부로 결국 '상대'와 결부된 의미를 지니기 때문에, 상대의 발화에 긍정하는 응답은 상대의 자아를 긍정하고 확장시켜주는 기능을 지녀 유쾌한 느낌을 주는 것이다.

14) あ、素敵です。似合います。
　　　ありがとう。　　　　　　　　　　　　　　　　　　　（ビューテイフルライフ）
15) 이 영화 반드시 성공할 꺼에요 처음 봤을때 정말 굉장한 느낌이 왔었으니까. 고마워요.　　　　　　　　　　　　　　　　　　　　（풀하우스）

두 번째 응답유형인 '부정'에 대해서 살펴보면, 일본어의 전체적인 응답유형 가운데 '부정'은 가장 낮은 빈도였으나, 그 자체는 한국어보다 높은 수치였다. 이것은, 아직도 한국인보다 칭찬을 가볍게 수용하지 못한다는 것을 뜻할 것이다, 특히, 평등관계에서는 평등개념에 입각하여 칭찬 수혜자는 자신의 상대적 우월성을 인정하기보다 상대와 다르지 않다는 것을 표출하고자 하는 것으로 보인다. 이것을 백경숙(1998)은 친소관계를 타협해 나가는 것이라 하였다.

또한 여기서는 응답의 발화로 제 1발화만을 대상으로 한정하였는데, 이러한 요인도 결과에 영향을 주었으리라 생각할 수 있다. 긴다이치(1977 : 224)는 일본인은 전반적으로 칭찬을 기분 좋게 수용하려는 마음이 있어도, 일단 부정의 형식을 취한 후 긍정하는 발화형태를 갖고 있다고 언급하였기 때문이다. 이와 같은 언어형식과 일본인의 심리는, 일본 문화의 특유성을 언급할 때 사용하는 '本音와 建前'의 개념 아래에서도 생각해 볼 수 있겠다.

16) 美山さん、やさしいもんね。
　　<u>いえ、そうじゃなくて。</u>　　　　　　　　　（ビューテイフルライフ）

17) 축하해.
　　<u>하지만</u>, 말을 들어보기도 전인데, 좋아하는건 좀 이른게 아닐까.
　　　　　　　　　　　　　　　　　　　　　　　　　　　　　（풀하우스）

　　세 번째 유형인 '비껴가기'란, '무응답'과는 달리 언어표현은 있으나 칭찬을 긍정도 부정도 하지 않는, 칭찬의 강도를 낮추는 기능을 하는 것이다. 양언어 모두 많이 사용하는 응답전략이나 일본어의 경우 '화제 전환'유형이 다른 어느 유형보다 가장 많았는데, 고코五光(1979 : 96)는 일본어는 구조에 의한 언어가 아니라 상황에 의해 이야기를 전개시키는 언어라고 하였다. 따라서, 문법적으로 보여지는 명쾌함이 결여되어있고 애매한 입장을 취한다는 것이다. 또한 이러한 유형은 칭찬 내용에 직접적으로 부딪치는 것을 피하고 적당한 거리를 두겠다는 수혜자의 의도가 담겨진 것으로도 볼 수 있는데, 이 거리감이란 것에 대하여 도야마外山(1976 : 58-59)는 일본인은 적당한 거리감을 유지하는 것에 의해 담화 참여자 서로가 편안함을 느끼고 상호간의 경의敬意를 나타내는 것이라 하였다. 즉, 개인차는 있으나 칭찬 수혜자가 마음이 편안해지는 발화일 뿐만 아니라, 수혜자의 응답을 듣는 칭찬표현 발화자에 대한 칭찬 수혜자의 배려가 되는 깃이다.

18) 승우씨 서비스 베리 굿이야.
　　<u>발은 내가 씻겨 줄게 세수만 해.</u>　　　　　　　　　　（국화꽃 향기）

19) うっまい！うまいわ、これ。
　　<u>ね? はなし、あって来たんだ。</u>　　　　　　　　（ビューテイフルライフ）

마지막으로, 한·일 양언어 모두 가장 많이 사용하는 응답전략인 '무응답'은 명시적인 언어표현이 없어 칭찬의 수용여부를 알 수 없으나, 이렇게 빈번히 응답 없이 담화가 가능하다는 것은 가벼운 웃음 등의 비언어행동에 의존한 행위일 수 있어, 일시적인 침묵과는 다른 의미가 있다고 본다. 무응답의 의미는 여러 가지 해석이 가능한데, 한국어의 무응답의 의미에 대해 백경숙(1998)은 한국어의 많은 화자가 '무응답'의 칭찬 응답전략을 사용하는 것은, 칭찬의 효과를 축소 내지는 부정하는 기능에 가까워, 칭찬에 대한 대답 자체를 하기 난처한 상황에서 이렇게 응답자체를 회피함으로써 '비껴가기'보다 더욱 칭찬의 효과를 감소시키는 가장 간접적인 전략이다. 또한 그로 인하여 '겸양의 가치'가 나타는 언어행동이라고 하였다.

즉, 여기서는 한국와 일본에서 빈번히 사용하는 무응답의 응답전략에 대해서 서구권의 '침묵'과는 다른 의미를 갖는다는 고코(1979 : 96)의 말에 동의하는데, 그에 의하면 일본어는 직관적인 상황판단인 '짐작·이해(察し)'의 문화에 의존하므로 예전부터 소위 이심전심以心伝心에 높은 가치평가를 부여해왔다고 한다. 즉, 무언어無言語의 커뮤니케이션을 이상적인 모습으로 인지해 온 것이다.

또한, 이렇게 응답 없이 상대가 자신의 마음을 알아주기 바라는, '짐작과 이해에 의존하는 사회(察しのいい社会)'의 일본 문화에 대해 이타자카板坂(1978 : 138)는 「お言葉に甘えて」라는 표현이 자주 쓰이듯 일본인만의 언어행동이라고 할 수 있는 '응석(甘え)'의 문화도 관련이 있다고 하였다. 그리고 일본인의 언어행동에 강하게 작용하는 행동패턴으로 '자기 쪽 사람(ウチ)'의 지향이 있는데, 이렇게 일본의 사회규범을 이해하고 그 안에서 행동하는 것은(소위 말하는, わきまえ方式), 원만한 커뮤니케이션과 사회생활을 위해서 필요한 것이라고 본다.

20) 윤준서, 역시 안목 있는데? 준서야, 나중에 우리 반지도 좀 골라줘.
　　"……" 　　　　　　　　　　　　　　　　　　　　(가을동화)
21) とてもきれいだ。
　　"……" 　　　　　　　　　　　　　　　　(冷静と情熱のあいだ)

## ▌5 　연구과제 및 전망

　이 글을 통해서 칭찬표현과 칭찬응답표현을 하나의 연쇄행위로 취급하고, 언어와 문화의 관련성에 초점을 두어, 한국과 일본이라는 서로 다른 언어사회에서 각각의 언어행동의 규범과 특성을 살펴보았다.

　이 글에서 살펴 본 결과들은 칭찬표현과 칭찬응답표현이라는 언어행동에 있어서 이문화異文化 커뮤니케이션[9]이 발생할 경우, 마찰과 실패를 줄이는데 도움을 줄 수 있을 것으로 기대된다.

　앞으로 칭찬표현과 그에 의한 칭찬응답표현이라는 연계성 발화라는 측면에 대해서는 더 많은 연구가 이루어져야 할 것이고, 한국어만의 칭찬표현 유형화와 한일 비교 연구는 보다 활발하게 이루어져야 할 것으로 생각된다. 또한, 언어행동 이외의 비언어행동의 관점에서 본 한일 비교연구는 향후의 과제로 삼고자한다.

9 ·
異文化 커뮤니케이션이란, 쉽게 말하자면, 서로 다른 언어와 문화·사회를 배경으로 하는 두 화자 간의 커뮤니케이션이 발생하는 상황을 말한다.

# 07 일본어의 얼버무림(ぼかし) 표현

신효진

## 들어가는 말

언어행동을 하는 데에는 어느 정도의 화자, 청자 혹은 쌍방 간의 침해가 일어난다. 그러므로 발화 중에 화자는 청자나 자신을 배려할 언어적 수단을 필요로 하게 되는데, 이에는 첫째, 정형화 된 완곡 표현이나 존경표현을 사용하는 방법과 둘째, 특정 발화 상의 요소들에 의해 용법이나 의미기능이 정해지는 언어형식을 사용하는 방법이 있다. 후자에 해당하는 언어형식을 영어에서는 헤지(Hedge、ヘッジ)로 일컬어 많은 연구가 진행되고 있고, 일본어에서도 얼버무림(ぼかし)표현이나 완화표현 등으로 분류하여 연구가 다양하게 진행되고 있다. 이러한 언어형식의 출현의 이유를 구미영어권에서는 언어 자체에 존경이나 겸양의 표현법이 부족하여 청자나 화자에 대한 배려를 나타낼 언어수단을 더 필요로 하기 때문으로 보며, 일본어에서는 직접적인 표현을 선호하지 않는 문화적 배경과 현대사회의 평등의식의 영향으로 점차 직장의 계급이나 나이 등의 기준이 친밀한 사이에서는 언어선택에 크게 영향을 미치지 못하는

예가 많아지면서 이러한 언어표현들을 필요로 하게 된 것으로 본다. 그러나 이 두 가지의 개념이 기능이나 발생 면에서는 상당히 유사한 부분이 있으나 완전히 같은 것으로 보기에는 아직 많은 연구가 필요함에는 틀림이 없다. 본 연구에서는 일본어의 얼버무림 표현을 중심으로 구체적인 언어표현들을 정리하고, 구체적인 예를 통해서 영어의 헤지와 비교 고찰하여 일본어의 얼버무림 표현이 화자의 어떤 의도를 반영하는지를 조사해 보고자 한다.

## ■ 1 선행연구 및 연구동향

### ① 보카시(ぼかし)표현[1]

1·
보카시 표현이란, 사물을 확실히 단정지어 말하지 않고 또는 완곡하게 돌려 말하는(遠回し) 표현을 사용하는 것으로 자신의 의견을 애매하게 흐려 나타내는 것이다. 언어의 오용(乱れ)의 단적인 사례로 본다.(위키피디아/Wikipedia)

진노우치陣內(2006)에 의하면, 보카시(ぼかし)표현이 조심스러움, 삼감의 의식(遠慮意識)에서 나온 것으로 현대 젊은이들 사이에서 일반적으로 사용되는 「とか」「みたいな」 등의 언어표현을 특별히 신 보카시(新ぼかし)표현으로 분류하고 이는 오히려 공손함의 효과를 줄일 수는 있으나, 상대와의 친화성을 높이는 효과를 보이며, 표현을 얼버무려서 그 의미를 발화 장면으로부터 추측해야 하는 高문맥성은 원래부터도 있어 왔으나, 종래의 것과는 달리 상대에게 가까워지는 배려로서 출현한 것으로 보았다. 그리고 앙케이트 조사를 통해 실제 청자에게 좋은 인상을 남기거나 친근감을 느끼게 하여 청자를 더 협조적으로 만드는 결과가 나타난다고 하였다. 나카노中野(1992)는 보카시어(ぼかし語)라는 용어를 사용하고 있는데 이는 단정이나 단언을 피하고 화자가 자신의 의견을 다른 사람의 의견인 양하는 젊은이들의 어법으로서 「とか」「みたい」를 예로 소개하고 있다. 사타케佐竹(1995)는 문 말의 용법으로서 「から」「みたいだ」「たりして」 등을 보카시어(ぼかし語)로 들고, 이들의 사용심리가 화자가 자신의 의견이나 발언에 자신이 없고, 그 발언이나 의견이 불확실하고 불충분하다는 것이 밝혀지는 것을 꺼리거나, 청자와 같은 집단에 있지 않다(内의 관계)는 불안감이 사용의 동기가 된다고 하고, 「らしい」의 예를 들어 이들이 완전히 새로 생겨난 것이 아닌 종래의 규범문법을 전제로 한 표현이라고 하였다.

### ② 헤지(Hedge, ヘッジ)[2]

브라운 & 레빈슨(Brown&Levinson,1987)에 의하면, 헤지는 운율이나 접사 등의 불변화사, 어휘, 삽입구나 부사절, 그리고 다른 언어적 수단들을 문장에 끼워 넣어 발화함으로서 성립되며, 그 발화효력에 변화를 주는 기능을 한다. 또한 이들은 특별한 어휘에 의해서가 아닌 일반적으로 사용되는 어휘들로 이루어지며, 주로 소극적 공손전략(negative politeness)의 장치로 화자의 의도를 만족시키는 가장 중요한 언어적 수단으로 이해되고 있으며, 일본어의 경우에도 이러한 역할을 하는 많은 접사들이 있다고도 지적하고 있다. 헤지는 각각의 언어형식이 의미와 기능을 갖게 되는 과정에 따라서 세 가지의 유형으로 분류해 볼 수 있는데,

· 제1형식: **언어형식과 의미로 용법의 예측이 가능**(structure-determined usage)한 경우: 형식만으로 의미는 알 수 있으나 화자의 의도는 알 수가 없고, 문맥 상 청자에게 선택이나 결정에 대한 권리를 부여하여 발화의 분위기를 부드럽게 하는 역할을 한다.
Give me a hand, <u>if you can.</u>    Give me a hand, <u>if you don't mind</u>

· 제2형식: **언어형식과 용법이 직접관계**(usage-determined structure)하는 것: 주로 감탄사나 접속사, 존칭 등의 예가 많고, 어휘적 의미가 용법에 영향을 끼치지 않아 발화상황에 따라 다르게 기능하여 문에 종속되지 않는 독립성을 가지며 의미나 기능은 문맥상의 기능과 직접 관련된다. 화자가 청자를 일정한 정보를 공유하는 대상으로 나타냄으로서 동질감이나 소속감을 표현하는 수단으로 사용된다.
I was coming out of the door, <u>you know</u>, when <u>I mean</u> I saw him standing

**2 ·**
운율(prosodics)이나 접사(particles),어휘(lexical items),삽입구 (parentheticals),부사절(full adverbial clauses) 혹은 표현을 보완해주는 기능을 가진 여러 문법적 도구들에 의해서 이루어진다. 헤지는 발화행동(speech act)의 효력을 보완하는 기능을 한다. 보통 적극적 공손전략의 특징을 주로 띄지만, 몇몇 헤지들은 소극적 공손전략의 특징을 가지는 것이 있다. 문장 내에서 수행적 발화(performative, 행동요구)의 헤지는 화자의 의도를 가장 잘 충족시키는 중요한 언어적 수단이다. 일본어와 같은 언어들에는 이러한 비 발화적인 효력을 지닌 접사들이 많이 있다.

there, waiting.

· 제3형식: 1과 2의 복합적 형태(structure-determined usage&usage-determined structure)인 것: 주관적 느낌이나 강한 표현을 애매하게 말함으로써, 부정적 혹은 직접적인 화자의 의도를 나타내길 꺼려하는 인상을 주어 청자를 배려하고, 청자의 부정적 반응이나 거절을 피하고자 하는 기능으로도 사용된다.
I <u>sort of</u> feel I must tell you this.   I <u>sort of</u> hate to say this, but...

이들은 모두 해당 언어표현들 없이도 문장 구성상의 내용전달에는 아무런 문제가 없고, 화자가 나타내고자 하는 발화효력에 있어서만 차이를 보인다는 것이 특징이다. 이처럼 원래의 의도를 담은 문장들 주변에서 청자에 대한 배려나 혹은 의도달성을 위한 전략으로서 사용되고, 화자의 입장도 배려하고자 하는 표현들은 영어의 발화에서 종종 나타나고 있다.


## ▌2    얼버무림표현이란

본 연구의 대상이 되는 얼버무림 표현이란, 사실을 확실히 단정하여 말하지 않고 돌려서 말하거나 완곡한 표현을 사용하는 것으로 원래는 익명성을 위해 뉴스 등에서 화제가 되는 회사나 사람을 애매하게 말하는 것이 주요 사례들이었으나, 현대 일본인 화자들이 익명성과는 관계없이 단정적인 표현이나 직접 표현을 피하기 위해 자신의 의견을 얼버무려 애매하게(ぼかす) 말하는 것을 일컫는다. 선행연구들에서는 주로 보카시표현이라고 하는데, 이해를 돕기 위하여 얼버무림이라는 한국어 표현으로 번역하여 나타내도록 하겠다. 얼버무림 표현은 이러한 표현들을 빈번하게 사용하기 시작한 대상이 젊은 세대에 집중되어 있어 제대로 된 일본어가 아니라 오히려 중·장년층의 경우에는 위화감마저 느끼는 오용의 예로 설명되기도 한다. 여기에 속하는 언어표현들로는 오래 전부터 사용되던 어휘들과 현대 젊은이들의 언어생활 속에서 자신의 의견이나 발화에 대한 책임회피의 수단으로 특별히 사용되는 경향을 가진 것들을 들 수 있다. 애매하게 말할 필요가 없고 오히려 확실하게 말해야 하는 장면에서조차 발화에 대한 자신의 책임소재를 면하려는 것은 현대일본의 사회현상으로도 이해된다. 특히, 아르바이트 경어(バイト敬語)에서 많이 사용되는「のほう」「私的には」등이나 문 말에 불필요하게 자주 사용하는「みたいな」「とか」「っていうかあ」「って感じ」등이 이에 포함된다. 처음에는 일본어의 오용으로 이해되는 경향이 많았지만, 요즈음에는 앙케이트 조사 등의 결과가 말해주듯이 일본어 얼버무림 표현은 대부분의 사람들에게 언어사용의 한 방법이나 표현으로 정착되어 자연스러운 일본어법으로 인정되고 있다. 화자가 한 문장 안에 이러한 언어표현들을 과도하게 사용하는 것에 대한 위화감이나 부담스러움은 여전히 있지만, 얼버무림 표현을 사용함으로 해서 발화의 분위기가 한층 부드러워지고, 정중함을 더하여 청자에 대한 배려를 느끼게 한다는 점이 더욱 부각되고 있다.


## 3 얼버무림표현의 유형


앞서 살펴본 바와 같이, 얼버무림 표현과 헤지는 화자의 의도를 나타내는 언어수단이라는 점에서 공통된다. 진노우치의 연구에서 신 보카시표현이 상대에게 가까워지는 배려로서 친근감을 느끼게 하는 역할을 한다는 앙케이트 조사가 있었는데, 이는 적극적 공손전략의 하나로서 일반적으로 소극적 공손전략의 기능을 보이는 표현들과 치이를 보이지만 이러한 언어표현이 없이도 화자가 전달하고자 하는 내용에는 차이가 없고, 단순히 발화효력만을 변화시킨다는 점과 직접적으로 자신의 의사를 피력하길 피하는 책임감 회피의 방법으로 기능하며 책임을 떠안지 않으려는 일본 젊은이들의 세태를 얼버무림표현의 발생원인의 하나로 보고 또한 그러한 언어형식들이 사용되고 있다는 점을 통해서도 같은 맥락으로 이해할 수 있다. 그런데 애매하게 말하기(ぼかす/

**3·**
레이코프(R.lakoff,1973)는 어용론적인 언어능력을 두 가지의 원리로 생각하고 있다. ①명료하게 말하라(be clear) ②정중하게 하라(be polite) 이 두 가지의 원리는 항상 대립하는 것으로 즉 명료함을 잃어버리더라도 상대방에게 상처를 주지 않는 것이 중요하고, 회화 참가자 간의 관계를 유지하거나 혹은 강화하는 쪽이 메시지를 전달하는 것보다도 중요한 역할을 한다고 하였다.

ambiguity)라는 개념에 있어서는 의견을 달리하는 듯하다. 헤지는 일반적인 의미의 애매함이나 태도의 애매함을 의미하는 것이 아니라 필요이상으로 말하지 않는 말의 명료함의 원칙에 어긋나고 내용전달의 목적 자체로는 불필요한 듯 보이지만, 발화효력에 변화를 주어 화자의 의도를 효과적으로 나타냄으로서 청자와 화자를 배려하는 것[3]으로 보나, 얼버무림표현은 주로 화자가 자신의 발화에 대해 책임을 회피하는 기능으로 이해되고 있고, 표현을 애매하게 하는 것이 삼감의 기분(遠慮意識)을 나타내어 청자를 배려하는 기능을 한다고 설명하여 헤지에 비해서 애매함에 대한 정확한 정의나 특징적으로 나타나는 언어형식들이 정리되어 있지 않다. 그렇다면 헤지와 일본어의 얼버무림 표현이 어느 정도 유사한 면을 띄고 있다는 점에 착안하여 단순히 삼감의 의식이라는 등의 문화적인 코드에서 이해하기 보다는 말의 명료성은 해치지만 문화적인 요인이나 그 외에 청자에 대한 배려 혹은 화자의 입장고려 등의 요인에 따라서 특정한 기능이 부가되고 정중한 어법이 되기 위해 이러한 표현을 사용하는 것으로 이해하면, 좀 더 객관적인 설명이 가능할 것이라고 생각한다. 그러므로 본 연구에서는 헤지의 언어형식들에 대한 기준이나 구체적 형태들을 바탕으로, 일본어 발화에서 나타나는 얼버무림 표현을 조사해 보았다.

|  | 얼버무림표현 | 헤지표현 |
|---|---|---|
| 제1형식 | よかったら(よろしかったら)・悪いけど、言っていいのか・ちょっと | if you can, if you don't mind등의 if절, Shall we say? |
| 제2형식 | あの・いや・じゃ(あ)・ねえ(ね) | well, then, you know, only, just, truly, really, sincerely, eh?(did he?등의 附加疑問文), it is said |
| 제3형식 | ーとか・ーなんか・ーでも・ーなんて・ーかな・ーていうか・ー感じ・ーっぽい ーなど・ーくらい・ーほど・ーばかり・ーらしい・ーみたい ーの方、・ーから | sort of V, for(to be) sure, perhaps, I wonder～,I guess, I supposed, a little, a bit, a mere, cute little, as it were |

## **4** 얼버무림표현의 담화상에서의 기능

그렇다면, 이러한 일본어의 얼버무림 표현이 선행연구들에서 설명하고 있는 것처럼 단순히 화자가 자신의 책임을 면피하기 위해서만 사용되어 정착된 것인지 아니면 화자의 의도를 잘 대변하면서도 청자나 화자를 배려하기 위해 보다 전략적으로 기능한 것인지에 대해서 예를 통해서 알아보도록 하겠다. 예문들을 조사함에 있어서 각각의 기능들의 자의적인 해석을 방지하기 위하여 각 예문의 영어번역을 함께 제시하여 이해를 돕고자 한다.

1) ねえ、<u>もしよかったら</u>―もしあなたにとって迷惑じゃなかったらということなんだけど―私たちまたあえるかしら?
   もちろんこんなこと言える筋合じゃないことはよくわかっているんだけど。
   I wonder........ <u>if you don't mind</u>..... I mean, if it really wouldn't be any bother to you..... Do you think we could see each other again?
   （ノルウェーの森）

2) <u>悪いんだけど</u>貸してもらえないかしら?私二回休んじゃってるのよ。あのクラスに私,知ってる人いないし。
   <u>I hate to ask,</u> but could I borrow your notes? I've missed twice, and I don't know anybody in the class.　　　（ノルウェーの森）

3) A: <u>ちょっと</u>座っても良いかしら?それとも誰か来るの、ここ?
   B: 誰も来ないよ。どうぞ。
   <u>Mind if</u> I sit down? Or are you expecting somebody?
   （マドギワのトットちゃん）

예1)과 2)는 문장에 의해서 용법이나 기능이 정해지므로 이것을 제외하고도 문장은 성립하지만, 이러한 표현을 사용함으로 해서 상대에 대한 삼감의 기분이나 배려를 나타낸다. 주로 상대에게 상당한 부담이 될 수 있는 내용의 발화의

**4·**
화자가 청자에게 어떤 행위를 촉구할 때의 발화형식을 말한다. 구체적으로는 명령, 의뢰, 권유 등이 여기에 속한다. 상대에게 무언가를 시킨다는 언어행동은 청자에게 부담을 지우게 되기 때문에 그 발화의도를 실현하기 위해서는 화자와 청자 간의 인간관계나 청자에 있어서의 부담의 경중, 행동발생에 따른 이익의 유무들의 요인을 고려한 커뮤니케이션 상의 배려가 요구되고 그에 적절한 언어형식을 취하지 않으면 안된다.

앞이나 혹은 뒤에 동반되고 발화자체로 보면 발화의 앞뒤에 그 상황에 대한 부연설명이나 변명이 위치하는 것이 특징이다. 그러므로 의뢰문이나 허락을 구함(許可求め)과 같은 행동요구표현[4]이나 조언 등의 문장에서 자주 나타나는데, 이 외의 예에서도 제1형식으로 분류한 일본어 얼버무림 표현은 영어에서는 「If you like-」「Can you-?」「why don't you-」 등으로 번역되고, 모두 청자를 발화에 의한 결과행위의 주체로 놓고 화자에게 이익이 되는 행동을 촉구하는 발화에 대해서 청자가 선택하여 대답하도록 하는 기능을 한다. 이는 청자에게 강요하는 느낌이나 부담감을 주지 않으려는 화자의 의도에서 사용된 소극적 공손전략(negative politeness)의 예이다. 다만, 영어의 예에서는 표현에 따라서 화자가 청자를 배려하는 예도 있지만 화자가 청자의 능력을 묻는 등의 형식을 사용하여 청자에게 거절당하는 상황을 피하고자 하는 의도에서 사용되었다고 보이는 것들이 많았다. 그러나 일본어의 경우는 영어와 달리 주로 청자의 기분이나 상황을 배려하고자 하는 화자의 의도로서 기능하는 예가 더 많았던 점이 달랐다.

> 4) <u>ねえ、ワタナベ君</u>。悪いけれど、二十分くらいその辺をぶらぶら散歩してきてくれない?
>
> <u>You know</u>, it might be a good idea for you to go out for a little walk. Maybe twenty minutes.　　　　　　　　　　　（ノルウェーの森）

> 5) A: これからどうする?ワタナベ?
>
> B: オールナイトの映画でも観ますよ。
>
> A: <u>じゃあ</u>、俺はハツミの所にいくよ。いいかな?
>
> I will be going to Hatumi's <u>then</u>. do you mind?
> 　　　　　　　　　　　　　　　　　　　　（ノルウェーの森）

예4)와 5)는 제2형식으로 분류된 언어표현의 예다. 「ねえ」 등은 감탄사의 일종인데 상대를 본인의 이야기에 끌어들이는 표현으로, 화자는 청자가 자신과 공통의 상황(즉 內의 관계)에 있음을 강조하고 청자에게 주의를 기울이고 있음을 나타내는 적극적 공손전략(positive politeness)의 기능으로서 사용되었다. 이는 청자에게 친근함의 기분을 나타내고자 하는 의도로 사용된 예와도 같은 기능을 하는 것으로 일본어의 예에서는 빈번히 나타나지는 않았다. 반면 소극적 공손전략으로 사용된 예는 상당수 나타나고 있는데 주로 「ねえ、ね」가 종조사로 사용된 경우이며, 이에 대해 레이코프(R.Lakoff,1972)는 화자가 단언을 피하고, 청자에 대한 강제적인 명령발화에서 전제조건으로 사용된다고 언급한 바 있다[5]. 다음으로 「あの...」의 경우는 「あのさ (you know)」의 예를 제외하고는 주로 화자의 주저하는 느낌을 전달하기 위한 수단으로 사용되어, 「I wonder...」 등으로 번역되는 등 소극적 공손전략의 기능을 한다. 「じゃ(あ)」의 경우는 「Well.....」 등으로 주저의 느낌을 나타내는 예도 있었으나, 대부분 「then」 「느낌표(!) 혹은 과장된 어조」 등으로 번역되어 적극적 공손전략의 하나인 화자의 발화나 의견을 오히려 강조한다든지, 청자에게 타당한 이유가 있는 경우에 화자가 발화에 대해 가정의 결론을 확정지어 제시하고, 청자의 부정적인 대답을 피하려는 화자의 적극적인 의도를 반영하는 기능을 하는 것이 많았다.

5 •
레이코프(R.lakoff,1973)는 청자의 기분을 상하게 하지 않도록 하기 위해 따라야만 할 것으로 세 가지 법칙을 제안하였다. ①강요하지 말라(Don't impose) ②선택의 여지를 부여하라(Give options) ③기분을 상하게 하지 않도록 하라(Make a feel good). 이들은 화자의 상황판단 하에 각각의 공손전략의 타입을 선정하여 적용하게 된다.

6) 「憧れたって」言っちゃたよ。私赤くなっちゃたわ。お人形見たいにきれいな女の子に憧れるなんてね。

　　She actually used that word:　worship. It made me turn bright red. <u>I mean</u>, to be "worshiped" by such a beautiful little of a girl.

（ノルウェーの森）

7)　A; ここはお酒飲んでも構わないんですか?
　　B: まあ大体は大目に見てるのよ。ワインとかビール<u>くらい</u>なら、量さえ飲みすぎなキャね。　　　　　　（ノルウェーの森）

　　But they pretty much let it go. If it's <u>just</u> wine or beer and you don't drink too much

8)　A: ごめんなさい。
　　B: だって,変じゃない?　隠すもの。隠すと、悪いことをしている<u>みたいじゃない?</u>なんだか。
　　時々<u>会ってる</u>ってくらい、教えといてあげましょうよ。

（東京タワー）

예6)과 7)의 「なんて」「くらい」 등은 영어에서 「you know」「I mean」「just」「only」「it's like-」「maybe」 등으로 다양하게 번역되었는데, 센코 & 메이나드 (泉子・K.メイナード,2000)는 자기인용표현의 일종인 「なんて」가 선행발화의 효력을 약화시키는 기능을 한다고 하였다. 보통 화자가 자신의 발화에 대해 자신감이 없거나 부끄럽다고 느끼는 경우에 발화의 범위나 효력을 축소하여 자신의 발화에 대한 청자의 강한 반응을 약화시키려는 적극적 공손전략의 의도로 사용된다고 하였는데, 실제 그러한 예들이 다수 보였다. 예7)이나 예8)은 얼버무림 표현의 어휘자체가 의미하는 바와 같이 행동요구의 대상이나 칭찬 혹은 비난의 발화에서 그 범위나 수위를 낮추거나 모호하게 표현하여 화자의 발화에 대한 청자의 거부감을 감소시키고자 하는 기능을 하고 있음을 알 수 있다. 특히 예8)의 경우, 화자가 의도한 의뢰를 문말에서 권유문의 형태로 바꾸어 나타냈다는 점에서도 이러한 화자의 의도를 엿볼 수 있다.

9) ねえ、タイちゃん。この学校って、校歌ある?
　　ないんじゃないかな。
　　I don't think it has. （マドギワのトットちゃん）

10) A: デッセイの悪口が一番スゴイ。
　　B: 俺?　だって、もう、昔のことじゃない。
　　A: 違うよ。そうなんだけど、ちがうよ。お話みたいな感じ。デッセイって悪いヤツの出てくるお話。
　　俺、デッセイがいるって、なんか変な気がするもん。

（黄色い目の魚）

제3형식에 속하는 얼버무림 표현들은 종류가 가장 많은데, 특정의 문장 내에서는 화자의 기분을 나타내어 발화효력을 변화시키는 역할을 하지만 부분적으로 원래의 어휘적인 의미와도 관련되어 있는 것이다. 예9)는 질문에 대해 자문하는 어조로 답하고 있는데 이는 화자가 확언을 피하고자 하는 의도에서 사용된 것이다. 「っていうか」「って感じ」도 이러한 기능을 하는 표현으로서 화자의 의견을 나타내는 발화에서 확언을 피하는 기능을 하고, 대부분 조언이

나 충고, 비난, 불만토로 등의 발화에서 청자가 느낄 거부감이나 반발감 등을 약화시키는 기능을 하는 등의 적극적 공손전략의 예가 많았다. 예10)은 빈정거림(皮肉)의 발화에 있어서 청자가 느낄 거부감을 고려한 표현으로 보인다. 이런 경우 주로 간접부정표현으로 번역되는데, 간접부정표현은 부정문이 일으킬 수 있는 부정적인 심리나 부담감을 약화시키는 기능을 한다는 점에서 일본어 얼버무림 표현을 사용한 화자의 의도를 알 수 있다.

11) どう、ワイン<u>でも</u>飲まない?
How about <u>some wine</u>?

예11)은 주로 권유문에서 자주 나타나는 얼버무림 표현으로,「でも」는「なんか」「のほう」처럼 명사 뒤에 와서 그 대상을 예시화하거나 객체화하여 청자가 느낄 수 있는 부담의 정도를 줄이려는 의도로 사용된 예가 많았다. 이는 소극적 공손전략의 언어표현으로서 이러한 의도에서 사용되는 것으로는, 화자 자신이나 발화 상의 대상을 비인격화하는 방법이 있는데 영어는「I/You/He/She」를「They/It」등으로 비 인칭화 하여 지칭함으로서 청자가 느낄 수 있는 부담감을 줄이는 예가 많다. 일본어의 경우도 마찬가지로 비인칭 대명사 등을 사용하여 나타내기도 하지만, 주로「대상+の方」등으로 대상을 방향으로 나타낸 일종의 비 인칭화를 통한 청자배려의 기능을 하고 있는 것을 볼 수 있다. 그러나 일본어의 예는 영어와는 달리 다음의 예에서처럼 화자와 청자뿐만 아니라 그들에 속하는 사물까지도 비 인칭화 하는 경향이 두드러진다.

12) <u>おうちの方</u>には、もう連絡してありますから。　　　（ノルウェーの森）
<u>Your parents</u> have already been told.

13) えーとね、ワタナベ君だったわね、あなたが直子に会う前に<u>私の方</u>からここの説明をしておいた方がいいと思ったのよ　（ノルウェーの森）
It crossed my mind that I <u>should</u> tell you about this place, Mr.Waanabe, wasn't it?

14) A: なんでそんなことするの?

B: 変質的な海賊なのよ。これ

A: *君の方*がよほど変質的みたいだけどな。
  "You're the perverted one." I said.　　　　　（ノルウェーの森）

　예12)는 대상이 청자에 속한 존재일 경우, 그것을 모호하게 표현하여 오히려 청자를 높이는 기능을 하는 예이다. 이 경우의 「のほう」는 대부분이 영어로는 번역되어 있지 않다는 점이 특징으로, 예14)의 경우도 청자를 직접적으로 높이는 기능을 하는 얼버무림 표현이 「You」로만 번역되어 있음을 알 수 있다. 예13)의 「私の方」는 「I」로 번역되나 뒤에 청자에 대해서 「Mr.」라는 경칭을 붙이고 있다는 점에서 화자가 자신을 비 인칭화하여 낮추어 말하고, 청자의 기분을 배려하고자 하는 소극적 공손전략의 의도에서 사용된 것으로 볼 수 있다. 대화의 내용상, 화자는 나이나 지위 면에서 청자보다 윗사람이지만 청자의 여자친구에 대한 조심스러운 이야기를 꺼내기에 앞서 청자의 기분을 배려할 의도를, 언어형식으로 나타내고 있다고 볼 수 있다.

　여기까지 일본어 얼버무림 표현들을 기능과 의미를 중심으로 비교·정리해 보았다. 제1형식에 속하는 언어표현들의 경우, 대부분 헤지의 유형들과 거의 동일하게 사용되는 것을 알 수 있었으며, 그 언어표현의 종류나 의미, 기능도 비슷하다. 그리고 제2형식에 속하는 언어표현들은 각각의 언어형식의 형성과정은 헤지와 유사하나 기능이나 사용면에서 제3형식으로 분류된 것과 확연히 나누어지지 않는 부분이 있어서, 보다 많은 연구가 필요할 것으로 생각된다. 일본어와 영어는 무척 다른 언어이기 때문에 1:1의 대응이 쉽지 않지만 각각의 언어표현들이 가진 의미와 기능에 있어서는 화자가 발화를 할 때 화자의 의도를 일종의 전략의 차원에서 나타내는 가장 중요한 수단임에는 차이가 없음을 알 수 있었다. 이러한 분석을 통해 나타난 얼버무림표현들이 함축하고 있는 기능에 대해서 정리해 보도록 하겠다.

# |5|  얼버무림표현의
## 공손전략(politeness strategies)적 기능

### ① 적극적 공손전략(positive politeness)

대표적인 예가 앞서 이야기한 예4)와 5)의 감탄사 「ねえ」「じゃあ」에 의한 화자의 적극적 공손전략[6]의 기능이 그것이다. 발화 상에서는 화자와 청자 사이에 발생하는 여러 가지 요인에 따라서 복잡하게 영향을 끼치고 있는 것이 사실이지만, 얼버무림 표현은 주로 화자가 청자에게 자신이 배려를 하고 있음을 나타내거나 공감이나 호의, 혹은 친근감을 나타내어 서로 공통의 입장에 있음이나 유대감을 강조하는 등의 언어행동을 통해 이루어진다. 특히 화자의 입장에서 청자의 부정적인 대답을 차단하고자 하는 의도에서 사용된 것과 청자로부터 긍정적인 대답을 끌어내고자 하는 의도에서 사용된 것이 가장 많았다. 또한 제안이나 비난, 불평 등의 발화에서는 그러한 화자의 의도를 숨기기 위해서 얼버무림 표현을 사용하여 청자를 공동의 관계로 표현하거나 청자에게 주의를 기울이고 있음을 나타내는 등으로 청자의 기분을 좋게 하려는 적극적 공손전략의 하나로서 기능한다. 「かな」「っていうか」「って感じ」는 화자가 자신의 의견을 정확히 표현하지 않고 얼버무려서 청자의 부정적인 대답을 미리 방지하고 공감을 유도하는 것이므로 적극적 공손전략으로 볼 수 있다. 그리고 「なんて」「くらい」「ほど」 등의 표현도 소극적 공손전략의 기능을 띄는 행동전개표현의 예를 제외하고는 발화 상에서 언급되는 대상에 대한 화자의 단언이나 강조를 통해서 청자가 그 의견에 공감하도록 하는 의도로 사용된 예가 있었다

**6 ·**
①공통의 위치에 있음을 주장함−그룹만이 아는 표현사용/화자에게 관심을 기울임/공감을 형성/의견차 피함/같은 입장임을 주장 등
②화자와 청자가 상호협력자임을 주장−약속/이유부여/상호의존 관계임을 천명 등
③청자의 욕구를 만족시킴−청자에게 일종의 보답이나 칭찬

## ❷ 소극적 공손전략(negative politeness)

청자가 자신의 권리를 침해당하지 않고자 하는 것을 화자가 보호해 주려는 의도의 언어행동을 말하며, 주로 간접적으로 표현하거나 청자를 억압하고 강요하지 않는 등의 방법을 사용한다. 본래 상대방에게 부담을 주지 않는 것을 기본으로 하고 화자가 청자의 행동의 자유를 방해하지 않음을 보증하는 것으로 이해되는 개념이다. 제1형식으로 분류한 얼버무림 표현들은 주로 의뢰문이나 조언 등의 청자의 권리를 침해하기 쉬운 행동요구표현의 문장에서 다수 사용되어 청자에게 선택의 폭을 넓혀 청자가 느낄 강요나 억압의 기분을 감소시켜 주려는 화자의 의도를 담은 소극적 공손전략[7]의 기능을 하는 언어수단으로 볼 수 있다. 그리고, 「のほう」「でも」 등의 예처럼 화자에 해당하는 대상이나 화자 자신을 비 인칭화 혹은 예시화하는 예도 소극적 공손전략의 하나라 할 것이고, 또한 청자에 해당하는 대상에 「のほう」 등을 붙여 표현하여 오히려 청자의 영역에 속해있는 대상을 직접 지칭하지 않음으로써 청자를 배려하는 예는 일본어의 얼버무림 표현에만 나타나는 것이라 할 수 있다. 다음으로 권유나 의뢰 등의 발화처럼 화자가 청자의 행위실행을 촉구하는 행동요구표현 등에서 상대에게 행동 선택의 권리를 부여하여, 화자가 청자의 판단에 복종할 것임을 피력하는 등의 예로는 종조사의 「ね(ne)」를 사용하여 단정적인 표현을 피한 예나 「あの」 처럼 발화를 하기 전에 주저하는 느낌을 전달하여 청자의 부담을 줄이고자 하는 등의 예도 다수 있었다. 또한 제 3형식에 속하는 얼버무림 표현의 경우에는, 간접적 표현을 통해 발화로 인해서 청자가 느끼기 쉬운 강요나 억압의 정도를 줄이고자 하는 의도로 사용된 것들이 가장 많았다.

7 •
①직접적인 표현지양-간접적 표현 사용
②단호한 표현을 지양-질문이나 얼버무림
③청자를 억압하지 말 것 -복종이나 존중을 나타내는 말 등
④화자의 의도가 청자의 권리를 침해하지 않도록 함-사죄/비인격화 등
⑤청자의 다른 욕구에 보상할 것

## 6  연구과제 및 전망

얼버무림표현의 언어형식들이 항상 같은 의도를 나타내지는 않는다. 다만 어휘적인 의미에서 그 기능을 유추해 낼 수 있는 것도 있고, 그렇지 않은 것도 있어서 여전히 문맥에서 기능이나 의도를 읽어내야 하는 어려움은 있다. 다른 연구들에서도 지적하고 있는 자의적인 해석을 배제하고자 영어권에서 연구가 행해지고 있는 헤지 표현의 기준을 바탕으로 일본어의 얼버무림 표현을 유형별로 고찰해 보았으나, 여전히 자의적 해석의 우려가 남아있고 유형별로 정리하는데 좀 더 정확한 기준이 마련되어야 한다는 점을 확인하였다. 더 나아가서는 발화내용에 따라서 상세히 나누어 기능을 정리할 필요가 있고, 얼버무림 표현이 첫 대면 등의 담화에서는 잘 사용되지 않는다는 특징이 있으므로 앞으로의 연구에서는 담화 상황적인 고려도 필요할 것으로 본다. 또한 간접적인 표현보다는 직접적인 표현이, 그리고 애매한 표현보다는 직접적인 강조표현이 많은 한국어와의 비교·대조연구를 통해서 한국어에서는 어떠한 언어형식이 얼버무림 표현이나 헤지와 유사한 기능을 담당하고 있는지 등의 폭넓은 연구도 필요할 것이다.

# 08 한국어와 일본어의 거절표현 비교

김선희

## 들어가는 말

최근에는 언어간 대조를 통한 언어행동에 관해 다양한 연구들이 이루어지고 있으며 그로 인해 각 언어에서의 표현에 대한 비교·분석이 활발하게 전개되고 있다. 그 중 거절표현은 상대의 요구에 반하는 의견의 표명으로서 자칫 상대와의 심각한 오해나 마찰을 일으킬 수 있는 언어행동이기 때문에 상대방의 기분을 상하게 하지 않도록 배려하며 상황과 관계, 의도를 고려한 신중한 언어표현의 사용이 필요하다.

그러므로 이 장에서는 선행·유도하는 발화의 내용에 따라 한국어와 일본어에서의 거절표현의 양상을 알아보고자 하며 이는 단순히 한국어와 일본어의 거절표현의 일관된 양상이 아닌 상황과 내용에 따른 거절표현의 이해에 그 의의가 있다고 하겠다.

따라서 그에 따른 거절표현을 습득함으로서 언어와 문화가 다른 한국어와 일본어의 언어행동을 이해하고 커뮤니케이션상에 나타날 수 있는 오해와 갈등을 최소한으로 하는 데에 그 목적이 있다.

## ▌1  거절표현이란

　Schmidt and Richards(1980:129-157)는 '거절'을 하나의 소수 범주로 구분할 수 있는 화행으로 요청-거절/승인, 제안-거절/수락, 초대-사양/수락 등과 같이 'tied'나 'adjacency pair'로 쓰여서 요구된 행위를 받아들이지 않는 경우를 모두 포함한다고 정의하고 있다. 여기에서의 요구된 행위란 Searle(1976:1-23)이 분류한 개념으로 화자가 어떤 행위를 하도록 만드는 경우 즉 명령, 요청, 권유, 질문, 간청, 기도, 초대, 허락, 충고, 부탁, 탄원 등을 포함한다고 한다.

　따라서 여기에서는 기존연구자들의 정의를 바탕으로 '요구되어지는 행위에 있어 반하여 받아들이지 않는 경우'의 언어적 표현[1]만을 거절표현으로 보기로 한다. 또한 거절하는 데에 있어 자신의 능력이나 입장이 가능하지 않은 상황과 단순히 내키지 않는 상황을 모두 고려하기로 한다. 단, 요구되어지는 행위는 거절표현과의 관련성을 알아보기 위해 이익과 행동을 고려한 기준에 따라, 의뢰, 권유, 제안, 제공으로 한정하기로 한다.

**1·**
비언어적 표현을 회화문만으로 명확하게 분석하는 데에는 여러 가지 문제점이 있다고 판단되어 제외한다.

## ▌2  선행연구 및 연구동향

　최근에는 거절표현과 관련한 일본어의 언어사용에 대해 사회언어학 및 어용론적 측면의 분석을 중심으로 다양한 연구가 이루어지고 있으며, 대부분 담화완성테스트와 같은 「수량적 연구방법」과  회화문장을 분석하는 「자료분석방법」의 연구방법이 이용되고 있다.

　의뢰에 따른 일본인 학생과 국적이 다른 유학생의 거절표현의 차이점에 대해 분석한 구마이熊井(1992:230-266)는 의뢰를 거절하는 것은 본래 자신의 권한에 속하는 행위이지만 상대가 윗사람이거나 정당성이 높은 경우에는 정면으로 상대에게 표현하기보다 표면적으로 상대에게 선택권을 줌으로서 상대가 이해해 주기를 바라는 것이 바람직하다고 설명하고 있으며, 이코마·시무라生駒·志村(1993:41-52)는 일본어와 영어 모어화자 그리고 미국인 일본어학습자 각각을 대상으로 거절하는 발화행위에 있어 모어에서의 학습언어로의 전이가 발생하는지를 발현순서·회수·내용이라는 세 가지 점에서 분석한 결과, 순서를 제외한 부분에서 모두 학습언어로의 전이가 발견되었음을 주장하고 있다. 이 연구를 통해 서로 다른 언어권에 있어 오해를 불러일으킬 수 있는 모어로부터의 학습언어의 전이가 일어나고 있음을 확인할 수 있었으며 보다 넓은 범위의 담화분석과 구체적인 상황에서의 이문화간 언어행동의 차이를 이해하고 수용하는 자세가 필요하다는 것을 알 수 있었다.

이 외에도 상하·친소관계에 따른 거절유형을 연구한 모리야마森山(1990: 59-66)와 일본어 교과서에서 사용되는 거절표현과 전화를 이용한 회화자료에서의 거절표현을 비교·고찰한 가녹쿠완カノックワン(1995:25-39) 등이 있다.

이와 같이 대부분의 거절표현의 연구는 하나의 상황을 설정해 놓고 그 안에서의 거절표현의 양상을 알아보거나 사회적인 변인에 따라 나타나는 차이점에 대해 연구되어져 왔으나 거절에 앞서 선행하는 발화와의 관련을 지어 나타나는 일본어, 혹은 한·일 대조연구의 거절표현의 양상에 대해서는 그 연구가 아직 미흡한 것 같다.

## 3  거절표현의 분석방법

거절표현의 선행·유도하는 발화의 범위를 한정하고 그 안에서의 한국어와 일본어의 거절표현을 분석하여 어떠한 상황 안에서 어떠한 언어행동에 의한 거절표현이 사용되는지 비교·고찰한다.

2·

거절표현의 유도발화는 다음과 같다.

Beebe and Cummings 요청, 초대, 제안, 제공

박용예(1990)·장용대(1996) 요청, 제안/제공 초대

서희정(2001) 요청, 제안, 제공, 제의, 초대

윤은미(2004)는 요청, 제의, 권유, 제공, 초대

3·

표현내용이 상대에게 이해되어지는 것만이 아니라 그것에 의해 상대 혹은 자신이 어떤 행동을 함으로서 그 표현의 내용이 실현되는 것을 의도로 하는 담화·문장.

4·

김동완(1997)은 담화분석에 있어서는 주어진 문의 외형적인 형식보다는 그 이면에 내재되어 있는 발화행위자의 사상, 감정, 정서 즉 발화의도가 근원적인 분석의 척도가 된다고 설명하고 있다. 단순히 문의 형태에 따른 분류가 아닌 내용상의 이익과 행동에 의한 분류로 기준과 범위를 한정하기로 한다.

5·

여기에서의 이익이란 상대로 하여금 득이 되는 것을 의미하는 것이 아니라 제안을 하는 사람이 바람직하다고 생각하거나 그렇게 판단하여 제안하는

## ❶ 유도발화

유도발화란 거절을 유도하는 시작 발화로서 거절표현의 유형을 구분 짓는 데에 중요한 역할을 하고 있다. Lyuh(1994:221-252)에서도 거절의 양상을 특징짓는 것은 사회적 지위나 친밀도보다 거절을 유도한 시작발화의 종류라고 언급하고 있다. 유도발화의 범위는 대부분 요구자와 거절자의 손익에 따라 구분되는데 그 분류 기준과 사용패턴에 있어서는 연구자들마다 조금씩의 차이가 있다.[2]

따라서 여기에서는 기존의 한국어의 유도발화의 기준과 가바야蒲谷(1998)의 행동전개표현[3]의 이론을 바탕으로 문의 형태적인 부분 보다는 내용상의 이익과 행동에 따라 다음과 같이 재구성해 범위를 한정하도록 하겠다[4]. 단, 결정권은 모두 상대, 즉 청자에게 있는 경우로 제한한다.

표로 정리하면 다음과 같다.

〈표1〉 유도발화에 따른 기준

| 거절<br>유도발화 | 이익[5] | 행동 | 내용 | 例 | |
|---|---|---|---|---|---|
| | | | | 한국어 | 일본어 |
| 의뢰 | 화자 | 청자 | 화자에게 이익이 되는 행위를 청자가 해 줄 것을 요구하는 내용 | 내 과제 좀 도와 줘. | お金を貸して もらえませんか |
| 권유 | 화자<br>청자 | 화자<br>청자 | 화자와 청자 모두에게 이익이 되는 행동을 화자와 청자가 함께 할 것을 요구하는 내용 | 주말에 바람쐬러 갈까? | 外にでも遊びに いかない? |
| 제안 | 청자 | 청자 | 화자입장에서 청자에게 이익이 된다고 판단되는 행동을 청자가 할 것을 요구하는 내용 | 너는 배탈 났으니까 죽을 먹지 그래? | 休んだほうが いいよ |
| 제공 | 청자 | 화자 | 청자에게 이익이 된다고 판단되는 행동을 화자가 행하거나 물건 등을 제공하는 내용 | 내가 대신 해줄게 너는 좀 쉬어. | 持ってあげま しょう |

## ❷ 거절표현

Beebe를 비롯하여 이코마・시무라(1993:41-52), 요코야마橫山(1993:141-151) 등의 분류방법에 따라 의미공식[6]이라는 단위를 사용하기로 하며, 이코마・시무라(1993:41-52)에 따른 거절표현의 방법과 유형의 의미공식의 분류기준을 따르도록 하겠다.

의미공식은 다음과 같다.

<표2> 의미공식의 분류

| | 유형[7] | | 예문 |
|---|---|---|---|
| 1 | 직접적인 거절 | 수행동사 사용 | 「お断りします」 |
| | | 수행동사 사용하지 않음 | 「いいえ」「いや」 |
| | | 의욕・능력의 부정 | 「できません」「しません」 |
| 2 | 간접적인 거절 | 사죄・유감 | 「申し訳ありません」「残念です」 |
| 3 | | 원망 | 「お手伝いできればよいのですが……」 |
| 4 | | 이유・변명 | 「都合が悪いので……」 |
| 5 | | 대안 | 「他の人に聞いたら?」 |
| 6 | | 조건 | 「もっと早く言ってくれたら….したのに」 |
| 7 | | 약속 | 「今度は……..します」 |
| 8 | | 신념 | 「友だちと取引はしないことにしてるんだ」 |
| 9 | | 상투어 | 「形あるものは壊れるものさ」 |
| 10 | | 협박 | 「文法を無視して会話ばかりやっていたらあとで困りますよ」 |
| 11 | | 죄의식 부여 | 「行かないと家内が怒ります」 |
| 12 | | 비판・부정적 감정/의견 | 「そりゃひどい考えだ」 |
| 13 | | 공감요구 | 「わかってくれないかね」 |

것으로서 유도발화자에게는 상대를 배려하는 결과물이라고 할 수 있다.

**6・**
발화행위에 있어서 언어표현은 한가지 혹은 그 이상의 일련의 semantic formula(의미공식이라 부름)로부터 구성되어져 있다. 발화행위로서의 거절은 여러 가지의 의미공식이 조합되어 형성되어져 있다고 보여진다. 거절표현에 있어서의 의미공식이란 사죄, 변명, 대안 등 사람이 뭔가를 거절한 때에 사용하는 말을 그 의미내용에 따라서 분류한 것이다.

**7・**
生駒知子・志村明彦(1992)는 거절표현의 유형을 「直接的な断り」「間接的な断り」와 그 자체로서 거절의 의미를 표현하기 어려운 「断りへの付随物」의 세 가지로 분류하였으며, 橫山杉子(1993)는 「직접적의미공식」과 「간접적의미공식」「부수표현」이라는 용어를 사용하여 구분하였다. 여기에서는 이를 바탕으로 거절표현의 유형을 「직접적인 거절」과 「간접적인 거절」「부수적인 표현」으로 나누기로 한다.

| 14 | | 위로 | 「心配しないで」 |
| 15 | | 자기방어 | 「できるだけのことはやっているのですが」 |
| 16 | | 애매한 대답 | 「はい、いいえ」 |
| 17 | | 열의부족 | 「やりたくないので」 |
| 18 | | 말돌림 | |
| 19 | | 반복 | 「月曜日ですか?」 |
| 20 | | 연기 | 「考えておきます」 |
| 21 | | 독백 | 「うーんわからないなあ」 |
| 22 | | 호의적인 반응 | 「それはいい考えだが」 |
| 23 | 부수<br>적인<br>표현 | 공감 | 「あなたが難しい状況にいるのはよくわかりますが」 |
| 24 | | 머뭇거림[8] | 「えーとそうだなあ」「うーん」「あのー」 |
| 25 | | 감사 | 「非常に光栄ですが」 |

8·
머뭇거림의 항목에 얼버무림이나 말끝을 흐리는 등의 불명료한 표현을 구분하지 않고 넣기로 한다.

# 4  한일 거절표현의 분석

## 1  한일 거절표현의 유사점

<그림1> 한국어와 일본어의 유도발화별 유사점

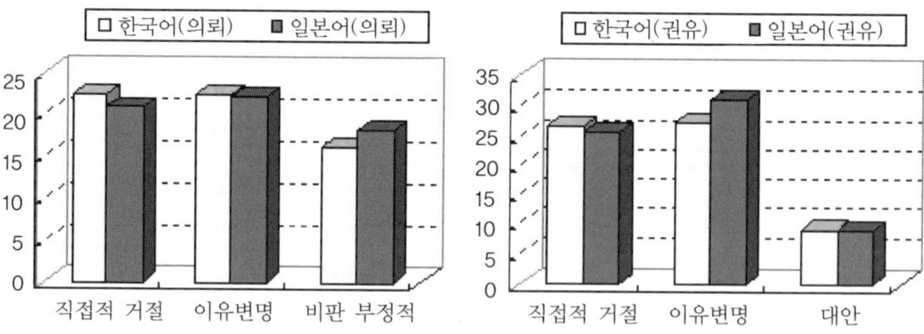

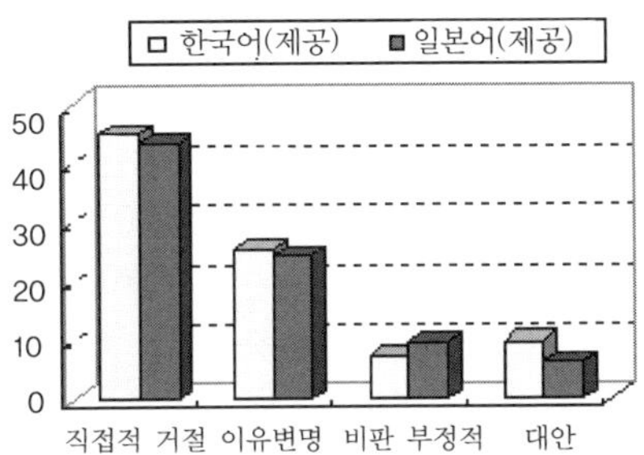



## 1) 의뢰

의뢰에서의 한국어와 일본어의 유사점은 세 가지 항목에서 나타나고 있는데 직접적인 거절에서의 한국어의 비율은 22.3%, 일본어의 비율은 20.8%로 수치상 한국어는 직접적, 일본어는 간접적이라고 하는 기존의 일반적인 특징과 같은 확연한 차이는 나타나지 않았다.

> 1) 母親：園部くんのお父様、刑務所に入っておられると小耳にはさんなんですけど。
> この際、はっきりとご説明いただけませんか。
> 園長：それは、お答えできません。

> 2) 영재：나 찜질방 일 좀 도와줘요.
> 정환：절대 안된다니까요.　　　　　　　　　（의뢰→직접적인 거절）

또한 이유를 설명함으로서 거절을 하는 비율이 한국어에서는 22.3% 일본어에서는 22.1%로 거의 같은 수치의 비율을 나타내고 있음을 알 수 있는데 이는 상대방의 이익과 관련된 사안에 대해서 자신의 입장을 상대에게 이해시키고자 솔직하게 표현하는 방식은 양국어에서 모두 큰 차이 없이 선호되고 있는 전략임을 알 수 있다.

> 3) イサム：俺もね。ちょっと曲作ってみたんだけど聞いてくれる？
> 真生：私さあ、これから行くとこあるんだよね。

4) 채영 : 맛있는 점심 사주세요.

　　현주 : 어쩌지? <u>나 오늘 선약 있는데.</u>　　　　　　　(의뢰→이유·변명)


세 번째로 상대의 요구를 들어주지 못하는 상황에서의 부정적인 의견을 제시하는 비율이 한국어는 16.2%, 일본어는 18.2%로 비슷한 수치이지만 오히려 일본어가 약간 높은 수치를 나타냄으로서 자신의 내면의 부정적인 이미지를 밝히기를 꺼려하며 상대의 감정을 살피고 배려하는 심리적 태도를 표현하는 기존의 일본인들의 모습과는 조금 다른 결과를 나타내고 있다.


5) 周平 : あの……。すみません、お金を貸してもらえませんか?

　　次郎 : <u>そんな芝居にひっかかると思うのか。大人をなめるな!</u>


6) 희진 : 우리 비디오 가게 하는데 투자 좀 해주세요.

　　영재 : <u>야 니들 진짜 웃기는 애들이구나, 어? 지금 어디서 장사를 할려구</u>
　　<u>해.</u>　　　　　　　　　　　　　(의뢰→비판·부정적 의견/감정)

## 2) 권유

권유에서의 한국어와 일본어의 유사점은 세 가지 항목에서 나타나고 있는데 직접적인 거절표현은 한국어 26.6%, 일본어 25.5%로 거의 비슷한 수치를 나타내고 있다.


7) 園長 : おう美冴ー。腹減ったろ。メシ食おう。

　　美冴 : <u>……いらない。</u>


8) 삼순 : 야 장채리 내가 인생 대선배로서 말하는데 목욕이나 가자, 일어나
　　빨리.

　　채리 : <u>안가.</u>　　　　　　　　　　　　(권유→직접적인 거절)


함께 할 수 없는 이유를 설명하는 비율은 한국어가 27.1% 일본어가 31.0%로 일본어가 조금 더 높은 수치를 나타내고 있지만 큰 차이를 보이고 있지는 않다.

9) 柊二 : .........お茶でも飲まない?

  杏子 : <u>あ、今、仕事中だから</u>

10) 성태 : 우리 나가서 술이나 한잔 할까?

  강호 : <u>요새 비상이라 야근이야.</u>　　　　　　(권유→이유·변명)

다른 방향을 제시해주는 대안에 있어서 한국어는 9.2% 일본어는 9.0%로 거의 같은 수치를 나타내고 있는데 응할 수 없는 데에 대한 성의의 표시로서 대안을 제시하고 있는 모습을 볼 수 있었다.

11) 宗.一郎 : 行きますか。としゃ降りのディズニーランド

  夏樹 : まさか。行かないわよ。<u>なずなちゃんとふたりで行っておいで</u>

12) 채린 : 한잔하고 갈래?

  준상 : 아니. 밤에 정리할 게 좀 있어 쉬어. <u>내일 스키나 같이 타자.</u>
　　　　　　(권유→대안)

### 3) 제공

제공에서의 한국어와 일본어의 유사점은 네 가지 항목에서 나타나고 있는데 자신을 배려하여 행동과 물건을 제공해주는 상대에 대한 직접적인 거절표현은 한국어가 45.1%, 일본어가 43.5%로 양국어 모두 절반에 해당하는 높은 수치를 보임으로서 자신의 이익과 관련한 사안에 있어 좀 더 쉽게 거절의사를 표현하고 있음을 알 수 있다.

13) リトル : あと俺やるから、あのお客さん

  柊二 : <u>え、大丈夫だよ、俺</u>

14) 진헌 : 놔두고 가세요 제가 할게요.

  영자 : <u>아닙니다</u> 제가 하겠습니다.　　　　　　(제공→직접적인 거절)

또한 이유·변명의 전략이 한국어에서는 25.4% 일본어에서는 24.4%의 비슷한 수치로 이유를 설명하며 거절의사를 나타내고 있음을 알 수 있으며 이는 자신을 배려하여 제안하는 상대에 대해 완곡하게 표현하는 양상이 한국어와 일본어에서 비슷하게 나타나고 있다고 할 수 있다.

15) ユキ：あたしがするから
    正吾：いいよ、<u>おまえも疲れてるだろ?</u>

16) 일진 : 내가 약 사다줄게.
    세진 : 돼... 됐어. <u>빈속에 약은 무슨</u>.　　　　　（제공→이유·변명）

세 번째로 상대에게 부정적인 의견이나 감정을 표현함으로서 제공하는 사안에 대해 거절하는 비율이 한국어는 7.4% 일본어는 9.6%로 상대가 자신을 배려해주는 사안에 대해 양국어 모두 노골적으로 부담을 표현하거나 거절의사를 나타내는 경향이 비슷한 수치로 나타나고 있음을 알 수 있다.

17) 南：あら……。私、あなたがコンクール、ダメで落ち込んでるだろう
      と思って元気づけようと
    瀬名：<u>余計なお世話だよ。人のプライバシーに踏み込むな。</u>

18) 승완 : 자 그네설치는 내가 해줄게.
    세진 : <u>야, 넌 망치질두 제대로 못하잖아.</u>
　　　　　　　　　　　　　　　　（제공→비판·부정적 의견/감정）

다른 방법을 제시함으로서 자신에 대한 배려와 호의를 받아들일 수 없음을 나타내는 비율이 한국어는 9.8% 일본어는 6.1%로 한국어 일본어 모두 상대의 성의에 대한 표현으로서 비슷한 양상을 보이고 있음을 알 수 있다.

19) 徹朗：……いくらですか?ピザ
    ゆら : そんな、いいですよ………本当にピザ代は結構ですので、<u>今</u>

<u>**月分**、いただけますでしょうか?</u>

20) 경민 : 머리 많이 아프면 내가 가서 약 사올게.
　　혜련 : 아냐, 됐어. <u>아줌마한테 사오라고 하면 돼</u>.　　　　　　(제공→대안)

## ② 한일 거절표현의 차이점

<그림2> 한국어와 일본어의 유도발화별 차이점

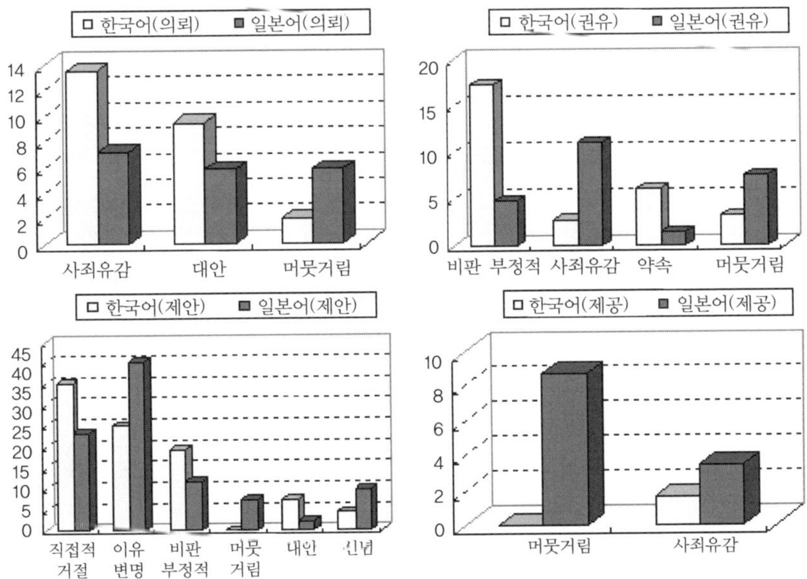


### 1) 의뢰

　　의뢰에서의 한국어와 일본어의 차이점은 세 가지 항목에서 나타나고 있는
데 상대에게 미안함을 나타냄으로서 거절의 의사를 전달하는 방식에 있어서
한국어는 13.5%, 일본어는 7.1%로 일본에서는 작은 일이어도 사과를 하는 것

이 습관화 되어 있다는 기존의 일반적인 특징과는 조금 다른 결과라고 할 수 있다.

21) 지영: 유진아 제발 우리 상혁이 더 이상 힘들게 하지 말고 돌아와 응?
유진아 제발 부탁이다.
유진: <u>어머니 죄송합니다.</u>  (의뢰→사죄)

또한 다른 방법과 방향을 제시해주는 대안제시의 전략이 한국어는 9.5%, 일본어는 5.8%로 차이가 보이고 있는데 이는 대부분의 의뢰에서의 대안제시의 예문이 상대에 대한 성의라기보다는 상대의 요구에 대한 곤란한 상황으로부터의 모면을 위해 나타나고 있는 것으로 한국어에서 상대의 이익과 관련된 부분에 있어 일본어보다 조금 더 불성실한 태도를 보이고 있음을 알 수 있다.

22) 현아 : 이번에 저 좀 도와주시지 않을래요?
                 ......................
강호 : <u>봉삼이하고 하시죠?</u>  (의뢰→대안)

세 번째로 거절의사를 정확하게 표현하지 못하고 머뭇거림으로 상대로 하여금 곤란한 상황임을 유도하는 발화로서 한국어에서는 1.4%, 일본어에서는 5.8%로 4배에 가까운 높은 수치를 나타내고 있다. 이로서 한국어는 좀 더 정확하게 자신의 의사를 표현하고 일본어는 상대의 의뢰에 대한 미안함의 의사 표명을 애매하게 함으로써 곤란한 입장을 나타내고 있음을 알 수 있다.

23) 次郎 : 今言ったことさ、こいつの母ちゃんやホームの先生の前で言っ
てくんないかな
トシ : <u>え.......あ...........?</u>
トシ : <u>え..........</u>  (의뢰→머뭇거림)

## 2) 권유

권유에서의 한국어와 일본어의 차이점은 네 가지 항목에서 나타나고 있는데 상대에게 부정적인 감정을 드러냄으로서 함께 행동할 수 없음을 나타내는 비율이 한국어는 17.4%, 일본어는 4.8%로 한국어가 4배에 가까운 높은 수치를 보여주고 있다.

24) 신영 : 그동안 내 옆에 있어줘서 너무 고마워. 우리 이제 결혼할래? 올해
      안으로 날 잡자, 자기야.
      ..............................
   선우 : <u>누구 맘대로 결혼을 하고 말고 해 결혼이 너 혼자 한다고 되는
      일이야?</u>　　　　　　　　　 (권유→비판・부정적 의견/감정)


유감을 나타내는 비율은 한국어는 2.7%, 일본어는 11.0%로 4배에 가까운 높은 수치를 나타내고 있다. 이는 양자에게 이익이 있는 것을 전제로 하는 상황 이라 하더라도 일단 상대의 요구에 응할 수 없음에 대한 미안함을 나타내는 빈도수가 일본어에서 높다는 것을 알 수 있다.

25) 真弓 : ね、終わってから、ちょっと飲まない？
      何だったらうちでもいいけど…….
   柊二 : <u>悪い</u>。　　　　　　　　　　　 (권유→사죄・유감)


차후의 일로 미루는 약속의 거절전략이 한국어는 6.0%, 일본어는 1.4%의 비율로 차이를 보이고 있는데 앞에서의 예문들에서와 같이 대부분의 약속이 현재의 사안을 미래로 미룸으로서 오히려 불성실한 대안으로 작용하는 것을 알 수 있었다. 그런 의미에서 한국어의 약속의 비율이 높은 것은 일본어에서보 다 조금 더 쉽게 그 상황의 긴장감에서 벗어나고자 하는 양상을 보이고 있음을 알 수 있다.

26) 정재 : 아, 참 가볼 데 있어 우리 약혼식장.
   혜원 : <u>나중에 볼게.</u>　　　　　　　　　　 (권유→약속)


또한 함께 할 것을 제안하는 권유에 있어서의 얼버무림에서도 3.3%, 7.6%로

두 배에 가까운 차이가 보여지고 있는데 이 또한 일본인의 언어행동의 특성의 차이를 반영한 결과라고 할 수 있다.

> 27) 千歳：どう?こう暑くちゃすぐ帰る気になんないし、軽く行く?
> 　　 東次：そう、ですね…………　　　　　　　　　　　（권유→머뭇거림）

## 3) 제안

　제안에서의 한국어와 일본어의 차이점은 여섯가지 항목에서 나타나고 있는데 상대에게 바람직하다고 판단되는 행위를 할 것을 제안하는 상황에서의 직접적인 거절은 한국어가 35.3%, 일본어가 25.4%로 차이가 나타나고 있는데 이는 제안이라는 상황 자체를 단순한 자신의 이익이라는 관점에서 판단하여 한국어에서는 조금 더 직접적으로 거절을 하는 반면 일본어는 자신에 대한 상대의 배려로서 완곡하게 표현하고 있음을 알 수 있다.

> 28) 부장 : 다른 사람이랑 야근 바꾸지 그래.
> 　　 신영 : 아닙니다.　　　　　　　　　　　　（제안→직접적인 거절）

　또한 이유·변명의 전략은 한국어에서는 25.0%, 일본어에서는 40.4%로 큰 수치의 차이를 보이고 있는데 위에서 설명한 것처럼 일본어에서는 상대에 대한 배려를 쉽게 거절하기 보다는 그에 대한 입장의 설명을 함으로서 상대와 자신의 관계를 유지하고자 하는 노력을 보이고 있음을 알 수 있다.

> 29) 正吾：あ、それより寝てたほうがいいよ。できあがったら呼ぶから
> 　　 ユキ：ただの風邪だよ。もう熱も下がったし　　（제안→이유·변명）

　상대의 제안에 대해 비판적인 감정을 드러내는 비율은 한국어가 19.1% 일본어가 11.7%의 차이를 보이고 있는데 이는 상대방의 배려에 대해 비판적인 의견을 표명함으로서 거절의 의사를 드러내는 전략이 일본어에 비해 한국어에서 빈번하게 사용되고 있음을 보여주고 있다.

30) 세진 : 택시 타구 가
　　재경 : <u>호강에 겨워 요강에 빠진다.</u>

(제안→비판・부정적인 감정/의견)

　네 번째로 얼버무림이라는 전략은 한국어에서 전혀 보여지지 않는데 비해 일본어에서는 7.5%의 비율을 나타내고 있다.

31) 美也子 : ユキちゃん、これに乗って。これからは、できるだけ心腸に
　　　　　　負担がかからないようにしなきゃいけないから
　　ユキ : <u>え?でも……あたし、まだ歩けるし…..</u>
　　美也子 : 病院の中だけでも、ね
　　ユキ : <u>けど…….</u>　　　　　　　　　　　　　　　　　(제안→얼버무림)

　자신에게 반드시 이익이 되는 사안이 아니라고 하여도 자신을 배려하여 제안해 준 상대에게 들어줄 수 없는 미안함을 다른 방향을 제시함으로서 거절을 하는 비율이 한국어는 7.4%, 일본어는 2.1%로 3배에 가까운 높은 수치를 보여주고 있다.

32) 봉삼 : 아버지 일어나세요. 병원에 가야죠. 치료 받아야 될 거 아니에요.
　　봉삼 부 : 필요없어, 이 놈아. <u>약이나 좀 사다 바르면 돼. 정 맘에 걸리면
　　　　　　약값 하게 돈이나 좀 주던지.</u>　　　　　　　(제안→대안)

　제안의 상황에서 자신의 생각과 의지를 소신있게 밝힘으로서 거절의 의사를 표현하는 비율이 한국어는 4.4% 일본어는 9.6%로 두 배에 가까운 차이를 보이고 있다. 이는 한국인보다 일본인들이 자신을 배려하여 제안해주는 사안에 대해 신념을 밝히며 상대방을 설득시키고자 하는 태도를 취하고 있음을 알 수 있다.

33) 鳥居 : ……もう、やめませんか?こどもたちは新しいホームになれつつ
　　　　　あります。あなたも次へ進むべだ。バカげてますよ、こんなの

 ..........
朋美 ： <u>私、バカと言われたっていい。バカになりたいんです、今回だけは。できる限りのことをしたいんです！</u>　　　　（제안→신념）

## 4) 제공

　제공에서의 한국어와 일본어의 차이점은 두 가지 항목에서 나타나고 있는데 상대의 호의를 받아들이는 상황에서의 거절표현에 있어서 한국어는 얼버무림의 전략이 전혀 보여지지 않는데 비해 일본어는 8.7%의 수치를 나타내고 있다. 이는 일본어에서는 상대에 대한 부담감 혹은 미안함이나 감사함을 일본인의 특징적인 언어행동이라고 할 수 있는 얼버무림을 통해 표현되고 있다고 할 수 있다.

　　34) 瀬 ： 退職金は振り込んでおくよ

 .................
　　　一之瀬 ： じゃあ、ファイトマネーだ。プロのドライバーなら、受け取れ
　　　次郎 ： <u>でも........</u>　　　　　　　　　　　　　（제공→머뭇거림）

　사죄·유감이라는 전략이 차지하는 비율은 한국어가 1.6%, 일본어가 3.5%로 두 배에 가까운 차이를 보이고 있는데 이는 일본인들은 자신에게 득이 되는 상황이라고 하여도 자신이 받아들일 수 없는 상황이라면 상대의 배려에 대한 미안함을 표현하고 있음을 알 수 있다.

　　35) 正夫 ： こっちがスペインだろ、こっちがギリシャ。オーストラリアもあるぞ。あ、お前、プロパンガス行きたいって言ってだろ?
　　　杏子 ： お兄ちゃん........
　　　正夫 ： 金か?金だったら心配するな。それにな、お兄ちゃんがついてってやる。

 ..............
　　　杏子 ： <u>ゴメンね、これ。お兄ちゃん.............?</u>　　（제공→사죄·유감）

# 5  연구결과 및 전망

선행·유도하는 발화에 따른 한국어와 일본어의 거절표현의 양상을 알아보았다.

분석 내용을 정리하면 다음과 같다.

첫째, 의뢰의 상황에서는 한국어와 일본어 모두 대체적으로 간접적인 거절표현으로 상대에게 돌아갈 위협을 최소한으로 하고자 노력하는 양상이 보였으나, 한국어에서는 위기를 모면하고자 사용되는 전략이, 일본어에서는 상대에 대한 미안함으로 불명료한 표현을 사용하는 양상을 볼 수 있었으며 이는 서로 다른 문화권에서 나타나는 특징적인 언어행동의 결과라고 생각된다.

둘째, 권유의 상황에서는 한국어와 일본어 모두 이유를 설명하거나 다른 대안을 제시함으로서 상대에 대한 성의를 표현하는 비슷한 양상을 보여주고 있다. 그러나 한국어에서는 상대에 대한 부정적인 감정을 드러냄으로서 상대에게 큰 위협을 줄 수 있는 거절 전략을 나타내거나 일시적으로 회피하고자 하는 전략을 사용하는데 반해 일본어에서는 함께 하지 못함에 대한 유감스러움을 나타내거나 거절을 명확하게 표현하지 못함으로서 상대에 대해 배려하는 모습을 보여주고 있다.

셋째, 제안의 상황에서는 한국어에서는 상대에게 큰 손해를 입히지 않는 상황의 거절에 큰 부담을 갖지 않음으로서 직접적으로 거절의사를 밝히는 반면 일본어에서는 자신의 입장과 상황을 설명함으로서 상대방에게 좀 더 완곡하게 거절의사를 표현하고 있음을 알 수 있다. 또한 한국어에서는 자신을 배려해 준 상대에게 다른 방안을 제시함으로서 미안함과 성의를 표현하고 있는데 반해 일본어에서는 자신의 생각과 의지를 소신있게 밝힘으로서 상대를 설득시키는 경향이 나타나고 있다.

넷째, 제공의 상황에서는 한국어와 일본어 모두 직접적으로 거절함으로서 상대에게 폐를 끼치지 않으려고 배려하는 경향이 두드러지게 나타나고 있었다. 또한 일본어에서는 수락하지 않아도 상대에게 손해나 피해가 가는 상황이 아님에도 불구하고 미안함이나 유감을 표현하거나 얼버무림으로서 난처함을 나타내기도 했다. 이는 이익과 관계없이 상대의 요구를 받아들이지 못하는 상황 자체를 부담스럽게 여기는 일본인들의 성향에서 나타난 결과라고 생각된다.

선행·유도하는 발화에 따른 거절표현의 양상을 알아봄으로써 한국어와 일본어의 서로 다른 문화권안에서의 특징적인 언어행동을 살펴보았다. 상황과 내용에 따른 언어간 이해에 그 목표를 두었으며 좀 더 다양한 유도발화의 기준에 따른 거절표현의 양상은 차후 연구 과제로 삼고 싶다.

# 09 상업광고문의 표현상의 특징

김민자

## 들어가는 말

언어가 가지고 있는 주요한 기능 중 하나가 상대방에게 자신의 의사를 전달하고 설득하는 것이라면, 광고에서 사용되는 언어야말로 가장 고도화된 설득력을 발휘하기 위해 만들어진 것이라고 말할 수 있다. 그래서 광고에서는 메시지 전달의 효율을 높여 메시지를 좀 더 명확하고 강력하게 전달하기 위해 다양한 언어적 기법을 사용하고 있다[1]. 특별한 경우를 제외하고 모든 광고에서는 언어가 사용 된나[2]. 즉, 광고에서는 늘 소비자 언어가 사용되고 있다고 볼 수 있다. 소비자 언어란 소비자들의 일상생활 속에서 자연스럽게 사용되는 언어를 말한다. 소비자 자신이 친구들을 만나 나누던 말이 그대로 광고에 나올 때, 사람들이 갖는 광고에 대한 친근감을 가지게 된다. 그만큼 광고효과가 높아지는 것은 당연한 일이다. 이런 이유로 광고에서는 늘 소비자들이 어떤 말을 사용하는가를 집중적으로 연구한다. 소비자들의 언어생활이 자연스럽게 반영되면 될수록 광고언어가 갖는 힘은 커질 것이다(박영준 외 2005:8).

[1] · 물론 언어만이 다양한 기법을 사용하는 것은 아니다. 사진이나, 영상, 음향 등도 다양하고 새로운 시도를 하고 있음을 물론이다.

[2] · 고의적으로 광고의 주제를 숨기거나 시각적 이미지만을 보여줌으로써 소비자들의 궁금증을 증폭시키는 티저(Teaser)광고의 경우에는 언어가 사용되지 않는 경우도 있다.

이런 광고언어, 즉 소비자 언어는 살아있는 언어다. 현대인에게 광고언어는 언제 어디서나 자신이 원하든 원치 않든 접하게 되어 있고, 언어생활을 하는 본인의 실생활과 직접적인 관련이 있는 실용언어의 한 분야라고 볼 수 있다. 흔히 일본어를 중학교 교과서의 교육과정 편제상 과목명을 '실용외국어'라 부르는 것을 보면 한국인의 실생활과 가까이 있음을 반증하는 말이기도 하다. 이러한 실용언어들이 언어적으로 광고 매체마다 어떻게 나타나는가를 살펴보는 일은 매우 의미 있는 연구가 될 것이다.

# ▌1 광고문이란

광고언어는 현대인의 생활과 밀접한 관계를 맺고 있다. 수시로 접하게 되는 광고언어는 때때로 우리의 눈살을 찌푸리게도 하고, 미소를 머금게도 한다. 이 광고에 사용되는 언어조작들은 소리 하나하나, 어휘 하나하나, 짧막한 표현 하나하나에 압축되어 나타나고 있다. 소비자의 기억 속에 남아있도록, 궁극적으로는 소비자가 지갑을 열도록 광고가 보여주는 가상의 세계가 우리가 지향해야 될 세계인 것처럼 그럴 듯 하게 꾸며지고 있다. 이처럼 광고주의 입장에서는 특정의 목적을 지니고 있을 뿐만 아니라, 광고를 읽거나 시청하는 입장에서는 다양한 정보를 얻을 수 있다는 특징이 있다. 이런 광고에는 여러 가지 기법(음악, 비쥬얼, 음향, 침묵, 언어 등)이 동시다발적으로 사용되고 있으나, 언어표현이 가장 큰 비중을 차지하고 있다는 연구가 있다(노로이쿠코野呂幾久子2001 : 30-31). 여기서 언어학은 광고언어의 여러 특징을 파악해야 할 효율적 수단으로 작용할 수 있다(박영준 외 2005 : 19). 따라서 연구의 중심을 언어표현에 한정시켜 그 언어들이 생성되고 있는 매스미디어의 종류에 따라 어떤 형태의 문장이 사용되는지 연구할 필요가 있다고 생각한다. 매스미디어 광고의 종류는 다양하지만 그 중에서 대표적이라고 할 수 있는 전파매체인 TV광고와 인터넷 배너광고, 인쇄매체인 신문광고, 잡지광고, 리플렛(광고전단지), SP광고, 공공장소의 안내문(관광광고, 도시홍보 광고 등)등을 연구대상으로 하고 싶다.

언어사용 목적이 뚜렷한 광고문에는 각 매체별로 특징이 있을 것이다. 이들 매체에서 사용되고 있는 문의 형태를 사용빈도에 따라 크게 ① 축약문 ② 생략문 ③ 도치문 ④ 경어문 ⑤ 명사문 ⑥ 반복문 ⑦ 카피문 등으로 나누어 각각 그 문장의 특징을 살펴보고 싶다. 연구대상 문장의 정의는 각 매체별로 같은 것이므로 전파매체의 대표인 TV광고에서만 언급하기로 한다.


## ▌2   선행연구 및 연구동향

광고언어의 구조, 발화유형, 어순, 생략현상, 인칭대명사, 은유유형과 특징, 광고모델과 광고언어 등의 전반적인 연구는 이루어져 있다. 또한 부분적이나마 장경희(1992)는 신문광고와 방송광고의 표제부에 사용된 문장구조, 수사법 등을 살피고, 광고언어 연구가 인접 언어(기사문, 상품명 등)와의 관련성도 함께 파악해야 함을 시사해 주기도 했고, 김정선(1998)은 TV광고의 구조와 대화에 나타난 특징을 살피며 표제, 본문의 구별이 뚜렷하지 않고, 이를 대화가 대신하여 대화라는 변화성을 지닌 요소와 소설명, 슬로건, 로고 및 광고주명이라는 고정성을 가진 요소로 구조화하고 있다고도 했다.(박영준 외 2005:22)

나아가 이은희(2000)는 광고에서의 생략현상이 광고 텍스트의 특징에 따라서 회복 가능성을 중심으로 한 생략 현상(문맥적 생략, 소통상황적 생략, 개념적 생략)을 살펴, 광고 텍스트에서의 생략 현상이 일반적인 음성 언어나 문자 언어 텍스트의 생략 현상과 다름을 밝힌 바 있다. 또한, 김선희(2000)는 문장의 쓰임(의문문, 평서문, 명령문, 청유문, 감탄문), 단어의 쓰임(제품 및 기업 이름/인칭 대명사), 수사학직 표현의 쓰임, 광고 언어의 일탈 현상 등을 살핀 바 있다(박영준 외 2005 : 22).

TV 광고에 대해서는 지금까지 가케이외覓壽雄他(1984)의 연구가 있는데 그 내용은 TV방송 어휘조사로, 조사방법 표본일람·분석 등이다.

그리고 『카피의 연구』에서 광고표현의 조건·문장의 준비·문장구조·비유·문의 진단·문장의 효과 등에 대해 논하고 있다.(모리오카森岡 1984 : 279)

또, 야마키八巻(1994)『비교·세계의TV CM』에서 발화형태 등을 조사하고 있다.

## 3 각 매체별 문장 표현상의 특징

### ❶ TV광고에 나타난 문장의 특징

TV 광고에는 다채로운 언어표현(20%)뿐만 아니라, 비언어적인 표현(80%: 영상테크닉, 비쥬얼, 디자인에 사용되는 소재와 기법, CM송, 동서고금의 스타 등의 출연)이 사용되고 있다. TV 광고는 소비자의 청각과 시각을 동시에 붙잡아야만 하는데, 지극히 짧은 15초나 30초의 정해진 시간 속에서 선전하고 싶은 것을 모두 표현해야하는 제약을 지니고 있고, 시청자를 의식해서 전개해야만 하는 환경에 놓여 있다. 이러한 제약 하에서 광고의 목적을 달성하기 위해서는 각 문장마다 독특한 특징이 있을 것이다. 소비자에게 쉽게 각인되기 위한 반복적인 표현이 그 중 하나다. 그러나 지면 광고나 일상적인 대화에서 반복 쉽게 나타나기 힘든 표현일 것이다.

① 축약문
어떤 긴 형태에 대응되는 짧은 형태를 축약형이라 하고, 그런 문장을 축약문이라고 한다.(오가와 외小川外 1992 : 51)
　　＊飼うというより、一緒に生きてる。親心発売中

(商品名：いなば親心(キャットフード)30秒

② 생략문
문의 성분 중 일부가 빠져 있는 경우가 있는데 이러한 문을 생략문이라고 한다.(오가와 외 1992 : 219)

　＊ まぶしいぜ！信州のお米(は)　　　　　　(商品名：長野県産米)15秒

③ 도치문

　일본어의 어순은 한국어와 마찬가지로 주어+목적어+서술어의 순서이지만, 이들 문장 성분 중, 그 순서가 바뀌는 경우가 있는데, 이런 문장을 도치문이라고 한다. 이 표현은 어순을 바꿈으로 文頭部에 독립성을 가질 수 있고 강한 인상을 심어주게 되어 기억이나 설득을 시키는데 효과적인 표현이 되기도 한다.(오가와 외 1992 : 219)

　＊ いや、いいとおもいますよ。すごくあたらしくて。

　　　　　　　　　　　　　　(商品名：デジタルムーバ)30秒

④ 경어문

　경어는 상대방이 듣는 이와 화제의 인물에 관해 경의와 배려의 의도로 사용하는 표현이다. 그렇지만, 현대경어는 모르는 사람이나 친하지 않은 사람에게 사용하는 경우가 많아 비즈니스 세계에서 가장 널리 사용되고 있다(윤상실 외 2002:199). 한미경(2007:54)은 경어는 힘의 관계, 역할의 관계에 의해 사용된다고 하고 있다. 이에는 정중한 말, 존경어 겸양어 등으로 나눌 수 있지만, 여기서는 존경어와 겸양어만을 연구대상으로 하고 싶다.

　＊ 運転中のケイタイの利用は、おやめください。

　　　　　　　　　　　　　　(商品名：マナー啓発)15秒

⑤ 명사문

　문장의 술어부분을 명사로 끝맺는 문장을 의미한다. 일본어의 경우는 전통 시가인 와카나 하이쿠의 영향을 받은 것으로 알려져 있다. 리듬감을 느낄 수 있는 표현으로 시청자에게 보다 쉽게 다가갈 수 있는 한 요인으로 보인다.

　＊ そのスープ、ホームラン級　ホームラン軒！

　　　　　　　　　　　(商品名：ホームラン軒(カップラーメン))15秒

3・
Tennen,  Debarah(1989)
Talking voices :
Repitition  dialogue  and
imagery in conversational
discourse cambridge :
Cambridge University
Press (2004)再引用 李貞
姬  丁寧表現に関しての
研究  釜山外大  p120

⑥ 반복문

반복문은 화자의 발화 중 일부 또는 전부를 화자 자신이나 청자가 그대로 반복하는 것으로, 그 기능은 청자가 참여, 기여, 공감, 강조, 정보전달, 담화의 구성이 있다.[3]。

　＊ そのスープ　ホームラン級、ホームラン級

(商品名：ホームラン軒(カップラーメン))15秒

⑦ 카피문

광고의 문자에 의한 언어표현 중, 표제의 기능을 다하고 있는 부분을 캐치카피라고 한다.(도키루미에土岐留美江 2001 : 41)

　＊ ビスコを食べると強い子になる。　　　　　　　(商品名：ビスコ)30秒

　기본적으로 시각과 청각을 동시에 붙잡아 두려면 상당히 다양한 방법으로 접근해야 하므로 7가지의 문장이 다양하게 사용되고 있다. 그 중에서 사회에 일정기간 영향력을 미친다고 볼 수 있는 광고카피문이 상당히 드러나 어느 기간의 유행이나 사회현상을 만들어 나가는 기능까지 하는 특징이 있다.

**2** 인터넷 배너 광고에 나타난 문장의 특징

① 축약문

　이 광고는 두 개의 축약 형태가 쓰이고 있다. 먼저 「恋テク」는 「恋のテクニック」를, 「いってる?」는 「いっている?」를 축약 한 것이다. 특히 전자의 경우, 신조어와 비슷한 것으로, 최근 일본의 젊은 층을 중심으로, 긴 단어를 짧게 쓰는 많이 쓰고 있는 사례가 늘고 있다. 예를 들어 デジカメ(デジタルカメラ)라든지　パリコレ(パリ・コレクション)등이 있다. 후자의 경우는, 구어체의 사용으로 친밀감 강조와 함께, 문자의 제한으로 인한 것이라고 볼 수 있다.

(http://partner.yahoo.co.jp/)

　② 생략문
　＊ 忙しいサラリーマンへ, 情熱と癒やしを　　　　　　　（セブンーイレブン 4B）
　이 광고는 원래 「忙しいサラリーマンへ, 情熱と癒やしを(与えます)」이지만, 与えます를 빼는 편이 더 간결해 보일 뿐만 아니라, 광고문이라는 글자수의 제약상 동사구를 생략했다. 여기서는 동사가 없더라도 의미상의 변화가 없기 때문이다.

(http://www.yahoo.co,jp)

　③ 도치문
　＊ あなたにはある? 太もものすきま、　　　（DHC プロティンダイエット）
　이 문구는 원래, 「太もものすきま、あなたにはある?」이지만, 이 제품을 사용하면, 허벅지의 군살을 제거 할 수 있다는 점을 강조하기 위해, 「太もものす・き・ま」를 뒤에 써 준 것이다. 그로 인해, 허벅지 사이즈를 줄이고 싶은 여성들을 자극함으로서, 상품 구매를 충동시키고 있다.

(http://top.dhc.co.jp/shop/ad/proteindiet/index_adn.html)

　④ 경어문
　＊ ヤフーオクション　中古品買い上げ　（http://auctions.yahoo.co.jp/jp/)

이 광고는 야후 옥션의 문구인데 이 경우는 물건을 파는 것이 아니라, 물건을 사들이는 광고로 고객의 물품을 통해 사업을 하고 있다. 이 또한 위와 마찬가지로, 고객들에게 더 경의를 표하는 표현으로 존경어를 쓰고 있는 것을 알 수 있다.

⑤ 명사문
* 午後を 元気にする 魔法, キリン 午後の紅茶
이 문구도 魔法라는 명사로 끝나고 있는데 명사로 끝냄으로써 문구에서 불필요한 성분을 제거 할 수 있고, 간결성을 나타낼 수 있으며, 뒤에~です를 덧붙이는 것보다 더 강한 인상을 남기고 있다. (http://www.beverage.co.jp/)

⑥ 반복문
* ヤフーオクション 出品体験 トライ、トライ、トライ
이 광고문구는「トライ、トライ、トライ！」와 같이,「トライ」라는 단어를 3번 연속 반복 해 주고 있다. 이처럼 반복 했을 경우, 옥션에 물건을 출품하는 것을 더욱 친숙하게 느낄 수 있으며, 젊은 층들에게 더 쉽게 다가갈 수 있다.
(http://special.auctions.yahoo.co.jp/html/submit_try2008/)

문자를 쉽게 보여줄 수 있다는 장점을 충분이 살려 간결하고 기억하기 쉬운 문자를 효과적으로 제시하고 있고, 경우에 따라서 동영상이 가능해서인지 소리의 장점을 최대한 살려 많이 반복문을 사용하고 있음이 큰 특징이다.

### ❸ 신문광고에 나타난 문장의 특징

신문광고문 또한 자사의 제품이나 회사를 각인시키려는 목적이 있는 문장이므로 표현상 일정한 패턴이나 문체(이석주 외 2002 : 65-92)가 있다고 생각할 수 있다. 그렇지만, 신문광고에 나타나는 언어 특성이 과연 다른 종류의 글쓰기와 어떻게 그리고 얼마나 다른지 객관적으로 정리한다는 것은 쉽지 않은 작업이다. 그러므로 좀더 객관적이고 실제 자료를 바탕으로 한 접근 방법이 매우 효과적일 수 있다. 이런 필요성에 따라 연구방법으로는 일정기간내 발간된 일간지 중 조간『아사히신문朝日新聞』『요미우리신문読売新聞』『마이니치신문毎日新聞』『닛케이신문日経新聞』『주니치신문中日新聞』등을 무작위로 선택하여 광고문 속에서 특징적으로 드러난 7가지의 문의 표현을 고찰해 보고 싶다. 실제 신문지면 크기를 기준으로 $(40\times 17)cm^2$이상[4]의 광고문을 대상으로 한다. 이보다 크기가 작은 광고는 독자들이 읽기 힘든 면이 있고, 주로 구인광고와 같이 특정의 형식이 지정되어 있어 문체 분석의 대상으로는 적합하지 않은 면이 있기 때문이다.

① 축약문
 * 電話1本で、資料が無料でもらえる<u>んだって</u>！

(読売 2006. 9. 7 AIG保険)

② 생략문
 * 新ステージ登場!選手の総合力が決め手に！(なります!)

(朝日2007. 5.1 第11回サイクルロードレース)

③ 도치문
 * わかっているようで、案外わかっていないかもな、主婦って
　熟年主婦だけでゆく旅もこちらから。　　(朝日 2007. 4. 14. 旅行会社)

④ 경어문
 * お近くの書店にてお求めください。

読売新聞(2007.5.4)(商品名：住宅情報 ほしいリゾート)

⑤ 명사문
 * 使える14項目をしっかり<u>レッスン</u>！ やさしい英文法。

(商品名：Ｊリサーチ出版 영어학습서)

4・
山川浩二,大嶋也子(1986)「特集・広告の言語学―目で見る広告のスタイル学大全集」「言語」大修舘 p50-51 이 크기에 해당되는 광고로는 全面広告(한 지면 전부에 게재하는 전 15段의 광고), マルチ広告(여러 페이지에 걸쳐 한 광고주가 게재하는 광고), 見開き広告(서로 마주보는 두 페이지에 걸쳐 게재하는 광고), 記事下広告(지면의 가장 하단에 게재되는 광고)등이 있다.

⑥ 반복문
 * 本当にあった　染めるとき　染めたあと　あのいやなおいがなく　きれい
　に染まる
　(朝日新聞　2006.8.28　商品名： Salon de Pro サロンドプロ(염색약)

⑦ 카피문
 * もう政治はやめて　　　　　　　　　　　朝日新聞(2007.3.1)(商品名：週刊新潮)

기본적으로 문장체의 표현이 많이 나타나리라고 생각하기 쉬우나, 광고의 기본 특징인 소비자에게의 강한 자극과 인상을 의식해서인지 문장체를 기본으로 하면서도 기억하기 쉽도록 하기 위한 장치인 도치, 반복문을 자주 사용하고 있음을 알 수 있다.

❹ 리플렛(광고전단지)에 나타난 문장의 특징

흔히 리플렛을 팜플렛이라고도 하는데 이는 크게 두 가지로 나뉜다. 팜플렛은 회사안내, 영업안내, 영업보고서, 입사 안내, 제품 안내, PR 등의 용도로 쓰여지는 소책자로 브로슈어와 같은 의미로 쓰인다. 한편, 1매로 된 인쇄물을 리플렛, 책에 가까운 팜플렛을 부클렛이라고 한다. 리플렛은 광고, 홍보용으로 많이 사용되는 일반적으로 고급스러운 한 장짜리 전단지를 의미한다. 이것의 특징은 ① 한 장 짜리이며 ② 크기는 손에 들고 읽을 수 있는 정도이며 ③ 용지는 그다지 두껍지 않다는 점을 들 수 있다. 내용면에서는 팜플렛이나 부클렛에 뒤지나 대량 생산시 단가가 낮고 많은 사람들에게 읽힐 수 있다는 장점이 있다. 즉, 우리 생활 주변에서 언제, 어디서나 쉽게 접할 수 있는 광고전단지를 의미한다.

① 축약문
 * 新作DVDをもらっちゃおう！（もらってしまおう）

* 君が来なくちゃ終われない！（来なくては）
* 買わなきゃ！（買わなくてはいけない）


② 생략문
* 往復乗車でさらにお得に!!（なります）
* 豊橋駅～中部国際空港最速88分!（です）
* 空港まで楽々バスアクセス!!（できます）


③ 도치문
* 必見！お得な思い出を。
* 発見！角川文庫。
* 遅れてごめんね！お父さん。


④ 경어문
* 空港特急バスがさらに便利にお得になりました。
* また旅行代理店へお越しください。
* ご希望の日付・時間などをご記入いただきます。


⑤ 명사문
* セントレア行き空港特急バス
* ゆったり座って空港まで直行
* 駐車場完備の停留所が三ヶ所!
* 豊橋駅～中部国際空港最速88分!


⑥ 반복문
* 絵を描き、空間を遊び、舞台を演出し。
* くずれない、くすまない、朝の自信肌がつづく。
* 一瞬も、一生も美しく。

고객이 한 손에 쥘 수 있을 정도의 크기여야 하는 제한과 더불어 광고의 기본 특징을 잘 살리고자 해서인지 경어문과 명사로 끝나는 문이 가장 많이 사용되고 있다는 것을 알 수 있다.

### ❺ 잡지광고에 나타난 문장의 특징

잡지 광고와 같은 인쇄매체 광고 형식은 텔레비전이나 라디오 등의 매체를 이용한 방송 광고와 달리 시간적인 제약에 구애받지 않고 이미지와 언어 사이의 관계를 살필 수 있는 장점이 있다. 이 때문에 광고언어에 포함된 의미 정보가 시각적 인상이나 청각적 인상에 묻히게 되는 것을 최소화할 수 있다. 또한 광고에 쓰인 사진이나 그림과 같은 시각적 이미지가 정적으로 배치되기 때문에 독자의 시선이 비교적 자유롭게 움직일 수 있다. 이러한 잡지 광고에서 시각적 이미지와 함께 제시되는 광고 언어는 시각적 이미지가 제공하고 있는 기호로서의 정보를 보다 구체적이고 자세하게 부여하는 기능을 한다. 특히, 여러 요소로 이루어진 광고 언어 중에서 소비자의 시선을 끌기위해 가장 중요한 역할을 하는 부분으로는 호소력 있고 흡인력이 있으며 잘 다듬어진 문장을 사용해야만 한다. 따라서 이런 정제된 문장에는 기본적으로 나름대로의 특징이 있으리라고 생각한다. 잡지의 종류는 여러 가지가 있으나. 주로 젊은층을 대상으로 한 패션잡지인 'more'를 중심으로 표제문과 부표제문을 중심으로 7 가지 문의 형태를 고찰하기로 한다.

① 축약문
* ほんとうの美しさ<u>って</u>?　　　　　　　　　(2007.4월호 MORE *爽健美茶*)
* もうすぐホワイトデー！彼にホレなおさせ<u>ちゃう</u>、女の子らしいメイ
クって?　　　　　　　　　　　　　　(2007.4월호 MORE メイク)
* 思わずふれたくなっ<u>ちゃう</u>、大満足の肌に！　　　(2007.4월호 *化粧品*)

② 생략문
* 「くずれにくい」から「かわらない」へ。 (2007.4월호 MORE Kanebo)

＊ いつまでもみずみずしいクリアな肌のまま。

(2007.4월호 MORE Kanebo)

＊ 新しい存在感へ。　　　　　(2007.4월호 MORE SHISEIDO)

③ 도치문

＊ はいたのはコレ！　　　　　　　(2007.4월호 MORE 靴)

＊ 毎日使うからこそ、上質なものを。　　(2007.4월호 MORE 財布)

④ 경어문

＊ 拝見します。あの人の『お取り置き』　　　(2007.3월호 衣服)

＊ この医薬品の「使用上の注意」をよく読んでお使いください。

(2007.3월호 衣服)

＊ サイズ、色違いなど商品の詳細についてはネットでご確認ください。

(2007.3월호 衣服)

표제, 부제보다는 구체적인 설명이 필요한 경우에 사용되는 것이 특징이다.

⑤ 명사문

＊ 誕生。光宿。　　　　　　　(2007.4월호 MORE SHISEIDO)

＊ すべてのあなたに美しいケータイ (2007.4월호 MORE Sony Ericsson)

＊ 欲しいものぜ～んぶ　　　　　　(2007.4월호 MORE 靴)

⑥ 반복문

＊ 強く、やさしく、あなたの素肌は天女の美肌へ。

(2007.4월호 MORE CLARINS)

＊ 春らしく華やかなタイプにする?それとも彼とおそろいにする?

(2007.4월호 MORE ヘアアクセ)

＊ わたしらしくをあなたらしく LUMINE YOKOHAMA

(2007.4월호 MORE 靴)

문장체임이 많이 사용될 것 같음에도 상품판매가 전제되어 있는 목적상 친숙함이 더 드러나는 축약문이나 생략문도 많이 쓰이고 있고, 문장체에 가까운 도치문이나 상당히 거리감을 느끼게 하는 경어문이 상당히 많이 나타나고 있다는 것을 알 수 있다.

## ❻ SP광고에 나타난 문의 특징

SP광고는 판매촉진광고인데 기업광고나 상품광고보다 구매의욕을 직접 북돋우기 위한 광고 접근법이다. 이 SP광고는 대중광고를 배경으로 그 인지도를 구매행동으로 진전시키기 위한 보다 밀착된 커뮤니케이션의 활동이 되는 셈이다. SP광고를 형태별로 보면 ① POP 광고[5](구매시점광고) ② 다이렉트광고(직접송부광고) ③ 포지션 광고(定置광고) ④ 그 외의 SP광고로 나눌 수 있다. 우리 생활에서는 운송 수단인 버스나 지하철의 벽면광고, 건축물의 벽면광고, 입간판, 조형물 등이 대표적인 표현 매체이다.

① 축약문
  * 大阪へ来たら食べなきゃソンな名店は、ずばりここ！！

（大阪観光가이드북 가게 소개 문구）

② 생략문
  * リュックは手に持つか、網棚の上へ。　　　　　（지하철 안내 포스터）

③ 도치문
  * ゆっくり、のんびり港を楽しむ。観覧車でナイスビューを

（天保山대관람차 안내）

④ 경어문
  * 平日は20:00まで地下一階の時計台生協ショップにて、グッズの販売を

**5 ·**
(point of purchase advertising)소비자가 직접 물건을 구매하고자 하는 현장에 게재되어 있는 광고를 의미한다. 즉 상점내부에 판매되고 있는 상품과 직접 관련이 있는 문구가 대부분을 차지한다. 거기에는 물건의 가격, 상품의 가치와 다른 상품과의 차별성, 판매기한 등이 적혀 있어 소비자가 바로 선택하는 최종적인 시점의 광고이므로 광고의 원래 목적에 가장 부합되는 광고 표현이라고 할 수 있다.

してनおります。
どうぞご利用下さいませ。 （京都大学）

⑤ 명사문
  * 背中の荷物にご注意！ （지하철 안내 포스터）

⑥ 반복문
  * まだまだ大人気！！ （컴퓨터상점）
  * 大漁まぐろまつり！大さくらんぼまつり！ （대형할인점）
  * 何度でも無料交換、何度でもNEWレンズ （렌즈상점）

이들 매체들은 크기나 색상 등의 제한성 때문에 완전한 문장형태는 많이 나타나진 않았지만. 나름대로 구체성을 띠고 설명을 해야 하는 경우에는 문장의 형태가 나타나 있음을 알 수 있다. 판매하는 물품이나 서비스가 이뤄지는 현장에서의 광고여서인지 상당히 정중함을 드러내기 위해 경어가 많이 사용되고 있을 뿐만 아니라, 쉽게 기억하기 쉽도록 짧은 명사나 음소단위의 반복이 많이 나타나고 있음을 알 수 있다.


**❼ 공공장소의 안내문에 나타난 문장의 특징**

공공장소는 대중이 누구나 언제든지 공공의 목적으로 드나들 수 있는 곳을 의미한다. 시청이나 구청 등의 공공기관, 신사, 세무서, 각종 박물관, 도서관, 공민회관 등이 바로 이들 장소인데 안내하는 문장은 반드시 존재하기 마련이다. 이런 공공장소(여기에서는 나리타공항(成田空港))에 붙어 있거나, 설치되어 있는 안내문의 형태는 나름대로 특징을 지니고 있으리라 생각해서, 이 역시 빈도수를 염두에 둔 6가지 문장의 형태로 분류해 분석해 보았다.

① 축약문
  * ホームページをたのしも(う)
  * ゲームであそぼ(う)

② 생략문
  * お客様の声をかたちに
  * 項目を入力して「検索」をクリック

③ 도치문
  * 来て！見て！成田空港
  * 成田買いはこちらから
  * 両替は成田で

④ 경어문
  * 成田 空港へ お見送り お出迎えの お客さまへの <u>お知らせです</u>。

⑤ 명사문
  * よくあるご質問
  * 空港ご利用ガイド
  * 国際線航空機客室内への液体 物持込制限導入のお知らせ

⑥ 반복문
  * 来て！見て！成田空港

공공장소의 안내문이란 자세히 읽어 보는 경우도 있지만, 일반적으로 움직이면서 읽는 것이 특징이다. 따라서, 한 눈에 읽을 수 있도록 짧은 문이 사용되는 것이 특징적으로 드러나 있을 뿐만 아니라, 모든 문장이 한 호흡에 소리낼 수 있을 정도로 간단명료, 간결함이 많이 나타남을 알 수 있다.

## ■4　연구과제 및 전망

　여기에서 알아본 것은 쉽게 접할 수 있는 문체 중심으로 미처 언급하지 못한 '의문문'에 대한 연구도 필요하다고 생각한다. 그리고 전파매체와 인쇄매체의 중간자적 입장에서 광고에 앞서고 있을 뿐만 아니라 계속 늘어나리라고 예상되는 인터넷 광고에 대한 집중 연구도 필요할 것이고, 인터넷과 더불어 변화하고 있는 다양한 광고매체에 사용되는 언어 표현 형태는 앞으로의 연구과제가 아닐 수 없다. 또한, 광고되고 있는 상품별, 광고에 등장하는 모델 등을 중심으로 연구하는 것 또한 유의미한 작업이라 아니할 수 없을 것이다.

　이와 같은 예문들은 실생활에서 적용된 사례이므로 이론적 검증을 거친 후에는 광고언어의 바람직한 방향을 제시할 수 있을 것이라고 생각된다.

# 10 E-mail을 통한 비즈니스 커뮤니케이션

박선자

## 들어가는 말

우리는 커뮤니케이션을 중심으로 하는 정보화 시대에 살고 있다. 최근에 이러한 커뮤니케이션의 중요성이 부각되면서 커뮤니케이션의 한 분야인 비즈니스 커뮤니케이션이라는 말이 많이 사용되기 시작했다. 서로의 비즈니스 목표를 달성하는데 필요한 커뮤니케이션이란 언어적인 것뿐만이 아니라 사회적인 인간관계 전반에 걸친 교류가 있어야 한다는 것이다. 국제화가 진행되면서 영어를 예로 들면, 상업영어가 있듯이 일본어에도 비즈니스 일본어가 있다. 즉 비즈니스 일본어라는 것이 비즈니스 커뮤니케이션을 원활하게 하기 위한 비즈니스 전반에 걸친 경어행동을 일컫는다.

요즈음은 비즈니스 커뮤니케이션의 수단으로 E-mail 이용이 일반화되었으며 비즈니스 커뮤니케이션에 미치는 영향은 매우 크다. 상담자 상호간의 E-mail을 통하여 대화를 하듯이 연락이 가능하며, 전화에서 일어날 수 있는 착오도 메일 상에 확인이 가능하므로 더욱 편리한 비즈니스 커뮤니케이션의 수단이 되었다. 최근에는 문서를 통한 비즈니스 업무는 거의 이루어지지 않고 있으며 비즈니스에 필요한 문서(주문서, 계약서 등)도 E-mail을 통해서 진행되고 있는 상황이다. 편지는 격식이 갖추어져 있지만, E-mail은 격식이 없어서 자칫 실례가 될 수도 있다. 따라서 상대방의 상황에 맞추어 정중하게 구성하여 쓸 필요가 있다.

## 1 선행연구 및 연구동향

비즈니스 일본어에 대한 교재는 여러 권이 소개되어 있다. 그 내용 가운데 비즈니스 메일에 관한 내용이 언급되어 있는 교재도 있고, E-mail에 관한 교재 중에 비즈니스에 필요한 내용을 다루고 있기도 하다. 이렇게 정하여진 틀이 있지만 실제적인 비즈니스 메일을 분석하여 봄으로써 기업 현장에서 사용하고 있는 일본어 표현을 살펴보고자 하는 것을 목적으로 한다. 여러 비즈니스 분야 중에서 기업 상호간의 활동 분야만을 다루고자 하며, 그 중에서도 무역에 필요한 상담내용을 중심으로 한다. 따라서 직장인들이 업무상 사용하고 있는 E-mail을 대상으로 하였으며, 그 대상 기업은 도쿄東京와 오사카大阪에 위치하고 있고 8개 회사에서 근무하고 있는 46명으로부터 2006년 11월부터 2007년 11월까지 받은 E-mail(580건)을 토대로 하였다.

## 2 E-mail 본문의 형식과 특징

E-mail은 헤드(Head)부분, 본문, 서명의 세 부분으로 나눌 수 있다. 헤드부분은 E-mail 주소, 표제, 첨부파일에 관한 것이며, 서명은 발신자에 관한 정보로 회사명, 부서명, 이름, 메일주소, 전화번호, 팩스번호 등을 기재한다. 헤드부분과

서명은 경어표현과 관련이 없으며 거의 형식화되어 있으므로 이 부분을 제외하고 본문에 관한 것을 중심으로 살펴보고자 한다. 본문을 호칭, 인사말, 메시지 등으로 나누어 그 사용빈도를 조사하고, 어떠한 경어표현이 많이 쓰이고 있는지 알아보고자 한다. 메시지에서 사용하고 있는 경어표현을 종래의 3분류(尊敬語, 謙讓語, 丁寧語)를 기준으로 분류하여 분석한다. 또한 경어표현에 나타난 특징을 가바야蒲谷(2000 : 39) 등의 경어표현[1]에 대한 의미를 참고로 분석한다.

## ① 호칭

비즈니스 메일 상에서 호칭이라고 하면 수신자, 발신자 혹은 메시지 안에서 쓰이고 있는 자·타의 호칭으로 나눌 수 있다. 비즈니스 메일에서 중요하게 여겨지는 것이 수신자에 관한 호칭으로 그 사용빈도에 관한 분류는 <표1>과 같다. 일본어의 경우 상대방을 높여서 부르는 경우에 고유명사에 접미어를 붙여서 나타내는데 비즈니스 메일에서는 상대방에 대한 호칭으로 樣(さま), 職名, 殿(どの), さん을 사용하고 있다.

<표1> 호칭의 분류

| 호 칭 / 메일 총수 | 사용빈도 |
|---|---|
| ① 樣(さま) | 99 |
| ② 職名 | 36 |
| ③ 殿(どの) | 14 |
| ④ さん | 4 |
| ⑤ 호칭이 생략된 예 | 427 |
| 메일 총수 | 580 |

<표1>에 나타나고 있는 것과 같이 수신자 호칭을 사용하고 있는 메일은 153건, 호칭을 생략하고 있는 메일은 427건으로 약 74%를 차지하고 있다. 이렇

1·
경어표현: 어떤 표현의도를 가진 표현주체가 자신, 상대방, 화제인물 상호간의 인간관계나, 장면, 상황을 인식하고 표현형태(음성표현형태 혹은 문자표현형태)를 고려한 다음에, 그 표현의도를 충족시키기 위해서 적절한 제재, 내용을 선택하고 적절한 경어를 이용하는 것에 의해서 文話(담화 혹은 문장)를 구성하고 매재화(음성화 혹은 문자화)한다고 말하는 일련의 표현행위이다.

게 호칭을 생략한 메일이 많은 비중을 차지하고 있는 것은 E-mail의 특성상 빠르고 간결한 문장으로 전달해야 한다는 것과 관련이 있다고 볼 수 있다. 둘째, 호칭을 사용하고 있는 메일 중에서 様를 사용하고 있는 메일이 99건으로 가장 많으며, さん은 4건으로 거의 사용하고 있지 않음을 알 수 있다. 또한 様를 사용하고 있는 메일 중에서 직위 명에 様를 붙여서 사용하고 있는 경우가 약 55%(총 99건 중에서 54건)로 조사되었다. 이러한 경우 과잉 경어로 보이지만 실제로 많이 사용하고 있음을 알 수 있다.

발신자에 대해서는 비즈니스 서간문의 경우, 모두冒頭인사말에 이어서 회사명, 부서명, 이름을 나타내고 있는 반면 E-mail의 경우는 대부분 생략되어 있다. 그러나 발신자를 나타내고 있는 예를 약간 찾아볼 수 있다. 이러한 예는 가끔 부서명과 이름을 쓴다든지 처음으로 업무를 담당한 경우에 자기소개를 하고 있는 경우이다.

1) いつもお世話になっております。
   開発3課の高橋です。
2) いつも大変お世話になります。
   このたび、南部のかわりまして、07秋より、YJ アパレル様 スマイル分を担当させていただきます中西善士(NAKANISHI ZENZI)と申します。

메시지 안에서 쓰이고 있는 자·타의 호칭으로 상대방 회사를 가리킬 때 貴社, 御社 본인이 다니고 있는 회사를 가리킬 때는 弊社、小社 라고 하며, そちら, こちら와 같은 대명사를 사용하기도 한다.

3) 貴社の紹介資料などお送りいただけたら幸に存じます。
   御社と初めてのお付き合いですが、
   明後日弊社より出荷させていただきます。
4) こちらで製品検査を実施しますので、そちらでの検査は必要ありませんので、製品検査をしないようにお願いします。

**②** 인사말

1) 모두冒頭 인사말

　본문에서 용건으로 들어가기 전에 상대방의 호칭에 이어서 인사말을 쓴다.
<표2>는 모두 인사말에 대한 사용 빈도를 조사한 것으로 여러 가지 형태로
쓰이고 있는 것을 알 수 있다.

<표2> 모두 인사말표현 유형

| 모두 인사말 표현의 예 | 사용빈도 |
|---|---|
| ① お世話になります(いつも～, 毎度～, いつも大変 ～) | 295 |
| ② お世話になっております(いつも～, 毎度～, いつも大変～ ) | 121 |
| ③ お世話になります+有難うございます | 29 |
| ④ いつもお世話様です | 28 |
| ⑤ 了解しました | 11 |
| ⑥ 有難うございます | 11 |
| ⑦ お疲れ様です | 6 |
| ⑧ すみません(すいません) | 3 |
| ⑨ 신년인사+有難うございます | 2 |
| ⑩ 了解てす+有難うございます | 2 |
| ⑪ お世話になります+了解です | 1 |
| ⑫ 申し訳ありません | 1 |
| ⑬ おはようございます | 1 |
| ⑭ 모두 인사말이 생략된 예 | 69 |
| 합　　　　계 | 580 |

　<표2>를 통하여 알 수 있듯이 조사 대상 메일의 511건이 인사말을 사용하
고 있으며, 생략된 메일은 69건이다. E-mail에서 사용하는 인사말은 내용을
간결하게 쓴다는 점에서 종래의 비즈니스 문서에서 사용하고 있는 계절에 관

한 인사말, 안부에 관한 인사말, 감사에 관한 인사말 등 격식을 갖춘 인사말은 생략되어 있는 것을 알 수 있다. 비즈니스 메일 상에서 쓰이는 인사말은 <표2>의 ①항으로 총 580건의 295건으로 약 51%에 해당하는 いつもお世話になります로 충분하다는 것을 알 수 있다.

## 2) 마지막 인사말

메일을 처음 시작할 때 인사말부터 쓰기 시작한다면 끝맺음을 할 때도 인사말로 끝을 맺고 있다. <표3>은 마지막 인사말표현 유형을 분류하고 그 사용빈도를 조사한 것이다.

<표3> 마지막 인사말표현 유형

| 마지막 인사말 표현의 예 | 사용빈도 |
|---|---|
| ① よろしくお願いします | 88 |
| ② よろしくお願いいたします | 88 |
| ③ ご無理言いますが、よろしくお願いいたします | 16 |
| ④ ありがとうございました | 10 |
| ⑤ よろしくご高配ほどお願い申し上げます | 7 |
| ⑥ 以上 | 7 |
| ⑦ 以上です | 5 |
| ⑧ いつもお願いばかりで申し訳ございません | 1 |
| ⑨ いろいろご迷惑をおかけし、すみません | 1 |
| ⑩ 마지막 인사말이 생략된 예 | 357 |
| 합　　　　　계 | 580 |

<표3>에 의하면 사용빈도가 높은 것은 よろしくお願いします, よろしくお願いいたします로 나타나고 있으므로, 마지막 인사말 표현으로는 よろしくお願いします(いたします)로 충분하다는 것을 알 수 있다. 또한 마지막에 쓰는 인사말을 생략하고 있는 경우가 총 580건 중에서 357건으로 모두 인사말에(모

두 인사말의 경우 580건 중 69건) 비하여 더 많은 것을 알 수 있다. 마지막
인사말을 생략하는 경우가 많은 이유는 E-mail의 특성상 간결한 전달방식이
어야 한다는 것과 비즈니스에 관한 여러 가지 상황에 따른(예:お手数ですが内
容ご確認の上再検討と商品情報のご連絡よろしくお願いいたします。)메시
지와 함께 사용하고 있으므로 부탁한다는 의미를 지닌 마지막 인사말의 중복
사용을 피하는 것이라고 볼 수 있다. 또한 <표3>에서 보여 지는 것과 같이
서간문에서 반드시 사용하고 있는 '以上'는 E-mail에서는 거의 사용하고 있지
않음을 알 수 있다.


### ③ 메시지

메시지에서 사용하고 있는 경어표현을 존경표현, 겸양표현, 정중표현으로
분류한다. 여기에서 사용하고 있는 문장의 의미는 『동아새국어사전』에서 ①어
떤 생각이나 느낌을 줄거리를 세워 글자로써 적어 나타낸 것. 글발, 글월, 문
(文) 등으로 정의하고 있는데, '문(文)'[2]에 해당하는 것으로 해석한다. 분류표에
서 존경표현이라고 함은 일반적으로 존경어로 취급되는 표현이며, 존경어의
특수어형(いらっしゃる, おっしゃる)과 존경어의 부가 형식(お(ご)~になる
등)으로 나타내고자 한다. 또한 겸양표현이라고 함은 일반적으로 겸양어로 분
류된 표현이며, 겸양어의 특수어형(申す, いたす 등) 과 겸양어의 부가형식의
종류(お(ご)~申し上げる, ~ていただく 등)도 포함시키기로 한다. 정중표현
은 です, ます, ございます 등과 같은 종류의 표현이다. 또한 문중이나 문말에
서 사용하고 있는 경어표현을 다 포함시켰다.

#### 1) 존경표현
<표4>는 메시지에 나타난 총 문장 중에서 존경표현에 해당하는 문장 수는
270개로 표현형식별로 분류한 것이다. お(ご)~になる에 해당하는 예문 6개는
비즈니스 상에서 흔히 사용하고 있는 모두(冒頭)의 인사말(お世話になります)
이 아니라 메시지 안에서 사용하고 있는 예문이다.

2・
〔言〕 (sentence)形の
上で完結した、一つの陳
述によって統べられてい
る言語表現の一単位。通
常、一組の主語と述語と
を含むが、主語を欠くこ
とも多い。構造上、単
文・重文・複文の3種に
分け、また、機能上、平
叙文・疑問文・命令文・
感嘆文の4種に分ける。
さらにボイス（態）によ
り能動文と受動文、肯
定・否定の対極により肯
定文と否定文に分ける。
『広辞苑』

<표4> 존경표현의 유형

| 표현형식 | 사용횟수 |
|---|---|
| ① ～てください | 162 |
| ② お(ご)～ください | 58 |
| ③ ～ください | 24 |
| ④ お(ご)～くださいませ | 8 |
| ⑤ お(ご)～になる | 6 |
| ⑥ ～ら(れる) | 5 |
| ⑦ いらっしゃる | 2 |
| ⑧ ～くださる | 2 |
| ⑨ ～てくださる | 2 |
| ⑩ おっしゃる | 1 |
| 합          계 | 270 |

<표4>에서 보여지는 것과 같이 ～ら(れる), いらっしゃる, おっしゃる 등은 사용빈도가 낮게 나타나고 있다. 주로 사용하고 있는 존경표현으로 ください의 여러 가지 표현형식을 들 수 있다. 그 중에서도 ～てください의 경우 162개로 가장 많이 사용하고 있다. ～てください를 가바야 등은 지시·명령표현의 전형적인 형태로 분류하였으며 은혜적 직접존중어라 칭하고 있다. 비즈니스 상황에서 발생하는 지시나 의뢰의 경우, 지시나 의뢰하는 쪽이 상대방 보다 상위의 위치에 있음에도 직접적인 지시표현보다 상대방에 대한 배려로 간접적인 겸양표현을 선호하고 있는 것으로 조사되었다. 그러나 <표4>와 같이 직접적인 지시표현인 ～てください의 사용도 많음을 알 수 있다. 또한 ～てください보다 경의도가 높은 お(ご)～ください[3]를 사용하고 있는 경우도 58건으로, ～てください, お(ご)～ください와 같은 직접적인 지시표현을 사용하고 있다.

5) ロングコートのスパックについて、今、古川が名古屋のお客様と商談
   をしています。
   もうすこし待ってください。

3・
한미경(2007:168)에 의하면 お (ご) ～ください의 (～)부분에 들어갈 제재는 동사의 경우 동사의 ます형(연용형), 명사의 경우 명사 그대로를 사용한다.

6) 本生産のボタンは何時上がってくるのでしょうか? 日程を<u>お知らせく</u>
   <u>ださい</u>。
   この13日発送ですと私と阿野部長は16日まで出張に出ていますので17
   日コメント返信になりますが、生産スケジュール間に合いますか?<u>ご確</u>
   <u>認ください</u>。

## 2) 겸양표현

　<표5>는 겸양표현을 표현형식 별로 분류한 것이다. 한미경(2007 : 181-182)
에 의하면 일본어의 겸양표현은 표현형식들이 지니는 의미에 따라 크게 두
가지로 분류할 수 있다고 한다. 이 분류를 기준으로 <표5>를 (A)행위 주체의
행위를 낮춤으로써 경의의 대상에게 간접적으로 경의를 표하는 것(いたす, い
ただく, ~ておる, 申す 등)과 (B)행위의 대상을 높이는 표현(お~する(いた
す), 申し上げる 등)으로 분류할 수 있다. <표5>에 나타난 각각의 겸양표현은
문말이 ます체로 끝나기 때문에 정중체에도 속한다. 이와 같이 겸양표현은 하
나의 표현형식에 겸양표현과 정중체의 두 가지 요소를 다 포함하고 있다.

<표5> 겸양표현의 유형

| 표현형식 | 사용횟수 |
|---|---|
| ① おねがいする(いたす) | 313 |
| ② いたす | 102 |
| ③ ~ていただく | 101 |
| ④ させていただく | 74 |
| ⑤ ~ておる | 74 |
| ⑥ お~する(いたす) | 67 |
| ⑦ いただく | 45 |
| ⑧ 申し上げる | 31 |
| ⑨ お(ご)~いただく | 18 |
| ⑩ 申す | 8 |

| ⑪ お(ご)〜申し上げる | 3 |
|---|---|
| ⑫ 存じる | 3 |
| ⑬ 差し上げる | 1 |
| ⑭ まいる | 1 |
| 합　계 | 841 |

<표5>에 의하면 화자가 자신 또는 자기 쪽 사람들의 행위를 낮추어 상대방에게 간접적으로 경의를 나타내는 いたす, いただく, 〜ておる, 申す 등과 같은 표현형식의 사용빈도가 높게 나타나고 있음을 알 수 있다. おねがいする를 お〜する의 표현형식에 포함시키면 위에서 겸양표현의 형식들이 지닌 의미에 따라 분류한 (A), (B) 그룹이 비슷하게 사용되고 있음을 알 수 있다. おねがいする가 お〜する의 표현형식에 속하지만 따로 분류한 것은 비즈니스 상황에서 상대방에게 지시나 의뢰를 할 경우, 지시의 전형적인 형태인 존경표현의 〜てください보다 많이 사용하고 있으므로 그 사용빈도를 알아보기 위해서 따로 분류하였다. 이와 같이 비즈니스 상황에서 상대방에게 지시나 의뢰를 할 경우 おねがいする를 가장 많이 사용하고 있는 이유는 〜てください와 같은 직접적인 지시표현 보다 이쪽에서 부탁한다는 완곡한 의미의 겸양표현을 사용함으로서 상대방에 대한 배려가 들어가 있다고 본다. 또한 おねがいする는 일본어 언어표현의 특징을 잘 나타내고 있는 いただく의 여러 가지 표현형식들 보다 더 많이 사용하고 있는 것으로 조사되었다. 여기에서 외국인 학습자들에게 일본어의 겸양표현이 정말로 어렵다는 것을 느끼게 하는 いただく에 대해서 좀더 살펴보도록 하자.

いただく의 표현유형은 238개로 사용빈도가 두 번째로 높게 나타나고 있다. 가바야 등은 いただく는 '받다'(もらう)라는 동작에 관계하는 인물을 높이며, '받다'(もらう) 라는 동작주체를 높이지 않고 동작에 관계하는 인물로부터 은혜를 받는다는 것이다. 기쿠치菊地(1994 : 160)는 〜ていただく와 같이 다른 동사의 뒤에 보조동사로 쓰일 때는 경의의 대상이 해주는 행위를 고맙게 받는다는 의미를 지니게 된다는 것이다. 경의의 대상과 관계를 갖는 행위주체의 행위를 낮추는 것이다. 비즈니스 성격상 이러한 의미를 가지고 있는 〜ていただく

의 표현형식은 101개로 いただく의 표현유형 중에서 가장 많이 사용하고 있음을 알 수 있다. お(ご)~いただく는 ~ていただく보다 경의도가 높은 겸양어 형식이지만 18건으로 그다지 많은 비중을 차지하고 있지 않았다.

7) そちらでの<u>検査は必要ありませんので、製品検査をしないようにお</u><u>願いします。</u>
8) いずれにしても早くお支払いしたいのでどちらが良いか<u>連絡いただ</u><u>けますか?</u>
9) お手数ですが下記秋号の撮影サンプルを<u>返却していただけますよう</u>お願いいたします。
10) もうしばらく<u>お待ちいただきます</u>ようお願いいたします。
　運送便と送り状NOを<u>ご連絡いただけます</u>でしょうか。

　가바야 등은 의뢰표현의 전형적인 형태는 してもらえますか、くれません か로 상대방의 레벨에 따라서 경의도가 점점 높아지는 してもらえる→ しても らえますか → していただけますか→ していただけますでしょうか 등과 같은 표현형식을 선택하여 쓰는 것이 좋다고 한다. 지시・명령표현과 의뢰표현을 구별하기 어렵지만, 결정권이 상대방에게 있는지, 혹은 자신에게 있는가에 따라서 그 차이점을 알 수 있다고 한다. 물론 중요한 것은 지시・명령표현과 의뢰표현을 엄밀히 구별하지 않고 상황에 따라서 결정권이 자신에게 있어도 강조하지 않으며 상대방의 레벨을 기준으로 してもらえますか, していただけますか 라는 표현을 사용함으로써 상대방에 대한 배려를 나타내고자 한다는 것이다.

　비즈니스 상의 거래처인 경우에는 일반적인 지시, 의뢰행위보다도 정중함을 표현해야 하고 격식을 갖추어야 하는 곳이므로 위에서 표현형식별로 분류하여 살펴본 바와 같이 상대방에게 부탁한다는 기분이 많이 포함되어 있고, 경의도가 높은 겸양어 형식을 사용하고 있음을 알 수 있다. 예를 들면, 오이시 大石(1978 : 169-173)에 의하면 부탁하는 표현으로 질문형, 부정형, 추측형의 요소를 다 포함하고 있다. 즉 질문표현에 부정 요소를 추가하면 질문표현보다

경의도가 높아지고, 부정 질문표현에 추측형의 요소를 추가하면 부정 질문표현보다 경의도가 더 높아진다고 한다. 이것과 같은 의견으로 국립국어연구소 보고서(1952 : 376)에 부정적인 요소를 포함하고 있는 경어형식(いただけませんか)은 발화 전체로서 부정적 요소를 포함하고 있지 않는 경어형식(いただけますか)보다는 일반적으로 더 정중하다는 의식이 있다고 한다.

11) 出荷はOKですが、金額小さいのでT/Tで<u>進行してもらえますか</u>?

12) 07春のデーターでもOKですが一度<u>送ってくれませんか</u>。

13) 急ぎで申し訳ございませんが、1/19までに<u>出荷して頂けますか</u>。

14) 結果出る前に先に現在わかっている混用率を<u>教えていただけますでしょうか</u>?

15) 追加にて残る場合に関しては、生地残の状況次第で単価アップなどを検討する。これが以前からのスタンスです。この事は<u>理解していただけませんか</u>?

16) FAXでもお願い致しましたが単価をもう少し<u>下げて頂けないでしょうか</u>?

   비즈니스 메일에서 또 하나의 특징을 든다면 ～させていただく를 들 수 있다. <표5>에 나타나고 있는 것과 같이 ～させていただく는 いただく의 표현 유형 238개 중에서 74개에 해당하므로 그 사용빈도가 높음을 알 수 있다. 기쿠치는 ～させていただく는 첫째, 어떤 행위를 행함에 있어 상대방의 양해를 얻고자 할 때 쓰이거나 혹은 자신의 행위가 상대방 덕분에 이루어질 수 있었다는 뜻을 표현하는 데에 사용된다고 한다. 둘째, 자신의 일방적인 행동을 표현하면서도 마치 상대방의 양해 하에 행동한다는 뉘앙스를 주는 데에도 사용된다고 한다. 비즈니스 상에서 일반적인 사항을 설명할 때 「明後日弊社より出荷させていただきます。」와 같이 사용하고 있으며, 화자의 행동을 나타내는 최고 단계의 겸양표현으로 그 의미는 후자에 해당된다.

   기쿠치에 의하면 ～させていただきます는 조동사 ます와 함께 사용하고 있는데 ます는 화자의 의지를 나타내기도 하므로 화자의 일방적인 의사표시로 보일 수 있다고 한다. 그래서 문말을 ～させていただけませんか, ～させてい ただけないでしょうか와 같이 상대방에게 자신의 행위가 허용될 수 있는지의 여부를 묻는 완곡한 표현을 사용하고 있다고 하는데, ～させていただく가 쓰 인 예문 74개 중에서 여기에 해당하는 예는 없는 것으로 조사되었다. 그러나 ～させていただきたい를 사용하여 자신의 행동에 대한 완곡한 표현을 사용하 고 있는 예를 약간 찾아볼 수 있다.

> 17) 13004-01(ベージュ)の撮影サンプルですが、明後日弊社より<u>出荷
> させていただきます</u>。
> 18) 今回韓国CSMを担当させていただくにあたりまして、私は皆様の
> 会社についてよく存じあげておりません。この機会に、記入いた
> だきよりよく<u>取引させていただきたく</u>思います。
> 07秋号アクセ持ち頁にて下記のお洋服を撮影用として<u>使用させてい
> ただきたい</u>のですが、各1着ずつ手配いただけますでしょうか?

### 3) 정중표현

です、ます체는 모두 문화文話 전체를 정중하게 한다. 즉 です、ます가 나타 내는 화자의 의도는 어디까지나 화제의 인물에 대한 경어와는 다른 체계를 이루고 있으므로 청자에 대한 대우 단계가 나타나는 청자경어[3]로 분류한다.

가바야 등은 경어를 각각 경어적 성질과 경어적 기능에 의해 나누어, 개념경 어와 문체경어의 두 가지로 분류하였는데, 그 중 です、ます、～でございます에 대해 '문화중에 등장하는 인물 또는 사물을 높이거나 낮추는 성질의 경어가 아니고 상대방에 대한 배려에서 문화 전체를 공손하게 하기도 하고 정중하게 하는 특색을 갖고 있다고 한다. 따라서 가바야 등은 です、ます、～でございま す와 같은 그룹을 문체경어라고 부르고 있다. 비즈니스 메일에서 사용하고 있 는 です、ます、～でございます는 문화중에 등장하는 인물이나 사물을 높이는 경어표현의 형식이 아니라 가바야 등의 분류에서 보여지는 것과 같이 상대방 에 대한 배려에서 문화 전체를 정중하게 하는 것이라고 여겨진다.

<표6> 문말표현의 유형

| 표현형식 | 사용횟수 |
|---|---|
| ① です, ます | 1209 |
| ② ください(～てください) | 252 |
| ③ でしょう | 104 |
| 문장 총수 | 1565 |

<표6>은 문말표현을 분류한 것으로 です, ます체, ください의 여러 가지 표현형식, でしょう로 끝나는 형식으로 분류하였다. <표4>의 존경표현 ください의 여러 가지 표현형식을 제외한 것과 겸양표현은 です, ます체를 함께 사용하고 있다. 비즈니스 상에서 쓰이는 문말표현으로 경어표현(존경, 겸양표현)+です, ます체를 사용함으로써 상대방에 대한 배려가 들어가 있는 것이다. 실제로 <표6>에서 보여 지는 것과 같이 문말이 ください, でしょう로 끝나는 것을 제외하면 일반적인 정중체에 속하는 です, ます체를 사용하고 있다. です, ます체로 분류된 예문 중에서 경의도가 가장 높은 것으로 ～でございます를 사용하고 있는 예문은 1개로 거의 사용하고 있지 않았고, あります의 정중한 표현인 ございます를 사용하고 있는 경우도 17개 정도로 나타나고 있다.

です、ます는 문말에 쓰는 것이 일반적이지만 문의 중간에 쓰기도 한다. 기쿠치는 앞의 문을 비정중체로 중지하는 경우나, 문중에 경어 형태를 사용하지 않아도 문말을 정중체 です、ます로 하면 문 전체는 청자에 대한 배려를 나타낸 정중한 표현이 된다고 한다. 비즈니스 메일의 특성상 문중에 경어 형태를 사용하지 않고 문말을 정중체로 사용하고 있는 경우는 그리 많지 않으며 대부분 문중이나 문말 모두 정중체를 사용하고 있다.

19) いつも納期がタイトになっていると<u>思います</u>が、先上ももう、完了していると<u>思いますので</u>遅れないようにお願いいたします。
20) どうしても<u>売れない</u>場合もある<u>ので</u>その時は<u>調整させていただきます</u>。

정중표현에는 속하지 않지만 문말표현으로 でしょう를 사용하고 있는 예는 104개 정도로 비즈니스 관계에서는 의뢰나 협조가 필요한 경우에 사용하고 있는 것을 알 수 있다. です는 기본적으로 체언과 형용사에 붙으며, ます는 동사에 붙어 정중함을 표하는 것인데 ますでしょう와 같이 함께 붙여서 쓰기도 한다. 한미경에 의하면 이를 과잉경어에 속한다고 하나 실제로 비즈니스 메일에서 사용하고 있는 것을 알 수 있다. 또한 ますでしょう가 경의도가 높아서 ますでしょう앞에 경어형이 쓰이기도 하며 여기에 부정형이 추가되어 한 단계 더 높은 ませんでしょう와 같은 표현을 사용한다고 하는데 여기에 해당하는 예도 쉽게 찾아볼 수 있다.

21) 黒無地ですが、チドリ柄より生地が少し厚いですがもう少し薄い生地可能でしょうか?

22) 結果出る前に先に現在わかっている混用率を教えていただけますでしょうか?

23) 14515−04  $22まで出来る方法はありませんでしょうか?なにか提案下さいませんでしょうか?

24) 300枚で何とか進行願えませんでしょうか?多少のChargeUpはやむをえないですが、、、。

## ▌3  연구과제 및 전망

비즈니스 메일에서 자주 사용하고 있는 경어표현 형식을 분석해 본 결과, 호칭이나 인사말의 경우 경의도가 비교적 높은 표현형식을 사용하고 있으며, 메시지에 나타난 특징으로는 우선 존경표현 중에서 ください의 여러 가지 표현형식을 제외하면 거의 쓰이지 않고 있으며, 겸양표현의 비중이 상당히 높이 나타나고 있음을 알 수 있었다. 또한 항목에 관한 것을 제외하면 문화 전체를 정중하게 표현하는 です, ます체를 사용하고 있음을 알 수 있다.

　　그리고 비즈니스 상황에 따라서 경어표현을 사용하는 경우, 직접적인 표현형식보다 간접적인 표현형식을 더 많이 사용하고 있었다. 이러한 표현형식을 사용하는 경우 상대방에 대한 배려로 더욱 정중한 경어표현이 된다는 것이다. 실제로 직접적인 지시·명령표현인 ください의 표현형식 보다 いただく의 표현형식이나 おねがいする와 같이 부탁한다는 간접적인 표현형식을 많이 사용하고 있다.

　　다음으로 비즈니스 커뮤니케이션의 중요한 수단으로 자리 잡은 E-mail인 경우, 상대방이 신속히 대처할 수 있도록 용건을 간결하게 쓰는 것이지만, 경어표현에 있어서는 생략하지 않고 더욱 정중한 표현 형태를 취하고 있는 것을 알 수 있다. 비즈니스 성격상 상대방에 대한 배려가 더욱 중요시 되는 것이다. 예를 들면, 「どうも有難うございます」「申し訳ございませんでした」라고 하는 감사나 사죄의 표현을 생략하지 않고 인사말에 덧붙여서 사용한다든지, 메시지와 함께 사용하고 있다. 이러한 특징들은 상대방에 대한 정중함의 표현에 의한 것이라고 할 수 있다. 그리하여 상대방과의 인간관계를 원활히 유지하면서 비즈니스의 목적인 최대한의 이익을 추구하고자 하는 것이라고 생각한다. 지금까지 일본기업으로부터 받은 비즈니스 메일을 분석하여 타사간의 경어표현을 살펴보았다. 이것과 더불어 일본기업 자사간의 비즈니스 메일을 분석하여 서로의 차이점을 파악할 필요가 있다고 본다. 또한 E-mail이 문장체에 속한다면, 회화체에 해당하는 상담 장면에 대한 실질적 연구가 요망된다.

# 저자별 인용문헌

## **1부** 커뮤니케이션을 위한 일본어 연구

### 1장 ••• 문법

#### 01. 한국어와 일본어의 표현구조와 시점 /황미옥


岩田道雄(2005)『考える力を育てる日本語文法』新日本出版社
大江三郎(1975)『日英語の比較研究ー主観性をめぐって』南雲堂
奥津敬一郎(1999)「日本語の受身文と視点」『日本語学』11-9, pp.4-11 明治書院
金水 敏(1992)「場面と視点ー受身文を中心に-」『日本語学』11-9, pp.12-19 明治書院
久野 暲(1978)『談話の文法』11, pp.4-11 大修館書店
熊倉千之(1990)『日本人の表現力と個性』中公新書
佐伯 胖(1978)『イメージ化による知識と学習』東洋館出版社
藤原将修(1988)「事態叙述における時間軸について」『表現研究』47, pp.35-42 表現学会
松木正恵(1992)「『見ること』と文法研究」『日本語学』11-9, pp.57-79 明治書院
宮崎清孝・上野直樹(1985)『視点』認知科学選書1　東京大学出版会
泉子・K・メイナード(2006)「指示表現の情意」『日本語科学』19国立国語研究所
森田良行(2006)『話者の視点がつくる日本語』ひつじ書房
茂呂雄二(1985)「児童の作文と視点」『日本語学』4-12 明治書院
若林健一・茂呂雄二(1992)「視点と作文教育ー仮想視点の試みー」『日本語学』11-9, pp.80-89 明治書院
ウスペンスキー・B(1986)『構成の詩学ー芸術テクストの構造と構成的形式のタイポロジー』川崎
　　　狭・大石雅彦(共訳)法政大学出版部


#### 02. 부정문에 있어서의 조사 「は」의 역할 /김영민


三上章(1953)『現代語法序説』くろしお出版(1972)
Yasuhiko Kato(1985) Negative Sentences in Japanese. Sophia Linguistica 19
古田 啓(1987)「否定とは」『ケーススタディ日本文法』桜楓社
高橋太郎(1987b)『教育国語』むぎ書房
青木礼子(1992)『現代語助詞「は」の構文論的研究』笠間書院

## 03. 한국어와 일본어의 같은 조사, 다른 쓰임 /박민영

国立国語研究所(1951) 『現代語の助詞・助動詞－用法と実例－』秀吉出版

鈴木重幸(1972) 『日本語文法・形態論』むぎ書房

奥律敬一朗・沼田善子・杉本武(1986) 『いわゆる日本語助詞の研究』汎人社

時枝誠記(1950) 『日本文法口語篇』

松下大三郎, 徳田政信編(1978) 『改撰標準日本文法』(勉誠社復刻)

박민영(2007) 「現代日本語の時を表す「に格」についての考察」『日本研究29』韓国外国語大学校日本研究所

益岡隆志、野田尚史、沼田善子(1995) 『日本語の主題と取り立て』くろしお出版

山田孝雄(1936) 『日本文法学概論』宝文館


## 04. 일본어 존재문의 특징 /吉田玲子(요시다레이코)

荒正子(1989) 「形容詞の意味的なタイプ」『ことばの科学3』

池原悟ほか編(1999, 2006) 『日本語語彙体系CD-ROM版』(NTTコミュニケーション科学基礎研究所監修)岩波書店

小池清治(2000) 「日本語の基本文型 Ⅱ」『宇都宮大学国際学部研究論集』10

新居田純野(1998) 「存在をあらわす「～がある」形式について」『お茶の水女子大学人間文化研究年報』21

西山佑司(2003) 『日本語名詞句の意味論と語用論』ひつじ書房

村木新次郎(1991) 『日本語動詞の諸相』ひつじ書房

吉田玲子(2005c) 「『Aは／に／にはBがある』構文に関する一考察」『日語日文学研究』55

吉田玲子(2005d) 「存在文とコピュラ文」『韓日文化研究』10 西京大学


## 05. 「～からこそ」의 의미・기능과 사용실태 /강경완

工藤浩(1977) 「限定副詞の機能」『松村明教授還暦記念 国語学と国語史』明治書院

鈴木重幸(1972) 『日本語文法・形態論』むぎ書房

寺村秀夫(1991) 『日本語のシンタックスと意味Ⅲ』くろしお出版

丹羽哲也(1997) 「現代語「こそ」と「が」「は」」『日本語文法体系と方法』ひつじ書房

沼田善子(1988) 「とりたて詞の意味再考－「こそ」「など」について－」『論集ことば』、論集ことば刊行会

野田尚志(2003) 「現代語の特立のとりたて」『日本語のとりたて－現代語と歴史的変化・地理的変異－』、くろしお出版

前田直子(1997) 「原因・理由を表す「ばかりに」と「～からこそ」」『東京大学留学生センター紀要』第7号

半藤英明(1984)「現代語「こそ」の特性について」『成蹊国文』17
山中美恵子(1995)「「とりたて」という機能−「こそ」を中心に−」『日本語の主題と取り立て』くろしお
　　　　出版


## 06. 종조사 「ね」의 다의성 /문창학

大曾美恵子(1986)「誤用分析1『今日はいい天気ですね。』−『はい、そうです』」『日本語学』5-9, pp.91
　　　　−94明治書院
神尾昭雄(1990)『情報のなわ張り理論 言語の機能的分析』大修館書店
黒滝真理子(2005)『DeonticからEpistemicへの普遍性と相対性　モダリティの日英対照研究』くろしお
　　　　出版
北野浩章(1993)「日本語の終助詞の「ね」の持つ基本的な機能について」『言語学研究』12, pp.78-85,
　　　　京都大学言語学研究会
田窪行則・金水敏(2000)「複数の心的領域による談話管理」坂原茂編『認知言語学の発展』ひつじ書房
田野村忠温(2004)「現代語のモダリティ」尾上圭介編『朝倉日本語講座6』朝倉書店
鄭相哲(1992)「いわゆる確認要求の「ネ」と「ダロウ」」『日本学報』11, pp.105-120大阪大学文学部日
　　　　本語学研究室
野田春美(2002)「終助詞の機能」宮崎和人他『新日本文法新書4 モダリティ』くろしお出版
仁田義雄(1991)『日本語のモダリティと人称』ひつじ書房
仁田義雄(2000)「認識のモダリティとその周辺」森山卓郎他『日本語の文法3　モダリティ』岩波書店
蓮沼昭子(1988)「続・日本語ワンポイントレッスン・第2回」『月刊言語』17-6, pp.94-95, 大修館書店
松本曜編(2003)『認知意味論』大修館書店
益岡隆志(1991)『モダリティの文法』くろしお出版
宮崎和人(2005)『現代日本語の疑問表現−疑いと確認要求−』ひつじ書房
森山卓郎(1989)「コミュニケーションにおける聞き手情報−聞き手情報配慮非配慮の理論−」仁田義
　　　　雄・益岡隆志編『日本語のモダリティ』くろしお出版
Eve Sweetser.(1990) From Etymology To Pragmatics; Metaphorical and cultural aspects of semantic
　　　　structure. Cambridge University Press.
Givon, Talmy.(1990) Syntax:A functional-typolygical introduction Vol.2. "Amstredam:John
　　　　Benjamins."
John R. Taylor(1989) Linguistic Categorization Oxford University Press.
Lakoff,George(1987) Women,fire, amd dnagerous things:What categories reveal about the mind
　　　　Chicago:The university of chicago press.
Tsuchihashi,M.(1983) The speech-act continuum:An investigation of Japanese sentence-final
　　　　particles, Journal of Pragmitics7.4.

# 2장 ●●● 어휘

## 01. 어휘 연구를 위한 기본 시각 /송영빈


大韓医学協会(1991)『医学用語集』제3집도서출판 아카데미아
대한의사협회(2001)『의학용어집』제4집도서출판 아카데미아
송영빈(2007)「한・영・일 의학 전문용어의 특징」『日本学報』제72집, pp.85-96韓国日本学会
송영빈(2008)「일본의 한자정책」『2008년도 춘계학술대회 발표논문집(上)』pp.315-330 서울행정학회
成明珍(2008)「日・中・韓三国の医学専門用語の比較対照研究」韓国外国語大学校　大学院日語日文学科　碩士論文
塩田雄大(1999)「日本・韓国・中国の専門用語は-日本語とはどれくらい似ているか-」『国文学解釈と鑑賞』第64巻1号, pp.130-138　至文堂
玉村文郎(2002)「対照語彙論」北原保雄［監修］斎藤倫明［編］『朝倉日本語講座4 語彙・意味』pp.230-231朝倉書店
宮島達夫(1967)「近代語いの形成」,国立国語研究所論集『ことばの研究3』秀英出版
山田尚勇(1991)「シンポジウム　専門用語としての日本語」『専門用語研究』2,p. 31専門用語研究会


## 02. 코퍼스 일본어학의 과거와 현재 /장원재


石綿敏雄(1978)「日本のコンピュータ言語学と岩淵悦太郎」『言語生活』324
伊藤雅光(2002)『計量言語学入門』大修館書店
遠藤仁(1990)「「親類」と「親戚」の語誌」『国語学研究』(東北大学文学部「国語学研究」刊行会)30
岡島昭浩(1997)「インターネットで調べる」『日本語学』16-1
荻野綱男(2004a)「各種検索エンジンの実体と特徴」『日本語学』23-2
荻野綱男(2004b)「WWWによる方言語形の全国分布調査」『日本方言研究会第79回研究発表会発表原稿集』
荻野綱男(2007a)「ブログにみる日本語の男女差」『日本語学』26-4
荻野綱男(2007b)「コーパスとして のWWW検索の活用」『言語』36-7
荻野綱男・塩田大雄(1994)「朝日新聞データベースを使用した言語研究」『日本語学』13-5
熊谷康雄(1991)「現代日本語のテキストデータベースの蓄積・利用に関する社会的経験について」『日本語学』10-8
国立国語研究所(1970)『電子計算機による新聞の語彙調査』秀英出版
国立国語研究所編(1997)『国定読本用語総覧CD-ROM版』三省堂
後藤斉(1993)「「神話」の比喩的用法について-コーパス言語学からのアプローチ-」『東北大学言語学論集』2

後藤斉(1996)「コーパスとしての新聞記事テキストデータ－終助詞「かしら」をめぐって－」『東北大学言語学論集』5

近藤泰弘(1993)「文法研究における大量言語データ－副助詞研究を例にして－」『武蔵野文学』40

斎藤俊雄ほか(1998)『英語コーパス言語学基礎と実践』研究社

塩田雄大(2004)「インターネットでことばの地域差を調べることができるか」『日本語学』23-5

杉村泰(2002)「コーパス調査による文法性判断の有効性－「～てならない」を例にして－」『日本語教育』114

田中ゆかり(2003)「ネット検索は言語の研究に有効か」『日本語学』22-4

田野村忠温(1994)「丁寧体の述語否定形の選択に関する計量的調査－「～ません」と「～ないです」－」『大阪外国語大学論集』11

田野村忠温(2000a)「電子メディアで用例を探す－インターネットの場合」『日本語学』19-5

田野村忠温(2000b)「用例に基づく日本語研究－コーパス言語学－」『日本語学』19-5(2000年4月臨時増刊号『新・文法用語入門』)

服部匡(2004)「WWW検索と日本語研究への応用」『日本語学』23-2

前川喜久雄(2004)「『日本語話し言葉コーパス』の概要」『日本語科学』(国立国語研究所)15

松井くにお(2004)「検索ロボット技術を活かしたWWW検索技術」『日本語学』23-2

矢沢真人(2004)「研究資料(現代)－2002年・2003年における日本語学会の展望－」『国語学』55-3

강범모(2003)『언어, 컴퓨터, 코퍼스 언어학』고려대학교출판부

국립국어원(2007)『21세기 세종계획 최종 성과 발표회 자료집』2007.12.10

장원재(2006)「Google 검색엔진을 활용한 일본어연구의 가능성」『일어일문학연구』57-1

장원재(2008)「한국 일본어 연구의 코퍼스 활용 현황」『일본어문학』41

Leech,G.(1992) "Corpora and Theories of Linguistic Performance" in Svartvik(ed.)

OKADA Judy(2004) 'Causative SA-insertion in Japanese; Verbal and Sentential Patterns'『日本語文法』4-2

## 03. 인지의미론적 관점에서 본 단어의 의미확장 /이우제

郡司隆男他著(1998)『意味(岩波講座言語の科学4)』岩波書店

ジョージ・レイコフ著／池上嘉彦・河上誓作他訳(1993)『認知意味論』紀伊国屋書店

籾山洋介(2002)『認知意味論のしくみ』研究社出版

李羽済(2007b)「下方移動を表す「サガル」と「サゲル」の意味拡張」『日本語文学』39 pp.201-220

李羽済(2008a)「下方移動を表す「オリル」と「オロス」の意味拡張」『日本語文学』40 pp.72-92

李羽済(2008c)「下方移動を表す「オトス」と「떨어뜨리다」の意味拡張」『日語日文学研究』66-1 pp.157-177

## 04. 「괜찮다」와 「大丈夫」의 다의성 /박유자


黒田福美(2006)『となりの韓国人』講談社文庫
金裕鴻(2002)『韓国がわかる。ハングルは楽しい』PHP新書
大野敏明(2002)『日本語と韓国語』文芸春秋



## 05. 현대 일본어 속의 고어표현 /오미영


青木博史(2005)「複文における名詞節の歴史」『日本語の研究』222号, 47-60 日本語学会
岡崎友子(2002)「指示副詞の歴史的変化について-サ系列・ソ系を中心に-」『日本語の研究』210号, 1-
　　　　17 日本語学会
岡部嘉幸(2006)「江戸語の文法—江戸時代後期における」『日本語学』25-5, 178-188 明治書院
金水敏(2003)『ウアーチャル日本語　役割語の謎』岩波書店
金水敏(2005)「歴史的に見た「いる」と「ある」の関係」『日本語文法』5-1, 日本語文法学会
金水敏(2006)『日本語存在表現の歴史』ひつじ書房
小池康(2002)「副詞の共起形式に関する史的変遷—推量のモダリテイ副詞を中心に—」『日本語科学』
　　　　12, 48-71 国立国語研究所
小西いずみ(2003)「会話における「だから」の機能拡張—文法機能と談話機能の接点—」『社会言語科学』
　　　　6-1, 61-73 社会言語科学会
小林隆(2006)『方言が明かす日本語の歴史』岩波書店
近藤泰広(2000)『日本語記述文法の理論』ひつじ書房
近藤泰広(2006)「中古語の文法—アスペクトの副詞節を中心に—」『日本語学』25-5, 160-166 明治書院
須田淳一(2006)「ミ語法とウオイス」『日本語学』25-5, 148-159 明治書院
高山善行(2002)『日本語モダリティの史的研究』ひつじ書房
永田高志(2005)「待遇表現の歴史」『日本語学』24-9, 88-97 日本語学会
沼田善子・野田尚史(2003)『日本語のとりたて—現代語と歴史的変化・地理的変異—』くろしお出版
野田尚史(2005)「これからの文法論の焦点」『日本語学』24-4 pp16-27 日本語学会
野村剛史(2003)「モダリテイ形式の分類」『国語学』54-1, 17-31 日本語学会
半藤英明(2003)『係結びと係助詞—「こそ」構文の歴史と用法—』大学教育出版
福島健伸(2006)「文法の面白さを文法教育に—クイズで読み進める中世の文法—」『日本語学』, 167-
　　　　176 明治書院
山口尭二(2003)『助動詞史を探る』和泉書院
山口尭二(2006)『日本語学入門—しくみと成り立ち—』昭和堂
李長波(2002)『日本語指示体系の歴史』京都大学学術出版会

## 06. 한어계접사의 발달 경위 /이수경

長沼悦子(1957)「訳語に関する一考察—術語集を資料として—」『日本文学』8, pp.76-87 東京女子大学
飛田良文(1983)「明治以後の語彙の変遷」『現代語(論集日本語研究15)』有精堂
松村 明(1980)『和英語林集成(講談社学術文庫477)—解説』講談社
______(1958)「明治以後の日本語」『講座現代国語学3』筑摩書房
水野善道(1987)「漢語系接辞の機能」『日本語学』6-2, pp.60-69 明治書院
森岡健二(1991a)『近代語の成立—語彙編』明治書院
______(1991a)『近代語の成立—文体編』明治書院
山田孝雄(1940)『国語の中における漢語の研究』宝文館
이수경(2004)「「性」の接辞的用法の推移—近代洋学資料における訳語を中心に—」『日語日文学研究』
　　　　　49, pp.67-82　韓国日語日文学会
______(2005a)「「性」の接辞的用法の推移」『日語日文学研究』52, pp.191-205 韓国日語日文学会
______(2005b)「接辞「反-」の造出に関한 一考察—Anti-의 訳語上의 展開를 중심으로—」『日本語文
　　　　　学』28, pp.73-92 日本語文学会
______(2006)「『和英語林集成』に見られる「ひと」を表す漢語系接辞—「英和の部」における増補様相
　　　　　—」『日本研究』27, pp223-242 韓国外国語大学校 日本研究所


## 07. 현대일본어에 계승된 重刊捷解新語의 일본어 표현 /古田和子(후루타가즈코)

浜田敦(1970)『朝鮮資料による日本語研究』岩波書店
安田章(1980)『朝鮮資料と中世国語』笠間書院
鄭光(1988)『司訳院 倭学研究』太学社
趙南徳(1994)『捷解新語의 改修分析』書光学術資料社
韓美卿(1995)『捷解新語における敬語研究』박이정


# 3장 ●●● 표기와 문체

## 01. 문자표기와 커뮤니케이션 /탁성숙

時枝誠記(1960)『文章研究序説』明治書院
永野賢(1972)『文章論序説』朝倉書店
北原保雄(監修)佐久間まゆみ(編)(2003)朝倉日本語講座7『文章・談話』
阪田雪子・倉持保男(1993)『教師用日本語教育ハンドブック④ 文法Ⅱ改訂版』凡人社

佐久間まゆみ(1990)『ケーススタディ日本語の文章・談話』おうふう
佐久間まゆみ・杉戸清樹・半沢幹一編(1997)『文章・談話のしくみ』おうほう
高崎みどり(1990)「ケース4 反復と省略の表現」
宇佐美まゆみ(1999)「これからの談話研究」「談話の定量的分析―言語社会心理学的アプロー


## 02. 일본 인터넷상의 한국어 가나표기 /박혜란

강창임(2007)「여행잡지에 나타난 한국 음식 어휘의 특징」『日本研究 제31호』한국외국어대학교 일본
　　　　　연구소
권현주(2006)「일본어 가나표기의 변화 양상에 관한 고찰」『일본어문학 제28집』일본어문학회
김경호(2003)「한국내 관광지의 일본어안내문 번역에 관한 실태조사」,『일본학연구 제7집』단국대 일본
　　　　　연구소
박혜란(2007)『日本語表記에 관한 研究-韓国飲食名을 中心으로-』한국외국어대학교 박사논문
정일영(2004)『한국 관광안내문의 일본어 번역 연구』동덕여자대학교 박사논문
内閣告示(1991)「外来語の表記」


## 03. 블로그의 표기와 문체 /岸本千秋(기시모토치아키)

大島一雄(1998)『人はなぜ日記を書くか』芳賀書店
佐竹秀雄(1991)「新言文一致体の計量的分析」『武庫川女子大学言語文化研究所年報』3, pp.1-14
土屋信一(1965)「話しことばの中の漢語」『言語生活』169号
野元菊雄(1959)「話しことばの中での漢語使用」国立国語研究所論集1『ことばの研究』
野元菊雄ほか(1980)「日本人の知識階層における話しことばの実態」文部省科学研究費特定研究「言
　　　　　　　語」研究報告書
前川喜久雄(2005)「パラ言語」『新版 日本語教育事典』日本語教育学会 大修館書店


# 4장 ••• 일본어 교육

## 01. 국가수준의 일본어 교육과정 변천사 /윤유숙

교육인적자원부, 한국교육개발원 교육통계연보(2005년,2006년,2007년)
이근님외(2005)「제2외국어과 교육과정 개선방안 연구」한국교육평가원자료

이덕봉(1998)『日本語 教育의 理論과 方法』시사일본어사
한미경(2006)「고등학교 일본어교육의 현황과 과제」『日本研究 제27호』한국외국어대학교 일본연구소


## 02. 일본어교육 −「문법교육」에서「표현교육」으로 /정상미

庵功雄・高梨信乃・中西久実子・山田敏弘(2000)『初級を教える人のための日本語文法ハンドブック』
川口義一(2003)「「文脈化」による応用日本語研究—文法項目の提出順再考—」『早稲田日本語研究』11
酒井たかこ(1995)「文の適切性判断のための一試案−後続文完成問題における日本人との比較−」『筑
        波大学留学生教育センター日本語教育論集』10
鄭相美(2004b)「文脈におけるナラの機能に関する一考察−話題提示としての機能を中心に−」『早稲
        田大学日本語教育研究』5


## 03. 일본어 교육을 위한 기본어휘 조사 및 분석 /송정식

国立国語研究所(1953)『婦人雑誌の用語』国立国語研究所報告4 国立国語研究所
国立国語研究所(1957・1958)『総合雑誌の用語』国立国語研究所報告12・13 国立国語研究所
国立国語研究所(1964)『分類語彙表』国立国語研究所資料集6 秀英出版
国立国語研究所(1984)『日本語教育のための基本語彙調査』国立国語研究所報告78 秀英出版
国立国語研究所(2001)『教育基本語彙の基本的研究(教育基本語彙データベースの作成)』国立国語研究
        所報告117 国立国語研究所
阪倉篤義(1960)「万葉語彙の構造　—(その一)名詞について—」『万葉』34　pp.75-85
島村直己(1983)「小学校低学年用国語教科書の用語」『研究報告集　−4−』国立国語研 究所報告74 国
        立国語研究所 pp.77-207
宋正植(2003)「比較語彙研究の方法論 —意味分野別構造分析法について—」『語彙研究 創刊号』
        pp.85-98 語彙研究会


## 04. 중등 일본어교육의 한국어 사용 수업외 효율성 /田中洋子(다나카요코)

大塚薫・若月祥子(2001)「韓国における効果的な媒介語使用の一考察−日本語初級学習者を中心に−」
        『日本語学研究』第3輯 韓国日本語学会　pp.177-191 オックスフォード,レベッカ・L著
        宍戸通庸・伴紀子訳(1994)『言語学習ストラテジー』凡人社
教育人的資源部『2004年度韓国教育統計年報』
小林ミナ(1998)『よくわかる教授法 日本語教育能力検定試験対応』アルク

田中洋子(2006)「媒介語使用の有用性に関する一考察-韓国の外国語高校日本語非専攻学習者を対象に
　　　　-」『日本言語文化』第9輯 日本言語文化学会 pp.67-88
ダイアン.ラーセン・フリーマン(1990)『外国語の教え方』山崎真稔,高橋貞雄訳玉川大学出版部
西口光一(1995)『日本語教授法を理解する本 歴史と理論編』バベル・プレス
三国・山田(1991)「日本語教育における母語の有効使用の試み」『文化外国語専門学校日本語課程紀要』
　　　　　第6号 pp.75-103
顔幸月(2004)「台湾の大学の日本語会話授業における教師の母語使用に対する意識」
『世界の日本語教育』第14号国際交流基金日本語国際センター pp.207-226
A.R.Bolitho(1976). Translation-An end but not a means. *English Language Teaching Journal* 30(2):
　　　　　pp.110-115

## 05. 커뮤니케이티브 · 어프로치에 있어서 시나리오 · 드라마의 역할 /津崎浩一(츠자키코이치)

小沢康則・津崎浩一(2000)『ミニドラマ日本語会話』時事日本語社
田中望(1998)『日本語教育の方法』大修館書店
津崎浩一(1997)「韓国人学習者のシミュレーションという教室活動に対する意識」『日本研究』11号　韓
　　　　国外大日本研究所
津崎浩一(2001)「ドラマ・シナリオを利用する学習活動に参加した日本語学習者の意識 ー特にロール
　　　　プレイ、シミュレーションへの橋渡しとしての側面から」『日本語学研究』3号 韓国日本
　　　　語学会

## 2부 커뮤니케이션상의 언어행동과 언어표현

# 1장 ●●● 커뮤니케이션상의 언어행동

## 01. 한일양국어의 경어사용 요인의 재조명 /한미경

南不二男(1974)『現代日本語の構造』大修館書店
辻村敏樹(1977)「日本語の敬語の構造と特色」『岩波講座日本語4 敬語』岩波書店
菊地康人(1997)『敬語』講談社
蒲谷宏、川口義一、坂本恵(1998)『敬語表現』大修館書店

滝浦真人(2005)『日本の敬語論』大修館書店
한미경(2008)『한국인과 일본인의 경어행동』제이앤씨
서정수(1984)『존대법의 연구』한신문화사


## 02. 현대 일본어의 부부관계에 있어서의 제3자호칭 사용양상 /김준숙

石坂正蔵(1951)「敬語法」『日本文法講座』明治書院
井上史雄(1989)『言葉づかいの新風景』秋山書店
遠藤織枝(1985)「配偶者を呼ぶことば「主人」をめぐってー」『ことば』6号　現代日本語研究会 pp.22-49
遠藤織枝(1987)「配偶者を呼ぶことば(2)-夫から妻をー」『ことば』7号　現代日本語研究会 pp.1-20
大石初太(1983)『現代型ご研究』筑摩書房
菊地康人(1997)『敬語』講談社
国広哲弥(1990)「呼称の諸問題」『日本語学』VOL.9　明治書院
米田正人(1986)『美しい敬語』芸術生活社
佐藤洋子(1957)『国立国語研究所 報告86』(1986)
真田信治・임영철(1993)『사회언어학의 과제』시사일본어사
鈴木孝夫(1973)『ことばと文化』岩波書店
時枝誠記(1941)『国語学原論』岩波書店
文化庁(1998)『平成9年度国語に関する世論調査』大蔵省印刷局
＿＿＿＿(1999)『平成10年度国語に関する世論調査』大蔵省印刷局
松下大三朗(1901)『日本俗語文典』勉誠社
森岡健二(1976)「敬語と敬語教育」『敬語講座7 行動中の敬語』明治書院
山田孝雄(1924)『敬語法の研究』宝文館


## 03. 성별과 인칭대명사의 근세적 특징 /민승희

江湖山恒明(1938)「「おまへ」の系譜」『国語と国文学』15-2, pp. 15-18 東京大学国語国文学会
小松寿雄(1971)「近代の敬語Ⅱ」『講座国語史5．敬語史』pp.322-323 大修館書店
湯沢幸吉郎(1935)「人代名詞「あなた」の用例」『言語学論文集』pp.11-15　岩波書店
山崎久之(1963)『国語待遇表現体系の研究』武蔵野書院
大橋隆憲(1971)"『日本の階級構成』"岩波書店

## 04. 한국어화자와 일본어화자의 맞장구 사용양상 /강창임

生越直樹(1988)「朝鮮語のあいづち－韓国人学生のレポートより－」『日本語学』第7巻12号, pp.12-17, 明治書院

黒崎良昭(1987)「談話進行上の相づちの運用と機能－兵庫県滝野方言について－」『国語学』150集, 国語学会, pp.109-122

小宮千鶴子(1986)「相づち使用の実態－出現傾向とその周辺－」『語学教育研究論叢3』, 大東文化大学語学教育研究所, pp.43-62

杉戸清樹(1989)「ことばのあいづちと身ぶりのあいづち－談話行動における非言語的表現－」『日本語教育』67号, pp.48-59

堀口純子(1997)『日本語教育と会話分析』くろしお出版

水谷信子(1983)「あいづちと応答」『講座日本語の表現3 話しことばの表現』, pp.37-44, 筑摩書房

水谷信子(1984)「日本語教育と話し言葉の実態—あいづち分析—」『金田一春彦博士古希記念論文集第3券言語学編』, pp.261-279, 三省堂

水谷信子(1988)「あいづち論」『日本語学』第7券第12号, pp.4-11, 明治書院

水谷信子(1993)「「共話」から「対話」へ」『日本語学』第12券第4号, pp.4-10 明治書院

村田晶子(2000)「学習者のあいづちの機能分析—「聞いている」という信号, 感情・態度の表示, そしてturn-takingに至るまで—」『世界の日本語教育』第10号, 国際交流基金日本語国際センター pp.241-260

メイナード・K・泉子(1993)『会話分析』くろしお出版

楊晶(2001) 「電話会話で使用される中国人学習者の日本語のあいづちについて—機能に着目した日本人との比較—」『日本語教育』第111号, pp.46-55

金秀芝(1993)「日・韓両言語における『あいづち』の対照研究—談話の会話を中心に—」『日本学報』12号, pp.109-119, 大阪大学文学部日本学研究室,

金珍娥(2004)「韓国語と日本語のturnの展開から見たあいづち発話」『朝鮮学報』第191 輯, pp.1-28

민현식(1997)「국어 남녀 언어의 사회언어학적 특성 연구」『사회언어학』제5권 2호, 한국사회언어학회, pp.529-587

李善雅(2001)「議論の場におけるあいづち－日本語母語話者と韓国人学習者の相違－」『世界の日本語教育』第11号 国際交流基金日本語国際センター, pp.139-152

任栄哲・李先敏(1995)「あいづち行動における価値観の韓日比較」『世界の日本語教育』第5号, 国際交流基金日本語国際センター, pp.239-251

홍민표(2003)「일본인은 대화중에 왜 자꾸 끼어드나」『일본어는 뱀장어 한국어는 자장』, pp.304-308, 글로세움

## 05. 스피치레벨 시프트의 한일 대조 /佐藤恵理(사토에리)


渡辺吉鎔・鈴木孝夫(1981)『朝鮮語のすすめ』講談社
金珍娥(2000)「日本語と韓国語における談話ストラテジーとしてのスピーチレベルシフト」『朝鮮学報』
이익섭,이상억,채완(2004)『한국어개설』
宇佐美まゆみ(1995b)「談話レベルから見た敬語使用　スピーチレベルシフト生起の条件と機能」『学
　　　　　苑』662昭和女子大学近代文化研究所
佐藤恵理(2006)『日本語のスピーチレベルとそのシフトに関する研究』韓国外国語大学博士論文


## 06. 스피치레벨에 나타나는 한일 양국어의 커뮤니케이션 특징 /이은미


伊集院郁子(2004)「母語話者による場面に応じたスピーチスタイルの使い分け―母語場面と接触場面
　　　　　の相違」『社会言語科学』6-2 社会言語科学会
宇佐美まゆみ(1997)「基本的な文字化の原則(Basic Transcription System for Japanese: BTSJ)の開発
　　　　　について」『日本語話者の談話行動のスクリプト・ストラテジーの研究とマルチメディ
　　　　　ア教材の試作』文部省科学研究費　基盤研究(C)研究成果報告書
　　　　　　(1998)「ポライトネス理論の展開：ディスコース・ポライトネスという捉え方」『日本研
　　　　　究教育年報1997年度版』
　　　　　　(1999)「談話のポライトネス―ディスコース・ポライトネス(DP)という捉え方」第7回国
　　　　　立国語研究所国際シンポジウム報告書　国立国語研究所
　　　　　　(2001a)「ディスコース・ポライトネス」という観点から見た敬語使用の機能―敬語使用の
　　　　　新しい捉え方がポライトネスの談話理論に示唆すること―」語学研究所論集』6東京外国
　　　　　語大学語学研究所
　　　　　　(2001b)「談話のポライトネス―ポライトネスの談話理論構想―」『談話のポライトネス』
　　　　　国立国語研究所国際シンポジウム　第4専門部会 平凡社
　　　　　　(2002) 連載「ポライトネス理論の展開 (1-12)」『月刊言語』31(1-13、6を除く) 大修館書店
　　　　　　(2003a)「異文化接触とポライトネス―ディスコース・ポライトネス理論の観点から―」
　　　　　『国語学』54-3 国語学会
　　　　　　(2003b)「改訂版：基本的な文字化の原則(Basic Transcription System for Japanese：
　　　　　BTSJ)」『多文化共生社会における異文化コミュニケーション教育のための基礎的研
　　　　　究』平成13-14年度　科学研究費補助金　基盤研究C(2)研究成果報告書
宇佐美まゆみ・李恩美・鄭栄美・金銀美(2007)「基本的な文字化の原則(Basic Transcription System
　　　　　for Japanese：BTSJ)の韓国語への応用について」『談話研究と日本語教育の有機的統
　　　　　合のための基礎的研究とマルチメディア教材の試作』平成15-18年度科学研究費補助金
　　　　　基盤研究B(2)　研究成果報告書

三牧陽子(1989)「待遇レベル・シフトの談話分析」『AKP紀要』3 同志社大学

________(1997)「対談における「FTA補償ストラテジー－待遇レベル・シフトを中心に－」『大阪留学
　　　　　生センター研究論集 多文化社会と留学生交流』創刊号 大阪留学生センター

김동준(1998)『한국어와 일본어의 대우법 대조 연구』국민대학교 박사학위논문 국민대학교 대학원

金美貞(2005)「韓国における接客言語行動に関する事例研究－文末形式選択のダイナミックス－」『社
　　　　　会言語科学』7-2社 会言語科学会

金笑栄(1993)『現代国語의 聴者待遇話階考察』淑明女子大学校大学院 国語国文学科碩士学位論文 淑
　　　　　明女子大学校 大学院

金珍娥(2002)「日本語と韓国語における談話ストラテジーとしてのスピーチレベルシフト」『朝鮮学
　　　　　報』183 朝鮮学会

김의수(2002)「청자대우법 문말어미 교체의 허가 원리 연구」『언어학』31 한국언어학회

李恩美(2004)「『丁寧度を示すマーカーのない発話』の日韓対照研究－初対面二者間の自然会話分析を
　　　　　通して－」『日本 研究教育年報2003年度版』東京外国語大学日本課程編

이정복(1996)「국어 경어법의 말 단계 변동 현상」『사회언어학』4-1한국사회언어학회

유송영(1996)『국어 청자 대우 어미의 교체 사용(switching)과 청자 대우법 체계－힘(power)과 유대
　　　　　(solidarity)의 정도성에 의한 담화 분석적 접근－』고려대학교 대학원 박사학위논문 고
　　　　　려대학교 대학원

한미경(2007)『(드라마로 보는) 한국인과 일본인의 경어행동』제이앤시

Brown,P.and Levinson,S.C.(1987)『Politeness － Some universals in language usage』Cambridge:
　　　　　Cambridge University Press

Goffman,E.(1967)『Interaction ritual:essays on face to face behavior』Garden City: Newyork

Lee,E.M. & Usami,M. (2006)「The functions of "speech levels" and "utterances without politeness
　　　　　markers" in Japanese and Korean: from the perspective of discourse politeness」『言語
　　　　　情報学研究報告』No.13,21世紀 COEプログラム 「言語運用を基盤とする言語情報学拠
　　　　　点」東京外国語大学(TUFS)大学地域文化研究科

Usami,Mayumi(2002)『Discourse politeness in Japanese conversation: Some implications for a
　　　　　universal theory politeness 』Tokyo:HITUZI SYOBO


## 07. 일본어의 경어분류와 정중어 /최창완

石坂正蔵(1944)『敬語史論考』大八洲出版

大石初太郎(1975)『敬語』筑摩書房

北原保雄(1969)「敬語の構文的研究－動詞の敬語法とそのアスペクト－」『佐伯梅友博士古希記念国語
　　　　　学論集』表現社

小松寿雄(1963. 3)「待遇表現の分類」『国文学言語と文芸』

草野清民(1901)『日本文典』富山房
土井忠生訳註(1955) ジョアン・ロドリゲス原著『日本大文典』三省堂
辻村敏樹(1967)『現代の敬語』共文堂
時枝誠記(1941)『国語学原論』岩波書店
藤井諶(1900)『日本文典』富山房
松下大三郎(1924)『標準日本文法』紀元社
馬淵和夫(1963)『古文の文法』武蔵野書院
三矢重松(1908)『高等日本文法』明治書院
宮地裕(1971)「現代の敬語」『講座国語史5　敬語史』大修館書店
山田孝雄(1924)『敬語法の研究』宝文館
吉岡郷甫(1906)『日本口語法』大日本図書
渡辺実(1971)『国語構文論』塙書房
한미경(2007)『드라마로 보는 한국인과 일본인의 경어행동』제이엔씨


## 08. 일본인 고교생의 경어와 '다메고' 사용현황 /石川英伸(이시카와히데노부)

菊池康人(1994)「敬語」角川書店
国立国語研究所(2002)「学校の中の敬語1 －アンケート調査編—」国立国語研究所
国立国語研究所(2003)「学校の中の敬語2 －面接調査編—」国立国語研究所
韓美卿(2006)「韓国両国語における対人意識と敬語行動」


## 09. 화제의 인물에 대한 일본어경어표현 /이윤진

韓 美卿(2007)『드라마로 보는 한국인과 일본인의 경어행동』J&C
菊地康人(2001)「敬語の現在と将来」日本語学研究 第3
菊地康人(1994)『敬語』講談社
辻村敏樹(1992)『敬語論考』明治書院


## 10. 젠더표현이 젠더사회화에 미치는 영향 /김은옥

井出祥子(1983)「女さしさの言語学」『話しことばの表現』筑摩書房
井出祥子・川成美香(1984)「日本の女性語・世界の女性語」『言語生活』NO.387
佐竹久仁子(2004)「「女ことば/男ことば」規範の形成」日本語学vol.23 明治書院

中村桃子(2001)『ことばとジェンダー』勁草書房
줄리아우드(2005)『젠더에 갇힌 삶』2006 한희정 옮김 커뮤니케이션북스
마가렛 미드(1963)『세 부족사회에서의 성과 기질』1988 조혜정옮김, 이화여자대학교 출판부
김은옥(2006)『일본어에 나타나는 젠더표현』한국외국어대학교 박사논문


## 11. 신문·잡지에 나타난 성차와 호칭 /日高真理子(히다카마리코)

井出祥子(1983)「女らしさの言語学」『話しことばの表現』筑摩書房
新村出(2008)『広辞苑第六版』岩波書店
中村桃子(2001)『ことばとジェンダー』勁草書房
れいのるず·秋葉かつえ(1993)「おんなと日本語」有信堂


# 2장 ••• 커뮤니케이션상의 언어표현

## 01. 일본어의 모달리티와 청자배려표현 /윤상실

庵功雄他(2001)『初級を教える人のためのハンドブック』, スリーエーネットワーク
庵功雄他(2001)『中上級を教える人のためのハンドブック』, スリーエーネットワーク
生田少子(1997)「ポライトネスの理論」『月刊言語』26-6, 大修館書店
宇佐美まゆみ(2002)「「ポライトネス」という概念」『月刊言語』31-1, 大修館書店
阪田雪子編著(2003)『日本語運用文法-文法は表現する-』, 凡人社
杉戸清樹·尾崎喜光(2006)「「敬意表現」から「言語行動における配慮」へ」国立国語研究所『言語行動に
　　　　　　おける「配慮」の諸相』くろしお出版
寺村秀夫(1984)『日本語のシンタクスと意味Ⅱ』, くろしお出版
仁田義雄 (1991)『日本語のモダリティと人称.』, ひつじ書房
水谷修(1979)『話しことばと日本人』, 創拓社出版
宮田聖子(2000)「ポライトネスを日本語にあてはめる」『東京大学留学生センター紀要』第10号
한미경(2007)『드라마로 보는 한국인과 일본인의 경어행동』, 제이앤씨


## 02. 한일 양국드라마에 나타나는 감정커뮤니케이션 양상 /김광태

김광태(2004)「일한 양언어의 <哀>의 감정의 오노매토피어」『일어일문학연구 제50집』한국일어일문
　　　　학회

김광태(2008)「신체적 증상을 통한 한일 양언어의 감정표출」『일본연구 제36호』한국외국어대학교
　　　　　일본연구소
김광태・김준숙(2005)「영상매체를 통한 일본인 언어행동의 이미지」『일어일문학 제28집』대한일어
　　　　　일문학회
김광태・김준숙(2006)「한국드라마에 대한 일본대학생의 이미지 양상」『일본언어문화 제8집』일본
　　　　　언어문화학회
東山安子(1992)「異文化間における非言語コードと価値観のコード」『日本語学 第11巻11』明治書院
中村真(1996)「非言語的行動の研究とメデイアー表情研究を中心に」『日本語学 第15巻4』明治書院
橋本滿弘(1993)『コミュニケーション入門』桐原書店
Birdwhistell(1970)『Kinesics and Context Philadelphia』University of Pennsylvnia
J.リチャーズ他2(1988)『ロングマン応用言語学用語辞典』南雲堂
Lakoff,G(1987)『Women, Fire and Dangerous Thing: What Categories Reveal about the Mind
　　　　　Chicago and London』The University of Chicago Press
Morton Wiener and Albert Mehrabian(1968)『Language Within Language』New York Appleton
　　　　　-Century-Croft



## 03.　일본어의 경어표현교육의 관점에서 보는 '경어표현화' /김동규


蒲谷宏・川口義一・坂本恵(1998)『敬語表現』大修館書店
蒲谷宏(2003)「「待遇コミュニケーション」教育の構想」『講座日本語教育39』早稲田大学日本語研究教
　　　　　育センター
金東奎(2004)「「手紙文」と「スピーチ」から見た敬語接頭辞「お・ご」を用いた敬語表現の使用様相」
　　　　　『早稲田大学日本語教育研究　第4号』早稲田大学大学院日本語教育研究科
金東奎(2005)「「待遇コミュニケーション」における「敬語表現化」に関する考察—待遇表現教育のあり
　　　　　方への視座—」『早稲田大学日本語教育研究 第7号』早稲田大学大学院日本語教育研究科
田窪富男・池尾スミ(1971)『日本語教育指導参考書2 待遇表現』文化庁
細川英雄(2004)『日本語教育は何をめざすか—言語文化活動の理論と実践—』明石書店



## 04.　'대우커뮤니케이션' 관점에서 본 일본어의 의뢰표현 /채윤주


蒲谷宏外(1993)「依頼表現方略の分析と記述-待遇表現教育への応用に向けて-」『早稲田大学日本語教
　　　　　育センター紀要』5, pp.52-53, 早稲田大学日本語教育センター
蒲谷宏外(2003)「「待遇コミュニケーション」とは何か」『早稲田大学日本語教育研究』第2号,
　　　　　pp.55-76

蔡胤柱(2007)「「依頼」に対する 「断り」に関する一考察-「待遇コミュニケーション」の観点から-」『일본문화학보』제35집, pp.53-69, 한국일본문화학회


## 05. 한국어와 일본어의 지시·명령표현의 양상 /권동현

蒲谷宏·川口義一·坂本恵(1998)『敬語表現』大修館書店
森田良行(1977)「文型について」『講座 日本語教育』第12 早稲田大学日本語研究教育センター
국립국어원(2005)『외국인을 위한 한국어문법1』커뮤니케이션북스
金容女(2001)『日本語 婉曲表現에 対한 一考察』韓国外国語大学校教育大学院 日本語教育専攻
金志妍(1995)『現代 日本語 行為要求表現에 関한 考察』韓国外国語大学校大学院 日本語科
서정수(1996)『현대국어문법론』한양대학교 출판원


## 06. 칭찬표현과 그 응답표현에 나타난 한일 언어행동 비교 /김명지

板坂元(1978)「日本語の表情」講談社 p.138
大滝敏生(1996)「ほめことばの日·独比較」『日本語学』明治書院
川口義一· 蒲谷宏·坂本恵 (1996)「待遇表現としてのほめ」『日本語学』1996.5 明治書院
金田一春彦(1977)「日本人の言語生活」講談社 p.223, 224
小玉安恵(1996)「対談インタビューにおけるほめの機能 (1)」『日本語学』1996.5 明治書院
五光照雄(1979)「言葉からみた日本人」自由現代社 p.96
崎山理 (1992)「言語と文化のかかわり方」『日本語学』 明治書院
鈴木睦(1989)「聞き手の私的領域と丁寧表現」『日本語学』1989.2 明治書院
田辺洋二(1996)「ほめことばの日·英語比較」『日本語学』1996.5 明治書院
外山滋比古(1976)「日本語の個性」中公新書 p.58,59
김경석(1993)「한국어와 영어에서의 칭찬에 대한 응답의 비교분석」『영어교육』46
김현정(1996)「A contrastive analysis of compliments and compliment responses in Korean and English」 서울대학교 교육대학원 석사학위 논문
백경숙 (1998)「영어와 한국어에서의 칭찬에 대한 응답전략 고찰」 사회언어학 6권 2호
송영미(2003)「한국어와 일본어의 칭찬 화행 연구」이화여대 교육대학원 석사학위 논문
Brown & Levinson(1987) Politeness. Cambridge University Press.
Han, J. H(1992)「A comparative study of compliment responses of female Koreans in Korean speaking situations and in English speaking situations」 Working Papers in Educational Linguistics, 8, 17-32
Holmes, J. (1988a) Compliment and compliment responses in New Zealand. Anthropological

Linguistic, 28 485-508
Holmes, J. (1988b) Paying compliments. Journal of Pragmatics, 12 445-465
Searle. J .R.(1976) The classification of illocutionary acts.


## 07. 일본어의 얼버무림(ぼかし)표현 /신효진

Brown&Levinson(1987)『Politeness-some universials in language usage』Cambridge univ. press
泉子・kメイナード(2000)『変するふたりの「感情ことば」－ドラマ表現の分析と日本語論』くろしお出版
陣内正敬(2006)「ぼかし表現の二面性一近つかない配慮と近つく配慮」『言語行動における「配慮」の諸
　　　相』くろしお出版 p.115～131


## 08. 한국어와 일본어의 거절표현 비교 /김선희

生駒知子・志村明彦(1992)「英語から日本語へのプラグマティック・トランスファー：「断り」という
　　　発話行為について」『日本語教育』79号, pp.41-52 日本語教育学会
カノックワン・ラオハブラナキット(1995)「日本語における「断り」－日本語教科書と実際の会話との
　　　比較」『日本語教育』87号, pp.25-39 日本語教育学会
蒲谷宏・川口義一・坂本恵(1998)『敬語表現』大修館書
熊井浩子(1992)「留学生にみられる談話行動上の問題点とその背景」『日本語学』第11巻3号, pp.230-
　　　266 明治書院
森山卓郎(1990)「断りの方略－対人関係調整とコミュニケーション」『言語』8月号, pp.63-65 大修館書
　　　店
横山杉子(1993)「日本語における『日本人の日本人に対する断り』と『日本人のアメリカ人に対する断
　　　り』の比較－社会言語学のレベルでのフォリナートーク-」『日本語教育』81号, pp.141-
　　　151 日本語教育学会
Lyuh, Inook(1994) A comparison of Korean and American Refusal Strategies, English teaching No.
　　　49. pp.221-252 韓国英語教育学会
Schmidt,R.W.& J.C.Richards(1980) Speech acts and second language learning. Applied
　　　Linguistics.1(2) pp.129-157 Cambridge University.press
Searle, J.R.(1976) A classification of illocutionary acts. Language in Society 5. pp.1-23 Cambridge
　　　University.press

## 09. 상업광고문의 표현상의 특징 /김민자


小川外(2002) 日本語教育事典　大修館書店
筧寿雄・井上和子・紫谷方良・和井田紀子(1984)「広告の言語学研究」『日本語学』明治書院
野呂幾久子(2001)「テレビCMの言葉」『日本語学』明治書院
八巻俊雄(1994)「比較世界のテレビCM」『日本語学』明治書院
森岡健二(1984)『文章・文体』有精堂
박영준외(2005)『광고언어연구』박이정
김선희(2000)「광고언어의 다양한 쓰임과 그 특징」『광고언어연구』박이정
김정선(1998)「텔레비젼 광고 텍스트의 구조와 대화」『광고언어연구』박이정
윤상실(외)(2004)『日本語学의理解』제이앤씨
이은희(2000)「광고언어의 생략현상」『광고언어연구』박이정
장경희(1992)「광고언어의 유형과 특징」『광고언어연구』박이정
韓美卿(2007)『드라마로 보는 한국인과 일본인의 경어행동』제이앤씨


## 10. E-mail을 통한 비즈니스 커뮤니케이션 /박선자


大石初太郎(1978)北原保雄編「敬意の度合いの測定」『敬語』有精堂出版(株)
蒲谷宏・川口義一・坂本恵(2000)『敬語表現』大修館書店
菊地康人(1994)『敬語』角川書店
国立国語研究所(1952)「敬語と敬語意識」『国立国語研究所報告11』p376
한미경(2007)『드라마로 보는 한국인과 일본인의 경어행동』제이앤씨

# 참고문헌


## ■ 문법

青木礼子(1992)『現代語助詞「は」の構文論的研究』笠間書院
安達太郎(1999)『日本語疑問文における判断の諸相』くろしお出版
荒正子(1989)「形容詞の意味的なタイプ」『ことばの科学3』
有田節子・前田直子・蓮沼昭子(2001)『条件表現』くろしお出版
池上嘉彦(1981)『「する」と「なる」の言語学』大修館書店
井上和子(1983)『日本語の基本構造』(講座現代の言語1)三省堂
井上優(2002)『日本語文法のしくみ』研究社
奥津敬一郎(1978)『「ボクハウナギダ」の文法』くろしお出版
加藤泰彦(1989)「否定のスコープ」『日本文法小事典』大修館書店
北原保雄(1981)『日本語助動詞の研究』大修館書店
北原保雄(1984)『日本語文法の焦点』教育出版
北原保雄(1984)『文法的に考える-日本語の表現と文法-』大修館書店
景山太郎(1993)『文法と語構成』ひつじ書房
金水敏・木村英樹・田窪行則(1989)『日本文法セルフマスターシリーズ4指示詞』くろしお出版
金水 敏(1991)「受身文の歴史についての一考察」『国語学』164 国語学会
金田一春彦編(1976)『日本語動詞のアスペクト』むぎ書房
工藤浩(1977)「限定副詞の機能」『松村明教授還暦記念 国語学と国語史』明治書院
工藤真由美(1995)『アスペクト・テンス体系とテクスト-現代日本語の時間の表現』ひつじ書房
久野暲(1973)『日本語文法研究』大修館書店
久野暲(1978)『談話の文法』大修館書店
久野暲(1983)『新日本語文法研究』大修館書店
小池清治(1994)『大学生のための日本文法』有精堂出版
小池清治(2000)「日本語の基本文型 Ⅱ」『宇都宮大学国際学部研究論集』10
小池清治(2001)『日本語探求法1 現代日本語探求法』朝倉書店
国立国語研究所編(1997)『日本語の文法(上)』大蔵省印刷局
国立国語研究所編(1998)『日本語の文法(下)』大蔵省印刷局
国立国語研究所編(1999)『日本語の指示詞』大蔵省印刷局
小松 英雄(1999)『日本語はなぜ変化するか 母語としての日本語の歴史』笠間書院
近藤泰弘(2001)「記述文法の方向性―とりたて助詞の体系を例として」『国文学』46-2 学灯社

坂倉篤義(1974)『改稿日本文法の話』教育出版

阪倉篤義(1993)『日本語表現の流れ(岩波セミナ-ブックス)』岩波書店

阪田雪子・倉持忠男(1980)『文法Ⅱ-助動詞を中心にして-』国際交流基金

佐冶圭三(1991)『日本語の文法の研究』ひつじ書房

柴田敏(2001)「「指示副詞+係助詞」の諸形式について」『日本語と日本文学』33

城田俊(1998)『日本語形態論』ひつじ書房

菅井三実(2002)「構文スキ-マによる格助詞「が」の分析と基本文型の放射状範疇化」『世界の日本語教育、 日本語教育論集』12

杉本武(2000)「無助詞格のタイプについて」『文芸言語研究、言語篇』38

鈴木忍(1979)『文法Ⅰ-助詞の諸問題-』国際交流基金

鈴木重幸(1972)『日本語文法・形態論』むぎ書房

鈴木情一(1992)「視点の心理」『日本語学』11-9, pp.72-79

砂川有里子(1986)『日本文法セルフマスタ-シリーズ2 する・した・している』くろしお出版

高島英幸(1995)『コミュニケ-ションにつながる文法指導』大修館書店

高橋太郎外(1993)『日本語の文法』むぎ書房

高橋太郎外(1994)『動詞の研究』むぎ書房

竹林一志(2004)『現代日本語における主部の本質と諸相』くろしお出版

田野村忠温(1990)『現代日本語の文法Ⅰ-「のだ」の意味と用法』和泉選書

寺村秀夫(1987)『ケ-ススタディ日本文法』桜楓社

寺村秀夫(1982-1991)『日本語のシンタクスと意味Ⅰ～Ⅲ』くろしお出版

西正子・駒走昭二(2004)「動詞「わかる」と格助詞： 実態と規範意識」『目白大学人文学部紀要』11

西口光一(2000)『基礎日本語文法教本』アルク

仁田義雄(1991)『日本語のヴオイスと他動性』くろしお出版

仁田義雄編(1993)『日本語の格をめぐって』くろしお出版

仁田義雄編(1995)『複文の研究(上)(下)』くろしお出版

仁田義雄(1999)『日本語のモダリティと人称』ひつじ書房

西山佑司(1994)「日本語の存在文と変更名詞句」『慶応義塾大学言語文化研究所紀要』26

西山佑司(2003)『日本語名詞句の意味論と語用論』ひつじ書房

丹羽哲也(1997)「現代語「こそ」と「が」「は」」『日本語文法体系と方法』ひつじ書房

沼田善子(1992)『日本文法セルフマスタ-シリーズ5「も」「だけ」「さえ」など―とりたて―』くろしお出版

沼田善子(1988)「とりたて詞の意味再考-「こそ」「など」について-」『論集ことば』論集ことば刊行会

沼田善子・野田尚史編(2003)『日本語のとりたて―現代語と歴史的変化・地理的変異』くろしお出版

根上剛士(2004)『近世前期のてにをは書研究』風間書房

野田尚史(1986)『日本文法セルフマスタ-シリーズ1 はとが』くろしお出版

野田尚史(1991)『はじめての人の日本語文法』くろしお出版

野田尚史他(2002)『複文と談話(日本語の文法4)』岩波書店

橋本進吉(1948)「国語法要説」『橋本進吉博士著作集第二冊 国語法研究』岩波書店

橋本進吉(1969)『助詞・助動詞の研究』岩波書店

半藤英明(2003)『係結びと係助詞──「こそ」構文の歴史と用法』大学教育出版

樋口万喜子(2000)「存在文における無助詞の機能」『横浜国大国語研究』17/18

藤原雅憲(1999)『よくわかる文法』アルク

藤原与一(2004)『日本語における文末詞の存立』三弥井書店

古田啓(1987)「否定とは」『ケーススタディ日本文法』桜楓社

吉川武時(1989)『日本語文法入門』アルク

牧野成一(1982)『くりかえしの文法』大修館書店

益岡隆志(1987)『命題の文法』くろしお出版

益岡隆志(1993)『24週日本語文法ツア-』くろしお出版

益岡隆志編(1993)『日本語の条件表現』くろしお出版

益岡隆志(1997)『複文』<新日本語文法選書2>くろおし出版

益岡隆志(2002)『日本語文法の諸相』くろしお出版

益岡隆志・田窪行則(1987)『日本文法セルフマスタ-シリ-ズ3 格助詞』くろしお出版

益岡隆志・田窪行則(1992)『基礎日本語文法-改訂版-』くろしお出版

益岡隆志、野田尚史、沼田善子(1995)『日本語の主題と取り立て』くろしお出版

町田健(1989)『日本語の時制とアスペクト』アルク

松下大三郎(1978)『改撰標準日本文法』勉誠社

松本泰丈(2006)『連語論と統語論』至文堂

三上章(1972)『現代語法序説』くろしお出版

水谷信子(1989)『日本語教育の内容と方法──構文の日英比較を中心に─』アルク

南不二男(1993)『現代日本語文法の輪郭』大修館書店

三原健一(1994)『日本語の統語構造 生成文法理論とその応用』松柏社

宮島達夫・仁田義雄(1995)『日本語類義表現の文法(上・下)』くろしお出版

村木新次郎(1994)『日本語動詞の諸相』ひつじ書房

森重敏(1959)『日本文法通論』笠間書院

森田良行(2002)『日本語文法の発想』ひつじ書房

森本順子(1994)『話し手の主観を表す副詞について』くろしお出版

森山卓郎(1989)『日本語動詞述語文の研究』明治書院

森山卓郎・安達太郎(1996)『日本文法セルフマスタ-シリ-ズ6 文の述べ方』くろしお出版

森山卓郎(2000)『ここからはじまる日本語文法』ひつじ書房

山岡政紀(2000)『日本語の述語と文機能』(日本語研究叢書13)くろしお出版

山口明穂(2004)『日本語の論理』大修館

山中美恵子(1995)「「とりたて」という機能-「こそ」を中心に-」『日本語の主題と取り立て』くろしお出

版
山西正子(2000)「動作の主体を表す格助詞「デ」」『目白大学人文学部紀要. 言語文化篇』6
山田孝雄(1936)『日本文法学概論』宝文館
권승림(2005)『ヴォイス体系における再規性』제이앤씨
金英培・申鉉淑(1987)『現代韓国語文法』翰信文化社
南基心・高永根(1985)『標準 国語文法論』塔出版社
박민영(2002)「始動の局面動詞をめぐって」『日本言語文化1』韓国日本言語文化学会
박장경(2005)『일본어의 연체수식구문에 관한 연구』제이앤씨
유장옥(2005)『한・일 양국어의 수동표현에 관한 대조 연구』제이앤씨
尹相実(1999)「話し手の不確実な判断を表すモダリティ」『国語国文研究』113 北海道国語国文学会
尹相実(2005)『現代日本語のモダリティ-判断系モダリティの記述的研究を目指して-』, 제이앤씨
윤상실(2003)「日・韓 양언어의 추량표현 대조연구-주요 추량표현형식의 대응관계분석을 통하여 -」
　　　　　『日語日文学研究』46한국일어일문학회
이경수(2003)『韓・日両国語の複合動詞と対照研究』제이앤씨
이미숙(2005)『한・일어 대조연구』제이앤씨
李成圭(2003)『日本語受身文の研究』불이문화
鄭相哲(1992)「いわゆる確認要求のネとダロウ」『日本学報11』大阪大学文学部
정상철(2004)『日本語認識モダリティの機能的研究』제이앤씨
정하준(2005)『일본어 모달리티 형식의 전달기능 연구』제이앤씨
최병규(2004)『現代日本語動詞の連体節の時間の研究』제이앤씨
許明子(2004)『日本語と韓国語の受身文の対照研究』ひつじ書房


## ■ 어휘와 의미

浅野鶴子(1978)『擬音語・擬態語辞典』(角川小辞典12)角川書店
池上嘉彦(1978)『意味の世界 現代言語学から視る(NHKブックス)』日本放送出版協会
池上 嘉彦(1975)『意味論 意味構造の分析と記述』大修館書店
池上嘉彦(1985)『意味論・文体論』大修館書店
池原悟他編(1999・2006)『日本語語彙体系CD-ROM版』(NTTコミュニケ-ション科学基礎研究所監修)
　　　　　　岩波書店
石綿敏雄(1985)『日本語のなかの外国語』岩波新書
伊藤雅光(2002)『計量言語学入門』大修館書店
岡島昭浩(1997)「インタ-ネットで調べる」『日本語学』16-1
荻野綱男(2004)「各種検索エンジンの実体と特徴」『日本語学』23-2
荻野綱男・塩田大雄1994「朝日新聞デ-タベ-スを使用した言語研究」『日本語学』13-5

荻野綱男(2007)「ブログにみる日本語の男女差」日本語学26-4

荻野綱男(2007)「コーパスとして のWWW検索の活用」『月刊言語』2007年 7月号

川本茂雄他(1980)『日本の言語学 第一巻 言語の本質と機能』大修館書店

樺島忠夫(1981)『日本語はどう変わるか―語彙と文字―』岩波新書

河上誓作(1996)『認知言語学の基礎』研究社出版

国広哲弥(1982)『意味論の方法』大修館書店

熊谷康雄(1991)「現代日本語のテキストデータベースの蓄積・利用に関する社会的経験について」『日本
　　　　　語学』10-8

郡司隆男他著(1998)『意味(岩波講座言語の科学4)』岩波書店

国立国語研究所(1952)『語彙調査』国立国語研究所資料集2 国立国語研究所

国立国語研究所(1961)『同音語の研究』(国立国語研究所報告20)秀英出版

国立国語研究所(1962・1963・1964)『現代雑誌九十種の用語用字』国立国語研究所報告21・22・23　秀
　　　　　英出版

国立国語研究所(1970)『電子計算機による新聞の語彙調査』秀英出版

国立国語研究所編(1995)『外来語の形成とその教育』大蔵省印刷局

国立国語研究所編(1997)『国定読本用語総覧CD-ROM版』三省堂

国立国語研究所編(1998)『語彙の研究と教育(上)』大蔵省印刷局

国立国語研究所編(1999)『語彙の研究と教育(下)』大蔵省印刷局

国立国語研究所編(2004)『分類語彙表増補改訂版』大日本図書刊

国際交流基金(1981)『教師用日本語教育ハンドブック ⑤ 語彙』凡人社

後藤斉(1996)「コーパスとしての新聞記事テキストデータ-終助詞「かしら」をめぐって-」『東北大学言
　　　　　語学論集』5

斉藤倫明(2004)『語彙論的語構成論』ひつじ書房

阪倉篤義(1966)『語構成の研究』角川書店

阪倉 篤義(1978)『日本語の語源』講談社 現代新書518

佐藤喜代治(1958)「国語の語彙の特色」『国語教育のための国語講座4語彙の理論と教育』朝倉書店

真田信治(1977)「基本語彙・基礎語彙」『岩波講座日本語9語彙と意味』岩波書店

柴田武(1982)「現代語の語彙体系」『講座日本語の語彙7現代の語彙』明治書院

杉村泰(2002)「コーパス調査による文法性判断の有効性-「～てならない」を例にして-」『日本語教育』
　　　　　114

鈴木英夫(1978)「幕末明治期における新漢語の造語法―『経国美談』を中心として―」『国語と国文学』
　　　　　55-5,

田島毓堂(1999)『比較語彙研究序説』笠間書院

田中章夫(1978)『国語語彙論』明治書院

田中ゆかり(2003)「ネット検索は言語の研究に有効か」『日本語学』22-4

田野村忠温(2000)「電子メディアで用例を探す-インターネットの場合」『日本語学』19-5

田野村忠温(2000)「用例に基づく日本語研究-コーパス言語学-」『日本語学』19-5(2000年4月臨時増刊号
　　　　『新・文法用語入門』)
玉村文郎(1984)『語彙の研究と教育(上)』(日本語教育指導参考書12)国立国語研究所
玉村文郎(1985)『語彙の研究と教育(下)』(日本語教育指導参考書13)国立国語研究所
辻 幸夫(2004)『認知言語学 キーワード辞典』研究社
中野洋(1981)「『分類語彙表』の語数」『計量国語学』12-8 計量国語学会
中野洋(1985)「語義記述法の問題点」『朝倉日本語新講座4 文法と意味II』朝倉書店
西尾寅弥(1964)「単語認定の基準」『講座現代語6 口語文法の問題点』明治書院
西尾寅弥(1972)『形容詞の意味・用法の記述的研究』(国立国語研究所報告44)秀英出版
西尾寅弥(1977)「語彙の体系」『岩波講座日本語9 語彙と意味』岩波書店
仁田義雄(1980)『語義論的統語論』明治書院
野村雅昭(1988)『漢字の未来』筑摩書房
野村雅昭(1984)「語種と造語力」『日本語学』3-9明治書院
服部匡(2004)『WWW検索と日本語研究への応用』『日本語学』23-2
飛田良文・菊地　悟(1996)『和英語林集成 初版 訳語総索引』笠間書院
飛田良文・佐藤武義(2002)『現代日本語講座第4券 語彙』明治書院
日向敏彦(1987)「近代学術用語と漢語」『日本語学』6-2 明治書院
広田栄太郎(1969)『近代訳語考』東京堂出版
文化庁(1972)『日本語と日本語教育-語彙編-』大蔵省印刷局
前川喜久雄(2004)「『日本語話し言葉コーパス』の概要」『日本語科学』15 国立国語研究所
松井くにお(2004)「検索ロボット技術を活かしたWWW検索技術」『日本語学』23-2
松井利彦(1993)「近代漢語の位相」『日本語学』12-6 明治書院
宮島健夫(1972)『動詞の意味・用法の記述的研究』(国立国語研究所報告43)秀英出版
宮島達夫(1973)「無意味形態素」『ことばの研究第4集』(国立国語研究所論集)秀英出版
籾山洋介(2002)『認知意味論のしくみ』研究社出版
森岡健二他(1982)『講座日本語4 語彙史』明治書院
森田良行(1977～)『基礎日本語1～3』角川書店
森田良行他(1989)『ケーススタディ 日本語の語彙』桜楓社(現、おうふう)
森田良行(1996)『意味分析の方法-理論と実践』ひつじ書房
柳父章(1982)『翻訳語成立事情』岩波新書
山梨正明(2000)『認知言語学原理』くろしお出版
横山詔一他(1998)『新聞電子メディアの漢字』三省堂
吉村弓子(1987)「漢字の読み分けに現れる統語機能」『日本語学』6-8, 明治書院
吉村公宏(1995)『認知意味論の方法』人文書院
渡辺実(1982)「語彙と文体」『講座日本語の語彙1 語彙原論』明治書院
강범모(2003)『언어, 컴퓨터, 코퍼스 언어학』고려대학교 출판부

강창임(2007)「여행잡지에 나타난 한국 음식 어휘의 특징」『日本硏究』 제31호한국외국어대학교 일본
　　　연구소
김숙자(2007)『일본어 외래어』제이앤씨
송영빈(2004)「어휘연구에 있어서 수량화의 문제점」『일본연구』제23호 한국외국어대학교 일본연구소
송영빈(2007)「한・영・일 의학 전문용어의 특징」『일본학보』72권 한국일본학회
이우석(2002)『한일한자어의 품사성에 관한 대조 연구』제이앤씨
李羽济(2007)「日韓の移動動詞における認知意味論的考察 ―「イレル」と「넣다」「들이다」の対応につ
　　　いて―」『日語日文学研究』63-1 한국일어일문학회
林八竜(2002)『日・韓両国語の慣用的表現の対照研究』明治書院
장원재(2006)「Google 검색엔진을 활용한 일본어연구의 가능성」『일어일문학연구』57-1 한국일어일문
　　　학회
ジョーゾ・レイコフ著(池上嘉彦・河上誓作他訳)(1993)『認知意味論』紀伊国屋書店


## ■ 표기와 문체

阿辻哲次(1994)『漢字の文化史』日本放送出版協会
市川孝(1978)『国語教育のための文章論概説』教育出版
岩波講座(1977)『日本語8文字』岩波書店
梅田博之(1987)「韓国語片仮名表記」『講座日本語と日本語教育9.日本語の文字・表記(下)』明治書院
樺島忠夫(1967)『文章工学』三省堂
樺島忠夫(1979)『日本語のスタイルブック』大修館書店
樺島忠夫(1981)『日本の文字-表記体系を考える-』岩波新書
川口義一(1995)『日本語教育のための漢字指導アイデアブック』創拓社
岸本千秋(2003)「インターネットと日記」『日本語学』Vol.22-5, 明治書院
岸本千秋(2005)「ネット日記における読み手を意識した表現―公開意識との関連から」『メディアとこ
　　　とば2』ひつじ書房
小松 茂美(1986)『かな――その成立と変遷――』岩波新書
阪倉 篤義(1993)『日本語表現の流れ(岩波セミナーブックス)』岩波書店
阪田雪子・倉持保男(1993)『教師用日本語教育ハンドブック④ 文法Ⅱ改訂版』凡人社
佐久間まゆみ(1990)『ケーススタディ日本語の文章・談話』おうふう
佐久間まゆみ・杉戸清樹・半沢幹一編(1997)『文章・談話のしくみ』おうほう
佐治圭三・真田信治(2004)『日本語教師養成シリーズ3音声・文字・表記』東京法令出版
佐竹秀雄(1989)「表記」『講座日本語と日本語教育第1券』明治書院
佐竹秀雄(1991)「新言文一致体の計量的分析」『武庫川女子大学言語文化研究所年報』3
佐竹秀雄・佐竹久仁子(2005)『(日本語を知る・磨く)ことばの表記教科書』ベレ出版

下田美津子(1992)「文字・表記」『日本語学を学ぶ人のために』世界思想社

鈴木順子・石田敏子(1995)『表記法』荒竹出版

高崎みどり(1986)「文章の語句的構造」『国文』64 お茶の水女子大学国語国文学会編

武部良明(1987)『日本語の文字表記』アルク

玉村文郎(1997)「仮名とローマ字」『国語シリーズ別冊4日本語と日本語教育−文字・表現−』国立国語研究所

土屋信一(1965)「話しことばの中の漢語」『言語生活』169号

時枝誠記(1960)『文章研究序説』明治書院

中村明(2003)『日本語表現』明治書院

中村明・野村雅昭・佐久間まゆみ・小宮千鶴子(編)(2005)「文体論のひろがり」の中の文章論と文体論
　　　　　　—『文章・談話』と『文体・話体』の補完性—」『 表現と文体』明治書院

永野賢(1986)『文章論詳説』朝倉書店

西尾純二(2007)「ブログが広げるコミュニケーションの輪—コメントとトラックバック—」『日本語学』
　　　　　　第26巻4号　明治書院

西部良明(1991)『文字表記と日本語教育』凡人社

野元菊雄(1959)「話しことばの中での漢語使用」国立国語研究所論集1『ことばの研究』国立国語研究所

飛田良文・佐藤武義(2002)『現代日本語講座　第6券文字・表記』明治書院

藤枝晃(1971)『文字の文化史(岩波同時代ライブラリー)』単行本初版 岩波書店

고수만(1999)「현행 일본어 한글 표기법의 문제점과 그 개선방향」,『일어일문학연구 제34집』일어일문
　　　　　　학연구회

박혜란(2007)『日本語表記에 관한 研究−韓国飲食名을 中心으로−』한국외국어대학교 박사논문

이정숙(2003)「일본어 표기 오용에 관한 일고찰」『일어일문학제20권』대한일어일문학회

정일영(2004)『한국 관광안내문의 일본어 번역 연구』동덕여자대학교 박사논문

편무진(2004)「일본음 한글 표기의 역사적 고찰」『일본문화학보6권』한국일본문화학회

## ■ 일본어교육

K.A.I.T.編著(2003)『実践にほんご指導見なおし本【語彙と文法指導編】』アルク

K.A.I.T.編著(2003)『実践にほんご指導見なおし本【機能語指導編】』アルク

グループ・ジャマシイ編(1998)『教師と学生のための　日本語文型辞典』くろしお出版

庵功雄・高梨信乃・中西久実子・山田敏弘(2000)『初級を教える人のための日本語文法ハンドブック』
　　　　　　スリーエーネットワーク

庵功雄他(2000)『初級を教えるひとのための日本語文法ハンドブック』スリーエーネットワーク

庵功雄他(2001)『中上級を教えるひとのための日本語文法ハンドブック』スリーエーネットワーク

石田敏子(1992)『入門日本語テスト法』大修館

岡崎敏雄(1989)『日本語教育の教材』アルク

岡崎敏雄他編(1992)『ケーススタディ日本語教育』桜楓社

岡崎敏雄・岡崎眸(1998)『日本語教育におけるコミュニカティブ・アポローチ』凡人社

川口義一他編(1995)『日本語教師のための漢字指導アイディアブック』創拓社

川口 義一・横溝紳一郎(2005)『成長する教師のための日本語教育ガイドブック(上)(下)』ひつじ書房

木村宗男(1988) 『教師用日本語教育ハンドブック⑦・教授法入門』国際交流基金日本語国際センター編
　　　　　　凡人社

木村宗男他編(1989)『日本語教授法』桜楓社

国立国語研究所(1982)『日本語教育基本語彙七種 比較対照表』大蔵省印刷局

国立国語研究所編(1995)『日本語教育指導参考書 21、視聴覚教育の基礎』大蔵省印刷局

国立国語研究所(2001)『日本語教育のための文法用語』財務省印刷局

国立国語研究所(2002)『対照研究と日本語教育』くろしお出版

国立国語研究所(2002)『日本語と外国語の対照研究X 対象研究と日本語教育』くろしお出版

国立国語研究所(2006)『日本語教育の新たな文脈』アルク

小沢康則・津崎浩一(1988)『日本語会話シミュレーション』『同教師用指導書』時事日本語社

迫田久美子(2002)『日本語教育に生かす 第二言語習得研究』アルク

関正昭・平高史也編(1997)『日本語教育史』アルク

高見沢孟(1989)『新しい外国語教授法と日本語教育』アルク

高見沢孟監修(1996)『はじめての日本語教育・1』アルク

田中幸子他(1989)『ロールプレイとシミュレーション』凡人社

田中望(1988)『日本語教育の方法−コースデザインの実際』大修館書店

永保澄雄(1987)『日本語直接教授法』創拓社

永保澄雄(1995)『絵を描いて教える日本語』創拓社

日本語教育学会コースデザイン研究委員会(1991)『日本語教育機関におけるコース・デザイン』凡人社

日本語教育誤用例研究会編(1997)『類義表現の使い分けと指導法』アルク

野田尚史(2005)『コミュニケーションのための日本語教育文法』くろしお出版

蓮沼昭子・有田節子・前田直子(2001)『日本文法セルフマスターシリーズ6 条件表現』くろしお出版

姫野昌子他編(1998)『ここからはじまる日本語教育』ひつじ書房

細川英雄(2004)『日本語教育は何をめざすか—言語文化活動の理論と実践—』明石書店

水谷信子(1994)『実例で学ぶ誤用分析の方法』アルク

김숙자(2007)『한국의 일본어 교육』제이앤씨

이덕봉(1998)『日本語 教育의 理論과 方法』시사일본어사

이덕봉 외(2008)『현대 일본어 교육의 이해』제이앤씨

鄭相美(2004)「文脈における 「ナラ(ダッタラ)」の機能に関する一考察−根拠提供としての機能を中心
　　　　　　に−」『日語日文学研究』49

한선희(2005)『第2言語における日本語の習得研究』제이앤씨

Jones, K(1982)『Simulation in Language Teaching』Cambridge University Press.
クラッシェン, S.D. & テレル, T. D.(藤森和子訳)(1986)『ナチュラル・アプローチのすすめ』大修館
スティ-ビック, E.W. (梅田巖他訳)(1986)『外国語の教え方』サイマル出版会

## ■ 경어, 언어행동, 언어표현

石坂正蔵(1969)『敬語』講談社
井出祥子・荻野綱男・川崎晶子・生田少子(1986)『日本人とアメリカ人の敬語行動』南雲堂
井出祥子(1997)『女性語の世界』明治書院
井出祥子(2003)「「表現行為」の観点から見た敬語」『朝倉日本語講座8敬語』朝倉書店
井上史雄(1998)『日本語ウォッチング』岩波新書新赤版540
井上史雄(1999)『敬語はこわくない』講談社
伊吹一(1980)『暮しの中の敬語』笠間書院
上野智子他(2005)『ケーススタディ 日本語のバラエティ』
宇佐美まゆみ(1995)「談話レベルから見た敬語使用　スピ-チレベルシフト生起の条件と機能」『学苑』
　　　　　662号 昭和女子大学近代文化研究所
梅田博之(1974)「朝鮮語の敬語」『敬語講座8 世界の敬語』明治書院
梅田博之(1977)「朝鮮語における敬語」『岩波講座日本語4敬語』岩波書店
梅田博之(1987)「韓国の敬語」『月刊言語』8月号
大石初太郎(1966)『正しい敬語』大泉書店
大石初太郎(1975)『敬語』筑摩書房
大石初太郎(1983)『現代敬語研究』筑摩書房
大石初太郎他(1988)『新しい敬語』小学館
荻野綱男(1983)「待遇表現の数量化」『朝倉日本語新講座5運用Ⅰ』朝倉書店
荻野綱男(1989)「聞き手に対する敬語行動の理論」『国語学』158
荻野綱男(1995)「21世紀の敬語表現はどうなるか」『国語学 現代日本語の敬語は』学灯社
荻野綱男・金東俊・梅田博之・羅聖淑・盧顕松(1990)「日本語と韓国語の聞き手に対する敬語用法 の
　　　　　比較対照」『朝鮮学報』136
荻原雅佳子(2000)「日本人の言いさし表現に対する察しの現れ方」『講座日本語教育』36早稲田大学日
　　　　　本語教育センタ-
生越まり子(1993)「謝罪の対照研究-日朝対照研究-」『日本語学』Vol.12-11 明治書院
蒲谷宏他(1993)「依頼表現方略の分析と記述-待遇表現教育への応用に向けて-」『早稲田大学日本語教
　　　　　育センタ-紀要』5 早稲田大学日本語教育センタ-
蒲谷宏・川口義一・坂本恵(1998)『敬語表現』大修館書店
蒲谷宏(1999)「「敬語」を乗り越える-「敬語表現」という考え方」『月刊言語』28-11 大修館書店

川口義一(2003)「ドラマに登場する人物像——だれが、だれを、なぜほめるか」『日本語学』22
菊地康人(1994)『敬語』角川書店
菊地康人(1996)『敬語再入門』丸善株式会社
菊地康人(1997)『敬語』講談社
菊地康人(2003)『朝倉日本語講座8敬語』朝倉書店
北原保雄編(1978)『論集日本語研究9 敬語』有精堂出版
金水敏(2003)『ヴァチュ-アル日本語の役割語の謎』岩波書店
金田一京助(1959)『日本の敬語』角川書店
草薙裕(2006)『敬語ネイティブになろう』くろしお出版
国立国語研究所編(1971)『待遇表現の実態 国立国語研究所報告41』三省堂
国立国語研究所編(1982)『企業の中の敬語 国立国語研究所報告73』三省堂
国立国語研究所(1983)『敬語と敬語意識』三省堂
国立国語研究所(1983)『談話の研究と教育 (1)』大蔵省印刷局
国立国語研究所編(1985)『社会変化と敬語行動の標準 国立国語研究所報告86 』三省堂
国立国語研究所(1989)『談話の研究と教育 (2)』大蔵省印刷局
国立国語研究所(1990)『場面と場面意識』三省堂
国立国語研究所(1990)『敬語教育の基本問題(上)』大蔵省印刷局
国立国語研究所(1992)『敬語教育の基本問題(下)』大蔵省印刷局
国立国語研究所(2002)『学校の中の敬語1』三省堂
国立国語研究所(2003)『学校の中の敬語2』三省堂
国立国語研究所(2006)『言語行動における 「配慮」の諸相』くろしお出版
阪田雪子(1987)「依頼・要求・命令・禁止表現」『国文法講座』明治書院
佐竹秀雄(2005)『敬語の教科書』ベレ出版
柴田武(2004)『ホンモノの敬語』角川書店
杉戸清樹(2001)「敬意表現の広がり」『日本語学』20-4明治書院
鈴木一彦・林巨樹(1984)『研究資料日本文法9 敬語法編』明治書院
滝浦真人(2005)『日本の敬語論』大修館書店
辻村敏樹(1967)『現代の敬語』共文社
辻村敏樹(1968)『敬語の史的研究』東京堂出版
辻村敏樹編(1974)『講座国語史5 敬語史』大修館書店
辻村敏樹編(1991)『敬語の用法』角川書店
辻村敏樹(1992)『敬語論考』明治書院
辻村敏樹(1992)『ことばのいろいろ』明治書院
土井忠生訳註(1955) ジョアン・ロドリゲス原著『日本大文典』三省堂
時枝誠記(1941)『国語学原論』岩波書店
永田高志(2001)『第三者待遇表現史の研究』和泉書院

中村平治(1993)『敬語から丁寧表現へ』近代文芸社
西尾純二(2001)「マイナスの敬意表現の諸相」『日本語学』vol.20 明治書院
西田直敏(1987)『敬語』東京堂出版
西田直敏(1998)『日本人の敬語生活史』翰林書房
野元菊雄(1987)『敬語を使いこなす』講談社
林四郎・荻野綱男・田中幸子・樺島忠夫(1983)『朝倉日本語新講座5運用Ⅰ』
文化庁(1971)『日本語教師指導参考書2 待遇表現』大蔵省印刷局
文化庁(1974)『「ことば」シリーズ1 敬語』大蔵省印刷局
文化庁(1996)『新「ことば」シリーズ4 -敬語2-』大蔵省印刷局
文化庁毎年実施『国語に関する世論調査』文化庁
牧野成一(1996)『ウチとソトの言語文化学』アルク
前田広幸(1990)「'～てください'と'お～ください'」『日本語学』vol.9-5 明治書院
水谷修(1994)「ビジネス日本語を考える」『日本語学』vol.13-1 1明治書院
南不二男(1974)『現代日本語の構造』大修館書店
南不二男(1987)『敬語』岩波書店
宮地裕(1981)「敬語史論」『講座日本語学9 敬語史』明治書院
宮地裕(1983)「現代の敬語」『講座国語史 5 敬語史』大修館書店
宮地裕(1999)『敬語・慣用句表現論』明治書院
三輪正(2000)『人称詞と敬語』人文書院
森山卓郎(1990)「断りの方略-対人関係調整とコミュニケ-ション」『言語』8月号 大修館書店
文部科学省(2000)『現代社会における敬意表現』国語審議会
文部科学省(2007)『敬語の指針』大蔵省印刷局
文部省(1952)『これからの敬語』大蔵省印刷局
山崎久之(1963)『国語待遇表現体系の研究 近世編』武蔵野書院
山田孝雄(1924)『敬語法の研究』宝文館
吉岡泰夫(2001)「敬語についての規範意識に関する言語問題」『日本語学』vol.20 明治書院
米川明彦(1996)『現代若者言葉考』丸善
米川明彦(1997)『若者ことば辞典』東京堂出版
渡辺実(1971)『国語構文論』塙書房
강규선(1997)『국어의 敬語法研究』보고사
국립국어연구원(2005)『(외국인을 위한)한국어 문법1 』커뮤니케이션북스
金東奎(2004)「「手紙文」と「スピーチ」から見た敬語接頭辞「お・ご」を用いた敬語表現の使用様相」『早
　　　　稲田大学日本語教育研究 第4号』
金錫得(1977)「더 낮춤법과 더 높임법」『言語와 言語学』5韓国外国語大学校 言語研究所
金鐘塤編(1984)『国語敬語法研究』集文堂
김준숙(2002)『現代日本語における第三者に対する待遇表現研究-他称詞を中心に-』한국외국어대학

교 박사논문

金亨奎(1975)「国語敬語法研究」『東洋学』5 檀国大学校東洋学研究所

盧顯松(1989)「従属句における対者敬語」『国語学研究と資料』13

朴栄順(1976)「国語 敬語法의 社会言語学的 研究」『国語国文学』72·73国語国文学会

백동선(2003)『일본어의 대우표현 연구』보고사

서상준(1996)『현대국어의 상대높임법』전남대학교출판부

서정수(1984)『존대법 연구』한신문화사

서정수(1996)『현대국어문법론』한양대학교 출판원

成耆徹(1985)『現代国語待遇法研究』開文社

李圭昌(1992)『国語尊待法論』集文堂

이윤하(2001)『현대 국어의 대우법 연구』역락

李翊燮(1974)『国語敬語法의 休系化問題』『国語学』第2輯 国語学会

이익섭·채완(1990)『국어문법론강의』学研社

임영철(2006)「언어행동에 있어서의 배려표현」『日本研究』28호 힌국외국어대학교 일본연구소

曹英南(2002)「韓日映画における言いさし表現の対照談話分析」『日本語文学』第12輯 韓国日本語文学会

조영호(2000)「politeness 연구의 변천 -face행위이론으로의 확장을 지향하며-」『일본어학의 현황과 과제』보고사 p.64~443

蔡胤柱(2007)「「依頼」に対する「断り」に関する一考察-「待遇コミュニケ-ション」の観点から-」『일본문화학보』제35집 한국일본문화학회

최창완(2006)「한일대역자료에 나타난 경어의 정중어화 연구」『日本研究』제28호 한국외국어대학교 일본연구소

한길(2002)『현대 우리말의 높임법 연구』亦楽

韓美卿(1982)「韓国語の敬語の用法」『講座日本語学12 外国語との対照Ⅲ』明治書院

韓美卿(1995)『捷解新語における敬語の用法』박이정

韓美卿(1996)「謙譲語의 韓日両国語 対照研究」『日本研究』11호 한국외국어대학교 일본연구소

韓美卿(2006)「日本語の二方面敬語に関する一考察」『言語と文明4』麗沢大学大学院言語教育研究科

韓美卿(2006)「韓日両国人의 対人意識에 의한 敬語行動」『日本研究』28호 한국외국어대학교 일본연구소

韓美卿(2008)『드라마로 보는 한국인과 일본인의 경어행동』제이앤씨

홍민표(1997)「한일 양국호칭의 사회언어학적 연구」『일어일문학연구』30집

Brown&Levinson(1978) Universals in language usage:politeness phenomena.In N.Goody(ed.), Question and Politeness:strategies in social interaction. Cambridge University Press.

Brown&Levinson(1987)「Politeness:Some universals in language usage」Cambridge Univ. Press

Harada,S.I.(1976)Honorifics.In Masayoshi Shibatani(ed.),Japanese generative grammar(Syntax and Semantics, Vol.5).New York:Academic Press

Hartmann,R.R.K(1981) 「Style Values: Linguistic Approches and Lexicographical Practice」 『Aapplied Linguistics 11(3)』
J.Vネウストプニ-(1983) 「ポライトネスの理論」『日本語学』VOL.2,N.1
Kasper, Gabriele(1990) 「Linguistics Politeness」『Journal of Pragmatics 14(2)』 Kraohen and Scarcella
Lakoff, Robin(1973) 「The Logic of Politeness:or, Minding your P's and Q's」La logica della corstesia, ovvero, bada a come parli, Feltrinelli,Milano
LuMing,Robert Mao(1994) 「Beyond politeness theory : 「Face」revisited and renewed」『Journal of Pragmatics 21』
Lyuh, Inook(1994) A comparison of Korean and American Refusal Strategies, English teaching No. 49. 韓国英語教育学会
Martin,S.(1964) Speech Levels in Japan and Korea.In D.Hymes(ed.), Language in Culture and Society.New York:Harper and Row.
Schmidt.R.W.& J.C.Richards(1980) Speech acts and second language learning. Applied Linguistics. 1(2) Cambridge University.press
Searle, J.R.(1976) A classification of illocutionary acts. Language in Society 5. Cambridge University.press
カノックワン・ラオハブラナキット(1995) 「日本語における 「断り」-日本語教科書と実際の会話との比較」『日本語教育』87号 日本語教育学会
ジェニ-・トマス(浅羽 亮一 監修、田中典子他訳)(1998) 『語用論入門——話し手と聞き手の相互交渉が生み出す意味』研究社出版
ヘレン・スペンサ-=オ-ティ-編著(2004) 『異文化理解の誤用論』研究社


## ■ 성차, 담화, 이문화커뮤니케이션

東照二(1997)『社会言語学入門』研究社出版
生田少子・井出祥子(1983) 「社会言語学における談話研究」『月刊日本語』12月号 大修館書店
井出祥子(2006)『わきまえの語用論』, 大修館書店
伊藤公雄(2006)『ジェンダーで学ぶ社会学』世界思想社
宇佐美まゆみ(1997)『言葉は社会を変えられる-21世紀の多文化共生社会に向けて』明石書店
宇佐美まゆみ(2001) 「談話のポライトネス-ポライトネスの談話理論構想-」『談話のポライトネス』第7回国立国語研究所国際シンポジウム報告書 国立国語研究所
江原由実子・山田昌弘(1999)『ジェンダー社会学, 女と男の視点からみる現代日本社会』放送大学教育振興会
遠藤織枝(2001)『女とことば』明石書店
岡崎 敏雄 ほか編(1992)『ケーススタディ日本語教育』桜楓社

荻原雅佳子(2000)「日本人の言いさし表現に対する察しの現れ方」『講座日本語教育』36早稲田大学日本語教育センター

奥山洋子(2004)『こんなに違う!韓国人と日本人の初対面の会話』보고사

生越直樹(1988)「朝鮮語のあいづち-韓国人学生のレポートより-」『日本語学』第7巻12号明治書院

久保田真弓(2001)『「あいづち」は人を活かす』広済堂出版

現代日本語研究会編(1997)『女性のことば・職場編』ひつじ書房

現代日本語研究会編(2002)『男性のことば・職場編』ひつじ書房

木暮律子(2002)「話者交替における発話の重なり-母語場面と接触場面の会話において」『日本語科学』11

小宮千鶴子(1986)「相づち使用の実態-出現傾向とその周辺-」『語学教育研究論叢3』大東文化大学語学教育研究所

佐久間まゆみ編(2003)『朝倉日本語新講座7 文章・談話』朝倉書店

佐々木端枝(1999)『女の日本語・男の言葉』竹間書房

佐竹久仁子(2004)「「女ことば/男ことば」規範の形成」日本語学vol.23 明治書院

佐藤恵理(2006)『日本語のスピーチレベルとそのシフトに関する研究-日韓対照を中心に-』韓国外国語大学校大学院 博士論文韓国外国語大学校大学院

真田真治(2006)『社会言語学の展望』くろしお出版

寿岳章子(1979)『日本語と女』岩波書店

新屋映子(2003.7, 11, 2004.1)「配慮表現からみた日本語」『月刊日本語』アルク

杉戸清樹(1989)「ことばのあいづちと身ぶりのあいづち-談話行動における非言語的表現-」『日本語教育』67号

杉本つとむ(1985)『江戸の女ことば』 東京印書館

鈴木睦(1997)「女性語の本質」『女性語の世界』明治書院

高崎みどり(1996)「テレビと女性語」『日本語学』15 明治書院

高崎みどり(2002)「女ことばを創りかえる女性の多様な言語行動」『言語』31 大修館書店

高橋巌(2002)『日本語の女ことば』高文堂出版社

田中春美・田中幸子 編著(1996)『社会言語学への招待 社会・文化・コミュニケーション』ミネルヴァ書房

田中和子(1996)『ジェンダーからみた新聞のうら・おもて』現代書館

寺村秀夫・佐久間まゆみ・杉戸清樹他(1990)『日本語の文章・談話』おうふう

津田早苗(1994)『談話分析とコミュニケーション』リーベル出版

土井晃一・大森晃(2000)「あいづちを統制したコミュニケーションにおける助詞ねの頻度の変化」『認知科学 = Cognitive studies : bulletin of the Japanese Cognitive Science Society』7(1)

中田智子(1995)「"Discussion"におけるturn-taking-実態の把握と指導の重要性-」『日本語教育』85号日本語教育学会

西田ひろ子(2003)『異文化間コミュニケーション入門』創元社

西原鈴子(1991)「会話のturn-takingにおける日常的推論」『日本語学』第10巻第10号 明治書院
橋内武(1999)『ディスコース 談話の織りなす世界』くろしお出版
橋元良明編著(1997)『コミュニケーション学への招待』大修館書店
藤井桂子(1995)「発話の重なりについて-分類の試み-」『言語文化と日本語教育』10 お茶の水女子大学
　　　　日本言語文化学研究会
堀口純子(1997)『日本語教育と会話分析』くろしお出版
水谷信子(1983)「あいづちと応答」『講座日本語の表現3 話しことばの表現』筑摩書房
水谷信子(1993)「「共話」から「対話」へ」『日本語学』第12券第4号 明治書院
森山卓郎(2004)『コミュニケーションの日本語』岩波書店
泉子・K・メイナード(1993)『会話分析』くろしお出版
泉子・K・メイナード(2004)『談話の言語学』くろしお出版
茂呂雄二編(1997)『対話と知 談話の認知科学入門』新曜社
茂呂雄二(1999)「ディスコース研究の射程」副題「具体的言語実践をどう捕らえるか」『言語』(28-1)
諸橋泰樹(2002)」『ジェンダーの語られ方、メデイアのつくられ方』現代書館
諸橋泰樹(2005)『ジェンダーとジャーナリズムのはざまで』批評社
好井裕明他(1999)『会話分析への招待』世界思想社
渡辺吉鎔(1985)「会話分析にみる日・韓コミュニケーション・ギャップ」『慶応義塾大学日吉紀要言
　　　　語、文化、コミュニケーション』No.1
Lakoff.R(1975) Language and Woman's Place New York: Harper&Row(かつえ・あきばれいのるず
　　　　訳, 1985,『言語と性』有信堂
김광태(2008)「신체적 증상을 통한 한일 양언어의 감정표출」『일본연구』제36호 한국외국어대학교 일
　　　　본연구소
김은옥(2006)『일본어에 나타나는 젠더표현연구』한국외국어대학교 대학원 박사논문
김준숙외(2005)「영상매체를 통한 일본인 언어행동의 이미지」『일어일문학』제28집 대한일어일문학회
金珍娥(2000)「日本語と韓国語における談話ストラテジ-としてのスピ-チレベルシフト」『朝鮮学報』
　　　　第百八十三輯 朝鮮学会
李善雅(2001)「議論の場におけるあいづち-日本語母語話者と韓国人学習者の相違-」『世界の日本語教
　　　　育』第11号 国際交流基金日本語国際センタ-
任栄哲・井出里咲子(2004)『箸とチョッカラク-ことばと文化の日韓比較-』大修館書店
任炫樹(2002)「断りとアイ・コメント」『言語と文化』名古屋大学大学院・国際言語文化研究日本語文
　　　　化専攻
韓美卿(2003)「女性の言語行動を通して見た韓日両国語の敬語の特徴」『日本研究』第20号 한국외국어
　　　　대학교 일본연구소
洪珉杓(2007)『日韓の言語文化の理解』風間書房
J.V.ネウストプニ-(1982)『外国人とのコミュニケーション』岩波書店
Robin Lakoff(かつえ・あきば・れいのるず訳)(1990)『言語と性-英語における女の地位-』有信堂高文

社
ダイアン・ブレイクモア(武内 道子・山崎英一訳)(1994)『ひとは発話をどう理解するか 関連性理論入門』ひつじ書房
ポリ-・ザトラウスキ-(1993)『日本語の談話の構造分析-勧誘のストラテジ-の考察-』くろしお出版
マルコム・ク-ルタ-ド(吉村昭一他訳)(1999)『談話分析を学ぶ人のために』世界思想社


## ■ 기타

『日本語文法事典』北原保雄他 有精堂 1981
『日本語文法大辞典』山口明穂・秋本守英【編】明治書院 2001
『日本語学研究事典』飛田良文ほか【編】明治書院 2007
『日本語教育事典』日本語教育学会編 大修館書店 1982
『岩波講座日本語1~12』『岩波講座日本語1~12』岩波書店 1976-1978
『講座日本語学1~12』国立国語研究所 明治書院 1982-1983
『現代日本語講座1~6』飛田良文・佐藤武義 明治書院 2001-2002
『朝倉日本語講座1~10』朝倉書店 2002-2005
『岩波講座言語の科学1~11』岩波書店 1997-1999
『現代言語学入門1~4』森岡健二 岩波書店 1999-2002
『現代語研究シリーズ1~5』森岡健二 明治書院 1987-1988
『シリーズ・日本語のしくみを探る1~6』国立国語研究所 研究社 2001-2004
『講座日本語の語彙1~11』佐藤喜代治 明治書院, 1981-1983
『漢字講座1~12』佐藤喜代治 明治書院 1987-1989
『敬語講座1~10』林四郎・南不二男 明治書院 1973-1974
『日本語教育指導参考書1~22』国立国語研究所 大蔵省印刷局 1970-2001
『教師用日本語教育ハンドブック1~7』国際交流基金 凡人社 1974-1989
『講座日本語と日本語教育1~16』国立国語研究所 明治書院 1989-1991
『日本語教育シリーズ1~6』国立国語研究所 おうふう 2001-2002
『日本語教育ブックレット1~7』国立国語研究所 2002-2005
『日本語表現文型-用例中心・複合辞の意味と用法』森田良行・松木正恵 アルク 1989
『日本語文型辞典』グループ・ジャマシイ くるしお出版 1998
『日本語類義文型使い分け辞典』泉原省二 研究社 2007
『日本語誤用例文小辞典』市川保子 凡人社 1997
『続 日本語誤用例文小辞典』市川保子 凡人社 2000
『図説日本語』林大 角川書店 1982
『邦訳日葡辞書』土井忠生訳 岩波書店 1980

# 찾아보기

## ㄱ

**저자 소개**　한일커뮤니케이션연구회 (가나다 순)

강경완　　오사카대학교 대학원 박사과정
강창임　　경원대학교 강사
권동현　　백석문화대학 일본어학부 교수
岸本千秋 기시모토치아키　　무코가와여자대학교 언어문화연구소 연구원
김광태　　한서대학교 일본학과 교수
김동규　　와세다대학교 일본어교육연구센터 전임강사
김명지　　한국외국어대학교 강사
김민자　　석관고등학교 교사
김선희　　한국외국어대학교 강사
김영민　　경원대학교 강사
김은옥　　서경대학교 강사
김준숙　　백석대학교 일본어과 교수
田中洋子 다나카요코　　홍익대학교 교양과 교수
문창학　　도쿄대학교 대학원 박사과정
민승희　　중원대학교 교양학부 교수
박민영　　한국외국어대학교 일본어통번역학과 교수
박선자　　한국외국어대학교 대학원 박사과정
박유자　　중앙대학교 일어학과 교수
박혜란　　세종대학교 일어일문학과 초빙교수
佐藤恵理 사토에리　　벳푸대학 강사
송영빈　　이화여자대학교 일본언어문화 교수
송정식　　인하공업전문대학교 호텔경영과 교수
신효진　　한국외국어대학교 강사
오미영　　숭실대학교 일어일본학과 교수
吉田玲子 요시다레이코　　이화여자대학교 교수
윤상실　　명지대학교 일어일문학과 교수
윤유숙　　교육인적자원부 교육연구사
이수경　　이화여자대학교 강사
石川英伸 이시카와히데노부　　홍익대학교 교양과 교수
이우제　　한국외국어대학교 강사
이윤진　　한국외국어대학교 강사
이은미　　강릉대학교 강사
장원재　　계명대학교 일본어문학과 교수
정상미　　신라대학교 교수
채윤주　　한국외국어대학교 FLEX책임연구원
최창완　　가톨릭대학교 일어일본문화전공 교수
津崎浩一 츠자키 코이치　　중앙대학교 일어학과 교수
탁성숙　　경원대학교 일어일문학과 교수
한미경　　한국외국어대학교 일본어과 교수
황미옥　　인천대학교 일어일문학과 교수
古田和子 후루타가즈코　　전 이화여자대학교 강사
日高眞理子 히다카마리코　　홍익대학교 교양과 교수

일본어의 언어표현과
커뮤니케이션 연구

초판인쇄   2008년 11월 18일
초판발행   2008년 11월 26일

저자   한일커뮤니케이션연구회·한미경 편저
발행   제이앤씨
등록   제7-220호

주소   서울시 도봉구 창동 624-1 현대홈시티 102-1206
전화   (02) 992-3253(대)
팩스   (02) 991-1285
전자우편   jncbook@hanmail.net
홈페이지   http://www.jncbook.co.kr
책임편집   김연수

ⓒ 한일커뮤니케이션연구회·한미경 편저 2008 All rights reserved. Printed in KOREA

ISBN 978-89-5668-652-3 93830                                                정가 45,000원